名著新译书系

WORLD CLASSIC
MASTERPIECES SERIES

莎士比亚经典
故事全集

[英] 威廉·莎士比亚/著　丁凯特/编译

时代文艺出版社

图书在版编目（CIP）数据

莎士比亚经典故事全集 / （英）威廉·莎士比亚著；丁凯特编译.
—长春：时代文艺出版社，2016.7

ISBN 978-7-5387-5167-3

Ⅰ.①莎… Ⅱ.①威… ②丁… Ⅲ.①戏剧文学－故事－作品集－英
国－中世纪 Ⅳ.①I561.33

中国版本图书馆CIP数据核字（2016）第051240号

出品人 陈 琛
产品总监 郭力家
选题策划 方 伟
责任编辑 付 娜
助理编辑 吕 天
装帧设计 孙 利
排版制作 隋淑凤

莎士比亚经典故事全集

［英］威廉·莎士比亚 著 丁凯特 编译

出版发行 / 时代文艺出版社
地址 / 长春市泰来街1825号 时代文艺出版社 邮编 / 130011
总编办 / 0431-86012927 发行部 / 0431-86012957 北京开发部 / 010-63108163
官方微博 / weibo.com / tlapress 天猫旗舰店 / sdwycbsgf.tmall.com
印刷 / 三河市万龙印装有限公司
开本 / 710mm × 1000mm 1 / 16 字数 / 444千字 印张 / 31
版次 / 2016年7月第1版 印次 / 2016年7月第1次印刷 定价 / 55.00元

目　录

喜　剧

悲　剧

历　史　剧

喜　剧

错误的喜剧

以弗所与叙拉古两个国家长久不和，以弗所还因此订下一条残酷的法律：如果叙拉古的商人在以弗所的城里被发现，除非他能缴出一千马克的赎金，不然就会被处以死刑。

一名叙拉古的老商人伊济安在以弗所的街上被发现了，他被带到公爵面前，公爵问他是要缴纳一大笔罚款，还是要接受死刑。

伊济安交不出罚款，于是公爵要他在被判处死刑以前，先讲讲自己的身世，解释一下为什么明明知道这条律令，却还来冒险。

伊济安说自己并不怕死，因为他早已对人生感到厌倦，反而是要他回忆起自己不幸的一生，却比什么事都来得痛苦。然而，他还是开始述说自己的身世：

“我出生在叙拉古，从小就学会了做生意。长大后娶了妻子，两个人一直过着安稳的生活。后来，我有事必须到厄匹达姆纽一趟，到了那里后，因为生意的关系待了半年。这时我发现还得再待一阵子才行，于是把妻子也接到了那里。

“她抵达那儿不久，就生下了两个男孩子。奇怪的是，这两个孩子长得一模一样，完全无法分辨。这对双胞胎出生时，我们正住在旅店里，另外一个穷女人也生了两个儿子，和我们那对一样也是双胞胎。由于这对夫妻非常贫穷，于是我把那两个男孩儿买了下来，要他们长大之后侍候我的儿子们。

“我的妻子因儿子们感到十分骄傲。她每天盼望着早日回家，最后我只好答应她。我们在一个不吉利的时辰上了船，船才离开厄匹达姆纽没多久，海上就掀起了一阵可怕的风暴，而且越刮越大。水手们大概知道船快沉了，纷纷挤到一条小船上逃命，把我们丢在大船上不管。

“眼看大船随时都会被猛烈的风暴摧毁，我的妻子在一旁哭个不停，可爱的小宝宝们虽然什么都不懂，但是一看到妈妈哭了，他们也跟着哭起来。看到这种情况，虽然我心里也很害怕，但仍然得想办法保护他们的安全。我把小儿子绑在一根备用的桅杆上，通常航海的人为了防备风暴，都会带着备用的桅杆；另一端则绑上双胞胎奴隶中较小的那一个。我叫我的妻子同样把另外两个孩子绑在桅杆上。

“就这样，她照顾两个较大的孩子，我照顾较小的两个，我们再把自己和孩子一起绑着。要不是因为这个方法，我们早就淹死了！船身后来撞到一大块礁石，整个船都被粉碎了！我们紧紧抓住细长的桅杆浮在水面上，我为了照顾两个孩子而无暇帮助我的妻子，不久后，她与那两个孩子便和我失散了。在我还能依稀看到他们的时候，他们已被科林多的一条渔船救了起来，而我只好继续跟狂暴的海浪战斗，保护我亲爱的儿子和那个小奴隶。

“后来，我们也被一条船救起来，水手认得我，殷勤地招待了我们，还把我们安全地送到叙拉古。可是自从那天起，我就只剩下我那个宝贝的小儿子，再也没有听到过家人的消息了。

“他十八岁时，问我关于妈妈和哥哥的事情，还常常恳求我同意他带着那个小随从出去找他们，最后我勉强答应了。尽管我很想知道妻子和大儿子的下落，但是放任小儿子离家，就会有失去小儿子的风险。他离开我已经七年了。为了寻找他，我去世界各地旅行至今已经五年了。我去过希腊最远的边境，走遍了亚洲，又沿着海岸往回走，结果在以弗所上了岸。凡是有人的地方，我都不会放过，只可惜我的一生必须在今天结束了，如果能知道我的妻儿是否活着，我就死而无憾了！”

伊济安讲完了他不幸的遭遇，公爵很同情这位命途坎坷的父亲，他只是找寻失踪的儿子，却给自己带来了这么大的麻烦。公爵说："要不是担心违背法律的话，我一定会马上放了你。"然而，他也不希望按照法律规定立刻将伊济安处死，所以公爵给他一天的期限筹出一笔钱来缴纳罚款。

可是一天的时间对伊济安似乎没有太大的帮助，因为他在这里一个熟人也没有，更不会有陌生人愿意借他一千马克。他不抱什么希望，只是任由狱卒押着，从公爵那里退了下来。

伊济安以为自己在以弗所没有熟人，但其实在他险些赔上性命时，他的两个儿子都在以弗所城里呢！

伊济安的两个儿子不但身材、相貌相同，连名字也一样。两个人都叫安地勒斯，而那两个双胞胎奴隶也都叫特洛米奥。伊济安的小儿子带着他的随从小特洛米奥，与伊济安同一天抵达了以弗所。由于小安地勒斯也是叙拉古的商人，因此处境与父亲一样危险。幸亏他遇见了一个朋友，朋友告诉他有一个从叙拉古来的老商人遇到了麻烦，劝他还是暂时冒充厄匹达姆纽的商人为妙。小安地勒斯照做了，他虽然为同乡的性命之忧感到难过，但万万没有想到，那个有性命之虞的老商人就是他的父亲。

伊济安的大儿子则在以弗所住了二十年。他已经是个有钱人了，足以缴出罚款来替他父亲赎命，可是大安地勒斯根本不认得他的父亲。渔夫把他和母亲从海里救上来的时候，他年纪还小，只记得自己被人救了起来，父母亲的模样完全不记得了。渔夫把他们三人救上来以后，就把两个孩子抱走了，打算把他们卖掉。

大安地勒斯和大特洛米奥被卖给一位著名的将军，这位将军是以弗所公爵的叔叔。他到以弗所来探望侄子时，也把两个孩子给带来了。

以弗所公爵很喜欢年轻的大安地勒斯。安地勒斯长大以后，公爵安排他到军队里做一名军官。他在战场上的表现非常英勇，时常立功，还曾救过公爵的性命。于是，公爵为了奖赏他，将以弗所的一位富家女阿德丽安娜嫁给了他。伊济安来到以弗所的时候，大安地勒斯正和阿德丽安娜快乐地生活着，而随从大特洛米奥也一直在身边侍候他。

叙拉古的小安地勒斯与朋友分手后，就给随从小特洛米奥一点儿钱，叫他先回旅店去准备晚餐，自己则在城里到处逛逛，体会当地的风土民情。

小特洛米奥是个很风趣的人，每当小安地勒斯感到苦闷无聊时，他就会说一些幽默有趣的俏皮话来替他解闷。因此，小特洛米奥比一般仆人自由得多，可以在主人面前随便说话。

小安地勒斯在街上逛了一会儿，想起自己为了寻找母亲和哥哥四处漂泊，至今却没打听出任何消息，伤心地自言自语道："我就像海洋里的一滴水，原本想要寻找另外一滴水，结果反而在茫茫大海里迷失了自己。我真是不幸！出来寻找母亲和哥哥，却连自己也迷失了！"

他正思索着这趟毫无结果的旅程时，大特洛米奥竟迎面走了过来，小安地勒斯讶异地问他怎么这么快就回来了，还问他把钱放到哪儿去了。原来，他并不知道自己正在和小特洛米奥的双胞胎哥哥讲话。这一对双胞胎到现在仍然长得一模一样，也难怪小安地勒斯会误以为是自己的随从回来了。

"夫人叫我请您快点儿回家吃饭。您要是再不回去，鸡都焖烂了！饭菜也都凉了！"大特洛米奥回答。

"现在可不是开玩笑的时候，"小安地勒斯说，"你把钱放到哪儿去了？"

但大特洛米奥仍然说："是夫人派我来请您回去吃饭的。"

"什么夫人呀？"小安地勒斯不耐烦地说。

"老爷，就是您的夫人啊！"大特洛米奥回答道。

小安地勒斯明明还没有结婚，因此他对大特洛米奥的话十分生气，说道："大概是因为我平时跟你闲扯惯了，你就敢在我面前放肆地开玩笑！我现在可没有心情跟你玩闹，你到底把钱拿到哪儿去啦？我们在这里人生地不熟的，保管那笔钱是很重大的责任，你怎么敢把它交给别人呢？"

一听到主人说"人生地不熟"，大特洛米奥还以为小安地勒斯是在开玩笑呢！他诙谐地回答："老爷，等您吃饭的时候再来说笑吧！我的责任是把您请回去，和夫人及她的妹妹一道用餐。"

小安地勒斯再也忍不住了，他把大特洛米奥揍了一顿。大特洛米奥狼狈地跑回家去，告诉女主人说老爷不肯回来吃饭，还说自己根本没有妻子！

阿德丽安娜听到丈夫说出这种话气坏了。她生性爱吃醋，因此她开始怀疑丈夫一定是看上别的女人了。她狠狠地咒骂自己的丈夫，跟她住在一起的妹妹露西安娜则在一旁规劝她，可是她完全听不进去。

小安地勒斯回到旅店，发现小特洛米奥好端端地拿着钱在那里等他，正想责备他刚才的行为时，阿德丽安娜气冲冲地跑了进来。她认定眼前的这个人就是她的丈夫，她开始责备他的不是，然后又感叹没结婚时，他是多么爱她，如今却又看上了别的女人。

“怎么了？”她说，“我哪里做得让你不高兴了吗？”

“夫人，您这些话是对我说的吗？”惊慌失措的小安地勒斯说道，他向她解释，自己来到以弗所才不过两个钟头，不可能是她的丈夫。可是无论他怎么说都没有用，阿德丽安娜仍坚持要他跟着自己回家去。最后，小安地勒斯没有办法，只好同她回到“他的”家里去，与阿德丽安娜、露西安娜一起吃饭。

在餐桌上，一个女人叫他“老爷”，另一个则叫他“姐夫”，这让小安地勒斯感到莫名其妙。他开始认为自己一定是在梦里跟她结婚的，要不就是他根本还在做梦！同时，跟他们一起回来的小特洛米奥也大吃一惊，因为嫁给大特洛米奥的厨娘也一口咬定，他就是自己的丈夫！

当小安地勒斯和他的嫂子吃饭时，大安地勒斯与他的随从大特洛米奥回到了家门前，可是仆人不肯开门，因为女主人曾吩咐过，不准放任何人进来。他们不停地敲门，说自己是安地勒斯和特洛米奥，女仆们纷纷大笑，因为安地勒斯正在跟女主人一起吃饭呢！而特洛米奥也在厨房里。

两人几乎把门敲破了，却还是没人来开门。最后，大安地勒斯生气地走了，他听到有一个男人正跟他的妻子一道吃饭，不禁感到十分惊愕。

小安地勒斯吃完饭，发现这位夫人仍然执迷不悟，还听说厨娘也认为小特洛米奥是她的丈夫，他觉得这个地方简直奇怪极了！他们随便找了一个借口匆匆离开了，虽然小安地勒斯很喜欢妹妹露西安娜，但他觉得阿德丽安娜很讨厌；至于小特洛米奥，他一点儿也不满意厨房里的那位娇妻，这两个人都巴不得赶快逃离他们的“夫人”。

刚走出大安地勒斯家，小安地勒斯遇到了一位金匠，毫无疑问金匠也把小安地勒斯误认为了大安地勒斯。金匠交给小安地勒斯一条金链，但小安地勒斯不肯收下，直说这东西不是他的。金匠却说这明明是他亲自定做的，把金链塞到小安地勒斯手里就走掉了。

小安地勒斯在这个地方遇见这么多古怪的事，他认为肯定是有什么妖魔鬼怪在作祟！他再也不想待下去了，立刻吩咐小特洛米奥赶紧把行李搬到船上去。

离开大安地勒斯家的金匠，出门后随即因一笔债务被捕。被捕时恰巧大安地勒斯从一旁经过，金匠看到他，马上向他讨要金链的钱，因为金链的价钱刚好与他欠下的债务差不多。

大安地勒斯说自己根本没拿到金链，但金匠却十分坚持，说自己几分钟以前才亲手交给他的。两人争执了半天，双方都说自己有理。

最后，官差因金匠欠下的债务，准备把他带到监狱去，而金匠因大安地勒斯欠他的钱，要求官差也把大安地勒斯抓起来。就这样，争执的最后结果就是他们二人都被关进了监狱。

就在大安地勒斯被带到监狱的路上，他遇见他弟弟的奴隶小特洛米奥，他以为这个人是大特洛米奥，便要他去找阿德丽安娜，叫她将那笔货款送来。小特洛米奥不明白主人究竟怎么了，刚才好不容易才从那个古怪的地方逃出来，为什么又要他回去呢？

小特洛米奥是来告诉主人船就要开了，但他看出大安地勒斯的心情非常不好，现在不是跟他开玩笑的时候，因此他不敢说话，赶紧走开了，一路上还为这件事暗自抱怨着。

“等会儿到了那里，”他嘟囔着，“那个厨娘又要说我是她的丈夫了！可是既然主人叫我去，我也只好照办。”

阿德丽安娜把钱交给了小特洛米奥。当他回去时，他又遇到了自己的主人小安地勒斯。

小安地勒斯仍旧感到莫名其妙，因为他的哥哥在以弗所是很出名的，因此很多人在街上看到他，都像老朋友一样同他打招呼；还有人还钱给他，说那是欠他的债；也有人邀请他到家里去玩，更有人跑来谢谢他的帮忙。大家都把他当成他哥哥了！有一个裁缝拿了一匹绸缎来给他看，说是特地为他挑的，一定要量量他的尺寸，替他做一件衣裳。

小安地勒斯越想越奇怪，他觉得这简直是一个充满了妖精的古怪国家！小特洛米奥这时又问起他是怎么逃出监牢的，还把阿德丽安娜的一袋金子交给了他。这么一来，小安地勒斯更糊涂了！

小特洛米奥详细地叙述了他所看到的情形，以及他从阿德丽安娜那里带来一袋金子的原因，这一切使得小安地勒斯完全摸不着头绪。他心想："特洛米奥看起来像是神经错乱了！难不成我们还在做梦吗？"

混乱的思绪也使他恐慌了起来，他嚷着："求上帝把我们从这个奇怪的地方救出去吧！"

这时，又有一个陌生女人走到他面前，她说安地勒斯曾跟她一起吃过饭，还答应要送给她一条金链。小安地勒斯再也忍不住了，大骂那个女人是妖精！他从来没有答应过要送她什么金链，也没和她一起吃过饭，甚至根本就不曾见过她！尽管那女人一口咬定如此，小安地勒斯仍然不承认。

这女人还说曾经送给他一只贵重的戒指，如果安地勒斯不能送她金链，她就要把那只戒指要回去。小安地勒斯简直气疯了，拼了命地骂她是妖精、巫婆，告诉她自己从来没见过什么戒指，然后就跑开了。这个女人听了小安地勒斯的话，又看到他脸上狂怒的神情，心里十分惊讶，因为他真的和她一起吃过饭，也答应要送她一条金链，而她也给了他一枚戒指，这一切都是千真万确的事。

其实，她跟别人一样都搞错了，他们都把小安地勒斯误认成他的哥哥，她说的那些事情，其实都是大安地勒斯做的。

原来，大安地勒斯曾经回到家却进不去门，于是就很生气地走开了。

他知道妻子经常吃醋，也常冤枉他，怪他老是偷看别的女人，所以这次他以为是妻子在开玩笑。

为了报复妻子，他索性找了其他女人一起吃饭。由于大安地勒斯在妻子那里受了很大的委屈，这个女人又对他很客气，一气之下，他准备将送给妻子的一条金链送给这个女人。这个女人很高兴，于是也给了大安地勒斯一枚戒指作为交换。刚才她就是把小安地勒斯当成是大安地勒斯了，才闹出这样一段风波。

她猜想，大安地勒斯一定是发疯了！于是决定去找阿德丽安娜，说她的丈夫发疯了。然而，当她正和阿德丽安娜说话时，大安地勒斯却跟着一个狱卒回家来拿钱，因为阿德丽安娜交给小特洛米奥的那些钱，早已被他误交给小安地勒斯了。

阿德丽安娜听到丈夫责备她不该把他关在门外后，就更加相信那个女人所说的——她的丈夫发疯了！她想起吃饭的时候，他一直说自己不是她的丈夫，还说他从没来过以弗所！没错，他一定是疯了！

阿德丽安娜把钱拿给狱卒，打发他离开，然后吩咐仆人用绳子把大安地勒斯绑起来，还请大夫来医治他的疯病。大安地勒斯气冲冲地大声嚷着，说自己根本没有疯，可是他叫得越大声，他们愈加坚信他的确疯了。同时，由于大特洛米奥和他的主人说着相同的话，也被他们绑了起来，和大安地勒斯关在一起。

阿德丽安娜把丈夫关起来后不久，就有一个仆人跑来告诉她说，大安地勒斯和大特洛米奥一定是逃掉了！因为他们正自由自在地在大街上走着呢！阿德丽安娜听到后，马上跑了出去，打算把他们抓回来，还带了好多名帮手，她的妹妹也跟着一起去了。当他们走到附近一座修道院的门口时，看见了小安地勒斯和小特洛米奥。

两人一样的相貌所造成的混乱，已经使小安地勒斯晕头转向。他明明把金匠送给他的金链挂在脖子上，结果刚刚遇到金匠时，金匠却责备他说谎，不应该赖掉货款。小安地勒斯也反驳说，明明是早上他硬要送给自己的。从那以后，他就再也没见过金匠了。

这时，阿德丽安娜已走到他面前，一直说他是她的疯丈夫，说他是从家里逃出来的。当她带来的仆人正想抓住小安地勒斯和小特洛米奥时，他们已一溜烟地逃到修道院里面去了。小安地勒斯央求修道院的女院长，让他们在那里躲一躲。

这时，女院长亲自出来询问吵闹的原因。她是一个庄重严肃、受人敬重的女人，对任何事物都有明智的见解。她不肯随便把这个向她要求庇护的男人交出去，因此，她很认真地问起阿德丽安娜事情的经过。

“你的丈夫为什么忽然发疯了呢？是因为他的货物在海上遗失了吗？还是因为他的好朋友死了，使他神经错乱呢？”女院长说。

阿德丽安娜说，并不是因为这些原因。

“也许是他爱上其他女人了？”女院长又问，“是这个原因使他发疯的吗？”

阿德丽安娜老早就怀疑丈夫有外遇，所以才时常不回家。

其实，把大安地勒斯逼得离家出走的，是阿德丽安娜天生爱吃醋的个性。为了了解实情，女院长说：“他在外面有了女人，你应该好好责备他才对呀！”

“我已经责备过他了呀！”阿德丽安娜说。

“是吗？”女院长说，“也许你责备得还不够吧。”

阿德丽安娜很想让女院长相信她的话，就说：“我们整天谈的都是这件事，躺在床上时，我不让他睡觉；坐在饭桌前，我不让他吃饭；当我们独处的时候，也不聊别的话题；有客人来的时候，我也常常暗示他。我总是对他说，除了我以外，如果他再去爱别的女人，那将是卑鄙、恶劣的事。”

女院长从阿德丽安娜的嘴里套出话以后，说道：“所以你的丈夫才发疯呀！一个爱吃醋的女人谩骂起来，比一只疯狗咬人还要凶！你把他骂得难以入眠，难怪他会昏头昏脑的。他吃的饭都是用你的责骂调味的，吃饭的时候得不到安宁，当然会弄得消化不良、精神不济。你连他和朋友在一起的时候，也用严苛的责备打断他的兴致，他既享受不到社交和娱乐，也找不到安慰，自然会闷闷不乐，感到绝望。这么说来，让你丈夫发疯的，其实是你那不时爆发的嫉妒心！”

露西安娜想为姐姐辩解，可是院长已经让阿德丽安娜认清自己的过错了，她说：“经过院长的指明，连我都想责备自己了！”

虽然阿德丽安娜为自己的行为感到惭愧，可是她仍然要院长交出她的丈夫。院长不允许外人进入修道院，也不肯把这个不幸的男人还给他那善妒的妻子。她打定主意，要用温和的办法治好他的疯病。于是她回到修道院，关好大门，不让众人进来。

短短的一天，这两对未曾谋面的双胞胎，竟造成了这么多的误会！时间一分一秒地过去，太阳即将下山，一天的宽限期眼看就要到了。要是伊济安在日落前缴不出罚款，他一定会被处死的！

伊济安要被行刑的地方距离修道院不远，院长走进修道院后，伊济安也被带到了那里。公爵亲自前来监刑，还说如果有人肯替伊济安缴纳罚款，他愿意当场释放他。

这时候，阿德丽安娜却跑出来拦住公爵，嚷着要他出面主持公道，因为修道院院长不肯把她的疯丈夫还给她。

话还没说完，她真正的丈夫大安地勒斯带着仆人从家里逃了出来，也跑到公爵面前，请公爵帮他们评评理，因为他的妻子诬赖他发疯，还把他关起来。阿德丽安娜看到她的丈夫后大吃一惊，她一直以为他在修道院呢！

一旁的伊济安看到了大安地勒斯，以为他正是去寻找母亲和哥哥的小儿子。他也相信亲爱的儿子一定会立刻替他缴付赎金。因此，他用慈祥的口吻对大安地勒斯说话，心里想着：这下他可以获得释放了。

可是令伊济安十分惊讶的是，这个儿子竟说自己根本不认识他！这也难怪，因为大安地勒斯在暴风中跟父亲失散后，就再也没见过他了。可怜的老伊济安拼命想让儿子认出他来，却一点儿用也没有。他想，一定是自己太过着急，所以才变得连儿子都认不出他来了；要不然，就是儿子看到他竟然沦落到这副德行，羞于与他相认。

COMEDY OF ERRORS.

正当一切纠缠不清时，修道院院长和小安地勒斯及小特洛米奥走出来了。阿德丽安娜看到面前站着两个丈夫以及两个特洛米奥，惊讶得不知所措。

这一连串弄得大家晕头转向的误会，终于一下子被澄清了。公爵一看见两个一模一样的安地勒斯和特洛米奥，马上就猜出事情的原委，因为他想起了伊济安告诉他的故事。他肯定地表示，这一定就是伊济安的双胞胎儿子和那对双胞胎奴隶。

一件意想不到的事就这样发生了，早晨时分伊济安还面临死刑的威胁，没想到在太阳落山前却得到了快乐的结局——那位可敬的修道院院长，其实就是伊济安失散已久的妻子，也就是大小安地勒斯的母亲。

原来，渔夫把两个孩子从她手里抢走后，她便进了修道院。由于她处事公正、品德高尚，不久后便当上了修道院的院长。没想到她收容了遇到麻烦的陌生人，却无意中保护了自己的儿子。

这一对久别重逢的夫妻，和他们的孩子快乐地庆祝着，彼此热烈地拥抱，一时间竟把伊济安被判处死刑的事忘记了。等他们的情绪稍微镇定了一些，大安地勒斯立刻向公爵表示，他愿意付钱赎回父亲的性命。但公爵不肯接受他的钱，还当场赦免了伊济安。

公爵陪着院长和她久别重逢的家人们，一同走进了修道院，听他们畅快地谈论着苦尽甘来的喜悦。尽管大小特洛米奥的地位卑微，但是他们也开心地问候彼此，愉快地夸赞对方的相貌，同时也很高兴能从对方的俊秀模样中看到自己。

阿德丽安娜从婆婆的劝导中领悟到了很多，她声称对丈夫再也不会随便猜疑、吃醋了。小安地勒斯则娶了美丽的露西安娜为妻子。

善良的老伊济安跟他的妻儿在以弗所住了很多年。尽管一些迷惑不解的现象都被弄清楚了，可是这并不表示未来他们之间就不会再发生误会。有时候，仿佛为了提醒他们过去的事，他们中还不时发生许多可笑的状况：这一对安地勒斯和特洛米奥，总是被人误认为另一对安地勒斯和特洛米奥，不时上演一幕幕轻松有趣的“错误的喜剧”。

驯　悍　记

泼妇凯瑟琳娜，是帕度亚有名的富翁巴普提斯塔的大女儿。她和人吵起架来嗓门特别高，是一个脾气暴躁、个性倔强、很难管教的女孩儿。因此，在帕度亚大家都叫她“泼妇凯瑟琳娜”。

她一直很难找到甚至也找不到一个敢娶她为妻的男人。许多条件好的人纷纷向她性情温柔的妹妹比安卡求婚，但巴普提斯塔迟迟不肯同意。因为这件事，他遭到了许多埋怨。巴普提斯塔的理由是：必须等凯瑟琳娜嫁出去以后，他们才可以向年轻的比安卡求婚。

这时，刚好有一位叫彼得鲁乔的人，特地来到帕度亚物色妻子人选。凯瑟琳娜脾气暴躁的传闻丝毫没有让他退缩，他知道凯瑟琳娜家境富裕，人又长得漂亮，就拿定主意要娶这位有名的泼妇，并把她管教成温柔、听话的贤淑妻子。

这项艰难的任务，也只有彼得鲁乔做得到，因为他的个性就跟凯瑟琳娜一样倔强。同时，他也是一个聪明幽默的人，不但通情达理，又善于明辨是非。当他明明心情很好时，却能装出激动生气的模样，还暗自为自己的行为表现感到十分得意。他就是这么一个无拘无束、平易可亲的人。

于是，彼得鲁乔开始行动了。他先请求巴普提斯塔允许他向“柔顺的凯瑟琳娜”求婚，还故意说他早已听闻凯瑟琳娜个性腼腆、举止温顺，所以专程从维洛那到这里来向她求爱。

尽管巴普提斯塔很希望把她嫁出去，但他却不得不承认凯瑟琳娜跟彼得鲁乔口中的形象完全不符合。话刚说完，凯瑟琳娜的音乐老师就慌慌张张地跑进来说，“柔顺的凯瑟琳娜”怪他居然敢纠正她的演奏，于是用琴把他的头打伤了。

彼得鲁乔听到后，仍然说道：“好一个勇敢的女孩儿！我现在更加爱慕她了，真想跟她见见面！”

为了让巴普提斯塔能尽快给他一个肯定的答复，他又说：“巴普提斯塔先生，我很忙，不能天天来求婚。您认识我的父亲，他去世后已经把所有的田产都留给了我。请告诉我，如果我得到凯瑟琳娜小姐的爱，您会给她多少嫁妆？”

虽然巴普提斯塔觉得这个小子的态度有些鲁莽，不像是来求婚的，但是他又很希望能把凯瑟琳娜嫁出去，只好说会先给她两万克朗作为陪嫁，等他死了之后再分给她一半的田产。

于是，这桩奇怪的婚姻很快就定下来了。巴普提斯塔马上进去告诉他那泼辣的女儿，说有人来向她求婚了，并要她亲自出来见见彼得鲁乔。

这时的彼得鲁乔则在心里思考着应该怎样应对脾气暴躁的凯瑟琳娜，他心里想着：“等她出来的时候，我要振作起精神。如果她骂我，我就说她的声音像夜莺那样美妙；如果她对我皱眉，我就夸她如同刚沐浴过露水的玫瑰般清丽；如果她一句话也不说，我就赞美她口才流利；如果她叫我滚开，我就向她道谢，好像她想留我住上一个星期似的。”

这时，凯瑟琳娜趾高气扬地走了进来，彼得鲁乔先对她说：“早啊！凯特，我听说这是你的小名。”

凯瑟琳娜不喜欢这样直率的称呼，轻蔑地说道：“别人跟我说话时都叫我凯瑟琳娜！”

“你撒谎！”彼得鲁乔说，“你是直爽的凯特，也是可爱的凯特，有时候人们也叫你‘泼妇凯特’。可是凯特啊，你是天底下最漂亮的女子！我在城里听见人们称赞你性情柔顺，所以特地来向你求婚，请你做我的妻子。”

此刻他们两人在一起的情景是很奇怪的，凯瑟琳娜气冲冲地咆哮着，将她那“泼妇”的气质表露无遗，但彼得鲁乔却仍然赞美她温柔可爱、端庄有礼。

彼得鲁乔看到她的父亲走近，为了赶紧结束这场求婚便说道：“可爱的凯特，我们不必再说这些没有意义的话了，因为你的父亲已经答应把你嫁给我，连嫁妆都商量好了，不管你答不答应，反正我娶定你了！”

这时候，巴普提斯塔刚好进来，彼得鲁乔告诉他说，他的女儿很殷勤地接待了他，并且已经答应在下星期天同他结婚。

凯瑟琳娜完全不承认有这回事，还说她宁愿看见彼得鲁乔在星期天被绞死！她同时责备她的父亲，不该让她跟这样一个疯疯癫癫的流氓结婚。彼得鲁乔却请巴普提斯塔不要介意她的这些气话，因为他们已经商量好了。她必须在父亲面前装作很不情愿的样子，但当两人独处的时候，她却变得温柔、多情。

然后，他又对凯瑟琳娜说：“凯特，让我吻吻你的手吧！我要先到威尼斯为你准备结婚那天穿的华丽的礼服。岳父大人，请您开始筹办酒席、邀请客人吧！我一定会准备好美丽的戒指、精致的首饰和华丽的衣服，把我的新娘打扮得漂漂亮亮的。凯特，吻我吧！星期天我们就要结婚了。”

星期天时所有参加婚礼的宾客都到齐了，彼得鲁乔却还没出现，凯瑟琳娜被气得哭出来！她以为彼得鲁乔只不过是在拿她开玩笑。

最后，彼得鲁乔总算来了，但是他答应新娘子的那些东西，竟一件也没带来。他一副吊儿郎当的样子，一点儿也不像新郎，仿佛有意要拿这件正经的大事开玩笑似的，他的仆人和坐骑也都打扮得既寒酸又古怪。

无论大家怎么劝，彼得鲁乔都不肯换装，只说凯瑟琳娜是嫁给他的人，而不是他的衣裳。既然争辩没有用，大家也只好先进入教堂了。

在教堂里，彼得鲁乔依旧疯疯癫癫的，神父问他愿不愿意娶凯瑟琳娜为妻时，他大声地喊出“我愿意”！如此大的声音着实将神父吓了一跳，连《圣经》都掉到了地上。当神父弯下腰去捡时，这个疯癫的新郎却给了他一拳，把他打倒在地。举行婚礼的时候，彼得鲁乔一直跺脚，嘴里还不停地咒骂着，一旁的凯瑟琳娜吓得浑身发抖。

婚礼结束后，大家还没走出教堂，他就叫仆人拿酒来，扯开了嗓子向宾客们敬酒，还把一块浸满酒的面包丢到司仪脸上。对这一放肆的举动，他解释道：司仪的胡子太稀疏，长得一脸嘴馋相，喝酒时好像一直在向他讨那块面包似的。如此胡闹的婚礼让在场的人都大开眼界。

只不过彼得鲁乔这些无理取闹的举动，其实都是装出来的，目的是为了实施他驯服凯瑟琳娜的计划。

巴普提斯塔早已摆下了丰盛的筵席。可是当他们从教堂回来后，彼得鲁乔却一把抓住凯瑟琳娜，嚷着要马上把她带回家。不管他的岳父怎么抗议，也不管愤怒的凯瑟琳娜如何的怒言相向，他还是坚持声称丈夫有权利随便处置自己的妻子。于是，他匆匆带着凯瑟琳娜离开了。他是如此的狂妄、坚决，根本没有人敢去拦他。

彼得鲁乔故意让凯瑟琳娜骑一匹瘦弱不堪的马，而他和仆人的马也好不到哪里去。他们走的路满是泥泞、坑洼，每当马因为太累而摔跤时，彼得鲁乔就把那匹筋疲力尽的畜生痛骂一顿，看起来简直是全天下最容易发脾气的人。一路上，凯瑟琳娜仍不断地听到彼得鲁乔发疯似的痛骂仆人和马。

走完一段很长的路后，他们终于回到家了，彼得鲁乔很客气地请她进去。可是他早已拿定主意不给她东西吃，也不让她休息。

不一会儿，桌子摆好了，晚饭也端上来，可是彼得鲁乔却故意挑剔每道菜，不但把食物丢了一地，最后还要仆人把晚饭撤下去。他说，这一切都是为了凯瑟琳娜好，他绝不会让她吃不合口味的东西。

凯瑟琳娜又累又饿，当她想回房里休息时，彼得鲁乔又开始嫌东嫌西，拿起枕头和被子到处乱丢，她只好坐在椅子上休息，才刚刚打了个盹儿，却马上又被彼得鲁乔的吼叫声吵醒，因为他正在痛斥仆人没有把新娘子的床铺好。

第二天，彼得鲁乔还是老样子，虽然他对凯瑟琳娜很和善，但每当她想吃东西时，他就开始对桌上的食物挑三拣四，然后把饭菜丢得满地都是，就像昨天一样。饥饿的凯瑟琳娜央求仆人偷偷给她东西吃，但是彼得

TAMING OF THE SHREW.

鲁乔早就吩咐过仆人们，他们什么东西也不敢给她。

“唉！”她说，“难道他娶我只是为了把我饿死吗？乞丐来到我家门前讨饭，尚且会得到施舍。可是像我这种从没开口跟人要求过什么的人，如今却饿得半死，头昏脑涨、四肢无力，他不间断的咆哮声吵得我没法休息。更气人的是，他竟然说这一切全都是因为爱我！好像我只要睡觉、吃饭，就会马上死掉一样！”

正当她自言自语的时候，彼得鲁乔走进来把她的思绪打断了。他并没有真的打算让她一直饿下去，所以他端来了一点儿东西，还对她说：“我可爱的凯特，你好吗？瞧我对你多么体贴，这是我亲自为你煮的。我相信你一定会感谢我的这份心意。怎么了，说不出话来吗？那表示你不喜欢这些饭菜，是我白忙一场了！”

于是，他吩咐仆人把盘子撤下去。凯瑟琳娜的锐气早已被饥饿磨尽了，虽然她的心里十分不甘愿，嘴里却不得不说：“把这东西留下吧！”

但是彼得鲁乔并未因此满足，他回答说：“虽然只是小事一桩，但是你在吃东西之前，是不是也应该谢谢我才对呀？”

凯瑟琳娜只好勉为其难地说了一声：“谢谢您。”

他让凯瑟琳娜吃了一点儿东西后又说：“凯特，吃点儿东西对你那温柔的心肠会有很大的帮助，快点儿吃吧！我们等一下要去你父亲那里，你会打扮得像贵族一样漂亮，穿绸衣、戴缎帽、手上戴着金戒指、身上披着围巾，还会拿一把扇子，所有的东西都会有！”

为了让她相信他说的话，彼得鲁乔叫来裁缝和帽匠，他们把彼得鲁乔替凯瑟琳娜定做的一些新衣裳也拿来了。不等她吃完饭，彼得鲁乔就吩咐仆人把食物撤下去，还故意说：“你应该吃饱了吧？”

帽匠拿出一顶帽子说：“这就是您定做的帽子。”

彼得鲁乔拿起来瞧了瞧，马上发起脾气，批评那顶帽子就像一个小碗，还比不上一个蛤蜊或是胡桃壳，他要帽匠拿回去再改大一点儿。

凯瑟琳娜却说：“我要这一顶就好。所有高贵的妇女都戴这种帽子。”

“等你成为高贵的妇女时，”彼得鲁乔回答道，“你也可以戴一顶，但是现在还不行。”

凯瑟琳娜吃下东西后，精神稍微恢复了一些，便大声地说：“喂！先生，我也有权利说话。我告诉你，我不是个小孩儿，那些比你更强的人也都耐心地倾听我的意见，如果你不爱听，最好堵上你的耳朵！”

彼得鲁乔不去理会她这些气话，因为他已经想出一个更好的办法对付她，用不着在这里跟她吵嘴。他说：“你说的没错，这顶帽子果然很难看，我之所以会这么爱你，就是因为你跟我一样，都不喜欢它。”

“爱不爱都随便你！”凯瑟琳娜说，“反正我喜欢这顶帽子，我一定要这一顶，别的我都不要！”

“你是说你想看看那件洋装？”彼得鲁乔装作没听见。

于是，裁缝把一件很漂亮的洋装拿给她看，彼得鲁乔原本就不想把东西给她，所以又开始挑剔起洋装的毛病。

“天哪！这是什么东西！这叫袖子吗？简直像支炮管！皱巴巴的像苹果派一样！”

裁缝说：“是您要我按照时髦的样式做的。”凯瑟琳娜也说自己从来没见过这么漂亮的洋装。

对彼得鲁乔来说，有凯瑟琳娜的这句话就够了。他一方面请人偷偷告诉裁缝和帽匠，货款一定会照付，并且为他那莫名其妙的态度道歉；另一方面，他却又破口大骂，粗暴地把他们统统赶出屋子。

然后，他转过身来对凯瑟琳娜说：“好吧，我们就穿着这身衣服到你父亲家去吧！”

他吩咐仆人备好马匹，并且说一定要在吃午餐前赶到巴普提斯塔那里。事实上，他说这句话的时候已经是中午了，凯瑟琳娜这时几乎已经被他狂暴的态度所征服，因此她试着恭敬地提出意见：“我敢向您保证，现在已经是中午了，我们走到那里时，将会是晚饭时间。”

可是彼得鲁乔还不满意，他的最终目的是要她完全屈服，无论他说什么她都必须随声附和，就好像太阳、星辰也归他统治一般。于是，他告诉凯瑟琳娜，他高兴说是什么时候就是什么时候，不然他就不动身。

“不论我说什么、做什么，”他说，“你总是跟我唱反调，好！我今天不去了，等我想走的时候，我说几点钟就是几点钟。”

在一天的折磨后，凯瑟琳娜总算学会了忍耐。彼得鲁乔一直把她磨到百依百顺，甚至不敢有反驳的念头后，才允许她回到父亲那里去。在路上，她差点儿又被彼得鲁乔送了回来，只因为接近中午的时候，彼得鲁乔说天上有月亮，而她无意中表示那是太阳。

“我发誓！”他说，“我说它是月亮，它就是月亮；我说它是星星，它就是星星；我说它是什么，它就是什么。如果你不同意，我们就不去你父亲那里了。”

然后，他装出要回头的样子。这时的凯瑟琳娜早已不再是“泼妇凯瑟琳娜”，而是一位恭顺的妻子了，她说：“既然我们已经走了这么远的路，我请求您还是继续往前走吧！随便您说它是太阳，它就是太阳；您说它是月亮，它就是月亮；您说它是什么，它就是什么。您要是高兴说它是蜡烛，我也会把它当成蜡烛的！”

他决定试试她，因此又说：“那是月亮。”

“我知道那是月亮。”凯瑟琳娜回答。

“你胡说！那明明是太阳。”彼得鲁乔说。

“那么，它就是太阳。”凯瑟琳娜回答道，“您如果说那不是太阳，那么它就不是太阳。您说它是什么，它就是什么，而我也会这么认为的。”

这么一来，彼得鲁乔才继续往前走。可是他还想再试试她。

当他们在路上遇到一位老先生时，彼得鲁乔硬要说他是一位年轻女孩儿，还向他打招呼说：“高贵的小姐，您早啊！”然后问凯瑟琳娜是否见过更漂亮的女孩儿。

他夸赞老先生的脸蛋又白又嫩，把他的眼睛比喻成闪亮的星星，随后又对他说：“可爱的小姐，日安！”又对他的妻子说：“可爱的凯特，她长得真美啊！你应该赞美她才是。”

凯瑟琳娜这时已经完全屈服了，她顺着丈夫的意思对老先生说：“年轻美丽的小姐，您长得真漂亮，既活泼又可爱。您要到哪儿去呀？住在什么地方？您的父母真有福气，生了您这么一个漂亮的孩子！”

“喂！凯特，你怎么了？你疯啦？这明明是个男人，而且是个上了年纪、满脸皱纹的男人，才不是你说的什么年轻小姐啊！”彼得鲁乔说。

听到这话，凯瑟琳娜又说：“老先生，请您原谅我。阳光把我照得眼花了，我看什么都显得很年轻。现在我知道您是一位可敬的老人家，希望您能原谅我刚才失礼的行为。”

“好心的老伯伯，请原谅她吧！”彼得鲁乔说，“请告诉我们您要到哪儿去，如果顺路的话，我们很愿意跟您做伴。”

老先生回答：“好先生，还有这位有趣的太太，我从没想过会遇到这么奇怪的人。我叫文森希欧，正准备去帕度亚看望我的儿子。”

彼得鲁乔这才明白，原来这位老先生是卢森希欧的父亲，卢森希欧即将跟巴普提斯塔的二女儿比安卡结婚。彼得鲁乔告诉文森希欧，这门亲事将会为他带来很多财富，老先生听了十分欢喜。

他们愉快地结伴来到巴普提斯塔的家，里面的许多宾客都是来参加比安卡与卢森希欧的婚礼的。原来，巴普提斯塔把凯瑟琳娜嫁出去以后，便高高兴兴地同意了比安卡的婚事。

他们一进屋，巴普提斯塔就热烈地欢迎他们来参加婚礼，除了彼得鲁乔之外，在场的还有另外一对新婚夫妇。

卢森希欧和这个新婚男人霍坦西奥，忍不住偷偷地拿凯瑟琳娜的泼辣脾气开玩笑。因为这两位自信的新郎，对他们挑的妻子十分满意，总是讥笑彼得鲁乔的运气不如他们。彼得鲁乔原本不想理会他们的揶揄，但在吃过晚饭，女客们纷纷退席后，他才发现竟连巴普提斯塔也嘲笑他！

当彼得鲁乔说他的妻子比另外两人的妻子更听话时，凯瑟琳娜的父亲说：“唉！彼得鲁乔，说句老实话，我认为你娶的是这世上最泼辣的女人了。”

“我可不这么认为，”彼得鲁乔说，“为了证明我说的话，我们来打个赌。我们各自派人去叫自己的妻子，只要谁的妻子最听话、一叫就来，就算他赢了。”

另外两个人很乐意打这个赌，因为他们十分确信，自己柔顺的妻子一定比倔强的凯瑟琳娜听话。他们约定赌金为二十克朗，可是彼得鲁乔却兴高采烈地说，只有拿鹰犬打赌时才会赌得这么少，如今他要拿自己的妻子打赌，理应将赌金提高五倍！于是，卢森希欧和霍坦西奥便同意把赌注加到一百克朗。

卢森希欧派仆人去叫比安卡过来，仆人回来后却说："先生，夫人说她有事，不能来。"

"怎么了？"彼得鲁乔说，"她说有事不能来？这难道是一个妻子应该有的答复吗？"

卢森希欧和霍坦西奥都看着他笑了出来，心想恐怕凯瑟琳娜的回答将会更不客气呢！现在轮到霍坦西奥了，他对仆人说："你去请我的夫人来这儿一趟。"

"哎呀！还要用'请'的，"彼得鲁乔说，"那么更应该来了吧！"

"先生，"霍坦西奥说，"我才担心尊夫人连请也请不来呢！"

话刚说完，霍坦西奥看到仆人独自回来，脸色竟有些苍白。

"先生，"仆人说，"夫人说您大概在开什么玩笑，所以她不来了，她还要您过去她那儿呢！"

"这回更糟啦！更糟啦！"彼得鲁乔说道，然后他把仆人叫过来，"喂！你到夫人那儿去，告诉她，我命令她到我这儿来。"

大家还来不及想她会不会服从这个命令，巴普提斯塔就惊呼道："哎呀！老天爷，凯瑟琳娜真的来了！"

凯瑟琳娜走进来，柔顺地问彼得鲁乔："您叫我来有什么吩咐吗？"

"你妹妹和霍坦西奥的妻子到哪儿去啦？"彼得鲁乔问。

"她们在客厅里围着火炉聊天。"凯瑟琳娜回答。

"去，把她们找来！"彼得鲁乔说。

凯瑟琳娜二话不说，就照她丈夫的吩咐去做了。

"如果天底下真有怪事的话……"卢森希欧说，"这一定就是怪事了！"

“真是怪事！”霍坦西奥说，“真不晓得这是什么预兆呢！”

“这是和睦的预兆。”彼得鲁乔说，“这表示我们之间会很恩爱，夫妻生活会很平实。简单地说，这是一切甜蜜、幸福生活的预兆！”

巴普提斯塔非常高兴看到女儿的改变，他说：“彼得鲁乔，恭喜你呀！你不但赢了这场赌注，我还要额外再送给你两万克朗的陪嫁，就当作是给我另外一个女儿的，因为她简直是判若两人啊！”

“为了让你们心服口服，”彼得鲁乔说，“我还要让你们看看她学到的妇德和顺从。”

这时，凯瑟琳娜带着另外两位夫人进来了，彼得鲁乔接着说：“看！她来了，而且她还用道理，把你们那两位固执的太太像俘虏一样带来了呢！凯瑟琳娜，你那顶帽子不好看，快把它拿下来丢在地上吧。”

凯瑟琳娜马上脱下她的帽子，丢在地上。

“天哪！”霍坦西奥的妻子说，“简直没有见过这么傻的事！”

比安卡也说：“呸！这种愚蠢的行为，算是尽哪门子的本分呀！”

卢森希欧听到后却说：“我巴不得你也尽这种愚蠢的本分呢！可爱的比安卡，为了你那聪明的本分，我已经输掉一百克朗啦！”

“你竟然拿我来打赌！”比安卡说，“你才愚蠢呢！”

“凯瑟琳娜，”彼得鲁乔说，“我要你去告诉这两个倔强的女人，做妻子的该对她们的丈夫尽些什么本分。”

令大家惊讶的是，从前的泼妇凯瑟琳娜居然振振有词地说，做妻子的本分是服从，就像她对彼得鲁乔百依百顺一样。于是，凯瑟琳娜在帕度亚再度造成了话题，只不过这回她不是以泼辣出名，而是以帕度亚最顺从、最尽本分的妻子出名。

维洛那二绅士

维洛那城里住着两位年轻的绅士，一位名为瓦伦坦，另一位名为普洛特斯，他们之间一向有着深厚的友谊。两人经常在一起读书，除了普洛特斯有时会去探访情人以外，两个人一有空就会待在一起。

这两人只对一件事抱着不同的看法，那就是每当普洛特斯谈起自己对爱人茱莉亚的炽热情感时，瓦伦坦便会因为自己没对象，而对这个话题感到厌烦。也因此，他常常取笑普洛特斯并用俏皮话来嘲讽他的痴情，还说自己绝不会陷入这种无谓的幻想，他宁可自由自在地过日子，也不愿尝到那种既期待又怕受伤害的恋爱心情。

一天早晨，瓦伦坦告诉普洛特斯自己要去米兰一趟。普洛特斯不愿跟他的好朋友分别，一直劝瓦伦坦不要走。然而，瓦伦坦却说："亲爱的朋友，别再劝我了。我不要像个懒人一样待在家里，把我的青春给消磨掉！年轻人老是待在家中，是不会有什么长进的。要不是因为你被茱莉亚的温柔拴住了，我还想约你跟我一同去见见世面呢！不过，既然你现在忙着谈恋爱，那么就尽管爱下去吧！祝你得到美满的结果。"

"再会，亲爱的瓦伦坦！"普洛特斯说，"要是你在路上看到什么值得欣赏的事物，希望你能想起我，让我也一起分享你的幸福！"

于是，瓦伦坦当天就动身前往米兰了。普洛特斯在朋友离开后，坐了下来，开始写信给茱莉亚。他把信交给茱莉亚的女仆露西塔，请她转交给她的主人。

虽然茱莉亚对普洛特斯一往情深，但她是个性情高傲的女孩儿，她觉得倘若轻易就把心交给对方，会有损少女的自尊，所以她常常假装不理普洛特斯，使他感到相当气馁不安。

也因此，当女仆露西塔把信交给茱莉亚时，她起初假意不肯收下，还怪罪露西塔不该从普洛特斯手里把信收下。然而，等露西塔离开房间后，茱莉亚一直急着想知道信里的内容，只好马上又把女仆叫了回来。

露西塔回来后，茱莉亚故作姿态地随意问道："几点钟啦？"

露西塔知道女主人其实是想看这封信的，因此没有回答她的问题，反而把那封她不久前才拒绝的信又递了过去。茱莉亚发现女仆居然看透了自己的心思，恼羞成怒，当场将信撕碎，扔在地上，又叫女仆滚出去。当露西塔弯下腰来收捡地上的碎纸片时，茱莉亚不想让她拿走，又假装发脾气说："给我出去！这些纸片就让它留在原地吧！不然的话，真不知道你又会做出什么令我生气的事！"

女仆离去后，茱莉亚赶紧把碎纸片拼凑起来，很快认出了信上写的是"爱情受挫的普洛特斯"这几个字，她不禁望着这几个字叹气。尽管信变成了碎片，她仍然对着这些碎纸片喃喃自语道："我要把你们放在怀里，就像让你们睡在床上一样，直到伤口复原。我还要亲吻每一片碎纸，向你们赔罪。"

她就这样自言自语着，直到发现信再也拼不起来后，她开始恼怒起自己的虚情假意，竟把如此甜蜜缠绵的信给撕毁了。于是，她也写了一封信给普洛特斯。

普洛特斯收到信后非常高兴，他一边读信一边大声地说："甜蜜的爱情！甜蜜的字句！甜蜜的人生！"正当他得意忘形时，被他的父亲打断了。

"喂！"老先生说，"你在读谁的信呀？"

"父亲，"普洛特斯回答道，"是我在米兰的朋友瓦伦坦写来的。"

"把信拿来，"他父亲说，"让我看看里面写了些什么。"

"没什么，父亲，"普洛特斯慌张地说道，"他只提到米兰公爵是多么器重他，他正受到公爵的宠爱。信里还说，他多么希望我也能跟他在一起，分享他的幸福。”

“那么你觉得呢？”他父亲问。

“我该听从的是您的意见，而不是朋友的希望。”普洛特斯说。

正巧，普洛特斯的父亲刚才跟朋友聊了这件事情。朋友说，大多数的人都希望把儿子送到国外去闯荡一番，而他老人家却放任儿子蹲在家里消磨青春，实在是太奇怪了！

“有些人投身军旅，在战场上立了大功；有的则航行到远方，发现了海岛；还有一些进入国外的大学进修。你儿子的朋友瓦伦坦不也到米兰公爵的宫廷里去了吗？这些事他都做得到，要是不趁年轻的时候到处看看，以后一定会吃亏的。”

听了朋友这么说，普洛特斯的父亲也深有同感。因此，他决定立刻叫普洛特斯也到米兰去。这个独断的老先生一向只会命令儿子，从来不肯讲道理。理所当然的，他也不会告诉普洛特斯自己为何突然做出这个决定。他只说：“我的意见跟瓦伦坦一样。”

看到儿子吃惊的表情后，他又说：“不必纳闷我为什么突然要你到米兰去，总之，我心意已决，没有商量的余地！明天你就准备动身，什么都不用多说了，我说到做到。”

普洛特斯知道即使反抗也没有用，因为父亲从来都不准他违抗命令。事到如今，他只能怪自己没有老实告诉父亲那是茱莉亚写来的信，才会弄巧成拙，造成这种悲惨的后果。

当茱莉亚知道即将跟普洛特斯分开很长的一段时间后，她再也不故作冷淡了，两人难过地道别，发誓要彼此相爱，永不变心。普洛特斯跟茱莉亚交换了戒指，答应要永远留作纪念。在一番伤心的告别后，普洛特斯便动身前往米兰，到瓦伦坦住的地方去。

至于瓦伦坦，他的确获得了米兰公爵的宠爱，就像普洛特斯告诉父亲的那样。而且，普洛特斯做梦也想不到，如今的瓦伦坦也跟他一样，成为一个痴情男儿了！

使瓦伦坦发生这个奇妙变化的是米兰公爵的女儿西尔维亚小姐，她也爱上了瓦伦坦，不过，他们的恋情尚未公开。尽管公爵对瓦伦坦优遇有加，每天都邀请他到宫里去，但是公爵其实是想把女儿嫁给年轻的臣子修里奥的。然而，西尔维亚非常瞧不起修里奥，他完全没有瓦伦坦那种高尚的情操和非凡的品格。

这一天，修里奥和瓦伦坦两人同时来拜访西尔维亚，瓦伦坦把修里奥的每一句话都拿来揶揄了一番，逗得西尔维亚十分开心。就在这时，公爵走进来，告诉瓦伦坦一个好消息——他的朋友普洛特斯来了。

瓦伦坦高兴地说："要说我最大的愿望是什么，那就是在这儿见到他！"

接着，他就开始当着公爵的面夸奖起普洛特斯来："公爵，我以前不知道要好好爱惜光阴，但是我这位朋友却不曾浪费过岁月。无论是人品还是才学，他样样具备；而上流绅士应该有的美德，他也一样不缺！"

"既然他这么好，就让我们一起热烈欢迎他吧！"公爵说，"我这话是对你说的，西尔维亚。当然，修里奥先生，也包括你。至于瓦伦坦，我想就用不着我提醒了。"

这时，普洛特斯来了，瓦伦坦立刻将他介绍给西尔维亚。

"可爱的小姐，请接纳他，让他和我一样做您的仆从。"

瓦伦坦和普洛特斯结束了在公爵家的拜访后，两个人独处在一起时，瓦伦坦说："现在，快跟我说说家乡的情况吧！你的情人好吗？你们的感情进展得顺利吗？"

"从前你一听我提起我的恋爱就感到厌烦，我知道你不喜欢聊这些事。"普洛特斯回答道。

"噢！普洛特斯，"瓦伦坦说，"可是现在我变了！从前我不把爱情看在眼里，现在我已经受到了惩罚。爱情为了报复我对它的轻视，竟让我睁着眼睛发呆，整天都睡不着觉！普洛特斯，爱情是一位权倾天下的君王，我已经臣服在它的面前了！我承认，天底下再也没有事比爱情的责罚更痛苦，比服侍它更快乐了。如今只要提起爱情，我就会食不下咽、睡不着觉！”

恋爱让瓦伦坦的个性起了很大的变化，在普洛特斯听来应该是一个好消息，可是此时的普洛特斯早已不是瓦伦坦的朋友了。因为，他们一起谈论的爱情——那个万能的君王，竟也在普洛特斯的心底活动了起来。

在这之前，普洛特斯是一个真挚的情人和忠实的朋友，但自从见了西尔维亚短短的一面后，他竟变成了一个不忠实的情人和不顾道义的朋友！一见到西尔维亚，他对茱莉亚一切的爱就像泡沫似的消失了，而他跟瓦伦坦多年的友谊，也无法制止他萌生夺取西尔维亚的念头。

普洛特斯决定遗弃茱莉亚时，心里百般犹豫，正如同许多天性善良的人要做坏事时面临的挣扎一样。只是，邪恶的欲望终于扳倒了他的良知，他几乎毫无招架之力，便让自己陷入这个不幸的情网里。

瓦伦坦把自己跟西尔维亚的恋爱经过偷偷告诉了普洛特斯。谈到他们如何谨慎地瞒住公爵时，瓦伦坦说道，看样子公爵永远也不会同意他们的婚事。因此，他已经要西尔维亚当晚从宫里逃出来，跟他到曼多亚去。他又给普洛特斯看一条用绳子做成的梯子，他要在天黑以后利用这条梯子，帮助西尔维亚从窗口溜出来。

可怕的是，普洛特斯听他朋友吐露完这个宝贵的秘密后，竟决定到公爵那里，把一切都说出来。

不讲信用的普洛特斯，先是对公爵说了一堆冠冕堂皇的话。他说，若是以朋友间的道义来说，他理应替朋友隐瞒；但公爵的厚待令他感激不尽，若非如此，无论他得到多大的好处，都绝不会出卖自己的朋友。接着，他就把瓦伦坦对他透露的计划，一五一十地告诉了公爵，包括瓦伦坦打算藏在长袍底下的那个绳梯。

公爵觉得普洛特斯非常诚实，他宁愿背叛朋友，也不肯替他隐瞒这个无耻的秘密。公爵大大地夸奖了他一番，并且答应他一定不会让瓦伦坦知道是谁告密的，另一方面，公爵还要用计谋让瓦伦坦自己露出马脚。为了达到目的，公爵不动声色地等着瓦伦坦前来。

没多久，果然看见瓦伦坦匆匆忙忙地朝着宫里走来，长袍下仿佛藏了一件东西，公爵心想：那一定是绳梯。他将瓦伦坦拦了下来。

“瓦伦坦，你走得这么匆忙，要到哪里去呀？”

“公爵，我要寄一封信给朋友，信差正在外面等着呢！我正要把信交给他。”

这个谎也像普洛特斯对他父亲撒的谎一样——失败了。

“是很重要的信吗？”公爵问。

“不怎么重要，”瓦伦坦说，“只不过是告诉父亲，我在这里很平安、快乐。”

“那就好，”公爵说，“来陪我坐一会儿吧！我有些事想问问你。”

接着，公爵开始编造一个故事，想套出瓦伦坦的秘密。他说，西尔维亚知道他想把自己嫁给修里奥，可是她的个性十分倔强，始终不肯答应。

“难道她忘了自己是我的女儿吗？竟不把我这个父亲看在眼里！不瞒你说，像这样目无尊长的女儿，我再也不会疼她了！我本来还寄望她尽一点儿孝心，让我得以安享晚年。现在，我决定再娶一位姑娘照顾我，至于西尔维亚，我要把她赶出去，谁愿意的话就去娶她吧，就让那副美貌当她的嫁妆。既然她不听我的话，自然也不会把我的财产放在眼里。”

瓦伦坦并不晓得公爵的真正意图，不明所以地问道：“那么，您希望我做些什么呢？”

“我决定娶的这位女孩儿很秀气、害羞，”公爵说，“像我这样的老头子无法打动她的心。而且，现在谈恋爱的方式也和我年轻时不同了！所以我想请你教教我，该如何求婚。”

于是，瓦伦坦把时下年轻人向女孩儿求爱的一些方法告诉公爵，例如送礼物、去拜访等等。

公爵说他送过礼物，可是那位女孩儿不肯收。而她的父亲管教相当严，白天谁也无法接近她。

“那么，”瓦伦坦说，“您只好晚上去看她了。”

“可是到了晚上，”狡猾的公爵终于扯到他想说的话题了，“她的门都上了锁呀！”

不幸的瓦伦坦竟傻傻地建议公爵，可以利用一条绳梯爬到女孩儿的房里。他还答应替公爵找来可用的绳梯，最后，他甚至要公爵把绳梯藏在他现在穿的这种长袍下面。

“那么，把你的长袍借我穿吧！”公爵说道。他故意编造了这么一个故事，就是为了找借口把瓦伦坦的长袍脱下来。因此，才刚说完，他就一把抓住瓦伦坦的长袍，往后一掀。

绳梯立刻露了出来，除此之外，瓦伦坦身上还带着西尔维亚的一封情书。公爵马上打开信，发现里面竟写着他们逃跑的计划，他怒不可遏地责备瓦伦坦忘恩负义，自己如此地信任他，而他却想诱拐自己的女儿。最后，公爵将瓦伦坦从米兰城里赶了出去，而且永远不准他回来。瓦伦坦来不及见到西尔维亚最后一面，当天晚上就被赶走了。

正当普洛特斯在米兰陷害瓦伦坦时，茱莉亚却在维洛那为他苦恼着。她对普洛特斯的思念终于压倒了礼教的束缚，她决定离开维洛那到米兰去见情人。为了确保路上不会遭遇危险，她把自己和女仆露西塔打扮成男人。就这样，两个人从家乡出发了，当她们抵达米兰时，瓦伦坦刚被赶出来不久。

茱莉亚先在米兰的一家旅店投宿。她心里挂念的全是普洛特斯，于是她主动跟旅店的老板聊了起来，希望能打听到普洛特斯的消息。

店主很高兴有这么一位容貌俊秀的年轻绅士亲切地同他搭话，因为从外表判断，这位绅士的身份地位肯定很不寻常。而且，店主是个善良的人，不忍看到客人愁眉不展，为了使这位年轻绅士开心，他邀请茱莉亚去宫里欣赏美妙的音乐，还告诉她当天晚上将会有另一位绅士用音乐向他的情人示爱。

事实上，茱莉亚相当烦恼，因为她不晓得普洛特斯会如何看待她这种冒失的行为。她知道普洛特斯爱上的是她的高贵端庄，要是他看到自己现在这个模样，不知道他会不会看不起自己。但茱莉亚仍欣然接受了主人的邀请，和他去宫里听音乐，因为她希望能在那里碰到普洛特斯。

没想到，善良的店主人将茱莉亚带到宫里后，却让她原本期盼的心完全破碎了。她在那儿看到普洛特斯正用音乐向西尔维亚小姐诉说着对她的爱慕，还听到西尔维亚责备普洛特斯不该遗弃自己原本的情人，背叛自己的朋友瓦伦坦。随后西尔维亚就离开了，根本不屑听他的甜言蜜语，因为她是忠于瓦伦坦的，她厌恶普洛特斯的卑鄙行为。

尽管茱莉亚十分沮丧，但是她心里依然爱着普洛特斯。之后，在旅店主人的帮忙下，她被安排到普洛特斯的身边当差，不过，普洛特斯丝毫不知她就是茱莉亚，还派她送信和礼物给西尔维亚，甚至连茱莉亚送给他做纪念的戒指，也交由她送去了。

茱莉亚带着戒指去见西尔维亚，结果却令她非常高兴，因为西尔维亚坚定地拒绝了普洛特斯的求婚。于是茱莉亚开始跟西尔维亚聊起普洛特斯的旧情人，也就是她自己。她告诉西尔维亚，说自己认识茱莉亚，而茱莉亚对普洛特斯是多么痴情，她要是知道他变心了，一定会很难过。

接着，她又巧妙地说："茱莉亚和我差不多高，年纪也和我相近，她的眼睛和发色也和我很像。"茱莉亚穿上男孩子的服装后，称得上是个美少年。

西尔维亚听了很感动，开始怜悯起那个被遗弃的女孩儿。当茱莉亚把普洛特斯要她带来的戒指送给她时，西尔维亚拒绝了，她说："他把这个戒指送我就更过分了！因为我听他说过，这是茱莉亚送给他的。小伙子，我很喜欢你，因为你懂得同情那位不幸的小姐。这儿有个钱袋，因为你深富同情心，所以我把它送给你。"茱莉亚听到善良的西尔维亚说出这番话，沮丧的心灵顿时受到了鼓舞。

可怜的瓦伦坦在被赶出米兰后，完全不知道何去何从。遭受这样的奇耻大辱，他也没有脸回家见自己的父亲。当他在米兰附近的一座荒凉森林里徘徊时，冒出了几个强盗把他围起来，向他要钱。

瓦伦坦告诉他们，自己是个不幸的人，不但被人赶了出来，口袋里连一毛钱也没有，唯一的财产就是身上那套衣服。

强盗们发现他风度高贵、气质不凡，于是对他说道："要是你肯跟我

女扮男装的茱莉亚在宫中欣赏美妙的音乐。

们在一起，当我们的头目，我们就都服从你的指挥；但要是你不肯接受这个建议，我们就要把你杀掉！”

事到如今，瓦伦坦已经什么都不在乎了。他回答说，只要这些强盗不欺负良家妇女和路上的穷人，他愿意跟他们一起行动，成为他们的头目。于是，高贵的瓦伦坦竟摇身成了强盗。

另一方面，公爵逼迫西尔维亚立刻跟修里奥结婚，为了逃避这桩亲事，西尔维亚终于下定决心，前往曼多亚找瓦伦坦，因为她听说他逃到了那里去。

不过，这个消息并不准确，因为瓦伦坦仍然跟强盗们住在森林里，虽然名义上是他们的头目，但他从来不参与这群人的抢劫行动，除非他们欺负过路的旅客时，才会出面劝说他们手下留情。

西尔维亚找了一位叫艾格勒莫的臣子陪她从宫里逃出来。她让他陪在身边，一路上保护自己。有一天，他们正经过强盗住的森林，突然，一个强盗跑出来抓住了西尔维亚，艾格勒莫也差一点儿被逮住。

强盗看西尔维亚十分惊慌，就告诉她不必害怕，因为他们只是要把她带回山洞里，而且他们的头目为人正直，一向很同情妇女。西尔维亚听说自己要被带去见强盗头目，心里并不觉得害怕。

“噢！瓦伦坦，”她大声说，“我是为了你才愿意忍受这些的。”

正当强盗要把她带到山洞里去的时候，普洛特斯拦住了他。原来，普洛特斯听说西尔维亚逃跑后，也一路紧跟着来到了森林。当然，仆人装扮的茱莉亚也仍然跟在后面。于是，普洛特斯把西尔维亚从强盗手里救了出来。

还没等西尔维亚说出道谢的言语，普洛特斯就又开始向她求起婚来，他粗鲁地逼迫西尔维亚嫁给他。装扮成仆人的茱莉亚站在一旁，内心十分着急，生怕西尔维亚会因为普洛特斯刚才的搭救，而对他产生好感。

这时，瓦伦坦突然出现了，所有人都大吃一惊。原来，瓦伦坦听说他的手下捉到一个女孩儿，正准备跑来解救她。

普洛特斯正在向西尔维亚求婚时，却被他的朋友撞见，因此感到非

可怜的瓦伦坦在荒凉的森林中遇到的抢劫的强盗。

THE
TWO GENTLEMEN of VERONA.

常惭愧，心里充满了悔恨，他马上对瓦伦坦表示由衷的愧疚。瓦伦坦不但当场宽恕了普洛特斯，和好如初，还慷慨地说道：“我原谅你的一切，并将我在西尔维亚心里的地位也让给你。”

站在一旁的茱莉亚听到这种奇怪的事情，生怕普洛特斯会接受这份“好意”，竟急得当场晕倒了。然而，也幸亏她在这个时候晕了过去，大家都只顾着将她弄醒，要不然，恐怕西尔维亚会为了瓦伦坦的奇怪言行而生气，尽管她很难想象瓦伦坦的这种慷慨友情能够维持多久。

茱莉亚醒过来后，说道：“我竟然忘了！我的主人要我把这只戒指交给西尔维亚。”

普洛特斯先前曾派遣乔装成仆人的茱莉亚，把她送给自己的戒指转送给西尔维亚。但如今这名仆人手上拿着的，却是茱莉亚手上的那一只，是之前两人互送戒指时，他送给茱莉亚的。

“这是怎么回事？”他说，“这是我送给茱莉亚的戒指，怎么会在你手上？”

“是茱莉亚给我的，也是茱莉亚把它带到这儿来的。”茱莉亚说道。

这时，普洛特斯开始仔细端详眼前的这个人，这才认出她正是茱莉亚！她用行动证明了她的坚贞爱情，也因此深深感动了他。普洛特斯对茱莉亚的爱又重新燃起了，他再次接受了她，也放弃了对西尔维亚小姐的一切企图，把她还给了瓦伦坦。

普洛特斯和瓦伦坦沉浸在他们的幸福中时，忽然看到米兰公爵和修里奥追来了。修里奥冲上前来，一把抓住西尔维亚：“西尔维亚是我的！”

瓦伦坦听到后，气冲冲地对他说：“修里奥，给我滚开！你胆敢再说一次西尔维亚是你的，我就要你的命！她现在就站在这儿，你再碰她一下试试看！”

修里奥本来就是个懦夫，听到瓦伦坦的威吓后，顿时将手缩了回去，并说他才不稀罕她呢！还说只有傻子才会为了一个不爱他的女孩儿拼命。

公爵是个很重视荣誉的人，他十分生气地痛斥修里奥：“你这个无耻的懦夫！从前你还向她苦苦哀求，现在，遇到这么一点儿小事你就不要她了！”

然后，他又转过身来，对瓦伦坦说道：“我很佩服你的胆量，瓦伦坦，西尔维亚是你的了，你值得她爱！”

瓦伦坦十分谦卑地吻了吻公爵的手，感谢公爵把女儿嫁给他。同时，他又趁着这个愉快的时刻，恳求公爵赦免森林里的那伙强盗，他保证，一旦他们回到社会中，很多人是能有所作为的。由于这些人大半都没有犯什么重罪，公爵一口答应了。

如今，一切都得到了圆满的解决，除了那个不讲信义的普洛特斯，他因为受到爱情的蒙蔽而犯错。为了惩罚他，他必须当着公爵的面，让人一一数落他所有的罪状，直到他的良心真正忏悔了，大家才原谅他。然后，这两对情人便一起回到米兰，在公爵面前庄严地举行了婚礼。

爱的徒劳

纳瓦王国的国王腓迪南和他的朋友俾隆、朗格维以及杜曼，为了不使年轻的光阴虚度，决定发奋向学，为宫廷中增加一点儿学术气息。他们立下誓言，要在这三年内每天坚持不懈地求学、斋戒，每晚只能睡三个小时。

但誓言中最重要的是，他们必须远离女人，绝不能跟女人说话。国王还颁布了新的法律：要是有女人来到距离王宫一英里的地方，就要被割去舌头。而要是他们之中的任何人被发现与女人交谈，就必须接受其他立誓者最严厉的羞辱。

伶牙俐齿的俾隆对这个誓言不以为然，他认为无论国王与其他朋友说得多么虔诚，他们都坚持不了太久的。不过，他还是与朋友们一起立下了誓约。

正巧，当时有一位来自西班牙的军人，名叫唐·亚马多，他成为国王的随从，用他异国的奇腔异调及天马行空的诗句，为大家带来不少乐趣，加上另一个名叫考斯塔德的村夫，两个人组成宫里的一对活宝，为这些朋友们排解这三年生活中的枯燥烦闷。

这时，俾隆又指出一件事：法国国王的女儿即将来到纳瓦王国，与腓迪南国王交涉领土事宜。因此，俾隆取笑国王，要不就废除这一条戒律，要不就将来自法国的公主拒于门外。

正当国王为了该怎么做而伤脑筋的时候，一名士兵押着考斯塔德来到国王面前，原来考斯塔德偷偷与一位名叫杰奎妮娅的乡下女孩儿说话，被经过的亚马多发现了。于是，亚马多要士兵把他押到国王面前，以惩罚他违反了国王禁止与女人说话的命令。

国王判考斯塔德禁食一个星期，每天只能喝水、吃些米糠，并由亚马多负责看守他。而作为惩罚，那名女孩儿杰奎妮娅必须每天在国王的猎场挤牛奶。

由于国王与三位朋友已经立下了那个荒诞的誓言，所以他无法在宫中接待法国公主，只好先安排她们在郊外的一个营帐内舒服地住下。公主在营帐内等待着，她听说国王与朋友们立下了一个誓言，在三年之内都不准女人进入他的宫廷，便与三个侍女罗瑟琳、凯瑟琳、玛莉娅聊了起来。

她问起在场有没有人知道与国王一同立誓的人是谁，一旁的随从说出了朗格维的名字，公主又问有没有人认识他。

侍女玛莉娅回答道："我认识他，公主，当菲力格勋爵和亚克·福根布里奇的美丽女儿在诺曼底举行婚礼的时候，我在宴席上见过他。他是一个公认的才能出众的人，文学、武艺都十分擅长。他与人和善，言行举止无不得体，要是美德的光彩可以蒙上污点的话，那么他唯一的缺点是一副尖刻的机智配上一个太直率的意志。他的机智能够出口伤人，他的意志使他勇往直前，不为他人留一点儿余地。"

公主又问起，还有没有其他的人一同立誓，这时，另一名侍女凯瑟琳也说道："年少的杜曼，一个才德兼备的青年，受到一切敬爱美德人士的敬爱；他的智慧可以使一个形貌丑陋的人容光焕发，可是即使他没有智慧，他的堂堂仪表也可以博取别人的爱慕。我在阿朗松公爵的府上见过他一次，对他伟大品格的赞美，实在无法道出我在他身上所看到美德的万分之一。"

侍女罗瑟琳接着说道："要是我所听到的话并非虚假，那时候在阿朗松公爵那儿还有一个他们的同学也在一起，他们叫他俾隆。在我所交谈过的人中间，从来不曾有一个比他更会说笑的，能够雅谑而不流于鄙俗，他的眼睛一看到什么事情，他的机智就会把它编成一段有趣的笑话，他那善于叙述种种奇妙想法的舌头，会用那样灵巧而隽永的字句把它表达出来，使老年人听了娓娓忘倦，少年人听了手舞足蹈，他的口才是这样地敏捷而巧妙。”

听到三名侍女如此形容国王的三个朋友，公主吃了一惊，这才发现三个女孩儿一定都已经陷入了情网，所以才会用夸张的赞美来形容自己的意中人。

这时，腓迪南国王来到公主的营帐，当他与公主互行外交礼仪时，他就被公主深深地吸引了，他的三个侍臣也分别爱上了公主的三个侍女。俾隆对罗瑟琳说，他记得自己曾经在一场舞会中与他共舞，他试着向她求爱，但罗瑟琳不想太快接受他的爱意，对他的言语总是大加取笑，心直口快的俾隆很快跟她斗起嘴来。

就在这时，国王与公主的交涉结束了，他向公主表示，明天将会再来拜访她们，于是，一行人准备告退。俾隆也停下了与罗瑟琳的争吵。

临走之际，杜曼向公主的随从打听其中一名侍女的名字，随从告诉他那是阿朗松的女儿，名叫凯瑟琳，于是杜曼满意地离去了。接着，朗格维也向这名随从打听另一名侍女的名字，随从一样回答了他：那是福根布里奇家的女儿玛莉娅。最后，俾隆也来打听那名与他斗嘴的侍女名字，知道她叫罗瑟琳。

不久后，国王的随从亚马多拜托考斯塔德为他送信。原来，打从他逮到考斯塔德与杰奎妮娅同行的那一刻起，他就爱上了那个乡村女孩儿。在那之后，亚马多一直郁郁寡欢，胸中燃烧的爱情更让他开始文学创作，沉迷于作诗。他把考斯塔德从狱中释放出来，要他替自己送一封情书给杰奎妮娅。

考斯塔德走在路上时，遇到了俾隆。这时，俾隆也交给他一封信，要他交给公主的侍女罗瑟琳。

考斯塔德糊里糊涂地来到了公主一行人的营地，他找到公主，说一位名叫俾隆的人托他送信，要交给一位名叫罗瑟琳的小姐。他拿出了一封信给公主，没想到，这封信其实是亚马多交给他的那封，里面怪诞而华丽

LOVE'S
LABOUR'S LOST.
DALZIEL

的辞藻，让这几位女士大感有趣。

另一方面，考斯塔德又把俾隆写给罗瑟琳的信误交给了杰奎妮娅，然而，没受过什么教育的杰奎妮娅根本看不懂这封信，她找到了当地的教师霍罗福尼斯以及牧师纳森聂尔，请求他们为她解释这封信。牧师打开了信，念道：

为爱背盟，怎么向你自表寸心？
啊！美色当前，谁不要失去操守？
虽然抚躬自愧，对你誓竭忠贞；
昔日的橡树已化作依人弱柳；
请细读它一叶叶的柔情蜜爱，
它的幸福都写下在你的眼中。
你是全世界一切知识的渊海，
赞美你便是一切学问的尖峰；
倘不是蠢如鹿豕的冥顽愚人，
谁见了你不发出惊奇的嗟叹？
你目藏闪电，声音里藏着雷霆；
平静时却是天乐与星光灿烂。
你是天人，啊！赦免爱情的无知，
以尘俗之舌讴歌绝世的仙姿。

杰奎妮娅说，这是宫廷里的侍臣俾隆写给她的，教师霍罗福尼斯又看了看信上的题名，写着“献给最美丽的罗瑟琳”，才知道是送信的人搞错了。不过，他们知道国王曾与三名朋友共同立誓的事情，于是打算将这封信交给国王。

这个时候，俾隆正拿着写满自己情话的纸，在花园中来回踱步，唉声叹气道：“恋爱教会我作诗，也教会我发愁，这里写着我一部分的诗，这里则映着我的忧愁。她已经收到了我的一首十四行诗了，送信的是个蠢货，更可爱的呆子，最可爱的佳人！凭着全世界发誓，即使那三个家伙都掉入了情网，我也一点儿都不意外。瞧！那儿有一个人拿着一张纸来了，求上帝让他呻吟吧！”

这时腓迪南国王也拿着一张写满情话的纸来了，俾隆见状连忙爬到了树上，偷偷观察着这一切。

国王说：“啊！倾国倾城的仙女，你的容颜使得我搜索枯肠却仍然感到词穷。她怎么会知道我的悲哀呢？让我把这张纸丢在地上；可爱的草叶啊，遮掩我的痴心吧！谁到这儿来了？什么，朗格维！他在读些什么东西？听着！”

朗格维同样拿着一张纸来到花园。国王也立刻躲到了树的后面，跟俾隆一样，在暗处偷听起他的谈话。丝毫不知道俾隆早已先他一步躲在了树上。

朗格维说道：“唉！我破了誓了！”

听到他这么说，俾隆与国王都不约而同摇起了头，心想：又一个同病相怜的罪人！

朗格维看着纸上的文字，说：“真怕这几行生硬的诗句缺少了动人的力量。啊！亲爱的玛莉娅，我的爱情的皇后！所以还是废弃不用，直话直说吧！”

说着，朗格维又随口吟出了一首十四行诗，当他正在考虑该让谁来帮他把诗送去给玛莉娅时，忽然看到一个人靠近，朗格维连忙躲到另一棵树后面。原来，杜曼也来了。

杜曼热切地自言自语道：“啊！最神圣的凯瑟琳！凭着上天起誓，她是一个凡人眼中的奇迹！她琥珀般的头发黯淡了琥珀的颜色。如杉树一般亭亭玉立，如白昼一般明朗！啊！但愿我能如愿以偿！”

听到他这么讲，藏在各处的俾隆、国王、朗格维不约而同地叹道：“但愿我也能如愿以偿！”

接着，杜曼也跟其他人一样，作了一首献给凯瑟琳的十四行诗，他将诗句吟诵出来后，又说道：“啊！但愿国王、俾隆和朗格维也都变成恋爱中的人！作恶的有了榜样，可以抹去我背誓的罪名；大家都是一样有罪，谁也不能怨谁。”

这时，躲在一旁的朗格维跳了出来，指责杜曼背叛誓言，只是他丝毫不知道，俾隆与国王也在暗处观看到了他的所作所为呢！他说：“杜曼，你希望别人分担你相思的痛苦，这种恋爱太自私了。你可以脸色发白，可是我要是也这样被人听见了秘密，我知道我一定会满脸通红的！”

“那么你就脸红起来吧！”国王听到了朗格维这么讲，也幸灾乐祸地跳了出来，指责朗格维背叛了誓言，不知道俾隆也早就发现了他的秘密。国王说，朗格维明明与杜曼一样，爱上了玛莉娅，但是他明于责人，暗于责己，比杜曼还要罪加一等！可惜一切都被躲在树木后的自己给听到了。国王还说，要是俾隆也听见他们两个破誓的事情，真不知道会如何嘲笑他们！

“现在换我挺身而出，揭破伪君子的面目了！”这时，最早到场的俾隆也从树上跳下来了，这让三个人都大吃一惊，原来他们的心思早就被同伴们看出来了。俾隆指责国王，说他自己也沉浸在恋爱之中，没有权利责备这两个可怜虫；又说只有无聊的诗人才会写出那些没用的十四行诗，他们三个人刚才轮流指责，简直像一幕愚蠢的话剧！

俾隆又指责其他三人欺骗自己，明明是他们先许下誓言，却自己先打破了约定，他说：“我真是被你们骗了！我是个老实人，我以为违背一个自己所发的誓是一件罪恶，没想到竟会被一群虚有其表、反复无常的人们欺骗。你们什么时候看我写过一句诗，或是为了一个女人而痛苦呻吟？”

正当俾隆痛快地数落国王、朗格维与杜曼时，考斯塔德与杰奎妮娅拿着一封信来了。杰奎妮娅把信交给国王，说信中写着叛逆的阴谋，希望国王能读一读它。国王命令俾隆为他读出信中的内容。俾隆打开信后吓了一跳，因为那正是他写给罗瑟琳的情书！他急得把信撕成碎片。

国王觉得很奇怪，问他为什么这么做，俾隆回答说这封信无关紧要。一旁的杜曼捡起了一张纸片，发现上面的字迹是俾隆的，而且还留有他的签名。

俾隆对着考斯塔德骂道："啊！你这卑贱的蠢货！你把我的脸丢尽了！我承认有罪，陛下，我承认有罪！"

国王问起他这是怎么一回事，俾隆连忙说出自己爱上罗瑟琳的事，大家才知道原来所有人都陷入情网了。事到如今，他们干脆开始互相称赞自己情人的美好，俾隆说，罗瑟琳就像太阳，万物都被她照耀得灿烂生光；国王嘲笑他，说他的爱人黑得就像乌木一般，杜曼和朗格维则说，要是罗瑟琳美丽的话，那么打扫烟囱的人与煤矿坑的矿夫也称得上俊美了！就这样，他们斗起嘴来。

最后，他们才意识到，既然所有人都在恋爱，他们为什么要互相争论呢？国王要俾隆证明他们的恋爱是合法的，他们的信心并没有遭到损害。俾隆也指出，陈腐的戒条不能约束少年的热情，他开始赞颂爱情与女人的美好，他说："女人是艺术的经典，是知识的宝库，她们装饰、滋养着整个世界。"

国王与朋友们决定向那些法国姑娘们求爱，他们计划用一些新奇的娱乐来取悦她们，因为饮酒、跳舞和狂欢是恋爱的先驱，就如同缤纷的花朵般铺出一条康庄大道。决定好之后，俾隆又唱道：

种下莠草哪能收起佳禾？
那昭昭的天道从不会有私心；
轻狂的姑娘嫁给背信的丈夫；
是顽铜怎么换得到美玉精金？

就这样，帐篷里的公主与三个侍女不久后就收到国王与朋友们送来的礼物与情书，她们看着这些男人们拼命献上殷勤，感到十分有趣，开始对各自的礼物品头论足。公主说，她收到的情书，正反两面都写满了爱情的诗句，连边上都不留出一点儿空白呢！

罗瑟琳也从俾隆那里收到了一首诗，诗里赞美她是地上最美的女神，还在信中画了一幅她的画像。而凯瑟琳则得到了杜曼送给她的一只手套，以及一千行表明他爱情忠诚的诗句。玛莉娅拿到了朗格维送的珍珠，他的情书长得足足有半里路长呢！公主与侍女们谈论起来，都说这些男人本来都是聪明的家伙，却因为爱情成了蠢透的傻瓜，付出了这么大的代价，只得到她们的一阵讥笑。

就在这时，公主的随从告诉她，国王与他的三个朋友即将来拜访她们。但是他们不会以本来的面目见她们，而是装扮成俄罗斯人的样子，来向各自的爱人求婚。公主听了，打算捉弄这些男人一下，她要三名侍女都套上脸罩，把男人送给她们的礼物佩戴在身上，无论他们怎么请求，都不能露出自己的脸。

就这样，罗瑟琳戴上了国王送给公主的礼物，公主戴上俾隆送给罗瑟琳的礼物；玛莉娅与凯瑟琳则分别交换了朗格维与杜曼送给她们的饰物。这样，当他们以自己送的礼物来辨认追求的对象时，就会因认错人而发生有趣的事。

她们才刚准备好，国王以及他的三个朋友扮成的俄罗斯人就来了，他们请求谒见高贵的公主与女士们，公主让他们进来之后，国王与他的朋友就迅速根据她们身上佩戴的礼物找到了自己心爱的人。

国王找到了扮成公主的罗瑟琳，对她说："皎洁的明月和你的灿烂的众星啊！愿你们扫去浮云，把你们的光明照射在我们的眼波之上。"

"愚妄的祈求者啊！你不要追寻镜里的空花、水中的明月，你应该请求一些更重要的事物。"罗瑟琳答道。国王请求与她跳一支舞，但是罗瑟琳不停地推托，还嘲笑国王对她的赞美。

俾隆则找到了与罗瑟琳对调的公主，朗格维找到了戴上珍珠的凯瑟琳，杜曼也找到了戴着手套的玛莉娅。他们拼命向自己眼中的爱人求婚，但是公主与侍女们早已打算捉弄他们一下，因此对于他们的示好始终装聋作哑，还以她们剃刀般锋锐的利嘴轻蔑地嘲笑他们。国王与朋友们碰了一鼻子灰，只好狼狈地离开了。留下几名女孩儿分享男士们刚才对她们说的情话。

公主说，俾隆对她发了无数的誓，但他越是发誓，人家就越不相信他；玛莉娅则说，杜曼把自己的剑献给了她，愿意为她作战，还说自己是她的，就如同树皮长在树干上一般；凯瑟琳说，在朗格维的口中，自己就像一块心病般占据了他的心灵；罗瑟琳也说，国王因为想不出巧妙的答复，急得差点儿要哭出来了呢！

另一方面，落荒而逃的国王与三个朋友则想出还以颜色的方法，他们打算恢复原来的真面目，重新拜访她们，以观察她们的反应。当然，这个诡计也被公主与她那些机灵的侍女料到了。

他们再次来到帐幕下，国王邀请公主去拜访他的宫殿，但公主回绝了，她说，国王与他的朋友们必须保全他们的誓言。国王却说，是她的美丽让他不得不破坏誓言。公主仍然十分坚持，表示不希望因为自己而使国王毁弃了神圣的盟约。

国王又说，公主一行人住在外头，既没人来看望，也没人来拜访，他担心她们日子过得太无趣。公主则回答说，她们并不缺少消遣娱乐，因为不久前还有一群俄罗斯人来找过她们呢！

“什么？公主！俄罗斯人？”国王明知故问。

“是的，陛下，都是衣冠楚楚、神采轩昂、温文有礼的风流人物呢！”公主回答。

一旁的凯瑟琳笑着说：“公主，不要骗人。是这样的，陛下，我们四个人刚才的确遇见四个穿着俄罗斯装束的人，他们在这儿逗留了一个小时，啰啰唆唆地讲了许多话，但是却没有一句有意思的话，我不得不说他们是一群呆子。”

俾隆听了，不甘示弱地说道：“温柔美貌的佳人，您的智慧让您把聪明看成了愚蠢。当我们仰望着天上的太阳的时候，无论我们的眼睛多么明亮，也会在耀眼的金光下失去它原本的光彩；正因您拥有浩瀚如海的才华，所以才会把聪明看成愚蠢，富有看成贫乏啊！”

罗瑟琳问他，刚才他套的是哪一张假脸。俾隆还想装傻，罗瑟琳又说：“就是那个时候，在这里戴着的那一张假脸！您不是戴着一具比您自己好看一些的脸壳，遮掩了一副比它更难看的尊容吗？”

国王和朋友们听了都大吃一惊，这才知道自己的秘密早就被揭穿了！他们只好向女士们招认，说刚才那些俄罗斯人其实就是他们自己，公主与侍女们揶揄了他们一番，公主问国王：“刚才您在爱人的耳边轻轻地说了些什么？”

国王说：“我说我尊敬她甚于整个世界。”

“等到她要求您履行誓言的时候，您就要否认说过这样的话了！”公主说道。因为她知道国王当时说话的对象其实是罗瑟琳。

国王根本不知道这件事，回答道：“凭着我的荣誉起誓，绝不否认！”

于是，公主命令罗瑟琳说出刚才国王对她说了些什么。罗瑟琳回答，国王曾发誓要把她当成自己的瞳孔一样珍惜，重视她甚于整个世界，还说要娶她为妻，否则就要去死。

国王连忙否认，说自己不曾对罗瑟琳说出这样的话。这时，罗瑟琳才把国王送给公主的宝石交给它，表示自己刚才假扮成了公主，国王说话的对象其实是她。当国王惊讶得说不出话来时，公主又说，俾隆才是她的爱人，问俾隆是要娶她，还是要收回他送给罗瑟琳的珍珠。

到了这时，国王和朋友们才恍然大悟，原来他们被这些姑娘们狠狠地捉弄了一回。他们对自己的爱人心悦诚服，所有人都笑了起来。恰巧，国王事先安排表演余兴节目的人也来了，考斯塔德、亚马多、教师霍罗福尼斯及牧师纳森聂尔扮成了古时候的四位伟人，上演了一段有趣的话剧，国王与朋友、女士们同乐，场面十分热闹。

当大家沉浸在欢乐之中时，考斯塔德又透露杰奎妮娅已经怀了亚马多的孩子的消息，大家听了都十分开心。没想到，这时却来了一名法国的使者，他报告了公主的父王去世的消息。公主立刻收起欢乐的心情，表示今晚就要动身返回法国。

国王请求公主再多留几天，却被公主婉拒了，俾隆再次表达他们对女士们的爱意，公主回答：“我们已经收到你们充满情爱的信札，并且收下了你们的领悟。在我们这些少女的眼里，这一切只是调情的游戏、风雅的玩笑罢了，它们夸张过火而又庸俗异常，我们并没有看到比这更诚挚的情感，所以才用你们的方式回应你们的爱情，把它当作了一场玩笑。”

杜曼反驳：“但是我们的信里并不只是一些开玩笑的话。”

朗格维也说：“我们的眼里也流露着真诚的爱慕。”

国王热切地恳求女士们，说：“现在，在这最后的一分钟，把你们的爱给我们吧！”

公主说，国王与他的朋友们已经毁了太多的誓言，她已经不愿意再相信他了，除非他赶快找一处荒凉僻野隐居起来，远离一切人世的享乐。要是这种严肃而孤寂的生活改变不了他在一时冲动下做的决定，霜雪和饥饿、简陋的房间与单薄的衣服摧残不了他对爱情的渴望，那么在一年过后，他就可以到法国找她，她愿意成为国王的妻子。否则，就请他另寻佳偶。

国王对她承诺一定会做到。罗瑟琳也对俾隆开出了条件，她要俾隆戒除那些尖酸刻薄的嘲笑和讥讽，在这一年内，他必须昼夜不休地服侍那些卧病在床的病人，竭力运用他的才智逗这些受疾病折磨的人笑；凯瑟琳则要杜曼在一年内保持一个健康的身体，以及一颗正直的心；玛莉娅也愿意在一年后嫁给朗格维。

她们要求四个男人分别做出承诺后就动身回国了，这场求婚并没有像旧式的喜剧一样圆满收场，一切的问题都留待一年之后再做回答，至于国王与他的朋友们的爱究竟能不能得到回报，就留给大家一个充分的想象空间吧！

仲夏夜之梦

很久以前，雅典城有一条法律规定：如果父母高兴把女儿嫁给谁，就有权强迫她答应，要是女儿不肯嫁给父母替她挑选的丈夫，就可以凭着这条法律判她死罪。

可是做父母的都不愿意牺牲自己女儿的性命，所以尽管女儿们也有不大听话的时候，这条法律却从来没有施行过，而父母亲也只是用这条可怕的法律来吓唬她们。

然而，有一天，一位叫作伊吉斯的老人跑到忒修斯公爵面前，说他要把女儿赫米娅嫁给雅典的贵族狄米特律斯，但是女儿不愿意，因为她已经爱上了另外一个叫拉山德的年轻人。伊吉斯请求忒修斯依照这条残酷的法律处死他的女儿。

赫米娅说，她违背父亲的意愿是因为狄米特律斯曾经向她的好朋友海伦娜示爱，而海伦娜也疯狂地爱着狄米特律斯。尽管赫米娅说出这个合理的原因，却依然无法说服严厉的父亲伊吉斯。

虽然忒修斯是位伟大仁慈的公爵，却没有权力改变国家的法律。因此，他只能给赫米娅四天的时间考虑，要是四天之后她仍然不肯嫁给狄米特律斯，就要判她死刑。

赫米娅离开公爵那里后，立刻去找她的情人拉山德，把这件事告诉他，说要是自己不肯嫁给狄米特律斯，四天以后就会被处死。

拉山德听到这个消息后十分悲伤，这时，他想起自己有位姑妈住在雅典城外不远处，只要两人到了那个地方，就不必再理会这条残酷的法律了。于是他要赫米娅当晚从家里逃出来，跟他一起到姑妈家去，然后两人就在那儿结婚。

“我在城外的树林里等你，”拉山德说，“就是我们常跟海伦娜一起散步的那个树林。”

赫米娅兴高采烈地答应了。除了她的朋友海伦娜外，她没有把私奔的事告诉任何人。可海伦娜却非常不道德地把这件事告诉了狄米特律斯。虽然泄露朋友的秘密对她自己并没有好处，她唯一得到的，就是能无趣地跟着不忠实的狄米特律斯到树林里，因为她知道，狄米特律斯一定会到那里去找赫米娅的。

拉山德跟赫米娅约好见面的树林，时常会有小精灵出没。仙王奥布朗和仙后蒂坦妮娅有时会带着所有的小精灵，在树林里举行夜宴。

仙王和仙后常常吵架，每逢皎月当空的夜晚，他们总是在树林里的阴凉小道上斗嘴，那些小仙子经常害怕得爬到橡果壳里躲起来。他们这次吵架的原因是蒂坦妮娅不肯把她偷偷抱来的小男孩儿送给奥布朗，这个小男孩儿的母亲是蒂坦妮娅的朋友，她死后，蒂坦妮娅把孩子从奶妈那儿偷走，带到了树林里。

这一对情人约定在树林里相会的晚上，蒂坦妮娅正带着几个仙子在散步，她遇见了奥布朗，后面还跟着仙宫的精灵。

“又在月光下碰见你了，骄傲的蒂坦妮娅！”仙王说。

仙后回答：“怎么了，善妒的奥布朗，是你吗？仙子们，快快离开吧！我发过誓不会再跟他在一起啦！”

“等一等，难道我不是你的丈夫吗？为什么蒂坦妮娅要反抗她的奥布朗呢？把你偷来的小男孩儿给我吧。”

“死了这条心吧，任凭你用整个仙国来交换也得不到这个孩子。”仙后说完后便气冲冲地离开了。

“好，你去吧！”奥布朗说，“竟敢羞辱我！我要在天亮以前给你一些苦头尝尝！”

于是，奥布朗把他最宠信的大臣迫克叫来。迫克是个狡猾伶俐的精灵，他常在邻近的村子里恶作剧，有时候会跑到牛奶房去偷吃，有时则钻进搅奶器里。当他在搅奶器里跳舞时，无论女孩们用多大的力气，也没办法把奶油搅好，即使村里强壮的小伙子去做也不行；只要迫克跑进搅奶器里去捣蛋，奶油就一定会被他弄坏。

当几个村民聚在一起，舒舒服服地喝着麦酒时，迫克就变成一只螃蟹跳进酒杯里；有时又趁老太婆要喝的时候，跳到她的嘴唇上，把麦酒洒遍她那干瘪的下巴；过了一会儿，当老太婆正要坐下来讲故事给街坊邻居们听时，迫克又从她身后抽走凳子，害那可怜的老太婆摔倒在地上，其他人看了捧腹大笑，还说他们从来没有这么开心过。

“迫克，到这儿来！”奥布朗对这个快乐的小精灵说，“去替我采一朵‘爱情花’，把它的汁液滴在熟睡者的眼皮上，当他们醒来后，无论第一眼看见什么都会爱上它。我要趁蒂坦妮娅睡着时，把这种花液滴到她的眼皮上，等她一睁开眼，不管看见的是狮子、熊、猴子，还是一天到晚攀上爬下的无尾猿，她都会爱上它。虽然我知道有另外一种方法可以替她解除这种魔咒，不过她得先把那个孩子给我才行。”

迫克一向喜欢恶作剧，它对主人要玩的这个把戏感到非常兴奋，于是赶紧跑去找花了。

当奥布朗等待迫克回来时，正好看见狄米特律斯和海伦娜走进树林里，他偷听到狄米特律斯抱怨海伦娜一直跟着他，还说了许多无情的话，海伦娜则温柔地劝他，要他想想自己当初是多么爱她，还向她保证会永远忠诚；但他现在却把海伦娜冷落在一旁，而她却仍旧拼命地追随他。

一向喜欢忠实情侣的仙王看见这个情况后，非常同情海伦娜。也许他们从前来到这个愉快的树林里散步时，奥布朗还曾经见过她呢！

这时，迫克带着小紫花回来了，奥布朗便对他说：“拿一点儿花去树林里，那儿有个可爱的雅典姑娘，她爱上了一个傲慢的小伙子。要是你看见那个小伙子在睡觉，就滴一些花液在他的眼皮上，可是千万要记住！要等姑娘离他很近的时候再去滴，这样等他醒来后，才会爱上这个原本受他轻视的姑娘。别认错人了！那个小伙子身上穿的是雅典式长袍。”

迫克走后，奥布朗就趁蒂坦妮娅不注意溜到她的卧室去，她正准备睡觉。她的卧室是一个花坛，四周长着香草、莲香花和芬芳的紫罗兰，上面则盖着金银花、麝香、蔷薇和野玫瑰。蒂坦妮娅每天晚上都会在这儿睡觉，她盖的被子是蛇皮做的，虽然很小一块，却也够裹住一个精灵了。

蒂坦妮娅正在交代仆人们，在她睡觉的这段时间该做些什么：“你们要负责清除蔷薇嫩苞里的蛀虫；你们去跟蝙蝠打仗，把它们的皮翅膀拿来给小仙子做外衣；剩下的去监视那只每天晚上都吵吵闹闹的猫头鹰，不要让它靠近这里。不过，现在先唱支催眠曲给我听吧！”

于是，她们就开始唱歌：

有毒的花蛇、扎手的刺猬，
远远走开吧！
蝾螈和蜥蜴，不要捣乱，
也不要走近仙后的身边。
夜莺，请用甜蜜的歌声，

精灵们在夜宴中尽情欢唱。

为我们唱一支催眠曲吧！

睡吧！睡吧！睡吧！睡吧！睡吧！睡觉吧！

灾害、邪魔和诅咒都走开，

永远不许接近美丽仙后的身边。

快睡吧！快睡吧！快快进入甜美的梦乡吧！

精灵们在仙后睡着后，就去做她吩咐的重要工作。这时，奥布朗轻轻地走近蒂坦妮娅身边，滴了些花液在她的眼皮上，一边低声唱道：

无论你醒来后看到什么，

你将会把他当作情人。

现在，我们回来看看赫米娅吧！她为了逃避死罪，那天晚上就从家里逃了出来。当她走进树林时，看见心爱的拉山德已经在那儿等她，准备带她到姑妈家去。可是他们还没走出树林，赫米娅就已经累垮了。

拉山德对她一向十分体贴，因为赫米娅为了他，甘愿不顾自己的性命，可见她对拉山德的爱有多么真挚！所以他劝赫米娅先在草地上休息一下，等天亮后再出发，他自己也在离她不远的草地上躺了下来，两人很快就睡着了。

这时，迫克出现了，他看见一个小伙子正在睡觉，又发现他的长袍是雅典式的，而离他不远处还躺着一个可爱的女孩儿。于是迫克猜想，这两人一定是奥布朗派他来找的那个雅典姑娘和她傲慢的情人。既然这儿只有他们俩，迫克便认为当这个男的醒来后，第一眼看到的一定就是那个女孩儿。就这样，他毫不犹豫地在拉山德的眼皮上滴了一些花液。

然而，事情的发展却跟原来预料的完全不一样，海伦娜这时刚好经过，拉山德一睁开眼，第一个看见的不是赫米娅，而是海伦娜。说也奇怪，爱情花的魔力真大！拉山德对赫米娅的爱情竟然全部消失了！他爱上了海伦娜。

如果他醒来第一眼看见的是赫米娅，那么迫克犯的错误就无关紧要，因为他对赫米娅早已非常痴情了。可是，爱情花却让可怜的拉山德忘记他心爱的赫米娅，反而去追求海伦娜，他把赫米娅一个人丢在黑暗的树林里睡觉，这可真是个悲惨的意外！

原来，狄米特律斯从海伦娜身边跑开后，海伦娜努力地想追赶上他，可是两人的速度相差太多，没多久她就累得跑不动了。过了一会儿，海伦娜看不到狄米特律斯的身影，既伤心又孤单地四处徘徊，就这么走到了拉山德的身旁。

“啊！”她说，“拉山德怎么会躺在这个树林里呢？他死了吗？还是在睡觉呢？”她轻轻地碰了他一下：“先生，你醒醒吧！”

拉山德睁开了眼睛，爱情花立刻产生效力，他开始对她说出许多爱慕和赞美的话，说她比赫米娅漂亮，就像鸽子比乌鸦漂亮一样，还说他愿意为可爱的海伦娜赴汤蹈火。

海伦娜知道拉山德是赫米娅的情人，也知道他们已经订婚了，所以听到拉山德对她说这样的话，她生气极了！她以为拉山德在开她玩笑。

她说：“为什么我要这样受大家的嘲弄和轻视呢？狄米特律斯不肯温柔地看我一眼，也不肯对我说句贴心的话，难道这还不够吗？你一定要用这样讥讽的态度来戏弄我吗？拉山德，我本来还以为你是个诚恳而有教养的君子呢！”她气冲冲地说了这些话后就赶紧离开了，拉山德紧跟在她身后，把还在睡觉的赫米娅忘得一干二净。

赫米娅醒来，发现四周空无一人，她既伤心又害怕。她在树林里到处徘徊，不知道拉山德出了什么事，也不知道该去哪里找他。

这时，狄米特律斯也在树林中呼呼大睡。原来，他一直找不到赫米娅和他的情敌拉山德，而这场没有结果的搜索早已把他累垮了。奥布朗看见了狄米特律斯后，立刻追问迫克，才知道他把花液滴错人了，不过，现在他总算找到原本想找的人。于是，又用花液在狄米特律斯的眼皮上碰了一下。

狄米特律斯马上就醒了，他第一眼看见的也是海伦娜，他也像拉山德一样，对她说出许多情话。就在这时，拉山德也出现了，后面跟着赫米娅。于是，这两个人便同时向海伦娜示爱，因为他们都被爱情花的魔力所控制着。

海伦娜大吃一惊，她以为狄米特律斯、拉山德和赫米娅全都串通起来跟她开玩笑。赫米娅也跟她一样吃惊，因为拉山德和狄米特律斯本来都是爱她的，不知道为什么，现在他们却都喜欢上了海伦娜。在赫米娅看来，这件事可不是开玩笑的啊！

于是这两个一向亲密要好的朋友，现在居然斗起嘴了。

“残忍的赫米娅！”海伦娜说，“是你叫拉山德用虚伪的赞美来惹我生气的吧！狄米特律斯，以前他恨不得把我踩在脚底下，怎么可能叫我女神、宝贝！他恨我！要不是你唆使他来开我玩笑，他不会对我说这种话的。残忍的赫米娅，你居然跟男人联合起来，嘲笑你可怜的朋友！我们的友谊你全都忘了吗？赫米娅，从前我们常坐在一起，唱着同一首歌，绣着同一种式样的花，我们像并蒂的樱桃一般一起长大，看起来就像是同一个人。赫米娅，你这样跟男人联合起来，嘲弄你可怜的朋友，是不是太不厚道，也太不合乎你的身份了？”

“你说的这些话简直是莫名其妙！”赫米娅说，“我没有嘲弄你，我看是你在嘲弄我吧！”

海伦娜回答：“你们尽管装吧，虽然现在摆出一副苦闷的表情，但等我一转过身，你们就会对我扮鬼脸，然后再挤眉弄眼地继续这无聊的玩笑。如果你们还有一点儿怜悯之心，还懂得风度或礼貌的话，就不会这么对我了！”

当海伦娜跟赫米娅斗嘴时，狄米特律斯和拉山德竟到树林里去决斗了。两个女孩儿发现男士们不见后，也跟着离开了，她们各自疲倦地在树林里徘徊，寻找自己的情人。

仙王和迫克在一旁偷听，当她们一走开，仙王就对迫克说：“迫克，这是你故意搞的鬼吧？”

“请相信我，仙王，是我不小心搞错了，你不是告诉我，那个男人穿的是雅典式的长袍吗？不过，事情弄成这样，我一点儿也不难过，因为我看他们这样也蛮好玩的！”迫克回答。

“你也听见了，”奥布朗说，“狄米特律斯和拉山德已经去找一个地方决斗啦！我命令你用浓雾将黑夜笼罩，把这些人引到黑暗里，让他们迷失方向，谁也找不到谁。你再假装成他们的声音，说一些难听的话，骗他们跟着你走，让每个人都以为听到的是情敌的声音。你要使他们累到再也走不动为止，等他们睡着了，你就把另一种花液滴在拉山德的眼皮上，等他醒来后，就会忘掉他对海伦娜的爱，恢复对赫米娅的热情。这么一来，两个美丽的姑娘就都能跟她们所爱的男人在一起了，他们会把这一切当作一场恼人的梦。快去办吧！而我要去看看蒂坦妮娅找到什么样的情人！”

蒂坦妮娅还在睡觉，奥布朗看到她身旁有一个乡巴佬，他在树林里迷了路，现在也睡着了。

“这个家伙，”他说，“就让他成为蒂坦妮娅的爱人吧！”

他拿了一个驴头套在乡巴佬的头上，大小刚好，仿佛原来就长在他的脖子上一样。虽然奥布朗只是轻轻地将驴头套上去，却还是把他弄醒了。他站起来，并不知道奥布朗在他身上动了什么手脚，就一直往仙后的花坛里走去。

“啊！我看见的是什么呀！”

蒂坦妮娅睁开了眼睛说道，花液开始起作用。

“你的聪明和你的外貌一样超凡吗？”

“啊！夫人，”愚蠢的乡巴佬说，“要是我真的聪明到能走出这座树林，那我就很满足了。”

“请不要离开这座树林！”着了迷的仙后说，“我是个精灵，我爱你，请跟我在一起吧，我会派人侍候你的。”

于是，她叫了四个精灵来，他们分别是豆花、蛛网、飞蛾和芥子。

“你们要好好侍候这位可爱的先生，”仙后说，“他走路的时候，你们要跟着；他站着的时候，你们就围着他跳舞，请他吃葡萄和杏仁，把蜜蜂的蜜偷来给他。”

她又对乡巴佬说：“来！美丽的驴子，让我摸摸你那可爱的脸蛋吧！温柔的宝贝，让我吻吻你那漂亮的大耳朵吧！”

A Midsummer Night's
DREAM

“豆花在哪儿？”套着驴头的乡巴佬说，他并不怎么在意仙后对他说的情话，却对刚派给他的随从感到很骄傲。

“我在这里。”小豆花说。

“来替我抓抓头。”乡巴佬说，“蛛网在哪儿？”

“我在这里。”蛛网说。

“亲爱的蛛网先生，”愚蠢的乡巴佬说，“替我杀死那丛荆树上的红色小蜜蜂，把它的蜂蜜拿来。记住，千万不要太慌张，当心别把蜜囊弄破了！你要是打破了蜜囊，我会很难过的。芥子在哪儿呢？”

“在这儿，老爷。”芥子说，“您有什么吩咐？”

“没什么，”乡巴佬说，“你只要和豆花一样，替我抓抓头就行啦！芥子，我该去理发了，我觉得脸上的毛有些杂乱。”

“温柔的情人呀！”仙后说，“你想吃点儿什么吗？我有个勇敢的仙子，他能找到松鼠的存粮，替你偷些新鲜的干果。”

“我想吃一些干豌豆。”乡巴佬说，他戴上了驴头后，口味也变得和驴一样了，“可是请你先不要来惊吵我，因为我想睡了。”

“那就睡吧，”仙后说，“我要把你搂在我的怀里。啊！我是多么爱你！多么疼你啊！”

仙王看见乡巴佬躺在仙后怀里，就走到她跟前，责备她不该把爱情滥用在一头驴子身上。仙后百口莫辩，因为此刻乡巴佬正睡在她的怀里，她还在他的驴头上插满了花呢！

奥布朗捉弄了她一会儿后，又向她要那个偷来的孩子。她因为出轨的行为被丈夫发现，觉得非常惭愧，因此不敢拒绝。

奥布朗就这样把小孩儿弄到手了。但是，他却可怜起蒂坦妮娅来，都是因为他开的玩笑，才害她落到这种见不得人的窘境。于是，他在仙后的眼皮上滴上另外一种花液，她便马上清醒了。

蒂坦妮娅对自己刚才的行为感到很惊奇，因为她现在非常讨厌眼前这个畸形的怪物。奥布朗也把驴头从那个乡巴佬的脖子上取下来，让他继续睡他的觉。就这样，奥布朗和蒂坦妮娅终于和好了，他把那两对爱人的故事和他们争吵的经过讲给她听，她迫不及待想跟他一起去看看这件事情的结果。

仙王和仙后找到了那两对情人，他们都睡在草地上，彼此离得不远。迫克为了弥补他先前的过失，想尽办法把他们都带到同一个地方来。他用仙王给他的解药，轻轻地把拉山德眼睛上的迷咒给解除了。

赫米娅第一个醒过来。她看到拉山德正睡在她身旁，她静静地望着他，对他刚才莫名其妙的行为感到不解。过了不久，拉山德也睁开眼睛，一看到赫米娅，他先前被蒙蔽的神志马上清醒过来，对赫米娅的爱也再次燃起。两人谈起夜里的奇遇，搞不懂那是真实发生过的事情，还是他们都做了同样的梦。

这时，海伦娜和狄米特律斯也都醒了，海伦娜愤怒的心情渐渐平静下来。她见狄米特律斯依然对她表示爱慕，心里非常高兴，当她发现他说的都是真心话之后，更是感到惊喜。

两位美丽的女孩儿不再是情敌了，她们又恢复了昔日亲昵的友情，她们宽恕了对方，心平气和地商量着下一步该怎么走。之后，大家都同意，既然狄米特律斯已经不想娶赫米娅，那么他就应该回去说服她的父亲取消死刑，为了完成这件事，狄米特律斯准备返回雅典。

这时，赫米娅的父亲伊吉斯也赶来了，他是到树林里来寻找逃跑的女儿的。当伊吉斯知道狄米特律斯已经不想娶他的女儿后，他也就不再反对她嫁给拉山德了。他答应他们在三天之后举行婚礼，巧的是，那一天原本是赫米娅要被处死的日子。

现在，狄米特律斯对海伦娜完全忠实了，她也欢欢喜喜地答应在同一天和他结婚。由于奥布朗的帮助，这两对恋人的爱情最终都得到了美满的结局，仙王、仙后也感到非常高兴。于是，这些好心的精灵决定在仙国举行宴会，来庆祝即将举行的婚礼。

如果有人认为这一段故事太离奇、令人难以相信，那么，就把它当作故事里的人都做了一场梦吧！这些奇遇都是他们在梦里看到的幻象。我想，应该没有人会不喜欢这一场美妙的仲夏夜之梦吧！

威尼斯商人

夏洛克是住在威尼斯的犹太人。他靠放高利贷赚了许多钱。夏洛克为人刻薄，讨起债来十分凶恶，所以大家都讨厌他。

有一个叫安东尼奥的年轻商人，尤其痛恨夏洛克，夏洛克也很不喜欢他。因为安东尼奥时常借钱给遇到困难的人，还从来不收利息，因此，这个贪婪的犹太人就很憎恶安东尼奥。安东尼奥每次在市场上碰到夏洛克时，总是责备他不该放高利贷，对人应该宽厚一些。夏洛克假装很耐心地听着，却暗自想着要如何报复。

安东尼奥是世界上最善良的人了，他的家境好，也很乐意帮助别人。老实说，没有人比他更能发扬古罗马的精神了！大家都非常喜欢他。

他最亲密的朋友是威尼斯的贵族巴萨尼奥，巴萨尼奥只有一点儿产业，但由于他不断地挥霍，连最后那点儿产业也差不多都花光了。每当巴萨尼奥缺钱用时，安东尼奥就会接济他。

有一天，巴萨尼奥来找安东尼奥，说想跟他爱慕已久的一位小姐结婚，可是，他现在没有钱去和这位小姐提亲，于是他恳求安东尼奥再帮他一次忙，借他三千块钱。

当时，安东尼奥身边没有多余的钱借给他，但在不久后，他的船将会满载着货物回来。于是，他决定去找放高利贷的夏洛克，先用那些船做担保，向他借一些钱。

安东尼奥和巴萨尼奥一起去见夏洛克，他们开口向夏洛克借了三千块钱，利息照算，安东尼奥的商船到岸后就会偿还。

这时，夏洛克心想：要是我有一天抓住他的把柄，一定要痛痛快快地向他报复我的深仇宿怨。他憎恶我们神圣的民族，甚至在商人会集的地方当众辱骂我，辱骂我的交易，辱骂我辛辛苦苦赚下来的钱，说那些都是盘剥得来的腌臜钱。要是我饶过了他，会让我们的民族永远没有翻身的日子！

巴萨尼奥发现夏洛克半晌都不说话，不知道在想些什么。他急着拿钱，就说道："夏洛克，你听见了吗？"

夏洛克说："安东尼奥先生，好多次您在交易所里骂我，说我盘剥取利，我总是忍气吞声，耸耸肩膀，没有跟您争辩，因为忍受迫害，本来是我们民族的特色。您骂我异教徒、杀人的狗，把唾沫吐在我的犹太长袍上，只因为我用我自己的钱博取几个利息；好，看来现在是您要来向我求助了。您跑来见我，您说：'夏洛克，我们要几个钱。'您这样对我说。您曾把唾沫吐在我的胡子上，用您的脚踢我，好像我是您门口的一条野狗一样。现在您却来问我要钱，我应该怎样对您说呢？我要不要这样说：'一条狗会有钱吗？一条狗能够借人三千块钱吗？'或者我应不应该弯下身子，像一个奴才似的低声下气、恭恭敬敬地说：'好先生，您上星期三用唾沫吐在我身上，有一天您用脚踢我，还有一天您骂我狗，为了报答您的这许多恩典，所以我应该借给您这么些钱吗？'"

安东尼奥回答："我巴不得再这样骂你、唾你、踢你。要是你愿意把这钱借给我，不要把它当作借给你的朋友——哪有朋友之间通融几个臭钱也要斤斤计较地计算利息的道理？你就把它当作借给你的仇人吧，倘使我失了信用，你尽管拉下脸来照约处罚就是了。"

此时夏洛克却说："哎哟，瞧您生这么大的气！我愿意跟您交个朋友，大家要好好的。您从前加在我身上的种种羞辱，我愿意完全忘掉，您现在需要多少钱，我愿意如数供给您，而且不要您一个子儿的利息。"

这个看似慷慨的提议使安东尼奥吃了一惊，夏洛克继续假仁假义地说道，他这么做全是为了得到安东尼奥的友谊。他愿意借他三千块钱，完全不用利息。但是，安东尼奥必须跟他到律师那里，签一张形式上的借约：如果到时候还不出钱来，就要任凭他割取安东尼奥身上一磅肉。

“好吧，”安东尼奥说，“我愿意签下这样一张约，还要对人家说这个犹太人的心肠倒不坏呢。”

巴萨尼奥劝安东尼奥不要签这种借约，但安东尼奥还是执意要签，因为不久后他的船就会回来，那些货物的价值比这笔钱还要高出许多倍呢！

夏洛克听到了他们的谈话后说道：“瞧这些基督徒因为自己待人刻薄，所以疑心人家也对他们不怀好意。请您告诉我，要是他到期不还，我照着约上规定的条款向他执行处罚了，那对我又有什么好处？从人身上割下来的一磅肉，它的价值可以比得上一磅羊肉、牛肉或是山羊肉吗？我为了要博得他的好感，所以才向他卖这样一个交情。要是他愿意接受我的条件，很好，否则也就算了。”

尽管这个犹太人表现得很仁慈，巴萨尼奥还是不愿意让他的朋友为了自己冒这种可怕的风险。可是安东尼奥不听巴萨尼奥的劝告，硬是签下了借约。他想，其实这纸合约不过是闹着玩罢了。

巴萨尼奥想要的那位小姐名叫鲍西娅，她住在威尼斯附近一个叫贝尔蒙特的地方，她的外貌和智慧无人能比。巴萨尼奥在得到安东尼奥的资助后，带着一群衣着华丽的侍从，在仆人葛莱西安诺的陪同下出发了。

鲍西娅的父亲曾留给她三个匣子，金匣上写着“谁选择了我，将要得到众人所希求的东西”。银匣上写着“谁选择了我，将要得到他所应得的东西”。铅匣上写着“谁选择了我，必须准备把他所有的一切作为牺牲”。她的父亲还立下了遗嘱：只要谁能从三个匣子中，挑出放着鲍西娅画像的那一个，就可以娶走她，并得到他留下的大笔遗产。

许多亲王与贵族耳闻鲍西娅的美貌，纷纷前来碰运气。一位摩洛哥亲王首先来选匣，他认为“众人所希望的东西”正是像鲍西娅这样的美人，于是选了华而不实的金匣，但打开金匣后，却发现里面是一个死人的骷髅和一首嘲笑他肤浅的诗。

又有一位阿拉贡亲王来向鲍西娅求婚，他认为自己文武双全、身份高贵，像鲍西娅这样的佳偶正是他“应得的东西”，于是选择了银匣，却发现银匣里摆着一张眯着眼睛的傻瓜画像和一首嘲笑他自大的诗。

最后，巴萨尼奥来了，他看了三个匣子的说明后说道：“外观往往和事物的本身完全不符，世人却容易为表面的装饰所欺骗。你炫目的黄金，米达斯王的坚硬的食物，我不要你；你惨白的银子，在人们手里来来去去的下贱的奴才，我也不要你；可是你，寒碜的铅，你的形状只能使人退走，一点儿没有吸引人的力量，然而你的质朴却比巧妙的言辞更能打动我的心，我就选了你吧，但愿结果美满！”

他打开了铅匣，发现鲍西娅的画像就放在里面！鲍西娅也无法控制欢喜的心情，紧紧地抱住了他，并且当场答应嫁给他。这时，巴萨尼奥老实地告诉鲍西娅说他没有什么财产，唯一可以夸耀的，就是他出生在上流的家庭，祖先是贵族罢了。

但鲍西娅根本不在乎，她之所以会爱上他，正是因为他那高贵的品德。她自己有很多钱，所以不会在乎丈夫有没有钱。她很谦虚地说，但愿自己拥有一千倍的美丽、一万倍的富有，才能配得上他。多才多艺的鲍西娅还说，她是个没受过太多教育、没念过什么书的女孩子，幸亏她还年轻，还有时间慢慢学习，她要把自己的心交给巴萨尼奥，事事都接受他的指导、管教。

她说：“我自己以及我所有的一切，现在都变成您的所有了；刚才我还拥有着一座华丽的大厦，我的仆人都听从着我的指挥，我是支配我自己的女王，可是就在现在，这屋子、这些仆人和这一个我，都是属于您的了，我的夫君。凭着这一个指环，我把这一切完全呈献给您。”

富有且高贵的鲍西娅，竟然用如此谦逊大方的态度接受巴萨尼奥的爱。巴萨尼奥不知该如何表达自己的快乐，也不知道该如何表示他对鲍西娅的崇敬，他只好结结巴巴地说了一些爱慕和感谢的话，并拿着戒指立誓，说他会永远戴着它！

鲍西娅答应嫁给巴萨尼奥，成为他的妻子时，葛莱西安诺和鲍西娅的侍女妮莉莎也都在场。葛莱西安诺向主人巴萨尼奥和鲍西娅献上祝福后说想和巴萨尼奥一起举行婚礼。

“很好，只要你能找到一个妻子。”巴萨尼奥说。

葛莱西安诺坦白他爱上了鲍西娅的漂亮侍女妮莉莎，而她也已经答应了葛莱西安诺的求婚。

鲍西娅问妮莉莎是不是真的，妮莉莎回答：“是真的，小姐，只要您赞成的话。”

鲍西娅很高兴地同意了，巴萨尼奥愉快地说道：“我们的喜宴有你们的婚礼添兴，那真是喜上加喜了。”

两对情人兴高采烈时，却被刚进来的信差打断了，信差从安东尼奥那里带来一封信。当巴萨尼奥看这封信时，脸色变得十分惨白，鲍西娅还以为是他的某位好友死了，问巴萨尼奥为何如此难过。

“好小姐，当我初次向您倾吐我的爱慕之忱的时候，我坦白地告诉您，我的高贵的家世是我仅有的财产，那时我并没有向您说谎；可是，亲爱的小姐，单单把我说成一个两袖清风的寒士，还未免夸张过分，因为我不但一无所有，而且还负着一身债务。”

巴萨尼奥把事情的一切经过都告诉鲍西娅，包括他向安东尼奥借钱，而安东尼奥又向犹太人夏洛克借贷的事情。当然，他也提到了安东尼奥签的借约：如果债务到期时他们仍然付不出债款，就要被割下身上的肉！

然后，巴萨尼奥开始念安东尼奥的信：

> “巴萨尼奥挚友如握：弟船只悉数遇难，债主煎迫，家业荡然。犹太人之约，业已愆期；履行罚则，殆无生望。足下前此欠弟债项，一切勾销，唯盼及弟未死之前，来相临视。或足下燕婉情浓，不忍遽别，则亦不复相强，此信置之可也。”

“啊！亲爱的，”鲍西娅说，“快把一切事情办好，立刻就去吧！”

鲍西娅决定先和巴萨尼奥去教堂结为夫妇，然后要巴萨尼奥带着钱赶回威尼斯营救安东尼奥。

由于期限已经过了，狠毒的夏洛克不肯收下巴萨尼奥的钱，他坚持要割下安东尼奥身上的一磅肉。而由威尼斯公爵审理这件案子的日期也已经确定了，巴萨尼奥十分不安地等待着这场审判。

鲍西娅与安东尼奥分手前，曾要他在回来的时候，也顺便把他的好友一起带来，但她担心安东尼奥凶多吉少，于是思考着自己能不能做点儿什么，来帮助巴萨尼奥的朋友。

尽管鲍西娅以温顺的口吻说他比自己聪明，也在所有的事情上听从他的指示，可是眼看着丈夫的朋友就要送命，她非去救他不可！她一点儿也不怀疑自己的本领，立刻决定亲自到威尼斯替安东尼奥辩护。

鲍西娅的表兄培拉里奥博士是一位律师。鲍西娅写信将案情告诉他，并征求他的意见，她还希望培拉里奥能先寄给她一套律师穿的衣服。信差回来后，带来了培拉里奥的建议和鲍西娅所需要的服装。

鲍西娅和妮莉莎换上男人的衣服，鲍西娅穿上律师的长袍，妮莉莎则扮成她的秘书，她们在开庭那天赶到了威尼斯。她递上培拉里奥博士写给公爵的一封信。信里说他本想亲自替安东尼奥辩护，可是却因病无法出庭，所以他请求庭上允许这位年轻的律师代表他出庭。

公爵批准了这个请求。审判开始了，鲍西娅四处张望，她看到了那个毫无仁心的犹太人，也看到了巴萨尼奥，他正站在安东尼奥身边，为他的朋友烦恼着，完全没有认出鲍西娅。

鲍西娅先对夏洛克说，根据威尼斯的法律，他的确有权向安东尼奥索取借约里写明的一磅肉，然后她开始赞美仁慈的高贵，她说得如此动听，除了那个毫无心肝的夏洛克以外，任何人听了都会心软的。

她说，仁慈就像从天而降的甘霖，仁慈是双重的幸福；对别人仁慈的人会感到幸福，得到仁慈对待的人也会感到幸福；仁慈是上帝的本性，对君王来说，它比皇冠还要美丽，施用威权时，仁慈的成分越多，就越接近上帝的旨意。她要夏洛克明白，他们既然都相信上帝，恳求他对他们仁慈，那么他们也应当对别人仁慈。但夏洛克还是一味地用借约上的文字来回应她。

“他是不是无力偿还这笔借款？”鲍西娅问。

巴萨尼奥连忙表示可以当庭还清，甚至十倍的数目都没有问题。可是夏洛克拒绝了这个提议，他还是要安东尼奥身上的一磅肉。

巴萨尼奥央求这位学问渊博的年轻律师，想办法变通一下法律条文，救安东尼奥一命，但鲍西娅严肃地回应道：“在威尼斯谁也没有权力变更既成的法律。”

夏洛克听到鲍西娅说法律不能变动，以为她是站在自己这边的，就说道：“一个但尼尔来做法官了！真的是但尼尔再世！聪明的青年法官啊，我真佩服你！”

这时，鲍西娅要求看一下借据。看完之后，她说：“根据法律，这犹太人有权要求从这商人的胸口割下一磅肉来。还是慈悲一点儿，把三倍原数的钱拿去，让我撕了这张借约吧。”

可是狠毒的夏洛克还是不肯，他说：“凭着我的灵魂起誓，谁也不能用他的口舌改变我的决心。”

“那么，安东尼奥，”鲍西娅说，“你必须准备让他的刀子刺进你的胸膛。”

鲍西娅确认称肉的天平准备好后，对夏洛克说：“你应该自己拿出钱来，请一位外科医生替他堵住伤口，免得他流血而死。”

夏洛克反问道：“约上有这样的规定吗？”

鲍西娅说：“约上并没有这样的规定，可是那又有什么相干呢？肯做一件好事总是好的。”

夏洛克巴不得一刀就结束安东尼奥的性命，所以他坚持称：“我找不到，条约上没有这一条。”

夏洛克正兴奋地磨着一把长刀，准备割那一磅肉，鲍西娅又问安东尼奥：“你还有什么话要说的吗？”

安东尼奥带着镇定的神情，说自己没什么好讲的，因为他早就准备好了。然后他对巴萨尼奥说：“把你的手伸给我，巴萨尼奥，再会了！不要因为我为了你的缘故遭到这种结局而悲伤，替我向尊夫人致意，告诉她安东尼奥的结局。”

巴萨尼奥的心里痛苦万分，他说：“安东尼奥，我爱我的妻子，就像我自己的生命一样；可是我的生命，我的妻子，以及整个的世界，在我的眼中都不比你的生命更为贵重；我愿意丧失一切，把它们献给这恶魔做牺牲，来救出你的生命。”

鲍西娅听到巴萨尼奥用这么强烈的言辞来表示对朋友的情感，不禁说了一句：“尊夫人要是就在这儿听见您说这样的话，恐怕不见得会感谢您吧！”

而喜欢模仿主人的葛莱西安诺，觉得自己也应该说几句类似的话，他竟对着鲍西娅身旁扮成秘书的妮莉莎说道：“我有一个妻子，我可以发誓我是爱她的；可是我希望她马上归天，好去求告上帝改变这恶狗一样的犹太人的心。”

“幸亏尊驾在她的背后说这样的话，否则府上一定要吵得鸡犬不宁了。”妮莉莎说。

夏洛克等得不耐烦了，他喊道：“别再浪费光阴了，请快些宣判吧！”

法庭里充斥着一股可怕的气氛，所有人都替安东尼奥感到悲痛。

鲍西娅对夏洛克说：“你必须从他的胸前割下这磅肉来。法律许可你，法庭判给你。但这约上并没有允许你取他的一滴血，只是写明着‘一磅肉’；所以你可以照约拿一磅肉去，可是在割肉的时候，要是流下一滴基督徒的血，你的土地财产，按照威尼斯的法律，就要全部充公。”

夏洛克没办法割下安东尼奥的肉却又不让他流血，于是，鲍西娅这个聪明的发现挽救了安东尼奥的生命。大家都对这位年轻律师的惊人机智表示钦佩，法庭里响起了欢呼声。葛莱西安诺还用夏洛克刚才说的话大声喊道：“啊！公平正直的法官！”

夏洛克发觉他的计划失败后，只好带着懊悔的神情，说他愿意接受巴萨尼奥的钱。而巴萨尼奥因为安东尼奥意外获救，感到非常高兴，毫不犹豫地对夏洛克说道：“钱在这儿。”

鲍西娅却拦住他，说道：“别忙！这犹太人必须得到绝对的公道。别忙！他除了照约处罚以外，不能接受其他的赔偿。所以你准备着动手割肉吧。不准流一滴血，也不准割得超过或是不足一磅的重量；要是你割下来的肉，比一磅略微轻一点儿或是重一点儿，即使相差只有一丝一毫，或者仅仅一根汗毛之微，就要把你抵命，你的财产全部充公。”

“把我的本钱还我，放我去吧！”夏洛克气急败坏地说。

“钱我已经预备好在这儿，”巴萨尼奥说，“你拿去吧。”

夏洛克刚要接过钱，鲍西娅又把他拦住了，她说：“等一等，犹太人，法律上还有一点牵涉你。威尼斯的法律规定凡是一个异邦人企图用直接或间接手段，谋害任何公民，查明确有实据者，他的财产的半数应当归被企图谋害的一方所有，其余的半数没收入公库；犯罪者的生命悉听公爵处置，他人不得过问。你现在刚巧陷入这一条法网，因为根据事实的发展，已经足以证明你确有运用直接间接手段，危害被告生命的企图，所以你已经遭逢着我刚才所说起的那种危险了。快快跪下来，请公爵开恩吧。”

公爵对夏洛克说：“让你瞧瞧我们基督徒的精神，你虽然没有向我开口，我自动饶恕了你的死罪。你的财产一半划归安东尼奥，还有一半没入公库；要是你能够诚心悔过，也许还可以减处你一笔较轻的罚款。”

慷慨的安东尼奥说，要是夏洛克肯签一张字据，答应在他死后把财产留给他的女儿和女婿，那么，安东尼奥愿意放弃那一半财产。

原来，夏洛克有一个独生女，叫作杰西卡，她违背父亲的意思跟一个年轻的基督徒结婚了，这个人名叫罗兰佐，是安东尼奥的朋友。他们的婚姻惹火了夏洛克，所以他剥夺了女儿的财产继承权。

无可奈何之下，夏洛克答应了这个条件。他的阴谋不仅失败了，又损失大笔财产，因此沮丧地说：“请你们允许我退庭，我身子不大舒服。文契写好了送到我家里，我在上面签名就是了。”

“去吧！”公爵说，“可是临时变卦是不成的。”

接着，公爵也释放了安东尼奥，并宣布审判已经结束。他极力地夸赞这个年轻律师的才智，并邀他到家里一起吃饭。但鲍西娅一心想赶在丈

THE
MERCHANT OF VENICE

夫之前回到贝尔蒙特，就说："请殿下多多原谅，我今天晚上要回帕度亚去，必须现在就动身，恕不奉陪了。"

公爵对鲍西娅的回答感到有些遗憾，接着他转过身来，对安东尼奥说道："谢谢这位先生，你这回全亏了他。"

公爵和元老们都退庭了，巴萨尼奥对鲍西娅说："最可尊敬的先生，我跟我这位敝友今天多赖您的智慧，免去了一场无妄之灾；为了表示我们的敬意，这三千块钱本来是预备还那犹太人的，现在就奉送给先生，聊以报答您的辛苦。"

安东尼奥说："您的大恩大德，我们是永远不忘记的。"

鲍西娅无论如何也不肯收下那笔钱，但是巴萨尼奥再三地恳求她接受，她又说："为了纪念您的盛情，让我拿了这戒指去。不要缩回您的手，我不再向您要什么了；您既然是一片诚意，想来总也不回拒绝我吧！"

巴萨尼奥十分为难，因为律师向他索取的是他唯一不能给的东西。他神色慌张地说道，这只戒指是他妻子给他的定情物，他已经发过誓要永远戴着它，所以无法给予，但自己愿意买下全威尼斯最贵重的戒指送

"你的财产一半划归安东尼奥，还有一半没入公库。"法庭中妄图陷害安东尼奥的夏洛克此时懊悔不及。

给他。

鲍西娅故意装作很不高兴的样子走出了法庭，她临走时说道："您先教我怎样伸手求讨，然后再教我懂得了一个叫花子会得到怎样的回答！"

"亲爱的巴萨尼奥，"安东尼奥说，"让他把那指环拿去吧，看在他的功劳和我的交情分上，违犯一次尊夫人的命令，想来不会有什么要紧。"

巴萨尼奥为自己的忘恩负义感到很惭愧，于是让步了。他派葛莱西安诺拿着戒指去追鲍西娅，而曾给过葛莱西安诺一枚戒指的妮莉莎，也一样向他索要戒指，葛莱西安诺竟也交给了她。两位夫人一想到丈夫回家后，可以诬赖他们把戒指送给了别的女人时，就忍不住大笑起来。

一个人做了好事之后，总是会觉得心情相当愉快，就像鲍西娅现在的心情。在这种快乐的心情下，她看到任何事物都觉得很美好，月亮再也没有比那天晚上更皎洁的了，当那轮明月躲到云彩后面时，从她家里透出来的一道光，竟也使她奔放的幻想更加愉快起来。

她对妮莉莎说："那灯光是从我家里发出来的。一支小小的蜡烛，它的光照耀得多么远！一件善事也正像这支蜡烛一样，在这罪恶的世界上发出广大的光辉。"

听到家里面正演奏着音乐，她又说："我觉得这音乐声比白天时更好听了。"

这时，鲍西娅和妮莉莎换上原来的装扮，等着她们丈夫归来。一会儿，他们两人回来了，巴萨尼奥把他的好友安东尼奥介绍给鲍西娅认识，鲍西娅也诚挚地祝贺安东尼奥脱离凶险，并表示热烈欢迎，而妮莉莎跟她的丈夫已经在一旁斗起嘴来了。

"已经在吵架了吗？"鲍西娅说，"为了什么事？"

葛莱西安诺说："为了一个金圈圈儿，她给我的一个不值钱的指环，上面刻着的诗句，就跟那些刀匠们刻在刀子上的差不多，什么'爱我毋相弃'。"

"你管它什么诗句，什么值钱不值钱？"妮莉莎假装生气地说，"我当初给你的时候，你曾经向我发誓，说你要戴着它直到死去，死了就跟你一起葬在坟墓里；即使不为我，为了你所发的重誓，你也应该把它看重，好好地保存着。送给一个法官的书记！呸！上帝可以替我判断，拿了这指环去的那个书记，一定是个脸上永远不会长毛的人。”

“我举手起誓，”葛莱西安诺说，“我的确把它送给一个少年人，一个年纪小小、发育不全的孩子。他的个儿并不比你高。这个法官的书记，他是个多话的孩子，一定要我把这指环给他做酬劳，我实在不好意思不给他。”

鲍西娅说：“恕我说句不客气的话，这是你的不对。你怎么可以把你妻子的第一件礼物随随便便给了人？你已经发过誓把它套在你的手指上，它就是你身体上不可分的一部分。我也曾经送给我的爱人一个指环，使他发誓永不把它抛弃；他现在就在这儿，我敢代他发誓，即使把世间所有的财富向他交换，他也不肯丢掉它或是把它从他的手指上取下来。真的，葛莱西安诺，你太对不起你的妻子了；倘然是我的话，我早就发起脾气来啦。”

为了掩饰自己的过失，葛莱西安诺着急地说道：“巴萨尼奥大爷也把他的指环给了那法官了，因为那法官一定要向他讨那指环；其实他就是拿了那指环去，也一点儿不算过分。那个孩子，那法官的书记，因为写了几个字，也就讨了我的指环作为酬劳。他们主仆两人什么都不要，就是要这两个指环。”

鲍西娅听到后假装很生气，她责备巴萨尼奥不该把戒指送给别人。她也相信妮莉莎的话，认为戒指一定是被巴萨尼奥送给了别的女人。

巴萨尼奥因为惹恼了他的夫人，感到十分难过，他恳切地说：“夫人，我用我的名誉、我的灵魂起誓，并不是什么女人拿去，的确是送给那位法学博士的；他不接受我送给他的三千块钱，一定要讨这指环，我不答应，他就老大不高兴地去了。就是他救了我的好朋友的性命；我应该怎么说呢，好太太？我没有法子，只好叫人追上去送给他；人情和礼貌逼着我这样做，我不能让我的名誉沾上忘恩负义的污点。原谅我，好夫人；凭着天上的明灯起誓，要是那时候您也在那儿，我想您一定会恳求我把这指环送给这位贤能的博士的。”

安东尼奥说：“都是我的不是，引出你们这一场吵闹。”

鲍西娅请安东尼奥不要为了这件事难过，因为他在这里还是受欢迎的。安东尼奥说：“我曾经为了他的幸福，把我自己的身体向人抵押，倘不是幸亏那个把您丈夫的指环拿去的人，我几乎送了性命；现在我敢再立一张契约，把我的灵魂作为担保，保证您的丈夫决不会再有故意背信的行为。”

“那么就请您做他的保证人。”鲍西娅说，“把这个给他，叫他比上回那一个保存得牢一些。”

巴萨尼奥一看，发觉这只戒指跟他送给律师的那只一模一样，他觉得很奇怪。鲍西娅这时才告诉他，她就是那个年轻的律师，而妮莉莎是她的秘书。巴萨尼奥这才恍然大悟，原来救下安东尼奥性命的，正是他妻子卓越的胆识和智慧。

鲍西娅再一次对安东尼奥表示祝贺。她把几封恰巧落到她手里的信念给他听，信里说，安东尼奥原本以为沉没的船只，已经安安稳稳地回到港口。而这个故事的悲惨开端，也在后来出乎意料的好运之中被淡忘了。他们有了闲情逸致去回忆那枚戒指的可笑经历和两个认不出妻子的丈夫。

无事生非

从前，在梅辛那宫廷里住着两位小姐，一位名叫希罗，一位名叫贝特丽丝。希罗是梅辛那总督里昂那托的女儿，贝特丽丝是他的侄女。

贝特丽丝生性活泼，爱说一些轻快的俏皮话来逗她那性格较严肃的表妹希罗开心。对于无忧无虑的贝特丽丝来说，无论是什么样的事情，她都能拿来取乐一番。

当这两个姑娘的故事开始时，一些在军队里拥有极高头衔的年轻人正好来到梅辛那，他们在刚刚结束的战争中英勇无畏，立下赫赫战功，从战场返回时途经梅辛那，便来拜访里昂那托。

这些人之中有阿拉贡亲王唐·彼得罗和他的朋友——来自佛罗伦萨的少年贵族克劳狄奥。同行的人还有裴尼狄克，他是来自帕度亚的豪放而又机智的少年贵族。

在此之前，这些外地来的客人都曾经造访过梅辛那，因此，热情好客的总督把他们当成老朋友和知己，介绍给自己的女儿和侄女。

裴尼狄克才刚走进屋子，就和里昂那托及亲王热烈地聊了起来。无论别人谈论什么，贝特丽丝都不喜欢被冷落一旁。于是，她打断了裴尼狄克的话。

“真奇怪，你怎么还在这儿说个不停啊，裴尼狄克先生？没有人在听你说话呢！”

裴尼狄克也确实和贝特丽丝一样，是个嘴巴停不下来的人，忽然遭到这样无礼地的对待，他感到相当不愉快。他想，一个拥有良好教养的小姐说起话来竟这样轻率无礼，未免太不合适了。他想起上次来到梅辛那时，贝特丽丝也经常拿他开玩笑。爱开玩笑的人通常也最不喜欢别人开自己玩笑，裴尼狄克和贝特丽丝就是如此。过去这两个精明、嘴快的人每次见面总要展开一场精彩的舌战，彼此挖苦嘲讽，离别时还仍然对对方气恼不已。

正因此，贝特丽丝在他说话的时候打断了他，还说没有人在听他讲话。裴尼狄克也故意装作不知道她在场，说道："哎呀！我亲爱的高傲小姐，你还活着呀？"

这下子，两人之间的舌战又再次开始了。接着便是一场持久的吵闹的争执。在争执中，尽管贝特丽丝知道裴尼狄克在最近这场战争中充分表现了他那英勇无畏的气概，却仍然说自己宁愿把他在战场上杀死的人全部吃掉。

她还注意到，亲王很喜欢听裴尼狄克讲话，于是就嘲笑他是"亲王的小丑"。这句讥讽比贝特丽丝之前说过的任何话都更让他耿耿于怀。她说自己要吃掉他杀死的人，借此嘲讽他是个懦弱的人，这点裴尼狄克倒不在意，因为他很清楚自己的勇敢。但是，一个辩论家最怕沾上的就是小丑之类的污名，因为这种指责有时相当接近事实。因此，当贝特丽丝笑他是"亲王的小丑"时，裴尼狄克心里恨透了她。

至于希罗，她是一位端庄谦让的小姐，在那些高贵的客人们面前总是保持沉默。克劳狄奥专注地盯着比之前更美丽的她，注视着她那姣好的身材，她是那样的高雅优美，真是一位令人爱慕的年轻小姐啊！

与此同时，亲王正兴致十足地听着裴尼狄克和贝特丽丝之间的诙谐谈话，他低声对里昂那托说道："好一个活泼的年轻姑娘！她搞不好可以成为裴尼狄克的好妻子。"

听到这个提议，里昂那托回答说："啊！殿下，他们要是真的结了婚，不出一个星期他们就会吵到发疯的！"尽管里昂那托认为这两人不适合配成一对，亲王还是不肯放弃把这两个机智的辩论家凑成一对的想法。

亲王和克劳狄奥一起离开宫廷时，发现除了他在计划着裴尼狄克和贝特丽丝之间的婚事之外，这伙好友之中也有其他人正在撮合这件事呢！由于克劳狄奥对希罗赞不绝口，亲王轻易猜出了他的心思，他为此相当高兴，并对克劳狄奥说：“你喜欢希罗吗？”

克劳狄奥回答道：“啊！殿下，当我上次来到梅辛那时，我是以军人的眼光来看她的。虽然我那么喜欢她，但却没有闲情逸致去谈情说爱。但是现在，在这样和平快乐的日子里，不用再想着战争，脑子里自然就腾出空位了，取而代之的是绵绵不断的温柔细腻的情感。这样的情感让我认识到年轻的希罗是多么的美丽，使我想起在上战场之前我就喜欢上她了。”

亲王听了克劳狄奥坦白地说出对希罗的爱，备受感动，于是马上恳求里昂那托同意让克劳狄奥成为他的女婿。里昂那托同意了这门亲事，亲王也没有耗费多大的力气，就说服了温柔的希罗接受高贵的克劳狄奥的求爱。克劳狄奥是一个天资非凡、学识渊博的贵族，加上他这位和善的亲王朋友从中帮忙，很快就说服了里昂那托，早早决定了与希罗举行婚礼的日子。

只要再等几天，克劳狄奥就可以和他那美丽的姑娘结婚了，但他还是抱怨这段等待的时间太过冗长无聊，再怎么说，大部分的年轻人在期待渴望的事情实现时，都会感到迫不及待的。亲王为了让克劳狄奥在这段等待的期间内好过一些，提出了一个可以快乐地打发时间的建议：他们要想出一条妙计，让裴尼狄克和贝特丽丝爱上对方。

克劳狄奥非常高兴地参与了亲王一时兴起所产生的奇想，里昂那托也答应帮助他们，甚至连希罗也说会尽她的微薄之力，来帮助她的堂姐获得一个好丈夫。

亲王想出的计策是要这些先生们让裴尼狄克相信贝特丽丝爱上了他，同时，希罗则要让贝特丽丝相信裴尼狄克爱上了她。

亲王、里昂那托和克劳狄奥首先展开了行动。当裴尼狄克安静地坐在凉亭里看书时，亲王和他的助手们来到了凉亭后面的树丛里，他们慢慢地等待时机，当他们与裴尼狄克之间的距离，刚好能让裴尼狄克听到他们的谈话时，亲王说道："里昂那托，你过来。那天你跟我说了些什么？你说你的侄女爱上了裴尼狄克先生？我怎么也想不到那位小姐会爱上他啊！"

"是啊，我也没想到啊！殿下，"里昂那托回答说，"更没想到她会如此迷恋裴尼狄克先生，因为表面上她似乎一直很讨厌他。"

一旁的克劳狄奥也证实了这些话，说希罗告诉过他贝特丽丝深爱着裴尼狄克，如果裴尼狄克不愿意爱她，那她一定会伤心而死的。里昂那托和克劳狄奥似乎都一致认为，裴尼狄克绝对不可能不爱贝特丽丝的，因为他向来喜欢逗弄漂亮的女人，对贝特丽丝尤其如此。

亲王听着这些话，假装很同情贝特丽丝，于是说道："要是能告诉裴尼狄克这件事就好了。"

"有什么好呢？"克劳狄奥说，"他只会拿这开玩笑的，然后让这个可怜的女孩儿更加痛苦。"

"如果他真的会这么做，"亲王说，"不告诉他反而比较好，因为贝特丽丝是个非常可爱的姑娘，做任何事都非常精明，除了在爱上裴尼狄克这件事情上欠考虑之外。"

接着，亲王示意他的同伴们继续向前走，让裴尼狄克静静地思考他听到的谈话。

裴尼狄克从刚才就一直非常热切地听着这段对话，当他听到贝特丽丝爱上了他，就自言自语地说道："有可能会有这种事吗？风会吹到那个角落里去了吗？"

当人群走了之后，他又开始这样独自揣摩起来："这不可能是个骗局！他们的神情很认真，而且还是从希罗嘴里听说的，他们看起来还很同情贝特丽丝。她爱上了我！哎呀，那我一定要好好报答她才是！我确实从未想过要结婚，当初我曾说要当一辈子的单身汉，那是因为我认为自己活不到结婚的时候。他们说这个女孩儿美丽善良，她的确是，还说她在任何事情上都很聪明，除了爱上我这件事。可是，他们凭什么这么说呢？爱上了我也并不代表她就是愚蠢的呀！贝特丽丝朝这边走过来了，老实说，她真是位漂亮的姑娘，我真的能从她的表情里窥探出几分爱我的意思了呢！”

贝特丽丝朝他走过来了，用她惯常的尖锐口气说道：“是他们要我来叫你回去吃饭的，我可是很不情愿的啊！”

裴尼狄克从来没想过，自己竟会像现在这样很有礼貌地对她说话，他回答道：“美丽的贝特丽丝，谢谢，辛苦你了！”

贝特丽丝粗鲁地对他说了两三句话之后，就离开他了。裴尼狄克觉得自己从她的无礼的话里感受到一丝隐约的善意，于是，他大声说道：“我要是不怜惜她，我就是个恶棍！我要是不爱她，我就是个犹太人！我要去跟她求得一张玉照。”

这位先生就这样踩进了人们为他设下的圈套，现在该轮到希罗出马，去完成她套住贝特丽丝的那一部分任务了。希罗派人去把侍女欧苏拉和玛格丽特叫来，她对玛格丽特说：“我的好玛格丽特，你去客厅，我堂姐贝特丽丝正在那儿跟亲王和克劳狄奥说话。你悄悄告诉她我正和欧苏拉在果园里散步，并且谈论着有关她的事情。让她偷偷进入那座宜人的凉亭，那里的金银花在阳光的沐浴下长大了，现在却像忘恩负义的宠臣，浓密如盖，不让阳光照进来了。”

希罗要玛格丽特将贝特丽丝骗去的凉亭，正是裴尼狄克曾在那儿专心地偷听过一次谈话的那座。

“我会马上让她来的，我保证。”玛格丽特回答道。

于是，希罗带着欧苏拉来到果园里，对她说：“好了，欧苏拉，待会儿贝特丽丝来的时候，我们就沿着这条小路来回漫步，我们谈的必须是只跟裴尼狄克有关的事情。我一提起他的名字，你就把他夸得仿佛是天底下最好的男人，而我则对你说裴尼狄克是如何爱上了贝特丽丝。现在就开始吧，瞧！贝特丽丝像只鸭子般俯缩着身子跑过来偷听我们的谈话了。”

于是，她们开始聊了起来。希罗就像在回应欧苏拉刚才说过的什么话似的，说道：“不，真的，欧苏拉，她太高傲了。她的性情就像山上的野鸟那样自傲。”

“但是你确定吗？”欧苏拉说，“裴尼狄克真的这样一心一意地爱着贝特丽丝吗？”

希罗回答说：“亲王和我的未婚夫克劳狄奥都是这样说的，他们还恳请我一定要告诉她这件事。但我劝他们，如果他们还关爱裴尼狄克的话，就永远不要让贝特丽丝知道这件事。”

“没错，”欧苏拉回答说，“最好不要让她知道他爱她，以免她拿这件事嘲笑他。”

“唉，说实话，”希罗说道，“我从来没见过这样的男人，他是那样的精明、高贵、相貌出众，但是她却总是贬低他。”

“对，对！这样吹毛求疵是不值得赞赏的。”欧苏拉说。

“是啊，”希罗答道，“可是，谁敢这么跟她说呢？我要是这么说的话，她会把我挖苦得无地自容的！”

“哦！你冤枉你堂姐了！”欧苏拉说，“她不可能这么没有眼光，竟会拒绝像裴尼狄克这样一位难得的绅士。”

希罗说：“他非常有名望，老实说，除了我亲爱的克劳狄奥外，他可以算得上是意大利最优秀的男人了！”

这时，希罗暗示她的侍女该转变话题了。于是，欧苏拉说：“您什么时候结婚呀，小姐？”希罗说她明天就会和克劳狄奥结婚，还要欧苏拉陪她去挑选一些新衣服，因为她希望欧苏拉能帮她参考一下明天该穿什么。

贝特丽丝一直屏住气息，急切地听着这段谈话。当她们走后，她叫喊了起来：“我的耳朵怎么会这么热啊？难道这是真的吗？再见了，轻蔑和嘲弄，还有少女的骄傲，永别吧！裴尼狄克，请继续爱下去吧！我不会辜负你的，让我这颗狂野的心被你充满情爱的手驯服吧！”

无论是谁，当看到这对老冤家变成了相爱的新朋友，看到和善幽默的亲王那有趣的计策骗得他俩爱上了对方后第一次见面的情景，都一定会感到高兴。

然而，现在也该提及希罗遭遇的可悲的命运转变了。第二天原本是希罗结婚的日子，却给希罗和她的好父亲里昂那托的心带来了哀伤。

亲王有个同父异母的弟弟，同亲王一起从战场来到梅辛那。这个弟弟名叫唐·约翰，是个既邪恶又不安分的人，专门喜欢密谋陷害别人。他憎恨他的哥哥，也恨亲王的好朋友克劳狄奥。他决定阻止克劳狄奥跟希罗结婚，而这只是为了让克劳狄奥和亲王痛苦，好让他得到伤害别人的满足感，因为他知道亲王一心想成全这桩亲事，甚至对这件事的热心程度丝毫不亚于克劳狄奥本人。

为了达到这个恶毒的目的，唐·约翰雇用了一个跟他一样坏的人，名叫波拉契奥。为了唆使他去从中破坏，唐·约翰承诺会给他一大笔钱。波拉契奥正在追求希罗的侍女玛格丽特，唐·约翰知道这件事以后，就怂恿他说服玛格丽特，让她在当天晚上希罗入睡后，隔着她女主人的卧室窗户和他谈话，而且还要穿着希罗的衣服。这样才能更顺利地骗过克劳狄奥，让他相信那是希罗。这就是唐·约翰设下这个毒计想要达成的目的。

接着，唐·约翰去了亲王和克劳狄奥那儿，告诉他们希罗是个轻浮的女子，在三更半夜隔着她卧室的窗户和男人谈心，当时正是婚礼的前一天晚上，他自告奋勇，表示愿意带他们过去，让他们亲耳听见希罗隔着她的窗户和别的男人谈话。于是，他们同意跟他一起前往。

“如果我今晚看到任何我不该与她结婚的事情，明天我就要在婚礼上当着众人的面羞辱她！”克劳狄奥说道。

“是我帮你赢得她的芳心的，因此我也会一起让她出丑。”亲王也附和道。

当晚唐·约翰把他们带到希罗的卧室附近，他们看到波拉契奥正站在窗户下，还看见玛格丽特正从希罗的窗户往外看，听见她正在跟波拉契奥交谈。玛格丽特穿的正是希罗的衣服，因此亲王和克劳狄奥相信，那就是希罗小姐本人。

克劳狄奥认为再也没有什么比这更令他愤怒的了。他对无辜的希罗全部的爱一下子转变成了仇恨，他决心要按照之前所说的那样，第二天在教堂揭穿她。亲王也同意他这样做，还认为无论怎么惩罚这个不检点的姑娘都不算严厉，因为她竟然在与高贵的克劳狄奥结婚的前一天晚上，还隔

唐·约翰在亲王和克劳狄奥面前诬陷希罗。

着窗户和另一个男人谈心。

第二天，众人全都聚集在一起庆祝婚礼。克劳狄奥和希罗站在神父面前，当神父即将宣布婚礼开始时，克劳狄奥却用最激烈的言辞公开了希罗的“罪行”。希罗听见他说出这些莫名其妙的话，非常吃惊，温柔地说道：“我的爱人病了吗？他怎么会说出这么离谱的话来？”

里昂那托听到了也惊骇不已，对亲王说：“殿下，您怎么不说话呀？”

“我该说什么呢？”亲王回答说，“我以让我亲爱的朋友去和这样一个不自重的女人结合在一起而感到耻辱！里昂那托，我以我的人格发誓，我自己、我弟弟还有这位伤痛的克劳狄奥，昨天半夜里确实看见并听到她在卧室窗户旁与一个男人谈心呢！”

裴尼狄克听到这些话同样非常震惊，说道：“这看上去不像在举行婚礼啊。”

“这是怎么回事？哦，上帝呀！”伤心的希罗呼喊道，接着这个不幸的姑娘就一下子晕了过去，看上去像死了一样。亲王和克劳狄奥完全不在乎希罗是否会醒过来，就头也不回地离开了教堂，丝毫不考虑他们抛给里

MUCH ADO ABOUT NOTHING

昂那托的痛苦，愤怒使他们变得如此铁石心肠。

为了帮助贝特丽丝把昏厥的希罗弄醒，裴尼狄克也留下来，他问道："这位小姐怎么啦？"

"她死了，我想。"贝特丽丝极度痛苦地回答说，因为她很爱她的堂妹，而且，她深知希罗品行端正，一点儿也不相信她听到的那些指责希罗的坏话。希罗那可怜的老父亲却信以为真了，他相信了有关他孩子的可耻传闻。人们听见他对着像个死人一般躺在他眼前的希罗唉声叹气，还说希望她永远都不要再睁开眼睛了，真是令人感到凄惨呀！

但是，老神父是个精明人，善于观察人的品性。当这个姑娘受到别人指责时，他非常仔细地观察了希罗的神色，看到她因羞辱而泛起了满脸红晕，接着又看到天使般的惨白驱走了她脸上的羞红，他从她的眼里看到一团怒火，看出她是一名贞洁的姑娘。老神父认为亲王对她的指责是错误的。

因此，他对这名悲痛的父亲说："如果这个姑娘不是无辜地蒙受极大的冤屈，你就叫我傻瓜吧！也别再相信我的学问、我的见识，别再相信我的年纪、我的声望，也不要再相信我的神职了！"

希罗苏醒后，神父对她说："小姐，他们指责你跟哪个男人关系暧昧呢？"

希罗回答说："那些责难我的人知道是谁，但我却什么都不知道呀！"接着，她转过头来对里昂那托说："啊！父亲，如果您能证明我曾经和什么人在不合适的时间谈过心，或是昨天夜里我和任何人说过话，那您就不要认我这个女儿，憎恨我，把我折磨到死吧！"

神父说道："亲王和克劳狄奥一定是因为什么奇怪的事而误会了。"于是，他建议里昂那托公开说希罗已经死了，因为当他们弃希罗而去时她还处于昏迷状态，就像死了一样，所以能让他们很轻易相信这件事。同时，他还劝里昂那托穿上丧服，为希罗立一块墓碑，举行葬礼的所有仪式。

"为什么要这么做呢？"里昂那托问道，"这么做有什么用呢？"

神父回答说："一旦她死亡的消息公开，将会使诽谤变成怜悯，这样是有好处的。但是，我所希望的还不只是这一点儿好处，当克劳狄奥听说希罗是因为他的那些话而一下子气愤而死时，他的脑中就会浮现起她生前可爱的样子。如果他曾经发自内心地爱过希罗，那他将会因此而哀伤，也会追悔当初不该那样责难她，尽管他仍然认为自己指控的是事实。”

这时，裴尼狄克说：“里昂那托，你就听从神父的劝告吧！虽然你知道我是多么爱亲王和克劳狄奥，但是我以我的人格保证，绝对不会把这个秘密泄露给他们！”

经过这样的劝说之后，里昂那托也同意了。他悲伤地说：“我真是伤透了心，甚至连一根最细的线都能牵着我走了。”

为了安慰里昂那托和希罗，善良的神父把他们带走了，只剩下贝特丽丝和裴尼狄克仍然留在那儿，他们的朋友设下的那个有趣计策原本是为了把他们像现在这样撮合到一起，期待好好地从中取乐一番呢！可是，如今那些朋友都十分苦恼，所有那些寻开心的想法仿佛都从他们的脑中永远地消失无踪了。

裴尼狄克先开口了，他说：“贝特丽丝小姐，你一直都在哭吗？”

“是啊，我还想哭一会儿呢！”贝特丽丝回答说。

“事实上，我真的认为你的好堂妹受了委屈。”

“唉！”贝特丽丝说，“要是谁能为她洗清冤屈，这个人将多么值得我去爱呢！”

于是，裴尼狄克说：“有没有办法表达这样的情感呢？在这个世界上，我爱你胜过一切，这不是很奇怪吗？”

贝特丽丝说：“我也可以说，我在这个世界上最爱的也是你。可是不要相信我，虽然我也没有说谎。我什么都不承认，也什么都不否认。我为我的堂妹感到难过！”

“我用我的剑发誓，”裴尼狄克说，“你爱我，我也郑重表白我爱你。来吧！尽管吩咐我为你做任何事情吧！”

“杀了克劳狄奥。”贝特丽丝说。

“啊，这绝对不可以！”裴尼狄克说道，因为他爱他的朋友克劳狄

贝特丽丝要求裴尼狄克为希罗的冤屈复仇，临行前裴尼狄克亲吻了贝特丽丝的手。

奥，而且他相信克劳狄奥是被人欺骗利用了。

贝特丽丝说："克劳狄奥肆意诽谤、嘲弄、羞辱我堂妹，难道他不是个恶棍吗？啊！我要是个男人就好了！"

"听我说，贝特丽丝！"裴尼狄克说道。但是，贝特丽丝一点儿也听不进去他为克劳狄奥做的辩解，她仍然逼着裴尼狄克为她堂妹所受的冤屈报仇。

她说："隔着窗户和一个男人谈心？说得就像真的一样！可爱的希罗蒙受冤枉、遭遇诽谤，她一辈子都毁了！啊！为了教训克劳狄奥，我如果是个男人该有多好啊！或者如果我有个朋友愿意为了我去做一个真正的男子汉就好了。可是，英勇都已经化为礼貌和问候的话语了，我不能如我所希望的那样成为一个男人，那么我还是做一个女人，伤心地死去吧！"

"等等！亲爱的贝特丽丝，"裴尼狄克说道，"我举起这只手向你发誓我爱你！"

“你要是爱我，就用这只手去做别的事情吧，而不只是用它来发誓。”贝特丽丝说。

“凭着自己的良心，你认为克劳狄奥冤枉了希罗吗？”裴尼狄克问道。

“是的，”贝特丽丝回答说，“就如同我知道我有思想，有一颗真心一样，完全肯定。”

“这样就够了，”裴尼狄克说，“我答应你，我去向他要求决斗。让我亲吻你的手再离开你吧！我举起这只手向你发誓，我要让克劳狄奥付出昂贵的代价！等着我的消息吧！也请你想念着我。去吧，去安慰你的堂妹吧！”

正当贝特丽丝这样强烈地要求裴尼狄克，并说出气愤的话来激发他的侠义心肠，让他为了希罗两肋插刀，甚至去跟他最亲爱的朋友克劳狄奥决斗时，里昂那托已先一步向亲王和克劳狄奥发出了挑战，要他们用剑来偿还他们对希罗造成的伤害，说她已经因伤心而死去了。

可是，他们尊敬里昂那托的高龄，也理解他的悲伤，因此说道：“不，不要这样和我们争吵，亲爱的老人家。”

这时候，裴尼狄克来了，他也向克劳狄奥挑战，要他用剑来偿还他对希罗造成的伤害。克劳狄奥和亲王相视说道：“一定是贝特丽丝要他这么做的！”

虽然以决斗来决定是非不太可靠，但要不是上天为希罗的无辜提供了更好的证据，克劳狄奥这时肯定会接受裴尼狄克的挑战。

正当亲王和克劳狄奥还在谈论裴尼狄克的挑战时，一个地方法官把波拉契奥当作罪犯带到亲王跟前。原来，波拉契奥跟他的一个同伴提起唐·约翰雇用他去干的勾当时，被别人听见了。

波拉契奥当着克劳狄奥的面，把事情原委如实地向亲王招供，他说是玛格丽特穿着希罗的衣服和他隔着窗户谈心，而他们却错误地把那个姑娘当成希罗本人了。到了这时，克劳狄奥和亲王也不再怀疑希罗的清白了。就算他们对此还抱着怀疑的话，那么唐·约翰的逃跑就完全扫除了他们的猜疑——唐·约翰发现他的恶行已经败露，害怕哥哥会对他发怒，因此逃离了梅辛那。

克劳狄奥发现自己冤枉了希罗，心里非常痛苦。他真的相信希罗是因为听到他残酷的话当场死去了。他的脑海里又浮现出他深爱的希罗的形象，她依然那样美丽，就和他最初爱上她的时候一样。亲王问他刚才听到的话是不是像烙铁一样灼伤了他的心，他回答说，听着裴尼狄克叙述这件事的时候，他就像喝了毒药一样难受！

克劳狄奥后悔莫及，请求里昂那托老人原谅他所造成的伤害。他承诺说，既然他轻信了别人对他未婚妻的诬陷而铸成大错，那么，无论里昂那托要他怎样为了亲爱的希罗赎罪，他都愿意承受。

里昂那托给他的惩罚是要他在隔天与希罗的一个表妹结婚。他说，这个小姐是她的继承人，长得跟希罗非常相似。为了兑现他对里昂那托做出的庄严承诺，克劳狄奥答应与这个不相识的小姐结婚，哪怕她是个黑人也没关系。但是，他的内心仍然非常痛苦，当晚他在里昂那托为希罗立的墓碑前以泪洗面。悔恨、悲痛交织在一起，与克劳狄奥在那里度过了一整夜。

第二天早上，亲王陪同克劳狄奥来到教堂。那位好心的神父、里昂那托还有他的“侄女”都已经聚在那里，准备举行第二场婚礼。里昂那托把许配给克劳狄奥的新娘介绍给他，新娘戴着一副面罩，不让克劳狄奥看见她的脸。

克劳狄奥对着这位戴着面纱的小姐说：“在神圣的神父面前，请把你的手给我吧！如果你愿意与我结婚，我就是你的丈夫。”

“我活着的时候，就曾经是你的妻子。”这个不相识的小姐说道，接着她摘下了面罩，原来她根本不是什么侄女，而是里昂那托的女儿——希罗小姐本人。

可以肯定的是，对于克劳狄奥来说，这绝对是最令人愉快的惊喜了，因为他原本还以为她已经死去了呢！他快乐得简直不敢相信自己的眼睛。亲王目睹了这一切也惊异不已，大声叫道：“这不是希罗吗？不是那个死去了的希罗吗？”

里昂那托回说：“她是死了，殿下，但那是当诽谤还活着的时候。”

神父答应他们，在结婚仪式完成后，会解释这个仿佛奇迹般的事情。在他准备为两人举行婚礼时，裴尼狄克打断了他，原来他也想趁这个机会与贝特丽丝结婚。

贝特丽丝对这样的婚配表示了一些异议，于是裴尼狄克就以贝特丽丝对他表示过爱意来质问她，但实际上那都是希罗编造的，所以两人之间因此产生了一段有趣的辩论，直到这时，他们才发现自己被哄骗了，误以为对方爱上了自己，而实际上这种爱从一开始就不存在。

然而，一个捉弄人的玩笑却使他们成了真正的爱人。他们是被一个有趣的计策所骗才爱上对方，但现在他们之间的感情已经非常浓烈，再严肃认真的解释也难以动摇它了。

既然裴尼狄克提出了要和她结婚，他就已经下定决心，无论人们用什么方法来反对这门婚事，他都不会理会。他仍然快乐地继续和贝特丽丝开玩笑，并对贝特丽丝发誓说，他只不过是出于怜悯才娶她的，因为他听说贝特丽丝因为爱他，憔悴得快要死去了。

贝特丽丝也争辩说，她是经过别人一番费力的劝说才答应委身嫁给他的，同时这也是为了挽救他的生命，因为她听说他得了相思病快死了。于是，这两个狂野的辩论家和解了，继克劳狄奥和希罗之后，也结为终身伴侣。

故事还没结束，设下这个阴谋的唐·约翰，在逃亡途中被抓获，并送回了梅辛那。这个阴险、不安分的人在自己的诡计失败后，眼睁睁地看着梅辛那宫里一派欢快的景象，这就是对他的最严厉惩罚！

皆大欢喜

当法国境内各省尚未统一时，有一省由一名篡位者弗莱德里克公爵统治，他将他的哥哥放逐出去，自己坐上了宝座。

这位被赶出来的公爵，带着几名忠实的随从逃到亚登森林里，暂时在那儿住了下来。只要政权还在那个篡位者的手中一天，这些人就甘愿为了公爵在外面流浪。

由于适应能力很强，他们很快就发现：在这儿过着自由自在的生活比在宫廷里惬意多了！他们在这儿就像英国古代的罗宾汉一样，每天都有许多青年贵族从宫廷来到这个树林里，大家仿佛生活在黄金时代，无忧无虑地任由时光飞逝。

夏季，他们并排躺在大树的绿荫下，看着野鹿嬉戏。他们非常喜欢这些身上带有斑纹的动物，每当为了充饥而不得不下手杀死它们时，心里总是觉得十分难受。冬季时，寒风总会让公爵想起自己不幸的命运。他忍耐着，并且说道："刮到我身上的每一阵寒风都是忠臣，他们不对我谄媚，只反映真实的处境让我知道。寒风虽然刺骨，可是却比不上残忍和忘恩负义的行为那般伤人。无论人们如何抱怨身处的环境，却还是可以从中获得一些可喜的益处，就像那些做药材的贵重宝物，其实是从受人鄙视的癞蛤蟆脑袋里取出来的一样。"

这位有耐性的公爵，就这样从他经历的每一件事上得到启发。虽然生活在这个渺无人烟的地方，他却靠着这种乐观的个性，从树上找到

弗莱德里克公爵和随从在亚登森林里纵情歌唱。

启发，从小河里看到知识，从岩石上得到警示，所有的事物都能带给他益处。

这位被流放的公爵有一个独生女，名叫罗瑟琳。篡位的弗莱德里克公爵放逐了她的父亲之后，仍然把她留在宫里陪伴自己的女儿西莉亚。这两位女孩儿之间的友谊非常亲密，她们父亲间的不睦一点儿也没有影响到她们。西莉亚努力地讨罗瑟琳欢心，借此弥补她父亲那种不光彩的行为。每当罗瑟琳想起她的父亲，以及自己寄人篱下的悲哀时，西莉亚就会安慰她。

有一天，西莉亚像平时一样对罗瑟琳说："罗瑟琳，我的好姐姐，请你快乐些吧！"

这时，公爵派了一个人来，告诉她们有一场角力赛即将开始，要是她们想去看，就立刻到宫殿前面的广场。西莉亚觉得这或许能让罗瑟琳开心，就答应了。当时宫廷里的人很喜欢玩这种游戏，还会当着美丽的夫人和公主们的面较量。

西莉亚和罗瑟琳来到广场。她们觉得这场比赛一定会很激烈，因为一个身材壮硕、力气又大的人，正要和一个年轻的人缠斗，由于这个人的年纪很轻，完全没有角力的经验，观众都认为他一定会被打死。

公爵看见西莉亚和罗瑟琳，说道："啊！你们跑来这儿看角力赛啦！你们不会感兴趣的，这两人的实力太悬殊了！为这可怜的年轻人好，我想去劝他退出比赛。孩子们，你们去劝劝他吧！看能不能说得动他。"

她们都很乐意去做这件合乎人道的事。西莉亚先是苦口婆心地劝这位年轻人放弃这场比赛，接着罗瑟琳又非常恳切地劝退他，并表示她们非常担心他有生命危险。然而，这些温柔的话不但没能说动年轻人放弃比赛，反而让他更想凭着自己的勇气，在两位可爱的女孩儿面前一显身手。

他用委婉谦逊的话谢绝了西莉亚和罗瑟琳的请求，这下子，她们对他更加关心了，他只好说："十分抱歉，我不能答应你们的要求，就让你们美丽的眼睛和善良的心伴随我参加这场比赛吧！要是我在角力赛中败下阵来，那也只不过是一个从来没有被人爱过的人出了糗；要是我死了，那也只不过是一个心甘情愿赴死的人死了。我不会有什么愧对朋友的地方，因为根本没有朋友会来哀悼我；我也不会使世间受到什么损害，因为我在这世上什么也没有。我在世界上所占据的位置如果空出来，也许可以由更好的人来替补！"

于是角力赛开始了。西莉亚希望这个年轻的陌生人不要受伤，可是罗瑟琳对他的同情更深。他所说的自身境遇和想去死的那些话，使罗瑟琳觉得自己跟他同样不幸，因此非常同情他，在比赛的时候，也对他格外地注意，可以说，她当时已经爱上他了。

两位美丽高贵的女孩儿对这个不知名的青年所表示的善意，无形中赐给了他勇气和力量，让他创造出奇迹，成功地打败了他的对手！对手伤得很重，好一段时间说不出话来，最后就一动也不动了。

弗莱德里克公爵为这名年轻人表现出来的勇气和武技而感到高兴。他有意提拔这个人，想了解一下他的姓名和家世。陌生人说他叫奥兰多，是罗兰·德·鲍尔爵士的小儿子。

奥兰多的父亲已经去世好几年了，他还在世的时候，曾是那位被放逐的公爵十分要好的朋友。因此，当弗莱德里克一听到奥兰多的父亲是哥哥的朋友，他对这个年轻人的好感顿时消失殆尽，并非常不高兴地走开了。

虽然他讨厌听到哥哥任何朋友的名字，可是心里仍然佩服这个英勇的青年，他离开时又说道："要是奥兰多是别人的儿子就好了！"

罗瑟琳听说她的意中人是自己父亲的朋友之子，心里十分欢喜。她对西莉亚说："我的父亲很敬重罗兰·德·鲍尔爵士，如果我早点儿知道这个年轻人就是他儿子的话，我就会流着泪请求他不要冒这种险！"

接着，两位女孩儿一起走到奥兰多面前，看到他正因为公爵突然发脾气而感到不安，就对他说了一些鼓励的话。

临走时，罗瑟琳回过头来，又对这个英俊的年轻人说了些体贴的话。她从脖子上摘下一串项链，说道："先生，请为了我戴上这个吧！我的命运很不好，不然我会送你一件比这更贵重的礼物。"

当姐妹俩独处时，罗瑟琳的话题总是离不开奥兰多，西莉亚看出她

奥兰多在角斗赛中的表现赢得了西莉亚和罗瑟琳的芳心。

的堂姐已经爱上这个年轻人了，她对罗瑟琳说："你对他不要这样一见钟情好吗？"

罗瑟琳说："我的父亲曾经很敬重他的父亲。"

"那么你就得去爱他的儿子吗？"西莉亚说，"照这么说来，我不就应该讨厌他了吗？因为我的父亲不喜欢他的父亲。不过我并不讨厌奥兰多。"

自从弗莱德里克得知奥兰多是罗兰·德·鲍尔爵士的儿子以后，便觉得心里很不舒服。因为这件事让他想起，被放逐的公爵在贵族之中还有许多朋友，同时，因为大家总是夸奖他侄女的德行，且总是看在她父亲的面上怜悯她，弗莱德里克早就不喜欢罗瑟琳了。

于是，他突然对她起了坏念头，当西莉亚跟罗瑟琳谈论着奥兰多时，弗莱德里克走进屋子里，怒气冲冲地命令罗瑟琳立刻离开王宫，跟她的父亲一块儿去过流亡的生活，就算西莉亚苦苦替罗瑟琳哀求也没用，他告诉西莉亚，当初让罗瑟琳待在宫里全都是为了她。

"那个时候，"西莉亚哭诉着，"我并没有恳求您让她留下来，因为那时候我还太小，不知道她的优点，可是现在我知道她有多么好了。我们一向形影不离，一块儿念书、玩耍和吃饭，要是没有她的陪伴，我简直不想活了！"

弗莱德里克回答："你不了解她！她那种圆滑、沉默的个性，只是在向大家博取同情，你替她求情真是太傻了！只要她一走，你就会变得更聪明、更有德行。因此，不要替她求情！我说出的命令是绝对不能收回的。"

西莉亚发现自己无法说服父亲让罗瑟琳留在身边，她毅然决定与罗瑟琳一起逃走。当天晚上，她离开了宫廷，陪着罗瑟琳到亚登森林里去找她的父亲，也就是那位被放逐的公爵。

出发以前，西莉亚觉得她们穿着华丽的衣裳赶路，恐怕不太安全，因此提议扮成乡下女孩儿的模样，好隐瞒自己的身份。这时，罗瑟琳又说，要是她们其中一个扮成男人，那就更安全了。

于是两人很快做出决定，因为罗瑟琳的个子比较高，所以由她穿上乡下男人的衣服，而西莉亚则打扮成村姑的模样。她们对外宣称是兄妹，罗瑟琳说她想化名为盖尼米德，西莉亚则取了爱莲娜这个名字。两位美丽的公主化好装后，身上带着一些钱和宝石作为旅费，就开始了长途旅行。

亚登森林很远，在公爵领土的边界外。罗瑟琳穿上男人的衣服后，仿佛也有了男人的勇气，西莉亚陪着她走过许多颠簸坎坷的路，表现出她的忠实友谊，也使得这个“哥哥”极力用愉快的精神，来报答这份诚挚的爱，仿佛他真的是盖尼米德——乡下姑娘爱莲娜的哥哥。

到了亚登森林后，再也找不到舒适方便的旅馆住了。盖尼米德本来一路上都用轻松乐观的话鼓舞着妹妹，但由于缺乏饮食和休息，他这时也不得不向爱莲娜承认，他累得想像个女人般大哭一场。

爱莲娜也说自己走不动了，这时盖尼米德才想起，因为女人比较柔弱，身为“男人”的他有责任安慰、帮助女人。为了在妹妹面前表现得勇敢，他说道：“来！爱莲娜，坚强一些吧！我们的路就快走完了，已经到亚登森林了！”

可是假装出来的男子气概和勉强鼓起的勇气，都已经无法支撑她们了，因为尽管她们已到达亚登森林，却不知道该去哪儿找公爵。这两位女孩儿累垮了，也许她们这趟旅行只会得到一个悲惨的结果——迷路，或在半路上饿死。

幸好，当她们累得几乎失去希望坐在草地上时，一个乡下人恰好从这里路过。盖尼米德装出男人的大胆神情向他说道：“牧羊人，在如此荒凉的地方，要是凭着人情或金钱能够让我们得到食物的话，那么就请你把我们带到一个能够歇脚的地方去吧！因为这位年轻小姐实在是太疲惫了，而且，她也饿昏了。”

那个乡下人说自己只是牧羊人的一个仆人，而他的主人正准备要卖掉房子，因此她们只能得到一丁点儿食物；不过要是她们肯跟他到那里去的话，那里的东西都很欢迎她们一起分享。

于是她们跟着这个人走了，新希望给了她们力量。她们买下了牧羊人的房子和羊群，把牧羊人的仆人留下来侍候她们。就这样，她们很幸运地得到了一间茅草屋和充足的粮食。她们决定在这儿待下来，一直到她们打听出公爵的下落。

等精神恢复后，她们开始喜欢上这种新的生活方式，甚至几乎以为她们就是兄妹。不过，盖尼米德还是忘不了他曾经是罗瑟琳公主，她痴情地爱上了勇敢的奥兰多——她父亲的好朋友的儿子。

虽然盖尼米德以为奥兰多在森林以外，遥远得就像他们所走过的路一样，可是不久后他就发现，原来奥兰多也在亚登森林里。

奥兰多是罗兰·德·鲍尔爵士的小儿子。爵士去世的时候，把他托付给他的大哥奥立佛抚养，并且嘱咐他要让奥兰多接受良好的教育，要把他教养得跟他们的门第相称。

可是奥立佛不是个好哥哥，他毫不顾念父亲临终时的嘱咐，一直没把弟弟送到学校去，只让他待在家里，无人教导、管束。还好奥兰多的本性、品德和他的父亲非常相像，所以尽管没受过什么教育，他仍然像个受过教养的谦谦君子。

奥立佛非常妒忌他的弟弟竟然长得比他英俊，举止又如此落落大方，于是便计划把他害死。为了达到这个目的，他让别人去怂恿奥兰多跟那个有名的拳师角力，这个拳师曾打死过很多人。就因为奥兰多的哥哥对他漠不关心，才让他说出了自己无朋无友、情愿去死的话。

但结局跟奥立佛的希望相违，他的弟弟居然获胜了！于是他的嫉妒心和恶念越发加重，他发誓要放火把奥兰多的房子烧掉。他起誓的时候却被一个侍候过他们父亲的忠实老仆亚丹听见了，这个仆人很爱奥兰多，因为他长得跟罗兰爵士十分像。

当奥兰多从宫廷里回来的时候，老仆人一看见他，想到这名亲爱的少爷身处险境，不由得激动地嚷道：“啊！我善良的主人，我的好主人！您让我想起了老罗兰爵士，您为什么这么好呢？为什么这么善良、健壮、勇敢呢？您真傻！竟然打败了那个有名的拳师！您的名声传得太快，已经比您先到家了。”

奥兰多听到这些话，感到一阵莫名其妙，追问他到底是怎么回事。

于是老仆人告诉他，他那坏心眼的哥哥本来就嫉妒大家对他的爱戴，如今又听说他在宫廷里声名大噪，得到了荣誉，因此打算今天晚上就放火烧掉他的房子，把他害死！他劝奥兰多立刻逃走，以躲避眼前的危险。

老仆人亚丹知道奥兰多身上没钱，因此带来了自己那点儿微薄的积蓄，说道："我有五百克朗，这是我在您父亲手下做事时，将工钱省吃俭用存下来的，本来打算等我老到不能工作时再拿出来用。现在，您先拿去吧！上帝饿不死乌鸦，等我老了以后，他也会照顾我的！那笔钱就在这儿，我把它全数献给您，让我当您的仆人吧！我虽然很老，但只要您吩咐一声，我就会像年轻人一样勤快。"

"啊！亚丹！"奥兰多说，"从你身上可以多么清楚地看出真正的忠诚呀！让我们一块儿走吧！不必等到把你年轻时赚来的积蓄花光，我就有办法能赚到钱来维持生活的。"

于是，忠实的亚丹就跟着他爱戴的主人一起出发了。两个人并不知道该走哪条路，就一直往前走，最后他们来到了亚登森林。

他们在这儿一直找不到吃的，就像盖尼米德和爱莲娜当初的遭遇一样。他们不停地乱走，寻找有人居住的地方，直到筋疲力尽。亚丹说道："啊！我亲爱的主人，我快饿死了，我再也走不动啦！"

然后，他就躺了下来，想把那里当作他的坟墓，跟他的主人永别。

奥兰多看到老仆人如此衰弱，就把他抱到舒适的树荫底下，对他说："打起精神来吧！老亚丹，你先在这儿歇一歇。别再说什么死不死的话了！"

然后，奥兰多到处去寻找食物，阴错阳差地来到了公爵住的地方。

公爵和他的朋友们正要吃饭，这位尊贵的公爵坐在草地上，头顶上除了几棵大树的绿荫以外，没有任何的帷幕。

饥饿已经把奥兰多逼得失去理智了，他拔出剑来，打算抢夺他们的食物。他说："住手！不准再吃了，把你们的食物给我！"

公爵问他究竟是为了什么竟变得如此强横，难道他生来就是个不懂礼貌的莽汉吗？听了这话，奥兰多只好告诉他们自己就快饿死了！于是，公爵邀请他坐下来跟他们一块儿吃饭。

面对公爵如此宽大温和的气度，奥兰多连忙收起他的剑，想到自己刚才鲁莽的行为，十分羞愧。

“请原谅我！”他说，“我还以为在这儿一定都要使用暴力，所以我才摆出一副强横粗暴的样子。你们住在这个荒野里，坐在阴凉的树荫下，很容易就忘记了时间的消逝。可是不论你们是什么人，只要你们曾经养尊处优过，只要你去过做礼拜的教堂，只要你们参加过贵族的宴会、擦过泪水、懂得怜悯人和被人怜悯是怎么一回事，那么，现在就请用人世间难得的真情来对待我吧！”

公爵回答说：“我们的确养尊处优过，虽然我们现在居住在这个荒凉的树林里，可是我们也曾经在城市里住过，曾经被神圣的钟声召唤到教堂里去，曾经参加过贵族的宴会，也曾擦过因感动而流下的泪水。所以请你坐下来，放开胸怀好好吃饱吧！”

“还有一位可怜的老人……”奥兰多回答，“都是因为我的关系，害他跟着我一瘸一拐地走了许多路，现在他正遭到衰老和饥饿的侵袭。除非他先吃饱，否则我绝不碰任何食物。”

“快去找他，把他带到这儿来，”公爵说，“我们等你回来了再吃。”

于是奥兰多离开了，就像一只母鹿去找它的小鹿，准备喂它吃东西一样。很快地，他背着老仆人亚丹回来了。

“放下你背上那位可敬的老人家，你们两位我们都一样欢迎。”公爵说道，随后他们喂亚丹吃了一些东西，没多久他就苏醒过来，健康和体力也恢复了。

公爵问奥兰多是什么人，当他知道奥兰多竟然是他的老友——罗兰·德·鲍尔的儿子后，就收留了他并加以保护，就这样，奥兰多和亚丹从此跟公爵一块儿住在森林里。

就在奥兰多来到森林后没多久，盖尼米德和爱莲娜也到了这里，并买下牧羊人的茅屋。有一天，盖尼米德和爱莲娜发现一棵树上刻着罗瑟琳这个名字，旁边还写着给罗瑟琳的十四行情诗，她们感到非常惊讶。

AS YOU LIKE IT.

正当两人觉得纳闷时，刚好遇到了奥兰多，并且看见他脖子上挂着罗瑟琳送给他的项链。不过，奥兰多完全没发现盖尼米德就是美丽的罗瑟琳。

原来，身份高贵的罗瑟琳对他表示的关心，使奥兰多对她产生爱慕之心，所以一天到晚都在树上刻下她的名字，并写了那首十四行诗。

不过，尽管他没认出眼前的罗瑟琳，但当他看到这个年轻人优雅的举止时，仍不禁十分欣赏，于是就跟他攀谈了起来。

他觉得盖尼米德有点儿像他心爱的罗瑟琳，只是他没有那位高贵小姐的庄严仪表，毕竟盖尼米德故意装得像一般年轻人那样鲁莽。

盖尼米德非常诙谐地跟奥兰多谈起一件事，他说："有一个人常到我们的树林里来，在树干上刻满了'罗瑟琳'这个名字，把刚长大的树木糟蹋得不成样子！他在山楂树上挂起诗篇，在荆棘上吊着哀歌，都是赞美那个罗瑟琳的。要是我能够找出这个痴情郎，一定会替他出个好主意，相信很快就能治好他的相思病。"

奥兰多承认他就是盖尼米德口中的痴情郎，并请求盖尼米德把刚才提到的好主意告诉他。盖尼米德就说出了自己的办法，他要奥兰多每天到他和妹妹爱莲娜住的茅屋里来。

"然后，"盖尼米德说，"我会扮成罗瑟琳，你就把我当成罗瑟琳，假装向我求爱。我会模仿那些调皮的女孩儿，用许多奇怪的花样来捉弄你，直到我能因为你的痴情而感到害羞为止。这就是我医治你相思病的方法。"

虽然奥兰多对这个方法没有信心，不过他还是同意每天到盖尼米德的茅屋里，上演"求婚戏"。

于是，奥兰多每天都来拜访盖尼米德兄妹，奥兰多称呼盖尼米德为"我的罗瑟琳"！每天对他说一些温柔的情话。只不过，盖尼米德帮助奥兰多医治相思病的这个办法，好像没有产生多大的效果。

尽管奥兰多以为这只不过是演戏罢了，但是他却因此得到了一个好机会，可以把心里一切温存思念的话都说出来。盖尼米德也知道这些情话都是说给自己听的，心里感到十分快乐，而奥兰多的快乐也不比盖尼米德少。

就这样，三个年轻人度过了许多美好的日子。善良的爱莲娜看到盖尼米德乐在其中，也就放任他胡闹，反正扮演这出求婚的戏码能使她感到快乐。因此，她一直没有去提醒盖尼米德——他到现在都还没有让她的父亲知道，罗瑟琳公主就在森林里！

其实，她们早已经从奥兰多那里打听到了她父亲在森林里的住处。甚至有一天，盖尼米德遇到了公爵，还跟他聊了几句话。公爵问起他的家世，盖尼米德回答自己的家世跟公爵的一样好，这句话使公爵听了不禁微笑起来，因为他完全无法想象，这个俊美的牧羊少年竟会是贵族出身。而盖尼米德看到公爵的气色很好，也心想：还是过几天再去做详细的解释吧。

一天早晨，奥兰多正要去拜访盖尼米德的时候，看见一个人躺在地上睡觉，一条大绿蛇正绕在他的脖子上。那条蛇看见奥兰多走近，就一溜烟地消失在矮树丛里了。奥兰多再走近一些，又看见一只母狮子趴在那里，头伏在地上，像只猫一样地守在那里，等待这个睡觉的人醒来。

仿佛是上天故意要交给奥兰多这个救人的任务。当他定睛一看，发现这个人正是他的哥哥奥立佛！奥立佛曾经那么狠心地虐待他，还打算放火烧死他，他几乎想抛下他，任凭那只饥饿的母狮子把他吃掉。

然而，手足之情和他善良的本性迅速压倒了他的愤恨。他拔出剑来朝那只狮子扑过去，把它杀死了，这才把他哥哥从毒蛇和猛狮嘴里救了下来。可是，奥兰多的一条胳膊却被母狮子的利爪抓伤了。

当奥兰多跟母狮子搏斗的时候，奥立佛醒了。他看见曾经被他虐待的弟弟，正冒着生命危险把他从猛兽嘴里救出来，心里顿时感到既惭愧又悔恨。之后，他向奥兰多忏悔以前卑劣的行为，痛哭流涕地请求他原谅。

奥兰多看到哥哥真心悔改，心里很高兴，立刻原谅了他。于是兄弟俩热烈地拥抱，从此，奥立佛真心诚意地爱护奥兰多——虽然，他来到森林原本是想杀死他。

奥兰多胳膊上的伤口流了很多血，他觉得自己没有力气再去拜访盖尼米德了，就请求哥哥去把这场意外告诉盖尼米德。

“我都开玩笑地称呼他‘我的罗瑟琳’。”奥兰多说。

于是，奥立佛就到罗瑟琳那儿去了，并把奥兰多救他一命的经过告诉盖尼米德和爱莲娜。等他讲完了奥兰多的勇敢行为后，又向他们承认，自己就是曾经虐待过奥兰多的那个哥哥，不过他们现在已经和好了。

奥立佛忏悔自己的过错时表现出来的诚恳，在爱莲娜善良的心里留下了深深的印象，她立刻爱上了他。而奥立佛也感觉到，当他述说自己对昔日的过错有多么苦恼时，爱莲娜对他相当同情，就这样，他也很快爱上了她。

可是当爱情偷偷地钻进爱莲娜和奥立佛的心里时，奥立佛还得应付盖尼米德。因为，当盖尼米德听说奥兰多遭遇危险，被狮子抓伤时，他竟然晕倒了！

等盖尼米德清醒过来后，他还借口说自己是为了模仿罗瑟琳才假装晕了过去。盖尼米德对奥立佛说：“请告诉奥兰多，我的惊愕和晕眩装得有多么像！”

可是奥立佛从他苍白的脸色看出，他是真的晕过去了！这个年轻人怎么会如此柔弱呢？他觉得很奇怪。

“好！你若真是假装的话，就振作起来，像个真正的男子汉吧！”

“我正想这样做，”盖尼米德老实回答，“可是凭良心说，我应该是个女人。”

奥立佛在茅屋里待了很久后，才回到他弟弟那儿，还带了很多消息给奥兰多。除了盖尼米德晕过去的事情以外，奥立佛还告诉他，自己是如何爱上了那个美丽的牧羊女爱莲娜。虽然他们是初次见面，但爱莲娜在听了他的表白后，也对他表示了好感。

他就像在谈一件早已决定了的事情一样，告诉他弟弟，他将要跟爱莲娜结婚！他说他非常爱她，想留在这里当牧羊人，把家乡的田产和房子都让给奥兰多。

“我很赞成，”奥兰多说，“你们的婚礼就定在明天举行吧！我去请公爵和他的朋友们过来。你赶快去告诉你的牧羊女吧！她现在是一个人了，因为你看，她的哥哥来啦！”

盖尼米德来了，他是来慰问受伤的奥兰多的，于是奥立佛立刻也赶到爱莲娜那儿去了。

奥兰多向盖尼米德谈起奥立佛和爱莲娜之间突然发生的爱情，奥兰多说他已向他哥哥提议，要他劝那个美丽的牧羊女隔天立刻跟他结婚，接着，他叹了一口气，说道：“多么希望我也能在同一天跟我的罗瑟琳结婚呀！”

盖尼米德很赞成这个想法，他说，要是奥兰多真的像他所说的那么深爱罗瑟琳的话，他的愿望一定可以实现，因为第二天他就会把一切都安排好，让罗瑟琳亲自出面，而且罗瑟琳也一定会愿意跟奥兰多结婚。

盖尼米德骗他说，自己要靠着魔法的帮助来实现这件事。虽然表面上看起来很奇妙，其实是很容易办到的，毕竟，盖尼米德就是罗瑟琳呀！

痴情的奥兰多对于听到的这些事半信半疑，他问盖尼米德说的是不是真的。

“我用我的生命起誓，我说的都是真话！”盖尼米德说，“去穿上你最漂亮的衣服，把公爵和你的朋友们都请来参加婚礼吧！因为你要是愿意跟罗瑟琳结婚，她明天就会到这儿来的。”

另一方面，奥立佛也得到了爱莲娜的同意，第二天早晨他们来到公爵面前，奥兰多也跟着他们一起来了，他们聚在一起庆祝这双重的喜事。

可是，到场的新娘却只有一个，大家议论纷纷，大多数人都认为盖尼米德是在开奥兰多的玩笑。

公爵听说自己的女儿将会被人用这种奇怪的方式带来，便去问奥兰多是否相信盖尼米德的话。奥兰多无奈地回答说，他自己也不知道该怎么办才好。这时，盖尼米德进来向公爵发问，要是他能把罗瑟琳带来，他是否同意罗瑟琳与奥兰多结婚。

公爵说：“不管我有几个王国，我都愿意送给她做嫁妆。”

然后盖尼米德对奥兰多说：“要是我能把她带到这儿来，你就愿意跟她结婚吗？”

奥兰多说：“即使我是统治许多王国的君主，我也愿意。”

接着，盖尼米德和爱莲娜一起走出去了。盖尼米德脱下男装，重新换上女人的衣服，没有依靠任何魔法的力量就成了罗瑟琳。爱莲娜则把乡下人的衣服脱下来，换上她自己的华丽服装，毫不费力地就变回了西莉亚。

他们走后，公爵对奥兰多说，他觉得盖尼米德长得很像自己的女儿罗瑟琳，奥兰多也深有同感。

不必等这两人继续猜测下去，罗瑟琳和西莉亚就已经穿着自己的衣服走进来了。罗瑟琳不再假装是靠着魔法的力量到这儿来的，她直接跪在父亲的面前，请求他祝福。

如此突然的出现令在场的人都觉得十分奇怪，简直就像是魔法。可是罗瑟琳不想再捉弄她父亲了，她把自己被放逐的经过告诉他，还提到自己假扮成牧羊人住在树林里，她的堂妹西莉亚则扮成他的妹妹。

公爵兑现了刚才的诺言。奥兰多跟罗瑟琳、奥立佛跟西莉亚这两对有情人终于结了婚。尽管婚礼是在这个荒凉的树林里举行的，没有隆重的仪式和豪华的排场，可是如此快乐的日子是从未有过的。

正当大家在凉爽的树荫底下吃着鹿肉，沉浸在幸福美满的气氛中时，忽然来了一位信差，他告诉公爵一个可喜的消息：公爵的领土又重新属于他了！

原来，篡位的公爵对于女儿西莉亚的出走十分生气，又听说每天都有贤能的人到亚登森林去投奔被放逐的公爵，他很嫉妒自己的哥哥在逆境里仍然受人尊敬，于是率领了大队人马向森林赶来，打算抓住他的哥哥，把他和所有效忠他的随从都杀死。

可是上帝却做了巧妙的安排，让这个坏心肠的弟弟改变了他恶毒的计划。当他刚走到这个荒凉的森林，就遇见一位隐居的年老修道士。他跟这位修道士长谈许久，终于把心里的坏念头完全消除了。从那一刻开始，他真正地悔改了，他决定放弃本来不属于他的领土，隐居到一个修道院里度过余生。

他痛改前非之后，第一件事就是派人到他哥哥那儿去，表示自己要将篡夺已久的公国还给他，同时也要把那些随从的土地和财产都还给他。

这个可喜的消息来得太巧了！尽管是那么令人意外，却让大家听了都很高兴，也让两位公主结婚的欢乐气氛更加热烈了。

西莉亚为公爵的好运向罗瑟琳表示祝贺，诚恳地祝她幸福快乐，尽管她自己不再是公国的继承人了，可是由于公爵复位，罗瑟琳如今成了继承人，堂姐妹的感情依旧融洽如昔，完全不掺杂任何嫉妒的成分在里面。

公爵现在终于有机会报答那些一直跟在他身边的忠实朋友了。这些可敬的人曾坚忍地与他共患难，如今他们都很高兴，能够再回到宫里去享受那丰衣足食的幸福生活了。

温莎的风流娘儿们

温莎的法官夏禄与他的侄儿史兰德前来找伊·修文牧师评理，他们抱怨约翰·福斯塔夫爵士与他的几名随从巴道夫、毕斯托、尼姆在镇上作威作福，处处与自己作对，夏禄法官气得说，他一定要把福斯塔夫告上法院。

牧师安抚了夏禄与史兰德两人，劝他们与福斯塔夫爵士和好；同时，他还提起镇上的有钱人裴琪有个美丽的女儿安妮，他希望能把年轻的史兰德与安妮凑成一对儿。因为安妮的爷爷过世时曾留给她七百镑的财产，更别提她父亲为她准备的嫁妆了！夏禄与史兰德叔侄十分心动，当场答应了这场提亲。

于是，叔侄二人跟着牧师来到嘉德旅店与裴琪见面，正巧，福斯塔夫爵士也下榻在旅店中，于是，裴琪自告奋勇要做两方的和事佬。

福斯塔夫与他的随从们出来了，他问夏禄来这里做什么。老夏禄指控爵士殴打了他的佣人、杀了他养的鹿，还闯进他的房子，自己正是来找他算账的。史兰德也说，爵士的随从巴道夫、尼姆和毕斯托不久前把他拐到酒店里去，灌醉了他，又把他的钱包给偷走了。

爵士转头问毕斯托有没有这回事，毕斯托与其他两人都矢口否认，由于双方都各执一词，这场争吵僵持不下。就在这时，裴琪的太太与女儿安妮，还有另一位朋友福德的妻子端着酒与食物上来了，裴琪趁机要爵士与夏禄叔侄喝一杯，握手言和。

正当夏禄叔侄与福斯塔夫爵士争执不下时，福德妻子端着酒与食物上来了，裴琪趁机要双方喝一杯，借此握手言和。

史兰德看见美丽的安妮，魂顿时飞到了九霄云外，也把其他的事忘得一干二净，这时，牧师又向大家提起史兰德与安妮的婚事，就这样，他们与福斯塔夫爵士之间的仇隙就暂时被抛在一边了。

当裴琪与夏禄叔侄说定之后，牧师又叫仆人去找一位叫快嘴桂嫂的女人，她是法国医生凯易斯的管家婆，也是安妮小姐的好朋友，牧师希望能请她帮忙，在安妮面前为史兰德美言几句。

福斯塔夫与夏禄叔侄和解后，把偷了史兰德钱包的巴道夫解雇了，又跟剩下的两名随从毕斯托、尼姆聊了起来。他说："我觉得福德太太对我有几分意思，她刚才跟我说话时的口气，以及为我切肉的那种姿势，还有她那一瞟一瞟的含情脉脉的眼光，都好像在说'我的心是福斯塔夫爵士的'。"

爵士又说，裴琪太太刚才好像也在向他暗送秋波，"她那双水汪汪的眼睛一眨也不眨地望着我全身上下，一会儿瞧着我的脚，一会儿瞧着我的大肚子。她用贪婪的眼神把我从头望到脚，她的眼里简直要喷出火焰！"

接着，福斯塔夫爵士写下两封一模一样的情书，一封是要送给福德太太的，一封是要给裴琪太太的。因为他知道，福德和裴琪两个有钱人都把钱财交给太太管理，要是他能够勾引到这两位太太，就能尽情地挥霍他们数不清的财产了！

他要毕斯托与尼姆替他分别把这两情书交给两位太太，没想到这两名随从却一口回绝。毕斯托说："我是身佩钢刀的堂堂军人，难道你要我为你勾引女人吗？我才不干！"

尼姆也说："这种下流的事情我也不干，把你的这些宝贝信拿回去吧！我的名誉比较要紧。"

福斯塔夫一气之下，将这两个随从也赶走了，只留下随身的侍童罗宾。他要罗宾为他把两封信送给福德太太与裴琪太太。而毕斯托与尼姆不甘心遭到解雇，也商量着该如何报复福斯塔夫。毕斯托说他要去向福德告密，说福斯塔夫想侵吞他的财产，还要夺取他的娇妻；而尼姆则去煽动裴琪，要让他心中充满了恨意，巴不得立刻用毒药毒死福斯塔夫。

另一方面，伊·修文牧师的仆人找到了快嘴桂嫂，告诉他牧师打算撮合史兰德与安妮的事。桂嫂想起之前看到史兰德的皮肤白净，身材瘦弱，虽然认为他一点儿也不适合安妮，但还是答应了牧师。

就在这时，桂嫂的主人凯易斯医生一脸愤怒地回家了，桂嫂知道主人脾气暴躁，要是看到家里有陌生人，一定会生气，于是赶紧要仆人躲进壁橱。没想到，凯易斯医生一进屋就打开壁橱想找烟草，恰巧发现了牧师的仆人正躲在那儿。

"你是什么东西？为什么躲在我的壁橱里？"

他把这个人拖出壁橱，大声嚷着要自己的仆人立刻把剑拿来。桂嫂连忙解释说，那个人是牧师派来的，要请她为史兰德向裴琪家的小姐说亲。没想到，医生听完反而更加暴跳如雷，原来，医生也一直爱慕着安妮小姐，一听说牧师打算撮合两人，立刻把一切怒气都发在牧师头上。

凯易斯医生拿出一张纸，匆匆在上面写了几句挑战决斗的话，要仆人立刻送去给牧师，然后自己也出门了。

凯易斯医生打开壁橱，意外发现了躲在里面的牧师仆人。

医生出门后，留下了桂嫂不知所措地站在原地。她的主人凯易斯爱慕安妮小姐，牧师却又拜托她为史兰德美言几句，但是，她明白安妮真正爱的另有其人，这个人名叫范通，是一位规规矩矩的绅士，虽然财产不多，但是身为王子的亲信，地位很高。桂嫂不知道该偏向谁。

就在这时，范通也来了，他向桂嫂问起安妮小姐的近况，桂嫂说："凭良心说，范通先生，她真是一位又标致、又端庄、又温柔的好姑娘。我老实告诉您吧！她很佩服您呢！谢天谢地。"

范通问桂嫂，要是他向安妮求婚，有没有可能成功，桂嫂回答："老爷，我可以发誓她是爱您的。您的眼皮上不是长着一颗小痣吗？当我们聊天时，小安妮光是那颗痣就足足讲了一个钟头呢！"

范通向桂嫂道谢，他再次请桂嫂替他向安妮小姐致意，然后就急着离开了。

此时，裴琪太太已经收到了罗宾送来的福斯塔夫写的情书，她用看笑话的心态读着这封信，因为即使是她在年轻貌美的时候，都不曾收到过情书呢！就在她耻笑福斯塔夫爵士是个一把年纪却还自命风流的家伙时，她的好朋友福德太太也来了。福德太太一样拿出福斯塔夫送给她的情书，这封信同样令她作呕，她说，肥胖的福斯塔夫爵士就像一条肚子里装满了油脂的鲸鱼。

于是，两位太太决定捉弄无礼的福斯塔夫，以报复他对她们轻薄的侮辱，同时，福德太太还想趁机看看爱吃醋的丈夫会有什么反应。裴琪太太说："让我们跟他约一个日子相会，把他哄骗得心花怒放，然后我们慢慢地引诱他，只让他闻到鱼腥味，不让尝到鱼肉味儿，逗得他垂涎三尺，我们一点一滴地榨干他的一切，直到他把他的马都卖掉为止。"

福德太太表示赞成，她说："好！为了整治这个坏东西，什么恶毒的事我都愿意做，只要别损害自己的名誉就好。啊！要是我的丈夫见了这封信，那可就糟了，他的醋劲儿很大呢！"

就这样，她们也找上好朋友桂嫂，替她们把答复告知福斯塔夫爵士。同时，被解雇的毕斯托与尼姆找到了福德与裴琪，把福斯塔夫打算勾引他们太太的阴谋都说了出来。

裴琪对这个消息一笑置之，他认为妻子的年纪也不小了，不可能有人看上她的！而且这两个随从才刚被福斯塔夫解雇，很有可能是出于怨恨才诬陷前主人的。他自信满满地说道："要是他真想勾搭我的妻子，我可以假装痴聋，给他一个可乘之机，看他除了挨一顿臭骂之外，还能从她身上得到什么好处！"

但福德却没有这么乐观，他对毕斯托和尼姆的话半信半疑，他说："我并不疑心我的妻子，可是我也不放心让她跟别的男人在一起。一个男人太相信他的妻子是很危险的。这件事不能这样一笑置之。"

于是，福德暗自做了决定：他要亲自去找福斯塔夫，探听这件事的真实性。

就在这时，夏禄法官与好事的嘉德饭店的老板来了，他告诉裴琪和福德一个有趣的消息：原来，凯易斯医生向伊・修文牧师挑战决斗，性格认真的牧师也接受了他的决斗，两人相约在树林里交手。裴琪抱着看热闹以及劝架的心态跟着他们去了，而福德则离开他们，来到了福斯塔夫住的地方。

这时，福斯塔夫已经见过来为福德太太与裴琪太太传话的桂嫂。她对爵士说，福德夫人十分感激他的好意，她希望爵士在十点到十一点钟之间来家中与她相会，因为那时福德先生不在家。

福斯塔夫满口答应。然后，桂嫂拿出了一封信，她说那是裴琪太太交给他的，还要她转告，裴琪先生在家的时间多，不在家的时间少，但是她一定会找到一个机会与爵士见面的。

福斯塔夫又问桂嫂，福德太太与裴琪太太知不知道福斯塔夫爵士正同时追求她们两个人。桂嫂保证绝无此事，她说："她们怎么肯把这种害羞的事情告诉别人呢？"

然后，桂嫂要福斯塔夫把侍童罗宾送给裴琪太太，因为她很喜欢这个孩子，得意忘形的爵士一口答应了。就这样，桂嫂带着罗宾回去，留下沾沾自喜的福斯塔夫爵士，他自言自语道："老家伙，真有你的！从此以后我更喜欢这副老皮囊了。好皮囊，谢谢你，虽然人家嫌你长得太胖，但只要胖得好看，再胖些又有什么关系呢？"

正巧，饭店的侍者进来通报说，有一位叫作白罗克的先生带来了一瓶白葡萄酒，希望能与爵士交个朋友。爵士想到有酒可喝，毫不怀疑地让客人进来了，而这个白罗克先生其实就是福德先生。

白罗克将一袋钱交给福斯塔夫，然后说明来意，他说他爱上了一名有夫之妇，她的丈夫名叫福德。他追求福德太太好久了，但一直不曾得到她任何回报，他希望福斯塔夫能为他使出浑身解数，为他勾引福德太太，到时他就能推翻她那些贞操、名誉之类冠冕堂皇的借口了。

他还说，由于福斯塔夫爵士是一位涵养丰富、谈吐风趣、交游广阔的绅士，无论是地位还是人品都是无可挑剔的，因此只要他肯出马，福德太太没有理由不上钩。一席夸张的赞美，加上优厚的酬劳，爵士当场就点头答应了。

爵士还告诉他："白罗克先生，一切都交给我吧！不瞒您说，刚才她还派了人来约我跟她相会呢！十点到十一点钟之间，我就会去她家里看

MERRY WIVES OF WINDSOR.

她。因为到了那时，她那爱吃醋的混蛋丈夫就会出门。请您今晚再来看我吧！我可以让您知道我进行得顺不顺利。”

福德先生气冲冲地离开了，他在路上遇到裴琪太太，听说福斯塔夫把侍童送给她以后，对福斯塔夫勾引两位太太的事更加深信不疑了。他连忙跑去告诉好朋友裴琪这件事。

这时，裴琪与夏禄叔侄刚观看完决斗回来。原来，凯易斯医生与伊·修文牧师握手言和了。福德找到了这伙人，他拉着他们，硬要所有人到他的家里喝杯茶，他们只好答应了。

另一方面，福斯塔夫爵士如约来拜访福德太太了，他对她说着各种情话，口口声声求她嫁给自己。就在这时，裴琪太太按照事先串通好的计划，匆匆忙忙赶来了，福德太太赶紧叫福斯塔夫爵士躲起来。

裴琪太太气喘吁吁地说道："我的福德太太！你的丈夫带了温莎城里所有的捕役，就要到这儿来啦！他说有一个男人在这间屋子里，是你趁着他不在家的时候约来的，他们就要来捉这个奸夫了！但愿你的屋子里没有男人，要是真的有的话，那就赶快带他出去吧！”

福德太太故意装得很着急的样子，说的确有一位好朋友躲在她的屋内，问她该怎么办，裴琪太太建议她："这个屋子是藏不了人的，瞧！这儿有一个篮子，他要是不太高大，倒是可以钻进去躲一下，再用些脏衣服堆在上面，让人家误以为这只是一篮正准备拿去洗的衣服！啊，对了，就叫你家的两个仆人把他连着篮子一起抬出去，这样不是就好了吗？”

福德太太仍然装出为难的样子，但福斯塔夫听到这些话早已按捺不住，立刻从暗处跳了出来，表示愿意接受这个建议。一见到他，裴琪太太装作很吃惊的样子，指责他欺骗自己的感情，但爵士早已管不了那么多了，他迅速钻进洗衣篮，任由她们把脏衣服盖在他的身上，再让仆人抬出屋外。

两名仆人抬着篮子走出屋，正巧遇见了来兴师问罪的福德先生一行人，福德先生见到洗衣篮子，丝毫没有怀疑里面藏了人，就直接冲进屋里搜索爵士的踪迹。当然，他找了半天还是找不到，同行的众人还以为他只是在无理取闹、乱吃醋呢！连凯易斯医生也笑他："在法国根本没有这种事，法国人从不吃醋的。"最后，福德先生只好向妻子道歉。

然而，最倒霉的还是福斯塔夫了，他被装在篮子里抬出屋后，就被仆人连着脏衣服一起倒进了泰晤士河旁的烂泥沟里，就像一车屠夫切下来的肉骨肉屑一般。当然，这也在两位太太的计划之中。

整治这个老人一番之后，两位太太仍然不满足，他们还想再捉弄他一次，于是又请桂嫂去找了福斯塔夫。当桂嫂来到饭店时，福斯塔夫爵士正愤愤不平地喝着酒，她一看到桂嫂，又听说福德太太想约他再次相见，气得破口大骂，说自己真是太轻信了，竟然会去赴一个傻女人的约。但桂嫂解释说，那都是仆人误会了福德太太的意思，她觉得十分抱歉，已经把他们教训了一顿。

桂嫂说："太太为了这件事，内心感到说不出的难过呢！看见她那伤心的样子，谁都会心软的。她的丈夫今天一早就去打猎了，她请您在八点到九点之间再到她家里去一次。您放心好了，这一回她一定会好好补偿您的！"

福斯塔夫说："好吧！你回去告诉她，我一定准时赴约。请她好好想一想，有哪一个男人不是朝三暮四的？像我这样的男人，可是没那么容易找到的！"

桂嫂离开之后，化名为白罗克的福德先生又来了。他故意来向福斯塔夫询问事情的进展状况。福斯塔夫向他讲述起经过，告诉他事情原本进行得很顺利，想不到福德太太她那疑神疑鬼的丈夫，竟疯疯癫癫地带了一批狐群狗党回来，害他躲进洗衣篮里。又说起自己是怎么任由两位太太把脏衣服盖在他身上，又是怎么被两个仆人抬出屋外，丢进了泰晤士河。

然而，爵士最后仍得意地说道："不过，白罗克先生，别说他们把我扔在泰晤士河里，就算把我扔进了火山口，我也不会就此放弃她的。她的丈夫今天早上打猎去了，我已经又得到了她的来信，约我八点到九点之间再去她家一趟。"

福德先生提醒福斯塔夫，现在已经过了八点钟了，于是，爵士匆匆忙忙出门赴约，留下了气愤难平的福德先生。他终于知道为什么那天在家里搜不到福斯塔夫，又知道妻子背着他再次约了福斯塔夫见面。福德先生下定决心，这回一定要揭穿他们两人。

福斯塔夫又来到福德太太的家，再次跟她说起了情话。就在这时，裴琪太太又按照预先的计划，气喘吁吁地跑进屋来，福斯塔夫连忙躲到暗处。裴琪太太说："我的天！福德太太，你那男人的老毛病又发作啦！他正在那儿拉着我的丈夫，痛骂那些有妻子的男人，不分青红皂白地咒骂天下所有的女人，还把拳头握紧了敲着自己的额头呢！我真庆幸那胖爵士不在这儿！"

裴琪太太还提到，福德先生发誓说上回他来搜屋的时候，福斯塔夫爵士是被装在篮子里抬出去了，这回他一定要把爵士找出来。福德太太慌张地说，福斯塔夫现在也在屋子里，是不是应该再把他塞进篮子运出去呢？

福斯塔夫吓得跳了出来，说道："不！我再也不要躲在篮子里了，还是让我趁着他还没来赶快走出去吧！"

但是裴琪太太说，福德先生的三个兄弟正拿着枪把守在门口，不让任何人离开屋子，然后，她建议福斯塔夫爵士打扮成一个女人，搞不好能骗过福德先生的眼睛。走投无路的爵士只好听从这个建议，跟着裴琪太太上楼化装了。福德太太也故意叫两名仆人再把装满了脏衣服的篮子抬出去。

福德先生远远看见了两名仆人抬着洗衣篮，气急败坏地冲了过来，对着篮子乱翻一通，还把篮里的衣服全部倒了出来，但却没有发现福斯塔夫。于是，他冲进屋子里翻箱倒柜找起来。正巧，裴琪太太与乔装成女人的福斯塔夫走下楼来了。

福德先生问起这个老太婆是谁，福德太太回答："就是女仆的姑妈，住在勃伦府的那个老太婆！"

福德听了更生气了，他说："什么？这个贼巫婆！我不是不准她走进我的屋子里吗？她又是替谁送信来的，是吗？我最讨厌听到她那满口求神问卜的胡言乱语！快给我滚下来，你这鬼巫婆！滚下来！”

说着，福德先生拿起了棒子，朝着福斯塔夫扮成的老太婆一阵乱打，仿佛把对福斯塔夫的怨气都发泄在这个“老太婆”身上。福德太太忍住笑，拼命劝阻丈夫别再打她了，福德先生这才停下了手。当福斯塔夫逃出屋子后，裴琪太太与福德太太终于告诉她们的丈夫一切经过，包括福斯塔夫写给她们情书的事，还有她们是如何设下了圈套捉弄他。

福德先生与裴琪先生都对太太的机智感到佩服，这时，两位太太又说，想要再给福斯塔夫一次惨痛的教训。

原来，温莎这个地方曾经有个传说：有一个猎人的鬼魂时常徘徊在一棵橡树四周，头上长着又粗又大的角，手里摇着一串链条，发出怕人的声响；当这个鬼魂一出没，树木就会变得枯黄，牲畜就会生病，乳牛的乳汁会变成血液。

福德太太说，她要叫福斯塔夫在头上装上大角，扮成鬼魂的样子，在一棵橡树的旁边等着她们。再叫安妮以及三四个差不多大小的孩子穿着白色与绿色的衣服，扮成一队精灵，头上戴着蜡烛，手里拿着响铃，躲在树旁的坑洞里。等福斯塔夫与两位太太相会的时候，他们就一拥而出，质问他为什么竟敢在精灵们游戏的时候，装扮成鬼魂的样子闯进这个神圣的地方。再用手把他拧得遍体鳞伤，或用蜡烛烫他的皮肤，直到他招认自己的不良居心为止。

在场的人全都拍手叫好，同意了这个计划，但裴琪先生与裴琪太太却各自打着如意算盘。裴琪先生告诉史兰德，他会叫安妮在当晚穿着白色的衣服，要史兰德一看准时机就牵住她的手，拉她到牧师家中结婚。而裴琪夫人则属意凯易斯医生，她跟医生说，当晚她会叫安妮穿着浅绿色的袍子，头上系着飘扬的丝带，要医生趁机牵住她的手去结婚。然而，这些计划都被安妮小姐告诉了她真正的意中人范通先生。

到了约定的晚上，福斯塔夫果然戴着一对大角来到了橡树下，他见到福德太太与裴琪太太，正想上前拥抱她们时，扮成精灵的安妮与其他孩子忽然从藏身处冒了出来。两位太太故意装出害怕的样子，抛下吓得腿软的福斯塔夫爵士逃走了。精灵们把这名倒霉的胖爵士围在中间，唱着歌曲：

让我用炼狱火把他指尖灼烫，
看他的心地是纯洁还是肮脏；
他要是心无污秽火不能伤，
哀号呼痛的一定居心不良。

然后，精灵们开始戏弄起福斯塔夫，他们伸手拧他的肥肉，还拿起头上的蜡烛灼他的皮肤，可怜的福斯塔夫痛得尖叫了起来。福德以及裴琪夫妇看见已经把爵士整得够惨了，这才从暗处走了出来，对他大加嘲笑。福斯塔夫终于恍然大悟，知道自己从一开始就落入了两位太太的圈套。他连忙大声求饶，逗得大家哈哈大笑。

就在这时，史兰德着急地跑了过来，跟裴琪先生说，他照着裴琪先生的指示抱走了穿着白衣的精灵，没想到却发现对方竟是一个笨头笨脑的

精灵们戏弄了福斯塔夫后，福德夫妇和裴琪夫妇从暗处走了出来，对他大加嘲弄。

男孩子！

看到丈夫与史兰德一脸错愕，裴琪太太得意地说道：“我的好丈夫，别生气，我事先知道了你的计划，所以叫女儿改穿绿女服了；不瞒你说，她现在已经跟凯易斯医生一同到了牧师家里，在那儿举行婚礼啦！”

才刚讲完，凯易斯医生又急急忙忙地跑了过来，生气地说自己上当了，他照着裴琪太太说的抱走了穿着绿衣的精灵，没想到那人竟然是一个男孩子，根本不是安妮小姐！

正当所有人都大感意外的时候，范通先生带着真正的安妮来了，他们已经趁着刚才的一阵混乱结婚了。范通向裴琪先生、裴琪太太解释了一切，当这对父母知道女儿嫁给了自己喜欢的人后，也发自内心地祝福了她。就这样，一切都圆满地结束了，好色的福斯塔夫爵士得到了应有的惩罚，而安妮小姐也与心爱的人结婚了。

福德先生临走时还对福斯塔夫说，感谢他对白罗克先生的帮助，因为白罗克今晚就要与福德太太共眠了呢！

第十二夜

少年西巴斯辛和妹妹薇奥拉是一对双胞胎，他们住在梅萨琳。这对兄妹从出生时长得就很像，周围的人们都啧啧称奇，要不是穿着不同的衣服，几乎无法辨认这两个人。

他们在同一个时辰出生，也在同一个时辰遭遇生命危险，因为他们一同在海上航行时，船只在伊利里亚海岸失事了。他们乘的船在猛烈的风暴中撞到了礁石，船身被撞得粉碎，船上只有少数人逃了出来。船长和其他几名存活下来的水手坐着小船上岸，也把薇奥拉带回了岸上。

这位可怜的姑娘并没有因为自己获救而高兴，反而为哥哥的失踪伤心起来。船长安慰她说，船被撞碎时，曾看见她的哥哥紧紧抱住一根大桅杆，漂在海面上，直到远得看不见为止。

听到这话，薇奥拉才觉得有了一线希望，心中宽慰了不少。现在，想到就要一个人在远离家乡的陌生国度生活，薇奥拉就问起船长，他是否了解有关伊利里亚的事情。

“哦！姑娘，非常了解，”船长回答道，“因为我出生的地方离这里还不到三小时的路程呢！”

“谁统治这个地方？”薇奥拉问。

船主告诉他，伊利里亚的管理者是奥西诺，是个地位和性情都同样高贵的公爵。薇奥拉回答说，她曾听父亲提过奥西诺，那时他还没结婚呢!

“他现在也还没结婚呢！”船主说，“至少最近还没有。大约一个月以前，我从这里启程时，人们都在议论这件事，毕竟大家都喜欢讨论大人物的事情。他们说，奥西诺正在追求美丽的奥丽维娅小姐，奥丽维娅是位品行很好的姑娘，她父亲是个伯爵，去年过世了，父亲把她托付给她的哥哥照顾。可是她的哥哥不久前也去世了，听说，她为了表示对哥哥的爱，发誓再也不见任何男人，也不和任何男人来往。”

薇奥拉也正为失去哥哥而痛苦着，很希望能和同样对哥哥的死如此哀悼的小姐一起生活。于是她问船长能不能把自己介绍给奥丽维娅，她说自己很乐意服侍这位小姐。但是，船长回答说这件事很难办，因为自从她哥哥去世后，奥丽维娅姑娘就不允许任何人进入她的房间，连公爵也不行。

忽然间，薇奥拉灵机一动，她要穿上男装，去当奥西诺公爵的侍童。年轻姑娘穿上男装打扮成男孩子，这是个奇怪的想法，但年轻美丽的薇奥拉无依无靠，而且又一个人在他乡漂泊，不得不这么做，因此，这应该是可以原谅的吧！

她看出船长行为正派，发自内心地关心她的幸福，就将自己的打算告诉他，船长立刻答应帮她这个忙。薇奥拉给了船长一些钱，请他为自己定做一些合适的衣服，并且要按照他哥哥西巴斯辛平时所穿衣服的颜色和样式来做。她穿上男装之后简直和她哥哥一模一样！

薇奥拉的这位船长朋友，把漂亮的薇奥拉打扮成了一个小伙子，通过宫中的熟人把她介绍给了奥西诺，同时把名字改成了西萨里奥。

这个英俊的少年善于言谈、举止优雅，公爵非常喜欢，因此决定收下他为侍童，这也正是薇奥拉想得到的差使。不管主人吩咐什么事，她总能出色地完成，对他尽心尽责、忠心耿耿，很快就成了公爵最宠爱的侍从。

奥西诺把自己爱上奥丽维娅姑娘的经过，都讲给了西萨里奥，还告诉他，他追求这位小姐已经很长时间了，但是一直没有成功。他不断地向她献殷勤，可是却一直遭到拒绝。她讨厌他，不准他再去找她。

尊贵的公爵因为爱上这位对他如此冷淡的姑娘，把以前热爱的野外活动和男人们喜欢的运动都放弃了，整天只是无精打采地听着萎靡不振的乐声，例如那些柔和的音乐和热烈的情歌。他和过去经常来往的智慧博学的贵族也疏远了，现在整天都和年轻的西萨里奥聊天，那些严肃的朝臣都认为，对于他们这位曾经高贵的主人——奥西诺公爵来说，西萨里奥实在不是个好伙伴。

一名年轻姑娘成了年轻英俊公爵的知己，本来就是件危险的事。不久后，薇奥拉也发现了这个事实，她感到非常痛苦。因为公爵把奥丽维娅带给他的痛苦都告诉了她，而她因为爱上了公爵，也感受到了同样的痛苦。

薇奥拉觉得，像他主人这么一位无可匹敌的公爵，是应该受到所有人深深景仰的，但奥丽维娅却这么冷漠，这使她百思不解。她冒着风险，温和地暗示奥西诺，问他为何偏偏爱上一位无法赏识他高贵品德的姑娘，还说："殿下，如果有位姑娘爱上您，就像您爱上了奥丽维娅一样，如果您不能转过来爱这位姑娘，您不是也会告诉她吗？姑娘得到这个答案，也会感到满足的。"

可是，奥西诺不同意这个结论，因为他不相信有任何女人能像他爱奥丽维娅一样那么爱他。他说，没有一个女人的心里能容纳下那么多的爱，因此，把任何一个女人对他的爱与他对奥丽维娅的爱相比，都是不公平的。现在，尽管薇奥拉非常尊重公爵的想法，但她还是无法对这句话表示赞同，因为她觉得自己有着和奥西诺公爵一样多的爱。

她说："啊！但我就是知道，殿下。"

"你知道什么，西萨里奥？"

"我很清楚，"薇奥拉回答说，"女人有多么爱男人。她们的内心和我们一样爱得真诚。我有个妹妹，她爱上了一个男人，就像假如我是个女孩儿，也可能爱上殿下一样啊！"

"她曾经恋爱过吗？"奥西诺问。

"殿下，她的情史一片空白，"薇奥拉回答说，"她从未表明过爱意，只是把爱深藏在心底，就像花蕾里的蛀虫一样，让这个秘密悄悄侵蚀她粉红的脸蛋，相思病害得她整个人都变憔悴了，脸色苍白，心情忧郁，好像‘忍耐’的石像一样坐着，朝着痛苦微笑。”

公爵问这位姑娘，是不是因为相思病死了，薇奥拉对这个问题回答得相当含糊，因为刚才的故事多半是她编造的，这只是为了表达对奥西诺的暗恋和自己无声的悲伤罢了。

正说着，公爵派去见奥丽维娅的人回来了，说道："殿下！那位小姐不见我，她要侍女带给您这样的答复：七年之内，就是大自然也见不到她的脸，她将像个修女一样戴着面纱走路，让她的泪水洒满她的面纱，这一切都出于对她已故哥哥的怀念。"

听到这席话，公爵大声说："啊！她的心地这么好，对她过世的哥哥都这么念念不忘了，要是有一天她的心被爱情这支富丽堂皇的金箭射中了，她会爱得多么热烈啊！"

接着，他对薇奥拉说："西萨里奥，你知道，我已经把心底的秘密都告诉你了。所以，好孩子，请你到奥丽维娅家里去一趟。要是她拒不见面，你就站在她的门口，告诉她，要是不让你进去见她，你就要站到脚底生了根为止。"

"殿下，要是我能和她说话，我应该说些什么呢？"薇奥拉问。

"啊！"奥西诺回答说，"向她表明我对她热烈的爱，把我的一片痴心仔细地跟她说。由你替我表达我的痛苦再合适不过了，因为她对你将会比对那些板着面孔的人要好得多。"

于是，薇奥拉去了，虽然她心里并不愿意替公爵求婚——毕竟这是在替自己心爱的男人向别的姑娘求婚。然而，既然接下了这个差事，她还是尽心尽力地设法完成主人的交代。很快地，奥丽维娅小姐就听说有一个年轻人正站在她的房门前，扬言非见到她不可。

"我告诉过他了，"仆人说，"说您生病了，但他说正是因为知道您病了才来探望您的；我又跟他说您已经就寝，他好像也早就知道，说正是因为这样才一定要见您。小姐，我应该怎么跟他说呢？好像怎么样都拒绝不

TWELFTH NIGHT.

了他，不管您想不想见他，他都一定要见您。”

奥丽维娅对这个固执的传话人非常好奇，想见他一面，就吩咐仆人让他进来，她用面纱罩住了脸。奥丽维娅根据使者坚决要见她一面判断，来人一定是奥西诺公爵派来的，因此，奥丽维娅想听听公爵的使者要说些什么。

薇奥拉进来了，她尽量表现出男人的气派，学着大人物身边的侍童们所说的漂亮恭维话，对着这位戴面纱的小姐说道：

“最灿烂、高雅、无与伦比的美人！请问您就是府上的小姐吗？因为我不愿意把话说给其他人听，因为我即将要说的话不但写得很优美，而且还花了我好大的工夫才背下来的。”

“先生，你是从哪里来的？”奥丽维娅问。

“除了我背下来的话，我什么也不会说，”薇奥拉回答说，“您的这个问题不在我背下的话里头。”

“你是个小丑吗？”奥丽维娅问。

“不是，”薇奥拉回答说，“而且也不是我扮演的角色。”这句话的意思是，她本来是个女人，现在却假扮成了男人。

接着，她又问奥丽维娅是不是府上的小姐，奥丽维娅只好说她是。

薇奥拉非常好奇，想知道情敌长什么模样，这时她已经不急于替主人传话了，于是说道：“好小姐，让我看看您的脸吧！”

对于这个冒昧的要求，奥丽维娅竟然没有拒绝，因为奥西诺公爵爱慕了很久都无法如愿以偿的这个骄傲美人，竟然一眼就爱上了这个乔装的侍童——卑微的西萨里奥。

当薇奥拉说要看她的脸时，奥丽维娅说道：“难道你的主人是吩咐你来跟我的脸谈判的吗？”

接着，她拉开面纱，把下定决心戴着它七年的誓言都忘了，说道：“好吧！我就把这帷幕拉开，让你看看这幅画吧！画得好看吗？”

薇奥拉回答说：“您的脸真是太美了。红白恰到好处，就如同来自大自然的鬼斧神工。要是您想把这样的美带进坟墓，不为世间留下一座复制品，您一定是世界上最狠心的人了！”

“啊！先生，”奥丽维娅回答说，“我不会那么狠心的。我可以列下一张我的美貌的清单，一一开陈清楚，把每一件细目都载在我的遗嘱上。例如，第一项，恰到好处的红唇两片；第二项，灰色的倩眼一双，附眼睑；第三项，玉颈一围，柔颐一个。等等！你是奉命来恭维我的吗？”

薇奥拉回答说：“我看出您是一个什么样的人了，您太骄傲了！可是即使您是一个魔鬼，您也很美。我亲爱的主人爱您，啊！他对您的爱，尽管您用绝伦的美貌也只能勉强回报。因为奥西诺殿下是用崇敬的心和眼泪来爱着您的，他用雷一样的呻吟和烈火般的叹息表达着对您的爱。”

“你的主人，”奥丽维娅说，“他非常了解我的想法。我不能爱他，但我绝不怀疑他高尚的品格。我知道他尊贵、富有、正值青春、纯洁无瑕。人们都说他学识渊博、待人有礼，而且勇敢无畏。但是，我不能爱他，他早就应该知道的。”

“要是我像我的主人那样爱您的话，”薇奥拉说，“我会在您的门前用柳木搭一间小屋，大声呼喊着您的名字；我会以奥丽维娅为主题，写出哀伤的十四行诗，在深夜里把它们唱出来，让群山都回响着您的名字；我要叫空中那个爱讲话的回声也大喊您的名字——奥丽维娅！啊，除非您怜悯我，不然的话，您在天地间就得不到安宁。”

“你可以这样做的。”奥丽维娅说，“你的家世怎样？”

薇奥拉回答说：“比我眼前的地位来得高，但眼前的地位也不低。我是一位绅士。”

最后，奥丽维娅不情愿地把薇奥拉打发走了，她说：“回去禀告你的主人，说我不能爱他。叫他不要再派人来了，除非是你再来一趟，告诉我他是怎么想的。”

于是，薇奥拉跟这位小姐告别了，还称呼她为“狠心的美人”。

薇奥拉走后，奥丽维娅一遍又一遍地重复着她的话：“比我眼前的地位来得高，但眼前的地位也不低。我是一位绅士。”

然后，她大声说：“我发誓他的确就是这样！他的话语、脸庞、手足、举止和热情都清楚地表明他就是一位绅士。”

同时，她心想要是西萨里奥是位公爵就好了。奥丽维娅感觉到那名侍童已经牢牢地掳获了她的心，她责备自己这么突然就爱上了他。只是，人们对自己的这类温和的责备一向是不深的；没过多久，高贵的奥丽维娅小姐就把自己和这个乔装的侍童之间悬殊的地位，连同少女的矜持——这个女孩子品德的重要装饰——都忘得一干二净，竟然决定向年轻的西萨里奥求爱了。

紧接着，她派仆人拿着一枚钻戒追上西萨里奥，谎称是奥西诺遗留下的礼物，希望透过这样巧妙的安排送给西萨里奥一枚戒指，向他表明心迹。薇奥拉收到这只戒指后，的确起了疑心，因为她知道奥西诺根本没请她送过什么戒指，她开始回想起奥丽维娅刚才的神情和态度，处处都表达了爱慕之意，薇奥拉马上猜出来，她主人爱慕的奥维丽娅一定是爱上她了。

“唉！”她说，“这位可怜的姑娘也是爱上了一场梦啊。我这样的乔装不是什么好事，这只会让奥丽维娅白白地为我伤心，就像我为奥西诺伤心一样。”

薇奥拉回到了奥西诺的宫殿，报告她的主人这次求爱仍然没有成功，又转达了奥丽维娅的要求，请公爵不要再打扰她了。然而，公爵仍然希望西萨里奥明天能再走一趟，说服她怜悯自己。

在那之前，为了消磨无聊的时光，他请人唱起一支他喜欢的歌，并说道：“亲爱的西萨里奥，我昨晚听到那首歌时，觉得心里的痛苦减轻了不少。西萨里奥，你仔细听！这是一首质朴的老歌，纺线和编织的姑娘坐着晒太阳时唱，少女们用骨针纺线时也在唱。歌词没什么意义，但我却十分喜欢，因为它描述的是古代纯洁的爱情。”

来吧，来吧，死神！
把我横陈在凄凉的柏棺中央；
飞去吧，飞去吧，呼吸！

我被害于一个狠心的美貌姑娘。
请为我罩上白色的殓衾，铺满紫杉！
没有一个真心的人为我而悲哀。
莫让一朵甜柔的花，
撒上了我那黑色的、黑色的棺材；
没有一个朋友迓候我尸身，
不久我的骨骼将会散开。
免得多情的人们千万次的感伤，
请把我埋葬在无从凭吊的荒场。

薇奥拉把这首老歌的歌词都听出来了，它真挚朴实地表达出单相思的痛苦，同时她的脸上也流露出了那首歌所表达的感情。一旁的奥西诺注意到她忧郁的表情，对她说："我敢发誓，孩子，尽管你还年轻，你的双眼已经见到你所爱的人了。对吗？"

"殿下，只见到一点儿。"薇奥拉回答说。

"是个什么样的女人，年龄多大？"奥西诺问。

"和您的年龄一样，长着与您一样的面容，殿下。"薇奥拉说。

公爵听到这个年轻的小伙子竟爱上一位比自己年长那么多的女人，而且皮肤像男人一样黝黑，忍不住笑了出来。其实，薇奥拉指的就是公爵，而不是长得像他一样的女人。

当薇奥拉又去拜访奥丽维娅时，很容易就见到了她。如果女主人喜欢和年轻英俊的送信人说话，仆人们总是很容易就能瞧出来。薇奥拉刚来到大门口，门就敞开了。公爵的这名侍童被恭恭敬敬地请到了奥丽维娅的房间，薇奥拉告诉奥丽维娅，这次又是代表公爵前来恳求她的，但她却说："我希望你永远不要再提起他了。如果你是替另外一个人求婚，我倒很愿意听听你的请求，比听到天上的曲子还高兴。"

这句话的意思已经相当明显了，但是，奥丽维娅接着又更加坦白地表明了自己的心思，公开地吐露了对薇奥拉的爱。当她看到薇奥拉脸上露出不悦的困惑神情，说道：“噢！不管是怎样的嘲笑、蔑视和愤怒，一到他的唇上都变得美丽了！西萨里奥，我凭着春天的玫瑰，凭着贞洁、信誉和真理向你发誓，我爱你！尽管你如此骄傲，可是我没有理由，也不想隐瞒对你的爱。”

可是，任凭奥丽维娅如何求爱，一切都是徒然。薇奥拉迅速地离开她，还对她说再也不来替奥西诺求爱了。对于奥丽维娅热烈的恳求，她的答复是绝对不会爱上任何女人。

才刚离开奥丽维娅，就有人来挑战薇奥拉的勇气了。一个曾被奥丽维娅拒绝的求婚者听说她爱上了公爵的传话人，就来向她要求决斗。可怜的薇奥拉该怎么办呢？尽管她有着男人的外表，但内心却完全是个女人，就连自己身上的剑也不敢看一眼呢！

看到可怕的对手拔出了剑，向她逼近，薇奥拉开始思考要不要承认自己是个女人。就在这时，一个陌生的路人将她的恐惧打消了，也让她避免了暴露真实性别的难堪。这名陌生人走了过来，就像与她交情深厚一般，以仿佛是她最亲近的朋友般的口吻对她的对手说：“如果是这位年轻人冒犯了你，由我来替他承担！如果是你冒犯了他，那我会替他来跟你较量！”

薇奥拉还没来得及对这名保护者道谢，或是问他为什么这么好心地拔刀相助，她的新朋友就遇上了他的勇敢抵挡不了的敌人——就在这一瞬间，官差们来到他们面前，因为这名陌生人前几年曾犯下案子，他们奉公爵之命正要把他捉拿归案。

他对薇奥拉说：“这些麻烦都是为了找你而惹出来的。”

然后，他又向薇奥拉要回他的钱袋，说：“现在我需要我的钱袋，不得不把它要回来了。我并不是为自己的遭遇感到难过，而是因为没能帮上你的忙。你好像还很吃惊的样子，不过，无论如何，请你放心吧！”

他的话确实让薇奥拉很吃了一惊。她说自己并不认识他，也没跟他要过钱袋。但是，由于这名陌生人刚才曾好心帮了她，薇奥拉给了他一小笔钱，那几乎是她身上所有的钱了。没想到，陌生人说话忽然变得严厉起来，大骂她忘恩负义、冷酷无情。

他说："你们看到的这个小伙子，是我从死神的口中救出来的！就是因为他的缘故，我才会来到伊利里亚的，如今又落到这么危险的地步！"

官差们才不理会囚徒的抱怨呢！不停催他快走，呵斥道："这跟我们有什么关系！"

就这样，陌生人被带走了，一路上还朝着薇奥拉大喊"西巴斯辛"。这个男人把她当成西巴斯辛，骂他不认朋友，直到听不见他的声音为止。薇奥拉听到陌生人叫自己"西巴斯辛"，觉得十分奇怪，心想这个人也许把她误认为她的哥哥了，可是他已经被匆忙带走了，她没来得及问个明白。但她仍然希望，陌生人口中被他救起的那个人真的就是她哥哥。

事实上，的确如此。那名陌生人叫安东尼奥，是个船长。当西巴斯辛在风暴中紧抱着一只桅杆在海上漂流，几乎筋疲力尽时，是安东尼奥将他救上船的。之后，安东尼奥与西巴斯辛产生了真挚的友谊，他决定无论西巴斯辛去哪，他都要陪在一旁。

不久后，西巴斯辛出于好奇，想去公爵的宫廷看看。由于安东尼奥曾经在一场海战中不幸使公爵的侄子受了重伤，因此，要是让人们知道他在伊利里亚，他将会性命不保。但是，安东尼奥宁可来到伊利里亚，也不愿意离开西巴斯辛。

一直到安东尼奥遇到薇奥拉的几个小时前，他才和西巴斯辛一同上岸。他把钱袋交给了西巴斯辛，让他随意购买自己想要的东西，还告诉西巴斯辛，当他去城里闲逛时，自己会在旅店里等他。但是，一直到了约好的时间，却还不见西巴斯辛回来，安东尼奥只好冒险出来找他了。

由于薇奥拉穿的衣服、相貌都正好和他哥哥一样，于是，安东尼奥拔剑保护了这个被他救起的小伙子，因此也难怪，当薇奥拉不认他，还不肯把钱袋给他时，他要气得骂她忘恩负义了。安东尼奥走后，薇奥拉害怕挑战者再度追上来，赶紧往家的方向跑。就在同一时间，她的哥哥西巴斯辛也来到了刚才的地点，那名挑战者看到他，还以为薇奥拉又回来了呢！

"噢！先生，我们又见面了！吃我一拳吧！"说着，他给了西巴斯辛一拳。西巴斯辛也不是胆小之辈，他用双倍的力气回敬那人一拳，接着把剑拔了出来。

这时，奥丽维娅从房里跑出来，阻止了这场决斗。她也把西巴斯辛误认成了西萨里奥，因此邀请他到她家去，并为他遇到的粗鲁攻击表示难过。

对于西巴斯辛来说，这位小姐的礼貌，就和刚才素不相识之人的无礼一样令他感到莫名其妙，尽管如此，他还是欣然进了奥丽维娅的家。奥丽维娅非常高兴，她发现西萨里奥终于愿意接受她的殷勤了，因为虽然两人长得一模一样，但他的脸上丝毫没有她向西萨里奥表明爱意时的那种轻蔑与不悦。

西巴斯辛丝毫也没有拒绝这位姑娘对他表现出的爱情，他似乎很乐意接受，尽管也忍不住感到奇怪，他想一定是这位姑娘的神志不清楚了。不过，一看到她有这么华丽的房子，家里一应事务都听她吩咐，而且家务也管理得井井有条，除了突然爱上他这点之外，她的神志似乎完全正常，因此他高高兴兴地接受了她的求爱。

奥丽维娅见西萨里奥心情正好，怕他事后反悔，就说家里刚好有牧

误打误撞的西巴斯辛与决斗者发生了激烈的冲突。

师，建议两人立刻就结婚，西巴斯辛也同意她的提议。婚礼结束后，他跟新娘说要出门一下，把他的好运告诉他的朋友安东尼奥。

这时，奥西诺来拜访奥丽维娅了，他刚来到奥丽维娅的门口，官差们正好将囚犯安东尼奥押到奥西诺跟前，薇奥拉也和他的主人奥西诺在一起。安东尼奥仍然把她当成西巴斯辛，一见到薇奥拉，就跟公爵讲起他是怎样冒险把这个年轻人从海里救出来的；又把他确实给过西巴斯辛的好处都说了一遍；最后又埋怨说，三个月来这个忘恩负义的小伙子日夜都跟他在一起。

这时奥丽维娅从家里走了出来，公爵再也没有心思听安东尼奥的故事了。

“伯爵小姐出来了，天使下凡了！可是你这家伙说的全都是疯话！三个月以来，这个小伙子一直在我身旁侍候我！”说完，公爵吩咐把安东尼奥带走。

但没过多久，公爵也责怪起西萨里奥忘恩负义，因为他听出奥丽维娅对西萨里奥说的都是些温柔言语。侍童竟在奥丽维娅心里占了这么大的分量，公爵扬言要报复他，让他得到应有的惩罚。

“跟我来！小子，我要痛痛快快地教训你一顿！”

看来公爵对薇奥拉的嫉妒使他想立刻置她于死地。但是爱情的力量让她不再胆小，她说为了让自己的主人静下心来，她非常愿意去死。可是，奥丽维娅却不愿意就这样失去丈夫，她大声喊道：“我的西萨里奥去哪儿了？”

薇奥拉回答说：“我跟着那个我爱他胜过爱自己生命的人走。”

可是，奥丽维娅不肯让他们走，她大声宣布西萨里奥就是她的丈夫，还派人把牧师请出来，证明不到两个小时前，他曾为奥丽维娅小姐和那个年轻人主持了婚礼。任凭薇奥拉怎么解释自己没跟她结婚也无济于事，奥丽维娅和牧师的见证使公爵相信，他的侍童把比他生命还珍视的爱人夺走了。

一想到事情已经无法挽回，公爵立刻与他那不忠的爱人和她的丈夫西萨里奥告别，他说西萨里奥是一名“年轻的伪君子”，还警告他以后不要再让自己遇见！

就在这时，奇迹发生了，另一个西萨里奥出现了，还称呼奥丽维娅是自己的妻子。当然，这个新来的西萨里奥就是西巴斯辛，也就是奥丽维娅真正的丈夫。看到两个相貌、声音和衣着都一样的人，大家都惊讶不已。这两兄妹立刻开始问起对方的事来，薇奥拉几乎不敢相信哥哥还活着，而西巴斯辛看到原以为已经淹死的妹妹穿着一身男装站在眼前，也完全不明白是怎么回事。但薇奥拉马上承认自己确实是他的妹妹薇奥拉，只是穿上了男装而已。

这对长相极为相似的兄妹所引发的误会终于都消除了，大家都笑奥丽维娅竟然阴差阳错地爱上了一个女人，但当他们发现薇奥拉的哥哥代替了妹妹和她结婚后，也觉得没什么不好。

奥丽维娅结婚了，奥西诺公爵的最后一丝希望也永远地消逝了，连同所有的希望，他那无结果的爱情似乎也跟着凋零了。但是现在，他所有的心思都放在另一件事上，那就是他最宠爱的年轻侍童西萨里奥竟变成了一位美丽的姑娘。

他仔细地端详了薇奥拉，想起他一向认为西萨里奥长得非常俊俏，相信她穿上女装后一定也很漂亮。接着，他又想起薇奥拉时常说爱他；那时候，他以为那只不过是一个忠实的侍童真诚的宣示罢了，但是现在他却猜出了隐含在那其中的含义。她那许多甜言蜜语当时对他来说都像谜一样难解，可是现在他却恍然大悟，想起了这一切。他立刻决定娶薇奥拉为妻，不过，他还是忍不住要称呼她为西萨里奥，称她为“孩子”。

“孩子，你对我说过千百回，你永远都不会像爱我一样去爱一个女人。既然你不顾自己娇弱的身子和高贵的教养，忠心地服侍我，既然你称呼了我这么久的‘主人’，现在你就成为你主人的爱人——奥西诺公爵的夫人吧！”

奥丽维娅看到奥西诺正把被她冷漠摒弃的那颗心转移到薇奥拉身上，高兴地把他们邀请到家里，提议由早上为她和西巴斯辛主持婚礼的牧师为

经过一番周折，奥西诺最终爱上了美丽的薇奥拉。

他们二人主持婚礼。就这样，这对孪生兄妹在同一天里结了婚。曾经将他们拆散的风暴和海难，如今却成了他们的好运。薇奥拉成了伊利里亚公爵奥西诺的妻子，西巴斯辛也娶了一位富有、高贵的伯爵小姐奥丽维娅。

终成眷属

罗西昂伯爵的名字是贝特兰，他的父亲最近去世了，他因此继承了父亲的产业和爵位。法国国王与贝特兰的父亲曾经非常要好，听说他去世了，便立刻派人去请他的儿子贝特兰到自己在巴黎的王宫。国王想起了自己与死去的伯爵之间的友谊，因此想给予年轻的贝特兰特别的关爱和保护。

王宫里年迈的贵族拉佛前来请贝特兰去见国王的时候，他正与母亲住在一起。独断专权的国王请人进宫时常常是下旨意或发命令，无论多么显贵的臣子都必须服从，因此，贝特兰母亲不敢耽搁心爱的儿子太久，立刻与贝特兰道别，要他出发。

伯爵夫人的丈夫刚去世，现在儿子又要离开了，内心的伤痛犹如再次丧夫。于是，来接贝特兰的拉佛尽可能地用宫廷里那些恭维的话来安慰她。他说国王很仁慈，一定会像伯爵一样地关照他，像父亲一般地保护贝兰特。其实，他的意思只不过是仁慈的国王肯定会提拔贝特兰罢了。

拉佛还跟贝特兰母亲提起国王得了绝症的事，宫廷里的御医都说他已经没有希望了。她听到这个消息表示非常难过，并说如果海伦娜的父亲在世的话，一定能治好国王的病。海伦娜是她的年轻侍女，她的父亲是一位非常有名气的医生。他临死前将独生女送给了伯爵夫人做养女，因此在他死后，海伦娜就一直受到伯爵夫人的保护。

之后，伯爵夫人又称赞了海伦娜贤淑的性格和高尚的品德，说她的这些美德全都来自于她那令人尊敬的父亲。伯爵夫人还没说完，海伦娜已经伤心地哭了起来，伯爵夫人不得不责备了她，说她不该为父亲的死过度悲伤。

这时，贝特兰来跟母亲道别。伯爵夫人流着泪水和自己亲爱的儿子分离，并把他托付给拉佛，说道："老爷，请您多指点他，因为他只是个没见过什么世面的朝臣。"

最后，贝特兰又跟海伦娜说了一些平常的客气话，祝她幸福。最后，贝特兰对她说道："你要安慰我的母亲，也就是你的主人，要好好服侍她。"

海伦娜在很久之前就已经爱上贝特兰了。她刚才暗自哭泣，其实并不是在为自己的父亲流泪呢！海伦娜爱着自己的父亲，但此时她更爱的是贝特兰。眼看就要失去他了，海伦娜的心里除了贝特兰以外谁也不想，她甚至连父亲的容貌都记不起来了。

虽然海伦娜爱上贝特兰很久了，却一直无法忘记他是罗西昂伯爵，也是法国历史最悠久世家的后裔。海伦娜出身卑微，她的父母没有地位，而贝特兰家族世代都是贵族。因此，她把出身高贵的贝特兰视为自己的主人和亲爱的少爷，不敢有任何奢望，只有一辈子当他的仆人和家臣。

"对我来说，贝特兰是如此高不可攀，就像我爱上了一颗异常明亮的星星，竟想和那颗星结婚！"她说道。

贝特兰不在身边，海伦娜眼睛里充满泪水，心里悲伤极了！尽管她过去对他的爱也是一样地希望渺茫，但那时至少还能时时刻刻见到他，让她得到不少安慰。海伦娜时常坐在那儿望着贝特兰深色的眼睛、弯弯的眉毛和柔软卷曲的头发，直到她似乎能在心里勾勒出他的肖像，描绘出他俊秀脸庞上的每一根线条。

海伦娜父亲去世时没留给女儿任何财产，只留下一些稀有的药方。这些药方是他对医学深入研究多年得来的，都是经过长期实践、证明万无一失的良方。其中有一个药方写着可以治疗拉国王所患的那种病。海伦娜本来觉得自己地位卑微，对成为贝特兰夫人不抱什么希望；但那时一听说国王的病，她的心里顿时想出了一个绝妙的主意：她要亲自到巴黎为国王治病。

然而，国王和他的医生们都认为这个病已经无药可治了，尽管海伦娜手上有这样一个秘方，但一个贫苦又没知识的年轻姑娘，也未必能得到他们的信任。只要他们同意让海伦娜尝试看看，她相信自己一定能治好国王的病，她甚至觉得比父亲更有把握，因为她确信这良药一定受到了天上所有吉星的保佑，是能带给她好运的遗产，甚至能使她的身价水涨船高，足以成为贝特兰夫人。

贝特兰才刚离开，管家就告诉伯爵夫人，他曾经听见海伦娜在自言自语。这名管家从她说的话中听出她爱上了贝特兰，打算到巴黎去找他。伯爵夫人嘉许了管家一番，又请他去告诉海伦娜，说自己有话要跟她说。

伯爵夫人一听到关于海伦娜的传闻，就想起自己爱上贝特兰父亲的情景。她自言自语道："我年轻的时候也是这样，但'爱情'是长在'青春'这朵玫瑰上的一根刺，只要我们是自然之子，就难免在年少时犯下这样的错误，尽管我们当时并不觉得这是个错误。"

正当伯爵夫人思考着自己年轻时在爱情上犯过的错，海伦娜进来了。夫人对海伦娜说道："海伦娜，你知道我对待你就像母亲对待女儿一样。"

海伦娜答道："您是我高贵的主人。"

"你是我的女儿，"伯爵夫人又说，"我说我是你的母亲。为什么你听到我的话会神色惊慌，面色苍白呢？"

海伦娜害怕伯爵夫人已经猜到她爱上了贝特兰，所以神情慌张，脑中一片混乱。但她仍然答道："原谅我，夫人，您不是我的母亲，罗西昂伯爵也不是我的哥哥，我也不可能做您的女儿。"

"可是，海伦娜，"伯爵夫人说，"你可以成为我的媳妇。恐怕你想成为我的媳妇，所以母亲、女儿这样的称呼才会让你那么不自在吧！海伦娜，你爱我的儿子吗？"

"我的好夫人，原谅我！"海伦娜被吓坏了。

伯爵夫人又把她的问题重复了一遍："你爱我的儿子吗？"

“难道您不爱他吗，夫人？”海伦娜说。

伯爵夫人答道：“不要这样拐弯抹角地回答我，海伦娜。来吧，来吧！把你的心事说出来吧！因为你的爱情已经全被别人看出来了。”

此时，海伦娜跪下来，承认自己爱上了贝特兰，然后又害怕又惭愧地请求高贵的主人原谅她。她说自己深知两人地位不相称，还说贝特兰并不知道自己爱他。她把自己处境卑微、毫无希望的爱情比喻成一个可怜的印第安人对太阳的崇拜——太阳虽然照耀着自己的崇拜者，却不知道他们的存在。

伯爵夫人问海伦娜是否想到巴黎去，海伦娜也承认，当她听到拉佛谈论国王的病症时曾有过这样的想法。

“你就是因为这样想去巴黎？”伯爵夫人说，“说实话吧，是这样吗？”

海伦娜老实地答道：“我是因为您的少爷才兴起这个念头的。不然，巴黎啊、药方啊、国王啊，我当时都不会想到的。”

伯爵夫人听到她全部的陈述，并未表示赞成，却也没有加以指责。但是，她仔细地询问，海伦娜的药到底能不能治好国王的病。她知道这是海伦娜父亲最珍贵的药，一直到临终时才传给女儿，伯爵夫人不禁想起当初郑重承诺要照顾这个年轻姑娘的庄严时刻。现在，海伦娜的未来和国王的性命似乎都要看海伦娜能否实现计划了，虽然这可怜的计划只不过出自一个痴情的姑娘，但伯爵夫人觉得，或许上天要借着这个机会使国王痊愈，同时要为海伦娜带来好运。

于是，她爽快地答应海伦娜按照计划行动，还慷慨地为她准备了充足的盘缠，给她派了几名随从，并真诚地祝福她成功。就这样，海伦娜带着伯爵夫人的祝福出发去巴黎了。

海伦娜来到巴黎，在老朝臣拉佛的帮助下见到了国王。期间，她遭遇过许多困难，毕竟想要国王尝试这个漂亮的年轻女医生的药，绝非易事。但是，她告诉国王自己是名医的女儿，还把珍贵的药拿出来，说这是神奇的宝贝，是父亲长期的经验和高明医术的结晶。

她大胆地发誓，要是两天之内国王的病无法痊愈，她情愿去死！最后，国王终于答应尝试。但国王说，如果两天之后他的病还没好，就要将她处死；相对地，国王答应海伦娜，假如她成功了，作为报酬，除了王子之外，她能在全国范围内随便挑选一个男人做她的丈夫。

海伦娜希望父亲的药能治好国王，如她所愿，国王果然在两天之内痊愈了。于是，他也按照先前的约定，将宫里所有的年轻贵族都召集在一块儿，让这位漂亮的女医生任选一位作为丈夫。她让海伦娜仔细端详这些年轻的贵族，任她挑选。海伦娜很快就选好了，因为在这些年轻的贵族中间，她一眼就找出了罗西昂伯爵。

她转向贝特兰，说道："就是他了。少爷，我不敢说自己选择了您。但是，只要我活着一天，我就愿意把我自己献给您，侍候您，听您的指导。"

"那么，"国王说道，"年轻的贝特兰，娶她吧，她是你的妻子了。"

然而，贝特兰毫不犹豫地声明，自己并不喜欢国王赐给他的这个妻子。他说，海伦娜只不过是一个穷苦医生的女儿，是他的父亲将她抚育成人，现在她又依赖他母亲的恩惠活着。

听了这番拒绝、蔑视的话语，海伦娜对国王说道："既然现在您的病已经好了，我就很高兴了，其余的事情就算了吧！"

然而，国王无法容忍别人如此轻视他的旨意，因为国王的众多特权之一，就是决定贵族们的婚事。于是，当天贝特兰仍然和海伦娜结了婚。对于贝特兰来说，这个婚姻是被强迫的，并不称心；而对这个可怜的姑娘来说，这场婚姻也没有幸福可言，虽然她冒着生命危险才嫁给这样一位高贵的丈夫，但她得到的只不过是空欢喜一场，因为丈夫的爱情并不是国王的权力所能赐予的。

才刚结婚，贝特兰就要求海伦娜请求国王让他离开王宫。当海伦娜告诉他国王批准了他的请求时，他却对海伦娜说，他对这个突如其来的婚姻毫无准备，这使他感到很不安，因此，他希望海伦娜不会对他即将采取的行动感到奇怪。

海伦娜发现丈夫的意图是离开她时，她非常难过。贝特兰命令她回家，回到伯爵夫人那里去，面对这样无情的吩咐，海伦娜回答："少爷，我对这件事无话可说，我只能说我是您最顺从的仆人。我的命不好，不配享受这样的福气。我要永远忠诚地侍候您，好弥补我的缺陷！"

但是，傲慢的贝特兰并没有被海伦娜谦卑的话打动，对这位温柔的妻子，他丝毫没有怜悯之情。贝特兰离开了，告别时连一句最普通的客套话也没说。

这之后，海伦娜便回到伯爵夫人那里。她出发前的目的都已经达到：拯救了国王的性命，也与自己心爱的罗西昂伯爵结了婚。但她回到高贵的婆婆身边时，却成了一个失意的女人。一进家门，她就接到一封贝特兰写给她的信，这封信伤透了她的心。

善良的伯爵夫人热情地欢迎她，就像她是儿子亲自挑选的妻子似的，她把海伦娜当做出身高贵的女士。伯爵夫人说了一些好话安慰她，因为贝特兰对她如此无情，在结婚当天就打发妻子独自回家。

伯爵夫人宽厚的接纳并没有使悲伤的海伦娜快活起来。她说："夫人，我的丈夫走了，永远地离开了！"随后，她把贝特兰信里的那句话读了出来：当你从我手指上取下这枚戒指的那个时候，你才能称我为你的"丈夫"。但是戒指是永远取不下来的，而"那个时候"也是永远不会到来的。

"这是一个可怕的判决！"海伦娜说。

伯爵夫人请她有点儿耐心，并说既然贝特兰离开了，那么她就是伯爵夫人的孩子，而且配得上由二十名像贝特兰这样鲁莽的小子来侍候她，时时刻刻称呼她为"夫人"。然而，不管这位宽厚和善的婆婆如何宽慰她的媳妇，对她表示殷勤，说尽各种好话，也无法安慰伤心的海伦娜。

海伦娜的眼睛仍然盯着那封信，痛苦地往下念道：只要我的妻子还在法国，我在法国就没什么可留恋的。

伯爵夫人问她这话是不是信里写的，可怜的海伦娜也只好回答："是的，夫人。"

第二天早晨，海伦娜不见了，她临走前留给伯爵夫人一封信，告诉伯爵夫人，贝特兰不得不离开自己的国家和家庭都是因为她，为了弥补过错，她决定到圣约克·勒·格朗的墓地去朝拜。信的最后，她请求伯爵夫人通知她的儿子，他最痛恨的妻子已经永远地离开他的家了。

贝特兰在离开巴黎后来到了佛罗伦萨，成了佛罗伦萨公爵军队里的一名军官。他打了一场胜仗，并因为作战勇猛立下很多功勋。之后，他接到了母亲的来信，信中提到了令他高兴的消息——海伦娜再也不会来打扰他了。

通常人们要去圣约克·勒·格朗的墓地朝拜时，总会经过佛罗伦萨。所以贝特兰正兴冲冲地准备回家时，穿着朝拜者服装的海伦娜也来到了佛罗伦萨。

海伦娜听说佛罗伦萨住着一位好客的寡妇，经常接待去圣人坟墓朝拜的女朝圣者，并为她们提供住处，热情地招待她们。于是，海伦娜就去找这位好心的夫人。

这位寡妇客气地接待了她，还邀请她去看看这座有名城市的新奇事物。她说，如果海伦娜想看看公爵的军队，可以带她到一个能目睹整支军队的地方去。

“你还会见到一位同胞呢！”寡妇说，“他就是罗西昂伯爵，在公爵的战役里立下赫赫战功。”

海伦娜听说贝特兰在军队里，等不及寡妇再次邀请，就一口答应了。她和女主人一起去了那个地方，再次看到亲爱的丈夫的脸庞，这对她来说是一种悲伤、凄凉的快乐。

“他长得很英俊吧！”寡妇说。

“我很喜欢他。”海伦娜老实地说道。

她们一路走着，寡妇滔滔不绝地谈论着贝特兰。她甚至对海伦娜说了贝特兰是如何结婚、如何抛弃了他可怜的妻子，以及因为不想跟妻子生活在一起，才加入了公爵的军队这些事情。海伦娜耐心地听她讲述自己的不幸遭遇。

当这件事情讲完之后，贝特兰的故事却还没结束，寡妇又讲起另一

ALL'S WELL THAT ENDS WELL.

个故事，这故事的每一个字都深深刺痛了海伦娜的心，因为她这次讲的是贝特兰爱上她女儿的经过。

尽管贝特兰不喜欢国王当初强加给他的婚姻，但他似乎并非不懂得爱情，因为自从他跟着军队驻守佛罗伦萨以来，就爱上了一个名叫黛安娜的漂亮女孩儿，她的母亲正是招待海伦娜的这位寡妇。

每天晚上，贝特兰都会演奏各种曲子，用歌声赞美黛安娜的美貌，在窗下向她求爱。他每天都请求黛安娜在家人休息后，允许他偷偷去看她。然而，黛安娜知道贝特兰已经结婚了，所以无论如何也不答应他这个不正当的请求，也不鼓励他的追求，因为她是在一位贤淑的母亲教养下长大成人的。这名寡妇如今虽然家境贫寒，却拥有良好的血统——她是凯普莱特家族的后代。

这位好心的太太向海伦娜讲述了这一切，一边大力赞美自己的女儿谨慎、礼貌，说这全归功于她的良好的教育和诱导，一边说贝特兰希望当天晚上能见黛安娜一面，因为他隔天一早就要离开佛罗伦萨了。

虽然贝特兰爱上寡妇女儿这件事让海伦娜伤透了心，但她又很快想出一个计划，以重新得到她逃走的丈夫的心。她告诉寡妇，自己正是被贝特兰抛弃的妻子海伦娜，并请求善良的女主人和黛安娜同意贝特兰前来拜访，而她则要装扮成黛安娜。

海伦娜说她想秘密地跟丈夫见面，是因为想要得到他的那枚戒指。因为他曾经说过，唯有海伦娜得到戒指，他才会承认她是自己的妻子。

寡妇和她的女儿答应在这件事上帮助海伦娜，除了她们同情这个悲伤的、遭到遗弃的人之外，海伦娜也承诺会报答她们，这使她们动了心。为了证明日后必定会酬谢她们，海伦娜预先送给她们一袋金币。

这一天，海伦娜设法寄了一封信给贝特兰，让他误以为自己过世了。海伦娜希望贝特兰在得知她的死讯后，就会认为自己有寻找新的爱人的自由，也就会向装扮成黛安娜的海伦娜求婚了。她相信，假如自己能同时得到戒指和他的誓言，这一切一定会在未来为她带来好运。

当天夜里，贝特兰被准许进入黛安娜的房间。海伦娜正在那儿等着接待他呢！贝特兰对海伦娜说出一连串的赞美和缠绵的情话，尽管她知道那些话都是说给黛安娜听的。

贝特兰对她十分满意，于是郑重地承诺要做她的丈夫，并且永远爱她。海伦娜希望未来某一天贝特兰发现这位说话如此令他高兴的人正是他的妻子时，他能兑现诺言。

贝特兰从来不知道海伦娜是个多么懂事的姑娘，如果他知道，也许就会在乎她了。而且他天天都能见到她，这也使他完全忽略了她的美貌。如果面对一张面孔太久的话，就不会像初次见面时对它的美丑那么敏感了。贝特兰也无法判断海伦娜的内心，因为她对贝特兰既爱慕，又是如此敬重，所以在他面前总是保持沉默。

可是现在，她未来的命运和她爱情的美满结局，似乎都要靠这天晚上给贝特兰留下的美好印象了。因此，她运用自己一切的智慧来使他高兴。她活泼的谈吐简朴而又优雅，举止可爱而又甜美，这一切深深迷住了贝特兰，他发誓要娶她为妻。海伦娜请求他取下手上的戒指，作为爱情的信物，他就把戒指给了她，这枚戒指对她来说是如此重要。作为还礼，她也将另一枚戒指送给贝特兰，那只戒指是国王送给她的。

天亮之前，海伦娜送走了贝特兰，自己也立即动身前往他母亲的住处。她请寡妇、黛安娜和她一起去巴黎，因为她还需要她们帮自己完成接下来的计划。她们到了巴黎后，却得知国王已经离开那里去拜访罗西昂伯爵夫人了，于是海伦娜又马不停蹄地去追赶国王。

国王的身体依然很健康，他心里也还对治好自己的海伦娜非常感谢。因此，他一见到罗西昂伯爵夫人就提起了海伦娜，称她是贝特兰愚蠢地舍弃的一颗珍贵宝石。

国王意识到这个话题使伯爵夫人伤心了，她正为海伦娜的死感到悲痛不已，于是国王只好对她说："尊敬的夫人，我已经原谅一切，忘记一切了。"

那名好心的老臣拉佛也在场，他不愿让他所喜欢的海伦娜轻易地被人遗忘，因此说道："我必须这样说，这位年轻的老爷严重地冒犯了国王陛下，冒犯了他的母亲，也冒犯了他的妻子。但他最对不起的就是他自己，因为他失去了一位如此美貌的妻子，无论是谁听见她说话，都会被她所吸引。她的完美使所有人都愿意侍候她！”

国王说：“越是赞美已经失去的东西，就越使它显得珍贵。那么，把他叫出来吧！”

贝特兰来到国王面前，对自己给海伦娜造成的伤害表示难过。国王听到他的话，又看在他死去的父亲和可敬的母亲分上，就原谅了他，并恢复了对他的宠信。

然而，国王慈祥的脸色很快又变了，因为他看到贝特兰手上戴的戒指正是他当初送给海伦娜的那枚。他清楚地记得，海伦娜当时曾对天上的所有圣人发誓，说她绝不会让那枚戒指离开手上，除非她遇到极大的灾难，真是那样，她将会把戒指归还给国王。

国王问贝特兰是怎么得到那枚戒指的，他编了一个谎言，说是一个女孩儿从窗子扔出来给他的，还说自己自从结婚那天之后，就没有再见过海伦娜。

国王知道贝特兰不喜欢他的妻子，怀疑是他杀死了海伦娜，当场命令卫兵将他抓起来，说道：“我有个可怕的想法，也许海伦娜是被人害死的。”

这时候，黛安娜和她的母亲走了进来，向国王呈上一份文件，文中写着要国王下令让贝特兰与黛安娜结婚，因为他曾向她郑重地许下婚约。

贝特兰怕国王生气，立刻否认自己曾经立过那样的誓言。黛安娜为了证明自己的话，拿出了海伦娜交给她的那枚戒指。她说，海伦娜当初给了贝特兰他现在戴的这枚戒指作为回礼，因为贝特兰在发誓娶她的时候给了她那枚戒指。听到这话，国王又命令卫兵把黛安娜也抓起来。因为她对戒指的事描述得与贝特兰不符，更加证实了国王的怀疑。

他说，要是他们不老老实实地把得到海伦娜这枚戒指的经过讲出来，那么两个人都会被处死。黛安娜请求国王允许她母亲把卖给她戒指的珠宝商找来，国王立刻答应。寡妇出去后不久，就领着海伦娜本人进来了。

善良的伯爵夫人见儿子身处险境，暗自悲伤着，甚至担心他真的杀死了自己的妻子。但现在，她发现自己如亲生女儿般疼爱的海伦娜竟然还活着，高兴得难以自持。

国王也非常高兴，简直不敢相信那就是海伦娜，他说："我见到的真的是贝特兰的妻子吗？"

海伦娜觉得贝特兰还没有真正承认自己是他的妻子，因此回答道："不，我的好国王，您看到的只是他妻子的影子，是他名义上的妻子，而实际上不是。"

贝特兰喊道："名义上是，实际上也是！啊！原谅我吧！"

"啊！少爷，"海伦娜说，"当我扮成这位漂亮姑娘的时候，我发现你是十分体贴的，可是看看你的这封信！"她一边用愉快的声调读出了那些曾经反复伤心地念过的话："当你从我手指上取下这枚戒指的时候——现在我得到戒指了，你把戒指送给了我。我现在加倍地得到了你的爱，你愿意做我的丈夫吗？"

贝特兰答道："如果你能证明你就是那天晚上和我谈话的人，我愿意永远好好地爱你！"

当然，这件事并不困难，因为海伦娜请寡妇和黛安娜一同前来，正是为了证明这个事实。海伦娜曾为国王效劳，得到了他的器重，而黛安娜由于好心地帮助了海伦娜，也得到了国王的喜爱，并答应也为她找一位高贵的丈夫。因为海伦娜的经历给了国王一个启示：美丽的姑娘有了特别的功劳时，国王理应赐给她们一位好丈夫作为报酬。

就这样，海伦娜终于发现，她父亲的遗产的确是受到天上最吉祥的福星保佑，因为如今她成了她亲爱的贝特兰的爱妻，成了高贵女主人的媳妇，也成了罗西昂伯爵夫人。

一报还一报

从前，有位性情温和宽厚的公爵统治维也纳城，即使他的臣民犯了法，他也不惩治。这里有一条特别的法律，由于公爵在其统治期间从来没有实行过，几乎要被人们遗忘了；这条法律规定，如果任何男人和他妻子以外的女人同居的话，就会被处以死刑。

但公爵的无限宽容使人们完全不去理会这条法律，神圣的婚姻制度也就因此被忽视了。维也纳年轻女孩儿的父母天天都来向公爵抱怨，说他们的女儿被人诱拐，离开了家，和单身的男人同居在一起。

仁慈的公爵看到这种不良的风气在民间不断滋长，愈演愈烈，感到相当难过。但是他想，如果他突然改变自己一贯的宽容作风，严厉地执行这条法律以制止这类事情的泛滥，那么一向爱戴他的人民将会认为他是个暴君。

因此，他决定先离开公国，让另外一个人来代行他的全部职权。这样，既可以执行这条制约不正当男女关系的法律，又不会因为法律突然变得比往常严厉，而使他遭到众人的批评。

公爵选派安哲鲁来执行这项重要的职责，安哲鲁生活严谨，在维也纳被誉为“圣人”，是公爵认为最合适的人选。他把这个计策告诉了他的辅佐大臣爱斯卡勒斯。爱斯卡勒斯也说：“在维也纳，如果有人配享有这样的恩宠和荣耀，那非安哲鲁大人莫属了！”

于是，公爵谎称去波兰旅行，离开了维也纳，让安哲鲁在他离开期间代理他的职位。可是，公爵的离开只是一个假象，因为他假扮成修道士，又悄悄地返回了维也纳，想暗中观察一下这个被称为圣人的安哲鲁如何执政。

安哲鲁就职不久，就有一位名叫克劳狄奥的绅士把一位年轻的姑娘从她父母身边带走了。由于这件事，这位新上任的摄政王下令将克劳狄奥抓起来，关进监狱。根据那条一直以来被人们忽略的法律，安哲鲁宣判将克劳狄奥斩首示众。许多人请求安哲鲁赦免年轻的克劳狄奥，连好心的老爱斯卡勒斯也亲自出面为他求情。

“唉！”爱斯卡勒斯说，“我想挽救这个人，他的父亲德高望重，看在他父亲的分上，我求您宽恕这个年轻人的罪责吧！”

可是，安哲鲁回应说：“我们不能让法律形同虚设，就像稻草人一样，架起来只是为了吓唬毁坏庄稼的鸟儿，等到鸟儿见惯了，发现稻草人对它们没有任何威胁，就不再害怕它，反而拿它当成栖身之所了。大人，因此我必须处死克劳狄奥！”

克劳狄奥有位叫路西奥的朋友去监狱看望他。克劳狄奥对他说：“路西奥，我求你帮我一个忙，你去找我的姐姐伊莎贝拉，她打算今天进圣克莱阿修道院做修女。请你把我现在的危险处境告诉她，求她亲自向那位严厉的摄政王说情。我对她很有信心，因为她能言善道，很会劝说人。而且，她少女般的忧伤容颜，无须言语就能够打动男人。”

正如克劳迪奥所说，他的姐姐伊莎贝拉当天就进了修道院见习，她打算在见习一段时间后，就正式成为修女。正当她向一个修女打听院里的规矩时，忽然一个声音说：“愿天主保佑这里平安！”

“谁在说话？”伊莎贝拉问。

“是个男人的声音，”那个修女回答说，“亲爱的伊莎贝拉，你去问问他有什么事情。你可以去见他，但我不能。等你正式成为修女后，就不能和男人说话了，除非当着修道院院长的面。即使是说话时，也必须用面纱把脸罩上，如果露出了脸，就不准说话。”

“那做修女的还有其他权利吗？”伊莎贝拉问。

“难道本来的权利还不够吗？”修女回答说。

“是啊，确实够了，”伊莎贝拉说，“我这么问并不是因为想得到更多权利，而是希望崇敬圣克莱阿的姐妹们能够遵守更严格的戒律。”

这时，她们又听见路西奥的声音，修女说：“他又叫唤了。请你去应答他，问他有什么事。”

于是，伊莎贝拉走出去招呼路西奥，向他还了礼，说：“平安喜乐！来访者是谁呀？”

路西奥非常恭敬地走近她，说道：“祝福你！童贞女，你应该是位童贞女，从你那粉红的脸颊就可以看出来！你能带我去见这里的一位见习修女伊莎贝拉吗？那位美丽的姑娘有个不幸的弟弟，名叫克劳狄奥。”

“为什么说她有个不幸的弟弟呢？”伊莎贝拉说，“请允许我这样问，因为我就是那位伊莎贝拉，他的姐姐。”

“美丽温柔的姑娘！”路西奥回答说，“你的弟弟请我好好问候你，他现在被关在监牢里。”

“哎呀！为什么呀？”伊莎贝拉说。

于是，路西奥就告诉她，克劳狄奥是因为勾引了一位年轻的姑娘而被关进监牢的。

“啊！”伊莎贝拉说，“恐怕是我的干妹妹朱丽叶吧！”

伊莎贝拉和朱丽叶并没有亲戚关系，但她们称呼彼此为干姐妹，以纪念她们昔日的同学情谊。伊莎贝拉早就知道朱丽叶爱着克劳狄奥，恐怕是她对克劳狄奥的爱使她犯下这样的过错。

“就是她。”路西奥回答说。

“那么，就让我弟弟娶朱丽叶为妻吧。”伊莎贝拉说。

路西奥回答说，虽然克劳狄奥很乐意娶朱丽叶，但是摄政王已经因为他犯了罪判处他死刑了。

“除非，”路西奥说，“你要用温柔的话语委婉地打动安哲鲁，你那个可怜的弟弟要我来找你，就是为了这件事。”

“唉！”伊莎贝拉说，“我的能力太微弱了，能帮上他什么呢？我怀疑我是没有能力感动安哲鲁的！”

“人们怀疑自己的能力，只会把事情弄得更糟，”路西奥说，“因为不敢去尝试，会让我们失去原本可以得到的好处。到安哲鲁那里去一趟吧！少女们只需要跪下来哭诉，男人们就会像上帝那样慷慨宽容。”

“我会去试试看，”伊莎贝拉说，“但我得先留下来，等我把这件事跟院长说了之后，我就会去安哲鲁那儿。请转告我弟弟，无论成功与否，我今晚都会尽快送一封信去给他。”

伊莎贝拉赶到宫里，一下子跪在安哲鲁面前，说道：“我是一个不幸的人，特地来向大人求情，恳请大人听我诉说！”

安哲鲁说：“你有什么事呢？”

于是，伊莎贝拉用最感人肺腑的话请求安哲鲁放他弟弟一条生路。可是，安哲鲁说：“姑娘，这件事没有挽救的余地，你的弟弟已经被判罪了，他必须得死。”

“啊，法律是公正的，但却太严厉了呀！”伊莎贝拉说，“看来，我弟弟必死无疑了。愿上帝保佑您！”

说完，她正准备离开，但陪她一起来的路西奥却对她说：“不要这么轻易就放弃！再去求求他，在他面前跪下，拽住他的袍子。你表现得太冷淡了。即使你要向别人要一根针，语气也必须十分恳切呀！”

伊莎贝拉只好再次跪下来，求他开恩。

“他已经被判刑了，”安哲鲁说，“太迟了！”

“太迟了？”伊莎贝拉说，“为什么？不，说出去的话还是可以收回的！请大人相信，大人物权势的象征物，无论是国王的皇冠、摄政王的宝剑、元帅的职杖，还是法官的礼袍，都比不上仁慈所能显示高贵气度的一半！”

“请你走吧！”安哲鲁说。

可是，伊莎贝拉仍然恳求着，说道：“如果我弟弟是您，而您是他的话，您可能也会犯下和他一样的错误，但他绝不会对您这样冷酷无情。但愿我有您的权柄，而您是我伊莎贝拉，结果会像现在这样吗？不会的！我会让您了解当一个法官和一个犯人分别是怎么样的心情和处境。”

“够了，好女孩儿！”安哲鲁说，“把你弟弟定罪的是法律，而不是我。即使他是我的家人，是我的兄弟或是我的儿子，判决仍然会是如此，明天他必须死。”

“明天？”伊莎贝拉说，“啊！这实在太突然了！请饶恕他吧，饶恕他吧！他还没准备好赴死。即使是在厨房烧饭，我们也会依照季节宰杀家禽的。难道我们对人命关天的事还不如对自己吃的食物那般慎重吗？大人，好心的大人，您想想看，有那么多人犯了和我弟弟一样的罪行，但谁也没有因为这样被处死呀！您要当第一个做出这种判决的人，我弟弟就得当第一个被处刑的人了。大人，您凭良心想想，您心里是否有想过犯跟我弟弟相同的罪行？如果您心里也有这样的犯罪念头，就请您不要处死他。”

伊莎贝拉最后说的这些话，比她刚才说的一切都更加触动安哲鲁，因为她的美貌已经在他心里引发了犯罪的欲望，他的内心开始产生不正当恋爱的想法，就和克劳狄奥犯下的罪行一样。他内心的这种矛盾使他慌张地掉过头去，从伊莎贝拉面前离开。但是，伊莎贝拉把他叫住了。

“仁慈的大人，请您转过身来，听听我要怎样贿赂您啊！亲爱的大人，请转过身来吧！”

“哦？你要贿赂我？”安哲鲁说道，伊莎贝拉居然想要贿赂他，这倒是令他相当吃惊。

“是的，”伊莎贝拉说，“我要贿赂给您的是上帝都想和您分享的礼物，不是金银财宝，也不是价值任人随意估量的闪亮宝石，而是日出前上传给天主的虔诚祈祷——这祈祷是从整日守斋、脱离世俗的女子们纯洁心灵里发出来的。”

“好吧！那你明天来见我。”安哲鲁说。

伊莎贝拉替她弟弟求得了短暂延续生命的时间，而且安哲鲁还允许她明天过去见他，因此，当她离开时，满心欢喜地盼望着，认为这下应该能改变安哲鲁那严酷的天性，她不禁喊道：“愿上帝保佑您平安！愿上帝拯救您！”

安哲鲁听见这些祝福，在心里对自己说："阿门！愿上帝把我从你和你那美德的诱惑中拯救出来吧！"

紧接着，他却被自己邪恶的念头吓了一跳，说道："这是怎么回事？这是怎么回事？我好想再听她说话，好想再好好看她一次，难道我竟然爱上她了吗？我在胡思乱想些什么？狡猾的魔鬼为了让圣人上钩，竟然拿圣人来当诱饵！风流的女人从未让我动过心，可是，这个贞洁的女人却完全把我征服了。甚至到现在，我还嘲笑着那些为女人痴情的男人，不懂他们为何竟会如此。"

当天晚上，安哲鲁心里抱着犯罪的矛盾，比起被他判了极刑的囚犯还要痛苦。他既想去做越轨的事，心里就越犹豫不决，因而备受煎熬。他一会儿想去勾引贞洁的伊莎贝拉，一会儿又因自己的这种犯罪念头而自责、恐惧。

然而，邪恶的念头最终占了上风。不久前，安哲鲁听伊莎贝拉说要贿赂他，还会惊讶地跳起来；但现在，他决定要用更贵重的厚礼——她那亲爱弟弟的生命，来贿赂伊莎贝拉，引诱她。

同一时间，善良的公爵却扮成了修道士，去监牢中探望克劳狄奥，他告诉这个年轻人前往天堂的路，教导他一些表达忏悔和祈求平安的言语。

隔天早上，伊莎贝拉来见安哲鲁，安哲鲁要她单独进来见他。安哲鲁对伊莎贝拉说，要是她愿意把她的贞洁献给他，就像朱丽叶跟克劳狄奥所犯的罪行那样，他就饶她弟弟一命。

"因为我爱你，伊莎贝拉。"他说。

"我弟弟也是这样爱上朱丽叶的，"伊莎贝拉说，"但您却告诉我他必须因此被处死！"

"但是，克劳狄奥可以不死，"安哲鲁说，"只要你愿意晚上偷偷来见我，就像朱丽叶晚上偷偷离开她父亲的房子去见克劳狄奥那样。"

听到他说这些话，伊莎贝拉感到非常惊愕，安哲鲁居然想引诱自己去做会被判死刑的行为，就像她的弟弟一样。

她说道："即使是为了我可怜的弟弟，我也不会让自己做出这样耻辱的事！就算我被判了死刑，我也会把猛烈的鞭子在我身上留下的血痕当成红宝石来佩戴，把死亡看成是躺在渴望已久的床上；但是，我绝不会让自己蒙受这样的羞辱！"

然后，她对安哲鲁说，希望他刚才说那些话只是为了试探她的操守。可是，安哲鲁仍然说："请相信我，我以人格保证，我说的话是真心的。"

伊莎贝拉听到他用"人格"这个词语来表达他那可耻的意图，心里十分恼火，忍不住说道："啊！你还有什么人格可以让人相信呀！居心竟然如此恶毒！我一定要把你这件事宣扬出去，安哲鲁，你等着瞧吧！请立刻给我签一张赦免我弟弟的命令，否则我将会告诉世人你是怎样的人！"

"伊莎贝拉，谁会相信你呢？"安哲鲁说，"我清白的名声、我严谨的生活、我反驳你的话，都足以压倒你的指控！你还是屈从了我的意愿，以救你弟弟一命吧！否则，他明天就得死。至于你，随你怎么说吧！我的虚伪一定会胜过你所说的真相。明天就给我答复！"

"我该去向谁控诉呢？就算说出这件事，有谁会相信我呢？"伊莎贝拉一边说着，一边朝着囚禁她弟弟的沉闷的监狱走去。她来到监狱时，她的弟弟正和公爵虔诚地谈着话。公爵也曾以这身修道士的装扮探望过朱丽叶，并让这对犯了罪的情人意识到自己的错误，不幸的朱丽叶流着泪，真心忏悔，并坦白说她比克劳狄奥更应该受责罚，因为她心甘情愿地答应了他那不正当的要求。

伊莎贝拉走进关着克劳狄奥的牢房，说道："祝你们平安、幸福，愿善良的天使伴随你们左右！"

"谁呀？"乔装的公爵说，"进来吧！这么美好的祝福是应该受到欢迎的。"

"我是来与克劳狄奥说一两句话的。"伊莎贝拉说。

于是，公爵先离开了，留下两人单独在一起，同时要求管理囚犯的狱吏把他安排在一个能偷听到他们说话的地方。

"姐姐，有带来什么好消息吗？"克劳狄奥说。

伊莎贝拉对他说，要他做好明天赴死的准备。

“没办法挽救吗？”克劳狄奥说。

“有的，弟弟，”伊莎贝拉回答说，“还有挽救的方法，但是，如果你同意那样做的话，那将让你彻底丧失人格，让你再也没有任何脸面！”

“让我知道是怎么回事吧！”克劳狄奥说。

“哦，我真担心你，克劳狄奥！”他姐姐回答说，“想到你因为期望活下去，而把多活短短六七年看得比你永久的人格还重要，我就害怕得发抖。你敢面对死亡吗？死亡只不过是想起来时可怕而已。那些被我们踩在脚底下的可怜甲虫感受到的痛苦和巨人死时的感觉是完全一样的。”

“你为什么要这样羞辱我呢？”克劳狄奥说，“你以为这些侮辱的言语就能让我下定决心吗？如果我必须死，我会把黑暗当作新娘，把它抱在怀里。”

“这样说话才是我的好弟弟，”伊莎贝拉说，“这才是父亲从坟墓里发出来的声音！是的，你必须死。可是，你想得到竟然会发生这样的事吗，克劳狄奥那个表面上像个圣人的摄政王对我说，假如我愿意把贞操献给他，他就会免除你一死。唉！如果他想要的是我的命，那么为了救你，我会毫不在乎地交给他，就像扔掉一根针那样。”

“谢谢你，亲爱的伊莎贝拉。”克劳狄奥说。

“准备明天赴死吧！”伊莎贝拉说。

“死是一件可怕的事。”克劳狄奥说。

“但是，耻辱地活着是可恨的。”他姐姐回答说。

一想到死，克劳狄奥坚韧的性格就动摇了，加上犯人在临死前感受的那股恐惧也一起侵袭着他，于是他叫嚷了出来：“好姐姐，让我活下去吧！你为了拯救弟弟的性命而犯下的罪过，上帝一定会宽恕的，甚至会把它看成一种美德的。”

“啊！你这个没骨气的懦夫！啊！你这可耻的无赖！”伊莎贝拉说，“你想让你的姐姐蒙羞，以保全自己的性命吗？哦，呸，呸，呸！弟弟，我原以为你的内心这样高傲，哪怕有二十颗头，也宁可上二十次断头台，而不愿让你姐姐屈服于这种耻辱。”

“不，听我说呀！伊莎贝拉。”克劳狄奥说。

克劳狄奥原本还想辩解，解释自己为什么会懦弱到希望贞洁的姐姐出卖贞操来救他。但这时公爵走了进来，打断了他的话。

“克劳狄奥，你和你姐姐之间的谈话我都听到了。安哲鲁从来没有要玷污她的意思，他说的那些话只是为了试探她的品德。她的内心确实贞洁，她这样坚定地拒绝了他，正是他所希望听到的呢！安哲鲁是绝不可能赦免你的，因此，你还是抓紧时间祈祷，准备赴死吧！”

克劳狄奥对自己的懦弱感到非常后悔，说道：“请姐姐原谅我吧！我对人生已不再眷恋了，所以我要放弃生命。”于是，克劳狄奥退了回去，内心为自己的过错感到羞辱和哀伤。

公爵和伊莎贝拉单独在一起，他称赞了她的坚贞不渝，说：“上帝不仅给了你美貌，也赋予了你美德。”

“啊！”伊莎贝拉说，“善良的公爵真的被安哲鲁欺骗了呀！如果我知道他什么时候回来，如果我能和他说上话，那我一定要把安哲鲁的秘密揭发出来！”

伊莎贝拉一点儿都不知道，她已经在揭发她要戳穿的事实了。公爵回答说：“你这么做是正确的。可是，根据当前的情形看来，安哲鲁会驳斥你的指控。因此，你还是认真听听我的建议吧！有一个可怜的小姐内心受了伤害，我相信你会充满正义感地对她伸出援手，而她也值得你去帮忙。这么做还可以把你的弟弟从他触犯的法律下救出来，不仅不会玷污你高贵的身体，出行的公爵知道了这件事的话，也会非常高兴的。”

伊莎贝拉说，只要是正常的事，无论公爵让她做什么，她都敢去做。

“有品德的人总是如此勇敢，无所畏惧！”公爵说。

接着，他问伊莎贝拉是否听过玛利安娜这个人，她是在海上淹死的那位英勇士兵弗莱德里克的妹妹。

“我听说过这位小姐，”伊莎贝拉说，“提起她，人们满口赞誉。”

“这位小姐是安哲鲁的未婚妻，”公爵说，“可是，她的嫁妆就放在那艘失事的船上，和她哥哥一起石沉大海了。这一切对于这个可怜的小姐是多么重大的损失啊！因为她不仅失去了一位高贵、有名望、对她关爱备至、体贴入微的哥哥，还因为财产掉入海里，而失去了未婚夫的爱，也就是那个表面上和善的安哲鲁。安哲鲁假装在这个贞洁的小姐身上发现了可耻的过去，抛弃了泪流满面的她，丝毫不肯加以安慰。照理说，对于无情的安哲鲁，玛利安娜应该已经熄灭了一切的爱，然而，就像流水受到阻碍时反而流得更急，玛利安娜依旧用她初恋的情怀爱着她那狠心的未婚夫。”

接着，公爵更加明白地说出了自己的计划。按照计划，伊莎贝拉要去见安哲鲁，假装同意他的要求，当天半夜去他那儿，以换取安哲鲁答应赦免她的弟弟的诺言。但是，事实上却由玛利安娜代替她去幽会，让安哲鲁在黑暗里把她误认为伊莎贝拉。

“好姑娘，你不用害怕去做这件事，”装扮成修道士的公爵说道，“安哲鲁是她的未婚夫，把他们这样凑在一起是没有罪的。”

伊莎贝拉对这个计划相当满意，决定按照公爵的指示去做。然后，公爵去了玛利安娜那里，并把计划告诉她。在此之前，他就曾扮成修道士去看望过这位不幸的小姐，并开导她、和善地安慰她。也就是在拜访的过程中，他才听到她亲口说出这件伤心的事。如今，玛利安娜把公爵视为一位圣人，立刻表示愿意遵从他的安排。

伊莎贝拉见过安哲鲁后，就按照公爵约定的那样来到玛利安娜的住处跟他见面。公爵说：“你来得正好也正是时候。从那位亲爱的摄政王那儿得到什么消息了吗？”

伊莎贝拉叙述了自己是如何安排这件事的，她说：“安哲鲁有一座四面围着砖墙的花园，花园西侧有一座葡萄园，有一扇门通往那个葡萄园。”

然后，她把安哲鲁给她的两把钥匙拿出来给公爵和玛利安娜看，说道：“这把大钥匙是开花园门的，另外一把小的则是开从葡萄园通往花园的小门的。我答应在深夜去那儿见他，他也跟我保证会赦免我弟弟的死罪。我已经仔细地记住了那个地方，他轻声地带我认了两遍路，样子既殷勤又鬼祟。”

“你们没约下其他玛利安娜需要遵守的暗号吗？”公爵问。

“没有，”伊莎贝拉说，“只说好在天黑的时候见面。我已经告诉他我只能待一会儿，因为有个仆人会陪我一起来，不过那个仆人只知道我是为我弟弟的事情来的。”

公爵称赞她安排得很周到，伊莎贝拉转身对玛利安娜说：“你和安哲鲁分手时，尽量少说话，但要温柔低声提醒他，请务必记得我弟弟的事！”

那天晚上，伊莎贝拉把玛利安娜带到约定的地方。她感到很高兴，因为她认为这个办法不仅保全了她弟弟的性命，又保住了自己的贞洁。

然而，公爵对她弟弟的生命安全还是不太放心，所以半夜又去了一趟监牢。也幸亏公爵走了这一趟，不然克劳狄奥当晚就已经被砍头了！因为公爵才刚走进监牢，那个残忍的摄政王就传来命令，要将克劳狄奥斩首示众，并在次日早晨五点钟之前把头颅送到他那儿。

公爵劝狱吏延后对克劳狄奥的处刑，先将当天早上死在监狱里的另一个人的脑袋送去骗过安哲鲁。狱吏当时以为公爵只是个修道士，完全不知道他竟是个更了不起的人物。公爵为了让狱吏同意这样做，交给他一封公爵的亲笔信，上面还盖有公爵的印鉴。狱吏看过信后，断定这个修道士一定是从出行的公爵那里接获了什么密令，才同意饶恕克劳狄奥一命。于是，他把那个死人的脑袋割下来，送到安哲鲁那儿去了。

随后，公爵以自己本人的名义给安哲鲁写了一封信，说由于发生了一些意料之外的事，他必须停止旅行，第二天早上就会回到维也纳。他要安哲鲁到城门口迎接他，在那里把职权交还给他。同时，还下令向老百姓宣布，如果有人要申冤，他一进城就可以拦街告状。

伊莎贝拉一大早就来到监牢，公爵已经在那里等她了。为了保守秘密，公爵打算先骗她说克劳狄奥已经被斩首。因此，当伊莎贝拉问起安哲鲁是否已经下令赦免她弟弟时，公爵说：“安哲鲁已经把克劳狄奥从这个世界上释放了。他的脑袋已经被割下来，送到摄政王那里去了。”

这位万分悲痛的姐姐哭喊着：“啊！不幸的克劳狄奥，苦命的伊莎贝拉，邪恶的世界，狠毒的安哲鲁呀！”

假扮成修道士的公爵劝她不要太过悲伤，等她平静了一些后，他把公爵很快就要回来的消息告诉她，还教她该如何去状告安哲鲁。他对她说，即使这则控告看似一时对她不利，也不要害怕。

在对伊莎贝拉进行充分的指点之后，公爵又去找了玛利安娜，建议她应该怎样做。然后，公爵脱下修道士服装，穿着他的贵族长袍，在聚集起来欢呼着迎接他的臣民的簇拥下，进了维也纳城。

安哲鲁早已在那里迎候公爵了，并且正式把政权交还给他。这时，伊莎贝拉以一个喊冤告状者的身份出现，她说：“最高贵的公爵，求您为我申冤啊！我是克劳狄奥的姐姐，他因为引诱一个年轻的姑娘而被判处死刑。于是，我前去恳求摄政王安哲鲁赦免我弟弟。我无须告诉您我是怎么恳求他，向他下跪，他又是怎样拒绝我，我又对他说了些什么，因为这些说起来话长。现在我怀着悲痛与耻辱，要对您说这件事的卑劣结局！安哲鲁要我和他发生不正当的关系，否则他就不会释放我弟弟。在经过一番挣扎后，姐姐爱怜弟弟的心战胜了我贞洁的灵魂，我屈服了他。但是，第二天一大早，安哲鲁却背弃了自己的诺言，下令把我弟弟处斩了！”

公爵故意装作不相信她说的话，安哲鲁也说，一定是因为她的弟弟被依法处死，她过于悲伤，神经错乱了。

这时，又一个告状的人来了，这个人正是玛利安娜，她说：“高贵的公爵，正如光明是从天上来，真理是从人嘴里吐出来的一样；正如真理中有理智，而道德中有真理一样。我是这个人的妻子，仁慈的公爵，伊莎贝拉说的不是事实，因为她说她和安哲鲁在一起的那天晚上，是我和他一起在花园里度过的。我说的话都是真的，所以我能坚定地站出来，要不然，就让我变成一座大理石碑永远立在这里吧！”

这时候，伊莎贝拉要求公爵之前假扮的那位修道士出面，以证明她说的都是事实。事实上，伊莎贝拉和玛利安娜都是按照公爵的指示说的，因为公爵想在全维也纳人民面前公开证实伊莎贝拉的清白。可是，安哲鲁根本想不到正是出于这个原因，两人的证词才会相互矛盾，他还想利用这个矛盾，洗去伊莎贝拉对他的指控。

于是，他装出一副受了冤屈的模样说：“原本我还想一笑置之，可是，圣明的殿下，现在我再也无法忍耐了！我认为这两个可怜的疯女人一定是受到某个高明的人指使，她们只不过是被利用的工具罢了。殿下，请让我把这个阴谋查个水落石出吧！”

“好的，我完全同意，”公爵说，“随你怎么去重罚她们。爱斯卡勒斯，你陪安哲鲁一同审问，帮他查明诽谤的真相。我已经派人去叫那个指使她们的修道士了，等他来了以后，你尽管给他应受的重罚，来偿还对你名誉的中伤。我要暂时离开一下，但是，安哲鲁，在你查清这件案子之前，不要离开这里！”

然后，公爵就走了，安哲鲁为自己能够代行法官的职权裁决自己的案子感到窃喜。但是，公爵只离开了一会儿，他脱下自己的袍子，穿上修道士服装，乔装打扮后，再次来到安哲鲁和爱斯卡勒斯面前。

善良的爱斯卡勒斯还以为安哲鲁真的被人诬告了，他对这位伪装的修道士说道：“喂！快说，是你要这两个女人诽谤安哲鲁大人的吗？”

修道士回答说：“公爵在哪儿？我要直接跟他说。”

爱斯卡勒斯说：“我们就代表公爵，讲给我们听就行了。如实说来！”

修道士说：“至少我要大胆地说。”

然后，他责备公爵竟然把伊莎贝拉的案子交给她想控告的人审理，他还直言不讳地讲了许多发生在维也纳的腐败勾当。他说，这一切都是他以旁观者的角度亲自观察到的。

爱斯卡勒斯恐吓他，说他竟敢诬蔑政府、批评公爵的执政，要让他受严刑处罚，并下令把他丢进监狱。就在这时，修道士脱掉他的乔装，在场的人顿时认出他就是公爵本人，每个人都大吃一惊，安哲鲁更是惶恐不已。

公爵把脸转向伊莎贝拉，说道：“过来！伊莎贝拉。你的修道士现在是你的公爵了。虽然我的服装改变，但是我的心始终未变，我仍然要全力为你效劳。”

MEASURE
FOR
MEASURE.

“啊，请您宽恕我吧！”伊莎贝拉说，“我是您的臣民，一直都不知道您就是公爵殿下，还让你那样受累、麻烦您！”

但公爵对她说，自己才更需要她的原谅，因为他没来得及阻止她弟弟被处死刑。公爵之所以还不肯告诉她克劳狄奥活着的事，是想进一步试探她的品德。

安哲鲁终于知道，公爵一直躲在暗处目睹了他干的坏事，连忙说：“啊！威严的公爵，现在我知道您像神明一样洞察了我的所作所为，如果我还认为自己能蒙骗过去的话，就更是罪上加罪了。殿下，请不要再让我羞耻地活下去了，不用审问，就让我自己认罪吧！我向您恳求的恩赐就是请您定我的罪，立刻处死我吧。”

公爵回答说：“安哲鲁，你的罪过是明白无疑的。我们就判你在克劳狄奥被处死的断头台上受刑，而且像处决他一般利落地执行！至于安哲鲁的财产，玛利安娜，我们要判给你，因为在名义上你是他的妻子。你可以利用这笔财产找一个比他更好的丈夫。”

“啊！亲爱的公爵，”玛利安娜说，“我不求别的东西，也不求嫁个比他更好的人！”

她跪了下来，就像伊莎贝拉替克劳狄奥求情一样，这名善良的妻子也在为她那无情无义的丈夫安哲鲁苦苦求饶，她说：“仁慈的君主，啊！我的好公爵。亲爱的伊莎贝拉，你也帮我一起恳求吧！求你陪我一起跪下，我将用我全部的生命来报答你！”

公爵说：“你这么求她也太不合情理了。要是伊莎贝拉跪下来为他恳求宽恕的话，她弟弟的阴魂一定会捣开坟墓冲出来，把惊恐万分的她抓去！”

玛利安娜仍然说：“伊莎贝拉！亲爱的伊莎贝拉！你只要跪在我旁边，举起你的手，什么都不用说！一切都由我来说。人们常说，无论多好的人都是从过错中锻炼出来的。大多数的人因为犯过一些小过失，后来才能变得更好。因此希望我丈夫也会这样。啊，伊莎贝拉！你能陪我一起跪着吗？”

“他一定要为克劳狄奥偿命！”公爵说。

善良的公爵看到伊莎贝拉在他面前跪下求情时，他相当高兴，因为他一直相信伊莎贝拉的言行都是高尚、正直的。伊莎贝拉说：“宽厚无比的殿下！您看，如果您愿意的话，就把这个判了罪的人当成是我弟弟吧！就当我弟弟还活着。我认为他在遇到我之前，也是很尽忠职守的。既然是这样，就免他一死吧！我弟弟因为犯了法而死，这也是公正的！”

这个宽厚的请愿者竟如此为她仇人的性命求情，公爵只好给了她最好的答复——他派人去把那个还不知道自己是否逃过一死的克劳狄奥从监牢里带来，把伊莎贝拉所哀悼的弟弟活生生地交到她面前。然后，公爵对伊莎贝拉说：“伊莎贝拉，把你的手给我。看在你这个可爱的人的分上，我赦免克劳狄奥的死罪。告诉我，你是我的人了，这样他也就是我的弟弟了。”

这时候，安哲鲁看出自己不会被处死了，公爵也从他的眼睛看出了一些光亮，就对他说：“好吧！安哲鲁，你要爱你的妻子，是她的美德使你得到了赦免，祝你快乐，玛利安娜！安哲鲁，好好爱她吧！我听过她的忏悔，了解她的品德。”

安哲鲁想起在掌权的那段短暂的日子里，自己是多么狠心，如今他才感觉到仁慈是多么甘甜！

公爵要克劳狄奥娶朱丽叶为妻。而伊莎贝拉贞洁、高尚的行为也赢得了公爵的爱，公爵再一次向她求婚。由于伊莎贝拉还没有成为真正的修女，因此是可以结婚的。高贵的公爵扮成卑微的修道士时，曾好心帮了她很多忙，也让她非常感激，于是她欣喜地接受了公爵的求婚。

伊莎贝拉成为维也纳公爵夫人后，她以美好的品德为全城的年轻女人树立了卓越的榜样，彻底改变了她们的精神面貌和生活。从那之后，再也没有人犯下朱丽叶那样的过错了。克劳狄奥痛改前非，朱丽叶也悔过自新了。仁慈的公爵和他深爱的伊莎贝拉一起执政了很多年，在所有的丈夫和王侯之中，公爵都是最幸福的一位。

泰尔亲王佩里克利斯

泰尔亲王佩里克利斯发现了凶残的希腊国王安提奥克斯曾经犯下的恶行，窥探大人物隐瞒的罪行往往是件危险的事，果然，国王为了报复，扬言将给亲王的臣民和泰尔城带来可怕的灾难。

为了避免灾难，泰尔亲王自愿离开自己的领地，流亡他乡。他把管理臣民的事务委托给能干、正直的大臣赫力堪纳斯，然后就乘船离开了泰尔。他心想，等到实力强大的安提奥克斯怒气平息之后，再回到自己的国家。

亲王行程的第一站是塔色斯。他听说塔色斯城受到严重的灾难侵袭，就带了大批粮食前去救济。到达塔色斯时，他发现这座城市的处境极度危险，于是亲王就像上天派来的使者一样，为他们送去期待已久的救济。塔色斯的总督克里翁怀着无限的感激，欢迎他的到来。

佩里克利斯来到这里没多久，忠实的大臣赫力堪纳斯就寄来一封信提醒他：安提奥克斯知道他在这里，将会秘密派人来谋害他，因此留在塔色斯并不安全。佩里克利斯收到信后，就在受他慷慨援助的全体人民的祝福和祈祷声中，再次坐船离开了。

还没走多远，船只就遭遇了一场可怕风暴的突袭，船上的人除佩里克利斯外全部丧生。他则赤裸全身，被海浪冲上一个不知名的海滩。他在海滩上徘徊时，遇到几位穷苦的渔夫，这些渔夫邀请他到家中，还给了他衣服和食品。

渔夫告诉他，这个国家叫潘塔波里斯，由国王西蒙尼狄斯统治。因为治理有方，国家太平无事，所以人民都称他为善良的西蒙尼狄斯。

佩里克利斯还从渔夫口中了解到，国王有个年轻漂亮的女儿泰莎。明天就是她的生日，宫里将会举办盛大的骑士比武大会，来自各地的王子和骑士都会为争夺美丽公主的爱而努力表现。亲王一面听着，一面暗自悲伤，因为他丢失了一套盔甲，他无法成为这些勇敢骑士中之的一员。

这时，另一位渔夫拿来了渔网，从网中取出海里捞上来的一套完整盔甲，恰巧是他遗失的那一套！见到自己的盔甲，佩里克利斯说："命运呀！多谢你！在经历了所有磨难之后，你给了我一些补偿。这套盔甲是我去世的父亲留给我的，为了纪念亲爱的父亲，无论我走到哪里都会随身带着它。海上的暴风雨使我和它分离，现在风平浪静了，大海又把盔甲还给了我，我要为此感谢大海！既然我父亲的遗物失而复得，我想沉船也算不上是一场灾祸了。"

第二天，佩里克利斯身穿英勇的父亲留给他的盔甲，和其他骑士一起拥进西蒙尼狄斯的王宫。他在比武大会上表现出不可思议的才能，以武艺轻而易举地击败了那些和他争夺泰莎之爱的骑士和王子。

如果有一位勇士战胜了所有的对手，那么那位尊贵的小姐总会向这名为她英勇而战的胜利者表示最大的敬意。泰莎也遵照了这一习俗，她命令那些被佩里克利斯击败的王子和骑士们离开，对佩里克利斯表达了特别的好感和敬意，并把胜利的花环戴在他的头上，让他成为那天的幸福之王。而佩里克利斯从看到这位美丽的公主那一刻起，就深深地爱上了她。

虽然佩里克利斯为了避免被安提奥克斯发觉而隐姓埋名，宣称自己只是泰尔的一位普通绅士，但他的确是个成就卓著、技艺高强的男人。善良的西蒙尼狄斯国王虽然不知道这位陌生人的身份，却仍十分赞赏他的英勇和高贵品德。当他发觉女儿已深深爱上佩里克利斯时，就欣然接受了这位无名勇士做自己的女婿。

佩里克利斯和泰莎结婚后才几个月，他又接到赫力堪纳斯的消息，说他的仇敌安提奥克斯已经去世，而泰尔的臣民对他长期不在国内早已失去耐性，就快造反了，他们打算让赫力堪纳斯接替空下来的王位。

然而，赫力堪纳斯是亲王忠实的臣子，他不愿接替王位。于是，他派人来向佩里克利斯传达人民的意愿，希望亲王能够重新回国，接掌法律赋予他的权力。

西蒙尼狄斯发现他的女婿竟然就是大名鼎鼎的泰尔亲王，感到又惊又喜。然而，当他明白自己即将与他敬佩的女婿和深爱的女儿分离时，又不免感到遗憾，心想：如果女婿是一开始所说的那个普通绅士，该有多好。

这时，泰莎已经有孕在身，国王不敢让她去海上冒险，佩里克利斯本人也希望妻子能在分娩前先住在她父亲家里。可是，可怜的泰莎诚恳地请求和丈夫一起离开，最后他们只好同意了，并且希望能在她生下孩子前抵达泰尔。

大海对不幸的佩里克利斯绝对不是友好的。在他们离泰尔还很远时，又遇到了一场可怕的暴风雨，泰莎吓得一病不起。不久后，她的奶妈利科丽达抱着一个婴儿来见佩里克利斯，并告诉他一个悲伤的消息：他亲爱的妻子在生下孩子后就去世了。

利科丽达把婴儿抱到他父亲面前，说道："这个婴儿就是已故王后留下来的孩子，她还太小，不适合留在这个地方。"

听说妻子去世，佩里克利斯即使有千万张嘴，也无法表达自己内心的悲痛！直到他勉强能开口讲话时，才说道："神呀！为什么你让我爱上你赐给我的美好礼物，又一下子把它们收回去呢？"

"忍耐一下吧！殿下，"利科丽达说，"死去的王后只留下这个小女儿，为了你的孩子，请拿出更多男子汉的气概吧！忍耐一下，殿下，就算是为了这个需要你抚养的小宝贝。"

佩里克利斯把新生婴儿抱在怀里，对小宝宝说："愿你一生平静，因为没有哪个孩子在比这更大的狂风暴雨中诞生！愿你的生活平稳安定，因为从来没有哪位亲王的孩子会遇上如此粗暴的欢迎！愿你的未来幸福美满，因为你出生时，水火和空气都无情地大声指责，预示着你的降生！你甚至一出生就遭到了巨大的损失——你的母亲去世了！这种损失超过了你刚来到人间所得到的一切快乐，永远也无法弥补！”

风暴仍在狂怒地咆哮着。由于水手们都迷信如果船上有死人，风暴将永不停息。于是，他们来见佩里克利斯，要求把王后丢到海里。他们说：“您还有勇气吗？殿下？上帝拯救您！”

“我有足够的勇气，”悲伤的亲王说，“我不惧怕风暴；它已给我带来了最大的不幸。可是为了这个可怜的婴儿，这个首次航海的新生儿，我希望风暴能够平息。”

“殿下，”水手们说，“必须把王后丢下海。海浪很高，风正在怒号，不把死人丢进海里，风暴就绝不会消退。”

虽然佩里克利斯知道这种迷信是毫无根据又缺乏说服力的，但他还是很有耐心地答应了他们的请求，说：“就按你们说的去办吧！那么，把最不幸的王后丢进大海吧！”

于是，不幸的亲王前来看了爱妻最后一眼，他望着他的泰莎说：“亲爱的，你生下孩子的经过太可怕了！没有灯，没有火，不友善的恶劣天气彻底遗忘了你，而我又没有时间把神圣的你埋葬在坟墓里，只能把几乎没有棺材的你扔进大海。你的尸骨上本来应该建一座纪念碑，但怒吼的海水却要淹没你的身体，让它和普通的贝壳躺在一起。啊！利科丽达，叫内斯把我的香料、墨水、纸，还有我的首饰盒和珠宝拿来！叫尼坎多尔把覆盖着锦缎的箱子抬来！把婴儿放在枕头上。利科丽达，趁我代替牧师向泰莎做最后的道别时，快去办吧！”

他们替佩里克利斯抬来了一个覆盖着锦缎的大箱子，把王后放进箱子，身上撒满了芬芳的香料，身旁放着贵重的珠宝和一张字条，说明她是谁，并恳求寻获她遗体的人将她下葬。然后，他亲手把大箱子抛进了海中。

风浪平静后，佩里克利斯命令水手将船驶往塔色斯，他说：“因为婴儿没有办法活到我们回到泰尔的时候，所以我要在塔色斯请人好好抚养她。”

泰莎被扔进大海的那个暴风雨之夜过后，隔天清晨，以弗所一位受人尊敬的绅士，同时也是医术高明的医生萨利蒙正站在海边，仆人们把一只大箱子抬到他面前，说箱子是被海浪冲上陆地的。

“我从没见过这种事，”一位仆人说，“把它冲上岸的海浪是那么大！”

萨利蒙命令仆人把箱子运回家中。当箱子打开时，他惊奇地看到一位年轻可爱的女人的尸体，而芬芳的香料和一盒华丽的珠宝更使他断定，这一定是位了不起的人物，才会葬得如此不寻常。

他进一步搜寻，又在箱里发现一张字条，立即明白了躺在他面前的死者曾经是位王后，而且是泰尔亲王佩里克利斯的妻子。

萨利蒙对意外遇到的一切非常惊奇，更对失去可爱夫人的丈夫充满同情，他说：“佩里克利斯，如果你还活着的话，会因为悲伤而心碎的！”

接着，他仔细观察着泰莎的脸，看到她气色红润，不像是死者的脸色。他不相信这个女人已经死了，说道：“把你丢进海里的人太性急了。”

他请人把火生上，并拿来治病用的强心药，还奏起轻柔的音乐。这样子，如果她复活了，轻柔的音乐将有助于让她那惊恐的心灵平静下来。

萨利蒙对围绕在泰莎身旁、不知发生什么事的那些人说道：“啊！各位先生，请让她透透风，她昏迷不到五小时，你们看！她又开始呼吸了，她活过来了！看呐！她的睫毛在动，这位美人活过来了！我们听到她的遭遇都会哭泣的。”

泰莎并没有死，在生下小女儿后，她陷入了深度昏迷，但看到她的人都误以为她死了。现在，她在这位善良先生的照料下又重新醒了过来。

她睁开眼睛，说：“我在哪里？我的丈夫呢？这是什么地方？”

萨利蒙设法解释这一切，让她渐渐明白发生在自己身上的事情。当他认为泰莎的健康状况已经恢复，足以承受噩耗时，才把她丈夫写的字条和珠宝交给她看。她望着字条说：“这是我丈夫的笔迹。我记得曾坐船在海上航行，可是我发誓，我不确定是不是在船上生下了孩子。现在，既然我再也见不到丈夫了，我将要穿上贞女的制服，让快乐从我的生活中消

PERICLES

失。”

“夫人，”萨利蒙说，“如果你有意这么做的话，黛安娜神庙就在不远处，你可以作为贞女住在那里。如果你愿意的话，我有一个侄女，她将会在那里侍候你。”

泰莎心怀感激地接受了这个建议。当她的身体完全康复后，萨利蒙把她安顿在黛安娜神庙中，成为女神的贞女，也就是黛安娜神庙的女祭司。她在那里度过的每一天，都为以为她已经死去的丈夫哀悼，并奉行着当时最虔诚的教规。

佩里克利斯将新生的小女儿命名为玛丽娜，因为她是在海上出生的。他来到塔色斯，打算把女儿委托给塔色斯的总督克里翁以及夫人狄奥妮莎照顾。他心想，当塔色斯遭遇灾难时，自己曾经做过善事，因此总督夫妇一定会好好对待这个失去母亲的小女孩儿的。

克里翁见到佩里克利斯亲王，还听说他遭受到的巨大损失，说道：“唉！您那位可爱的王后啊！如果您能把她带到这里，让我有幸亲眼见见她的话，那该有多好！”

佩里克利斯说：“我必须服从超凡的力量。当大海将泰莎吞没时，就算我对它发怒、咆哮，结果也是一样的。这是我的乖孩子，我不得不把她留下，请你好好照顾她，抚养她，并恳请你们让她接受符合她公主身份的教育。”

然后，他转向克里翁的夫人狄奥妮莎，说：“好心的夫人！求神赐福于我，让我的孩子在您的照顾下长大成人。”

她回答说：“我自己也有一个孩子，殿下，我对她不会比对您的孩子更亲密。”

克里翁也许下了同样的诺言，说：“佩里克利斯亲王，您曾用玉米喂饱过我们全体人民，为此，人民每天祈祷时都会想到您。光凭这件事，我们就必须为您的孩子着想。如果我忽略了您的孩子，所有受过您救济的人民将会强迫我去尽责，但是，如果我需要督促才去尽责的话，神也会对我和我的子孙施以报复的！”

佩里克利斯认为自己的孩子一定能受到精心照顾，因此就把她交给克里翁和狄奥妮莎庇护了，还让奶妈利科丽达留下来照顾女儿。当佩里克利斯离开时，小玛丽娜还不知道自己失去了什么，但利科丽达和主人告别时，却哭得非常伤心。

“唉！不要流泪，利科丽达，”佩里克利斯说，“不要哭！照顾好你的小主人，以后你还要依靠她的恩惠呢！”

之后，佩里克利斯平安抵达泰尔，安稳地接过了王位，而他认为已经死去的可怜王后仍然留在以弗所。这位不幸的王后还不曾见过自己的女儿玛丽娜，而玛丽娜却由克里翁以适合她高贵出身的方式渐渐抚养长大，他给了她最精心的培育。

玛丽娜十四岁时，所学到的知识已经超越了当时最有学问的人。她唱歌如天仙，跳舞如女神。她做针线活时，手巧得似乎能把飞鸟、水果和花卉的自然形状模拟下来，她用丝绸制作的玫瑰与天然的玫瑰毫无两样。

但是，玛丽娜从所受的教育中学会了这些令人称奇的能力，却让克里翁的妻子狄奥妮莎感到嫉妒，并成了她不共戴天的仇敌。因为她自己的女儿心智迟钝，凡事无法做得像玛丽娜那样完美。她的女儿虽然和玛丽娜同年龄，也和玛丽娜一样得到精心养育，却没有取得相同的成绩。大家都争相赞美玛丽娜，相比之下，她的女儿却受到忽视。

于是，她的心里产生了除掉玛丽娜的邪念。她愚蠢地以为，只要大家看不到玛丽娜的话，她那不幸的女儿就会得到更多的尊重。为了实现这一想法，她计划雇人杀死玛丽娜，还决定了执行这一罪恶计划的时机——等到忠实的奶妈利科丽达去世之后，她就立刻下毒手。

没过多久，利科丽达过世了，当年轻的玛丽娜为死去的奶妈哭泣时，狄奥妮莎正在和雇来的杀手谈话呢！她雇来的这名杀手叫作里厄奈，虽然这个人非常凶恶，但王后也难以说服他接下这项谋杀任务，毕竟，玛丽娜早已赢得了所有人的爱心。

他说：“她是个好人呀！”

“那么，神更需要她去做伴了！”玛丽娜这位冷酷无情的仇敌答道，

“她即将来墓前为死去的奶妈利科丽达哀悼。你下定决心服从我的命令了吗？”

里厄奈不敢违抗她的命令，只好回答说：“我下定决心了。”

这简短的一句话，就注定了举世无双的花朵玛丽娜即将夭折的命运。这时的她手里提着一盏鲜花走了过来，说要天天把鲜花撒在善良的利科丽达的坟墓上，只要夏天还没有结束，她就要在坟墓上撒满紫罗兰和金盏花，像铺上一张锦毯一样。

“唉！”她说，“可怜我这个不幸的姑娘，刚在暴风雨中出生，母亲就离我而去了。对我来说，这个世界就像一场永不停歇的暴风雨，把我从一个个朋友的身边吹走。”

“玛丽娜，”狄奥妮莎说道，“你怎么独自在此哭泣呢？我的女儿怎么没陪着你呀？别再为利科丽达难过了，就把我当成你的奶妈吧！这种无益的悲伤改变了你的美貌。来吧！把花交给我，不然海风会把鲜花吹坏的。跟里厄奈去散散步吧！清新的空气能够使你心情快活的。来，里厄奈，扶着她，陪她去走走！”

“不，夫人，我不能占用您的仆人。”玛丽娜说道。

“来吧，来吧！”这个狡诈的女人说道，她想找个让她与里厄奈单独待在一起的借口，“我很爱你的父亲泰尔亲王，也很爱你。我们每天都期待着你父亲的到来。要是当他来时，发现你因悲伤而改变了容貌，不再是我们所说的美人典范时，他会怪罪我们没好好照顾你的。我恳求你去散步吧！再回到以前那样高高兴兴的样子。你的皮肤很美，它偷走过无数老人和年轻人的心，要好好保护呀！”

玛丽娜在她这样纠缠不休的要求下，只好说道：“好吧！我去，可是我实在没有去散步的心情。”

狄奥妮莎一面走开，一面对里厄奈说：“记住我跟你说过的！”这句话令人震惊，它意味着里厄奈要杀死玛丽娜。

玛丽娜望着她的出生地——大海，说道：“现在刮的是西风吗？”

“是西南风。”里厄奈说。

“我出生时，刮的是北风。”她说道。

一瞬间，狂风暴雨、父亲的悲伤、母亲的死一下子涌上玛丽娜的心头，她说道：“利科丽达告诉我，父亲从来不害怕，只是对水手大喊‘好水手，拿出勇气来！’绳索擦伤了他高贵的手，但他仍紧紧抓住桅杆，承受着几乎要把甲板冲裂的海浪。”

“那是什么时候的事？”里厄奈说。

“我出生时，”玛丽娜说，“风浪前所未有的猛烈。”

接着，她描述了风暴、水手的行动、水手队长的哨子和船长大声地呼喊。

“那叫声使船上的骚动增加了三倍！”

利科丽达过去经常向玛丽娜讲述她出生时的不幸故事，因此这些事似乎一直浮现在她的脑海之中。可是，说到这里，里厄奈突然打断了她的话，要她祈祷。

“你这是什么意思？”玛丽娜问。她开始感到害怕，但却不知道为什么。

“如果你需要一点儿时间祈祷，我可以答应你，”里厄奈说道，“但可别祈祷得没完没了！神的耳朵很灵，我发过誓，要尽快把事情了结。”

“你要杀我吗？”玛丽娜问，“唉！为什么？”

“满足夫人的愿望。”

“她为什么要杀死我？”玛丽娜问，“在我的记忆中，我从没伤害过她，从没说过她的坏话，也从没做过有损于任何生灵的事。相信我吧！我从来没杀死过一只老鼠或伤害过一只苍蝇。有一次我无意踩到一条小虫，还为它哭泣过。我怎么可能冒犯别人呢？”

杀手回答说：“夫人派我来是要杀死你，而不是解释杀死你的原因。”

正当他准备动手杀害她时，一伙海盗恰好从海上登陆。他们看到玛丽娜以后，就把她当成战利品掳到船上，然后驶离了陆地。

海盗把掳来的玛丽娜带到密提里尼，当成奴隶卖掉了。虽然沦落到卑贱的地位，但玛丽娜很快就因为长得漂亮、品德又好，而在密提里尼出了名。她教人音乐、舞蹈和刺绣，把学生交给她的钱都给了买下她的主人，她的主人因此发了大财。

她的才学和勤劳的名声迅速传开了，连一位年轻的贵族——密提里尼总督莱西米克斯都听说了。莱西米克斯亲自来到玛丽娜的住处，看看这位受全城人高度赞扬的优秀人物。她的谈吐让莱西米克斯非常欣赏，因为他虽然听到了许多赞扬这位姑娘的话，但还没想到玛丽娜会像他亲身感受到的那样明白事理、品德高尚、心地善良。

莱西米克斯离开时对玛丽娜说，希望她能永远保持勤劳、高尚的好品德，还说，要是她再次听到他的消息，那一定对她有好处。莱西米克斯觉得玛丽娜简直是上帝创造出来的奇迹，她通情达理、有教养、品德高尚、容貌美丽、举止优雅，因此想要娶她为妻。虽然玛丽娜目前的处境落魄，莱西米克斯还是希望能够发现她其实出身高贵。然而，每当人们问起她的父母，她总会静静地坐在原地哭泣。

回到塔色斯，里厄奈害怕狄奥妮莎生气，只好骗她已经顺利除掉了玛丽娜。于是，这位邪恶的女人宣布玛丽娜死了，还假惺惺地为她举行了葬礼，立起了一座雄伟的纪念碑。

没过多久，佩里克利斯在忠实的大臣赫力堪纳斯陪同下，特地从泰尔乘船到塔色斯来看望自己的女儿，并打算把她接回家去。自从玛丽娜还是个婴儿，他把她托付给克里翁夫妇照顾以来，就一直没有见过她。一想到自己即将见到死去的王后留下来的这个亲爱的孩子，这位善良的亲王是多么高兴呀！

可是，当他得知玛丽娜死了，并观看了为她修建的纪念碑时，这位世间最可怜的父亲承受了多深的痛苦啊！他甚至无法观看塔色斯的美景，因为这里埋葬了他最后的希望和亲爱的泰莎王后的唯一纪念。

他上了船，匆匆离开塔色斯。从上船那天起，亲王就被一种沉闷而深重的忧郁情绪所支配，不再讲话，对周围的一切事物似乎丧失了兴趣。

船从塔色斯驶往泰尔途中，必须经过玛丽娜居住的密提里尼。此地的总督莱西米克斯从岸上看到这支皇家的舰船，很想知道是谁在船上。为了满足好奇心，他乘着小船来到大船旁。赫力堪纳斯很有礼貌地接待了他，告诉他这条船是从泰尔来的，现在他们正要把佩里克利斯亲王送回他的国家。

"大人，"赫力堪纳斯说道，"亲王三个月来不和人说话，也不肯好好吃饭，只随便吃了一点儿东西好延长他的悲痛。至于他得病的缘由，要是全部讲出来也太过冗长，但最大的原因是他失去了妻子和心爱的女儿。"

莱西米克斯请求见一见这位遭受痛苦的亲王。当他见到佩里克利斯时，发现这个人的外表很有风采，于是说道："亲王殿下，万福！愿神保佑您！欢迎您，亲王殿下！"

但无论莱西米克斯怎么和他讲话，都是白费口舌，佩里克利斯既不回答，似乎也察觉不出有陌生人在自己面前。

这时候，莱西米克斯想起了那位无可匹敌的女孩儿玛丽娜，也许她能用甜美的话语让沉默的亲王开口回答。在征得赫力堪纳斯的同意后，他派人把玛丽娜叫来了。

玛丽娜的父亲正由于悲痛，静静地坐在船上。当她一上船，所有人都非常欢迎她，仿佛都知道她就是他们的公主似的。他们高喊："她是一位漂亮的姑娘！"

莱西米克斯听到众人夸奖玛丽娜，非常高兴，说道："像她这样的好姑娘，如果我确定她出身高贵，那一定不会再选择别人了，能娶她为妻将是我的荣幸！"

然后，他非常恭敬地对她说话，就像这位地位卑下的姑娘正是他希望找到的高贵姑娘。他称她为"皮肤白皙漂亮的玛丽娜"，并告诉她船上有位显贵的亲王正因悲伤、哀痛而沉默不语。他恳求玛丽娜治疗这位陌生亲王的忧郁症，仿佛她拥有赐人健康与幸福的力量。

"大人，"玛丽娜说，"如果允许只让我和我的女仆接近他，我将会尽力使他康复。"

在密提里尼，玛丽娜曾经严密地隐瞒自己的身世，羞于让别人知道自己这位王室的后裔竟沦为了奴隶。可是，在佩里克利斯面前，她却首次吐露自己反复无常的命运，说她是从多么高贵的身份沦落到这种地步。

她似乎知道，只要站在父亲面前，讲出的每一句话都能道出自己的悲痛。她之所以这样做，是因为明白最能引起人们对不幸者关注的，正是听人讲述和他们自己相似的灾难。

她那甜美的嗓音惊醒了情绪消沉的亲王，他抬起那双许久凝视不动的眼睛，望着和泰莎容貌相似的玛丽娜，眼前仿佛又浮现出已故王后的面容。亲王感到十分惊奇，沉默多日的他又开口说话了。

"我最亲爱的妻子长得很像这位姑娘，"恢复意识的佩里克利斯亲王说道，"我的女儿可能就是长得像这样。她有着王后般的方额头，身高也相仿，同样拥有笔直的身段、银铃般的嗓音、宝石的眼睛；年轻的姑娘，你住在哪里？告诉我，你的父母是谁？我想，你说过自己曾经受过委屈、伤害，还说要是我们都把受过的苦倾诉出来，你的苦不会比我少，是吗？"

"我的确说过，"玛丽娜回答说，"而且，我认为自己所说的都是有正当理由的。"

"把你的故事讲给我听。"佩里克利斯说道，"如果我发现你受的苦有我的千分之一，那你就像个能忍受痛苦的男子汉，而我却像个经不起折磨的女孩子。然而，你看起来的确像个正注视着国王坟墓，对一切苦难微笑以对的忍耐女神。你怎么会失去了自己的名字呢？最善良的姑娘。把你的故事讲给我听吧！来，坐在我身旁。"

当这个女孩儿说出自己叫玛丽娜时，佩里克利斯的惊讶真是难以形容，因为他知道这不是个寻常的名字，而是他为自己孩子创造的名字。

"啊！你在嘲笑我，我一定激怒哪位神明了，以致他让全世界都嘲笑我！"

"殿下，请您耐心点，"玛丽娜说，"否则我就只讲到此处了。"

"继续说下去！"佩里克利斯说，"我一定会耐心地听，你说你叫玛丽娜，但你知不知道你有多么让我吃惊！"

"为我取这个名字的人很有权势，"她回答说，"他是我的父亲，是位国王。"

“哦，一位国王的女儿！”佩里克利斯说，“而且叫玛丽娜！你是个有血有肉的人吗？你不是神仙吧？说下去！你在哪里出生？为什么叫玛丽娜？”

她回答说：“我出生在大海上，所以叫玛丽娜。我母亲是一位国王的女儿，在我刚出生的时候就去世了。这是我的好奶妈利科丽达经常哭着告诉我的。我的父王把我留在塔色斯，但克里翁那个残忍的妻子却想要谋害我。之后，一群海盗出现并把我救走，还带我到了密提里尼。可是，殿下，您为什么哭呢？或许您认为我是个冒充的骗子吧！殿下，我的确是佩里克利斯亲王的女儿。”

佩里克利斯似乎又喜又怕，他怀疑这一切是否是真的，于是大声叫喊着他的侍从。侍从们听到敬爱的亲王的喊叫声，无不感到高兴。

亲王对赫力堪纳斯说：“啊！赫力堪纳斯，打我一下，让我流出血来，让我感到现在的疼痛，免得朝我冲过来的那大海般的狂喜，冲破了我生命的海岸。啊！过来吧！你这个生于海上，葬于塔色斯，又在海上被找到的人。啊！赫力堪纳斯，跪下吧！感谢至善的神！这就是玛丽娜，祝福你，我的孩子！赫力堪纳斯，把我的新衣服拿来！凶残的狄奥妮莎本想在塔色斯把她害死，但她没死，你们向她下跪！称呼她为你们的公主吧！她会把全部的事都告诉你们的！”

忽然，他把目光转向了莱西米克斯，直到现在他才发现这个人的存在。

“这是谁？”

“殿下，”赫力堪纳斯说，“这是密提里尼的总督。他听说您心情忧郁，因此前来探望您。”

“先生，我拥抱您，”佩里克利斯说，“请把长袍递给我。由于看到玛丽娜，我的病都好了。啊！上天保佑我的女儿！可是，听啊！那是什么音乐？”

这时他似乎听到柔和的音乐，但不知道这音乐是某位仁慈的神送来的，还是自己被快乐的想象所欺骗。

“殿下，我没有听到音乐声。”赫力堪纳斯回答说。

“听不见？”佩里克利斯道，“因为这是来自天球的音乐啊！”

莱西米克斯也没有听到音乐，因此他断定，亲王的认知由于突如其来的狂喜而发生了偏差，于是说道：“惹他生气也不好，就说的确听到了音乐吧！”

就这样，大家都告诉亲王自己听到了音乐。这时，佩里克利斯抱怨起来，说他感到昏昏欲睡。莱西米克斯就劝他在躺椅上睡一会儿，还把一个枕头放在他的脑袋下面。亲王在过度狂喜的情况下心力疲惫，很快就睡着了，玛丽娜则静静地坐在躺椅旁边，看着熟睡的父亲。

佩里克利斯做了一个梦，这个梦使他决心到以弗所去一趟。他梦见以弗所的女神黛安娜来到他面前，命令他到当地的黛安娜神庙，在祭台前说出他的生平以及不幸的故事。黛安娜女神以她的银弓起誓，如果亲王按照她的命令去做，一定会遇到某种难得的幸运。梦醒后，亲王奇迹般的精神大振，他把梦告诉大家，还决定照女神的命令去做。

之后，莱西米克斯邀请佩里克利斯上岸，他遍寻密提里尼的娱乐活动，希望能让佩里克利斯彻底的放松、休息一下。佩里克利斯也欣然接受了他的邀请，同意在此地逗留一两天。我们可以想象，为招待他心爱的玛丽娜的父王，总督在这段时间里是如何费心地设宴、欢庆，如何精心准备豪华的表演和娱乐节目，只求佩里克利斯喜欢。

佩里克利斯知道，当玛丽娜落难时，莱西米克斯仍对她十分敬重。也知道玛丽娜本人并不反对他的求婚，因此，当莱西米克斯提出追求玛丽娜时，他欣然同意，甚至相当赞成。不过他还是提出了一个条件：在他同意两人结婚之前，他们必须陪他去朝拜以弗所的黛安娜神庙。

不久后，三人就乘船前往黛安娜神庙，他们一路顺风顺水，只花了几周时间就平安抵达以弗所。

佩里克利斯带着一对随从走进神庙。这个时候，救活佩里克利斯妻子泰莎的好心人萨利蒙年事已高，他与泰莎正站在黛安娜女神的祭台前，泰莎如今已成为神庙中的一位女祭司。

虽然佩里克利斯因为失去泰莎悲痛了好多年，样子改变不少。但泰莎还是立刻认出了自己丈夫。当他走到祭台前讲话时，她回忆起他的声音，悲喜交加地听他讲话。

“万福，黛安娜女神！为完成您公正的指示，我来到这里。我是泰尔的亲王，曾因受到威胁逃离了国家，在潘塔波里斯娶了美丽的泰莎；她生下了一个叫玛丽娜的女孩子，却因难产死在了海上；我把玛丽娜交给塔色斯的狄奥妮莎照顾；玛丽娜十四岁时，狄奥妮莎想要杀害她，但福星却把她带到了密提里尼；我坐船经过密提里尼的海岸时，玛丽娜的好运气把她带到了我的船上，凭着她最清楚的记忆证明她就是我的女儿。”

听了他的这席话，泰莎激动不已，欢喜之情再也按捺不住，她呼喊道：“你是！你是——啊！佩里克利斯殿下！”然后就昏倒了。

“这个女人说了什么？”佩里克利斯问，“她要死了！先生们，救救她。”

“殿下，”萨利蒙说，“如果您对黛安娜女神祭台所说的都是实话，那么，她正是您的夫人！”

“尊敬的先生，不会吧！”佩里克利斯说，“是我用这双手把她丢进大海的。”

萨利蒙开始叙述那个狂风暴雨后的清晨，这个女人是如何被冲上以弗所的海岸；他打开箱子，是如何发现箱内摆着贵重的珠宝和字条；他又是如何幸运地救活了她，并把她安排住在这里的黛安娜神庙中。

此时，泰莎已经从昏厥中苏醒过来，说道：“啊！殿下，你不是佩里克利斯吗？你讲话像他，长相像他。你刚才不是提到了一场暴风雨、一个人的诞生和一个人的死亡吗？”

他大吃一惊，说：“这是死去了的泰莎的声音呀！”

“我就是你们认为已经死去并葬在大海的泰莎！”她回答说。

“啊！黛安娜女神真是灵验呀！”佩里克利斯高喊着，心中充满诚挚、惊奇的感情。

“现在，”泰莎说，“我更认出你来了。我们在潘塔波里斯流着眼泪和我父王告别时，他曾送你一枚戒指，它就和我看到戴在你手指上的那枚一样。”

“神啊！够了！”佩里克利斯喊道，“如今你们的仁慈使我过去经历的痛苦如同儿戏！啊！来吧！泰莎，再次埋葬在我的怀抱中吧！”

玛丽娜也说：“我跳动的心，要投入我母亲的胸膛中。”

于是，佩里克利斯领着女儿来到她的母亲面前，说道：“看看是谁跪在这儿，是你的骨肉！你在海上生的孩子！她叫玛丽娜，因为她生在海上。”

“上天保佑你，我的孩子！”泰莎说。狂喜之下，她紧紧抱住了玛丽娜。

此时，佩里克利斯跪在祭台前，说道：“圣洁的黛安娜，谢谢您托梦给我。为此，我每天晚上都要为您献上祭品。”

接着，在征得泰莎同意后，佩里克利斯当场郑重地宣布，他们的女儿、贞洁的玛丽娜将与值得她爱的莱西米克斯订婚。

就这样，我们从佩里克利斯、王后以及玛丽娜身上，看到了经上天默许的磨难锻炼出他们崇高美德的典范，它教人忍耐和对别人忠诚，在这样的美德指引下，终于战胜意外和变化，获得成功。

我们又从赫力堪纳斯身上看到了真实、诚信和忠诚等重要品德。他本可以直接坐上王位，但却宁愿请回合法的国王，也不愿让别人受委屈而自己掌权。

从救活泰莎的好心人萨利蒙身上，我们得到的教诲是：在知识的指引下行善，为人类谋利益，这接近了神的本性。

只剩下一件事还需要提一下，狄奥妮莎——克里翁那个邪恶的妻子，她的结局果真是罪有应得。当她陷害玛丽娜的残酷阴谋被塔色斯的臣民得知后，人民纷纷挺身为恩人的女儿报仇，他们在克里翁的王宫里放火，把克里翁夫妇及全家人都烧死了，神对于这个结果似乎很满意。虽然这桩残酷的谋杀企图并未实现，但也应当以正当的方式惩罚这一罪行。

冬天的故事

很久以前，西西里国王里昂提斯和美丽贤惠的王后赫美温妮一起过着幸福和谐、与世无争的生活。虽然如此，里昂提斯却一直挂心一件事：他想去看看他的老朋友——波希米亚国王波利克塞尼斯，并把他介绍给王后认识。

里昂提斯跟波利克塞尼斯从小一块儿长大，可是当他们两人的父亲死后，他们各自回去统治自己的王国。虽然他们经常交换礼物、信件，并且派遣大臣互相问候，但两人却已经有好多年没有见面了。后来，经过里昂提斯一再地邀请，波利克塞尼斯终于答应从波希米亚到西西里来拜访他。

一开始，里昂提斯对这次的拜访感到相当兴奋，他请王后好好地招待他的朋友。能和亲爱的老朋友相聚，他真是高兴极了！两人谈着昔日的往事，回忆起在学校里度过的快乐时光和当时玩闹的一些把戏，他们把这些事说给赫美温妮听，赫美温妮也很乐于听他们谈话。

住了一段日子后，波利克塞尼斯准备回国了。这时，赫美温妮按照丈夫的意思，前来挽留波利克塞尼斯再多住些日子。没想到，这竟成为王后烦恼的开始。

波利克塞尼斯原本已拒绝了里昂提斯的挽留，然而，他现在却被赫美温妮的温情所打动，决定再多住上几个星期。这么一来，尽管里昂提斯深知波利克塞尼斯为人正直，也同样明白王后的美好品德，但仍然产生了一种难以克制的嫉妒心。

尽管赫美温妮对波利克塞尼斯的殷勤是缘于里昂提斯的特别交代，而且她这么做也只是为了让自己的丈夫高兴，但这一切却加深了里昂提斯的嫉妒心。里昂提斯原本是一个热情忠实的朋友、体贴温柔的丈夫，现在竟变成了野蛮、没有人性的怪物。他把宫廷里的大臣卡密罗召来，将心中的猜疑告诉卡密罗，并要他去毒死波利克塞尼斯。

卡密罗是个好人，他知道里昂提斯的嫉妒完全是出于幻想。因此，他不但没有把波利克塞尼斯毒死，反而偷偷将国王的计划告诉他，并且答应要帮助他逃出西西里。

就这样，波利克塞尼斯借着卡密罗的帮助，平安地回到了波希米亚王国。从那时候开始，卡密罗就住在波希米亚的宫廷里，成为波利克塞尼斯的知己和宠臣。

波利克塞尼斯逃走后，里昂提斯更加生气了。他来到王后的房间，这位善良的女人正和她的小儿子迈密勒斯在一起，迈密勒斯正在讲故事给母亲听，国王进了房间后，立刻把孩子带走，然后下令将赫美温妮关到监牢里。

虽然迈密勒斯年纪还小，却很爱他的母亲。他看到母亲受到这么大的委屈，被关到监牢里，非常伤心，因此身体一天天的衰弱、憔悴，大家都觉得他总有一天会因为悲伤过度而死去。

国王把王后关进监牢以后，就派帕克里奥米尼斯和戴昂两位大臣，到德尔弗斯的阿波罗神庙去请示神谕，想知道王后有没有不贞的行为。

赫美温妮被关进监牢不久后生了一个女儿。这个可怜的女人看到如此可爱的婴儿，内心得到不少安慰。她对孩子说：“我可怜的小犯人啊！我就像你一样清白。”

品格高贵的宝丽娜是赫美温妮的好朋友，她是西西里大臣安提贡纳斯的妻子。宝丽娜听说王后刚生了孩子，便马上到监牢里看她。她对赫美温妮的侍女爱米莉亚说道：“爱米莉亚，请你转告王后，要是她肯把女儿托付给我，我会把她抱到国王面前，说不定他见了这个无辜的孩子会心软呢！”

“可敬的夫人，”爱米莉亚回答，“我很愿意把您的提议转告给王后。她一直盼望着能有人帮她把孩子带到国王面前。”

“请告诉她，”宝丽娜说，“我还愿意在里昂提斯面前替她辩护！”

“愿上帝永远祝福您！”爱米莉亚说，“您对王后真好！”

爱米莉亚向赫美温妮转述宝丽娜的好意后，赫美温妮非常高兴地把孩子托付给宝丽娜，因为她一直很担心没有人愿意帮她把孩子带到国王那里。

尽管宝丽娜的丈夫竭力阻止，但她还是抱着刚出生的婴儿，硬闯到国王面前，当着国王的面替赫美温妮尽力辩护，她严厉地指责国王的不是，恳求他可怜无辜的王后和孩子。可是，宝丽娜勇敢的劝谏，只是助长了里昂提斯的怒火，他命令宝丽娜的丈夫安提贡纳斯把她带下去。

宝丽娜离开的时候，把小婴儿留在她父亲的脚边，她以为让国王和孩子单独在一起，说不定他的怜悯之心会萌发。然而，善良的宝丽娜错了。她刚离开，这个无情的父亲就命令安提贡纳斯把孩子抱走，丢在荒凉的岛上自生自灭。

安提贡纳斯跟好心的卡密罗完全不同，他太听从里昂提斯的话了，因此马上抱着婴儿坐船出海，打算找到荒凉的小岛后，就把她丢在那里。

国王认定赫美温妮犯了不贞的罪，还没等到克里奥米尼斯和戴昂回来，也还没等王后的身体调养好，就急着叫人把她带来，在所有大臣和贵族的面前审判她。

所有大臣、法官和贵族都联合起来审问赫美温妮。当不幸的王后站在臣子面前受审时，克里奥米尼斯和戴昂回来了，他们把得到的神谕呈给国王，里昂提斯拆开封口，上面竟写着：“赫美温妮是无罪的，波利克塞尼斯也没有错，卡密罗是忠实的臣子，里昂提斯是多疑的暴君。如果不把失去的找回来，国王将永远没有继承人！”

国王不相信这道神谕，他说这都是王后的亲信编造出来的，他要求法官继续审问王后。就在这时，有一个人走了进来告诉国王说，迈密勒斯

WINTER'S TALE.

王子知道母亲即将被判死刑，心里非常悲伤，竟然因此去世了。

赫美温妮一听到挚爱的孩子竟为了她的不幸而死，马上昏了过去。里昂提斯的内心也被这个噩耗刺痛了，开始可怜起无助的王后，他命令宝丽娜和侍女将她带走，想办法把她救醒。但过了不久，宝丽娜却回来告诉国王：赫美温妮也死了！

直到这时，里昂提斯才开始感到后悔。他想，一定是他的行为让赫美温妮的心碎了，现在他相信王后是清白的，神谕上的话也都是真的。同时，他还知道，“如果不把失去的找回来”指的就是他的小女儿。如今，迈密勒斯王子已经去世，他没有别的继承人了，他真希望能找回失去的女儿。里昂提斯在深刻的悲伤和悔恨里度过了许多年。

安提贡纳斯带着小公主被海上的一场暴风雨刮到波希米亚王国的岸边。安提贡纳斯就在那里把小公主遗弃了。但安提贡纳斯也没有回到西西里，因为当他正要返回船上的时候，树林里突然冲出一只熊，把他给咬死了。这对他来说倒是个公正的处罚，以惩罚他服从里昂提斯邪恶的命令。

当时，婴儿身上穿着华丽的衣裳，戴着贵重的饰品，赫美温妮曾在宝丽娜把婴儿送给国王之前，将她打扮得很漂亮。安提贡纳斯则在她的衣服上别了一张字条，上面写着帕笛塔这个名字，以及几句关于她的出身及不幸遭遇的话。

这个可怜的孩子后来被一个心地善良的牧羊人捡到，他把小帕笛塔抱回家，交给他的妻子细心抚养。贫穷令牧羊人起了邪念，他把帕笛塔身上的宝贝藏起来，又偷偷搬了家，以免让人知道他在哪里发的财。他用帕笛塔身上的一部分宝石买了很多羊，就这样成了一位有钱的牧羊人。他对帕笛塔视如己出，愁心抚养长大，而帕笛塔也以为自己本来就是牧羊人的女儿。

小帕笛塔逐渐长成一位可爱的牧羊女，虽然她受的教育不多，可是依然从母亲那里遗传了先天的美德。她的一举一动都散发出高贵的气质，没有人怀疑她的身上流着贵族的血液。

波利克塞尼斯有一个独生子，名叫弗罗利泽，他在牧羊人的房子附近打猎时，看见了帕笛塔。帕笛塔美丽的容貌和高贵的气质，立即让王子疯狂地爱上了她。于是，王子化名为道尔卡斯，假扮成平民，经常到牧羊人家拜访。

由于弗罗利泽经常不在宫里，波利克塞尼斯感到很担心，便派人暗中监视他的儿子，后来发现他竟爱上了牧羊人的女儿。波利克塞尼斯立刻把大臣卡密罗召来，他要卡密罗陪他到帕笛塔的家里去一趟。

他们两人乔装一番后来到了牧羊人的家里。刚好人们在庆祝剪羊毛节，虽然他们是陌生人，可是在剪羊毛节的时候，任何客人都是受欢迎的，于是两人也被邀请去参加盛会。会场里充满了欢笑和歌声，所有的桌椅都摆好供宴会使用，有些人在房子前面的草地上跳舞，另外一些小伙子则站在门口，向一个卖货郎买缎带、手套和小东西。

正当大家热烈庆祝着的时候，弗罗利泽和帕笛塔却安安静静地坐在角落，他们好像比较喜欢两个人在一起谈心，不愿加入人们的游戏和娱乐。

剪羊毛节时，卖货郎在兜售他的小商品。

国王的装扮巧妙到连弗罗利泽都没有认出来。他走过去，躲在不远处偷听他们说话。波利克塞尼斯看到帕笛塔散发出既朴素又优雅的气质，不禁感到十分惊讶。

他对卡密罗说："我从来没见过出身如此低微却长得这么漂亮的女孩儿。她的一言一行是那样高贵，跟这个地方一点儿也不相称！"

卡密罗回答："是呀，在这些牧羊人的女孩儿之中，她算得上是王后呢！"

"这位朋友，请问一下，"国王对牧羊人说，"跟你女儿谈心的那个小伙子是谁啊？"

"大家都叫他道尔卡斯，"牧羊人回答，"他说他爱我的女儿。说实在的，要想从他们身上分出谁比较爱对方，简直是不可能的。如果年轻的道尔卡斯能够娶到她，她将会为他带来意想不到的好处。"

牧羊人指的就是帕笛塔剩下的宝石，他花掉了一部分买羊，其余的那部分则当作她的嫁妆，小心翼翼地收藏起来。

不久，波利克塞尼斯与自己的儿子攀谈起来："小伙子，你好像满肚子的心事，是吗？我年轻的时候常常送许多礼物给我的情人，可是你却让那个卖货郎从眼前走过，什么东西也没买给你的情人！"

年轻的王子丝毫没有察觉到自己正在跟父亲讲话，他说："老先生，她并不看重这些东西，帕笛塔要的礼物是锁在我心里的。"

他转过身对帕笛塔说："啊！亲爱的，这位老先生好像也是个过来人，那么，就让我当着他的面向你表白吧！"

于是，弗罗利泽请这位陌生的老人当他的证人，他对波利克塞尼斯说道："请您当我们订婚的见证人！"

"当你们分手的见证人吧！王子！"国王终于露出他的真面目来，他责备儿子居然敢跟这个身份低贱的女孩儿订婚。他还侮辱帕笛塔是"羊崽子"，恐吓她说，要是她敢再和他的儿子见面，他将会毫不留情地把她和她的父亲一块儿处死！说完这些话国王就气冲冲地走了，并要卡密罗带着弗罗利泽王子跟他一起回去。

波利克塞尼斯痛骂了帕笛塔一顿，却激起了她高贵的天性，帕笛塔心想："虽然一切都完了，可是我并不害怕。我几乎就要开口对他说：太阳照着他的宫殿，可是也照着我们的茅屋，连太阳都一视同仁！"

然后她又伤心地说："我现在已经从这场梦里醒过来了，离开我吧！先生，我需要一个人静一静。"

善良的卡密罗很喜欢帕笛塔，他知道年轻的王子非常爱她，即使是国王的命令也无法让他抛弃她。幸好，卡密罗想出了一个办法，既可以帮助这对恋人，又可以获得国王的谅解。

卡密罗早就听说里昂提斯已经真心悔改，尽管卡密罗现在成了波利克塞尼斯的好朋友，他还是想回去看看他的旧主人和故乡。因此，他向弗罗利泽和帕笛塔提议，一起到西西里去。里昂提斯一定会照顾他们，还会替他们出面调解，请求波利克塞尼斯的原谅，允许他们结婚。

弗罗利泽和帕笛塔听了很高兴，马上同意这个办法。卡密罗把所有事情都安排妥当，还答应让牧羊人跟他们一块儿走。牧羊人把帕笛塔剩下的首饰、小时候穿的衣服和那张别在她身上的字条也一起带去了。

经过一段顺利的旅程，他们平安地到达里昂提斯的王宫。里昂提斯还在为他死去的妻子和孩子伤心，他非常宽厚地接待了卡密罗，也对弗罗利泽王子表示热烈欢迎。但他的注意力仿佛全集中在帕笛塔的身上了。

弗罗利泽向国王介绍她时，只说她是一位公主。里昂提斯见她长得很像死去的赫美温妮，不禁悲从中来。他说，要是当年自己没有残忍地遗弃亲生女儿，如今她大概也有这么大了。

"而且，"他又对弗罗利泽说，"我跟你那贤明的父亲之间的情谊也断了，如今，我最盼望的就是能再见他一面。"

牧羊人听到国王的这番话，知道他曾经遗失过一个女儿，于是赶紧把他捡到小帕笛塔的时间和情况，反复地验证了一下，最后他终于得到一个结论：帕笛塔就是国王的女儿！

牧羊人把他捡到孩子的经过向国王仔细叙述了一遍，并告诉他安提贡纳斯是怎么死的，因为他曾眼睁睁地看着他被熊咬死。

当他说这些话的时候，弗罗利泽、帕笛塔、卡密罗和忠实的宝丽娜也都在场。牧羊人又拿出那件华丽的斗篷，宝丽娜记得赫美温妮就是用它来包孩子的；随后，他还拿出一颗宝石，宝丽娜记得赫米温妮曾把它挂在帕笛塔的脖子上；最后，他拿出那一张字条，宝丽娜认出上面的笔迹正是她丈夫的。

毫无疑问，帕笛塔是里昂提斯的亲生女儿。一旁的宝丽娜心里难免感到矛盾，她既为丈夫的死而难过，又为神谕真的应验感到高兴。

国王的继承人终于找到了！里昂提斯一听说帕笛塔是他的女儿，想到赫美温妮没能活着看她的孩子长大，心里不禁万分悲痛，半天都说不出话来，只是不停地喊道："啊！你的母亲，你的母亲！"

在这种悲喜交加的情况下，宝丽娜突然对里昂提斯说，她有一座雕像，是杰出的意大利艺术家裘里奥·罗曼诺最近雕成的。这座雕像跟王后的模样十分相似，要是里昂提斯肯到她家去看看，他一定会以为那就是赫美温妮本人。国王急着见见这座赫美温妮的雕像，而帕笛塔也恨不得马上看到她素未谋面的母亲。于是，大家都一起过去了。

宝丽娜把雕像的帷幕拉开，它果然跟赫美温妮一模一样！国王看着雕像，顿时勾起了无限心事，好长的一段时间里，他连说话的力气都没有。

"陛下，我喜欢您的沉默。"宝丽娜说，"这更能表示您的惊奇。这座雕像是不是很像王后呢？"

国王说："啊！当初我向她求婚时，她就是像这样站着，散发出雍容华贵的气质。不过，赫美温妮当时并没有这座雕像那么老。"

宝丽娜回答说："这便是雕刻家高明的地方，他把雕像雕得跟今天的赫美温妮一样，要是她还活着的话，一定就是这副模样。现在，让我把帷幕盖起来吧！国王，要不然您会以为它在动呢！"

这时候，国王忽然说道："别盖起帷幕！瞧！卡密罗，你不觉得它正在呼吸吗？它的眼睛似乎在转动。"

"我必须把帷幕盖起来了，国王。"宝丽娜说，"您快要把雕像当成活人了呢！”

“啊！可爱的宝丽娜，”里昂提斯说，“就让我在今后的岁月里都把它当成活人吧！我仍然觉得她在呼吸。有哪一把好凿子能把呼吸给刻出来呢？谁也不准笑我，我要过去吻她。”

“啊！陛下，那可不行！”宝丽娜说，“她嘴上的红颜料还没有干，那油彩会污染了您的嘴唇。我可以把帷幕盖起来了吧？”

“不，请别这么做！”帕笛塔一直跪在那里，默默地仰望着母亲的雕像，她说，“只要能看见亲爱的母亲，我愿意在这里待上一辈子！”

“不要再痴心妄想了！”宝丽娜说，“让我把帷幕盖起来吧，等会儿有更让你们吃惊的事，我能够让这座雕像真的动起来！让它从石座上走下来，握住你们的手。不过，那么一来你们就会以为是我在使妖术，我可不承认！”

国王说：“不论你能叫她做什么，我都愿意看一看；不论你能让她说什么，我都愿意听一听。既然你能让她动，我相信你也一定能让她说话！”

于是，宝丽娜吩咐乐师奏起徐缓庄严的音乐，这时，在场所有的人都大吃一惊，因为雕像真的从石座上走下来了！它用它的手搂住里昂提斯的脖子，还让上帝祝福她的丈夫和她的孩子！

这座雕像之所以会动、会说话，因为它就是赫美温妮本人，活生生的王后！原来，宝丽娜骗国王说赫美温妮死了，她认为只有用这个办法才能够保全王后的性命。从那时起，赫美温妮就跟善良的宝丽娜住在一起，要不是她听说找到了帕笛塔，她还不想让里昂提斯知道她活着呢！尽管她早就原谅了里昂提斯，却不能饶恕他对亲生女儿的残酷行为。

死去的王后又复活了！丢掉的女儿也找到了！忧伤了许多年的里昂提斯现在快乐得不得了！人们热烈地祝贺这一家人的团聚，国王与王后也向弗罗利泽道谢，感谢他爱上了他们的女儿。同时，他们还祝福善良的牧羊人，因为他救了帕笛塔的性命。

卡密罗和宝丽娜都非常快乐，因为他们能够亲眼看见事情有个圆满的结局。这时，波利克塞尼斯也来到了西西里王宫。原来，波利克塞尼斯早就知道卡密罗想回到西西里来，当他一发现儿子和卡密罗失踪后，便马上猜出可以在这儿找到他们。他拼命地赶路，刚好在里昂提斯一生中最快乐的时刻赶到了。

波利克塞尼斯也被大家的欢乐感染了，他原谅了里昂提斯过去对他的嫉妒，两人又找回了昔日亲昵的友谊。现在也不必担心波利克塞尼斯会反对他的儿子跟帕笛塔结婚，因为帕笛塔已经不再是“羊崽子”，而是西西里王位的继承人了。

至于赫美温妮，在受了这么多年的苦后，她那坚忍的德行终于得到美好的报酬。这个了不起的女人跟她的家人一起过着幸福的生活，如今，她是这世上最快乐的女人了！

暴 风 雨

在遥远的海上有一座孤岛，岛上住着一个名叫普洛斯彼罗的老头和他的女儿米兰达。米兰达是一个美丽的少女，她到这个岛上来的时候，年纪还很小，除了父亲，她从没见过其他的人。

他们住在一个用石头凿成的洞窟里，洞窟里又隔出好几个房间。普洛斯彼罗把其中一间当作书房，里面收藏着许多关于魔法的书。当时，凡是有学问的人都喜欢研究魔法，普洛斯彼罗也不例外。

他是因为一个奇特的机缘漂流到这座岛上来的，这座孤岛曾经被一名女巫施过法术，她在普洛斯彼罗来到岛上之前就死了。于是普洛斯彼罗凭着自己的法力，把许多善良的精灵救出来，这些精灵因为不肯听从邪恶女巫的命令，一直被她困在大树干里。

从那时候起，这些温和的精灵便听从普洛斯彼罗的指挥，他们之中最大的是爱丽儿，除了普洛斯彼罗之外，谁都看不见她。

活泼的爱丽儿并不爱捣乱，但她却喜欢捉弄一个叫凯列班的丑妖怪，她非常讨厌凯列班，因为他是邪恶女巫的儿子。凯列班是普洛斯彼罗在树林里发现的一个怪东西，即使是猴子也长得比他更像人一些。普洛斯彼罗把他带回洞窟，耐心地教他说话，对他非常好。

可是凯列班遗传了他母亲的缺点，什么本事都学不会。普洛斯彼罗只好把他当成奴隶来使唤，派他做一些吃力的工作，爱丽儿的责任就是监督他去做这些事。

每当凯列班偷懒或是忘记工作时，爱丽儿就会轻手轻脚地跑过来掐他，有时候还把他推到烂泥堆里，然后自己再变成一只猴子对他做鬼脸，或者是变成一只刺猬躺在他的身上打滚。只要凯列班对交代的工作稍有疏忽，爱丽儿就会想出许多把戏来捉弄他。

普洛斯彼罗因为有了这些神通广大的精灵听他使唤，便能借助他们的力量来操纵大自然。

有一天，精灵们照着他的吩咐兴起一阵猛烈的风浪，这时海上刚好有一艘华丽的大船，它在狂暴的波涛中挣扎着，随时都会被大浪吞没。普洛斯彼罗指着那艘船对米兰达说，船上载满了跟他们一样的生灵。

“哦！亲爱的父亲。”她说，“您用魔法兴起了这场可怕的风暴，请您可怜可怜他们吧！您瞧，船就要沉啦！不幸的人们啊！要是我有力量的话，宁可叫海沉到地底下，也不要让船上的宝贵生灵毁灭！”

“米兰达，你不要这么着急。”普洛斯彼罗说，“我不会伤害他们的，我早就交代好了，不准让船上的人受到任何伤害。亲爱的孩子，我这么做都是为了你。你不知道你是谁，也不知道你从哪里来。至于我呢？你也只知道我是你的父亲，住在这个简陋的山洞里。你还记得来到这里之前的事吗？你一定不记得了，因为你那时候还不到三岁呢！”

“我当然记得！”米兰达说。

“记得什么呢？”普洛斯彼罗问，“记得房子或是人吗？我的孩子，告诉我你记得些什么。”

米兰达说：“我常常觉得那就像是一场梦。在梦里的时候，我身边总是有四五个仆人来来去去的。”

普洛斯彼罗说：“嗯！其实不只四五个。可是，你怎么还记得这些事呢？那你记得你是怎么到这儿来的吗？”

“不记得了。”米兰达说，“别的事我都不记得了。”

“十二年前，”普洛斯彼罗接着说，“我是米兰的公爵。米兰达，你则是个公主，也是我唯一的继承人。我有个弟弟叫安东尼奥，我非常信任他，每当我暂时隐居时，就把国事都交给他处理。但他却是个不忠实的人，因为当我把世俗的事情完全抛开，一味地埋头读书、修身养性时，安东尼奥竟把自己当成了公爵！我给他机会，让他在人民面前树立威望，没想到这却引发出他内心深处狂妄的野心，他竟想夺取我的国家！不久之后，他得到了那不勒斯国王的帮助，终于达到了他邪恶的目的。”

“那时候他怎么没有杀死我们呢？”米兰达说。

“他不敢，因为人民非常爱戴我。于是，安东尼奥先把我们放到一条大船上，等离开港口后不久，他又逼我们坐上另一条小船，船上既没有绳索、帆篷，也没有桅杆。他把我们丢在海上，以为这样一来我们就只有死路一条了，可是宫里有一个好心的大臣名叫贡柴罗，他也很爱戴我，因此偷偷地在船里放了饮水、干粮、衣裳和一些对我来说非常宝贵的书。”

“啊！父亲，那时候我简直就是您的累赘呀！”

“没那回事！你是个小天使，幸亏有你，我才有了活下来的力量，你那天真的笑容使我能够忍受一切不幸。后来我们登上了这个荒岛，从那时候起，我最大的快乐就是你，米兰达，你让我得到不少欢乐。”

“感谢您啊！亲爱的父亲。”米兰达说，“可是，这和您兴起这场风浪又有什么关系呢？”

“因为这场风浪将会把那不勒斯国王和安东尼奥冲到这座岛上来。”

这时，爱丽儿刚好出现，她来报告风浪的情形和她处置船上人员的经过。普洛斯彼罗用魔杖轻轻地碰了女儿一下，她就睡着了。尽管米兰达看不见这些精灵，普洛斯彼罗却也不希望让她以为自己在跟空气说话。

“勇敢的精灵，你的事情办得怎么样了？”

爱丽儿把这场风浪有声有色地形容了一番：“当时水手们都非常害怕，国王的儿子腓迪南第一个掉入了海里，他的父亲还以为心爱的儿子被海浪吞没了呢！”

“其实他很安全，”爱丽儿说，“他正坐在岛上的一个角落，哀悼着他父亲的死，因为他也认为国王被淹没了。其实，国王连一根头发都没有受伤，他的王袍虽然沾到海水，看上去反而比以前更华丽了。”

“这才是我乖巧的爱丽儿，”普洛斯彼罗说，“把那个年轻的王子带到这儿来吧！我必须让我的女儿见见他。国王和我的弟弟呢？”

“我离开的时候，他们还在寻找腓迪南呢！不过他们也不抱任何希望。至于那些水手也全都活着，每个人都以为只有自己得救了，因为他们看不到船的影子，就以为其他人都死了。其实，船正安安稳稳地停在海港里呢！”

“很好，交给你的事都办妥了，可是，还有一些事——”

“还有事要办吗？”爱丽儿问，“主人，请允许我提醒您，您曾经答应要释放我，请您想想我替您做了多少重要的事情，我从来没有对您撒过谎，也没出过任何差错，侍候您时也没发过一句牢骚。”

“哈！怎么了？”普洛斯彼罗说，“你忘了是谁把你从苦难里拯救出来的吗？你难道忘记那个凶恶的女巫了吗？她又老又驼，头都快碰到地了呢！她是从哪里来的？说吧！你说说看啊！”

“主人，她是在阿尔及尔出生的。”爱丽儿说。

“阿尔及尔吗？亏你还记得！这个坏女巫的法术是人见人怕的，所以她才会从阿尔及尔被赶出来，出了海后，水手们又把她丢在这里。你的心肠太软，无法照着她的命令去做坏事，所以她才把你困在大树里。幸好我后来发现你在里面哇哇大哭，才把你从那里救出来的。”

“对不起，亲爱的主人。”爱丽儿说，她为自己的忘恩负义感到惭愧，“以后我会听从您的使唤。”

“就这样吧，”普洛斯彼罗说，“到时候我会释放你的。”

然后他又吩咐爱丽儿去做别的事情，于是爱丽儿马上就离开了，她先来到刚才丢下腓迪南的地方，看到王子仍垂头丧气地坐在草地上。

“少爷，”爱丽儿说，“让我先带你去给米兰达小姐看看。来，跟我走吧！”

然后她开始唱起歌来：

你的父亲睡在海底深渊，
他的骨骼变成珊瑚，

TEMPEST.

珍珠则是他的眼睛。
他全身没一处腐烂，
只是在海水的变幻中，
显得富丽而又珍奇。
海洋女神每小时敲着丧钟，
安静啊！叮叮当——我听到了她的钟声。

爱丽儿优美的歌声，很快就让王子清醒了过来，他莫名其妙地跟着她的声音走，一直被引到普洛斯彼罗和米兰达那里，他们正坐在树荫底下。

“米兰达，”普洛斯彼罗说，“告诉我，你看到了什么？”

“咦？”米兰达非常惊讶地说道。她除了自己的父亲以外，从没见过别的男人，“那一定是个精灵！天呀！他在东张西望呢！父亲，他长得真好看，他是精灵吗？”

“不，女儿，”她父亲回答说，“他和我们是一样的。你看见的这个年轻人正是大船上的王子，他因为着急难过，所以看起来有点儿憔悴，要不然可以称得上是个美男子呀！他失去了他的同伴，现在正四处寻找他们呢！”

米兰达本来以为所有男人都像她父亲一样表情严肃、留着灰胡子。所以当她看到这个英俊的王子时，不禁打心里喜欢他。

腓迪南在这个荒凉的地方遇到许多奇怪的事，首先是爱丽儿宛如天籁般的歌声，现在又是可爱的米兰达，他相信自己一定是来到仙岛上了，而米兰达就是这个地方的仙女。

米兰达娇滴滴地说，她并不是仙女，只是一个普通的女孩子，正当她要述说自己的身世时，普洛斯彼罗打断了她的话。他看到两人互相爱慕，心里十分高兴，因为他看得出来这对年轻人是一见钟情，可是为了试试腓迪南的感情是否真诚，他决定故意为难他们一下。他走过来，严厉地斥责腓迪南是个奸细，到这里来是想从他手里把岛夺走。

“我要把你的脖子和脚绑在一起，让你喝海水、吃贝壳、啃树根！”

“除非你能打败我，否则，我不会让你动我一根汗毛的。”腓迪南说着，拔出剑来，可是普洛斯彼罗一挥魔杖，他就定在原地，不能动弹了。

米兰达紧紧地抱着她的父亲说：“您为什么这么残忍啊？请您发发慈悲吧！他是我这辈子所看到的第二个男人，我觉得他是个好人。”

“住嘴！你要是再说一个字，我就要骂人了。怎么了？难道你想袒护一个骗子吗？你只看过他和凯列班，就以为世界上没有其他更好的男人了吗？我告诉你，傻丫头，大部分的男人都比他好，就像他比凯列班好一样。”他这么说，同样也只是为了测试他的女儿。

她回答：“我对爱情并不抱有什么期望，我也不奢求看到一个比他更好的男人。”

“来吧，年轻人，”普洛斯彼罗对王子说，“你没有力量反抗我。”

“的确没有。”腓迪南说道，他并不知道是魔法让他失去了所有的力量。

他很吃惊地发现，自己的手脚竟然不听使唤地跟着普洛斯彼罗走，他一路上不停回头看米兰达，直到看不见她为止。

当腓迪南跟着普洛斯彼罗走进洞窟时，他说：“我的精神完全被困住了，仿佛在梦里一样。可是只要我能每天从牢房中看见这位美丽的女孩儿，那么所有的恐惧和软弱都不算什么了。”

普洛斯彼罗把腓迪南关在洞窟里没多久，便又把他放了出来，派给他一个很辛苦的工作，还故意让米兰达知道，然后他就回书房了。事实上，他是打算偷看他们俩的动静呢！

腓迪南的工作是把一些沉重的木头堆好，他做不惯这种吃力的事，没多久，米兰达就发现腓迪南已经累垮了。

“噢！不要太辛苦了，我的父亲正在读书，三个钟头以内不会过来的，你先休息一下吧！”

“亲爱的小姐，我可不敢啊！我得先把事情做完才能休息。”

“你先坐下来，”米兰达说，“我来帮你。”

可是腓迪南说什么也不肯休息，米兰达不但没有帮上忙，反而成了累赘，因为他们一直没完没了地说话，工作进行得更慢了。

普洛斯彼罗叫腓迪南做这些工作，只是为了测试他的爱情，他并不像米兰达所想的正在书房里读书，而是侧着身子躲在旁边，偷听他们谈话。

腓迪南问起米兰达的名字，她老实告诉了他，还说把自己的名字告诉别人已经违背了父亲的命令。

普洛斯彼罗对女儿的行为只是笑了笑，因为，是他用魔法让米兰达陷入情网的，所以他并不生气她违背了命令，反而很高兴地听着腓迪南对米兰达说的话，因为腓迪南说，自己爱米兰达胜过一切，他还称赞她的容貌，说她是世界上最美的女人。

米兰达说："我从没见过别的女人。除了你、凯列班和我的父亲之外，我也没见过别的男人。我不知道外面的人都长什么样子，可是相信我，除了你以外，我不想要别人来陪我；除了你以外，我再也想象不出任何容颜。哎呀！我讲的话太轻率啦！竟然把父亲的教训全忘了。"

普洛斯彼罗听到后笑了笑，心想："这事正合我意，我的女儿即将成为那不勒斯的王后了！"

于是，腓迪南便告诉天真烂漫的米兰达说，他是那不勒斯王位的继承者，他希望她当他的王后。

"啊！"她说，"我真是个傻子，竟高兴得流起泪来了。我要用纯朴、圣洁的情感来报答你，既然你肯娶我，那么我就是你的妻子了。"

这时，普洛斯彼罗走了出来，这让腓迪南和米兰达一时不知所措。

"不用害怕，我的孩子，"他说，"你们刚才说的话我都听见了。腓迪南，要是我曾对你太苛刻，现在就让我好好弥补一下。我答应把女儿嫁给你，你所承受的一切苦难，都只不过是我对你的考验。现在，把我的女儿带走吧！就当作是我给你的礼物，也是你真挚情感应得的回报。不要笑我自夸，无论你怎么称赞她，都不及她真正的好！"

然后，普洛斯彼罗说他得先去办一件事，要他们坐下来聊一会儿，等他回来。当然，米兰达一点儿也不想违背这个命令。

普洛斯彼罗离开两人以后，爱丽儿马上就出现在他面前，她急着要告诉主人，自己是怎么对付安东尼奥和那不勒斯国王的。

她说，当她离开那些人时，故意让他们看到一些奇怪的景象，把他们吓得快发疯了！等到他们饿得半死的时候，她忽然在他们面前变出一桌美味的酒席，然后又变成一个鸟身人面的妖怪出现在他们面前，再把那桌酒席变不见。最令他们吃惊的是，这个鸟身人面的妖怪竟跟他们说起话来，叙述着当初他们把普洛斯彼罗赶走，让他和幼小的女儿在海里漂流的残忍经过。她还说，就是因为这件事情，所以他们现在必须遭到报应。

那不勒斯国王和安东尼奥都很后悔，责备自己不该对普洛斯彼罗那样无情无义。爱丽儿也向普洛斯彼罗说，她相信他们是真心悔过了，虽然她只是个精灵，竟也忍不住觉得他们挺可怜的。

“那就把他们带到这儿来吧！爱丽儿。”普洛斯彼罗说，“你只不过是个精灵，要是连你看了都不忍心，那么我跟他们一样都是人，难道能不同情他们吗？快把他们带来吧！”

爱丽儿很快就把国王、安东尼奥和跟在他们后面的老臣贡柴罗带来。为了把他们引到主人面前，爱丽儿在空中奏起了豪迈的音乐，让他们都觉得很惊奇，纷纷随着音乐走过来，就这样，他们来到了普洛斯彼罗面前。

他们既伤心又害怕，竟慌张得认不出普洛斯彼罗。他先在好心的老贡柴罗面前现身，称他是自己的救命恩人。于是，安东尼奥和那不勒斯国王这才明白，他就是当年被谋害的普洛斯彼罗。

安东尼奥流着泪，用真诚的话语哀求普洛斯彼罗的宽恕，国王也诚恳地表示忏悔，普洛斯彼罗原谅了他们。当他们保证一定会恢复他的爵位时，普洛斯彼罗对那不勒斯国王说道：“我替你准备了一件礼物。”接着，他打开一扇门，腓迪南和米兰达正在里面下棋。

再也没有什么比这样意外的相遇能让他们父子快乐的了，因为他们都以为彼此早已在风浪里淹死了。

“多奇妙啊！”米兰达说，“这些人真是高贵啊！世界上竟然有这么

爱丽儿在空中奏起了音乐，国王、安东尼奥不由自主地跟着音乐前行。

美丽的人们！”

那不勒斯国王看见年轻的米兰达长得如此漂亮，气质又这么优雅，跟他儿子一样惊为天人。

“这个女孩儿是谁？”国王问，“她是那个拆散我们的女神吗？”

“不是的，父亲。”腓迪南回答，他发现国王也和他一样，误以为米兰达是仙女，“她是凡人，可是非凡的上天已经把她赐给了我。父亲，我没征求您的同意，因为当时我没想到您还活着！她是普洛斯彼罗公爵的女儿，我久闻公爵的大名，可是直到现在才见到他，他给了我全新的生命，是我第二个父亲，因为，他已经把这位可爱的女孩儿许配给我。”

“那么我就是她的公公了。”那不勒斯国王说，“可是我必须先请求儿媳妇的饶恕。”

“别提了，”普洛斯彼罗说，“我们已经有了如此快乐的结局，就不必再去回想以前的不幸。”

然后，普洛斯彼罗热情拥抱他的弟弟，又向他保证一定会原谅他。普洛斯彼罗说，虽然他从米兰被赶了出来，但这都是为了让他的女儿当上那不勒斯的王后，正因为他们在这个荒岛上相遇，腓迪南才会爱上米兰达。

普洛斯彼罗安慰他弟弟的这一番话，使得安东尼奥十分惭愧，他哭得连话都说不出来了。慈祥的老贡柴罗看到这样令人欣慰的和解场面，也忍不住哭了起来，并在心中祈祷上天祝福这一对年轻人。

这时，普洛斯彼罗告诉他们，船很安全地停在海港里，水手们也都还活着，他和女儿准备在第二天早晨和他们一起回去。

“现在，请一起来享受我为大家所准备的食物吧，等会儿我还要把在荒岛上生活的故事讲给你们听，让大家解解闷。”

普洛斯彼罗叫凯列班去准备食物，并且把房间收拾好，国王一行人看到凯列班的丑相都大吃一惊。普洛斯彼罗解释说，凯列班是他在这座小岛上唯一的仆人。

在离开荒岛以前，普洛斯彼罗释放了爱丽儿，这个活泼的小精灵高兴极了，尽管她对主人十分忠心，却一直渴望着完全的自由，就像野鸟般无拘无束地在空中飞翔，有时栖息在绿树底下，有时则躲在充满果香和芬芳的花丛里。

“机灵的爱丽儿，”普洛斯彼罗在释放这个小精灵的时候说，“我会想念你的，现在你应该去享受自由了。”

“谢谢您，我亲爱的主人。”爱丽儿说，“可是，让我先用风把你们的船平安送回家，然后您再和我告别吧！主人，等我恢复了自由，我将会多么开心啊！”

这时候，爱丽儿唱起了一首曲子：

蜜蜂停留的地方，我也在那儿驻足。
我躺在莲香花的花冠里休息，
一直睡到猫头鹰啼叫时，
我骑上蝙蝠的背四处遨游，
快活地追赶着炎夏的尾巴。

如今我将要快乐地，
在缤纷的花丛底下生活。

之后，普洛斯彼罗把他的魔法书和魔杖都埋在地下，因为他已经下定决心，再也不使用魔法了。既然他已经战胜了他的敌人，又跟弟弟和好了，如今只要他能回到家乡、恢复爵位，并且看到米兰达跟腓迪南王子举行快乐的婚礼，他的人生也就毫无遗憾了。

国王答应，他们一回到那不勒斯，便立刻举行隆重的婚礼。在精灵爱丽儿的平安护送下，他们经过一段愉快的航行，不久就到达了目的地。

两位贵族亲戚

底比斯的国王克里翁有两位外甥，一位叫作帕拉蒙，另一位叫作阿塞特。他们认为舅舅克里翁国王穷兵黩武，他统治下的底比斯日渐腐败，充满着战争的疮痍，到处都是破败的景象、衣衫褴褛的民众，于是这两名表兄弟决定离开宫廷，到其他国家闯荡。

就在这时，一名将军前来通知他们，国王下令征召他们，要他们为国出征，因为雅典公爵忒修斯向底比斯国王下了战书，即将率领大军前来攻打他们。原来不久前，底比斯与附近的国家发生了战争，有三个敌国的国王战死，残暴的克里翁不准任何人埋葬这些国王的尸体。于是，他们的王后找到了忒修斯以及他的夫人希波吕忒，希望他能率领雅典大军为自己报仇。

最后，勇敢的忒修斯战胜了，他带领大军进入底比斯城，见到了两名气宇不凡的俘虏，他问随从这两个人是谁，随从回答，那是国王的外甥帕拉蒙以及阿塞特，他们在战场上仿佛两头溅满了敌人鲜血的狮子，在惊惶的部队中杀出一条路，雅典士兵好不容易才击伤了这两个人。

忒修斯赞叹道："像这样的勇士，几百万人中才有一个。把我们的医生全都叫来医治他们吧！不要吝惜我们最珍贵的镇痛香膏，要大方地使用！我把他们的生命看得比底比斯宝贵得多。若是他们不处在目前的困境，而是蓬勃、健康、自由，我倒宁可让他们死去，但是现在，让他们成为我的俘虏的欲望却四万倍于让他们死亡。"

说完，忒修斯下令精心照料这两名表兄弟，自己与军队则收拾好行李返回雅典了。帕拉蒙与阿塞特恢复健康后，就一直待在底比斯的监狱里。从昔日的王子沦为阶下囚，两位王子都十分沮丧，但他们很快又振作起来了。阿塞特说："就在这一切灾难底下，在命运横加于我们的苦难之中，我看到了安慰和纯粹的福佑，要是诸神乐意的话，我们应当在牢狱里坚持勇敢的忍耐，共同享受我们的痛苦。只要帕拉蒙和我在一起，我就不把这儿当作囚牢，否则就让我死去吧！"

他的表哥帕拉蒙也说："没错，我们的命运交织到了一起，这是最大的幸福。让两个高贵的躯体之中的两个灵魂共同忍受反复无常的命运的折磨，直到两人合成一体吧！这样他们便不至于沉沦了，即使可能，也不会容许。这是最真实不过的。只有甘愿死亡的人才会浑浑噩噩地死去，从而了结一切。"

他们互相鼓励对方，说要将牢房当成回避邪恶者的神圣庇护所，将彼此当成挖掘不尽的矿山、一生的伴侣，既是父亲、子嗣，也是朋友；在牢房内过的生活虽然痛苦，但比起在爱慕虚荣的底比斯王宫，这里还更加高尚呢！

就在此时，希波吕忒的妹妹爱米利娅来到了监狱外的花园，她见花园里的水仙花开得十分漂亮，忍不住赞叹了起来，并摘了几朵准备绣在袍子上面；牢房里的帕拉蒙与阿塞特看到了，都为她的美丽着迷不已。

爱米利娅离开后，帕拉蒙与阿塞特开始用各种美丽的言语赞美她，帕拉蒙说她是个女神，要向她顶礼膜拜；阿塞特则说她是世间罕见的美人，看见她让自己感到了镣铐带来的痛苦。

这两名王子意识到，他们竟爱上了同一个女人，两人顿时忘了刚才立下要相亲相爱的誓言，开始争执起来。帕拉蒙说，是他先看见爱米利娅的，只有他有资格爱她！阿塞特则说，他跟帕拉蒙不一样，帕拉蒙把她当成神圣的天仙来膜拜，但自己却要把她当成女人，要尽心尽力地爱她、赞美她。

帕拉蒙生气地说道："我不允许你爱她！"

阿塞特回答:“不允许我爱？谁能否决我爱她的权利？”

帕拉蒙又说:“我！是我先看到她的，她向人世显露的全部美色都是我的眼睛第一个发现并占有了的。要是你竟然爱上了她，或者意图毁坏我的心愿，你便是个不义之徒。阿塞特，你的为人跟对她的权利一样虚伪！只要你敢动她的脑筋，我便跟你从此断绝友谊、亲情和一切关系。”

阿塞特不甘示弱地说:“是的，我爱她，即使付出我全家的性命，我也一定要爱她。我用我的灵魂爱着她，帕拉蒙，如果我必须因此而失去你，那我们也只好绝交。因为我爱她，所以我坚持跟任何一个帕拉蒙或任何父母生的儿子一样有身份、有自由、有合理的权利享有她的美丽。”

两人越吵越激烈，一发不可收拾，帕拉蒙甚至说，希望他们两个手里都有一把利剑，这样他就能马上教训阿塞特，让他知道盗窃别人的感情会受到什么惩罚；还说，要是阿塞特敢再把头伸出窗外，偷看她的美丽，就要把他的头钉在窗户上！阿塞特则轻蔑地回答，他不仅要把头伸出去，还要整个人跳出窗外，钻到她的怀里。

正当两个人吵得没完没了时，监狱的看守长来到牢房外，告诉他们，忒修斯公爵要召见阿塞特，然后就把他带出牢房了。帕拉蒙看着表弟的背影，不由得胡乱担心起来：搞不好公爵注意到了阿塞特的家世和外表，打算让他娶爱米利娅呢！

不久后，看守长回来了，他告诉帕拉蒙，公爵已经宣布将阿塞特放逐，他必须离开底比斯王国，永远不得回来。但帕拉蒙还是担心，表弟总有一天会设法回到底比斯，凭着他勇敢的特质，召唤勇士们拿起武器，为爱米利娅在战场上厮杀战斗，赢得她的心。

阿塞特被释放后，一个人走在街上，想着必须离开底比斯王国，永远见不到美丽的爱米利娅，忍不住叹道:“放逐了我，这正是挖空心思的惩罚，难以想象的死亡！即使我是个作恶多端的老坏蛋，以我全部的罪行也还不应当受到这样的报复。帕拉蒙，这下你高兴了吧！你每天早上都能看到她那双明媚的眼睛在窗前闪亮，把生命流注给你。神啊！帕拉蒙太幸福了！他一定会跟她说上话的，唉！我相信她最终会属于他！”

突然，他看到几位村民七嘴八舌地围着讲话，他好奇地询问他们发生了什么事，乡民说，城内举办了摔跤、赛跑等运动比赛，连忒修斯公爵也打算亲自参加这场盛会。阿塞特灵机一动，他决定参加比赛，因为他知道美丽的爱米利娅也会到场观看。而无论是摔跤还是拳击，他都有着不输常人的天赋，因此，他要伪装起来赢得这场比赛，搞不好有机会一睹她的芳泽呢！

果然，阿塞特在比赛中表现杰出，轻易地击败其他对手，成为最终的胜利者。忒修斯公爵召见了他，由于阿塞特的乔装天衣无缝，因此公爵并没有认出他是谁。公爵问阿塞特来自什么家族，阿塞特说自己是一名贵族，公爵被吓了一跳，要他证明自己所说的话是真的。

阿塞特说："贵族的一切本领我都略知一二。我会养鹰，我调教过一大群吠声洪亮的猎狗；在马术方面我不敢自夸，可是认识我的人都说那是我最擅长的事。最后，也是最重要的，我一直被人当成一个英勇的士兵。"

忒修斯与他的妻子希波吕忒以及在场的人听了都赞赏不已，他对阿塞特说，要安排给他一份高贵的差事，那就是服侍聪明美丽的爱米利娅小姐。这个奖励正是阿塞特梦寐以求的，他立刻上前吻了她的手，爱米利娅也被阿塞特英俊的脸庞吸引，很高兴自己能有一位这么好的随从。

接着，忒修斯公爵提醒所有的部下，包括爱米利娅及阿塞特，于明天日出时分在黛安娜的森林里庆贺花朵缤纷的五月节。临走之前，他对爱米利娅说："妹妹，也许我不该胡思乱想。你得到的是一个仆人，但如果我是个姑娘，反而会希望让他成为自己的主人。不过，你是个聪明人。"

爱米莉娅害羞地回答："我也希望自己不够聪明，大人。"

隔天，黛安娜的森林里到处吹奏着音乐，充斥着嘈杂的吵闹声，人们正欢欣鼓舞地庆祝五月节，但爱米利娅一行却与公爵夫妇走散了。阿塞特替她的女主人在树林里到处搜索着。他想到自己这两天的际遇，不禁得意忘形地说道："啊！爱米利娅女王，你比五月还要鲜艳，比五月枝头金色的花蕾还要芬芳，比五月的园林和草场上鲜亮的花朵还要甜蜜。是的，就连仙女居住的河岸也比不上你，尽管她叫溪流开满了花朵。你就像森林里的宝石，世界的珍品，你为所到的地方都带去幸福。但愿我这可怜的人不久也能在你的沉思之中占有一席之地！”

说到这里，阿塞特想起了他的表哥帕拉蒙，忍不住同情起表哥的遭遇。他说，帕拉蒙自以为比他幸福，能够在狱中靠近地看着爱米利娅，但绝对想不到，他此刻竟与她气息相通，听着她的话，生活在她的目光里。要是帕拉蒙知道了这些，真不知道会陷入一种什么样的情绪呢！

没想到，就在这时，帕拉蒙忽然从树丛中跳了出来，对阿塞特扬起了拳头，指责他背叛自己。

原来，帕拉蒙在狱中的生活十分枯燥，因此他有时会跟看守长的女儿聊天，没过多久，这位姑娘却爱上了高贵的帕拉蒙。她背着父亲把帕拉蒙从牢房中放了出来，与他约好在树林里见面，自己则回去准备解开镣铐的工具。想不到，两人却在树林里失散了。看守人的女儿回来见不到帕拉蒙，又想起父亲可能因为犯人逃跑而遭受惩罚，一急之下竟然疯了。

帕拉蒙大骂阿塞特是个背信忘义的亲戚，表面上装得风度翩翩，其实内心却卑鄙狡猾，还说他是个爱情的扒手、不够格的贵族，连称作坏蛋都不配。阿塞特则反驳说，自己的所追求和仗恃的正是荣誉和诚恳，与他的表哥是完全平等的。

帕拉蒙根本不想理他，粗鲁地说道：“来吧！去掉我这副冷冰冰的镣铐，给我一把剑，再给我吃点东西。然后你也拿起剑到我这儿来吧！如果你能杀死我的话，就算冥界的英灵们要我谈起人间的情况，我也只会说你是勇敢而高贵的！”

“看来，这棘手的问题只有流血才能治疗了，你就把你的申诉交给手里的剑去审理吧！”

阿塞特也禁不起表哥的挑衅，答应了决斗的请求。他要帕拉蒙先待在树林里，他马上就会回来，并带来他需要的东西。

酒足饭饱之后，帕拉蒙接过了阿塞特拿来的剑与甲胄，两人再次拥抱，并互相说出了与对方道别的言语，然后就准备开始决斗。就在这时，号角声响起了，原来是公爵打猎回来了。

阿塞特着急了起来，他劝表哥："如果我们被公爵发现，那就完了！为了两人的荣誉，姑且先离开吧！你赶快安全地逃回你的灌木丛里去。要是你被他看见了，会因为擅自逃狱而被当场处死，而我的身份如果暴露了，也会因为藐视放逐令而丢掉小命。这样，我们就会被所有人耻笑，说我们为了一个高贵的分歧而争吵，处理的方式却有失身份。"

帕拉蒙却不以为然，他说："不！不！表弟，我再也不想躲藏了，也不想把这次重大的冒险留到下次。我知道你的狡猾，也明白你的意图。谁要是现在退缩了，那丢脸的就是他！准备接招吧！"

但阿塞特早已战意全失，丝毫不想跟他决斗，就这样，在场面僵持不下的时候，公爵一行人骑着马来了。他看到有人竟敢无视他的权威，在没有获得批准，也没有官员监视的情况下进行决斗，立刻质问起两人来。

这时，帕拉蒙终于当着公爵与爱米利娅的面，说出了阿塞特的真实身份，以及他是如何骗过公爵的双眼，成了爱米利娅的随从。他希望忒修斯能允许他继续与阿塞特决斗，等决斗结束之后，他甘愿被公爵处死。

帕拉蒙的无畏行径让在场的人都大为赞叹，但公爵却不同意，还说要按照法律将两人处死。希波吕忒、爱米利娅以及其他部下都上前劝公爵收回死刑的命令，将他们两人放逐出国。

公爵对爱米利娅说："唉！这两个人怀着爱情的痛苦，就算被放逐了，难道就会放弃互相残杀的念头，好好活下去吗？他们每天都会为了你而寻仇决斗的，每一个小时都要用他们的剑使你的荣誉遭到众人的怀疑。与其让他们死于互相残杀，倒不如死于法律的制裁吧！"

爱米利娅仍然不死心，她请求公爵无论如何都要饶了这一对表兄弟，接着，她也拜托帕拉蒙，希望他们发誓把自己忘了，绝对不要再为了她而决斗，无论到哪个国家去，永远成为不相识的人。

然而，就连帕拉蒙也不领她的情，他说："哪怕你把我碎尸万段，我也不会发这样的誓，要是我真的忘了对你的爱，那才是最可耻的事呢！公爵，我必须爱她，为了这份爱，我也必须用世上的任何武器杀死我的这位表弟。"

阿塞特也坚持，与其卑躬屈膝地乞求活命，他宁可为维护爱情而死。公爵听了也十分动容，最后他想出一个办法：让帕拉蒙和阿塞特都先回去，在一个月后带着三名公正的骑士回到公爵面前，当着他的面决斗。赢的那一方可以获得爱米利娅的爱情；但输的那一方则会被处死，连他带来的三名骑士也必须陪着一起赴死。帕拉蒙与阿塞特都答应了。

决斗当天，爱米利娅独自在房中唉声叹气，因为她知道有两位王子即将为了她决斗；她对这两名表兄弟都十分喜爱，实在不希望任何一位就这样子死去，她先赞美了阿塞特的优点，说他的面貌是那么温柔，他的眼睛是那么漂亮，他的前额又是那么宽阔、威严；但说到这里，她又忍不住赞美起帕拉蒙来，说他那一张褐色的男子汉的脸庞是何等的稳重，阿塞特跟他比起来就像一名吉卜赛的小丑呢！

就在这时，仆人进来告诉她，帕拉蒙与阿塞特带着他们的骑士进场了，爱米利娅不忍观看这场决斗，但还是随着姐夫忒修斯公爵与姐姐希波吕忒等人一同前往决斗场地。公爵对所有观众宣誓了比赛的公正性，交手的两方人马也各自在神像面前宣誓后，决斗就要开始了。

正当公爵一行人准备入座，爱米利娅却再也不想往前走了。她说，自己宁可看鸟儿捕杀一只苍蝇，也不愿意看这场令人哀伤的决战！然而，公爵说她必须到场，因为她正是胜利者的奖赏，也正是因为她，才让帕拉蒙与阿塞特这对王子走上了决斗场。即使如此，爱米利娅还是不忍看见她的两名决斗者互相残杀，她告别了公爵，把自己关在房间里。

不久后，爱米利娅仍禁不住好奇心，问仆人是谁赢了决斗。仆人说，观众们正在大声呼喊着帕拉蒙的名字呢！爱米利娅以为帕拉蒙赢了，她叹了一口气，说道："可怜的情人！你失败了，你的画像还摆在我的右边呢！帕拉蒙在我的左边。都是我的错，正因心脏在身体的左边，帕拉蒙才碰上了最吉利的机会。"

这时，仆人又进来了，告诉她，虽然刚才是帕拉蒙占了上风，但阿塞特的几名骑士立刻又奋勇抢救，现在已经扭转颓势了。

屋外又传来了吵闹的叫喊声，仆人说，观众现在正高喊着"阿塞特！胜利”，接着，象征决斗结束的号角声响起了，阿塞特赢了！

爱米利娅又叹息道：“神啊！阿塞特那华美高贵的精神透出了躯壳，有如亚麻掩盖不住的烈火，败堤抵挡不住的波涛汹涌。我的确想过帕拉蒙会失败，但我不明白为什么会这样想。人的理智并不是先知，而妄想却往往准确无误。唉！可怜的帕拉蒙！”

忒修斯当众宣布了阿塞特的胜利，并将爱米利娅赐给他。阿塞特十分高兴，但也感叹自己为了赢得她的爱，已经失去了最宝贵的东西——他高贵的表哥帕拉蒙。众人也为两名王子的互相残杀惋惜不已。

按照约定，战败的帕拉蒙以及他的三名骑士被押解到刑场，等待处死。帕拉蒙对着他的骑士说，想到自己虽然必须死去，但能在死前得到人们的同情与祝福，也就没有遗憾了，但却觉得连累了他的骑士们，不过，他的骑士们也都十分忠实，甘心陪着这位尊贵的王子一同受死。

这时，帕拉蒙又注意到之前监狱的看守长也在一旁，于是向他打听起他女儿的近况，他感谢那位姑娘赐予他自由，还说自己听说她得了重病，不知道她的状况是否还好。看守长回答他，这位女孩儿在她的一位爱慕者悉心照料下，已经逐渐恢复了健康，而且马上就要结婚了。帕拉蒙听了非常欣慰，把身上所有的钱都送给了看守长，表示要用来增添她的嫁妆。

行刑的时间到了，帕拉蒙躺上了死刑台，准备迎接最后的一刻。就在此时，一名使者跑了过来，大喊“住手”，在这千钧一发时阻止了行刑。他说自己为帕拉蒙带来了最甜蜜却也最为不幸的消息。

使者告诉帕拉蒙，爱米利娅送给了他的表弟阿塞特一匹马，那是一匹一根白毛也没有的黑马——据说这会降低马匹的价值。阿塞特骑着这匹马在雅典的石头街道上奔驰。这匹马本来就性烈如火，但在受过训练后一直很听话，这天忽然又发起了怪脾气，用尽全力地又蹦又跳，死命地想把骑在上面的阿塞特给甩下来；但阿塞特骑术十分高超，就如同粘住一般夹住了马背，于是，这匹马竟抬起了前蹄，往后翻了一个跟斗，将背上的阿塞特重重地压在下面。如今，阿塞特已性命垂危，就如同遭受重创的船舰，等着下一个波浪将它打碎。在临终之前，他希望能见到亲爱的表哥最后一面。

帕拉蒙急忙来见奄奄一息的阿塞特，在他最后的时刻，帕拉蒙又重新燃起了对这位表弟的关心与爱护，他对病榻上的阿塞特说，无论他有什么遗言，自己都一定会为他实现的。

阿塞特只告诉帕拉蒙，请娶了爱米利娅吧！让世上的一切欢乐也随着她归于他。说完这寥寥数语后，阿塞特就咽下最后一口气了。就这样，决斗场上的胜利者意外得到了悲伤的结尾，而战败的帕拉蒙却从断头台下活了过来，并得到爱米利娅的爱情。

最后，帕拉蒙才终于明白，欲望的真正代价其实正是失去自己所希望的东西，而想要得到宝贵的爱也必须先失去宝贵的爱。一旁的公爵也说，人们总是为了没得到的东西欢笑，为了得到的东西悲痛，就像一群孩子一般。一场因为爱情而摧毁了珍贵友情的悲剧，就在帕拉蒙赢得了美人的欢喜结局中收场了，只留下了众人对于命运反复无常、不可预见的无限感叹。

辛　白　林

罗马皇帝尤利乌斯·恺撒在位时期，英国还被称为不列颠，是由一位叫辛白林的国王统治。

当辛白林的三个孩子年纪还很小时，他们的母亲就死了。最大的孩子伊摩琴公主是在王宫里长大的，而她的两个弟弟在很小的时候，就被人从婴儿室里偷偷抱走了。当时大的才三岁，小的还在襁褓中。辛白林一直打听不到他们的下落，也不晓得抱走他们的人是谁。

辛白林的第二任王后是一位凶恶、阴险的女人，曾经结过一次婚，对伊摩琴来说，她是个残酷的后母。虽然王后憎恨伊摩琴，可是却希望伊摩琴能嫁给她与前夫生下的儿子克洛顿，因为这么一来，辛白林死后，克洛顿便能继承不列颠的王位。她知道，要是国王的两个儿子找不回来，王位就一定是由公主伊摩琴来继承。

可是，伊摩琴看出了王后的计谋，她没得到父亲和王后的同意，甚至也没让他们知道，就悄悄地结了婚。她的丈夫名叫波塞摩斯·里昂那托，是一位学问渊博、才华洋溢的年轻绅士。他的父亲在替辛白林打仗时阵亡，当时波塞摩斯才刚出生不久，他的母亲由于太过悲伤，竟也去世了。

辛白林同情这个孩子无依无靠，就把他收留在宫里，将他命名为波塞摩斯，这个名字本身的意思就是“遗腹子”。伊摩琴和波塞摩斯从小一起念书、一起玩耍，从那时起就已经相爱了，他们的爱情随着岁月日渐增长，最后两人决定私下结婚。

由于王后经常派人窥探伊摩琴的行动，所以很快就发现了这个秘密。失望之余，她也马上把伊摩琴跟波塞摩斯结婚的事告诉国王。辛白林听说他的女儿竟不顾自己高贵的身份，跟一个平民结婚，非常生气。他命令波塞摩斯马上离开不列颠，永远不准回来！

王后假装同情伊摩琴失去丈夫的痛苦，并表示愿意在波塞摩斯离开前，设法让两人私下见面。只是，她的这番好意其实是在为克洛顿做打算，她想等伊摩琴的丈夫走了之后再劝她，让她明白这段婚姻是不合法的，毕竟他们结婚的时候并没有得到国王的同意。

伊摩琴跟波塞摩斯依依不舍地分别了。伊摩琴送给他一枚钻石戒指，那是她母亲留给她的，而波塞摩斯也答应将它永远戴在手上。他把一只镯子套在伊摩琴的手腕上作为爱情的纪念，并要她好好保存。然后他们发誓：一定要永远相爱，永远忠实！就这样，伊摩琴孤苦伶仃地留在王宫里，而波塞摩斯则被流放到了罗马。

波塞摩斯在罗马认识一群来自各国的绅士，他们毫无顾忌地谈论着女人，每个人都极力夸耀自己的情人。波塞摩斯则惦记着他亲爱的妻子，他认为美丽的伊摩琴是世界上最纯洁、聪明的女人。

这群人当中有一位叫阿埃基摩的绅士，他听到波塞摩斯说不列颠的女人比罗马的女人好，很不高兴。于是故意激怒波塞摩斯，说不相信他夸耀的妻子会对他忠实。

一番争执后，波塞摩斯接受了阿埃基摩的打赌，由阿埃基摩到不列颠去，试试看能否得到伊摩琴的爱情。要是阿埃基摩失败了，他就必须赔上一大笔赌金，可是，万一他得到了伊摩琴的爱情，并从她手里拿到那只波塞摩斯送给她的镯子，那么波塞摩斯就必须把伊摩琴送给他的戒指转送给阿埃基摩。波塞摩斯对伊摩琴非常有信心，他认为在这场考验中，他是绝对不会输的。

阿埃基摩到了不列颠后，就借着波塞摩斯的名义见到了伊摩琴，受到她殷勤的招待。可是当他开口向她示爱时，却被鄙夷地拒绝了。阿埃基

CYMBELINE.

摩很快就发现，他卑劣的计划是不可能成功的，但他仍一心一意想赢得这场赌局，于是便想出一个方法来欺骗波塞摩斯。

他买通了伊摩琴身边的侍女，要她们偷偷把他带到伊摩琴房里去，他先躲在一个大箱子里，等到伊摩琴睡着了以后，才从箱子里出来，把房间看个仔细，并记录下所看到的一切。他注意到，伊摩琴的脖子上长了一颗痣。

然后，他轻轻地把波塞摩斯送给她的那只镯子摘下来，再躲回箱子里去。第二天，他立刻返回罗马，向波塞摩斯夸口说伊摩琴把镯子送给他了，还让他在房里待了一夜。

“她的卧房里挂着用丝线和银线织成的壁毯，上面绣的是一对情侣的爱情故事。”阿埃基摩说。

“没错。”波塞摩斯说，“可是你有可能是听别人讲的，并没有亲眼见到。”

“还有，火炉是在屋子的南面。”阿埃基摩说，“炉壁上雕着月神出浴的石像，雕得真是栩栩如生。”

“这也有可能是从别人那里听来的。”波塞摩斯又说，“因为时常有人赞美那座石像。”

阿埃基摩进一步精确地形容了房里的摆设，并且说：“我差点儿忘了告诉你，火炉旁边是放木柴的架子，上面有一对用白银铸成的小爱神，彼此对望着。”

然后，他就拿出那只镯子来，说道：“先生，你认得这件饰物吗？她把这东西从手腕上摘下来送我，我还记得她当时的神情与姿态，她比这份礼物更具价值，也使这份礼物更加贵重！她把这只镯子给我时还说，她曾经珍爱过它。”

最后，他又把他在伊摩琴脖子上看到的那颗痣形容了一番。

波塞摩斯原本还将信将疑的，但到了这时，他再也忍不住激动的情绪。当初他曾答应阿埃基摩，要是他能从伊摩琴那里拿到镯子，他就会把伊摩琴送给他的钻石戒指给他，现在他必须履行承诺了。

波塞摩斯非常生气，于是写了一封信给在不列颠的一位绅士毕萨尼奥，他是伊摩琴的一名侍从，也是波塞摩斯多年的朋友。他先把伊摩琴对他不忠的事告诉毕萨尼奥，然后要毕萨尼奥把伊摩琴带到韦尔斯的密尔福特港，在那里把她杀掉！

同时，他又写了一封信给伊摩琴，骗她说如果不能再见她一面，自己就不想活了，尽管国王不让他回到不列颠，他还是决定偷偷地到密尔福特港，他求她跟毕萨尼奥一起到那里与他见面。伊摩琴是个善良的女人，向来不随便猜疑，而且又非常爱她的丈夫，想见到他的心也很急切。于是，在收到信的当晚，她就随着毕萨尼奥匆匆赶往密尔福特港。

虽然毕萨尼奥对波塞摩斯很忠心，可是并非所有的事都愿意听他指使。即将抵达目的地时，毕萨尼奥把这个残忍的计划告诉了伊摩琴。伊摩琴才发现自己不是去见心爱的丈夫，反而是去赴一场死亡约会，心里顿时万分痛苦。

毕萨尼奥劝她先别着急，要耐心地等待波塞摩斯清醒过来，了解事情的真相。同时，既然她也不肯回到她父亲那里，为了安全起见，毕萨尼奥建议她换上男装。就这样，伊摩琴准备到罗马去找她的丈夫波塞摩斯——尽管他对她如此残忍，她仍然不能忘情于他。

至于毕萨尼奥，因为他必须回到宫里，所以在帮伊摩琴打理好了一切之后，就让她一个人自行去闯荡了。临走前，他送给伊摩琴一小瓶药，说那是王后赐给他的妙药，能医治百病。

原来，王后很讨厌毕萨尼奥，因为他跟伊摩琴和波塞摩斯十分要好，她命令御医给伊摩琴一些毒药，说是要给动物吃的，她一直以为药里有毒，可是御医早就知道王后为人阴险，不肯给她真的毒药，因此，吃下那瓶药之后，最多只会让人沉睡几个钟头，看起来就像是死了一样，但实际上并没有什么害处。毕萨尼奥却把这瓶药当成上好的礼物送给伊摩琴，要她在生病时吃下去。于是，他在祝福伊摩琴一路平安后就跟她告别了，然后又寄了一封信给波塞摩斯，告诉他伊摩琴已经死了。

然而，命运自有巧妙的安排。伊摩琴之后竟被引领到失散多年的两个弟弟那里。

原来，把这两个弟弟抱走的，是王宫里的一个贵族白雷利阿斯，因为他被人诬告有谋反的意图，国王把他从宫里赶了出去。为了报复，他将辛白林的两个儿子偷走，在树林里把他们抚养长大，然后就隐居在一个不容易被发现的山洞里。

一开始，白雷利阿斯只是为了报复，可是不久后，他就将两个孩子视如己出，百般疼爱他们，并将他们教育成优秀的少年。他们都拥有高贵的心灵，做事既英勇又果敢。再加上平常靠着打猎过活，因此他们行动矫健，吃苦耐劳。他们时常要求白雷利阿斯同意他们去战场建功。

伊摩琴很幸运地来到这个隐秘的山洞。她原本想穿越森林，走那条前往密尔福特港的大道，可是她却在途中迷了路，又不知道在哪里可以买到食物。她又饿又累，几乎快昏了过去，毕竟一个平时娇养惯了的女人，并不是在穿上男人的衣服后，就真的能像男人一样在荒凉的森林里跑来跑去。

她发现了山洞，毫不考虑地走进去，希望能遇到一个人，向他要点食物。但是，这时候山洞里没人，于是她四处看了看，找到一些冷肉，因为她实在太饿了，所以连想都没想就开始吃了起来。

“现在我知道男人的生活有多么无聊了！”她自言自语地说，“这真是把我累坏了！在又冷又硬的地上睡了两夜，要不是靠着坚强的意志，我早就病倒了。毕萨尼奥在山顶上指出密尔福特港时，它看起来是多么近呀！”

她又想起丈夫残忍的计划，忍不住说道：“亲爱的波塞摩斯，你真是个负心的人呀！”

这时，她的两个弟弟跟白雷利阿斯正好打猎回来。白雷利阿斯给他们起名为波里多和凯德华，不过这两位王子其实早就有了名字，分别叫作基德利阿斯和阿维拉格斯。只是他们完全不知道自己的身世，认为白雷利阿斯就是他们的生父。

白雷利阿斯首先走进山洞，他看到伊摩琴后，立刻拦住两个孩子说：

“先别进来，有人在吃我们的东西！”

“怎么啦！父亲？”年轻人说。

“老天！山洞里来了一位天使啦！要不然，也是个绝世美少年。”扮成男人后的伊摩琴看起来俊美极了。

一听到声音，伊摩琴就从洞里走出来，对他们说：“请不要伤害我，我本来想向你们讨点东西吃，也愿意出钱向你们买。我什么也没偷，即使是看见地上散着黄金我也不会拿。现在应该要偿还你们那些食物的钱，就算你们没回来，我本来也打算吃饱后把钱放在桌上，替你们祷告后才走。”

但他们诚恳地拒绝了她的酬金。

“我知道你们在生我的气。”伊摩琴胆怯地说，“可是，先生们，要是你们想因为这件事而杀死我，你们要明白，即使我没做错事也是活不下去的啊！”

“你要到哪儿去呀？”白雷利阿斯问，“你叫什么名字？”

“我叫菲拉利欧。”伊摩琴回答，“我有一个亲戚要到意大利去，他在密尔福特港搭船。我正要去找他，因为快饿死了，所以才犯下这件错事。”

“英俊的少年！”白雷利阿斯说，“请不要把我们当成乡巴佬，也不要以我们住的这个地方来贬低我们的善心。你很幸运，眼看天就要黑了，我们还想好好款待你一下呢！留下来陪我们吃饭吧！孩子们，快向他表示欢迎！”

于是，两个举止温柔的少年把伊摩琴请到山洞里去，还表示一定会把她当成亲兄弟看待。当大家都进了洞之后，伊摩琴马上施展出她的本领，为他们做饭，这些人十分高兴。当时的妇女非常喜欢烹饪，伊摩琴在这方面很有心得。就如同她的亲弟弟们说的：菲拉利欧煮的汤就像特别调制过的一样。

“而且，”波里多对他的弟弟说，“他说话的声音多么像天使的歌声呀！”

他们你一句我一句地谈笑，菲拉利欧虽然很开心，可是她那可爱的脸庞却始终笼罩着一层愁云，仿佛心里充满了忧苦和伤痛。

由于她的个性温厚，两个弟弟都非常喜爱伊摩琴，而伊摩琴也很喜欢他们。她心想，如果不是因为自己必须去找亲爱的波塞摩斯，她十分乐意跟森林里的这两位少年过一辈子呢！不过，她还是很高兴地答应留下来住一阵子，直到她认为自己可以再上路为止。

吃完饭后，他们又要出去了。菲拉利欧因为身体不舒服，不能跟他们一起去，她的病是由过度伤心和长途跋涉所引起的。于是，他们只好跟她告别，然后就离开了，一路上仍不停地夸奖菲拉利欧的品格高贵，举止大方。

他们才刚走，伊摩琴想起毕萨尼奥给她的那瓶药。她一口喝下去，立刻就睡着了，整个人就像是死了一样。

当白雷利阿斯和儿子们回来的时候，波里多还以为她睡着了，就把自己笨重的鞋子脱掉，蹑着脚轻轻地走，生怕把她惊醒。但没过多久，他发现怎么也叫不醒她，才惊觉她似乎已经死了。

波里多悲恸地哀悼她，简直像哀悼自己的亲人一般。白雷利阿斯提议把她抬到森林里，依照当时的习俗用庄严的挽歌来举行葬礼。于是，他们把她抬到阴凉的树底下，轻轻地放在草地上，替她逝去的灵魂唱起安息歌。

波里多把树叶和花盖在她的身上，说道："菲拉利欧，只要夏天还没结束，只要我还住在这儿，我就会每天用鲜花来装饰你的坟墓。我要去采来洁白的樱草花，它就像你的脸；还有纯净的风信子，它就像你洁净的血管；还有野蔷薇的花瓣，它比不上你芬芳的气息。我要把所有的鲜花撒在你的身上。到了冬天，百花凋零时，我就把青苔盖在你的身上。"

举行完葬礼后，父子三人很悲伤地离开了。

不久，安眠药的药效退去了，伊摩琴渐渐苏醒，把铺在她身上的一层树叶和花瓣拨开，站了起来。她还以为自己做了一场梦，说道："我记得我走进一个山洞，为一群善良的人做饭，怎么会跑到这儿来，身上盖满了鲜花呢？"

她一点儿也不认得身边的景物，又看不见她的新朋友，就断定自己一定是在做梦。就这样，伊摩琴又开始她那令人疲累的旅程，盼望着能走到密尔福特港，从那里搭上开往意大利的船。因为她仍然惦记着她的丈夫波塞摩斯。她打算扮成一个仆人去见他。

就在这时，发生了一件大事——罗马帝国与不列颠之间爆发了战争。一支罗马军队已经登陆不列颠，并占领了伊摩琴所在的这片森林。跟这支军队同行的还有波塞摩斯。虽然波塞摩斯随着罗马军队来到了不列颠，可是他并不打算效忠于罗马君王，他想加入不列颠的军队，为那位放逐他的国王打仗。

波塞摩斯仍然认为伊摩琴对他不忠，可是他挚爱的人已经不在世上了，而且还是他下命令将她杀死的，他的心里为此感到十分痛苦。因此，他决定回到不列颠，想死在战场上，或是让辛白林把他处死。

伊摩琴还来不及走到密尔福特港，就被罗马军队俘虏了。但因为她的举止和仪态很讨人喜欢，所以他们派她当罗马将军路希阿斯的侍从。

这时，辛白林的军队也到了，士兵们冲进森林。波里多和凯德华这时也加入了国王的军队，两个年轻小伙子急着立功，丝毫不知道自己正在替他们的父亲作战。老白雷利阿斯也跟他们一道上了战场，他早已后悔当初不该伤害辛白林，把他的两个儿子抱走。由于他年轻时也是个战士，所以很乐意为被他伤害的国王作战。

双方展开了一场大战，在波塞摩斯、白雷利阿斯和辛白林的两个儿子的奋战下，不列颠逃过了败仗的命运，而辛白林也得以在激战中保住性命。他们救了国王，保全了他的性命，还扭转了战局，帮助不列颠取得了胜利。

战争结束了，本来一心寻死的波塞摩斯没能像原先计划的那样战死沙场，他主动向辛白林国王坦白，表示愿意接受刑罚。而伊摩琴和她的将军也被俘虏，一起被带到辛白林面前；同时，她的仇人阿埃基摩也被带过来了，因为他是罗马军队的一名军官。

当这些俘虏来到国王面前时，波塞摩斯也一起被带上来接受审判。更巧的是，白雷利阿斯、波里多和凯德华这时也都被带到辛白林面前，为他们的英勇战绩请赏；国王的侍从毕萨尼奥当时也在场。可以说，故事的人物全都站在国王面前了——波塞摩斯、跟着罗马将军来的伊摩琴、忠实的仆人毕萨尼奥、不义的朋友阿埃基摩，还有辛白林两个失踪的儿子，以及把他们偷走的白雷利阿斯。

除了罗马将军以外，所有的人都安静地站在国王面前，虽然他们当中有许多人的心都在怦怦地跳着：伊摩琴看到了波塞摩斯，尽管他乔装成农民的样子，她还是认出他来了，不过，波塞摩斯却没认出扮成男人的伊摩琴；她还认出阿埃基摩，发现他手上戴着一枚戒指，那正是她送给丈夫的戒指！只是，她还不知道阿埃基摩就是她一切灾难的根源。而且，她现在是以一个战俘的身份站在她父亲的面前。

毕萨尼奥认得出伊摩琴，因为是他替她乔装打扮的。

“这是我服侍的公主啊！”他想，“她还活着！不管怎样，我总算可以放心了。”

白雷利阿斯也认出她来了，他对凯德华说：“那个男孩儿又活过来了！”

“这个红脸蛋的可爱少年，”凯德华说，“跟死去的菲拉利欧简直长得一模一样，就像两粒沙子般，完全分辨不出来！”

“是他死了又复活啦！”波里多说。

“安静点儿，安静点儿！”白雷利阿斯说，“如果是他的话，一定会跟我们打招呼的。”

“可是我们明明看见他死了。”波里多又低声说。

“不要说话！”白雷利阿斯说。

波塞摩斯默默地等着，盼望听到死刑的宣判。他甚至不想让国王知道，自己曾经在战场上救过国王的性命，因为他怕那样一来将会使辛白林感动从而赦免了他的罪。

这时，收留伊摩琴作为侍从的罗马将军路希阿斯对国王说：“我听说被你抓到的人都要判处死刑。我是罗马人，我要用一颗罗马人的心来接受死亡。可是我想向你请求一件事。”

于是，他把伊摩琴带到国王面前说："他是在不列颠出生的，请赦免他吧！他是我的侍从，我这个当主人的，从来没有遇到过这样善良、忠于职守的侍从，他时时刻刻都是那么勤勉，那么忠实可靠、体贴入微。他虽然服侍过罗马人，可是他从没做过一件对不起不列颠人的事，就算你不打算饶过别人的性命，也请你饶了他吧！"

辛白林目不转睛地盯着他的女儿伊摩琴。她乔装得很成功，连她的父亲都认不出她来，不过，万能的造物主想必还是影响了他！因为他随即说道："我一定在哪里见过他！他的相貌很面熟，我也不知道为什么会这么说。孩子，你起来吧！我饶过你了，并且随便你向我要什么，我都会赏给你。即使你要我饶了所有俘虏的性命，我也答应你。"

"谢谢陛下的恩典。"伊摩琴说。

在那时，国王必须严格遵守自己的诺言，所以不论伊摩琴要求什么，国王都必须答应。也因此，大家都专心地听着这个侍从想要些什么。

她的主人路希阿斯对她说："好孩子，我并不需要你替我求饶，尽管我知道那正是你心里所想的。"

"唉！不是的。"伊摩琴说，"好主人，我还有别的事情想做呢！我不能救您的命。"

罗马将军吃了一惊，觉得这个孩子真的是太忘恩负义了。

伊摩琴的眼睛紧紧地盯着阿埃基摩，她的要求是：命令阿埃基摩说出他手上戴的戒指是怎么得到的。

辛白林答应了，并且威胁阿埃基摩说，要是他不把得到手上那枚钻石戒指的经过供出来，就要对他严刑拷打。于是，阿埃基摩招认了他全部的罪行，把他跟波塞摩斯打赌的一切事情全都说了出来。

波塞摩斯发现他的妻子原来是清白的，心里难过得无法形容。他立刻走上前去，向辛白林承认自己曾经叫毕萨尼奥把公主残忍地杀死。然后他狂叫着："啊！伊摩琴，我的王后，我的生命，我的妻子！啊！伊摩琴，伊摩琴，伊摩琴！"

伊摩琴不忍心看到丈夫如此痛苦，终于露出她本来的面目，这一瞬

波塞摩斯狂叫道：“啊！伊摩琴，我的王后，我的生命，我的妻子！”

间，波塞摩斯心里真是说不出的欢喜，他从长久的不安中解脱，并且重新得到了妻子的爱。辛白林奇妙地找回失踪的女儿，也跟波塞摩斯一样高兴得不得了，他像过去一样疼爱伊摩琴，不但饶了波塞摩斯的命，并且承认波塞摩斯是他的女婿。

白雷利阿斯则挑了这个欢乐、团圆的时机向国王承认，他把波里多和凯德华介绍给辛白林，并告诉他，这两个年轻的男孩儿就是他失踪的儿子基德利阿斯和阿维拉格斯。

辛白林一样赦免了老白雷利阿斯，因为在这种欢喜的时刻，谁还会想到惩罚呢！国王看到女儿活着，两个失踪的儿子又成了搭救自己的英雄！这一切都是他意想不到的结局！

这时，伊摩琴又替她的主人——罗马将军路希阿斯请命，她一开口，国王马上就赦免了这个人的罪。之后，在路希阿斯的帮助下，罗马跟不列颠讲和，从此以后两国之间一直都相安无事。

至于那个坏心肠的王后，她看到自己的阴谋失败了，又受到良心上的折磨，因此生病死了。临死之前，她那愚蠢的儿子克洛顿，竟在一场争吵中被人杀死！这些悲惨的事我们姑且只提一下，不让它妨碍这个故事欢喜的结尾。总而言之，凡是应该得到幸福的人都得到了幸福。甚至连阿埃基摩，由于他的奸计最后并没有得逞，所以他也被无罪释放了。

悲剧

泰特斯·安德洛尼克斯

年迈的罗马将军泰特斯·安德洛尼克斯在一次出征中打败哥德人，还将哥德人的女王塔摩拉与她的三个儿子俘虏，带回了罗马。然而，泰特斯在这场战争中也付出了惨痛的代价，他有二十一个儿子死在战场上，只剩下路西斯、昆塔斯、马歇斯以及缪歇斯四个人。

为了替死去的兄弟报仇，泰特斯的儿子们向父亲请求，希望能杀死哥德女王塔摩拉的长子阿拉勃斯，作为献祭亡灵的祭品。泰特斯同意了他们的要求，塔摩拉急着叫道："慢着！仁慈的征服者，胜利的泰特斯啊！怜悯我这个母亲为了她的儿子所流下的眼泪吧！我的儿子已经成为你的囚徒，被俘到罗马来夸耀你们的胜利了，难道还必须把他处死在市街上，只因他们曾为自己的国家而战吗？求求你，尊贵的泰特斯，赦免我的儿子吧！"

泰特斯告诉塔摩拉，说他的儿子们失去了亲爱的兄弟，十分悲痛，而这些兄弟正是被哥德人杀死的，因此，为了安慰这些愤怒的冤魂，他们必须献上她的儿子作为祭品，因此，阿拉勃斯非死不可。说罢，泰特斯就让儿子们将阿拉勃斯带下去处死，还把他的尸首放在烈火上焚烧。这名心碎的母亲忍不住哭喊了起来："啊！残酷的！伤天害理的行为！"

阿拉勃斯的弟弟狄米特律斯悲愤地说："母亲，我们必须坚信着，只要哥德人还是哥德人，塔摩拉也还是哥德女王，复仇的天神总有一天会向她的敌人报复这血海深仇！"

由于泰特斯为罗马立下了丰功伟业，罗马的护民官打算推举他成为下一任罗马皇帝的候选人，与前任皇帝的两个儿子萨特尼纳斯、巴西安纳斯角逐王位。泰特斯听了笑着说道，罗马光荣的身体上不该摆着像他这样一颗老迈衰弱的头颅。他为罗马征战四十年，如今只要能够安享晚年也就足够了。

他的弟弟马克斯说道："我的哥哥，只要你开口要求，皇位就非你莫属。"

二位皇子这时也在场，萨特尼纳斯眼见泰特斯威胁自己即将到手的皇位，急忙朝着民众与贵族们呼喊，恳求他们支持自己当皇帝，还恐吓泰特斯："要是你敢夺取民众对我的信心，我一定会把你送入地狱！"

泰特斯向所有人说道："罗马的人民和护民官们，你们愿意接受我的建议吗？"

在座的护民官都表示愿意支持泰特斯的任何决定，于是他说道："请你们拥戴前任皇帝的长子萨特尼纳斯登上皇位，要是你们愿意听从我的建议，就请把皇冠加在他的头上，高呼万岁吧！"

听到泰特斯这么说，在场的人也都欣然同意。于是，萨特尼纳斯成为罗马皇帝，为了感谢泰特斯让位给自己，萨特尼纳斯向众人宣布，他愿意迎娶泰特斯的女儿拉维妮娅为皇后。泰特斯感谢萨特尼纳斯的恩典，同时，他将作为俘虏的塔摩拉与她剩下的两个儿子献给这名新皇帝。

萨特尼纳斯见到妖艳的塔摩拉，不禁在心中赞叹："好一名绝色佳人！要是让我重新选择的话，这才是我想要的人啊！"

忽然间，他的弟弟巴西安纳斯冲了上来，将拉维妮娅从皇帝身边抢了去。原来，他与拉维妮娅互相爱慕已久，两人已私下订了婚约。马克斯以及泰特斯的儿子都知道这件事，他们看到巴西安纳斯的举动也纷纷挺身而出，帮助两人抵挡追兵。

泰特斯勃然大怒，提剑追了上去，却被儿子缪歇斯挡在门前。泰特斯一气之下，亲手把他杀了。另一个儿子路西斯指责父亲不应该杀害自己的儿子，泰特斯却说："你跟他都不是我的儿子！我的儿子绝不会为我带来这样的羞辱，快把拉维妮娅还给皇帝！”

就在这时，萨特尼纳斯走了过来，面色铁青地说道：“不，泰特斯，我不需要她了。你们竟敢故意串通好这一切来羞辱我，我再也不相信你们家族的人了。”

他还说，泰特斯一定认为他的皇位是自己施舍给他的，不然怎么敢当着皇帝的面做这种事！接着，萨特尼纳斯将头转向一旁的塔摩拉，宣布要改立她为皇后。一心报仇的塔摩拉也答应了皇帝的求婚，两人立刻在万神殿举行婚礼。

一听说萨特尼纳斯娶了另一位女子，巴西安纳斯又带着拉维妮娅回来，向他的哥哥表达祝贺之意。萨特尼纳斯恨恨地对他说道，要是罗马还有法律，皇帝还有权力的话，他的同党总有一天会后悔自己的恶行。

不过，巴西安纳斯还是坚持说，夺回与自己有婚约的拉维妮娅，才不是什么强盗行为呢！同时，他还为年迈的泰特斯抱不平，说他为了对皇帝尽忠，竟在一怒之下亲手杀死了儿子，世上再也没有像他这么忠心的臣子了。

塔摩拉也在一旁说好话，劝萨特尼纳斯既往不咎，与泰特斯重修旧好。她说：“我敢凭着我的荣誉担保，善良的泰特斯将军在一切事情上都是无罪的，他真诚的愤怒说明了他内心的悲痛。所以，听从我的请求，用温和的眼光看待他吧！不要因为无稽的猜疑而失去这样一位高贵的朋友。”

然而，她真正的想法却不是这样，她一直在等待将泰特斯所有儿子与朋友一网打尽的机会，以报杀子之仇。她私底下对萨特尼纳斯说：“把你的一切愤恨暂时遮掩一下，你现在即位未久，不要把人民和贵族赶到泰特斯一方去，使他们觉得你是个忘恩负义的皇帝，而将你废黜。听我的话，总有一天我会把他们杀得一个不留！”

于是，萨特尼纳斯听从女王的话，表面上原谅了泰特斯，并与巴西安纳斯和拉维妮娅这一对新人一同宴饮，心里却想着：总有一天要向这些人报复！

塔摩拉成了皇后，但她却背着萨特尼纳斯偷偷与宫中一名叫艾伦的摩尔人勾搭起来。这一天，艾伦在皇宫前面见到塔摩拉的两个儿子狄米特律斯与契伦正在争执，他走上前关心，才知道这对兄弟竟不约而同爱上了拉维妮娅，正为了她争风吃醋。吵到最后，两个人都拔出了剑，艾伦赶忙劝道："别闹了！你们这一场无聊的争吵会把我们一起毁了！拉维妮娅已是有夫之妇，你们认为她与丈夫会容忍你们这样争风吃醋，而不找你们算账吗？要是皇后知道了你们争吵的原因，一定不会放过你们的！"

狄米特律斯与契伦这才停下手来，艾伦告诉他们，与其在这里争得你死我活，倒不如合作将她从巴西安纳斯身边抢过来。两兄弟也觉得艾伦的话很有道理，问他该怎么做。

"明天将举办一场盛大的狩猎，可爱的罗马女人们都会一显身手。森林里的道路广阔而宽大，有许多人迹未至的地方，适合进行各种暴力与阴谋。你们就选一处地方，把拉维妮娅这头小鹿引到那边去，在那里满足你们的愿望吧！"

然后，他又建议两兄弟到他们的母亲那里去，听听她的想法，因为他知道塔摩拉计划着复仇的阴谋已经很久了，她将会为他们想出一个既恶毒又周到的办法。就这样，塔摩拉与他的儿子和爱人共同策划了一个可怕的计划。

隔天，萨特尼纳斯、巴西安纳斯带着他们的妻子，还有泰特斯父子一同来到森林，他们各自朝着盯上的猎物追逐而去。同一时间，艾伦则拿着一袋黄金来到了森林深处，黄金是塔摩拉交给他的；他将它埋在土里，打算利用它完成一个天衣无缝的圈套。没过多久，塔摩拉也来了，她再三确认一切都布置妥当后，就在原地静静等待着。

巴西安纳斯与拉维妮娅果真如她们预期的经过那里，这时候，塔摩拉要艾伦去把她的两个儿子找来。而巴西安纳斯与妻子早已听闻皇后与一名摩尔人暗通款曲的传闻，如今，他们看到塔摩拉跟艾伦在一起，才终于相信谣言是真的，两人都痛斥了她一番。

"我的皇兄必须知道这件事情！"巴西安纳斯震惊地说道。

"可怜的皇帝，竟然遭受如此重大的耻辱！"拉维妮娅也说。

就在这时，狄米特律斯与契伦赶来了，他们发现母亲的脸色惨白，急忙问她发生了什么事。塔摩拉告诉两个儿子，巴西安纳斯与他那阴险的妻子将她带来这里，打算将她绑在一棵杉树上，让她在恐惧与饥饿中死去，她还说，要是他们还爱自己的母亲的话，就马上为她复仇！

听到母亲这么说，狄米特律斯与契伦立刻拔剑刺死巴西安纳斯，把他的尸体扔进了一个地洞里。塔摩拉还要他们杀死拉维妮娅，但是两兄弟垂涎她的美色，不想这么随便就杀掉她。

“好吧！随便你们想对她做什么，总之绝不要让她活下来！”

于是，禽兽一般的两人将拉维妮娅拉到树林深处，在那里玷污了她。之后，为了不让她泄露他们母子的恶行，他们割去了拉维妮娅的舌头，砍下她的双手，然后对着她嘲笑道：“要是你的舌头还会讲话，就去告诉人家是谁玷污了你吧！要是你的断臂还会握笔，就把你心里所想的话写出来吧！”

另一方面，艾伦找到了泰特斯的儿子昆塔斯与马歇斯，告诉他们，有一只很棒的猎物正在一个地洞里熟睡，没有比这更好的机会了！两兄弟不疑有他，跟着艾伦来到了一个地洞旁。这时，马歇斯脚下一滑，失足跌到了洞里。

“兄弟！你受伤了吗？”昆塔斯喊道。

马歇斯在漆黑的地洞里摸索着，突然，他发现一件发光的东西，那是巴西安纳斯手上的戒指，而巴西安纳斯冰冷的尸体就躺在洞里！马歇斯不禁叫了出来。

“啊！哥哥！我碰到了一样东西，这东西才真让人触目惊心啊！”

他要昆塔斯马上拉他上去，但突如其来的恐惧已让两兄弟吓得失去了力气，他们试了好几次都无法顺利脱身，最后甚至连昆塔斯也跌进了洞里。没想到，就在此刻，艾伦领着皇帝与泰特斯一行人来了。

萨特尼纳斯听说自己的弟弟死了，十分震惊，连忙质问是谁谋杀了他。这时，塔摩拉假装气喘吁吁地赶到了现场，向皇帝献上一封信，说是在地上捡到的。萨特尼纳斯打开了信，读道：

亲爱的猎人，万一谈判破裂，请你替他挖好坟墓，我们说的是巴西安纳斯，你懂得我们的意思。只要到那株覆盖着巴西安纳斯葬身地穴的大树下，拨开地上的那些草，就可以找到你的酬劳了。只要照着我们的话去办，那你就是我们永远的朋友。

接着，艾伦又当着皇帝的面，把自己事先埋下的黄金挖了出来。萨特尼纳斯看见罪证确凿，愤怒地朝着泰特斯大骂："都是你生下这一对狼心狗肺的畜生，害死了我的兄弟！"

但泰特斯仍然向皇帝保证，他的儿子绝不可能犯下这样的罪行。萨特尼纳斯却丝毫不相信他的话，还发誓一定要让这对兄弟尝尝比死还痛苦的滋味！接着就下令将两人押往刑场。这时，塔摩拉还在一旁虚情假意地说道："泰特斯，放心吧！我会向陛下求情，不要为你的儿子们担忧了，他们一定会平安无事的。"

然而，昆塔斯和马歇斯还是被判了死刑，另一个儿子路西斯也被判处流放。听了这项判决后，泰特斯来到市场，拼了命向路过的民众与护民官们苦苦哀求，说自己为了罗马的荣耀征战了大半辈子，还失去了二十二个儿子，但他从未为此流过一滴眼泪，因为他们都是光荣地战死。如今，他无法眼睁睁地看着两个儿子被处死，恳求民众与护民官为他的儿子求情，免去他们的死罪。然而，没有一个路人愿意对泰特斯伸出援手。

路西斯告诉父亲，自己打算用武力将两个兄弟从狱中劫出来，泰特斯却将他痛骂一顿，叫他不要莽撞，以免害了自己的兄弟。就在此时，马克斯带着残废的拉维妮娅来到泰特斯面前，说自己在树林中发现了她，像只迷路的小鹿般在那徘徊不去。

看着拉维妮娅惨不忍睹的模样，路西斯难过地掩住了脸，泰特斯也对她说："我的两个儿子正朝着死亡走去，我的另一个儿子遭到放逐，而我的兄弟正为了我的噩运而悲伤；可是最让我受到打击的，却是亲爱的拉维妮娅！你没有手可以擦去你的眼泪，也没有舌头能告诉我谁害了你，你的丈夫已经死了，为了他的死，你的兄弟们也被判死罪了啊！"

TITUS
ANDRONICUS

说着，父女俩相拥而泣。这时，摩尔人艾伦出现在众人面前，他转达了萨特尼纳斯的旨意：只要马克斯、路西斯，或是泰特斯任何一人砍下一只手来，送到他面前，他就可以赦免泰特斯两个儿子的死罪。

泰特斯听了立刻说道："很好，我愿意把我的手献给陛下，帮我砍下它来！"

路西斯急忙插嘴："且慢，父亲，您那高贵的手曾经推倒无数的敌人，不能将它砍下，还是用我的手代替吧！"

马克斯也说："你们两人的手都曾建立赫赫的功业，我的手却无所事事。就让它去换回我的侄子们吧！"

三个人争先恐后地想献上自己的一只手。艾伦不耐烦地告诉他们，要是再不快点儿决定的话，或许等不到皇帝颁布赦令，昆塔斯与马歇斯就已经被处死了。于是，泰特斯叫马克斯与路西斯两个人自己决定，而他却私底下找到艾伦，说他打算瞒着家人，将自己的手交给皇帝，他请求艾伦帮忙砍下他的手。

于是，艾伦砍下了泰特斯的左手，拿着它回去向皇帝交差了。之后，泰特斯向家人展示他的断臂，马克斯与路西斯看了都心疼不已，连拉维妮娅也哭了起来。

没想到，泰特斯的牺牲并没有换来应得的回报，没过多久，一个使者奉皇帝的命令来见他，还呈上了两颗血淋淋的头颅，那正是昆塔斯与马歇斯的头！萨特尼纳斯不仅不守信用，还将泰特斯砍下的左手还给他，借此讥笑他的愚蠢。听闻这样的噩耗，泰特斯顿时呆住了，接着，他又大笑了起来。

"哈哈哈！"

马克斯不解地问道："你为什么笑？现在不是笑的时候啊！"

泰特斯说："我的泪已经流完了，它会蒙蔽我的视觉，使我找不到复仇的路径。现在，这两颗头颅仿佛在向我说话，恐吓我：要是不让那些害惨我们的人亲身经历我们的苦痛，我就永远上不了天堂。我要用我的灵魂对着你们每一个人宣誓，我将会为你们复仇。"

接着，他要路西斯立刻离开罗马，因为他已经被放逐，要是被人发现还留在城里，将会被处死，他必须马上到哥德人的地盘召集一支大军，回来为他亲爱的家人报仇。

泰特斯与家人一同用餐时，曾看到马克斯用刀子打死一只苍蝇，气得骂马克斯是该死的凶手，还说残杀无辜的人不配做他的兄弟，“假如那苍蝇也有父母亲该怎么办？它们将怎样扇动那纤弱的翅膀，用嗡嗡的细语诉说心中的悲痛啊！可怜善良的苍蝇，它飞到这儿来，用它可爱的振翅声娱乐你们，你却把它打死了！”

马克斯连忙解释，他打死的是一只黑色的丑恶苍蝇，他觉得它长得就像塔摩拉身边的摩尔人艾伦，因此才打死它。泰特斯听了，顿时转怒为喜，拍手夸他做得好，还拿起刀再次猛刺这只苍蝇，就像他真的是摩尔人艾伦一样，马克斯看到泰特斯因为复仇心切，竟然近乎疯狂，分不清幻象与真实，忍不住叹了一口气。

几天后，泰特斯的孙子小路西斯正在看书时，他的姑姑拉维妮娅不知道为什么，突然冲了过来，还紧追着他不放，吓得小路西斯把书掉在地上。泰特斯觉得很奇怪，走近一看，才发现拉维妮娅正用她的断臂翻着小路西斯的书，还不时将手举起来。

马克斯若有所思地说：“或许她是指参与这件暴行的不止一个人，否则就是在祈求上天为她复仇。”

泰特斯问：“路西斯，她在翻的那一本是什么书？”

小路西斯回答：“爷爷，那是奥维德的《变形记》。”

忽然间，拉维妮娅的手停了下来，将书本停在了某一页，上面写的是菲罗墨拉悲惨的故事——菲罗墨拉是一位雅典公主，被她的姐夫色雷斯王忒瑞俄斯玷污了，还被割掉舌头。她的遭遇正好跟拉维妮娅一模一样！

接着，拉维妮娅又用嘴巴叼着木杖，用脚拨动着木杖，辛苦地在沙地上写字，她写出了“侵犯，契伦，狄米特律斯”。泰特斯与马克斯都不禁惊呼，原来塔摩拉的两个儿子才是犯下这件惨无人道行为的罪人！

马克斯扬言要立刻为他的侄女报仇，但泰特斯说：“当你追捕这两头小熊的时候，当心母熊可是会醒来的。现在她正和狮子勾结得非常亲密，等他熟睡以后，她就可以为所欲为了。你还是一个经验不足的猎人，不要轻举妄动。”

不过，泰特斯还是送给了这对兄弟几柄宝剑与一张字条，上面写着：正直无辜心胸坦荡者无须配备摩尔人的矛矢。

契伦与狄米特律斯都不明白这句话的意思，还以为泰特斯向他们送礼献媚呢！但一旁的艾伦却心知肚明：泰特斯已经发现这对兄弟的罪行了，还向他们送出预示复仇的证明。

这时，响起了一阵祝贺的喇叭声：皇后塔摩拉已为皇帝生下一位小王子。正当两兄弟为了这个消息振奋不已时，王子的奶妈慌慌张张地抱着一个婴儿跑来，把怀里的婴儿拿给这三个人看。原来，那竟然是一个黑人的孩子！

奶妈恼怒地叫道：“但愿我能把它藏在不见天日的地方。这是皇后的羞愧！是罗马的耻辱！”

狄米特律斯和契伦立刻明白发生了什么事——这孩子是艾伦与皇后通奸生下的。皇帝知道这件丑事，说不定会把皇后判死刑呢！他们气得大骂艾伦，还打算杀了这个婴儿，但艾伦却从剑下救走了他的孩子，还威胁这对兄弟，绝对不准杀害他们的这位弟弟。

两兄弟问艾伦下一步该怎么做，艾伦二话不说，拔剑刺死了这名奶妈。然后又说，在不远处住着一对摩尔人夫妇，他们前一天晚上也生下了一个小孩，是个白人。他要两兄弟贿赂这对夫妇，劝他们把自己的孩子跟这个黑人婴儿对调，只要告诉他们，孩子进了皇宫之后，将会享受一辈子的荣华富贵，这对夫妇一定会欣然接受的，这样一来，他们就可以神不知鬼不觉地瞒过皇帝了。狄米特律斯和契伦听了，觉得这是个好方法，就分头去行动了。而艾伦也抱着他的孩子逃到哥德人的地方，打算把他好好抚养长大。

之后，泰特斯时常装成发疯的样子，带着他的家人朝萨特尼纳斯的皇宫里射箭，一下说是要寄信给天神朱比特，一下又说要寄给太阳神阿波罗，或是战神玛斯。萨特尼纳斯偶然看到这些用箭射进来的书信后，相当愤怒，嚷着要找泰特斯算账。就在这时，信使又送来了一封泰特斯的信，上面写满指责他是暴君的话，皇帝读完后更加暴怒，他下令把这名信使吊死，又吼道："把那个老头揪住头发抓过来！他的年龄和地位都不能让他讨到一点儿便宜！"

忽然，有人跑到皇帝面前，告诉他：哥德人已经集合大队人马，在路西斯的带领下来势汹汹地杀向罗马。萨特尼纳斯这才慌了起来，他听说罗马的民众都倾心于路西斯，搞不好会趁机叛变推翻自己。一旁的塔摩拉要皇帝安心，说她愿意亲自出面安抚哥德人，于是，萨特尼纳斯也派人去找路西斯，要求他在父亲泰特斯的家中与自己谈判。

路西斯率领哥德人的军队来到罗马城外后，有一名哥德人上来向他报告，说在废墟里找到了一个抱着婴儿的摩尔人，这个人对着婴儿喃喃自语："你是皇后的孩子。"他觉得十分可疑，就把这个人抓住带过来了。路西斯一看，这名摩尔人正是艾伦。

正当路西斯准备处死他和婴儿时，艾伦忽然说："我可以告诉你许多惊人的秘密，只要你能答应我，保住这个孩子的性命！"

路西斯答应了他，于是，艾伦开始述说一切阴谋，包括巴西安纳斯是如何被塔摩拉的两个儿子杀害的；这两个禽兽又是如何玷污拉维妮娅，并砍下她的双手，割下她的舌头；他又是如何陷害路西斯的哥哥，把杀死巴西安纳斯的罪嫁祸给他们；他还设计欺骗了年迈的泰特斯砍下自己的手，却只换得两个儿子被砍下的头……路西斯听完，要士兵马上将艾伦从绞架上押下来——因为他不想让这个作恶多端的坏蛋如此痛快地死去。

罗马皇帝的使者在这时抵达了，他邀请路西斯到泰特斯的家中与皇帝谈判，路西斯心系父亲的安危，只好先答应了使者。

另一方面，塔摩拉穿上了奇装异服，与她的两个儿子来到了泰特斯家门口，打算诱骗神志不清的泰特斯，把他的儿子路西斯召回来。她对泰特斯说："我不是你的仇敌塔摩拉，而是复仇的女神，只要你能欢迎我进入你的家，我就会帮你把任何杀人的凶手都找出来，使他们心惊胆战！"

泰特斯也装出痴呆的样子，假装相信了皇后。他把皇后与两个儿子迎进屋内，然后请马克斯去城外找路西斯。皇后眼见计谋成功，正要离开时，泰特斯却忽然说，希望她把两个儿子留在屋里陪他。

当皇后走了之后，埋伏在暗处的泰特斯的部下忽然冲出来，把契伦和狄米特律斯抓住，两兄弟急得大喊："住手！我们是皇后的儿子！"

这时，拉维妮娅用断臂捧着一个盆子走了过来，泰特斯也拔出他的刀。他当着这对兄弟的面历数了他们的罪行，之后就用刀子割开了他们的咽喉，拉维妮娅则用手中的盆子接住他们喷出的血。接着，泰特斯亲自下厨，他要把这对兄弟的血与肉做成馅饼，让他们的母亲吃下去。

路西斯在叔父马克斯的引领下回到泰特斯的家。就在同时，罗马皇帝萨特尼纳斯与他的皇后塔摩拉也到了，他们一进屋，就看见泰特斯与他的家人正穿着厨师的衣服，皇帝觉得很奇怪，问他为什么要打扮成这个样子。

"为了确保万无一失，所以我亲自下厨调理一切。"

泰特斯将做好的馅饼呈给皇帝和皇后吃，接着他问皇帝，曾经有一个罗马人，当他知道自己的女儿被玷污后，为了不让她继续活在世上受辱，于是亲手把女儿杀了。他问皇帝，这么做到底是对还是错？

萨特尼纳斯说这么做是对的，泰特斯听了之后，立刻拿刀把拉维妮娅杀了。皇帝吓了一跳，问他为什么杀死自己的女儿，泰特斯说，因为拉维妮娅也像那名罗马人的女儿一样，被人玷污了！

皇帝又问他，是谁玷污了拉维妮娅，泰特斯这时才说出，凶手正是塔摩拉的两个儿子——狄米特律斯和契伦。萨特尼纳斯要他立刻把这对兄弟抓来见他，但泰特斯忽然大笑着说道："嘿！他们就在这个盘子里，那烘烤在馅饼里的就是他们的血肉！他们的母亲刚才吃得津津有味的东西，就是她亲生的儿子！"

说着，他发狂似的举起了手中的刀，当场杀死了塔摩拉。萨特尼纳斯见状大怒，也拿剑刺死了泰特斯，路西斯为了替父亲报仇，又杀死了皇帝。就这样，无论好人还是坏人都丧命在屋内。

之后，路西斯向人民宣布了塔摩拉两个儿子的罪行，以及伟大的泰特斯一家蒙受的冤屈。马克斯也举起摩尔人艾伦的孩子，公开他与皇后的不伦关系，并指出他才是一切惨剧的罪魁祸首。

罗马人纷纷高呼："路西斯万岁！罗马的尊严的皇帝！"

成为皇帝的路西斯下令，将艾伦胸部以下的身体埋在土里，不给他食物，直到他活活饿死。他将死去的萨特尼纳斯葬在他父皇的坟墓里，他的父亲泰特斯与妹妹拉维妮娅则葬在家墓里。至于狠毒的塔摩拉，则不准举行任何的葬礼，也不准任何人为她服丧哀悼，他们将她的尸体丢在旷野中，任由不知怜悯的野兽猛禽啃咬啄食，如同她活着时一般。

罗密欧与朱丽叶

有钱的凯普莱特和蒙太古是维洛那城的两大家族。他们之间曾发生过一场争执，后来越吵越厉害，仇恨因此结得非常深，连远房亲戚甚至是两家的侍从和仆役也都受到牵连。到后来，只要是蒙太古家的人碰到凯普莱特家的人，他们一定会互相叫嚣，有时甚至还会闹出流血事件。这种情形时常发生，严重影响了维洛那的安宁。

有一次，老凯普莱特举办了一场盛大的晚宴，邀请许多漂亮的女士和高贵的宾客，维洛那所有的名媛淑女都来了，除了蒙太古家的人以外，任何来宾都受到热烈的欢迎。

老蒙太古先生的儿子罗密欧爱慕的女孩儿罗瑟琳也参加了这场宴会，由于蒙太古家的人出现在这个宴会上是非常危险的，因此罗密欧的朋友班伏里奥要他戴上面具去参加宴会。

班伏里奥说，罗瑟琳并不美，只要把她拿来和维洛那出色的美女们相比，罗密欧就会觉得他心目中的天鹅不过是一只乌鸦罢了。不过，罗密欧丝毫不相信班伏里奥的话，为了看罗瑟琳，他坚持要去这场宴会。罗密欧是个真挚多情的人，他为了爱情睡不着觉，一个人在远处痴心地想念着罗瑟琳。可是罗瑟琳对他没什么好感，从来不显露一点点情感来回应他的爱。班伏里奥想让他的朋友见识一下其他女人，企图医治好他对罗瑟琳的痴情。

于是，年轻的罗密欧、班伏里奥和他们的朋友茂丘西奥，都戴上面具去参加凯普莱特家的宴会。老凯普莱特没有怀疑他，对他们说了些欢迎的话，并告诉他们，只要女孩们的脚趾没受伤，大家都愿意跟他们一起跳舞。这名老人的心情非常轻松愉悦，他说自己年轻时也戴过面具，还能低声在女孩儿的耳旁说东道西呢！

于是，他们也跟着宾客跳起舞了。忽然，罗密欧被正在跳舞的一位女孩儿所吸引，他觉得灯光好像因为她的缘故，而变得更明亮了，她的美貌像一颗贵重的宝石，在夜晚特别灿烂！这样的美女实在是太罕见了，简直美得令人不敢直视！她的美貌和才艺远远胜过跟她在一起的其他女孩儿，就像一只雪白的鸽子与乌鸦结群一样。

当罗密欧这样赞美她时，凯普莱特的侄子提伯尔特听见了，他知道这是罗密欧的声音。提伯尔特的脾气暴躁易怒，他无法容忍蒙太古家的人居然戴着面具混进来，在他们这个隆重的场合大肆胡闹。于是，他狂暴地发起脾气，大声叫嚣着，恨不得当场把年轻的罗密欧杀死。

但是老凯普莱特认为，主人对所有宾客都应该表示尊重。而且，罗密欧的举止很正派，全维洛那城的人都夸赞他是位品行好、有教养的青年，所以不愿让提伯尔特当场伤害他。提伯尔特不得已，只好先耐住性子，可是他仍暗自发誓，总有一天要对这个卑鄙的闯入者进行报复。

舞曲结束了，罗密欧的视线还一直在那位女孩儿的身上游移，由于脸被面具遮着，他的放肆仿佛得到了一些谅解。罗密欧壮起胆子，温柔地握了握她的手，并把她当成圣人般对她说道，既然他亵渎地碰了它，作为一个羞怯的朝圣者，他想吻它一下，好替自己赎罪。

“好个朝圣者！”女孩儿说，“你朝拜得太过殷勤、隆重了吧！圣人有手，可是朝圣者只许摸，不许吻！”

“圣人有嘴唇，朝圣者不是也有嘴唇吗？”罗密欧说。

“是啊！”女孩儿说，“但他们的嘴唇是用来祈祷的。”

“哦？那么我亲爱的圣人，”罗密欧说，“请你倾听我的祈祷，答应我吧！不然我会失望的！”

两人正说着暧昧的情话时，女孩儿的母亲把她叫走了。之后，罗密欧稍一打听，很轻易地得知这位标致的女孩儿原来是蒙太古家的大仇人——凯普莱特家的女儿朱丽叶。他竟然在无意中爱上了自己的仇人，这件事使他感到苦恼，然而却无法使他放弃爱情。

而当朱丽叶发觉跟她谈话的人是蒙太古家的罗密欧时，她也同样感到不安，因为她也爱上了罗密欧，就像他爱上她一样。朱丽叶觉得这份爱情非常不可思议，她已经爱上了她的仇人，而她的心却又必须承受家庭带给她的压力，这让她内心矛盾不已。

到了半夜，罗密欧和他的同伴离开了，可是没过多久他们却找不到他，因为罗密欧已经把他的心留在朱丽叶的家里了！他舍不得离开，于是从朱丽叶住的屋子后面翻墙跳进去，在那里默默地想着刚刚发生的恋情。

不多时，朱丽叶出现在头顶上的窗口，她那迷人的外貌就像东升的太阳般放出光彩；映在果园上空的黯淡月色，在这轮旭日的灿烂光辉下，看起来显得憔悴苍白而且满怀忧愁。

朱丽叶用手托着香腮，罗密欧热切地希望自己就是她手上的一只手套，这样他就能触摸到她的脸了。朱丽叶以为附近没有其他的人，于是深深地叹了口气，然后说了声："啊！"

罗密欧听到她说话，顿时狂喜了起来，他用轻得令人听不见的声音说道："啊！光明的天使，再说点儿什么吧！因为你在我的上方出现，正像一个从天上降临人间的使者，凡人只能仰起头来瞻望。"

朱丽叶并未意识到有人正在偷听她说话，她心里充满了因为晚上的奇遇所引发的柔情，仍然不停呼唤着情人的名字。

"啊！罗密欧，罗密欧！"她说，"你在哪儿？罗密欧，为了我，别认你的父亲了，抛弃你的姓氏吧！要是你不肯的话，只要你发誓永远爱我，我将不再姓凯普莱特了！"

罗密欧受到这番话的鼓舞，非常想出声跟她说话，可是他又想再多听一些。那位女孩儿继续热情地自言自语，她仍然怪罗密欧不该叫罗密欧，不该是蒙太古家的人，但愿他姓别的姓，或者把那可恨的姓丢掉。那个姓并不是他本身的任何一部分，只要丢掉它就可以得到她的一切了。

舞会结束后，意犹未尽的罗密欧翻墙跳进朱丽叶家的花园，在阳台下仰望朱丽叶的窗口。

罗密欧听到如此缠绵的话，再也按捺不住了，仿佛她刚才是直接对着他说话般，他也接着说道，他要朱丽叶把他叫作“爱”，或者随便什么名字，如果她不喜欢罗密欧这个名字的话，他就不再叫罗密欧了！

朱丽叶听到花园里有男人的声音，大吃一惊。最初她不知道是谁，竟趁着深更半夜躲在黑暗里偷听她的秘密。可是情人的耳朵总是厉害得很，当他再次开口，她马上认出那正是年轻的罗密欧。她告诉罗密欧，爬墙进来是件危险的事，万一被她家里的人发现是蒙太古家的人，一定会小命不保！

“唉！”罗密欧说，“你的眼睛比他们的二十把剑还要厉害。你只需要对我温柔地望上一眼，我就不怕他们的仇恨了。我宁可死在他们的仇恨下，也不愿意延长这可恨的生命却得不到你的爱。”

“你是怎么到这儿来的？”朱丽叶问，“谁指引你来的？”

“是爱情指引我的！”罗密欧回答说，“哪怕你身在天涯海角，为了你，我也会冒着风险去找你。”

朱丽叶想到自己竟在无意中让罗密欧知道对他的爱，脸上不禁泛起了一阵红晕，不过或许是因为夜色太暗，罗密欧并没有发现。她很想收回刚才的话，但那是不可能的；她很想依循谨慎淑女的习惯，守着礼法，跟情人保持一定的距离；皱眉头、耍脾气，先狠狠地给他几个钉子碰；心里明明很喜欢，却要装得很冷淡，或是满不在乎。这样，情人才会觉得她们不是能轻易得到的，因为一件东西追求起来越是吃力，它的价值就越高。

不过，朱丽叶却已经不能使用这些吊人胃口的手法，因为在她做梦也没料到罗密欧会出现的时候，他已经听到她亲口吐露的爱意。她所处的情况跟一般初恋中的女孩儿不太一样，于是，她只好坦率地承认他刚才听到的都是真心话，并且称呼他为俊秀的蒙太古。

朱丽叶希望罗密欧不要因为她轻易地吐露爱意，就觉得她是个轻佻或是不端庄的女孩儿。如果这是一个错误的话，就只能怪今晚的相遇太巧了，她一点儿都没料到竟会泄露了自己的心思；她还说，虽然用妇女的礼法来衡量，她的举止也许不够矜持，可是比起那些伪装出来的端庄和矫揉造作的腼腆，她要真实多了。

罗密欧正要开口对天发誓，说他绝不会认为她有一丝一毫不体面的地方，朱丽叶赶紧把他拦住，求他不要发誓。因为尽管她很喜欢罗密欧，可是却不想在当天晚上就交换誓言，那样做未免太仓促、轻率，也太突兀了。

可是，罗密欧还是急着想跟她交换爱情的盟誓。朱丽叶说，在他还没要求她发誓前，她就已经对他发过了——也就是他已经偷听到她倾吐的话了。可是现在她要把已经发过的誓再收回来，因为那样才能好好享受重新对他发誓的快乐，因为她的爱情像大海一样没有边际，她的爱也像大海一样深。

两个人还在情话绵绵时，朱丽叶忽然被她的奶妈叫去了，原来天已经快亮，跟她一起睡的奶妈觉得她该休息了。之后，她又急急忙忙地跑回来，跟罗密欧说了三四句话。她说如果罗密欧真心爱她，想要娶她，那么明天她会派一个人去见他，约好结婚的时间，她要把自己的命运托付给他，嫁给他为妻，陪他到海角天涯。

两人正在商量这件事的时候，奶妈又不断地喊着朱丽叶，她只好进去了一下，又再出来，又进去，又出来；因为她舍不得让罗密欧走开，就像一个年轻女孩儿舍不得放走她的鸟儿一样，她让它从手掌心跳出去一点儿，又用丝线把它拉回来。罗密欧也舍不得离开她，因为在情人的耳里，最甜蜜的音乐就是他们在深夜里互相倾吐的话语。可是他们最后还是必须分开了，并彼此祝福着那晚能够睡得香甜、睡得安宁。

他们分手时已经天亮了，罗密欧一心想着他的情人和他们那场幸福的幽会。他不想睡觉，也没有回家，而是绕到附近的修道院找劳伦斯神父。这位虔诚的神父已经起床祷告过了，他看到年轻的罗密欧这么早就过来，就猜出一定是有什么恋爱的烦恼让他阖不上眼，他一定整夜没睡了！

神父推测罗密欧没睡觉的原因是爱情，这完全猜对了，可是他却猜错了爱的对象——他以为罗密欧的对象是罗瑟琳。可是当罗密欧告诉劳伦斯神父自己爱上了朱丽叶，并且请神父替他们主持婚礼时，圣洁的神父抬起头，举起手来，对罗密欧情感的突然变化感到惊奇，因为罗密欧对罗瑟琳的爱，和他屡次埋怨罗瑟琳看不起他的事情，神父全都一清二楚。

神父说，年轻人并没有真正把爱放在心里，而只有放在眼睛里。可是罗密欧却说，神父不也常常责备他，不该对不爱他的罗瑟琳那么痴情吗？如今，他爱上了朱丽叶，而朱丽叶也爱他。

神父同意了他的一部分理由，同时也心想，也许可以借由朱丽叶与罗密欧的恋情，消解凯普莱特跟蒙太古两家多年来的冤仇。这位神父跟两家人都很要好，时常想替他们调解，却一直没有成功，对于这件事，再也没有人比神父更觉得惋惜的了。为了达到这个目的，也为了年轻的罗密欧，神父答应替他们俩主持婚礼。

此时的罗密欧感到幸福极了！朱丽叶也依约派人过来，她通过这名传话者了解罗密欧的心意后，就赶到了劳伦斯神父的密室，两人在那里举行神圣的婚礼。神父祈祷上天祝福这段姻缘，并希望借着年轻的蒙太古与凯普莱特的结合，能消弭两个家族昔日的恩怨和长期的不和。

婚礼完毕后，朱丽叶赶紧回家去，焦急地盼着黑夜来临，罗密欧答应天一黑就到昨晚两人见面的果园去跟她相会。这段时间对她来说真是难熬啊！就像满心期盼大节日前夕的孩子，虽然做了新衣裳，可是非得等到第二天早晨才能穿一样。

大约中午时，罗密欧的朋友班伏里奥和茂丘西奥走在维洛那城的街上，碰到了凯普莱特家的一群人，走在前头的是性情暴躁的提伯尔特，也就是在老凯普莱特的宴会差点儿与罗密欧打起来的提伯尔特。他看到茂丘西奥时，立刻粗鲁地指责他不该跟蒙太古家的罗密欧来往。

茂丘西奥也跟提伯尔特一样血气方刚、性情暴烈，他对这个指责回答得有些尖刻。虽然班伏里奥极力劝解，想平息他们的怒气，但两人还是很快吵了起来。这时，罗密欧刚好从那里经过，于是，凶悍的提伯尔特抛下茂丘西奥，转身去找罗密欧的碴儿，并且用“恶棍”这样侮蔑的话辱骂他。

罗密欧尽可能避免跟提伯尔特起冲突，因为提伯尔特是朱丽叶的亲戚，朱丽叶也很爱他。再说，年轻的罗密欧为人聪明温和，从来没有参与过家族间的争吵，而且凯普莱特是他最爱的朱丽叶的姓氏，与其说它是引起愤怒的暗号，倒不如说是消解仇恨的灵符。所以他努力跟提伯尔特讲理，还和蔼地称他为“好凯普莱特”。可是，提伯尔特对蒙太古家的所有人恨之入骨，怎么讲也不听，一下子就把剑拔了出来。

茂丘西奥不明白罗密欧想跟提伯尔特和好的真正原因，只是把他的这种容忍视为软弱、屈服，于是又用了许多轻蔑的话挑衅提伯尔特，以继续刚才的争吵。就这样，提伯尔特和茂丘西奥打了起来，正当罗密欧和班伏里奥努力地想把两人分开时，茂丘西奥却遭受致命的一击，随即倒卧在血泊里。

茂丘西奥一死，罗密欧再也无法容忍，他用提伯尔特刚才骂他的“恶棍”一词回骂提伯尔特，然后两人也开始决斗，最后，罗密欧把提伯尔特杀死了。

这件可怕的意外发生在中午时分的维洛那市中心，消息一传出去后，一群人很快就赶到了出事地点，其中也包括老凯普莱特夫妇和老蒙太古夫妇。不久之后，亲王也到场了，由于他和茂丘西奥是亲戚，而且凯普莱特和蒙太古两家的争吵时常扰乱城里的安宁，他决心要查出杀人真凶严加惩办。

班伏里奥是目睹这场格斗的人，亲王命令他说明事情的经过，他只好在尽可能不连累罗密欧的情形下说出实情，并尽力替他的朋友开脱。提伯尔特被杀，使凯普莱特夫人非常痛心，她发誓无论如何也要报复，并要求亲王严惩凶手，不要理会班伏里奥的话，因为他既是罗密欧的朋友，又是蒙太古家的人，说话一定有所偏袒。她就这样告了罗密欧一状，丝毫不知他早已成为她的女婿、女儿朱丽叶的丈夫了。

另一方面，蒙太古夫人则拼命恳求亲王饶了她孩子的命，她义正词严地提出反驳，说尽管罗密欧杀了提伯尔特，可是他不应该受到处分，因为是提伯尔特先杀了茂丘西奥，他自己已经先犯了法！

亲王没有被这两个女人激动的喊叫所影响，他仔细地调查凶案事实，然后宣布了他的判决：罗密欧必须被放逐出维洛那。

对年轻的朱丽叶来说，这是个很悲惨的消息，她才成为新娘子几个钟头，但如今，这道命令却仿佛判决她做一名永远的弃妇。

当这个消息传到她耳里的时候，起初她很生罗密欧的气，因为他竟杀了自己亲爱的堂兄！她用“俊秀的暴君”“天使般的魔鬼”“像乌鸦的鸽子”“像豺狼的羔羊”“花一样的脸蛋埋藏着一颗蛇蝎的心”这一类互相矛盾的字眼来称呼罗密欧，在爱与恨之间挣扎着。可是最后还是爱情占了上风，她最初为了堂兄的死流出的伤心泪，后来却变成了快乐的泪水，因为她的丈夫本来可能被提伯尔特杀死的，如今却还活着。接着，她又流起泪来了，因为罗密欧即将被放逐，对她来说，听到罗密欧被放逐要比听到死了好几个提伯尔特还可怕！

在决斗发生以后，罗密欧一直躲在劳伦斯神父的密室里，这时候他听到了亲王的判决，对他来说，放逐比死刑要可怕多了！罗密欧知道维洛那的城墙外不是他想要的世界，要是看不见朱丽叶，他根本活不下去！朱丽叶在的地方才是天堂，除此之外全是酷刑和炼狱。

那位好神父本想用哲理来安慰他，可是这个疯狂的青年什么也听不进去。他像疯子一样猛揪自己的头发，整个人趴在地上，说是要量一量墓穴的尺寸。

当罗密欧正感到痛不欲生，他亲爱的妻子朱丽叶忽然派人送信来了，这让他的情绪稍微恢复了平静。神父趁机规劝他，说他刚才的表现实在是太软弱了，他已经杀了提伯尔特，难道还要再杀了自己、杀了跟他相依为命的妻子吗？

神父还说，人若是只有外表高贵，而心里却没有坚定的勇气，那就只不过是个蜡人罢了。法律对他已经十分宽大，他犯的本来是死罪，亲王却只判了他流放；本来提伯尔特想杀死他，自己却反而被他杀了；这件事本身就是一种侥幸。再说，朱丽叶仍然好好地活着，并且成了他的妻子，在这一点上他是无比幸福的。罗密欧听了神父的话后，仍像一个任性的孩子一样理都不理。神父不得不要他当心，自暴自弃的人是不会有好下场的！

等罗密欧稍稍平静了一些，神父劝他当晚偷偷去跟朱丽叶告别，然后马上到曼多亚去，在那里先住一阵子，直到神父找到适当的机会向大家宣布他跟朱丽叶的婚姻，这个喜讯也许可以使两家和解，那时候他也一定可以求得亲王的赦免。虽然现在必须伤心地离开，但到时他就可以欢天喜地回到维洛那来了。

罗密欧被神父这些贤明的劝告说服了，就向他告辞去探视朱丽叶，打算与她共度最后一晚，等天亮后就独自动身前往曼多亚。那位好神父还答应会时常写信给他，让他知晓家里的情况。

那天晚上，罗密欧从果园偷偷爬进朱丽叶的房间，跟他亲爱的妻子过了一夜。那是充满快乐且狂欢的一夜，可是一想到两人马上就得分别，还有前一天种种不幸的遭遇，他们那一晚的欢乐又被悲哀的心情冲淡了。

不受欢迎的黎明仿佛来得特别快，当朱丽叶听到早晨云雀的歌声时，还努力地想让自己相信那是晚上唱歌的夜莺呢！只不过，那的确是云雀，而且歌声听起来很不和谐、非常刺耳；同时，东方的曙光也不断地催促这对情人该分别了。

于是，罗密欧怀着一颗沉重的心跟亲爱的妻子分手了，他答应到曼多亚之后一定会随时写信给她。罗密欧从她房间的窗口爬下来，站在地上抬头望着她；朱丽叶也怀着悲伤、不安的心情。在她看来，他仿佛是坟坑上的一具尸首，罗密欧对朱丽叶也有同样的错觉。不过他现在必须赶紧离开，如果天亮以后他被人发现还留在维洛那城里，就会被处死刑。

然而，这只是这一对不幸恋人的悲惨开始。罗密欧才离开几天，老凯普莱特就为朱丽叶找了一门亲事，他做梦也没有料到女儿早已私下结了婚。他替她挑选的对象是帕里斯伯爵，他是一位年轻英俊的高贵绅士，如果年轻的朱丽叶没遇到罗密欧的话，他的确也是个配得上她的人。

担惊受怕的朱丽叶听到父亲的话后，困惑苦恼极了。她央求父亲，说她年纪还轻，不适合结婚；而且最近提伯尔特的死也让她提不起精神来，她无法用笑脸去迎接别人，况且在丧事刚结束就举行婚礼，也未免太不成体统了！她想出一切可能的理由来反对这门亲事，唯独没有说出真正的理由：她已经结婚了。

老凯普莱特对女儿提出的这些理由都不予理睬，他很坚决地要她准备好，在下星期四嫁给帕里斯。他替朱丽叶找到了这么年轻又富有的高贵丈夫，一心以为就算是维洛那城里最骄傲的女孩儿，也会心甘情愿地接受帕里斯的，因此，凯普莱特把朱丽叶的拒绝看作是少女的羞涩，他不能听任女儿这样阻碍自己的大好前途。

在这种极端绝望的情况下，朱丽叶只好去请求劳伦斯神父帮忙，当她遇到困难时神父总是最佳的顾问。神父问她，有没有决心采取一个迫不得已的办法。朱丽叶坚定地说道，自己宁可让人把她埋了，也不能在她的丈夫还活着时嫁给帕里斯。于是，神父要她先回家，装作很高兴的样子，并依照父亲的意思答应与帕里斯结婚。

之后，他交给她一小瓶药水，叫她在第二天晚上，也就是举行婚礼的前一天晚上，把它喝下去。这样的话，之后的四十二小时，她看起来就会像是一具僵硬而毫无知觉的尸体。等隔天早晨新郎来接她的时候，会认为她已经死去，那时人们将会依照当地的风俗，将她放在灵车上运走，葬到本族的墓穴里。要是她能够克服女人的胆怯，同意这个可怕的尝试，那么四十二小时以后她一定会醒过来，就仿佛做了一场梦。在她醒过来以前，神父会先把这个计划告诉她的丈夫罗密欧，叫他在半夜里赶来，把她带到曼多亚去。

对罗密欧的爱使得年轻的朱丽叶鼓起勇气决定进行这一个可怕的尝试。她从神父手里接过药瓶，答应按照他所吩咐的去做。

从修道院回来的路上，朱丽叶遇到年轻的帕里斯伯爵，她装出害羞的样子，并且答应嫁给他。对老凯普莱特夫妇来说，这真是个值得高兴的消息！当初朱丽叶拒绝跟伯爵结婚，让凯普莱特很不高兴，不过现在他看见女儿答应了，又疼爱起她来。全家大小都为即将举行的婚礼忙碌着，凯普莱特家花了无数的金钱来布置这次空前隆重的婚礼。

星期三晚上，朱丽叶把药喝下去了。虽然一开始她有很多顾虑，担

ROMEO AND JULIET.

心神父为逃避为她与罗密欧主持结婚的责任，要她喝下真的毒药——尽管大家都说他是位圣洁的人；她又担心罗密欧还没来时，她就先醒过来了，这样一来，那个放置着凯普莱特家的尸骨，以及满身是血、正裹在尸衣里腐烂着的提伯尔特的可怕墓穴，会不会把她吓得神经错乱呢？

她又想起以前听过的一些故事，像是鬼魂如何在放着它们尸体的地方作怪。然而，最后她还是想起自己对罗密欧的爱，以及对帕里斯的厌恶，因此她不顾一切地把药喝了下去，然后就失去了知觉。

隔天早晨，年轻的帕里斯来了，他想用音乐叫醒他的新娘子。然而，他看到的不是活生生的朱丽叶，而是躺在房内冷冰冰的尸体，这对他的满腔热情来说无疑是个极大的打击。

凯普莱特家陷入了一片混乱，可怜的帕里斯哀痛着自己的新娘子竟被最可恨的死神带走了，甚至没让他们结合就把他们拆散了；老凯普莱特夫妇更是哭得死去活来，因为他们就只有这么一个孩子，这么一个可怜孝顺的孩子，带给他们快乐和安慰，正当他们即将看见她跟一位有前途、门第又好的青年结婚，从此可以过着幸福快乐的日子时，残酷的死神却把她从他们身边夺走了。

原本为婚礼准备好的一切，顿时变为丧礼所用。婚宴成了悲哀的丧席，婚礼时唱的颂诗改成沉痛的挽歌，轻快的乐音变成忧郁的丧钟；本来预备撒在新娘走过路上的鲜花，现在只能用来撒在她的尸体上了；本来预备请来主持婚礼的神父，现在却得主持她的葬仪了。

朱丽叶果真如预料的被抬进教堂里，然而，那不是为了给活着的人增添喜悦的希望，而是替死人堆又加上了一名不幸者。

劳伦斯神父派人去通知罗密欧葬礼是假的，朱丽叶的死也是计划出来的，他可爱的妻子只是在墓穴里沉睡一会儿，希望罗密欧尽快前来，把她从那个阴森森的密室里救出去。

可是，坏消息总是比好消息传得更快。劳伦斯神父派去的人还没到达，罗密欧在曼多亚就先听闻了朱丽叶的死讯。

在这之前，罗密欧原本觉得非常轻松愉快，因为就在前一晚，他梦见自己死了，当朱丽叶赶到时看到他死了，就一直吻他，把生命的芬芳吐进他的嘴里，他才又活了过来，并且成为一个皇帝！没想到，就在这时，有人从维洛那城里送信来了，他想这一定是来证实他梦见的好兆头。

可是事情竟然跟他梦见的恰巧相反，死去的其实是他的妻子，而他再也无法让她复活了。于是，他要仆人立刻为他备马，决定在当天晚上赶回维洛那，到朱丽叶的坟前看她。

人在绝望时，总是会想出一些傻念头，他想起曼多亚有一个可怜的药剂师，他最近还从他的店门前走过。那个人穷得像个乞丐，面黄肌瘦，他那肮脏的货架上陈列着一排空盒子，店里显得很寒碜，这些迹象都说明了他的贫困。罗密欧当时看到曾说："根据曼多亚的法律，卖毒药的人会被判处死刑。但如果有人需要毒药的话，这儿有个可怜虫一定会卖给他。"

现在，他又想起自己曾说过的这句话。他很快找到那个药剂师，对方一开始装得犹豫不决，直到罗密欧掏出黄金后，贫穷才不允许他再抵抗了。他卖给罗密欧一瓶毒药，只要吞了这瓶药，哪怕他有二十个人的力气，也会一下子就死掉。罗密欧带着药回到维洛那去，准备到墓穴里见他亲爱的妻子，并在那时吞下毒药，永远地躺在她的身边。

他在半夜时分抵达维洛那，找到了教堂的墓地，正中央就是凯普莱特家古老的墓园。他准备了火把、铲子和铁钳，正要撬开墓门时，一个声音打断了他，那个人叫他"卑鄙的蒙太古"，要他马上住手，不许再做这种犯法的事。

原来，说话的人是年轻的帕里斯伯爵，他刚好也在这个时候来到朱丽叶墓前，想替她撒些鲜花，在这个本来应该成为他新娘的人坟上大哭一场。他不晓得罗密欧跟朱丽叶的关系，只知道他是蒙太古家的人，是凯普莱特家的死对头。他猜想，罗密欧三更半夜跑来，一定是存心来侮辱尸体。因此，帕里斯气冲冲地喝令他住手，并且说罗密欧是已经被判刑的罪犯，进了城必须被处死，自己非把他抓起来不可。

罗密欧劝帕里斯离开，否则将会落得跟埋在墓中的提伯尔特一个下场。他还警告帕里斯不要惹他，逼他痛下杀手，再犯一次罪。然而，帕里斯伯爵不理会他的警告，动手要抓住这个重罪犯。罗密欧为了挣脱，便与帕里斯打了起来。

最后，帕里斯也倒下了，罗密欧借着灯光看清楚自己杀死的人是本来打算迎娶朱丽叶的帕里斯，就一把拉起他的手，准备把帕里斯葬在胜利者的坟墓里，也就是朱丽叶的坟墓。

他打开了坟墓，里面躺着他的爱妻朱丽叶，她仍旧是那样地艳丽动人，死神好像一点儿也没有改变她的容貌和肤色，仿佛他也爱上了她，才故意把她保存下来供他欣赏。

朱丽叶的旁边躺着提伯尔特，罗密欧看见后也向他的尸体道歉，因为朱丽叶的缘故，他也称呼他为“堂兄”。他说自己马上就要做一件事，那就是把提伯尔特的仇人杀死！

这时，罗密欧吻了吻妻子的嘴唇，跟它们诀别，他已准备好从疲乏的身上卸下这厄运沉重的负担，于是一口把药剂师卖给他的毒药吞下去了。

罗密欧的这剂药是货真价实的毒药，跟朱丽叶服的假毒药完全不同，她的药效不久之后就会解除，到了那时，她将会苏醒过来，抱怨罗密欧不守时，或者应该说：他来得太早了。

终于，神父预计朱丽叶苏醒的时间到了，他听说自己派到曼多亚送信的人不幸在路上耽搁了，导致信没有送到罗密欧手里。他急忙亲自带着锄头和灯火连夜赶来，准备先把关在这里的朱丽叶救出来。

可是，当他看到凯普莱特家的坟墓里已经点上了火把，附近遗留着剑和血迹，又看到罗密欧和帕里斯倒在坟墓旁边，两人都已经没有了鼻息时，不禁大吃一惊。

神父还来不及想明白不幸的意外究竟是怎样发生的，朱丽叶就从昏迷中醒了过来。她看到神父在旁边，才恍然想起自己身处何地，为什么来到这里。她问起罗密欧的事，可是神父已经听到外面传来的声音，赶紧叫她先离开这里，因为一种无法理解的力量已经破坏了他们的计划。

神父听到有人走近，他出于害怕，一溜烟地跑出了坟墓。可是朱丽叶看到她那忠实的情人手里拿着药瓶，就猜出他服毒而死。要是瓶子里还剩些毒药的话，她一定也会把它吞下去的，她吻了吻他那仍然留有余温的嘴唇，希望舔到一些残余的毒液，但是她的期待落空了。听到人声越来越近，朱丽叶拔出了身边佩带的一把短剑，刺进自己的心脏，就这样倒在她的罗密欧身旁。

这时，守墓人来到了这里。原来，帕里斯伯爵的仆人看到主人正在跟罗密欧格斗，马上跑去找人来帮忙。因此消息很快就传遍了全城，市民在维洛那的街道上跑来跑去，大家听到的谣言都是只言片语的。有的人喊“帕里斯”！有的人喊“罗密欧”！有的人则喊“朱丽叶”！吵嚷的人声终于让蒙太古家和凯普莱特家从睡梦中惊醒，和亲王一道来查看动乱的原因。

神父已经被守墓人抓到了，他正从墓地里走出来，浑身发抖。他一边叹气，又一边流着泪，形迹十分可疑。凯普莱特家的坟墓外早已挤得人山人海，亲王问起神父这件既离奇又悲惨的事，命令他把知道的一切情形说出来。

就这样，神父当着老蒙太古和老凯普莱特的面，把他们两家儿女这场不幸的婚姻一五一十地讲了出来，他还说出他是如何促成他们的婚姻，希望借着这个结合消弭两家多年来的冤仇。他指出死在墓里的罗密欧是朱丽叶亲爱的丈夫，而死在那里的朱丽叶是罗密欧忠实的妻子，可是他还来不及找到一个合适的机会来宣布两人的婚姻，就有人向朱丽叶提亲了，为了避免犯下重婚罪，朱丽叶按照他的指示服下了安眠药，让大家都认为她死了。同时，他又写信给罗密欧，要他赶来，等药效退去后再把她带走。没想到信差却误了事，罗密欧一直没接到信。之后的事神父也不知道了，他只晓得自己跑来，打算先把朱丽叶从这个地方救出去，可是却看到帕里斯和罗密欧双双死在现场。

罗密欧的仆人补充了剩下的细节：忠实的情人罗密欧曾经把写给他父亲的信交给这个仆人，嘱咐仆人说，如果他死了，就替他把信转交给他的父亲。这封信证实了神父说的话——他坦承自己已跟朱丽叶结了婚，要求他的父母饶恕他；也提到他从那个可怜的药剂师手里买到毒药，而他回来这里就是为了寻死，跟朱丽叶永远长眠。

由于所有的情节都十分吻合，神父的嫌疑因此洗清了，事实证明他原是一番好意，只是他想出的办法太荒唐了，才在无意之中闯下了祸。亲王转过身来，责备老蒙太古和老凯普莱特不该怀着这种既野蛮又没理性的仇恨，他们已经触犯天怒，上天甚至借着他们子女的不幸恋情，来惩罚他们的冤仇。

这两个冤家至此才终于同意尽释前嫌，把多年来的不愉快都埋葬在子女的坟墓里，不再视对方为敌。凯普莱特请求蒙太古跟他握手言和，好像已经承认两家的姻亲关系，他请求蒙太古把手伸出来，就算是看在他女儿的分上！

可是，蒙太古却说他愿意再给她多一些面子，他要用纯金替朱丽叶铸一座人像，只要维洛那还存在一天，那一座雕像就会像真诚的朱丽叶般辉煌精致；凯普莱特也表示要替罗密欧铸一座雕像。

这两位可怜的老人家一直到事情无可挽救时，才争着对彼此表示好感。在他们的儿女经历了如此可怕的毁灭之后，这两个贵族家庭才终于消除了彼此间根深蒂固的仇恨。

恺撒大帝

罗马将军尤利乌斯·恺撒击败了他的敌人庞培，当他凯旋回到罗马时，受到所有民众的夹道欢迎，在一片欢呼声中，恺撒的亲信安东尼向他献上了一顶王冠，暗示要恺撒登基做皇帝。虽然恺撒非常想接受这次推举，但为了不让民众看出他的野心，他回绝了安东尼的要求。

民众都为了恺撒的谦恭高声欢呼。然而，安东尼仍然不死心，又将王冠献上一次，恺撒还是拒绝了。安东尼接连献上三次，恺撒都没有点头，他每拒绝一次，围观的群众就大声欢呼一次，每一次都比前一次更为热烈。

虽然恺撒很想做罗马皇帝，却不得不三次拒绝这顶王冠，他一气之下，竟然口吐白沫，当场晕了过去。这次事件让欢乐的凯旋仪式蒙上了一层阴影，还有一名预言者警告恺撒，要他"当心三月十五日"！之后，恺撒一直闷闷不乐，他还下令剥夺了两位护民官的发言权，因为这两个人公然将彩带从他的雕像上扯下。

就在此时，一群贵族害怕恺撒的野心日益扩大，担心恺撒总有一天会登基为皇帝，于是私底下聚集在一起，密谋推翻恺撒。这群人之中的首脑名叫卡西乌斯，他首先找到了恺撒的另一名亲信布鲁托斯，向他说道："我近来留心观察你的态度，我发现你的眼光中已经没有从前那样的温情和友爱；你对爱你的朋友太冷淡而疏远了，这是为什么呢？"

布鲁托斯回答："唉，我近来为矛盾的情绪所苦，某种不可告人的隐忧使我在行为上或许有些反常之处，卡西乌斯，作为一位好朋友，请不要因此见怪啊！”

卡西乌斯说道：“我曾经听见罗马那些最有名望的人——除了恺撒之外，他们提到了你，都希望高贵的布鲁托斯能够睁开他的眼睛。”

布鲁托斯吓了一跳，他听出卡西乌斯的话似乎有弦外之音，质问他这句话是什么意思，卡西乌斯问道：“你赞成人民推举恺撒做他们的王吗？”

布鲁托斯说：“我不赞成，虽然我很敬爱他。”

于是，卡西乌斯讲出了各种诋毁恺撒的言语，他说，恺撒曾与他打赌，要在狂风暴雨中跳进台伯河的怒浪中，结果却溺水，还呼喊卡西乌斯救他一命；还有一次，恺撒在西班牙得了热病，他浑身颤抖着，像个女人一般哀求别人给他水喝。这样软弱的人，竟然能站在万人之上，实在令他大感意外。

布鲁托斯明白卡西乌斯怂恿他推翻恺撒，但他还是说：“我现在还不愿意做进一步的计划或行动，但我会仔细考虑你说的话。要是你还有什么话想对我说的话，我也愿意洗耳恭听。”

最后，他更发誓“布鲁托斯宁愿做一个乡下的贱民，也不愿在这种将要加在我们身上的耻辱之下，自命为罗马的儿子”。卡西乌斯知道布鲁托斯的想法已经被自己的一席话动摇了，心中不禁窃喜。接着，他又找到了一位叫卡斯卡的人，这个人也是恺撒的部下之一。

这一天风雨交加，卡斯卡正为了最近遇到的几件怪事心慌不已：有一次，他遇见了一名奴隶，他的左手被烈火燃烧着，但却一点儿都不觉得疼痛，也没有灼烧的伤痕；之后，卡斯卡又在荒野遇到一头狮子，但狮子没有扑过来，只是斜睨着他，一脸愤怒地走了过去；接着，又有一百个女人惊吓地对他说，有一个浑身燃着火焰的男人在街上走来走去；他还听到夜枭在市场上发出凄厉的叫声。各种异象仿佛上天在预示些什么，卡斯卡坐立难安。

卡西乌斯听了卡斯卡述说的遭遇后，说道：“唉！要是你仔细思考这一切的原因，就会明白上天是要借着这些异象，警告人们预防即将到来的一场巨变！卡斯卡，我可以跟你提起一个人的名字，他就像这个可怕的夜晚一样，叱咤雷电。虽然他的能力并不比你我来得强，可是他的势力已经扶摇直上，变得像这些异兆一样可怕了！”

卡斯卡警觉起来，问道：“你说的是恺撒，是吗？”

卡西乌斯说：“是的，虽然罗马人拥有跟祖先一样伟大的躯体，但他们却被母亲的灵魂统治着，缺少男子的气概，如同绵羊一般成就了恺撒这匹狼！明天元老们就要推举他为王了，他可以君临海上或陆地的任何地方，但我们绝不能容忍这样一位暴君统治罗马！”

卡斯卡回答道：“只要您允许我跟您合作推翻暴政的统治，我愿意赴汤蹈火，勇往直前！”

卡西乌斯非常高兴，他说自己已经联络了好几名勇敢的义士，要一起干一件轰轰烈烈的大事，他们约好在元老院会合，打算在那里下手。这时，一名卡西乌斯的同志来了，卡西乌斯交给他一封信，要这名同志偷偷放在布鲁托斯可能看到的地方，他说：“布鲁托斯的心里已经有四分之三向着我们，只要再稍为劝说一下，他就会完全成为我们的人了！”

这时，布鲁托斯正在家中，他也在烦恼着是否应该参与谋杀恺撒的计划，虽然恺撒跟他无冤无仇，但要是恺撒意图登基的话，他就必须为了大众的利益，挺身而出阻止他。

接着，他又想起那名预言者说的“当心三月十五日”！他连忙叫仆人去看日历确认日期。没过多久，仆人回来了，告诉他三月确实已过了十四天。同时，仆人还拿出一封信，说是在窗口发现的。布鲁托斯打开信，上面写着：“布鲁托斯，你在沉睡，醒来瞧瞧你自己吧！难道罗马将要——说话呀！攻击呀！拯救呀！布鲁托斯，你睡着了，快醒来吧！”

“这些人总是把这类煽动的信丢在我的屋子附近，上面写着‘罗马将要——’到底是什么意思呢？难道罗马将要处于独裁者的威严之下吗？‘说话呀！攻击呀！拯救呀！’他们是在请求我仗义执言，挺身而出吗？好吧！罗马，我向你保证，布鲁托斯一定会拯救你的！”

就在布鲁托斯终于下定决心时，卡西乌斯刚好带着反对恺撒的同党上门了，他向布鲁托斯介绍了这些同党，并要大家宣誓杀死恺撒的决心。布鲁托斯却说不需要发誓，因为这一次起义是为了解救人民的苦难，是光明正大的。

有人问道，是不是应该邀请德高望重的元老西塞罗加入他们，卡西乌斯说，西塞罗是个自视清高的人，绝对不会按照别人的指挥去做的，因此绝不能邀请他。接着，又有人问道："除了恺撒以外，别的人一个也不要碰吗？"

卡西乌斯认为，恺撒的心腹安东尼深受他的宠爱，与恺撒有很深的感情，而且诡计多端，应该把他一起除掉，否则将有可能成为他们的阻碍，然而，布鲁托斯却嗤之以鼻："我们是献祭者，不是屠夫。安东尼只是恺撒的一只手臂而已，我们没有必要割下了头，又去切断肢体。再说，像安东尼这种喜爱交际和饮宴的放荡男子，能做的只不过是哀悼罢了。"

这时，传来了天亮的钟声，众人打算先行离去，临行前，他们约定八点钟的时候在元老院会合，准备在那里刺杀恺撒。

这天晚上，恺撒的妻子凯尔弗妮娅做了一个噩梦，他梦到恺撒的雕像如同一座喷水池一样浑身流着鲜血，许多健壮的罗马人欢天喜地地把自己的手浸在血里。她吓得在睡梦中之中高喊："救命！他们杀了恺撒了！"

恺撒听说妻子的这个噩梦，心中不安，命令卜人为他献祭，向神明询问他今天的吉凶。过了一阵子，卜人慌张地回报说，当他们剖开献祭用的牲畜的肚子，打算掏出它的内脏时，竟发现找不到这只牲畜的心脏。他们认为这是不祥之兆，建议恺撒今天不要外出。

但恺撒说，神明显示这样的奇迹，是要让怯懦的人知道惭愧。要是他今天因为恐惧而闭门不出的话，就如同那只没有心脏的牲畜！然而，他的妻子苦苦哀求他，要他请安东尼代他去元老院，对元老们说身体不舒服，不想出门。

正当恺撒决定屈服于妻子的请求时，一名叫狄歇斯的人来到他的家。狄歇斯也是密谋陷害恺撒的其中一人，他听到恺撒决定今天不去元老院，又听到他的妻子做的噩梦后，对恺撒说道："那个梦明明是一个不可多得的吉兆啊！您的雕像喷着鲜血，许多欢欢喜喜的罗马人把手浸在血里，这表示伟大的罗马将要从您的身上吸取复活的新血，许多有地位的人都一窝蜂地来向您争宠！这才是您的妻子的梦真正的意义。"

恺撒点点头，狄歇斯又说："当您听到我带来的消息后，就会知道这样解释一点儿都没错：元老院已经决定要在今天替伟大的恺撒加冕了！要是您今天不去的话，他们会反悔也说不定呢！"

恺撒听了，急得说道："唉！凯尔弗妮娅！你的恐惧现在看起来是多么愚蠢，我差点儿听了你的话而错过大好机会了！"说着，恺撒穿上了袍子，在亲信安东尼等人的簇拥下朝元老院而去。

当恺撒来到元老院门口，他遇到之前的那位预言者，忍不住嘲笑他："三月十五已经来了！"

预言者说："是的，恺撒，但是它还没有过去。"

恺撒还是不理他的劝告，跟着部下一同往大殿内走去。这时，一名叛党走过来将安东尼支开，免得他破坏了谋杀计划。恺撒走进元老院后，又有叛党上前陈情，请求恺撒赦免他被流放在外的兄弟。

恺撒不肯，于是卡西乌斯、布鲁托斯以及其他叛党跪下为这名朋友求情，但恺撒早已铁了心，不愿意收回自己的成命。

"那么，就让我的手代替我说话吧！"卡斯卡吼道，然后就拿剑朝恺撒刺了过去，叛党们也纷纷上前，用手中的剑将恺撒杀死。

伟大的恺撒就这么死了，他在死前看到了自己一直信任的部下布鲁托斯，绝望地说道："布鲁托斯，你也在其中吗？"叛党们杀死恺撒后，将他们的手浸在恺撒流出的鲜血中，接着，他们跑上罗马的街头，到处向民众宣布"暴君已死"的消息。

这时，卡西乌斯忽然想起了安东尼，急忙向人打听他的下落，一名叛党说，安东尼吓得躲在屋里不敢出来，还派出了自己的仆人，要向布鲁托斯表示效忠之意，希望布鲁托斯能饶他一命。尽管卡西乌斯劝布鲁托斯不要答应他，但布鲁托斯还是决定放过安东尼，并同意让他到元老院来

JULIU
CÆSAR.

见面。

安东尼来到了殿内，见到恺撒的尸首后忍不住失声痛哭。他向布鲁托斯说，希望能允许他把恺撒的尸体搬到市场上去，让他以一个朋友的身份，在民众面前为恺撒说几句哀悼的话。对于这个请求，布鲁托斯也答应了，但只有一个条件：他必须在安东尼之前先对民众发言。

于是，所有人来到了市场，布鲁托斯向鼓噪的人民解释了杀死恺撒的原因，他说："并不是我不爱恺撒，而是因为我更爱罗马。"布鲁托斯说恺撒是个野心家，杀死他是为了人民的自由着想，让罗马不至于落入独裁者的手中。

正当民众对布鲁托斯的演讲拍手叫好时，安东尼护送着恺撒的遗体来了，他向民众说："恺撒曾经带着许多俘虏回到罗马来，他们的赎金都缴入了国库中，这是野心家的行径吗？我曾经三次向恺撒献上王冠，他都拒绝了，这难道是野心吗？你们过去都曾爱过他，但为什么现在却要阻止自己哀悼他呢？唉！你们已经遁入了野兽的心中，失去辨别是非的能力了！"

民众听了这一席话，渐渐改变了原来的看法，觉得恺撒死得很冤。这时，安东尼又向人们展示了恺撒的尸体，他一一指出叛党们在他身上留下的伤口，尤其是布鲁托斯在恺撒心口刺的一刀，是杀死他的决定性一刀。他说，恺撒过去是多么爱布鲁托斯，但他却用无情的背叛击碎了恺撒的心，用致命的一击夺走了恺撒的性命！

人民愤怒的情绪被挑起了，安东尼趁机拿出恺撒的一封遗嘱，遗嘱上说，他将要发给每个罗马市民七十五个德拉克马，还要把台伯河一侧属于他的庭院、花圃全部送给市民，供他们自由使用。人民听到这里再也忍不住了，他们开始暴动起来，要向杀死恺撒的凶手寻仇。

布鲁托斯、卡西乌斯与其他叛党狼狈地逃出了城外，他们重新集结了人马，准备东山再起。而安东尼则与恺撒的养子屋大维联手，准备彻底消灭他们。

布鲁托斯与卡西乌斯将军队驻扎在萨狄斯，自从被赶出罗马后，两人逐渐产生了嫌隙。有一天，卡西乌斯气冲冲地来找布鲁托斯兴师问罪，因为布鲁托斯怀疑自己的一个朋友收受了萨狄斯人的贿赂，而将其定罪，虽然卡西乌斯曾在事后写信为朋友求情，但布鲁托斯却置之不理，他气得大骂布鲁托斯心胸狭窄，全然不顾朋友的道义。

但布鲁托斯却反过来指控卡西乌斯贪污，说他曾因为贪图黄金，把官爵出卖给无能的有钱人。同时，布鲁托斯也责怪卡西乌斯，说他曾派人向卡西乌斯借一点儿钱，但卡西乌斯却拒绝他；卡西乌斯解释说，这全是传话人搞错了意思。

不过，两个人最终还是为了大局着想，重修旧好。布鲁托斯这才解释说，自从他离开罗马，他的妻子因为太过思念他，又担心安东尼和屋大维的势力太过强大，竟然心智错乱，把火吞下肚里致死。悲痛之下，他才故意激怒卡西乌斯，想借着卡西乌斯的手杀死自己。

之后，他们开始讨论作战的事宜，布鲁托斯想向腓利比一地进攻，但卡西乌斯却不赞成，他认为应该以逸待劳，等着敌人自己上门，这样当敌人耗费了军粮，士兵疲惫不堪时，他们却已养精蓄锐，严阵以待。

布鲁托斯仍然坚持进军，因为他认为军队实力正处于巅峰，进攻的时机已经成熟，应该趁着士气高昂时勇往直前，给未成气候的安东尼与屋大维一次重大打击。最后，卡西乌斯同意了布鲁托斯的战略，他回到自己的军队，而布鲁托斯也打算休息一下，为明天的决战保留体力。

布鲁托斯打开了口袋中的书，正要开始读时，蜡烛的光突然变暗，他转头一看，发现一个鬼魂站在面前，他吓得汗毛直竖。

“你是什么！是神、天使，还是魔鬼？”

“我是你的冤魂，布鲁托斯。”

“你来做什么？”

“我来告诉你，你将在腓利比看见我。”

“好，那么我们在腓利比再会。”

鬼魂消失了，惊魂未定的布鲁托斯连忙叫醒他的仆人，要他们通知卡西乌斯立刻出发。

隔天一早，两军在腓利比平原相遇了。在战争开始前，卡西乌斯不安地对布鲁托斯说道，当大军从萨狄斯出发的时候，他发现有两只雄鹰从空中飞下，栖息在旗手的肩膀上，啄食士兵们手中的食物，一路陪着他们；但一到了腓利比，它们就飞去不见了，反而来了一群乌鸦，在士兵们的头顶盘旋，仿佛把他们当成垂死的猎物一般。他认为这一定是个不祥之兆。

布鲁托斯请他放宽心，但也说道，三月十五日那天开始的行动，必须在今天做一个了结。若是他们战败了，这将是两人最后一次见面；若是胜利了，到时再相视而笑吧！

战争开始了，布鲁托斯迅速将屋大维打得落荒而逃，但远远落在后方的卡西乌斯却遭到安东尼的军队包围，卡西乌斯派他的朋友泰提涅斯去讨救兵，但没过多久，部下却向他报告说，泰提涅斯已经被敌人俘虏了。

卡西乌斯十分绝望，他叫来自己的随从，让随从拿着自己的剑，说道："这柄剑曾经穿过恺撒的内脏，现在，你也拿着它朝我的胸膛刺进去吧！恺撒，我将要用杀死你的这柄剑为你复仇了！"

说完，他命令随从刺死自己，结束了罪恶的一生。

但实际上，泰提涅斯并没有被敌人俘虏，而是顺利来到了布鲁托斯的阵营，正当他讨回救兵，准备将屋大维已经被击败的消息告诉卡西乌斯时，却看到了他的尸体，泰提涅斯悲痛之下也自杀了。

布鲁托斯得知卡西乌斯与泰提涅斯的死讯，大为气馁。他对天喊道："啊！尤利乌斯·恺撒！你就算死了还是有本事的！你的英灵不灭，借着我们的刀剑，刺穿我们的心脏！"

在卡西乌斯的军队被消灭之后，布鲁托斯也遭到了安东尼军队的攻击，最后战败。一名叫作路西律斯的部下为了掩护布鲁托斯逃跑，伪装成他的样子，企图将敌军引走。但他的牺牲也没有为布鲁托斯争取太多时间，最后，布鲁托斯要求部下也学卡西乌斯一样把自己杀死，但没有一个部下愿意。

于是，布鲁托斯要部下紧握着他的剑，他自己朝着剑尖扑过去，结束了自己的生命，临死前，他悲哀地笑道："恺撒，现在你可以瞑目了，我杀死你的时候，还不及现在的一半坚决。"

战争结束了，安东尼与屋大维在检视战果的时候，看到了布鲁斯托的尸体，安东尼叹息道："在这一群人之中，他是最高贵的罗马人，其他的叛徒都是因为嫉妒恺撒才下了毒手，只有他是为了正义而加入他们的阵线。他一生良善，交织在他身上的各种美德，足以使任何生灵肃然起敬！"

在一片胜利的荣耀与喜悦之中，屋大维下令厚葬了布鲁托斯，让这名悲剧的英雄能在最后获得与他的美德相应的礼遇。

特洛伊罗斯与克瑞西达

特洛伊的王子帕里斯一次外出经过斯巴达，受到斯巴达国王墨涅拉俄斯的款待，但帕里斯却爱上了墨涅拉俄斯的妻子海伦。最后，他将海伦偷偷带回特洛伊，愤怒的墨涅拉俄斯于是在兄长阿伽门农的帮助下，号召了六十九个希腊国王，带领大军浩浩荡荡地从雅典出发，发誓要消灭特洛伊。

希腊联军来到忒涅多斯，从庞大的船舶上搬下了他们的坚甲利器，在达耳丹平原上设下了他们威武的营寨，而特洛伊国王普里阿摩斯也用铁锁将六个城门紧紧封闭起来。就这样，希腊人与特洛伊人开始了漫长的攻防与对峙。

两军的激战迟迟没有分出胜负，围城就这样迈入了第八个年头，双方都渐渐为了这没完没了的战争不耐烦起来。这一天，特洛伊的另一个王子特洛伊罗斯从战场上回到王宫后，急着叫仆人替他脱下盔甲，然后就去见一位名叫潘达洛斯的老人。

原来，特洛伊罗斯在一次偶然的机会下，见到了潘达洛斯的外甥女克瑞西达，对她一见钟情，从此再也无心作战。他向潘达洛斯抱怨说，克瑞西达对于他的求爱总是非常冷淡，希望潘达洛斯再加把劲，为他美言几句。

潘达洛斯满腹委屈，他说："我为你们费了许多力气，但是她也怪我，您也怪我，我每天担任你们两人之间的传话者，来回奔波，却不曾听见任何感谢的话！”

说着，潘达洛斯忍不住发起脾气，他说以后再也不管别人的闲事了，然后就负气离开了。特洛伊罗斯正想再拜托他，却被另一位将军拦住了，原来他的兄长帕里斯在与墨涅拉俄斯的决斗中受伤了，军队需要另一位王子前去指挥。特洛伊罗斯只好暂时将烦恼放在一边，随着这位将军奔赴战场。

不过，尽管潘达洛斯装得不情愿，但他还是去找了克瑞西达，向她说起特洛伊罗斯的好话，说他既聪明、又英俊，要是自己有女儿或妹妹的话，一定会将她献给这位王子的。然而，任凭舅舅怎么说，克瑞西达还是不领情，对王子的追求表现得漠不关心，最后，潘达洛斯只好又气馁地离去了。

其实，克瑞西达也早已爱上了特洛伊罗斯，但是她觉得自己要是轻易点头同意，特洛伊罗斯就不会再像以前那么珍惜她了，她叹息道：“女人在被人追求的时候才是个天使。无论是什么事情，都只有在进行的时候才最有兴趣。一个被人爱上的女子，要是不知道男人重视得不到的事物胜过得到的事物，那她就太愚蠢了，这是我从恋爱中归纳出的箴言。所以，虽然我的心中装满了爱情，我却不会让我的眼睛泄露我的秘密！”

这时候，特洛伊的大王子赫克托在战场上遇到了一位叫作埃阿斯的人，虽然他是希腊的将领，却有特洛伊的血统，还是赫克托的表弟。埃阿斯力大无穷，一口气将赫克托打下马来，赫克托恼羞成怒，回到王宫后，他决定对希腊联军发下挑战书，打算借此讨回颜色。

希腊的阵营正笼罩在一片愁云惨雾之中。原来，虽然希腊大军的人数是特洛伊的好几倍，但由于每个国王都各自为政，毫不团结，因此围攻了七年都没办法攻克特洛伊城，联军统帅阿伽门农十分苦恼。

他召集了几位国王开作战会议，对他们说道：“你们为什么闷闷不乐呢？是因为我们围攻特洛伊七年却还不能得胜吗？我跟你们说，这其实只是伟大的天神有意试探人类恒心的考验而已！”

伊塔卡的国王奥德修斯回答：“特洛伊至今屹立不倒，是因为我们漠视了军令的森严。看看这支大军驻扎的阵地吧！散布着多少虚有其表的营寨！每一支军队都各怀野心，互相猜忌，拉低了整个大军的实力！特洛伊能苟延残喘，不是靠它自己的力量，而正是因为我们的这一弱点！”

阿伽门农问：“你已经很明确地指出了病因，那么应该如何对症下药呢？”

于是，奥德修斯指出，希腊联军中公认的第一勇士阿基利斯因为听惯了人家的赞誉，养成了骄矜自负的心理，整天与他的朋友帕特洛克罗斯懒洋洋地躺在营帐里，讥笑着希腊军队的战略，或说些粗俗的笑话，或用荒唐古怪的动作模仿着希腊将领们。许多人受到这两个人的影响，也渐渐沾上了他们的恶习，士气越来越低落。

奥德修斯说：“他们斥责我们的战略，说我们怯懦，他们以为打仗不需要用到头脑，也不用先见之明，只有‘动’才是一切。至于该怎样调遣兵力，怎样估计敌人的强弱，这一类运筹帷幄的智谋在他们眼中都不值一提，他们认为只是些纸上谈兵罢了。因此，在他们看来，一辆凭着蛮力冲破城墙的战车，它的功劳远远超过制造这辆战车的人，也远远超过运用智慧驾驭它行动的人。”

忽然间，喇叭声响起，一名特洛伊的使者来到希腊军帐内，向阿伽门农以及希腊诸将传达赫克托王子的挑战。

他说在希腊济济人才之中，有谁重视荣誉更甚于安乐；有谁为了博取世人的赞美，不惜冒着重大的危险；有谁信任着自己的勇气，不知道世间有可怕的事；有谁爱他的情人，不仅敢在情人面前甜言蜜语，也敢对别人发誓她的美貌和才德；那么，就请他接受赫克托的挑战，与他一决胜负。赫克托将要以他的全力证明他比任何一个希腊人拥有更聪明、更美貌、也更忠心的爱人。

阿伽门农对于赫克托的挑衅十分恼怒，他发誓希腊一定会接受赫克托的挑战，要是没有人自告奋勇，他甚至愿意亲自出马！在场许多希腊将领也纷纷表示愿意代表联军与赫克托决一死战。

几名将领发表了自己的意见，他们认为，虽然赫克托这一次的挑战并没有指名道姓，但聪明人都能看出，他摆明是针对希腊第一勇士阿基利斯；再说，赫克托是特洛伊最强的战士，也只有阿基利斯才可能战胜他。这场决斗将会是名誉攸关的一大考验，无论是哪一方获胜，他们的士兵都将勇气百倍，因此，必须挑出希腊最有本领的战士出战才行。

奥德修斯却说："正是因为这样，所以绝不能让阿基利斯去接受赫克托的挑战，我们应该像商人一样，尽可能先把次等货拿出来，试试看有没有抛售的可能；要是次等货卖不出去，再把上等货拿出来，这样才能衬托出它的光彩。"

原来，奥德修斯心想，要是赫克托和阿基利斯交战，无论是哪一方得胜，胜利的荣耀都不会属于希腊大军。因为若是阿基利斯赢了，全希腊的士兵都将置身于他轻蔑的目光之下；若是阿基利斯输了，他的耻辱也将打击全军的声誉。

最后希腊将领们决定，表面上采取抽签的方式，但却在私底下动手脚，设法让愚蠢的大力士埃阿斯抽中，然后他们再趁机吹捧他，让埃阿斯以为自己比阿基利斯还强。这样子，就能让埃阿斯与阿基利斯两强相争，借此削弱阿基利斯狂妄的气焰。而且，无论埃阿斯与赫克托谁胜谁负，都不会影响到希腊大军的荣誉。

不久后，阿伽门农、奥德修斯等国王带着埃阿斯来到阿基利斯的营帐，阿伽门农假意要奥德修斯进去，请求阿基利斯为了希腊的荣誉与赫克托决斗，埃阿斯听了，有些不服气地问道："他有什么胜过别人的地方？"

阿伽门农回答："他只不过自以为比别人强罢了。"

埃阿斯说："你也认为他比我强吗？"

阿伽门农知道埃阿斯已经开始嫉妒了，就说："不！尊贵的埃阿斯，你的头脑比他清楚，你的人格也比他高尚，一个骄傲的人，总会让骄傲毁了自己。"

这时，奥德修斯从帐内出来了，果然就像一开始预料的，阿基利斯拒绝为希腊出战。阿伽门农提议，可以请埃阿斯去拜托阿基利斯，因为他们的交情还不错，但奥德修斯故意回答道："我们怎么能让这位比阿基利斯更勇猛的战士低声下气地去向他请求呢？天神绝对不容许这样的事发生啊！”

另一名将领也说，阿伽门农对阿基利斯太过宽容了，这一回绝对不可以依靠阿基利斯的力量，要靠希腊自己打败特洛伊人。奥德修斯却说，除了阿基利斯之外，恐怕没有人能够战胜赫克托了。

埃阿斯终于落入了圈套，他的野心已经被这些将领煽动起来，他当场站了出来，表示愿意代表希腊出战，奥德修斯也呼喊道："最大的胜利将是属于埃阿斯的！"

在特洛伊王宫，国王普里阿摩斯与王子们正在商量与希腊和解的事宜，因为希腊对特洛伊发出了通牒：只要将海伦还给希腊，那么不论是名誉上的侮辱、时间上的损失、财物的消耗还是将士的伤亡都可以一笔勾销。

赫克托同意希腊开出的条件，他认为，战争的开端正是因海伦而起，数年来已经牺牲了许多特洛伊士兵；而海伦却是一件既不属于他们，对他们又没有多大价值的东西，实在没有必要为了她而再增添损失。

"哥哥，你说什么！"特洛伊罗斯说道，"你把我们伟大的父王的荣誉，去和微贱的生命放在一个天平上称量吗？这实在太丢脸了！"

赫克托说："兄弟，她不值得我们花费这么多代价去保留下来。"

特洛伊罗斯说："哪样东西的价值不是按照人们的估计而决定的？"

特洛伊罗斯又说："当初大家都赞成帕里斯去向希腊人报复？"

赫克托回答："价值不能凭着私人的爱憎而决定！"希腊人过去曾经俘虏过特洛伊的一个公主，所以他也夺回了一个希腊的王妃作为交换。当他带着海伦回来的时候，所有人大家都拍手欢呼，说她是无价的；为什么他们现在却要诋毁自己的智慧造成的结果呢？他还说，明明已经把赃物偷回来了，却不敢把它保留下来，这才是最卑劣的偷窃！

一旁的帕里斯也说，要是自己不能贯彻始终，那么世人将会讥笑他行动的轻率，也会讥笑特洛伊人决策的鲁莽；倘若他手中拥有足够的权力，他绝不会从已经做到一半的事情中缩手，也绝不会半途而废！

赫克托无奈之下，只好回答："错误已经铸成，如果再执迷不悟地坚持下去，那就是更大的错误了。然而，我勇敢的弟弟们，我仍然赞成你们的意思，把海伦留下来，因为这事关特洛伊全部人的荣誉啊！"

虽然特洛伊罗斯在敌人之前表现得意气风发，毫不退让；但会议结束后，他立刻又陷入了爱情的烦恼里，当他的哥哥与其他特洛伊战士上场杀敌时，他却来到了克瑞西达的家门前。

这时，潘达洛斯刚好也在那里，特洛伊罗斯对他说："唉！我就像一个站在冥河岸边的鬼魂，等待着渡船的接引，我求你当我的船夫，把我载到得救者往生的乐土里去，或是从丘比特的肩上拔下他的羽翼，陪着我一起飞到克瑞西达身边吧！"

潘达洛斯说："你先在花园里逛一下，我马上就带她过来。"

过了不久，潘达洛斯就带着美丽的克瑞西达出来了，一向高傲的克瑞西达这回看到特洛伊罗斯，竟变得娇滴滴的，一句话也不好意思说出口。潘达洛斯将两个人引进屋内，克瑞西达终于说道："我现在已经鼓起了我的勇气，特洛伊罗斯王子，我已经朝思暮想，苦苦地爱着您几个月了。"

特洛伊罗斯吃了一惊，问道："那么我的克瑞西达为什么这么不易征服呢？"

克瑞西达说："当您第一眼看到我的时候，我就被您征服了。虽然我这么爱您，却没有向您表示爱意；我真希望自己是个男人，或者女人也像男人一样有先开口求爱的权利。啊！亲爱的，快封住我的嘴吧！否则它一定会得意忘形，继续泄露我的秘密的！"

特洛伊罗斯笑着说道："好吧，我愿意用一吻封住它。"

两人轻轻地一吻之后，克瑞西达却说她必须离开了，因为她说出了自己的秘密，为了惩罚自己，她不能再跟王子相见，特洛伊罗斯连忙说道："只要我能够相信我对您的一片至诚和忠心，能交换到您同样纯洁的爱情，那我的灵魂将会飘举起来！从今以后，世上真心的情人们都要以特洛伊罗斯为榜样，当他们需要一个最棒的例子来形容忠诚时，他们就可以说：‘像特洛伊罗斯一样忠心！’”

克瑞西达听了十分开心，她也说道：“要是我变了心，或者有一丝不忠的地方，那么愿特洛伊灭亡的那一天，我们的不贞继续留存在人们的记忆里，永远受人唾骂！从此以后，当人们要举出一个最轻浮最虚伪的榜样时，他们就会说：‘像克瑞西达一样负心！’”

潘达洛斯对于凑成了这对佳偶感到相当满意，他要两人在自己面前发誓，今后一定会对彼此忠诚，还说：“从今以后，让一切忠心的男人都叫特洛伊罗斯，一切负心的女子都叫克瑞西达，一切媒人都叫潘达洛斯！”

没想到，就在不久之后，特洛伊与希腊发生一场战斗，特洛伊的将领安忒诺被希腊人俘虏。于是特洛伊国王派出使者，希望阿伽门农能归还安忒诺，作为条件，特洛伊愿意交出希腊人梦寐以求的美人克瑞西达。

阿伽门农答应了这个请求，他命令一位叫作狄俄墨得斯的将领前往特洛伊将克瑞西达带回来。接着，他与手下的将领们一同到军队中视察，途中刻意经过了阿基利斯的营帐前。

阿基利斯听说主帅又来了，还以为他又是来请求自己出战的呢！想不到，阿伽门农来到他的帐前，只是向他说了一声“早安”，就若无其事地离开了。

阿基利斯感到有些错愕，他问一旁的帕特洛克罗斯：“这些家伙是怎么搞的？他们都不认识阿基利斯了吗？”

帕特洛克罗斯也说：“真是奇怪，从前他们看见你，总是恭恭敬敬地，就像是在礼拜神明一样。”

正当阿基利斯疑惑不已时，奥德修斯刚好自一旁走过，阿基利斯连忙走过去，想问他到底发生了什么事。奥德修斯回答他：“无论一个人的天赋如何优异，他的外表或内在的资质如何卓越，他也必须先将德行的光辉照到他人的身上后，才能从别人反射回来的光辉中，体会到自身价值的存在。”

阿基利斯听了这些话，感到有些惭愧，他对奥德修斯说，刚才阿伽

DALZIEL Sc.
TROILUS & CRESSIDA.

门农走过他的身旁，就像守财奴看见了乞丐一样，一句话都不想讲，也没有任何好脸色，难道他的功劳都已经被人遗忘了吗？

奥德修斯回答："世人有一个共同的天性，他们都喜欢新的玩物，宁愿拂拭着发光的银器，也不愿意看那些被灰尘掩蔽了光彩的银器。所有人都开始崇拜埃阿斯，因为活动的东西比停滞不前的东西更引人注目，是你把自己给活活埋葬的啊！"

阿基利斯这才知道，原来埃阿斯将要取代他，前去与赫克托决战，自己的名誉正遭遇着极大的危机。奥德修斯的一番话让他心有所感，于是，他派了一名手下去见埃阿斯，请他在决战完毕之后，邀请特洛伊的战士们到自己帐内，大家把酒言欢。

狄俄墨得斯来到特洛伊城，见到了帕里斯王子。帕里斯知道他是来带走克瑞西达的，也知道自己的弟弟特洛伊罗斯爱着克瑞西达，但因形势所迫，他还是让这名将军前去特洛伊罗斯那里，把克瑞西达带回希腊。

这时的特洛伊罗斯与克瑞西达还在花园里打情骂俏呢！使者却在这时来到他们面前，宣布了特洛伊将以克瑞西达为代价，换回安忒诺将军的消息，再过一小时，狄俄墨得斯就要来带走克瑞西达了。对这对情人来说，这个消息犹如晴天霹雳。

特洛伊罗斯叹息道："好不容易如愿以偿，却又变成了一场梦幻。"

克瑞西达也说："我不愿意去！要是我有一天离开了特洛伊罗斯，那就让我的名字永远被人唾骂吧！我不愿意离开特洛伊一步！"

然而，两军共同决定的事已无法违背，最后，克瑞西达还是任由希腊人将她带走了。临别前，特洛伊罗斯与克瑞西达相拥，特洛伊罗斯说自己爱她爱得太过虔诚，胜过对神明的膜拜，因此才会触怒天神。克瑞西达则说，自己将在快活的希腊人中间当一个伤心的克瑞西达。

最后他们互相约定，要永远对彼此忠诚。特洛伊罗斯特别提醒克瑞西达，不要被狡猾的希腊人诱惑了，因为有些事情往往不是自己的意志能做主的，人们总是过于相信自己脆弱易变的心性，而变成引诱自己的恶魔，最后身败名裂。

就这样，克瑞西达被狄俄墨得斯带走了。她来到希腊大军的阵营之中，所有的将领见到她，都为她的美貌惊叹不已，纷纷向她索吻，但是克瑞西达却巧妙地以言语一一应付过去。

不过，当她离开后，奥德修斯却冷笑道："这是个不要脸的女人，她的眼睛里、脸庞上、嘴唇边都说着话，甚至连她的脚都会讲话呢！她身上的每一处关节，每一个行动，都透露着风流的性格！"

此时，战场上响起了号角声，赫克托与埃阿斯约定决斗的时间到了，他们在两军的围观下展开了激烈的交手，场边的士兵们都拼命加油呐喊，一直战斗了数个小时都还分不出胜负。最后，两人平手收场。

赫克托与埃阿斯互相表示了敬意，赫克托说，埃阿斯是高贵的特洛伊国王的外甥，也是他的表弟，因此，他绝对不能让自己剑上沾到一滴血；埃阿斯也说，赫克托是一个仁厚慷慨的人，他要邀请他到希腊的阵营中一叙。

于是，赫克托与特洛伊罗斯来到希腊军的营帐中，赫克托见到了阿基利斯，他们知道眼前的人正是敌军中最厉害的战士，忍不住多看了对方一眼。之后，赫克托向希腊将领告辞，准备回到特洛伊；但特洛伊罗斯却向人问到了克瑞西达住的地方，并在奥德修斯的带领下到了那里。

没想到，当特洛伊罗斯来到克瑞西达的帐篷时，却看到一幅令他生气的景象：狄俄墨得斯正在勾引他的爱人克瑞西达！起初，克瑞西达不理睬他，但狄俄墨得斯故意装出愤愤不平的样子，负气离去，克瑞西达渐渐心软了。为了向狄俄墨得斯证明自己的誓言，她拿出了特洛伊罗斯送给她的手帕，送给他作为信物。

"啊！美人！你的忠心呢？"在一旁偷窥的特洛伊罗斯暗自呐喊道，他的心都碎了。

克瑞西达交出了手帕后，又感到有些后悔，希望狄俄墨得斯将它还给自己。狄俄墨得斯不肯，他说："你的心已经给了我了，这东西也是我的。"

克瑞西达说："您不能拿走它，狄俄墨得斯，我愿意把其他东西给您。”

狄俄墨得斯问道：“我一定要这个，它是谁的？”

克瑞西达说：“您不用问。”

狄俄墨得斯生气地说道：“快说！它本来是谁的？”

克瑞西达害怕了，她回答：“它属于一个比您更爱我的人，可是您既然已经拿去了，就送给您吧。”

狄俄墨得斯还想继续追问，但克瑞西达坚持不肯说出特洛伊罗斯的名字，于是他恶狠狠说，要把这条手帕佩在自己的头盔上，让手帕原本的主人来向自己挑战，就算那名主人不敢出面，当他看到了这条手帕，也会因此气得牙痒痒的。一旁的特洛伊罗斯听到他这么说，心里暗自发誓，一定要在战场上找出这名情敌，然后杀死他。

狄俄墨得斯离开了，留下克瑞西达一个人怔怔地出神，她望着远方说道：“永别了！特洛伊罗斯。我的一只眼睛还在望着你，但另一只却已经随着我的心转换了方向。唉！可怜的女人，我们的眼睛所犯的错误支配着我们的心，一时的失足把我们带到了错误的路上。”

一旁的特洛伊罗斯也绝望地叹息道：“啊，克瑞西达！负心的克瑞西达！你好负心！一切的不忠、无情比起你的失贞来，都如同光荣一般！”

就在这时，一名特洛伊的将军找到了特洛伊罗斯，告诉他赫克托王别子已经准备启程回特洛伊，请他也一同回去。于是，特洛伊罗斯向奥德修斯告，离开了这个让他伤心的地方。

隔天，特洛伊和希腊两军又展开了一场大战。原先温和的特洛伊罗斯在经历情人的背叛后，仿佛变了一个人，他嘲笑赫克托太过仁慈，不应该轻易饶过战败的希腊人，他说对敌人不需要恻隐之心，应该让残酷的愤怒指挥自己手里的剑，进行无情的杀戮。

“这样才是战争呀！我的哥哥！”特洛伊罗斯狂妄地说道。

“特洛伊罗斯，我今天没有要你上战场。”赫克托说道。

但特洛伊罗斯仍然疯了一般往战场奔去，他一心想找到狄俄墨得斯，杀死他，从他的头盔上摘下自己送给克瑞西达的手帕。就在此时，潘达洛斯来了，他从怀里拿出一封信交给特洛伊罗斯，说是克瑞西达要写给他的。

“空话！全是空话！没有一点儿真心！”他气得把信撕成碎片，“她就像风一样轻浮，就跟着风飘去，也化成一阵风吧！她用空话和罪恶搪塞我的爱情，却用行为去满足他人！”

特洛伊与希腊的战斗空前惨烈，许多希腊将领战死，统帅阿伽门农也陷入敌军的包围之中。特洛伊罗斯找到了他的仇人狄俄墨得斯，将他打得落荒而逃，但狄俄墨得斯很快又扳回一城，夺走了特洛伊罗斯的马；两人一来一往，互不认输。

另一方面，赫克托遇到帕特洛克罗斯，将他误认成阿基利斯，亲手杀死了他。希腊人将帕特洛克罗斯的尸体抬到了阿基利斯的营帐内，眼见好友被杀，阿基利斯发狂了，他披上铠甲，一边哭泣一边咒骂地冲上了战场，发誓要杀死赫克托为好友报仇。

赫克托奋战了一天，他把头盔脱下，将盾牌悬挂背后，打算休息一会儿，没想到，阿基利斯与他的将士忽然从一旁冲了上来。

赫克托高喊：“我现在已经解除武装了，不要乘人之危！希腊人！”

但阿基利斯不理会他的话，对着手下大喊“动手”！于是，一群士兵冲上前去，将措手不及的赫克托杀死了。

现在，特洛伊，你也跟着倒下吧！战士们，齐声高呼：“阿基利斯已经把英勇的赫克托杀死了！”阿基利斯喊道。接着，他把赫克托的尸体缚在马的尾巴上，将他一路拖过战场。

听到阿基利斯杀死赫克托的消息，希腊大军士气大振。埃阿斯不禁感叹说，伟大的赫克托其实并没有不如他的地方。阿伽门农则十分高兴地说，这是天神有心照顾希腊，特洛伊这下是他们的了，残酷的战争也终于要结束了！

特洛伊的军队则陷入了恐慌之中，特洛伊罗斯绝望地说道：“赫克托死了！他的尸体被缚在凶手的马尾上，惨无人道地拖过了充满耻辱的战场。天神啊！赶快降下你的惩罚来，眷顾特洛伊吧！”

他迅速指挥了剩余的将领与士兵撤回特洛伊，要向国王普里阿摩斯与王后赫卡柏报告赫克托的死讯。就在这时，潘达洛斯一路尾随着特洛伊罗斯来到了战场，声嘶力竭地向他喊道："听我说！听我说啊！王子！"

但特洛伊罗斯早已陷入愤怒与绝望之中，他对潘达洛斯骂道："滚开，卑贱的奴才！愿丑恶和耻辱追随着你，永远和你的名字连在一起！"

说完，他策马离去，留下错愕的潘达洛斯。这名老人对天呐喊道："啊！世界啊！一个替人奔走的人，竟是这样被人轻视！做卖国贼的，做媒人的，当人们用得着你们的时候，是多么重用你们！可是他们又给了你们什么好处呢？为什么人家这么喜欢我们所做的事，却又这样痛恨我们的行为？"

高贵的王子赫克托战死了，特洛伊罗斯也失去了他的爱人克瑞西达，在潘达洛斯无奈的抗议声中，战争终于结束了，特洛伊城遭到希腊大军攻陷，而希腊人不仅为特洛伊带来了死亡，也毁灭了他们的伟大的英雄与真挚的爱情。

哈姆雷特

丹麦王后乔特鲁德，在国王哈姆雷特去世后不到两个月，就跟国王的弟弟克劳狄斯结婚。全国人民都感到很奇怪，认为王后在这件事上太过草率，也很没情义。因为，不论从人品或是性情来看，克劳狄斯跟她已故的丈夫没有任何相似之处，他的外貌丑恶，个性卑鄙下流。

有些人不免怀疑，克劳狄斯是为了要娶他的嫂子并且篡夺丹麦的王位，所以偷偷把他的哥哥害死，因为这样一来，他就能把先王的合法继承人——年轻的哈姆雷特撇到一边儿去。

事实上，受到最大刺激的是年轻的王子。他深爱他的父亲，甚至把他当成偶像一般崇拜。哈姆雷特为人正直，举止也非常得体，他为母亲乔特鲁德的可耻行为感到十分难过。这名年轻的王子一方面为父亲的死哀悼，另一方面又为母亲的行为感到耻辱，他就这样被一种沉重的忧郁笼罩着，一点儿也不快乐。本来俊秀的容貌也憔悴下来，平日对读书的爱好也消失，以往深深吸引他的一些游戏、运动，他也都不喜欢了。

他把世界看成一个杂草丛生的花园，所有新鲜的花草都枯死了，只剩下荒烟蔓草。他突然对这个世界感到厌倦。他最无法释怀的，并不是他继承不了王位——尽管这件事对于一个王子来说是一种创伤，也是一个屈辱；然而最使他气愤不已、遭受打击的，是他的母亲竟然那么快就忘掉他的父亲——一位多么好的父亲！多么温柔体贴的丈夫！

乔特鲁德看起来是个多情、柔顺的妻子，跟老哈姆雷特总是如胶似漆的，好像她的爱在他身上生了根一样。如今，丈夫去世不到两个月，她却再嫁了，而且还是嫁给儿子的叔父、亡夫的胞弟。

从血统关系来说，这桩婚姻本身就是不正当、不合法的。尤其是她如此匆忙地结婚，简直是太不像话了！而且选的又是一个最不配做国王的人。这些残酷的事实让王子意志消沉，终日深陷在阴霾的情绪中。

乔特鲁德和新国王想尽办法要让哈姆雷特快乐，却始终不见成效。他在宫里仍然每天穿着黑色的衣服来哀悼父亲的死，他不肯脱去丧服，甚至在母亲结婚那天，他也不愿换一套衣裳。在那可耻的一天，任何宴会、庆祝他都拒绝参加。

最令他苦恼的是，他一直不清楚父亲究竟是怎么死的。克劳狄斯说，国王是被蛇咬死的，可是年轻的哈姆雷特怀疑，那条蛇其实就是克劳狄斯。也就是说，克劳狄斯为了当上国王，把哈姆雷特的父亲害死了！现在坐在王位上的，正是咬死他父亲的那条毒蛇。

这样的猜测究竟有没有道理？他到底应该如何看待母亲？她是否参与了这桩谋杀？她知不知情？这些疑问不断地困扰着哈姆雷特，使他心神不宁。

哈姆雷特还听说一连三个晚上，守望的哨兵在城堡的高台上看见一个鬼魂，长得很像他的父亲。这个鬼影出现时，它从头到脚穿着一套甲胄，就和死去国王的那套一模一样。

凡是看到鬼魂的人，对于鬼魂出现的时间和描述都是一致的：当钟敲响十二下时，它就会到来。苍白的脸上，悲哀多于愤怒，他乌黑的胡子里略微带些银白色——就和国王一样。哨兵试着对它讲话，但它从没回答。有一次他们看到它抬起头来，好像要说话的样子，可是这时候鸡鸣了，它又赶快缩回去，消失在黑夜的尽头。

王子听完后，感到十分惊奇，这些士兵的叙述全都有头有尾、前后一致，他不得不相信。他想，他们看到的一定是父亲的亡魂。于是他决定当天晚上跟哨兵一起站岗，期待着能有机会看到它。他认为鬼魂不会无缘无故出现，它一定有话想说！尽管它一直没开口，可是它一定会对他

午夜时分，巡逻的霍拉旭等人在露台偶遇了全身甲胄的老哈姆雷特的鬼魂。

讲的。

于是，他焦急地盼着黑夜的到来。天一黑，他就跟好友霍拉旭和一个叫马西勒斯的卫兵登上了高台。那是一个寒冷的夜晚，冷风刺骨，哈姆雷特、霍拉旭和马西勒斯三人开始谈起夜晚的寒冷。忽然，霍拉旭打断了他们的谈话：鬼魂来了！

哈姆雷特看到父亲的鬼魂，既惊奇又害怕。最初他还呼唤天使和守护神保佑他们，因为他不知道那个鬼魂是善是恶，也不知道它带来的是吉是凶。可是他的胆子渐渐大了起来，他发现父亲忧愁地望着他，好像想跟他讲话，从各方面看来，鬼魂都和他父亲活着的时候一样。

年轻的哈姆雷特不禁叫出父亲的名字，对鬼魂说："父王！"王子求它说出到人间来的原因，也请鬼魂告诉他们，该如何替它安魂。于是，鬼魂要哈姆雷特跟它到僻静的地方去，他们可以单独谈一谈。

霍拉旭和马西勒斯都劝王子不要去，他们担心它是个恶鬼，要把他引到附近的大海或者悬崖上面，然后露出狰狞的原形将王子吓疯！他们的劝告和恳求没能改变哈姆雷特的决心，他早就把生命看开了，他并不怕死。至于他的灵魂，既然同样是永生不灭的，鬼魂又如何陷害它呢？他觉得自己就跟狮子一样强壮！尽管霍拉旭和马西勒斯使劲地拉住他，他还是挣脱了他们，任凭鬼魂带他到未知的前方去。

等他们单独在一起时，鬼魂终于打破了沉默，它说自己是哈姆雷特的父亲，是被人害死的！它还说出自己被谋害的经过。就像哈姆雷特一直怀疑的，这件事果然是克劳狄斯干的，目的也正是为了霸占他的母亲和王位。

原来，当老哈姆雷特按照每天的习惯，在花园里睡午觉时，起了歹念的弟弟趁他睡着，偷偷走到他身边，把毒草汁灌进他的耳朵里。这种毒液是十分致命的，它像水银一样快速地流过他全身的血管，把血烧干，使他的皮肤长了一层硬癣。就这样，在他沉睡的时候，他的兄弟一下子就夺去了他的王位、妻子和他的生命。

鬼魂对哈姆雷特说，要是他真的爱他的父亲，他一定得替他严惩这个卑鄙的凶手！鬼魂又对它的儿子哀叹：他的母亲竟然也堕落了！背弃她的丈夫，嫁给了谋杀他的人。可是鬼魂嘱咐哈姆雷特，在对他的坏叔叔进行报复时，千万不要伤害到他的母亲，就让上天去制裁她，让她的良心去审判她吧！哈姆雷特答应一切都照它的吩咐去办。然后，鬼魂就消失了。

哈姆雷特下了决心，要把他从书本里学到的东西都忘掉。他的脑子里只剩下鬼魂告诉他的话和要他做的事。这段谈话的内容，哈姆雷特只让他的好朋友霍拉旭知道了，并且要霍拉旭和马西勒斯对那晚所看到的一切保守秘密。

哈姆雷特的身体本来就很虚弱，精神也很不好，鬼魂的出现几乎使他神经错乱。哈姆雷特怕自己继续这样下去，会引起别人的注意，使叔叔对他存有戒心。于是，哈姆雷特为了不让叔叔怀疑他，竟做了一个奇怪的决定：假装发疯。这么一来，叔叔就会认为他不可能有什么意图，也就不会去猜疑他了。同时，在发疯的掩护下，他真正的心神不安就可以被巧妙地遮盖起来了。

从那时候起，哈姆雷特在服装、言语和行为上，都显得有些狂妄怪诞。他装起疯子来惟妙惟肖，连国王和王后都被哄骗过去。他们不知道有鬼魂出现的这件事，所以认为他的疯狂不仅是为了哀悼父亲的死，一定也是为了爱情!

在哈姆雷特尚未变得如此忧郁以前，他十分爱慕一位叫作奥菲利娅的美丽女孩儿，她是大臣波洛涅斯的女儿。他曾经写信给她，送她戒指，给过她许多爱的表示，更曾正大光明地向她求爱，而她也相信他的誓言都是真的。

可是，由于之后的种种不幸，他开始对她冷淡了起来。自从他想出装疯的计划后，他就故意对她很无情、粗暴。可是奥菲利娅并没有责备他，她努力地让自己相信，哈姆雷特之所以对她不像以前那样殷勤，并不是由于本性上的冷酷，完全是因为他的精神失常。他以前高贵的心灵和卓越的理智，就像一串美妙的风铃，能奏出非常动听的音乐。可是现在他的心灵和理智被深深的忧郁压抑着，只能发出刺耳的声响。

尽管哈姆雷特要做的事是残暴的，跟求爱的心情完全不相称，而以他现在的情况看来，爱情也是一种太过悠闲的情感，他不容许自己有这种情绪。可是他有时仍不免想起他的奥菲利娅。

他觉得自己对那位温柔的女孩儿太残酷了，就写了一封情书给她，里面满是狂热激情的言语，措辞十分夸张，很符合他疯子的神态，可是字里行间却也微微流露出一丝柔情，使奥菲利娅不得不认为，哈姆雷特仍然对她怀着深厚的情感。他请她尽管怀疑星星不是一团火、怀疑太阳不曾动、怀疑真理是谎言！可是永远不要怀疑他的爱。

奥菲利娅把这封信拿给她的父亲波洛涅斯看，波洛涅斯觉得有义务把这件事告诉国王和王后，也因为如此，他们就更加相信让哈姆雷特发疯的原因是爱情。王后希望他真的是因为奥菲利娅的美貌而发疯的，那样的话，奥菲利娅的美貌也能让哈姆雷特恢复到原来的样子，这对他们两个人来说都是好事。

可是哈姆雷特的病比她想象的还要严重，并不是只凭这个方法就能治得好。他脑子里仍然想着他父亲的鬼魂，在它那神圣的命令还没被执行以前，他就永远没有安宁的一天。可是国王身边整天都有卫兵保护着，想把他杀死并不是一件容易的事。即使能够接近他，哈姆雷特的母亲平常也总是跟国王在一起，让他下不了手，这个障碍他一直没办法突破。除此之外，篡夺王位的人现在是他母亲的丈夫，这种情形也使他感到有些痛心，动起手来便更加犹豫不决了。

哈姆雷特天性温厚，要他去害人，这种事对他来说是很可怕的。而他长时间的忧郁和精神上的颓废，也使他产生了摇摆不定的心情，他一直无法采取最后的行动。而且，他看到的鬼魂究竟是他的父亲还是一个恶魔？他不免有些迟疑。他听说魔鬼想要变成什么就可以变成什么，它也许是趁他身体虚弱、心情苦闷时，装出他父亲的样子来驱使他做出那些可怕的事。于是，他决定不能单凭幻象或是幽灵的话行事，因为那可能只是他一时的错觉，他必须找到更确实的证据。

正当他心里这样想着的时候，宫里来了几名演员。哈姆雷特以前就很喜欢看他们的表演，他特别喜欢听他们里面的一个演员述说一段悲剧的台词，内容是讲特洛伊的国王普里阿摩斯被杀和王后赫卡柏的悲痛。

哈姆雷特对这些老朋友表示热烈欢迎，他想起了过去听那段台词时自己有多么陶醉，于是，便要求他们再演出一次。那名演员又很生动地表演了一遍，叙述衰老的国王如何被人残忍地谋害，整座城市都被火烧毁，年老的王后难过得像疯子一样，光着脚在宫里跑来跑去。本来戴着王冠的头上现在顶了一块破布，本来披着王袍的腰上，现在只裹了一条在慌忙中抓来的毯子。这一场戏表演得十分生动，观看的人都流下泪来。

哈姆雷特意识到，那个演员只不过念了一段台词，自己居然就动了感情，替千百年前的古人赫卡柏流下眼泪。他责怪自己太迟钝了，他明明有应该痛哭的理由和动机——一个国王，他亲爱的父亲被谋杀了！但他竟如此无动于衷，他的复仇心仿佛一直沉睡着。

他想到演得惟妙惟肖的一出好戏，带给观众的震撼有多大。他又想起有些凶手看到舞台上演的谋杀案后，仅仅由于场面的感人和情节的类似，竟受了感动，当场承认自己犯下的罪。于是，他决定请这几个演员在他叔叔面前，表演类似谋杀他父亲的剧情，他要仔细观察叔叔的反应，从他的神色就可以确定他是不是凶手。他吩咐演员们赶紧准备一出戏，还邀请国王和王后来观赏。

这出戏描写的是发生在维也纳的公爵谋杀案。公爵名叫贡扎古，他的妻子叫作白普蒂丝妲。公爵的一个近亲琉西安纳斯为了得到公爵的田产，竟在花园里把他毒死，而这个凶手后来竟也得到了白普蒂丝妲的爱。

国王不知道这是一个精心布置的圈套，他和王后以及满朝官员都来观赏这出戏。哈姆雷特坐在邻近他的地方，以便仔细观察他的神色。

戏剧开演了。贡扎古跟他的妻子正在谈话，妻子一再地表明她对丈夫的爱：即使贡扎古先死，她也绝不会再嫁，如果有一天她再嫁，她会受到诅咒！她还说，除了那些谋害亲夫的坏女人，没有人会想再嫁！哈姆雷特发现国王听到这段话后脸色就变了，这些话使国王和王后都如坐针毡。

当琉西安纳斯准备毒死睡在花园里的贡扎古时，这情景跟国王在花园里毒害他哥哥的罪行太相像了，他的良心受到强烈的刺激，再也无法坐下去把戏看完。国王忽然叫人点上火把，准备回宫，称说自己得了急病，便匆匆离开了剧场。

国王一走，戏也停了。哈姆雷特的所见已经足以让他相信鬼魂说的是实情，而不是他的幻觉。就像一个人心里一直怀着很大的疑问，忽然得到了解答一般，哈姆雷特感到有些兴奋。

他对霍拉旭说，鬼魂说的话都是真的，他确定父亲是被叔叔谋害的。在他还没想好该如何报仇时，他的母亲派人请他到她的内宫去谈话。王后是奉国王的旨意召见哈姆雷特的，他要王后告诉哈姆雷特，他们都很不喜欢他刚才的举动。

国王想知道他们谈话的全部内容，因为他怕王后会偏袒儿子，隐瞒一些话，而那些话也许对他而言是很重要的。所以他吩咐大臣波洛涅斯躲在帷幕后面偷听。这个任务特别适合波洛涅斯，他在宫廷里钩心斗角的生活中过了大半辈子，一向善于用间接或是狡猾的手段来刺探内幕。

哈姆雷特来到母亲面前。她先是很婉转地责备他的行为，说他已经得罪了他的父亲——她指的是新国王，他的叔叔克劳狄斯。因为她与克劳狄斯结了婚，所以她称他是哈姆雷特的父亲。

哈姆雷特听到她把“父亲”这样一个十分亲热、值得尊敬的称呼用在一个坏蛋身上，而这坏蛋正是杀害他父亲的凶手，感到非常生气，他激动地大喊：“母亲，是你得罪了我的父亲。”

王后惊愕地责备他在胡说八道。

哈姆雷特说：“你那样问，我就这样回答。”

王后问他是不是忘记自己在跟谁讲话了！

“唉！”哈姆雷特回答说，“但愿我能够忘记。你是王后，你丈夫弟弟的妻子，你又是我的母亲——我宁愿你不是！”

“好吧，”王后说，“既然你对我这么无礼，我只好去找那些会讲话的人来。”

王后打算去找克劳狄斯或波洛涅斯来跟哈姆雷特谈话。可是哈姆雷特不让她走，他既然单独跟她在一起了，便想试着让她明白，她正在过一种堕落的生活。他一把抓住母亲的手，硬要她坐下来。

哈姆雷特的这种神情令她害怕了起来，担心他会因为发疯而做出伤害她的事，于是她叫了起来。同时，帷幕后也传出“救命呀！快来救王后呀！”的呼喊声。

哈姆雷特听到后，以为是国王本人躲在那里，就拔出剑来，朝发出声音的地方猛刺，仿佛刺死一只从那儿跑过的老鼠。后来，帷幕后没有了声息，他断定那个人已经死了。他把尸体拖出来一看，死的人并不是国王，而是躲在后面当密探的大臣波洛涅斯。

“哎呀！”王后尖叫道，“你做了一件多么鲁莽而残忍的事呀！”

“没错，母亲，一件残忍的事！”哈姆雷特说，“可是还比不上你所做的呢！你杀了父王，还嫁给他的弟弟。”

哈姆雷特把话说得太露骨，收不回来了。他当时的心情是想对母亲坦白，而他也真的那么做了。虽然对于父母的错误，身为儿女的应当尽量包容；但是当父母真的犯了严重的罪时，即使儿女严厉地斥责父母亲也是情有可原的，只要出发点是为了他们好，为了使他们改邪归正，而不只是为了责备。

这时，品德高尚的王子用感人的言辞指出，王后犯的罪是多么丑恶。他责备她不该轻易地忘掉已故的国王，还这么快就跟他的弟弟结婚。她曾对她的丈夫发过誓，结果却做出这样的举动，足以让人怀疑所有女人的誓言，怀疑一切美德都只是伪善，而婚姻的誓约还比不上赌徒的一句诺言，宗教不过是一片空话罢了，她做的是一件让上天羞愧、大地厌恶的事。

哈姆雷特给她看了两幅肖像，一幅是已故的国王哈姆雷特，她的第一任丈夫；另外一幅是现在的国王克劳狄斯，她的第二任丈夫。他要母亲注意他们之间的差别——老哈姆雷特的面容是多么慈祥，气宇多么非凡！他的头发像太阳神，前额像天神，眼睛像战神，他的姿势则如同刚降落在山峰上的传信神，这个人曾经是她的丈夫！然后他又让王后看看，如今取代他父亲的是怎样的一个人，他是害虫及霉菌，因为他把自己的哥哥毒死了。由于哈姆雷特使她看到自己灵魂的深处，王后觉得十分惭愧，她现在知道第二任丈夫是肮脏丑陋的。

哈姆雷特问她怎么能跟这种人生活在一起，做这种人的妻子？他正说着的时候，老哈姆雷特的鬼魂也出现了，样子跟他生前一样，也跟哈姆雷特之前见到的一样。

哈姆雷特十分害怕，问它来做什么。鬼魂说，哈姆雷特似乎忘了要替它报仇的诺言，它是来提醒他的。鬼魂又叫他去和母亲说话，不然她会因为悲伤和恐惧而死。说完这些鬼魂就不见了。

只有哈姆雷特一个人看得见鬼魂，因此，不论他指出鬼魂站的地方，或是将模样形容给他的母亲听，王后始终看不见什么鬼魂。她看到哈姆雷特对着空气说话，一直很害怕，认为这是他发疯的前兆。

哈姆雷特请求她不要再替自己邪恶的灵魂寻找安慰，因为把他父亲的鬼魂引到人间来的，正是王后自己的罪过！他要王后摸一摸他的脉搏，跳得多么正常，一点儿也不像疯子般狂乱。他还流着泪，恳求王后对上天承认过去的罪，不要再和克劳狄斯在一起，不要再对他尽妻子的本分。要是她能拿出做母亲的态度来对待他，他也会用儿子的身份祈求上天原谅她。她答应照他所说的去做，于是，母子间的谈话就到此结束了。

现在，哈姆雷特有时间来看清楚被他杀死的人究竟是谁了。当他知道他杀死了奥菲利娅的父亲波洛涅斯时，他把尸体拉开，等到心神镇定了一些后，忍不住哭了出来。

波洛涅斯的死给了国王克劳狄斯一个把哈姆雷特驱逐出境的借口。国王知道哈姆雷特对自己来说是个威胁，一心想把他弄死，然而又怕人民反抗，因为他们很爱戴哈姆雷特。他也顾虑到王后，尽管她的儿子有许多过错，她还是爱着他的。

因此，诡计多端的克劳狄斯要两个朝臣陪着哈姆雷特坐船到英国去，说这是为了王子好，使他不需要因为波洛涅斯的死而受处分。当时英国是丹麦的属邦，国王写了一封信给英国朝廷，交给这两个臣子带去，信里编造了一些理由，嘱咐他们等哈姆雷特在英国一上岸，就立刻把他处死。

哈姆雷特怀疑这其中藏有阴谋，于是在夜里偷偷弄到那封信，还巧妙地把他的名字涂掉，将那两个朝臣的名字写上去，然后再把信封起来，放回原来的地方。

后来，船在航行中受到海盗的袭击，双方打了一场海战。作战时，哈姆雷特急于表现自己的英勇，独自拿着刀登上敌船，这时，他所坐的那条船竟怯懦地逃掉了，那两个朝臣把他撇下，就这样带着信急急忙忙地赶到英国去了。由于信的内容已经被哈姆雷特改过了，他们也尝到罪有应得的恶果。

海盗俘虏了王子以后，对他十分客气，由于他们知道哈姆雷特的真实身份，所以很快就把他带到最近的一个丹麦港口，放他上岸，希望有一天王子在朝廷中可以帮他们的忙，以报答他们这番好意。

哈姆雷特写信给国王，告诉国王他因为一场奇怪的遭遇又回到了国内，还说他第二天就要去觐见国王。但是，回到家后他却看到一幕凄惨的景象，那就是奥菲利娅的葬礼。

自从奥菲利娅可怜的父亲死了以后，这个年轻女孩儿的精神就开始不正常了。波洛涅斯死得这么惨，而且竟然是死在她所爱的人手中，这件事伤透了这位年轻女孩儿的心，她的精神很快就崩溃了。她到处跑来跑去，把花撒在宫里，说那是为了父亲的葬礼而撒的；又唱起关于爱情和死亡的歌，有时候则唱一些毫无意义的歌，而以前发生过的事她则完全记不得了。

有一天，她来到一条小河旁边，河畔长着一棵柳树，柳叶会倒映在水面上。她用雏菊、荨麻、野花和杂草编成一只花环，然后爬到柳树上，想把花环挂到柳枝上，没想到柳枝却折断了，这个美丽、年轻的女孩儿就和她编的花环一起跌落溪水里去。

她靠衣服托着，在浮木上漂了一会儿，还断断续续地唱了几句古老的曲调，仿佛一点儿也不在意自己所遇到的灾难，或是她本来就是生在水里的动物一样。可是没多久，她的衣服被水浸湿，变得越来越重。她还没唱完那支婉转的歌曲，就被淹死了。

哈姆雷特回来的时候，她的哥哥雷欧提斯正在为她举行葬礼，国王、王后和所有的朝臣也都在场。起初，哈姆雷特不晓得这是在举行什么仪式，只是站在一旁不去打扰。

他看到他们按照处女葬礼的规矩在她坟上撒满了花，花是王后亲自抛的，她边抛边说："鲜花应当撒在美人身上！我本来希望用花替你铺新娘子的床，可爱的姑娘，没想到现在却要撒在你的坟墓上了。你本来应该做我的媳妇的。"

哈姆雷特又听到奥菲利娅的哥哥雷欧提斯说，希望她的坟墓能长出紫罗兰。雷欧提斯还跳进奥菲利娅的坟里去，悲伤得像发疯似的。他吩咐侍从拿土来覆盖在他的身上，让他跟奥菲利娅埋在一起。

此时，哈姆雷特对这位女孩儿的爱又恢复了，他不能容忍她的哥哥如此悲伤，因为他认为自己对奥菲利娅的爱比四万个雷欧提斯还要深！这时，哈姆雷特走上前去，也跳进坟墓里面，跟她的哥哥一样疯狂，甚至比他更疯狂！

雷欧提斯认出他是哈姆雷特，他的父亲和妹妹都是因为这个家伙而死的，于是他把对方视为仇敌，狠狠地掐住他的脖子，直到两人被冲上前的侍从拉开。

葬礼结束后，哈姆雷特向雷欧提斯道歉，说他刚才的行为太鲁莽了，在场的人都以为他是为了跟雷欧提斯打架才跳进坟墓里去的。其实，他只是因为不能容忍有人为了奥菲利娅的死比他更伤心。

克劳狄斯想利用雷欧提斯的悲愤，暗地里设法谋害哈姆雷特。他怂恿雷欧提斯在和好的假象下向哈姆雷特发出挑战，来一场剑术友谊赛。哈姆雷特也接受了这个挑战，并且约定好比赛的日子。

比赛当天，宫里的人都在场，而雷欧提斯则在国王的指示下准备了一把毒剑。大家都知道哈姆雷特和雷欧提斯两个人皆精通剑术，所以朝臣们都为这次比赛下了很大的赌注。按照规矩，比剑应该用圆头剑，哈姆雷特挑了一把圆头剑，他一点儿也没有怀疑雷欧提斯会有什么诡计，也没有去检查雷欧提斯的剑，可是，雷欧提斯用的却是一把尖头剑，上面还涂满了毒药。

一开始，雷欧提斯并没有真的跟哈姆雷特比试，他先让他占了一些上风，克劳狄斯也故意夸赞哈姆雷特的技巧，努力喝彩着，并为他的胜利干杯。他还下了很大的赌注，打赌哈姆雷特一定会赢。

可是经过了几个回合，雷欧提斯出手越来越狠，不停用毒剑猛刺哈姆雷特，想给他致命的一击，这让哈姆雷特感到很生气，然而，他还不知道全部的阴谋。之后，哈姆雷特的手臂不慎被剑划伤。

又一次，双方的剑因激烈的比斗掉落地面，哈姆雷特不经意地拿到了雷欧提斯的那把毒剑，然后在接下来的决斗中，他用雷欧提斯的剑刺了他一下。于是，雷欧提斯自食恶果地中了他自己的奸计。

这时，王后尖叫着自己中毒了！原来，国王替哈姆雷特准备了一杯酒，本来是要等哈姆雷特比剑口渴时递给他。但阴险的国王事先在碗里下了猛烈的毒药，打算如果哈姆雷特没被雷欧提斯刺死，就要用这杯酒来毒死他，然而，这杯酒最后却被王后喝下去，因为国王忘记事先告诉她。王后喝下毒酒之后马上就死去了，并用最后一口气喊出自己是被毒死的。

HAMLET.

哈姆雷特怀疑这之中藏着某种阴谋，就命令侍卫把门统统关起来，他要查出幕后的主使人！这时，雷欧提斯告诉他不必查了，并老实承认是他出卖了朋友，因为他发觉自己挨了哈姆雷特一剑，就快要死了。

他开始招出自己所策划的奸计。他告诉哈姆雷特剑头已涂上剧毒，哈姆雷特已经活不了半个钟头了，因为什么药也救不了他。临死的时候，他控诉这一切都是国王的阴谋，还要求哈姆雷特饶恕他，然后就断气了。

哈姆雷特知道即将死去，而剑上还有些剩余的毒药，就奋力朝狡诈的克劳狄斯扑了过去，把剑头刺进他的胸膛。就这样，他实践了对父亲许下的诺言，完成鬼魂要他做的事，让那个卑鄙的杀人凶手得到报应了。

然后，哈姆雷特觉得浑身无力。眼看自己就要死了，他转过身来，用最后的一口气要求好朋友霍拉旭一定要好好活在世上，把整件事情的前因后果告诉全世界的人。霍拉旭答应他一定会忠实地照做，因为只有他知道这一切的经过。

哈姆雷特满足地咽下了最后一口气。霍拉旭和在场的人都流着泪，把王子的灵魂托付给天使。哈姆雷特是一位仁慈宽厚的王子，因为他拥有高贵的美德，大家都十分爱戴他，如果他没死的话，想必会是一位最优秀的丹麦国王。

奥瑟罗

富豪勃拉班修是威尼斯的一位元老，膝下有位漂亮温柔的女儿，名叫苔丝狄蒙娜。由于苔丝狄蒙娜品德高尚，日后还可能会继承一笔丰厚的遗产，四面八方的人纷纷来向她求婚。

只是这些本国的白种人，还没有一个能让她动心的，因为这位高贵的小姐把人的心灵看得比相貌更为重要。最后，她以一种别人钦佩却没法效仿的独特眼光，选中了一个摩尔人。这位摩尔人是黑人，深受她父亲的喜爱，经常应邀来她家中做客。

然而，没有人能指责苔丝狄蒙娜挑选的这个情人有什么不合适之处。要不是因为他是个黑人，凭着这位高尚的摩尔人的各项条件，就是最高贵的小姐也会暗许芳心的。他是位军人，而且是位骁勇的军人，在与土耳其的多次血战中表现出杰出的指挥才能，因此被拔擢为威尼斯军队的将军，受到人民的尊敬和信任。

奥瑟罗以前曾是位旅行家，苔丝狄蒙娜像其他姑娘一样，十分喜欢听他讲冒险故事。于是，他就会从最早的故事讲起，讲起他经历过的战争、围攻、会战；讲起在海陆两地遭遇的种种危险，讲起他如何在踏进敌人的重围或者冲到敌人炮眼上的千钧一发之际侥幸脱险；讲起他怎样被傲慢的敌人俘虏，又被卖为奴隶；讲起那时候他是怎样忍气吞声、怎样逃脱。

当他讲述这些故事的时候，还会顺便提到在国外遇到的种种奇闻趣事。他讲到一望无际的荒野、传奇瑰丽的洞穴、石坑、岩石和高耸入云的山峰；讲到野蛮的国家、吃人的食人部落，还有一个头颅长在肩膀下的非洲民族。这些旅行的故事把苔丝狄蒙娜深深地迷住了。每当她因为家务事不得不离开一会儿时，总是赶紧把事情处理完就回来，然后兴味盎然地听他讲下去。

有一次，奥瑟罗趁着适当的时机，诱导苔丝狄蒙娜要求他把一生的故事都详细地讲给她听。虽然那些故事她已经听了不少，但都是些不完整的片段罢了。于是，奥瑟罗顺势答应了她的请求，他讲到自己年轻时遭受的不幸和打击时，赚了苔丝狄蒙娜不少眼泪。他的故事讲完了，她也不知道为了他受过的苦叹了多少气。

苔丝狄蒙娜巧妙地发誓说，这些故事太离奇，也太悲惨了，她真希望自己没有听到那些故事，但又希望上天为她创造出这样一位男子来。然后，她向奥瑟罗表示感谢，还告诉他，如果他有朋友爱上了她的话，只要教那位朋友该怎样讲他的故事，就可以成功追求到她了。

听到这虽然坦率但也不失含蓄的暗示，又看到漂亮迷人的苔丝狄蒙娜脸上泛起了红晕，奥瑟罗自然就明白了。于是，他明白地向她表示了爱意，趁着那次极佳的机会，奥瑟罗得到了苔丝狄蒙娜的同意，她表示愿意与他私下结婚。

然而，以奥瑟罗这样的肤色、财产，别指望勃拉班修点头答应让他做自己的女婿。虽然勃拉班修一直都没干涉女儿的婚事，可是他确实希望女儿能在不久后，像威尼斯其他的千金小姐一般，嫁给一位元老或者可能成为元老的人。

可惜他的期望落空了，苔丝狄蒙娜爱上了这个摩尔人。虽然这个摩尔人是黑人，但苔丝狄蒙娜还是把自己的心和命运都交给了这位英勇、高尚的人。即使他的黑皮肤是所有女人都难以接受的，可是颇具慧眼的苔丝狄蒙娜却觉得他比那些向她求婚的、肤色白净的威尼斯贵族青年还要高贵，她委身嫁给了他，全身心地爱着他。

虽然他们的婚礼是秘密举行的，可是这秘密也没能保守太久。很快这件事就传到了老勃拉班修的耳朵里。老人家气愤地到庄严的元老院会议上控告摩尔人奥瑟罗，他坚决指控奥瑟罗用符咒和巫术诱惑他美丽的女儿，使苔丝狄蒙娜爱上了他，并且在未征得父亲的同意下就跟她结婚，这严重违背了主客之道。

当时刚有消息传来：土耳其人调集了一支强大的舰队，正往塞浦路斯岛进发，想从威尼斯人手中把这个军事据点重新夺回去。在这紧急关头，政府只好把希望寄托在将军奥瑟罗身上，认为只有他才能担此重任，指挥威尼斯军队抵挡土耳其军，打赢这场塞浦路斯保卫战。政府要奥瑟罗即刻前往岛上赴职。

奥瑟罗就这么被召进了元老院，当时他是以双重身份站在各位元老面前。一方面，他是被政府指定的临危受命的军人；另一方面，根据威尼斯法律，他又是个犯人，被指控多项应当处以死刑的罪名。

想到老勃拉班修一把年纪了，又是元老，大家都很有耐心地听他在这庄严的会场上指控奥瑟罗。不过这位怒气冲冲的父亲控诉起来一味地放纵自己的情绪，只用一些臆测和断言做证据。也因此，只要奥瑟罗被传上庭进行自我辩护时，把他的恋爱经过一五一十地讲出来就行了。

奥瑟罗把他的故事讲得朴实无华而又娓娓动听，就和我们前面描述过的一样。他把追求苔丝狄蒙娜的全部过程讲了一遍。他的故事是那么坦白、光明磊落，连担任审判长的公爵大人都忍不住承认，要是他女儿听到这样的故事，也一定会爱上奥瑟罗的。奥瑟罗使用的符咒和魔术只不过是男人在恋爱中使用的诚实手段，他所使用的唯一魔法就是运用了自己温柔说故事的才能，使女人对他发生兴趣。

苔丝狄蒙娜小姐走上庭来，亲口证实了奥瑟罗的陈述。她先是承认父亲生养她、教育她，她应当尽为人女的本分，然后又请父亲允许她明言一种更高尚的职责——向她的主人、丈夫尽到作为人妻的职责，甚至就像她的母亲虽然喜欢自己的外祖父，可是更喜欢她的父亲勃拉班修一样。

这位老先生没办法再坚持他的控诉了，只得万分心痛地把摩尔人叫过来，把自己的女儿交给了他。勃拉班修告诉他，要是他有权把女儿留下的话，他是绝不会让奥瑟罗娶走她的！还说他很庆幸自己没有其他的孩子，因为，苔丝狄蒙娜的私奔将会使他变成一位暴君，从此给其他的孩子都戴上脚镣的。

这些年来奥瑟罗已经习惯了艰苦的军旅生活，在他看来，这就像别的男人吃饭睡觉一样自然。所以当这件棘手的问题一解决，他就决定立刻奔赴塞浦路斯指挥战事。虽说奥瑟罗和苔丝狄蒙娜正逢新婚，本该像其他新婚夫妻一样愉快地享受爱情，可是苔丝狄蒙娜更希望丈夫能为国争光，她虽然明白战争的危险，但还是欣然同意随丈夫出征。

奥瑟罗夫妇一到塞浦路斯，就获知一场猛烈的暴风雨已经把土耳其舰队吹散了，于是敌人无法马上发动进攻，塞浦路斯岛暂时解除了危机。然而，奥瑟罗将要面临的那场真正的战争就要开始了。这个敌人恶意地挑起了他对清白妻子的猜忌，比外人和异教徒还来得致命！

在奥瑟罗将军的朋友之中，他最信任的人是凯西奥。凯西奥是位年轻的军官，佛罗伦萨人。他天性活泼，为人多情，嘴巴也甜，有很多讨女人喜欢的地方。他长相英俊、能言善辩，正是使那些上了年纪却娶了年轻漂亮女人的男人嫉妒的那种人，对奥瑟罗来说也不例外。

但是，奥瑟罗品德高尚，从不会猜忌别人，要是他自己做不出这样的事，也不会怀疑别人会做出那种卑鄙的事来。当初他与苔丝狄蒙娜恋爱的时候，还请凯西奥从中帮忙过，也可以说，凯西奥算是他们的媒人。

当时，奥瑟罗担心自己不会说话，不懂得讨女孩子欢心，却发现自己的朋友倒是很有一手，所以常常拜托凯西奥代他去向苔丝狄蒙娜求爱。这种单纯的性格不仅不是这个英勇摩尔人人性上的污点，反而是他的光彩之处。因此，也难怪除了奥瑟罗本人之外，温柔的苔丝狄蒙娜最喜欢、最信任的人就是凯西奥了。

不过，正如贤德的妻子应该做的那样，她对凯西奥始终保持着适当的距离。他们结婚之后，苔丝狄蒙娜对待凯西奥就如婚前一般，没有什么改变。凯西奥常常到他们家中作客。虽然奥瑟罗是个严肃的人，可是听着凯西奥东拉西扯、活泼开朗的闲聊，也会感到很高兴，毕竟性格相反的人总是喜欢在一起谈话，这样才不至于使自己严肃的性格太沉闷。凯西奥和苔丝狄蒙娜经常在一起说笑，就像当年他替朋友求婚时一样。

不久前，奥瑟罗提拔了凯西奥，让他成为自己的副官。这是个很受信任的象征，也是跟将军最为亲近的职位。可是，这次的升迁激怒了一位名叫伊阿古的资深军官。伊阿古认为自己比凯西奥更有资格得到这个职位。他常说凯西奥只不过会陪陪女人罢了，在战术或者指挥上的能力还比不上一个女人。

伊阿古恨凯西奥，也恨奥瑟罗。一方面，他觉得奥瑟罗偏袒凯西奥；另一方面，他对奥瑟罗产生了没有根据的猜疑，他一厢情愿地认为这个摩尔人看上了他的妻子爱米利娅。在这些假想的刺激下，伊阿古策划了一场阴险的复仇计划，他要把凯西奥、奥瑟罗和苔丝狄蒙娜一网打尽。

伊阿古生性奸诈，对人性了解得十分透彻，他知道折磨一个人的精神远比折磨他的身体要痛苦多了，而在所有折磨人精神的方式中，嫉妒是最让人难以忍受、最容易使人感到锥心之痛的了。要是他能成功地让奥瑟罗嫉妒凯西奥，那会是一个绝佳的报复手段，可能还会让其中一方或者两方都死掉，不过，他才不在乎呢！

土耳其的舰队被暴风刮散了，将军和将军夫人也来了，岛上顿时如同过节一般，人人都尽情地吃喝玩乐。他们纵情饮酒，一次又一次地举杯恭祝黑人奥瑟罗和他的妻子——美丽的苔丝狄蒙娜身体健康。

那天晚上，凯西奥负责指挥警卫队。奥瑟罗吩咐他别让士兵们喝太多酒，以免发生争吵吓到当地居民，使他们对军队产生反感。就在这晚，伊阿古终于开始实行他那蓄谋已久的诡计了。

他先是连声向将军表示忠诚和爱戴，接着不停地怂恿凯西奥喝酒。由于警卫官纵酒是重罪，一开始凯西奥拒绝了，可是伊阿古装出诚恳、坦率的样子继续劝他，没过多久，凯西奥就感到盛情难却，一杯接一杯地喝下肚，伊阿古还不住地在一旁唱着劝酒歌；同时，他口中不断地赞美着苔丝狄蒙娜，一遍又一遍地向她敬酒，夸她是个十全十美的女人。

凯西奥吞进肚子里的“敌人”终于偷走了他的理智。没过多久，伊阿古又怂恿一个家伙去招惹他，就这样，两人很快拔出了剑决斗，一位受人尊敬的军官蒙太诺连忙上前平息纷争，却在扭打中不慎受了伤。

这场骚乱越闹越大，阴谋的幕后黑手伊阿古故意散布恐慌，要士兵去敲响城堡上的钟，就像发生了兵变，而不只是酗酒闹事的小事一样。钟声惊醒了奥瑟罗，他匆忙穿好衣服来到事发现场，询问凯西奥出事的原因。

这时，他的酒劲儿已经退去了一些，凯西奥逐渐清醒过来，当他明白自己做了什么事之后，羞愧得无法回答。而引起这一切的伊阿古则装出一副为难的样子，表示自己不想说凯西奥的坏话。可是，奥瑟罗一定要知道真相，逼他把真相说出来。

于是，伊阿古做出无奈的表情，把整件事情的经过说了一遍，当然，他省去了自己参与的那一部分，因为凯西奥也不记得了。在他巧妙的挑拨下，众人都觉得他越是替凯西奥开脱，凯西奥的罪过就显得越重。最后，严格执法的奥瑟罗只好将凯西奥革职。

就这样，伊阿古奸计的第一步圆满实现了。现在，他已经打击了他的仇敌并把他拉下了马，不过他接下来还要把这个灾难的夜晚发生的事好好利用一番。

经过这场不幸，凯西奥已经完全清醒过来了。他向表面上装成好朋友的伊阿古悲伤地诉苦，说自己真是个傻瓜，竟然做出了畜生般的行为。他的前途已经完了，因为他怎么还有颜面请求奥瑟罗让他复职呢？奥瑟罗肯定会骂他是个醉鬼，事到如今，就连他也瞧不起自己了。

伊阿古安慰他说，这件事也没什么大不了的，不管是谁都会有喝醉的时候，事情还有转圜的余地。如今将军夫人才是真正的将军，奥瑟罗对她言听计从。他可以去找找苔丝狄蒙娜夫人，请她向她的丈夫说情。夫人生性直爽、乐于助人，再说帮两个朋友和好是件好事，她一定会帮忙的，这样就能再度得到将军的宠信了。要不是伊阿古另有其他邪恶的目的，这倒是个不错的建议。

于是，凯西奥按照伊阿古的建议去求苔丝狄蒙娜夫人帮忙。每当有

土耳其舰队被暴风刮散后，士兵们如同过节一般，纵情饮酒，尽情玩乐。

人恳请苔丝狄蒙娜帮忙时，她总是很容易就点头了。果然，她答应替凯西奥向她的丈夫求情，还说她宁愿死也不想对他见死不救。

她马上跑去找奥瑟罗，她向他说的话是那么真诚、漂亮，奥瑟罗虽然对凯西奥有些埋怨，但也没办法拒绝她。不过，奥瑟罗说现在赦免一个犯人未免太急，还是等几天再说，可是她不死心，一定要他在隔天晚上或者第三天早上、最迟在第四天早上就赦免凯西奥。她还告诉他可怜的凯西奥有多么后悔、多么惭愧，他犯的错不应受到这么严厉的惩罚。

奥瑟罗还是不肯，最后她说："怎么了？我的夫君，我为凯西奥求个情就这么困难吗？当初凯西奥代替你来向我求婚的时候，我经常说些对你不满意的话，他还总是替你说好话呢！现在，我只不过求你一件小事而已，要是我真的想测试你对我的爱的话，我会要你做一件大事的。"

苔丝狄蒙娜这样求他，奥瑟罗完全无法拒绝。他只请求妻子给他一点儿时间，他答应一定会再次重用凯西奥的。

一天，当苔丝狄蒙娜在房间里时，奥瑟罗和伊阿古走了进来。这时，前来求苔丝狄蒙娜帮忙的凯西奥正好从另一侧的门走出去。诡计多端的伊阿古看见了，自言自语地低声说道："我不喜欢那样。"

起初，奥瑟罗没怎么留意他的话，便同苔丝狄蒙娜商量起事情来。不过他后来还是想起来了，因为当苔丝狄蒙娜离开后，伊阿古装作单纯满足一下自己好奇心的样子，问奥瑟罗当年向夫人求婚的时候，凯西奥知不知道他们正在恋爱。

奥瑟罗说知道，还说凯西奥常常为他们俩当传话人呢！听到这话，伊阿古皱起了眉头，就像某件可怕的事又有了新的证据，喊了声："真的呀！"

这一喊，让奥瑟罗想起了他们刚走进房间时伊阿古脱口而出的话。奥瑟罗开始怀疑伊阿古话中有话，因为他觉得这句话要是出自小人嘴里，那可能就是别有用心了，但他认为伊阿古是个正人君子，这话从他嘴里说出来，应该是真实感情的自然流露，一定是有重大的事难以启齿。于是，奥瑟罗就拜托伊阿古把他知道的事全都说出来，就是最坏的想法也不要隐瞒。

"唉！"伊阿古说，"哪座宫殿没有污秽之物呢？要是有些邪恶的念头闯进了我的心里，那该怎么办呢？"

他接着说道，要是他观察到的这些琐碎小事为奥瑟罗带来麻烦，那就太遗憾了！要是奥瑟罗知道了他的想法，一定会变得心神不宁；还说，不能因为怀疑就随便毁掉别人的好名声。

他的说话方式引得奥瑟罗疑神疑鬼，就快要发疯了。这时，伊阿古又假装很关心奥瑟罗的心情，劝他别轻易起了嫉妒之心。奥瑟罗毫无防备之心，当这个坏蛋假意劝他不要随意猜忌，却反而引起了他的疑心。

"我知道，"奥瑟罗说，"我的妻子长得很漂亮，喜欢交际和宴会，也爱聊天；她会弹琴，也能歌善舞。可是，只要她是忠贞的，这些都称得上是美德。我必须要看见证据才能认为她对我不忠。"

听见他这么说，伊阿古装成很高兴的样子，庆幸奥瑟罗不会随便怀

凯西奥从苔丝狄蒙娜房间侧门退下时，不巧被诡计多端的阿伊古瞧见了。阿伊古在奥瑟罗身旁低语道：“我不喜欢那样。”

疑自己的妻子，坦率地承认他的确没有证据。但是，他又请求奥瑟罗多注意一下凯西奥在场时，他妻子的行为举止。伊阿古劝他既不要嫉妒，也不要太放心！因为在他的国家意大利，那些女人们所使的花招，他可是比奥瑟罗清楚得多了。还说威尼斯的妻子们背着丈夫要了不少诡计，上帝都看在眼里呢！

接着他又巧妙地暗示说，当初苔丝狄蒙娜跟奥瑟罗结婚的时候，曾骗过了她的父亲。她把一切掩饰得那么好，让她可怜的父亲还以为奥瑟罗使了什么巫术呢！伊阿古的这番话终于把奥瑟罗说动了，他觉得很有道理。他心想当初她骗了自己的父亲，谁知道她现在会不会欺骗自己的丈夫呢？

伊阿古要奥瑟罗原谅自己挑起了他的不愉快。虽然奥瑟罗装出无所谓的样子，但在听到伊阿古的这番话后，他心里已经痛苦地颤抖起来了。奥瑟罗又请他接着说下去，伊阿古先是连声道歉，好像凯西奥是他的朋友，不想说他的坏话似的，接着却又死死地切中要害：他提醒奥瑟罗，当初苔丝狄蒙娜是如何拒绝了许多不同国家、不同人种、门当户对的求婚者，偏偏嫁给了他这个摩尔人，这对她来说也太不合理了，这足以说明苔丝狄蒙娜是个任性的姑娘。那么，一旦她恢复了理智，她会不会把奥瑟罗跟国内那些年轻俊秀、肤色白净的意大利人相比呢？这种可能性有多大呢？最后，他建议奥瑟罗先别急着与凯西奥和解，好好观察一下苔丝狄蒙娜帮凯西奥求情时有多么殷勤，因为这上面可以看出许多端倪。

这个狡猾的坏蛋就这样设下了圈套。他要把清白无辜的苔丝狄蒙娜那温柔的性情变成毁灭她自己的利器；用她的善良织成一张网，把她自己诱入圈套。他先怂恿凯西奥向苔丝狄蒙娜求情，就在这个时候，又设下另一个计谋将她毁灭。

在这段谈话结束之前，伊阿古请求奥瑟罗在得到确凿的证据之前，仍然将他的妻子视为清白无辜的，奥瑟罗答应会耐住性子。然而，从那之后奥瑟罗就再也没有品尝过安宁的滋味了。不论是罂粟花、曼陀罗汁，还是世界上所有的安眠药，都再也不能让他享受前一天还享受得到的好睡眠了。

他开始讨厌他的职务，他无法再从战争中获得欢乐了；过去他看到军队、战旗和作战队形时就会高兴；听到战鼓、号角或者嘶鸣的战马，就会激动、跳跃。可是现在军人的美德——骄傲、雄心都从他身上消失了，他对军事的热情和一直以来的愉快心情也都离他远去了。

他一下子觉得妻子是忠贞的，一下子又觉得她不忠贞；他一下子觉得伊阿古是正直的，一下子又觉得他不正直。然后，他就希望自己永远不要知道这些事，因为要是他一无所知的话，就算苔丝狄蒙娜真的爱上了凯西奥，也不会让他这么痛苦。这些心烦意乱的想法把他的心都撕碎了。

有一次，他掐住了伊阿古的脖子，要他拿出苔丝狄蒙娜不忠的证据来，否则就要立刻杀死他，要他为诬陷苔丝狄蒙娜付出代价。

伊阿古假装很生气，说他的一片好心竟被奥瑟罗当成了蛇蝎心肠。他问奥瑟罗，是不是曾经送给妻子一条绣了草莓花样的手帕。奥瑟罗说自己的确给过她这样的一条手帕，那是他送给她的第一件礼物。

伊阿古说:“今天我还看见凯西奥用那块手帕擦脸呢!”

“如果真的像你所说的那样,”奥瑟罗说,“我要是不狠狠地复仇,把他们杀掉,绝不罢休!首先,为了表示你对我的忠心,我命令你三天之内杀死凯西奥。至于那个美丽的魔鬼,我会想个办法让她死得痛快。”

在嫉妒的人看来,即使是空气般轻盈的小事也会变得像《圣经》一样确凿,奥瑟罗只不过看见凯西奥手里有一块他妻子的手帕,就想置他们二人于死地,丝毫没想过亲自去问凯西奥是如何得到手帕的。苔丝狄蒙娜从来没有送过凯西奥这么一件礼物,这位忠贞不渝的姑娘也不可能做出把丈夫的礼物转送给别的男人这种坏事,来伤害她的丈夫。

凯西奥和苔丝狄蒙娜都没有冒犯奥瑟罗的意思,可是坏蛋伊阿古却无时无刻不想着坏点子,他叫自己善良却软弱的妻子把手帕从苔丝狄蒙娜处弄来,假装要描下手帕上面的花样,实际上却把它丢在凯西奥的身旁,让他把手帕捡起来。这样子,伊阿古就可以趁机暗示奥瑟罗:手帕是苔丝狄蒙娜送给凯西奥的。

奥瑟罗见到妻子后,开始装出头痛的样子,希望她能给他一条手帕按在太阳穴上。苔丝狄蒙娜就给了他一条。

“不是这一条,”奥瑟罗说,“我要我送你的那一条。”

当然,由于那条手帕早已被偷走了,苔丝狄蒙娜当然无法拿出来给他。

“什么?”奥瑟罗说,“这下糟了!那条手帕是一个埃及女人送给我母亲的。那女人是个巫婆,能看透人的心思。她曾跟我母亲说,只要把手帕握在手里就会人见人爱,我父亲也会爱她;但只要遗失了或者送给了别人,我父亲就会变得花心,过去有多爱她,这时就有多讨厌她。她在死前把它给了我,叫我将它送给自己的妻子,我照她说的做了。你要小心保存,要像珍惜你的眼睛一样珍惜它。”

“真的吗?”苔丝狄蒙娜惊讶地说道。

“真的,”奥瑟罗继续说,“那手帕是有魔法的,是一个两百岁的女巫心血来潮时在一阵狂热中织成的,做丝线的蚕茧也不是人间所有。织成以后还必须在用处女木乃伊的心脏炼成的汁液里染过。”

苔丝狄蒙娜听说那条手帕具有如此神奇的功效，吓得说不出话来，因为她清楚地记得自己把它弄丢了，她害怕手帕不见后，丈夫将不再爱她。奥瑟罗跳了起来，好像要做出什么鲁莽的事情。

他说自己坚持要那条手帕，可是苔丝狄蒙娜却拿不出来，她竭力想把丈夫的注意力从这些沉重严肃的事情上移开。忽然，她兴高采烈地说自己明白了，原来奥瑟罗跟她说手帕的事，只是为了不让她再替凯西奥求情罢了。

接着她又夸奖起凯西奥来了，就像伊阿古预料的那样。这让奥瑟罗发了疯似的冲出门去了，直到这时，苔丝狄蒙娜才不情愿地开始相信她的丈夫吃醋了。

她不知道自己对丈夫做了什么，竟让他吃起醋来。接着，她又责怪起自己不该这样责备高贵的奥瑟罗。她猜想肯定是威尼斯传来了坏消息，或是国家遇到大麻烦了，才害得他心情烦躁，使他失去了原先的温柔。

“男人又不是神仙，我们总不能指望结了婚之后他们还能对我们像结婚那天一样体贴。”她说道，然后她又责备自己不该因为丈夫无情就往坏处去想。

奥瑟罗又到了苔丝狄蒙娜面前，这一回，他更加明确地指责苔丝狄蒙娜对他不忠，爱上了别的男人，不过他没说出那人是谁。接着就哭起来了。

苔丝狄蒙娜说：“唉！今天真是个不幸的日子。你怎么哭了？”

奥瑟罗说他可以坚忍地承受各种磨难、贫穷、疾病和耻辱，这些事都休想击垮他，可是她的不忠却让他心碎了。他称她为野草，看上去很美丽，闻起来也很香，但一看见眼睛就痛，一闻到鼻子就痛，但愿她没有来到这个世上。

奥瑟罗又离开了，他清白无辜的妻子错愕不已，她没想到丈夫竟会这样误会她、怀疑她。之后，一股昏昏沉沉的倦意向她袭来，她命令仆人为她铺床，把她结婚那天的床单铺上。她说，大人教孩子做事情时，总是会温柔地引导他们，教他们从简单的事情做起。奥瑟罗完全可以这样责备她，因为当她受责备的时候，也不过是个孩子，这就是这位温柔的夫人唯一的抱怨了。

苔丝狄蒙娜坐上了床，想着她丈夫很快就会回来。她心里乱糟糟的，没过多久就睡着了。

也不知睡了多久，奥瑟罗进了房间，他满脑子都是杀死自己妻子的邪恶念头。他看见苔丝狄蒙娜睡得正香，奥瑟罗不想让她流血，也不想在她那比雪花石膏还要白的肌肤上留下疤痕。但是，他已经下定了决心要让她死，否则让她活着也只会背叛更多的男人，就像她背叛了自己一样而已。

他最后一次吻了她，那一吻是那样地甜美，让他忍不住又吻了一下。接着他哭了，但那却是无情的眼泪。苔丝狄蒙娜被奥瑟罗的这一吻唤醒了，她睁开眼睛望着他，看见他咬着下唇，滚动着眼珠，她很明白，每当他做出这副表情时，肯定会做出要命的事情来。

奥瑟罗要她做好赴死的心理准备，做一段祷告，因为他不愿杀死她的灵魂。至此，这位清白无辜的妻子只能任凭他摆布了。她请求他发发慈悲，让她知道自己究竟错在哪里。于是，奥瑟罗提起了凯西奥的名字，以及那条不见了的手帕。

这位无辜的夫人正想为自己洗清冤屈，奥瑟罗却不想听了。他用被子把她的头蒙住，活活闷死了。

就在这时，伊阿古的妻子爱米利娅来了，她是来向奥瑟罗报告凯西奥遇刺的事情。原来，伊阿古暗中指使了一名爪牙前去暗杀凯西奥，没想到这名刺客并没有杀死凯西奥，而只是让他受了伤。

爱米利娅看到奥瑟罗杀死了苔丝狄蒙娜，吓得大声呼喊。很快，大家都赶到了奥瑟罗的房间，包括她的丈夫伊阿古。于是，爱米利娅当着众人的面，揭发了丈夫的阴谋与恶行。伊阿古听到妻子的指控，又惊又怒，当场拿剑刺死了妻子，然后逃离现场。

真相大白了，这对奥瑟罗来说真是个晴天霹雳。他现在清楚地明白

DALZIEL
OTHELLO

了自己跟一个杀人犯没什么两样，他的妻子，可怜又清白的夫人一直都是忠于他的。真相是那么残酷，让他痛心疾首、痛不欲生。最后他拔剑自刎，倒在他亲爱的死去的妻子身上，咽下最后一口气。

看到这些鲁莽的行为导致这样悲惨的结果，在场的人都觉得既恐怖又惊愕。奥瑟罗的名声一直很好，没想到却中了小人的奸计；他天生品德高尚，从来没有想过怀疑那个坏蛋。他本是个多情的丈夫，虽然爱得不理智，但爱得极深，他那双刚毅的眼睛从不会为了小事流泪，可是当他知道自己犯了错之后，泪水却像阿拉伯橡树的树胶一样流个不停。

奥瑟罗死后，人们仍然记得他以前的丰功伟业和英勇事迹，他的继任者凯西奥唯一能做的就是严惩伊阿古，将他处以极刑，并派人向威尼斯政府报告这位将军的惨死经过。

麦 克 白

苏格兰国王邓肯执政时，国内有一位显赫的贵族，名叫麦克白。他是国王的亲戚，由于在战场上表现英勇，所以很受朝廷的尊敬。

最近，麦克白和班柯这两位苏格兰将军打败了一支由挪威军队援助的叛军，班师回国时他们经过一片枯黄的荒原，在那里被三个奇形怪状的人拦住。她们看起来很像女人，可是却又留着胡子，从她们满是皱纹的皮肤和身上穿的粗陋衣服来看，她们简直不像人。

麦克白先跟她们打招呼，但她们好像很生气，每个人都把手指头放在松弛的嘴唇上，作为保持沉默的暗示。站在中间的那个人首先向麦克白致敬，称他为“葛莱密斯爵士”，麦克白发现她们居然知道自己是谁，忍不住吃了一惊。

可是第二个人更让他吃惊了，她称呼他为“考特爵士”，这种殊荣他是没有资格享受的。然后，第三个人对他说：“万岁！未来的国王！”她们这种未卜先知的能力使他感到意外，不过他知道，只要国王的儿子还活着，自己是绝对没有希望继承王位的。

接着，她们又转过身去用谜语般的话对班柯说，他将比麦克白低微，可是却又比他伟大；他没有麦克白那么幸运，可是却又比他有福气。她们预言虽然他当不成国王，可是他的子子孙孙都会成为苏格兰的国王。说完后，她们就化作一缕轻烟消失了。两位将军这时才知道，原来这三个人是女巫。

正当他们站在那里纳闷的时候，国王的信差来了，国王加封麦克白为考特爵士。这件事让麦克白感到很惊奇，因为，这恰好跟巫婆的预言完全一样！他站在原地发愣，对着信差半晌说不出话来，但很快地，他满心盼望着第三个巫婆的预言也能应验，这样一来，他就会成为苏格兰国王了。

他转过身来对班柯说道："巫婆告诉我的事竟然如此奇妙地应验了，难道你不希望你的子子孙孙也成为国王吗？"

"这种希望会引起对王位的贪念。"班柯回答，"这些幽冥的使者时常在小事情上向我们透露一些无用的秘密，结果反而害我们做出后果更严重的事来。"

然而，巫婆的预言在麦克白心里留下了深刻的印象，他完全不想理会班柯对他的忠告。在这之后，他便把所有的心思都放在夺取苏格兰王位上。

麦克白把女巫们奇怪的预言和已经应验的事都告诉了妻子，他的妻子是个野心勃勃的坏女人，为了使她的丈夫和她自己成为大人物，她做起事来可以完全不择手段。虽然麦克白的意志还有些不坚，毕竟一想到杀人，他的良心总会觉得不安，可是他的妻子极力怂恿他，不断地告诉他：如果想要实现那个预言，就非得把国王杀死不可。

国王邓肯时常到显赫的贵族家中拜访，刚好这时他在两个儿子马尔康和唐纳班的陪伴下来到麦克白的家里。为了对麦克白在战场上所立下的功劳表示尊崇，国王还带了许多爵士同行。

麦克白住的城堡环境很优美，空气也十分清新，在城堡的石墙上，只要是可以筑巢的地方，都可以看见燕巢，因为燕子喜欢在空气清新的地方繁殖。国王对这个地方十分满意，也对麦克白夫人的殷勤和礼貌表示赞赏。麦克白夫人善于用微笑掩饰她的阴险心肠，她可以装得像花一样纯洁，实际上却是一条毒蛇。

国王由于旅途劳累了，很早就上床就寝了。在他的寝室里有两个侍从睡在旁边，他对这一切感到非常放心。睡前他赐给大臣们一些礼物，也送给麦克白夫人一颗很贵重的钻石，并且夸她是最称职的夫人。

这时已经是半夜了，世界仿佛睡死了一般，噩梦扰乱着人们的心灵，只有狼和凶手才会待在外头。这时，麦克白夫人醒来了，她准备去做谋害国王的事。对于一个女人来说，杀人是很可怕的，她本来不愿意亲手去做，然而她又怕丈夫的心肠太软，不敢照原定的计划下手。

她知道麦克白有野心，可是也知道他为人谨慎，像杀人这样的恶行，是要野心膨胀到了极点才做得出手，而麦克白不会这么做。虽然他已经答应她去杀人，可是她怀疑他的决心，她怕丈夫天生的好心肠会阻碍他完成这件事。

因此，她干脆自己拿了一把尖刀，走近国王的床边，两位侍从早已被她用酒灌得烂醉，抛弃他们的国王，醉醺醺地睡死了。而邓肯也很累了，睡得正熟。她仔细地望了望熟睡中的国王，容貌竟有些像她的父亲，一时竟失去了动手的勇气。

她又回去跟丈夫商量，麦克白的意志早就动摇了，认为这件事千万不能做，因为他不但是国王的臣子，也是他的亲戚，当晚国王又在他的家里做客。按照规矩，他的责任应该是要把门户关好，不让刺客进来，怎么能反而拿刀行刺他呢！

他又想到邓肯是个多么公正、慈祥的国王，从来没有欺负过老百姓，对贵族们——尤其对他，又是那么赏识。上天对这样的国王一定会特别加以保护，如果他被杀死了，老百姓也会想要替他报仇的！而且由于国王对麦克白宠爱，所有的人都很尊重他，他怎么能让这卑鄙的谋害行为来玷污自己的名誉呢！

麦克白夫人发现了丈夫内心的矛盾，而且他似乎已经决定放弃计划。但她是那种下定决心后就不会轻易罢手的女人，她开始在他耳边不停地鼓动着，把自己的想法灌输到他心里，举出许多理由来说服他：既然答应去杀人，就不应该退缩，而且这件事办起来很容易，很快就可以完成，短短一个晚上的行动可以让他们在今后的日子里掌握大权、享尽荣华富贵！

然后，她又对他的犹豫不决表示轻蔑，责备他反复无常、没有骨气。还说，她曾经喂过奶，懂得如何温柔地去爱吃奶的娃娃，但她也可以在娃娃正对着她微笑时，把他从怀里扔到地上，摔出他的脑浆，因为她发过誓要那样做，就像麦克白已经发誓去杀人一样。接着她又说，这件事其实很简单，只要把谋杀的罪行推到两个喝醉的侍从身上就行了。她就这样严厉责备麦克白，麦克白终于又鼓起勇气去干这件血腥的勾当。

于是，他拿着尖刀，摸黑溜进邓肯的房间，正准备靠近国王的时候，他好像看到空中有另外一把尖刀，刀柄正朝着他，刀刃和刀尖上还滴着血。可是当他伸手一抓时，才发现那只不过是他的幻觉。

他摆脱了恐惧，一刀杀死了国王。正要离开现场时，一个侍从在睡梦中笑了，另外一个则嚷着："杀人啦！"于是，他们两个都醒了，做了一段祷告后，其中一个说："愿上帝祝福我们！"另外一个则回答："阿门！"接着，两人就又睡着了。

麦克白躲在那里听他们说话，当第一个侍从说"愿上帝祝福我们"时，他很想和第二个侍从一起说"阿门"！尽管他很需要祝福，然而这句话仿佛卡在他的喉咙里，一点儿也说不出来。

麦克白隐约又听到一个声音嚷着："不要再睡了！麦克白把国王杀死了，把那清白无辜的生命谋杀了！"

这股声音不断地在屋子里回荡："不要再睡啦！""麦克白已经把国王杀死了，所以麦克白再也睡不着觉了，麦克白再也睡不着觉了。"

这些可怕的幻觉伴随着麦克白回到他妻子面前，麦克白夫人见他神情恍惚，就责备他不够坚决，然后叫他快去清洗手上的血迹。接着她拿起尖刀，把鲜血涂在两名侍从的身上，打算把这桩大逆不道的弑君罪行嫁祸到他们身上。

第二天，这件谋杀案被发现了，尽管麦克白和他的妻子装出十分悲恸的模样，而且两名侍从行凶的证据也很充足，可是大家还是不免怀疑到麦克白身上。因为，比起这两个可怜而愚蠢的侍从，麦克白更有杀死国王的动机。

麦克白手持尖刀，趁卫兵酒醉之际溜进国王的房间。国王邓肯就这样在睡熟中被麦克白刺死。

邓肯的两个儿子马上逃走了，大儿子马尔康逃到英国宫廷去请求庇护，小儿子唐纳班则逃到爱尔兰去。王位原本应由国王的儿子继承，如今既然他们放弃了这个权利，麦克白顺理成章地以血统最近的继承者身份当上了国王。就这样，女巫的预言完全应验了。

尽管得到了王位，麦克白和王后仍然没有忘记女巫的预言：麦克白当了国王，但是继承王位的，不是他的子孙，而是班柯的子孙。

想到这一点，又想到他们犯下这么大的罪，到最后却只是把班柯的子孙捧上了王位，夫妻俩便觉得十分不甘心。女巫的一部分预言已经神奇地应验了，于是他们下定决心，要把班柯和他的儿子一块儿害死，好让剩下的预言无法实现。

为了达到这个目的，他们举办了一场盛大的晚宴，把所有重要的爵士都请来了，其中，还特别隆重地邀请了班柯和他的儿子弗瑞安斯。但是，麦克白在班柯前来参加宴会的路上埋伏刺客，杀死了班柯，但弗瑞安斯则在混战中逃掉了。

弗瑞安斯的后代最后当上了苏格兰的国王，一直延续到詹姆斯六世时，苏格兰才与英格兰合并，不过这是后话，我们再把故事拉回到麦克白的晚宴上。

在晚宴上，王后态度优雅、气质雍容，对客人们彬彬有礼，招待得十分周到，参加宴会的人都对她赞不绝口。麦克白和大臣、贵族们自在地谈天，他还说假如班柯在的话，那简直可以说本国所有的贤士都齐聚一堂了。他希望班柯的缺席只是因为他忘记了，这样将来只需好好责备他一顿，而不必因为班柯遭遇不幸而哀悼他。

就在这时，班柯的鬼魂走进来了，并且在麦克白刚要坐的椅子上坐了下来。尽管麦克白是个勇敢的战士，面对魔鬼也不曾发抖，可是当他看到眼前这可怕的景象时，竟也吓得脸色惨白，呆呆地直望着鬼魂，一点儿男子气概也没有了。

王后和贵族们并不能看到鬼魂，他们只看到麦克白对着空椅子发愣，还以为他一时神经错乱。王后小声地对麦克白说，这和那天他谋杀邓肯时在空中看到的尖刀一样，只不过是幻觉。可是麦克白仍然看得到鬼魂，他对旁人说的话完全不予理会，只顾着跟鬼魂胡言乱语，然而，虽然他语无伦次，却不时说出一些意味深长的话，王后担心麦克白会把那桩可怕的秘密泄漏出来，赶紧佯称麦克白疾病发作，把客人全部打发走。

从此，麦克白就被这种可怕的幻觉折磨着，他和王后夜夜都做着可怕的梦。而弗瑞安斯带给他们的威胁，则与班柯的死一样严重；麦克白认为弗瑞安斯的子孙将来一定会回来继承王位，他会让麦克白的子孙永远都当不了国王。种种想法使他们坐立难安，麦克白决定再去找那三个女巫，问问她们事情将会坏到什么样的地步。

他在荒原的一个山洞里找到了她们，她们也知道麦克白要来，正为他准备一些可怕的符咒，这种符咒可以将地狱里的鬼魂招来，向她们显示未来。

那些符咒都是用一些奇怪的材料做成的，有癞蛤蟆、蝙蝠和蛇，有水蜥的眼睛、狗的舌头、壁虎的腿、猫头鹰的翅膀、龙麟、狼牙、鲨鱼的胃、女巫的木乃伊、毒草根、山羊胆、犹太人的肝、长在坟墓上的水松枝

MACBETH

和一个小孩的手指头。把这些东西统统放到一只大锅里去熬，等到要开锅的时候，就立刻浇上狒狒的血，等它凉了以后，再浇上吃下自己幼仔的母猪的血，并且把绞刑架上人犯流下来的脂肪倒进锅里去。有了这种符咒，鬼魂就必须回答她们的问题。

她们问麦克白，打算由她们来解答他的问题还是由鬼魂来回答。刚才看到的那些可怕东西一点儿也没有吓倒麦克白，他大胆地说："鬼魂在哪里？我要见见它们！"

女巫就把鬼魂招来，一共有三个。第一个鬼魂看上去像是一个戴着钢盔的脑袋，它叫着麦克白的名字，要他当心麦克德夫。麦克白听到这个忠告后向它道谢，因为他一直嫉妒着麦克德夫。

第二个鬼魂看上去像是个血淋淋的孩子，它叫着麦克白的名字，要他不必害怕，他大可不必把凡人的力量放在眼里，因为只要是女人生下的，都不能伤害他。它劝他要冷酷、勇敢、坚决！

"那么你就活着吧！麦克德夫！"麦克白大声地嚷着，"我何必怕你呢？不过我还是要做到万无一失才行，我要你死！那样我就不必再提心吊胆了，就算是打着雷我也能安心睡觉。"

把这个鬼魂打发走后，第三个鬼魂又出现了，它是个戴了王冠的孩子，手里拿着一棵树，它呼唤着麦克白的名字，安慰他不要怕任何阴谋，因为他是永远不会被人打败的，除非伯南的树林移动到邓西纳的山上。

"幸运的预兆，好极了！"麦克白大叫道，"有谁能拔起森林，把它从生根的地上移开呢？那么一来，我就可以跟平常人一样活一辈子，不会死于非命了！可是我还想知道一件事：既然你的魔法能告诉我那么多事，就请告诉我，班柯的子孙能不能当上国王呢？"

这时，那口锅沉到泥土里面，然后奏起音乐来，有八个象征国王的影子从麦克白面前走过去，班柯是最后一个。他手里拿着一面镜子，镜子里反射出更多的人形，班柯浑身血淋淋地对着麦克白微笑，并且指了指那些人形。麦克白知道那就是班柯的后代，他们将当上苏格兰的国王。

女巫奏了一段悠扬的音乐，又跳了一支舞，表示她们对麦克白已经尽到责任，之后就消失了。从那时起，麦克白心里想的尽是些血腥、可怕的事。

走出女巫的山洞后，他听到的第一个消息，就是麦克德夫已经逃到英格兰去了，他去参加邓肯的长子马尔康组织的一支军队，目的是将麦克白赶走，让合法的王位继承人马尔康当国王。麦克白非常生气，马上派兵攻打麦克德夫的城堡，把他的妻儿杀死，还将跟麦克德夫有关系的人都杀光。

然而，麦克白做的这些事，渐渐使所有的贵族都离他而去。这个时候，马尔康和麦克德夫已经在英格兰组成一支强大的军队，正向这边攻来，凡是能逃到他们那里去的人都逃走了。而留下的人虽然惧怕麦克白，不敢积极地参加叛军，却也都暗地里希望他们打胜仗。

麦克白招募士兵的工作进行得很缓慢，因为人人都憎恨他这个暴君，没有人信任他，没有人爱戴他，也没有人敬重他。他开始羡慕起被他害死的邓肯，虽然邓肯遭到叛徒最阴险的暗算，可是他现在却安安稳稳地睡在坟墓里，任何武器和毒药、国内的阴谋和国外的战事，都再也不能伤害他了。

麦克白在做这些坏事时，王后一直是他唯一的同谋，他也只有在她怀里时，才能暂时忘掉那些折磨他们的噩梦。但就在战争开始不久，王后却死了，或许是她受不了良心的谴责和民众的仇恨，结束了自己的生命。如今，麦克白变成了孤单一人，再也没有一个爱他、关心他的人，也没有一个可以和他一起讨论坏主意的知心朋友。

麦克白开始对生命漠不在乎了，他一心想寻死。可是随着马尔康军队的逼近，他的雄心又被激起了，他决定要披着铠甲而死。

除此之外，女巫们那些空洞的预言也给了他一种错误的自信，他想起鬼魂的话：只要是女人生下的，都不能伤害他；他是永远不会被人打败的，除非伯南的树林挪到邓西纳山上。他认为这种事是永远不会发生的，所以他安心地把自己关在城堡里，这座城堡盖得非常坚固，经得起围攻，他就这样消沉地等着马尔康的到来。

有一天，一个信差向他跑来，他的脸色苍白，浑身发抖，几乎无法把所看到的说出来，他战栗着说道，当他正在山上巡逻，朝伯南瞭望时，突然觉得那里的树林都移动了起来！

“你这撒谎的仆人！”麦克白尖叫道，“要是你说的是假话，我就要把你吊在旁边的这棵树上，让你活活饿死！要是你说的是真的，你就尽管把我吊死吧！”

麦克白的信心开始动摇了，他想起鬼魂告诉他的话：除非伯南的树林挪到邓西纳的山上，否则他什么也不必怕。但是，如今树林真的移动了！

“可是万一信差的话是真的……”他想，“那么我们就披上铠甲，出去应战吧！既然没有地方可逃，待在这里等死也不是办法。我已经对阳光感到厌倦了，我巴不得生命就这样了结！”

说完这些绝望的话，麦克白率领军队朝着围攻的敌人冲去，马尔康的军队这时已经逼近城堡了。

事实上，树林移动的奇异现象并不难解释。原来，当马尔康的军队经过伯南的树林时，这位精通战术的将军命令他的士兵，每人砍一根树枝捧在面前，这样可以掩盖军队的确切人数。从远处望去，士兵捧着树枝前进的情形，就成了信差看到的可怕景象。这么一来，鬼魂的话也应验了，可是却和麦克白当初理解的不一样。他最害怕的事终究还是发生了。

就这样，双方展开了一场激烈的战斗，只有一些自称是麦克白朋友的人勉强支持他，但实际上他们也很憎恨他，心里仍是向着马尔康和麦克德夫。不过，麦克白打起仗来依旧非常凶猛，跟他交手的人都被砍得落荒而逃。

最后，麦克白来到麦克德夫那儿，他望着麦克德夫，想起鬼魂曾警告过他，在所有人中，首先要躲避的就是麦克德夫。麦克白很想掉头离开，可是麦克德夫在整场决战中一直在找他，准备随时拦住他的去路。他痛骂麦克白杀害了他的妻儿，欠下他一家人太多的血债。虽然麦克白的良心遭受谴责，但仍不想应战，可是麦克德夫不停骂他是位暴君、凶手、恶魔和坏蛋，硬逼着他和自己交手。于是，两人开始了殊死的决斗。

这时，麦克白又想起了鬼魂的话：只要是女人生下的，都不能伤害我。于是他满怀自信地对麦克德夫微笑说："麦克德夫，你别白费力气了！你要是能够伤害我，你也就能用剑在空中划出一道缺口了！我身上有法力，只要是女人生下的，都不能伤害我！"

"不要再相信那些无稽的魔法了！"麦克德夫说，"让我告诉你，麦克德夫不是女人生下的，他不是和平常人一样被生出来的，他是不足月就从他母亲身体里剖腹取出的！"

"愿那些鬼魂受到诅咒！"麦克白颤抖地说道，这时，他最后的自信也消失了。

他说："愿人们以后再也不要相信那些巫婆和鬼魂说的谎话！它们用模糊的话来欺骗我们，虽然看起来句句都应验了，然而却跟我们所期望的恰恰相反。我不跟你打了！"

"那么我就饶了你这条命吧！"麦克德夫轻蔑地说，"我要像人们对待妖怪那样，把你带去游街示众，脖子上挂着一块木牌，上面写着：'瞧瞧这位暴君！'"

"不行！"麦克白说，他在绝望中又恢复了勇气，"我不愿意向马尔康低头，也不愿意挨贱民的咒骂！尽管伯南的树林已经移动到邓西纳的山上，而你也不是女人生下的，但我还是要反抗到底！"

说完这些话，他就朝麦克德夫扑去，经过一场激战，麦克德夫终于打败了他，把他的脑袋砍下来，当作礼物献给合法的国王马尔康。而马尔康重拾失去已久的政权，在举国民众的欢呼声中，登上了王位。

李 尔 王

不列颠的国王李尔有三个女儿，分别是奥本尼公爵的妻子高纳里尔、康华尔公爵的妻子里根和年轻的考狄利娅。考狄利娅还没结婚，但法兰西国王和勃艮第公爵已经同时向她求婚，两人正住在李尔的王宫里。

李尔王已经八十多岁了，由于他上了年纪，并且为国事过度操劳，身体早已衰弱不堪。他决定把国家让给年轻有为的人去治理，自己不再过问。如此一来，也让他有时间去准备后事，因为死亡不久就会降临了。

于是，他把三个女儿叫到面前，想从她们的嘴里知道谁最爱他，他才能依照她们爱他的程度，来分配各人应得的国土。

大女儿高纳里尔说，她对父亲的爱不是言语所能表达的，她爱父亲胜过爱她身体的任何一部分，胜过爱生命和自由。其实，在这种场合只要老实地说几句真心话就够了，可是她对父亲并没有真实的爱，所以就编了一大套花言巧语。

国王听到高纳里尔亲口保证一定爱他，心里十分高兴，真的以为她说的是实话。于是，凭着一股父爱的冲动，他就把广大国土的三分之一赐给了她和她的丈夫。

然后他又把二女儿里根也叫来，要她表达一下自己的想法。里根和她的姐姐一样虚伪，说谎的技巧一点儿也不比姐姐差。她说姐姐的话还不足以用来形容她对父王的爱，因为世界上所有的欢乐都无法引起她的兴趣，只有在孝顺亲爱的父王时，她才会感到无比的幸福。

李尔以为孩子们都如此深爱他，便在心里替自己高兴。既然里根对他拥有这么热烈的情感，他也应该同样赏赐她。于是，他也把三分之一的国土赐给她和她的丈夫，因此她和康华尔公爵得到了和高纳里尔、奥本尼公爵一样多的国土。

然后，他转过身来问他的小女儿考狄利娅——李尔常说她是自己快乐的源头。他问考狄利娅想说些什么，心想，这个小女儿一定也跟她的姐姐们一样，会说些甜蜜的话，也许她的话比她们的还要热烈呢！因为他一向最宠爱考狄利娅，比起她两个姐姐来，他最喜欢这个小女儿。

可是考狄利娅十分讨厌姐姐们的奉承，她知道她们嘴上说的跟心里想的绝不相同，也看出她们的谄媚只是为了从年老的父王手里骗取国土，这样，不必等到国王去世，她们和各自的丈夫就可以掌握大权。因此，考狄利娅只是回答：她的爱不多也不少，她照着做女儿的本分去爱国王。

国王听到他最宠爱的孩子竟然讲出这种话，吃了一惊，他觉得这个女儿也太过忘恩负义了。他要她重新考虑一下她的措辞，修正她的话，不然对她的前途是非常不利的。

衰弱不堪的李尔王分别将三个女儿叫到自己的病床前嘱咐他的身后事。

考狄利娅告诉父亲，他是她的生父，把她养育成人且疼爱她，她也尽了自己的义务来报答他、听他的话、爱他、尊敬他。可是她不会像姐姐们那样夸大自己对父亲的爱，也不能保证世界上除了父亲以外，她不会去爱别人。如果她的姐姐们除了父亲以外谁也不爱，她们为什么还需要丈夫呢？总有一天她会结婚的，娶她的那位男士一定会分走她一半的爱，她也必须要用一半的心去照顾他，尽到妻子应尽的责任。假使她只爱父亲一个人，那她永远也不会想结婚了。

实际上，考狄利娅是真心诚意地爱她的父亲。若是在更早的时候，也许她会明明白白地这么告诉父亲，而且会说出更像一个女儿说出的话，言词也会更亲热些。她刚才说的这些话确实不大中听，可是在听了姐姐们虚伪的奉承后，又看见她们因此得到丰厚的赏赐，她便决定，自己要默默地敬爱她的父亲，这样才可以使她的爱不至于沾染上利益的色彩，也才能表明她是诚心诚意爱着父亲，而不是为了得到什么。虽然她的话没有那么动听，却比姐姐们的话更加真挚、诚恳。

然而，李尔王却把考狄利娅这番诚恳的话解读为骄傲，因此十分生气。国王年轻的时候个性很急躁，动不动就发脾气，上了年纪之后就更糊涂了，竟分不清花言巧语和真心话。

于是，在一阵暴怒后，他把原本打算留给考狄利娅的三分之一国土收回来，平分给她的两个姐姐和她们的丈夫奥本尼公爵、康华尔公爵。

李尔王把他们叫了过来，当着所有朝臣的面把王冠赐给他们，还把全部的权柄和国政都交由他们管理。之后，他放下了国王的职权，只保留国王的头衔，但却提出一个条件：他要一百名士兵当他的侍从，并且要在他两个女儿的王宫里轮流居住。

朝臣们看到国王处理政事如此荒唐，全凭一时的意气，完全没有理智可言，都感到既震惊又难过。但除了肯特伯爵以外，谁也不敢去招惹国王，肯特伯爵正想替考狄利娅说几句好话，暴跳如雷的李尔王便叫他闭嘴，否则就要他的命！

不过，好心的肯特并没有被吓到，他一向对李尔王忠心耿耿，把他当成父亲一样地尊敬。他从来不看重自己的生命，认为自己活着不过是为了当一名马前卒跟敌人打仗。为了保卫李尔王的安全，他从不贪生怕死。如今，李尔王却做出对自己不利的事来，这个忠实的臣仆本着他一贯维护国王的精神，为了李尔王的利益而起来反对他，而正因为李尔王失去了理智，肯特才会对他如此无礼。

一直以来，他都是国王最忠实的谏臣，所以他请求国王接受他的意见，照他的劝告去做。他劝国王再三考虑，收回他草率的命令。他敢用性命担保，李尔王的小女儿对他的孝心绝不比姐姐们少，她说话时的声音低，是因为怀着真诚的情感，那正是她内心充实的证明。当掌握大权的人一旦向谄媚者低了头，正直的朝臣就只好把话坦率地说出来了。

不管李尔王怎样恫吓他，肯特都不害怕，因为他早就准备随时为国王牺牲自己的性命，肯特要尽到自己的责任，再大的威胁也封不住他的嘴。然而，肯特伯爵直率的谏言只不过让国王更加生气而已，就像一个疯子杀害为他治病的医生，却对那要他性命的病症依恋不舍一样。李尔王放逐了肯特，限他在五天内做好动身的准备，如果第六天肯特被发现仍然留在不列颠，就要立刻将他处死！

于是，肯特向国王告辞，既然他已经说出了那些话，留在宫里与被流放没什么两样。他在临走之前，祈祷上天保佑考狄利娅这个思想正直、说话谨慎的好女孩儿；又说希望她的两个姐姐真的能用孝顺的行为，来证实她们说过的话。于是，肯特走了，他说要到一个新的国家去生活。

这时，李尔王召见了法兰西国王和勃艮第公爵，告诉他们自己对考狄利娅的惩罚。国王想知道，如今考狄利娅已经失去了父亲的宠爱，她什么财产也分不到，只剩下一个人，他们是否还会向她求婚。

勃艮第公爵谢绝了这门亲事，表示在这种情形下他不想娶她了。可是法兰西国王了解考狄利娅为什么会失去父亲的宠爱，他知道那只是因为她说话迟钝，不像姐姐们那样善于谄媚。他握住考狄利娅的手说她的品德是比一个王国还要贵重的嫁妆。

他要考狄利娅跟两个姐姐告别，也向父亲告别，然后跟他走，做他的妻子，也就是法兰西的王后，她统治的王国将比她姐姐们的更强大。然后，他又用轻蔑的口气称勃艮第为“如水的公爵”，因为他对这位年轻女孩儿的爱，就像流水般一眨眼就不见了。

于是，考狄利娅流着泪水跟姐姐们告别了，临行前，她还殷殷叮咛她们要好好地照顾父亲，要兑现她们对李尔王的承诺。她的姐姐们绷着脸说，她们会尽自己的本分，用不着她叮嘱！还用嘲笑的口气对她说：她的丈夫既然把她当作命运施舍给他的东西，她还是好好地满足丈夫的愿望吧！

就这样，考狄利娅便带着沉重的心情离开了，她知道姐姐们为人刁滑，把父亲交给她们，她实在有些不放心。

考狄利娅刚走，她的姐姐们就露出恶魔般的本性。依照约定，李尔王第一个月要跟大女儿高纳里尔住，可是不到一个月，李尔王就发现她的行为跟她说的话完全是两回事。这个刁妇已经得到了父亲所赏赐的一切，他要李尔王把头上戴的王冠摘下来，因为她说，自己不能容忍这个老人家为了使自己像个国王，而保留那些多余的排场；她也讨厌看到国王和他那一百名卫兵。

每当看到父亲，她总是愁眉苦脸的。而且，当李尔王想跟她说话时，她就装病，或者用别的方法躲开他。显然，她把李尔王当成了一个累赘，把他的侍从当作一种浪费。她对国王越来越不耐烦，受她的行为影响，以及她暗地里的唆使，连她的仆人们也开始对国王很冷淡，不听他的吩咐，甚至轻蔑地装作没听见他的要求。

李尔王并非看不出女儿的改变，可是他还是睁一只眼闭一只眼，毕竟，人们总不愿承认由于自己的错误和固执所造成的不幸结果。

一个人的爱和忠诚如果是真实的，纵使你对这个人再坏也无法使他疏远你；相反，一个虚伪的人，对他再好也不能将他感化。这一个特点在好心的肯特伯爵身上最为明显。虽然他被李尔王流放，然而只要还能对他的主人尽忠，他就愿意冒险留下来。忠诚的人有时被情势所迫，必须装成低贱的样子来掩盖自己的身份，但这绝不代表他是下贱或者卑微的，因为这样的装扮只是便于尽到他应尽的责任。

这个好心的伯爵放弃他的尊严，乔装成一个仆人，请求国王雇用他。国王不知道他是肯特乔装的，当他问话时，肯特故意回答得很直爽，甚至有些粗鲁，但却使国王很高兴。于是，李尔王收下肯特做他的仆人，他说自己叫凯易斯，国王绝对想不到，这就是他昔日最得意的宠臣——肯特伯爵。

凯易斯很快就找到机会来表现他对国王的忠诚和敬爱。有一天，高纳里尔的管家对李尔王十分怠慢，言语态度都很无礼，毫无疑问，这都是受他的女主人唆使的。凯易斯看到这人公然侮辱国王，就绊了他一跤，让那个没礼貌的奴才摔到水沟里去，因为这个举动，李尔王跟凯易斯更加亲近了。

跟李尔王要好的不只肯特一人。依照当时的习俗，国王或是大人物的身边都会养一些"弄臣"，当主人忙完一天的繁重公事后，弄臣就会为他们解闷。当李尔王还拥有自己的王宫时，宫里也曾有一位可怜的弄臣，虽然只是一名地位低微的人，现在却尽他所能地对李尔王表示敬爱。

在李尔王放弃了王位之后，这个可怜的弄臣仍然跟着他，用他的口才来逗国王开心，不过有时候他也会讥笑国王放弃王位，把一切都给了女儿的轻率举动。他编了许多曲子，例如：

喜出望外，流下眼泪，
他却长歌诉悲哀；
堂堂一国的国王，
竟跟弄臣捉迷藏。

他总爱创作这种荒诞的曲子。即使是当着高纳里尔的面，这个正直的弄臣也毫不避讳地表达他的真心话，把这些尖锐的讥讽和笑骂刺进她的心坎里。例如，他把国王比作一只麻雀，麻雀把幼小的杜鹃养大，杜鹃为了报答麻雀的养育之恩，竟把麻雀的脑袋咬掉了。

他还说，连驴子都知道什么时候应该拉着车走，就如同李尔王的女儿本应随侍在国王身后，可是如今却站到她们父亲的前面去了。他又说，李尔王已经不是李尔王了，他只是李尔王的影子。因为这些话，弄臣也挨过一两顿鞭子。

李尔王的女儿对他很冷淡、越来越不尊敬他，然而这个糊涂老人所遭遇的还不只是这些。大女儿现在明明白白地对他说，如果他一定要保留那一百名卫兵，她就不再让他住自己的王宫。她认为那种排场既无用又浪费钱，卫兵们到处吵闹、大吃大喝，把她的王宫闹得不成体统。她要求把人数减少，只留一些像他那样上了岁数的人，这样才跟他相称。

李尔王最初还不敢相信自己的眼睛和耳朵，他不相信说出如此刻薄话语的正是他的女儿，也不敢相信从他手里得到王冠的高纳里尔，居然想裁掉他的侍从，对他晚年应得的尊贵享受如此吝啬。

可是高纳里尔仍坚持她的要求，李尔王于是大发脾气，骂她是只"可恶的鸢"，并且说她撒谎。的确，李尔王的一百名卫兵都是些品行端正的人，他们在小细节上也懂得礼节，并不像她说的那样吵吵闹闹、行为不端。

他吩咐侍从把马准备好，他要带着一百名卫兵到二女儿里根家里。他说，忘恩负义是用大理石做成的魔鬼，一个孩子要是忘恩负义，那将比海里的妖怪还要可怕！他还诅咒大女儿永远不能生儿育女！如果高纳里尔养育了儿女，长大了也会用同样的嘲弄侮辱来报答她，让她知道一个负心的孩子咬起人来，比毒蛇更可怕！

这时，高纳里尔的丈夫奥本尼公爵连忙替自己辩解，他希望李尔王不要以为他也参与了这种不义的行为。不等他把话讲完，李尔王又发起了脾气，吩咐侍从尽快备马，一行人动身到二女儿里根家去了。

李尔王心想，考狄利娅的过错与她大姐的行为比起来，是多么微不足道啊！于是，他哭了。他一想到高纳里尔居然目无尊长，把她父亲的权威压倒，便感到十分痛心。

李尔王派他的仆人凯易斯先带着信去见他的二女儿，这样可以在他到达之前做好接待的准备。可是高纳里尔似乎先下手了，她也派人送信给里根，责备她的父亲固执任性、脾气乖张，要妹妹不要收容他的侍从。

这个送信的人跟凯易斯同时到达，凯易斯发现他就是高纳里尔的管家，凯易斯曾因为他对李尔王的态度蛮横，绊过他一跤，他很不喜欢这个家伙，也马上就猜出这名管家的来意，于是破口大骂，吵着要跟他决斗，但那名管家不肯。凯易斯一时气不过，就把这个制造祸患的送信人狠狠地揍了一顿。

里根和她的丈夫听到后，也并没有因为凯易斯是父王派来的而给他最高的礼遇，反而给他戴上脚镣。就这样，国王走进王宫里最先看到的就是他忠实的仆人凯易斯屈辱地坐在一旁。然而，这还只是国王一连串苦难的开头罢了。

紧接着，更坏的事情发生了。当他问起他的女儿和女婿时，所得到的回答是：他们走了一夜的路，很累了，所以不能见他。最后，由于李尔王十分坚决，他们才勉强出来见他，可是陪他俩一起出来的不是别人，偏偏就是那个可恨的大女儿高纳里尔，她跑来向妹妹告了一堆状，并且挑拨妹妹反对父王。

李尔王看到这幅情景十分生气，尤其是里根竟然还握着高纳里尔的手！他质问高纳里尔，看到一大把白胡子的父王，难道她不觉得惭愧吗？里根则劝他回到高纳里尔家里去，把侍从裁掉一半，向她赔不是，安安静静地跟她一起生活。因为他年纪大了，缺乏辨别是非的能力，必须要有一个有见识的人来管教他、带领他。

李尔王认为要他低声下气地向女儿乞讨吃穿，实在是太荒唐了！他耻于这种勉强的依靠，坚决地表示永远不再回到高纳里尔那里，他和一百名卫兵要留下来跟里根一起生活。他提醒里根不要忘记他把半个王国都给了她，还说里根的眼神是温和善良的，不像高纳里尔那么凶狠。然后又说，要是叫他把侍从的人数裁掉一半，再回到高纳里尔那里，那他还不如到法国去，向那个娶了他小女儿的国王请求一笔微薄的养老金呢！

李尔王以为里根会比高纳里尔好一些，可是他错了。里根仿佛有意要赢过她姐姐的忤逆行为，她认为用五十名卫兵来侍候父亲还是太多，二十五名就够了。这时李尔王的心几乎都碎了，他转过身来告诉高纳里尔，他愿意跟她回去，因为五十好歹还是二十五的双倍，证明她对他的爱还比里根的多出一倍。

可是这时候高纳里尔又变卦了！她说，为什么要用五十名呢？事实上连十名、五名也用不着，因为他大可以使唤她和她妹妹家里的仆人。这两个坏心肠的姐妹在虐待她们的父亲方面，就像是在比赛一般，竟想一步一步地把代表他曾是个国王的那点儿尊严全都抹杀掉。

虽然并非一定要有一群衣冠华丽的侍从才算幸福，可是从国王沦为乞丐，从统治着几百万人的君王，落魄到身边没有一个侍从，这的确是很残酷的变化。不过最让国王伤心的，不是他失去了侍从，而是他女儿忘恩负义，狠心拒绝了他的要求！

李尔王一方面受到女儿们的虐待，一方面又懊悔自己不该糊里糊涂地把王位拱手让人，他的神志开始有些不正常了！他说着连自己都不明白的话，发誓要向不孝的女儿报仇，让她们遭到报应！

当他正这样说着自己根本做不到的事时，天突然黑了，一场猛烈的暴风雨就要来了。但是，他的女儿们仍然不让他的侍从进去，他只好命令侍从把马拉过来，说他宁可在外面承受狂风暴雨的袭击，也不愿意跟这两个无情无义的女儿同住在一个屋檐下。

她们反驳说，固执的人不管遭到什么样的伤害，只要是自找的，那都是对他正当的惩罚。于是，她们关上大门，任由李尔王在那样的情况下离去。

风刮得很猛，雨势也更大了，风雨的袭击毕竟比不上女儿们的狠毒来得令人痛心。国王在黑夜里迎着狂风暴雨，在一片荒原上独自与暴风雨搏斗。他祈求狂风把大地刮到海里去，不然就干脆把海浪刮上岸来，将大地淹没，好让忘恩负义的人绝迹。这时，老国王身边只剩下可怜的弄臣，他依然跟着国王，竭力用诙谐和怪诞的言语来淡化国王的悲伤。他说：“在这么糟的夜晚游泳真没意思！老实说，国王您还不如去向女儿们乞求原谅！”

只怪自己没脑筋，
任凭风吹和雨淋！
别怨天也别怨地，
只怕雨呀下不停。

他还说，这是一个让傲慢的女人懂得谦卑的晚上。

曾是堂堂一国之主的李尔王，如今却孤零零的只剩下一个侍从。这时，他忠实的仆人凯易斯找到了他，原来，他一直形影不离地跟着国王，而国王还不晓得他就是肯特伯爵。

凯易斯说：“国王，您在这儿吗？即使是夜行动物也不会喜欢这样的黑夜。风雨已经把野兽都吓得躲到山洞里去了，人类的心灵可经不起这样的折磨啊！”

李尔王反驳说：“一个人生重病时，就感觉不到小小的痛苦了，只有在安逸的时候，才会对一切事情敏感。我心灵里的暴风雨已经夺去了我所有的感觉，只剩下热血还在心头沸腾。”他谈到女儿们的忘恩负义，说那就像一张嘴把喂他吃饭的手咬下来，因为对儿女来说，父母就像是手，供应食物和一切。

好心的凯易斯一再请求国王不要在风雨里待着，他把国王带到荒原上一间破草棚底下。弄臣刚走进去，就慌慌张张地跑了出来，嚷着说里头有鬼。仔细一看，这个“鬼”原来只是一个可怜的疯乞丐，他爬到这个没有人住的草棚里避雨，对弄臣说了些疯疯癫癫的话，把弄臣吓得半死。

这是一群很可悲的人，他们要不是真的疯了，就是装疯，好让那些心肠软的乡下人救济他们。他们在乡下到处漂泊，嘴里嚷着：请可怜可怜我吧！然后把针、钉子或是迷迭香的刺扎到手上，让自己流血。他们一面祈祷，一面疯疯癫癫地诅咒，靠着这些可怕的举止使那些无知的乡下人同情或者害怕，因而救济他们。这个可怜的家伙就是这种人。

国王见他这样穷苦，只在腰间围了一条毯子，就以为这个人也把自己所有的财产分给了女儿们，因此落到这步田地。他认为除非是养了狠毒的子女，否则再也没有别的原因可以把一个人弄得如此悲惨。凯易斯听到国王说出这些疯话，明白他的精神有点儿不正常，女儿对他的虐待的确把他气疯了！

这时，可敬的肯特伯爵得到一个机会，可以表现他对国王的忠诚。他在一些仍然忠于国王的侍从帮助下，把国王送到了多佛尔城堡去，那里有他的朋友。他自己则搭船到法国，赶到考狄利娅的王宫去，向她转述李尔王的悲惨处境，并详细告知她那两个姐姐种种大逆不道的行为。

这个善良孝顺的孩子气得流下泪来，要求她的丈夫准许她坐船回到英国，并带上足够的人马去讨伐这两个残忍的姐姐和她们的丈夫，她要把父亲重新扶上王位。她的丈夫同意了，于是，她带着一支军队出发，在多佛尔登陆。

李尔王发疯后，好心的肯特伯爵派了一些人照顾他，李尔王却趁机从那些人手里逃了出来。当他在多佛尔附近的田野里徘徊时，考狄利娅的侍从发现了他。当时李尔王的模样真是凄惨，他已经完全疯了，一个人大声地唱着歌，头上戴着用稻草、荨麻和其他野草编成的王冠。

虽然考狄利娅急于见到父亲，但还是遵照医生们的劝告，暂时不去刺激她的父亲，只好等药草发挥作用使李尔王完全镇定下来。考狄利娅承诺，只要李尔王的病能治好，她就把所有的金子和珠宝都送给这些医生。在他们的细心治疗下，李尔王不久就清醒过来，跟他的小女儿见面了。

父女团圆的情景十分感人！可怜的老国王因能重新见到孩子而欢喜，却又感到惭愧。当初他为了那么一点点过错就生她的气，还误会她，如今在他如此落魄之时，他才终于了解，考狄利娅才是真正关心他的人。这种复杂的情感和他尚未痊愈的身心不断地激荡着他，使他那半疯狂的头脑有时又会搞不清自己身在哪里。

他疯疯癫癫地问道，是谁这么好心地亲吻着他、陪他说话。还说，这位夫人想必是他的女儿考狄利娅，如果他认错了，请旁边的人不要笑他。接着，他跪下来，向他的女儿请求宽恕，而考狄利娅也跪在那里请他原谅，并且对他说，他不应该下跪，这是她应尽的孝道，因为她是他的孩子，他真真实实的考狄利娅！

她吻了他，希望这一吻可以拭去姐姐们对他的伤害。考狄利娅说，她们把慈祥的父亲赶到寒冷的野外，为此应该觉得羞愧。即使是仇人的狗，尽管它咬了她，在那样的夜晚她也还会让它待在火炉旁边，暖暖身子。

考狄利娅告诉父亲，这次从法国回来是为了救他。李尔王说，请她原谅自己过去所做的事，因为他老了、糊涂了，不知道自己在做些什么。她有理由可以不必孝顺他，可是她的姐姐们却没有！但考狄利娅仍然说，她跟姐姐们一样，都必须孝顺他。

就这样，我们暂时把国王托付给他的孩子吧！国王被他那两个狠毒的女儿弄得精神错乱；幸好，最后靠着考狄利娅和她丈夫的力量，还有良好的草药，他痊愈了。现在我们要来谈一谈他那两个狠毒的女儿。

这两个无情无义的女人对父亲尚且那么虚伪，对丈夫自然也不会忠诚了。不久之后，她们连表面上的和谐与恩爱也不愿装出来，公然表示她们爱上了别人。

没想到，她们两个人的情夫竟是同一个人，也就是已故伯爵葛罗斯特的庶子爱德蒙。爱德蒙曾用诡计夺取了原本该由他哥哥爱德伽继承的爵位，靠着卑劣的行为当上了伯爵。他是个坏人，跟高纳里尔和里根这两个坏女人在一起，正好是臭味相投。

里根的丈夫康华尔公爵这时候刚好去世了，里根马上宣布要跟爱德蒙伯爵结婚。但这个卑鄙的伯爵也同时向高纳里尔示爱，高纳里尔知道了两人准备结婚的消息，十分气愤，因此派人把里根毒死了。

不过，这件事情却被她的丈夫奥本尼公爵发现，他也听说她跟爱德蒙之间暧昧的关系，于是就下令把她关进监狱。高纳里尔因为感情遭受挫折，不久后便自杀了。天理就这样报应在这两个坏女儿的身上。

大家听说了这件事后纷纷说这两个人死有余辜！忽然之间，他们又转移了焦点，惊讶地看到同一股力量是如何奇妙地施展在品德高尚的女儿考狄利娅的命运上。她的善良行为本来应该得到更幸运的补偿，然而可怕的事发生了：世界上纯洁和孝顺的人并不一定会得到好报。

高纳里尔和里根曾经派那个卑鄙的爱德蒙伯爵率领军队与考狄利娅的军队交战。最后爱德蒙胜利了，这个坏伯爵不想让人妨碍他篡夺王位，竟把考狄利娅关在监牢里杀死了。

就这样，上天让这个纯洁无辜的女人为世界留下了美好的榜样，然后在她年纪还轻时，就把她接回天上去了。这个善良的孩子死后没多久，李尔王也去世了。

从李尔王最初受到女儿的虐待，到他最悲惨落寞的时候，好心的肯特伯爵一直紧紧跟随着他。考狄利娅死后，肯特想让国王知道他就是凯易斯。可是，此时的李尔王因为女儿的死再度发疯，完全无法理解肯特和凯易斯就是同一个人。肯特明白，事到如今也用不着解释了。没多久，李尔王死了，这个忠实的臣仆由于上了年纪，加上因老主人的死过于悲伤，没多久就跟随他进了坟墓。

然而，公理终究还是会惩罚卑劣的爱德蒙伯爵。他在与他哥哥的一场决斗中被刺死了。高纳里尔的丈夫奥本尼公爵并没有参与杀死考狄利娅的计划，也从来没有鼓励过他的妻子虐待父亲，所以在李尔王死了以后，他成了不列颠的国王。

这些事情总算告一段落，而李尔王和他三个女儿的故事，也随着他们的死去，在人们的记忆中渐渐被淡忘了。

安东尼与克丽奥佩特拉

恺撒死后，罗马落入了安东尼、屋大维及雷比达三个将军手里。安东尼在出征帕提亚的路途中，经过昔特纳斯河，在那里认识了埃及女王克丽奥佩特拉，这两个人很快陷入了热恋。安东尼从此伫留在亚力山卓不肯离开，整日沉溺于温柔乡中，渐渐失去了往日的雄心壮志，也忘记了自己在罗马的使命。这让安东尼的部下们十分忧心。

这一天，安东尼正与克丽奥佩特拉互吐情话时来了一名使者，他说要向安东尼呈上一封来自罗马的信。安东尼有些不高兴，正想赶走使者时，克丽奥佩特拉却说："看看信上说了什么吧！安东尼，或许富尔维娅生气了，想叫你立刻回家；也可能是乳臭未干的屋大维又降下一道自以为伟大的谕令，要你为他征服哪个国家呢！"

富尔维娅是安东尼的妻子，安东尼出征时将她留在罗马。之后，克丽奥佩特拉要安东尼住在埃及，不肯让他回去与妻子见面。她猜想，这封信一定是罗马的某个人寄来，打算将安东尼从她身边夺走，因此忍不住吃起醋来。

安东尼明白情人的心意，他抱着克丽奥佩特拉，对她解释道："这里才是我永远的归宿，我们要让全世界知道，我们有多么恩爱！"

但克丽奥佩特拉酸溜溜地说道："巧妙的谎言！既然你不爱富尔维娅，为什么要跟她结婚呢？我还是装作痴呆好了，你就去接见罗马来的使者吧！"

她说完后就转身准备离去，安东尼连忙拦住她，对他说自己绝对不会接见什么使者的，只想跟她在一起。接着就把使者抛在一边，拥着她到街上闲逛。罗马来的使者看到大名鼎鼎的安东尼竟对一个女人低声下气，十分惊讶。安东尼的部下菲罗摇了摇头，说道："有时候他不是安东尼，他的一言一行都配不上安东尼该有的伟大品格。"

使者也说："那些在罗马造谣的小人把他说得极为不堪，没想到安东尼竟然会亲身证实他们的话！"

隔天，安东尼还是接见了这名罗马的使者，使者告诉他一个坏消息：他的妻子富尔维娅因为与屋大维不合，率领了军队攻击罗马，却被屋大维打败，逐出了意大利。同时，帕提亚的军队已经沿着幼发拉底河岸，扩张到了吕底亚和伊奥尼亚。安东尼听完有些惭愧，因为这全是因为自己沉迷于女色所致。

这时，又有一名使者来了，他告诉安东尼，富尔维娅逃到西西昂一地后，在那里生病死去了。这个消息让安东尼更加后悔。他叹道："直到妻子死了，我才感念到她生前的好；我必须割断情丝，离开这个迷人的女王，否则千万种意想不到的灾祸就会在我的怠惰之中滋长！"

接着他叫来了部下爱诺巴勃斯，说自己将立刻返回罗马，要他去准备。爱诺巴勃斯劝他不要这么做，因为克丽奥佩特拉会因为思念他而死的；再说，富尔维娅死了对安东尼来说是件好事，因为这下他就可以再娶一位新的夫人了！但安东尼十分坚持地说，他必须回到罗马处理妻子的后事。

当一切准备就绪后，安东尼去见了女王。还没等他开口，克丽奥佩特拉已经猜到了是什么事，她难过地向随从说道："扶我进房！我快要倒下来了，我的身子再也支撑不住，恐怕不久于人世了！"

安东尼叫住她，告知她自己妻子的死讯，并温言软语地说道："为了应付时局的需要，我不得不暂时离开这里，可是我的心还是继续与你厮守在一起的。意大利正面临危机，庞培仗着他父亲的威名，他的军队已经威胁到了罗马的海域，要是我再无所事事的话，那将会天下大乱的。"

克丽奥佩特拉听了以后，心里虽然一百个不愿意，但还是对安东尼说：“您的荣誉在呼唤您回去，请不要听我不足以怜悯的痴心和哀求，愿胜利的桂冠悬在你的剑上！”

于是，安东尼离开了埃及，克丽奥佩特拉每天都非常思念他。就在此时，庞培的军队在海上的势力越来越大，许多曾因畏惧而臣服恺撒的人，现在纷纷见风转舵投降了庞培；同时，两名叫作茂尼克拉提斯和茂那斯的海盗也聚集了船队回应庞培，在海上四处劫掠，这让屋大维和雷比达心急如焚。

屋大维抱怨安东尼，说虽然他过去是一名真正的战士，曾以无比的毅力击败许多伟大的敌人，但如今却只知道享乐，在国家多灾多难之时依旧执迷不悟，害得他们肩头的负担越来越沉重。

“现在我们两人必须立刻召集将士，决定应战的策略，庞培的势力是在我们在怠惰中一天一天壮大起来的。但愿安东尼自知惭愧，赶快回到罗马来！”屋大维叹了一口气，他要求雷比达跟他去调度兵马。

没过多久，安东尼就回到了罗马。雷比达知道他与屋大维素来不和，事先提醒他在会面时收敛一下脾气。虽然安东尼忍住了，但屋大维却还是毫不留情地指责他，他说虽然安东尼本人留在埃及，却照样图谋危害他的地位，让富尔维娅与其他兄弟以安东尼的名义向自己宣战。

安东尼解释，他的妻子富尔维娅太过强悍，连自己都无法驯服她。屋大维又说，当安东尼在亚力山卓饮酒作乐的时候，曾对他的书信置之不理，还把使者辱骂一顿并赶走了。对此，安东尼则解释说，当时他的确酒后失态，但事后已经向那名使者道过歉了。

一旁的雷比达也出来为安东尼解释，他要两人停止争吵，以大局为重。就在此时，一名将领提到屋大维有一个同母妹妹，名叫屋大薇，而安东尼也适逢丧偶，是一名鳏夫。为了使这两名英雄永远和睦，可以让安东尼娶了屋大维的妹妹。

安东尼与屋大维都同意这个建议，于是，两人握手言和，屋大维说道：“我给了你一个妹妹，没有一个兄长像我一样爱他的妹妹，愿她联系我们的国家和我们的心，彼此永不分离！”

接着，他们重新把焦点放回了战争之上。屋大维指出，庞培正驻扎在密西纳山，他的军队已经握有了海上的主权，在陆地上也有相当庞大的军力。这时候，安东尼想起了庞培曾有恩于他，他希望能够与敌人和谈，在场的人也都接受了这个提案。

屋大维、安东尼、雷比达与几位罗马将领来到了密西纳，向庞培提出了和谈的请求，和约中规定，庞培可以得到西西里与萨丁尼亚两个岛，但他必须为罗马扫除海上的海盗，还要支付大量的小麦。

庞培看到安东尼这位英雄已经回到罗马，大为惊讶，于是答应了这些条件。为了庆祝谈判成功，他邀请这些罗马将领上了他的船，接着将船航行出海，所有人开始在船上饮酒作乐。当罗马将领们都喝醉之后，海盗茂那斯向庞培建议道："统治罗马的三位英雄都在你的船上，只要我割断缆绳，把船开到海中，砍下他们的头，那么全天下都是你的了！"

但庞培摇摇头，说："我一向把荣誉看得比利益还重要。要是你在没有告知我的情况下杀死他们，我会觉得你做得很好；但现在我已经知道了，我就必须谴责这样的行为，放弃吧！"

他又从安东尼的部下爱诺巴勃斯那里听说，安东尼与屋大维的妹妹结婚了，他感叹道："现在屋大维与他将会永远联手了！"

但爱诺巴勃斯却不置可否地说道："我可不敢这么乐观，这一桩婚事只是一时的权宜之计，不是出于男女双方的爱恋。安东尼迟早会再回到埃及女王的怀抱，恐怕不久之后，原本是两人友情联系的屋大薇，就会变成促使他们反目的因素了！"

这一天，独守空闺的克丽奥佩特拉接见了罗马来的使者，她满心期待地想知道情人的近况。当使者告诉他安东尼十分平安，而且还与屋大维恢复了昔日的友情时，克丽奥佩特拉高兴得跳了起来，说要赐给使者许多奖励，她要把黄金像暴雨一般淋在他的头上，把珍珠像冰雹一样撒在他的身上。

"可是——"使者说道，"他已经与屋大薇缔结了百年之好。"

这个消息对克丽奥佩特拉犹如晴天霹雳，她美丽的脸一下子变得惨白。

“愿最恶毒的瘟疫染在你身上！”她叫道，接着开始对这名倒霉的使者一阵拳打脚踢，踢完了还不满足，又拔出刀想要杀掉他，吓得这名使者赶紧逃出了宫殿。

在发泄了好一段时间之后，克丽奥佩特拉气消了，她叹道：“当我赞美安东尼的时候，总是不停地诋毁屋大维，现在总算遭到报应了！”

最后，她又叫来这名使者，问他听屋大薇长什么模样，使者害怕再度遭到殴打，只好欺骗女王说，屋大薇身材矮小、声音低沉、脸孔滚圆、前额很低，而且年纪已经超过三十了，还结过一次婚，是个寡妇!

克丽奥佩特拉听了之后破涕为笑，按照约定赏给了使者很多黄金。她对手下说，安东尼的妻子这么丑陋，这段婚姻一定无法长久。

一切就如埃及女王所预料的那样。没过多久，屋大维与雷比达趁安东尼到雅典的时候，背着他重新向庞培宣战，这让两人之间的友谊再度决裂。

之后，屋大维翻脸不认人，他拿出雷比达过去写给庞培的信，指责他通敌，并将他关进监牢。从此，罗马从原本的三强并立，变成了屋大维与安东尼的两人之争。愤怒的安东尼决定出兵攻打屋大维，但他的妻子屋大薇却苦苦哀求安东尼，恳求他想出两全之策。

“好吧！”安东尼说道，“那么就有劳你在我们两人之间斡旋了，但我仍然会积极备战，如果我们不幸必须兵戎相见，恐怕你哥哥的英名就要毁于一旦了！快去吧！”

然而，当屋大薇离开他后，安东尼却背着她回到了埃及，与克丽奥佩特拉相见。女王十分开心，她答应亲自率领埃及的军队帮助他对抗屋大维。

屋大薇风尘仆仆地赶到了罗马，但屋大维却露出讽刺的表情，对妹妹说道：“他让你来见我，是因为你成了他享受风流乐趣的最大阻碍啊！”

“绝对没有这回事，哥哥。”屋大薇反驳道。

“我随时注意着他，他的一举一动我这里都知道，他现在在什么地方？”

“在雅典。”

屋大维忍不住笑了出来，他告诉屋大薇，安东尼早已趁她不在重新回到克丽奥佩特拉的怀抱了！他还把自己的帝国送给这个荡妇，两人共同召集了非洲与亚洲各国的君王，准备与屋大维决一死战。屋大薇听到这个消息几乎要崩溃了，屋大维好言安慰她，并趁机把她留在罗马，还承诺一定会为她讨回公道！

屋大维看见安东尼与克丽奥佩特拉驻扎在阿克兴海岬的大军时，判断出他们在陆地上的势力较强，因此他挑衅安东尼，希望能将他引诱到海上决战。安东尼与克丽奥佩特拉打算接受这个挑战，但部将劝他：“我们的船只缺乏得力的人手，大部分的水兵只不过是仓促征召的农民罢了，但屋大维的舰队却屡次与庞培交锋，都是些能征善战的勇士，而且他们的船只灵活轻便，不像我们的那么笨重。您在陆地上已经储备了充分的实力，拒绝与他在海上决战也没什么丢脸的。”

另一名部将也说，在海上决战无疑是舍弃了稳操胜券的机会，而去冒毫无把握的危险，这不仅会动摇大军的士气，也会埋没他那卓越的陆战才能。只是，任凭部下苦口婆心地劝他，安东尼仍十分固执，他下令把全部的士兵移到船舰上，到海上与屋大维作战。

部下见劝阻无望，叹道：“我们的领袖正被人家牵着鼻子走，我们都成了供妇人驱策的男人了！”

果然，战争开始没多久，克丽奥佩特拉就坐着她的旗舰“安东尼号”临阵脱逃，埃及大军见女王逃跑，也立刻一哄而散。安东尼被她突如其来的举动吓了一跳，顿时无心恋战，带领大军落荒而逃了。就这样，原先处于不利的屋大维打赢了这场战争，安东尼却因为轻轻一吻，断送了无数的王国州郡。

安东尼与克丽奥佩特拉狼狈地逃回亚力山卓，丢掉了大好江山。安东尼十分懊恼，他开始自暴自弃，索性要部下将他的财产分掉，然后把军队解散！克丽奥佩特拉看他这样，有些内疚地说：“唉！我的主，原谅我因为胆怯而扬帆逃走，可是我没有想到你竟然会追上来。”

安东尼叹道："女王！你明知道我的心已经被绳子缚在你的舵上，只要你一走，也会把我一起拖走啊！"

最后，他们派人去见屋大维，希望屋大维能与他谈和，哪怕要他从此在雅典做一介平民也没关系；克丽奥佩特拉则愿意率领埃及王国投降屋大维，只求他允许她的子孙世代统治埃及。

屋大维告诉使者："对于安东尼，他的任何要求我一概不理。至于女王的要求，只要她能够将她那名誉扫地的情夫逐出埃及，或是直接在国内把他杀了，我就答应。"同时，他又派出一位叫赛琉斯的部下到埃及，企图离间女王与安东尼之间的关系。

赛琉斯见到克丽奥佩特拉后，对她说屋大维十分同情她，因为他知道女王之所以依附安东尼，并不是因为爱他，而是因为惧怕他。

克丽奥佩特拉却不领情，她说自己的荣誉并不是自己甘心屈服，而完全是被人征服的。但她还是告诉赛琉斯，自己愿意随时把王冠献在屋大维的脚下，成为他的臣属。她让赛琉斯吻自己的手，没想到，就在这时安东尼走了进来，他已经知道屋大维对他要求的回应，正在气头上。

安东尼看见使者在吻克丽奥佩特拉的手，厉声问道："你是什么东西？"

赛琉斯傲然回答："我是奉全世界最有威严、最值得服从之人的命令而来的使者！"

安东尼勃然大怒，他下令将赛琉斯鞭打一顿，之后要他转告屋大维："把你在这里受到的'款待'告诉他！再跟他说，他傲慢的态度使我非常愤怒！"

接着，他将矛头转向了克丽奥佩特拉，他指责她是个水性杨花的女人，竟然让一个下贱的使者吻自己的手；他还说，罗马的枕头不曾留住他，罗马的任何名媛也没让他放在眼里，他也从来没生下一个合法的儿女，但到头来反而被一个到处卖弄风情的女人给骗了！

克丽奥佩特拉听了十分伤心，她发誓道："唉！亲爱的，要是我真的对你不忠，愿上天在我冷酷的心里酿成一阵有毒的冰雹，让第一块雹石落在我的头上，融化我的生命；再让我的孩子和勇敢的埃及人一个一个丧命在这阵冰雹之下，让他们死无葬身之地，充作尼罗河上蝇蚋的食物！”

安东尼听到她的表白，才稍微打消了心中的愤怒。接着，他告诉她，屋大维的军队已经来到亚力山卓，打算与他做最后的决战；而他也已经将陆上的军队集结起来，并整顿了溃散的海军，准备迎战。克丽奥佩特拉又再次表示，愿意带领埃及军队帮助他。

战争前夕，几名巡逻的士兵在宫门前闲聊，突然间，他们听见一阵乐声从地下传来，为此惊慌不已；士兵们纷纷谣传，这声音是安东尼所崇拜的赫拉克勒斯神发出的，现在他也离安东尼远去了。

隔天，部下告诉安东尼，说有许多士兵连夜逃走投奔了屋大维，其中还包括他的亲信爱诺巴勃斯。大家都以为安东尼一定会大发雷霆，没想到安东尼却心平气和地问道：“他的行李财物都带走了吗。”

部下回答：“都没带走。”

安东尼听了着急地说：“快！把他的钱财送还给他，再写一封信，向他表示惜别欢送的意思。对他说，希望他今后再也不需要更换新的主人了！想不到我衰落的命运，竟害得他这样忠心的人也变心了啊！”

许多逃到屋大维阵营的将领都没有得到好下场，一个叫艾勒克萨斯的人，奉安东尼的命令出使犹太王国，但他却背叛安东尼，还劝说犹太的希律王归附屋大维，但屋大维不但不感激他，反而把他吊死了！其他投降的将领虽然都被屋大维收留，但是谁也没有得到信任。因此，当爱诺巴勃斯收到了安东尼送来的财物后，感到懊悔不已。

“唉！安东尼，我真是世上最卑鄙无耻的人！如今，悔恨就像一柄利剑刺进了我的心，原谅我对你的伤害，让世人记住我是一个叛徒吧！”爱诺巴勃斯哭喊道。当晚，他就在营地内自杀了。

战事一开始，安东尼吸取了前一战的教训，率领他勇猛的陆上部队，将屋大维的军队打得溃不成军。屋大维被迫再次将战线转移到海上，这回，安东尼已早有准备，他要埃及海军严阵以待，准备在海、陆两面都给屋大维迎头痛击。

没想到，就在第二天的战事开始前，一只燕子飞到了女王的船上筑巢，占卜的人严肃地指出这是不祥之兆。果然，埃及军队又再度让安东尼失望了，开战没多久，安东尼与克丽奥佩特拉的海军就被打败，纷纷弃械投降。

安东尼绝望得几乎失去理智，他对着克丽奥佩特拉大骂："你们这些无耻的埃及人葬送了我！我要把你这负心的埃及女人交给屋大维，让他在欢呼的庶民之前把你高高举起，把你拴在他的战车后面，告诉人们你是女性中的耻辱！我将你当成唯一的归宿，你却用狡诈的手段将我引向灭亡！"

说着，他拔出剑想杀死女王，克丽奥佩特拉吓得赶紧退开。这一次，克丽奥佩特拉也受够了安东尼不分青红皂白地指责，为了躲避他的追杀，她将自己锁在墓室里，要手下告诉安东尼："埃及的女王克丽奥佩特拉自杀了，死前她仍然用非常凄哀的声音呼唤着安东尼的名字！"

安东尼听到了这个消息，以为克丽奥佩特拉真的死了，才又后悔起来，又听说她死前仍然不停呼唤着自己的名字，这让他心都碎了！于是，他叫来了部下爱洛斯，告诉他埃及女王已经死去的事情，自己不愿意在这样的耻辱之中苟且偷生，他请求爱洛斯在他被屋大维俘虏前杀死他。

爱洛斯不肯服从这个命令，在安东尼的面前自杀了。最后，安东尼只好亲自拿起剑，朝自己的身体刺去，没想到，这一击没能立刻夺走他的命，安东尼奄奄一息地倒在地上等死。他请求士兵们结束他的性命，但没有一个人下得了手。

就在此时，克丽奥佩特拉的另一名部下赶来了，他看到安东尼的伤，不禁吓了一跳，连忙立刻告诉他埃及女王还活着的事实。

安东尼气若游丝地问道："她在什么地方？"

这名使者回答："她把自己关在墓室里，因为她知道您会怀疑她与屋大维勾结。虽然这完全是一派胡言，但是她想不出法子平息您的愤怒，只好先骗您说她死了。可是她又担心这个消息会引起不幸的结果，所以派我来向您说明真相，没想到还是太迟了。"

安东尼说道："不！还不迟，把我抬到克丽奥佩特拉那里去，这是我最后的命令了！"

部下们抬着安东尼来到墓室，克丽奥佩特拉看到安东尼生命垂危，忍不住惊叫了起来。安东尼对她说，不是屋大维战胜了安东尼，是安东尼战胜了他自己，他只希望能在生命的最后一刻，得到克丽奥佩特拉的一吻。

克丽奥佩特拉深情地亲吻了安东尼，安东尼又对她说："亲爱的，听我说，屋大维左右的人，除了普洛丘里厄斯以外，谁都不可以相信。"

女王回答："我不相信屋大维的人，我只相信自己的决心与自己的手。"

最后，安东尼咽下了他的最后一口气。他的死讯很快就传到了屋大维的耳里，屋大维感叹地说："安东尼，是我把你逼到这一步，但我们是无法在这世界上并立的，要不就让我看见你的没落，要不就让你看见我的死亡。"

不久后，克丽奥佩特拉派来了使者，向屋大维传达投降的意图。屋大维也叫来了部下普洛丘里厄斯和道拉培拉，要他们到埃及向女王传达自己的旨意："告诉女王，我们绝对没有要羞辱她的意思，别让她自寻短见，以免破坏了我们光荣的胜利。"

普洛丘里厄斯向克丽奥佩特拉转达了屋大维的话，克丽奥佩特拉想起安东尼的遗言，他曾说这个人是可以信任的。于是她也回答：只要屋大维愿意把埃及赐给她的子孙，她一定会满心感激地向他跪拜。但是，普洛丘里厄斯的部下却打算强行抓住她，克丽奥佩特拉急得拔出了剑，想要自杀。

"与其让他们把我悬吊起来，任由罗马的下贱人民鼓噪怒骂，我宁愿葬身在埃及的沟壑里！"

普洛丘里厄斯连忙制止他，说："您想得太可怕了，屋大维绝对不会这样对待您的！"

为了让她放心，普洛丘里厄斯撤走了手下的士兵，只让道拉培拉看守克丽奥佩特拉。等到所有人离去后，克丽奥佩特拉问道拉培拉："你知道屋大维准备怎样处置我吗？他会把我当成一个俘虏带回去夸耀他的凯旋吗？”

道拉培拉语重心长地说：“陛下，他一定会这么做的，我知道他的为人。”

不久后，屋大维来到埃及，他见到克丽奥佩特拉，问她希望自己怎么处置她。克丽奥佩特拉将记载着国库中金银珠宝的清单献给屋大维，请求他放过自己。于是屋大维安抚了女王，向她保证自己绝没有把埃及的一切当作战利品而加以没收的意思，这些永远是属于她的。

“相信我，屋大维不是一个唯利是图的商人，我不会去跟人家争夺一些商人手里的货品。亲爱的女王，请不要忧郁了，因为我们在决定如何处置你之前，还会再征求你自己的意见。把我们始终当作你的朋友吧！再见。”

然而，克丽奥佩特拉却从屋大维骄傲的神色中，看出这个人绝不会那么轻易放过自己，为了保全自己的荣誉，女王决定自杀。

她从一个乡下人手中取得一种剧毒的虫子，据说这种虫能在毫无痛苦下置人于死地。之后，克丽奥佩特拉让自己的婢女为她穿上女王的豪华装束，并戴上王冠，那是过去他在昔特纳斯河与安东尼相遇时的打扮。

她在唇上沾了毒蛇的汁液，吻了自己的贴身婢女。眼见婢女死去后，克丽奥佩特拉叹了一口气：“要是让她先遇见了安东尼，他一定会向她问起我；她还会得到他的第一个吻，夺去我在天堂中无上的快乐。来吧，小东西，用你的利齿完成你的使命吧！”

最后，克丽奥佩特拉将小虫放在自己的胸前，又拿起一条蛇放在手臂上。不久后，这两只剧毒无比的生物就夺去了她美丽的生命。

屋大维听闻了克丽奥佩特拉的死讯，又得知她是如何自杀的，为她的勇气所折服，说道：“她在临终的时候显示出无比的勇敢，她推翻了我们的计划，为了自身的尊严，她决定了自己应该走的路。”

之后，屋大维为克丽奥佩特拉举行隆重的丧礼，将女王与她的情人安东尼同穴而葬，以纪念这两人至死不渝的爱情，他们用悲惨的结局成就了屋大维一个人的光荣。对所有人来说，世界上再也不会有第二座坟墓，怀抱着这样一对著名的情侣了。

ANTONY AND CLEOPATRA.

科利奥拉纳斯

罗马曾经发生过一次饥荒，在这次饥荒中，愤怒的人民将责任归咎于罗马的贵族及元老们。到后来，他们甚至认为，政府们救济他们的食物，其实都是贵族们吃剩下来的东西，在贵族眼中，人民的痛苦饥寒与枯瘦憔悴，只不过是列载着他们富裕的一张清单罢了。

在所有贵族与元老中，人民尤其憎恨自大的将军凯易斯·马歇斯。因为他态度傲慢，总是以鄙夷不屑的眼光看待民众。最后，许多罗马市民聚集起来，手里拿着武器，打算反抗这位将军，把他们的怨恨发泄在马歇斯身上。虽然也有一些市民说马歇斯是一位伟大的将军，曾为祖国立下许多不可抹灭的战功。然而，群众的怒气最后还是压倒了这些声音。

就在这时，德高望重的元老米尼涅斯·阿格立巴来了，他试着在事情闹大前安抚住愤怒的市民。他说："朋友们，贵族们对于人民是非常关心的。你们与其把自己的穷困和饥饿归怨于政府，倒不如举起手中的棍棒来打天！因为这次饥荒是天神的意旨，而不是贵族们造成的。唉！灾祸使你们迷失了本性，引导你们通往更大的灾祸，你们毁谤着国家的舵轮，他们像慈父一样爱护你们，你们却像仇敌一样诅咒他们！"

然而，这番善意的劝导人民仍然听不进去，他们坚持贵族们都是假惺惺的，让人民忍受着饥寒，自己的仓库里却堆满了谷粒；颁布保护高利贷的不合理法令，并取消了不利于富人的正当法律。

眼见无法平息众怒，米尼涅斯又说了一个故事：从前，身体上的各个器官曾经联合起来反抗肚子，它们指责它像一个无底洞似的盘踞在身体的中央，无所事事，不像其他器官有的掌管吃，有的掌管听，有的掌管思想，有的掌管行走；各个器官分工合作，才能应付全身的需要，而肚子只知道容纳食物，不知分担劳苦。但肚子却从容不迫地回答："没错，但你们全体赖以维生的食物，都是由我收纳下来的，因为我是整个身体的仓库和工场。这些食物就是我利用你们的血液一路运输出去，一直传送到心的宫廷和脑的宝座；不论是人身体的五官百窍、最强韧的神经和最微细的血管，都从我这里获得保持他们活力的食粮。"

米尼涅斯说，罗马的元老院就是这一个肚子，而人民就是那群作乱的器官。他要人民把一切想清楚，就会明白公众的所有利益都是从贵族手里取得的。正当他要继续向民众晓以大义时，那位受民众憎恨的将军马歇斯却来到了现场。

"你好，尊贵的马歇斯！"米尼涅斯连忙向他致意。

马歇斯已经听闻了群众作乱的理由，也明白他们反对的正是自己。对此他感到怒不可遏，所以赶来这里，想亲自斥退这些反对他的民众。

"这些民众要求照他们所提出的价格卖给他们谷物，他们声称仓库里还有非常充足的谷物。"

"该死的东西！"马歇斯骂道，"这些人只会坐在火炉旁边，假装对议会里决定的事了如指掌——谁正在崛起，谁将要掌权，谁将会失势。凡是他们所赞成的事情，就夸赞它的强大；凡是他们所反对的事情，就放在他们的破鞋底下践踏！他们竟然敢在这信口开河，说我们还有很多的谷物？"

说着，马歇斯拔出了剑，说道："要是那些贵族们愿意放下他们的慈悲，让我用我的剑把那几个带头的奴才杀死，堆成一座像我举起的枪尖一样高的尸山！"

马歇斯露出怒目圆睁的凶狠模样，让还未成气候的反抗民众顿时作鸟兽散了。看着这些四处逃窜的百姓，马歇斯又破口大骂，说这些卑贱的人民只会到处抱怨，要贵族以及元老院满足他们的要求。不久前，元老院同意了民众的要求，选出了五个代表民意的护民官。

一名传令兵匆匆来到马歇斯面前，向他报告沃尔西人入侵罗马的消息。接着，罗马将军考密涅斯、护民官之中的西西涅斯及布鲁托斯，还有多名元老也来到了现场，要请马歇斯与米尼涅斯一同前去商讨此事。

马歇斯想起，沃尔西人有一位伟大的将军，叫作塔勒斯·奥菲狄乌斯。他是个非常高贵、英勇的战士，马歇斯将他视为平生的劲敌，为了与奥菲狄乌斯这样可敬的对手交手，他甚至不惜背叛祖国。事实上，马歇斯曾与奥菲狄乌斯交手过很多次，一直都是马歇斯占上风。

就这样，马歇斯与其他元老一同离开了，剩下护民官西西涅斯与布鲁托斯留在原地。这两个小人开始窃窃私语起来，原来，被民众推举出来的他们，私底下对马歇斯不满已久。

西西涅斯说道："你见过像马歇斯一样骄傲的人吗？"

布鲁托斯回答："没有人可以跟他相比。你注意到了吗？当我们被选为护民官时候，他那嘴唇和眼睛流露出的嘲讽是多么明显！"

西西涅斯又说："你说得对。依我看，当他动怒的时候，就算是天神也免不了挨他一顿骂，温柔的月亮也要遭到他的讥笑呢！我真不知道，凭着他这种傲慢的脾气，怎么肯俯首接受考密涅斯大人的号令。"

"那是因为要争取名誉啊！只要让自己处在次于领袖的地位，要是犯错的话，他就可以完全归咎于上司，然后跟群众说自己已尽了最大的努力；相反地，要是立功的话，他又会把上司的功劳也掩盖过去，他一个人成为英雄。"

这两位护民官不停地说着马歇斯的坏话，他们议论着他过去的一举一动，仿佛这个人无论做什么事，都是别有用心一样。其实，这全是他们两人对这名将军伟大功绩的嫉妒罢了，他们发誓要斗垮马歇斯，一有机会就要扳倒他。

马歇斯的母亲伏伦妮娅及妻子维吉利娅已经听闻他即将出征的消息。伏伦妮娅是十分传统的罗马女人，十分赞同男子为国出征，她宁愿马歇斯战死在残酷的沙场上，也不要他流连家中，贪恋儿女私情。但维吉利娅却跟婆婆不同，她祈求上帝保佑丈夫，不要让他在战场上受伤、流血，更不要让沃尔西人的将军奥菲狄乌斯伤害他的一根头发。为了替马歇斯祈福，维吉利娅决定一直待在家中不出门，直到丈夫胜利归来的那一天。就这样，马歇斯满载着众人的期待出征了。

奥菲狄乌斯率领的大军在平原上遭遇了考密涅斯的罗马军队，两军立刻陷入混战。在僵持了很久之后，两方都暂时退兵，在不远的距离处对峙着。

另一方面，马歇斯听到考密涅斯与奥菲狄乌斯交战的消息后，决定率领军队乘虚而入，攻打奥菲狄乌斯后方的城堡科利奥里。他劝城里的沃尔西人投降，但守城的军士斗志高昂，不理会马歇斯的招降，反而从城里杀了出来。于是，马歇斯亲自带领军队上前应战。

在勇猛的沃尔西人强攻下，战况逐渐陷入不利，罗马军队被逼得节节败退，一些怯懦士兵也开始逃跑。马歇斯忍不住对着这些人破口大骂："愿南方的一切瘟疫都降在你们身上，你们这些罗马的耻辱！你们的背后受了伤流着鲜红的血，脸上却因为逃窜和恐惧而变成了惨白！这还算是勇敢的罗马士兵吗？跟我来！我要把他们打回妻子的怀抱里去，就像他们现在把我们逼回了战壕一样！"

说完，马歇斯高举着宝剑，亲自冲进了敌阵之中，士兵也跟在他的后面。很快，罗马军队就因为他的奋战而反败为胜，沃尔西勇士纷纷败退。马歇斯一直追击到城门下，他高喊道："城门开了！大家加油！命运打开它们，是为了让我们追赶敌人，不是为了让敌人逃走。跟我上！"

马歇斯头也不回地冲进了城里，但士兵都害怕有埋伏而却步不前。就在这时，城门果真关上了，马歇斯一个人被困在了城里。

正当大家都认为马歇斯必死无疑时，他却出现在城墙之上，挥舞着手中的剑，与围攻他的士兵交手。罗马士兵见到主帅的英姿，都高声欢呼着，接着也开始对科利奥里城猛攻。最后，罗马军队终于占领了科利奥里。

攻下了沃尔西人的大本营后，马歇斯一刻不停地来到考密涅斯的营帐里，向他传达这个好消息。科利奥里的捷报，让此地的罗马军队士气也跟着高涨，于是，考密涅斯下令全军出击，而马歇斯也加入了这场战争，帮助罗马军队打败了奥菲狄乌斯。奥菲狄乌斯逃回科利奥里，发现城池被罗马人占领，只好又逃到了安齐奥。

马歇斯在这场战争中立下卓越的战功，所有贵族及元老都对他钦佩不已。考密涅斯说，马歇斯可以从战地和城中搜刮来的珍品宝物中任取十分之一，但是马歇斯谢绝了。他说他不能同意自己的剑受人贿赂，希望所有参与这场战役的人都能受到同样的待遇。于是，他在众人之间的评价中变得更高了。

考密涅斯又说："从今以后，为了纪念马歇斯在科利奥里所建立的不朽战功，在全军的欢呼声中，他将被称为马歇斯·凯易斯·科利奥拉纳斯，让他永远光荣地戴上这一个名字！"

在众人齐声的欢呼中，马歇斯得到了"科利奥拉纳斯"这个象征荣誉的称号。之后，罗马军队决定与撤退到安齐奥城的奥菲狄乌斯议和，奥菲狄乌斯也同意，然而，他对再次败给罗马感到耿耿于怀，心底想着总有一天要复仇。

科利奥拉纳斯英勇战胜沃尔西人的事迹传回了罗马城，让反对他的人觉得有些失望，尤其是西西涅斯与布鲁托斯。这两位护民官甚至说，罗马军队的胜利对人民来讲实在不是一个好消息！

然而，善良的米尼涅斯指责了这两个自私的人。他说，与英勇的马歇斯相比，西西涅斯和布鲁托斯才是一对全罗马最骄傲、狂妄又无用的官员！这两位护民官也懒得与这个老人争论，马上就闪到了一旁。就在这时，改名为科利奥拉纳斯的马歇斯胜利归来了。

市民们喊道："欢迎你到罗马来，著名的科利奥拉纳斯！"

科利奥纳拉斯说道："请你们别这样，我不喜欢这些客套的形式。"

但民众仍然兴高采烈地欢迎他，围在他身旁歌颂他的功绩，将各式各样的赞美送给他。一旁的布鲁托斯说道："你听！所有的舌头都在谈论他，所有人都爬上墙头，爬上货摊、阳台、屋顶去看他。这么热闹的场

CO
NUS

景，简直就像把他当成了天神的化身了呢！”

然后，他又叹息道：“我看，这回他一定会当选执政了。当他握权的时候，我们两人就只好无所事事了！”

但西西涅斯却说：“放心吧！市民们本来对他抱着敌意，只要再发生一些不好的小事情，就会忘记他新得的光荣。凭着他这副骄傲的脾气，我相信他一定很快就会做出得罪人的事情来。”

这时，有使者前来传唤他们两位到议会，因为元老们即将推举科利奥拉纳斯执政。原来，下一任执政的候选人共有三个，虽然科利奥拉纳斯性格骄傲，对人民也十分无礼，本来当选的机会十分渺茫。但他这回击败了来犯的敌人，为国家立下了极大的功劳，因此元老院仍打算推举他。

然而，按照罗马历来的惯例，因战功而执政的人，都必须在民众面前袒露出他在战争中得到的伤疤，并一一讲述这些伤疤的由来，然后再由人民对他进行一番赞美，并推举他为罗马的领袖。这让科利奥拉纳斯无法忍受，因为他不愿意向无知的人民祈求赞美与承认，更不想在他们面前露出自己的伤痕。

“请你们原谅，我宁愿让我的伤痕消失无踪，也不愿听人家讲起我是如何得到它们的；我宁愿在号角吹响的时候让别人在太阳底下踩过我的头，也不愿呆坐着听别人夸饰我一些微不足道的功劳。”

科利奥拉纳斯的坚持让好事的两位护民官有了攻击他的借口，西西涅斯说道：“将军，这是人民表示他们意见的方法，他们也绝不愿意变更长期以来的仪式。”

科利奥拉纳斯说：“要我去演出这可笑的一幕，那我一定羞愧得无地自容，还是免了吧！”

他十分固执，不肯听从众人要他遵照传统形式的建言。于是，各位元老也只好尊重他的意见，拜托两名护民官在市民面前为科利奥拉纳斯说好话。然后，科利奥拉纳斯就在许多元老与贵族的陪同下离开了，他们要去罗马的市集，向市民们宣布这位将军即将成为新任执政的事实。

西西涅斯对布鲁托斯说道：“但愿人民知道他的用心！他将要用一种

鄙夷不屑的态度去请求他们，好像他从人民手里得到恩惠是一件耻辱的事。”

在市场上，科利奥拉纳斯仍旧不愿向市民说出一句善意的话，米尼涅斯急得说道，过去罗马许多尊贵的人也都做过这样的事，要是科利奥拉纳斯不愿意学着前人的做法，将会坏了大事的。正当米尼涅斯苦口婆心地规劝着，迎面已走来了几位市民。

科利奥拉纳斯告诉这些市民，希望自己能得到他们的承认。市民说，代价很简单，就是他必须好言好语地向他们请求。科利奥拉纳斯说：“好吧！先生，我请求你们让我做执政吧！要是你们想看我的伤痕，我愿意在隐秘一点儿的地方让你们看。这样可以吗？”

这些市民只好硬着头皮同意了。紧接着，科利奥拉纳斯又遇到了几个市民，他一样向这些人请求承认他的执政身份，市民也要求他露出他的伤疤。

“既然你们已经知道我有这些伤，那我也用不着袒露我的身体来向你们证明了！”科利奥拉纳斯回答道。于是，这些市民也只好承认他了，看到他如此顽固，其他的市民也不想自讨没趣，纷纷对他表示认同，仪式终于顺利完成了。

在完成全部仪式之后，科利奥拉纳斯急着换下他那身平民的服装。他换回本来的军人装束，就带领元老们离开了，留下西西涅斯与布鲁托斯两人，然而这两位护民官不仅没有设法说服民众接受新的领袖，反而挑拨离间了起来。

西西涅斯说：“啊！各位朋友，你们已经选中了这个人吗？”

布鲁托斯也说：“但愿这个人不会辜负了你们的好意！”

在他们的挑拨下，民众开始鼓噪起来，有人说，刚才科利奥拉纳斯在请求人民同意的时候，仿佛在讥笑他们一样；也有人说，他应该把象征他战功的伤疤给人民看，但是谁也没看到！

西西涅斯趁机说：“为什么你们这么愚蠢，就像个孩子一样容易欺骗？为什么你们明明发现了这些事，却还是同意他了呢？”

布鲁托斯也起哄说："看吧！即使是在需要你们承认的时候，他都用这样公然侮蔑的态度向你们请求了，难道你们没有想过，要是他有了压迫你们的权力的话，这种侮蔑的态度岂不是会变成公然的伤害吗？"

经过两人这么一恫吓，市民们开始害怕了起来。他们对刚才的决定感到后悔，打算再次聚集起来反对他的就任。两位护民官又怂恿他们立刻行动，还指点他们该如何向元老们辩论，于是，被挑起怒火的民众们来势汹汹地朝着议会而去。

然而，刚成为执政的科利奥拉纳斯却没有心思去管市民的感受，因为沃尔西人的将军奥菲狄乌斯再次卷土重来，打算对罗马发起进攻！正当他与几位将军讨论着作战计划，两名护民官却率领着愤怒的群众闯进了议会，宣称科利奥拉纳斯的执政地位是不合法的，因为他并未向人民展示他的伤疤。

看到眼前的情景，科利奥拉纳斯与几位元老很快明白了：一切都是西西涅斯与布鲁托斯的阴谋。考密涅斯与米尼涅斯还希望能化解事端，但科利奥拉纳斯却忍无可忍，他对两名护民官破口大骂，指责他们恶意挑拨群众；还说罗马的人民是多么无知、贪婪，竟会相信他们的话。

他说："当国家危急存亡的关头要他们出征的时候，他们却连城门都懒得走出；一到了战场，他们只有在叛变内讧这种事上表现出最大的勇气。就算为他们做得再多，他们会感激元老院的好意吗？我们不停地贬抑自己的地位，让那些乌合之众把我们的谨慎称为恐惧。总有一天，他们的胆子会大到打开元老院的锁，像一群乌鸦般飞进来向鹰隼乱啄！"

没想到，这一席话才正是护民官所希望的，他们的目的就是科利奥拉纳斯在一气之下说出忤逆民意的话，这样一来，他们就能指控科利奥拉纳斯羞辱全体罗马市民，意图实行独裁政治。

西西涅斯说："这正是叛徒说的话，他必须受叛徒的处分！"

布鲁托斯也说："公然的叛徒！士兵呢？把他逮捕！"

接着，西西涅斯喊来了在外头等待的民众，要他们抓住科利奥拉纳斯；米尼涅斯、考密涅斯以及其他元老则围在科利奥拉纳斯四周保护他的安全。这两群人就在议会中对峙着，随时都可能大打出手。

护民官说，科利奥拉纳斯打算在罗马独裁专政，他迟早会拆毁城市、将屋宇夷为平地，把井然有序的一切埋葬在瓦砾中，按照法令，应该判处死刑，他们要把他从大帕岩上推下山谷。米尼涅斯老人却不停地安抚他们，希望将一切以温和的手段解决，同时，他要科利奥拉纳斯先回家，等群众的愤怒平息下来再出面。

科利奥拉纳斯离开后，米尼涅斯向两名护民官保证，科利奥拉纳斯一定会改掉对人民恶言相向的习性，希望他们能再给他一次机会。西西涅斯答应米尼涅斯的请求，要他等一下再带着科利奥拉纳斯来市场面对群众。

而科利奥拉纳斯回到家后，仍然愤愤不平，他说："就算他们每个人都来扯我的耳朵，或是把我用车轮辗死、马蹄踏死，或是堆十座山在大帕岩上，把我推下深不见底的山谷，我也一样要用这副态度对待他们！"

他的母亲伏伦妮娅劝道："儿啊！我希望你不要在基础不稳时，就丢失了你手中的权力。你曾说过，在战争时，为了达到目的，不得不采用欺骗敌人的谋略，而这样的行为并不损及个人的荣誉。和平的时候也需要权谋，为什么它反而会违背你了所谓的荣誉呢？"

科利奥拉纳斯被母亲说得有些心软了，这时，考密涅斯来到他的家中，请他到市场与群众见面。伏伦妮娅又说："我的好儿子，你曾经说过，当初你因为受到我的嘉奖，所以才会成为一个军人；现在请你再接受我的嘉奖，扮演一次你从来没有扮过的角色吧！"

于是，科利奥拉纳斯决定听从母亲的请求，他跟着考密涅斯来到了市场。西西涅斯、布鲁托斯以及市民早已在那里等着他，这两名护民官已想好该如何抓住科利奥拉纳斯的话柄，将市民的怒火再次挑起。

西西涅斯说："请你回答，你是否愿意服从人民的意见，承认他们官吏的权力，当你的罪名成立以后，甘心接受合法的制裁？"

科利奥拉纳斯回答："我愿意。"

米尼涅斯也趁机说："各位市民，他说他愿意啊！想一想，他立过多少的战功！想一想他身上的伤痕，就像墓地上的坟墓一样多！”

还不等民众的心思动摇，西西涅斯又说道：“那么，科利奥拉纳斯，你企图推翻一切罗马相传已久的政体，造成个人专权独裁的地位，所以我们宣布你是人民的叛徒！”

科利奥拉纳斯听到别人称他为“叛徒”，那仅存的一丝理智也丧失了，他对着西西涅斯大骂：“你这害人的护民官！你的眼睛里藏着两千万个死亡，你的两手中握着两千万种害人的诡计，你说谎的舌头上含着无数杀人的阴谋，我要用向神明祈祷一样坦白的声音，对你说：‘你说谎！’”

这一阵怒吼正中下怀，西西涅斯冷笑着向着民众说道：“你们听见了吗？”

民众鼓噪了起来：“把他从大帕岩丢下去！把他从大帕岩丢下去！”

这时，布鲁托斯又假情假意地说道：“虽然他的罪行已可以叛处最严重的死刑，可是既然他为罗马立过功劳，我们以人民的名义宣布，从现在开始，将他放逐出这个城市，要是他敢再次进入罗马，我们就要把他从大帕岩上丢下去。这判决必须执行！”

民众也开始呼喊“这判决必须执行”。眼见大势已去，米尼涅斯及考密涅斯也不禁摇头叹息，科利奥拉纳斯则更加愤怒地对着群众咆哮，但最后，他还是在群众的驱赶下狼狈地离开罗马。

科利奥拉纳斯被赶出家乡后，来到了沃尔西人的安齐奥城，他向路人请问沃尔西人的将军奥菲狄乌斯住在什么地方。这位路人如实告诉他，还跟他说今晚奥菲狄乌斯即将在家里设宴款待几名高官。

他来到奥菲狄乌斯家门前，却被仆人挡在了门外，因为如今的科利奥拉纳斯穿着十分破烂，他们还以为他是个流浪汉呢！这几名仆人想要赶他走，但科利奥拉纳斯十分难缠，死死地赖着不走，这些仆人只好立刻去通报他们的主人。

奥菲狄乌斯出来了，他对着这名邋遢的客人说道：“你叫什么名字？”

科利奥拉纳斯回答：“要是你还不认识我，看见了我的脸也想不起我是什么人，那我也只好自报姓名了。不过，我的名字在沃尔西人的耳中是不太好听的，你听了想必会觉得刺耳。”

“我不认识你，你叫什么名字？”

“我的名字是凯易斯·马歇斯，我带给沃尔西人极大的痛苦，我的姓氏科利奥拉纳斯就是最好的证明！残酷猜忌的人民已经一致遗弃了我，抹杀了我一切的功绩，因此，我来你的家里，不是向你求恩乞命，而只是对那些想报复放逐我的人感到气愤。如果你也有一颗复仇的心，想为你的国家洗雪前耻，那么机会来了，因为你可以利用我的不幸，达到你的目的。”

奥菲狄乌斯听了惊喜交加，他说，沃尔西人早已暗中整顿了一支军队准备攻击罗马。因为他自从被马歇斯打败后，夜夜都做着与他交战的梦呢！如今，他要与尊贵的马歇斯一起合作，把战争汹涌的洪流倒向罗马忘恩负义的心脏。

他说：“要是你愿意为了报复自己的仇恨而作为我军的前导，我可以分我的一半兵力归你指挥，你可以凭着对罗马的了解以及作战的经验，决定进军的战略，死者直接向罗马进攻，或者骚扰远处的村庄，让他们在灭亡以前先尝尝惊恐的滋味！”

说完，他牵着科利奥拉纳斯的手，两人走进了营帐。

在罗马城内，西西涅斯和布鲁托斯还在为了自己做了一件好事而沾沾自喜呢！正当他们站在罗马街道上接受民众的致意时，一名使者慌慌张张地跑来，告诉他们沃尔西人已经出动了两支军队，攻上了罗马领土。

当他们听说科利奥拉纳斯与奥菲狄乌斯合作之后，都睁大了眼睛不敢相信，这时，考密涅斯也来了，他证实了这个残酷的事实，并怪罪两名护民官，是他们将马歇斯——高贵的科利奥拉纳斯逐出罗马的，害他一气之下跑去跟沃尔西人联手。

罗马城里的人全都慌了手脚，他们开始后悔不该放逐这名伟大的将军，如今，这名伟大的将军即将率领异族人攻打自己的家乡，罗马遭遇了空前的危机，在这个关头，考密涅斯与米尼涅斯再度挺身而出，动身前往沃尔西人的阵营劝说科利奥拉纳斯。

面对这两位老人，科利奥拉纳斯一律装出不认识的样子，对于他们的呼唤以及劝告也一概不理。他已经铁了心，发誓要消灭罗马，以报复市民们的忘恩负义。然而，就在这时，他的母亲和妻子却来了。

孝顺的科利奥拉纳斯无法违背母亲的意思，他对奥菲狄乌斯说道："亲爱的朋友，虽然我不能帮助你战胜，可是我愿意为双方斡旋求取和平。好奥菲狄乌斯，要是你也与我处在相同的立场上，你会听你的母亲这样说话，而不答应她吗？"

奥菲狄乌斯表示十分感动，也愿意停止对罗马的战争，因为这时他挂念的早已不是与罗马的战争，而是科利奥拉纳斯对于自己的威胁。原来，科利奥拉纳斯率领的军队所到之处，罗马人纷纷表示降服，因为他们对科利奥拉纳斯的名声十分敬畏，甚至连沃尔西的士兵都渐渐佩服起这位罗马将军。这让奥菲狄乌斯担心了起来，他害怕科利奥拉纳斯迟早会取代自己的地位。

奥菲狄乌斯向自己的手下以及科利奥里城的居民说道，自己好心收留被放逐的科利奥拉纳斯，没想到他却喧宾夺主，仿佛把自己当成了他的下属，还擅自与即将战败的罗马议和；奥菲狄乌斯又提醒科利奥里城的居民，科利奥拉纳斯曾经攻打他们，还杀害了他们的许多亲人，他们应该起来反抗他才对。

这时，科利奥拉纳斯结束了与罗马人的谈判，返回了科利奥里城，他还被蒙在鼓里呢！当他进城向沃尔西人宣布已经顺利完成自己的使命，结束了这场战争时，奥菲狄乌斯却指着他大骂："各位大人，对这个叛徒说，他已经越权滥用你们的权力，罪无可赦了！"

科利奥拉纳斯吃了一惊，说："什么？叛徒！"

奥菲狄乌斯说："是的，各位执政的大臣，他已经不忠不义地辜负了你们的托付，为了女人的几滴眼泪，把属于我们的罗马城放弃在他的母亲和妻子手里！他破坏他的誓言和决心，就像拉断一根丝线一样，也没有咨询其他将领的意见，就这样擅自牺牲了你们的胜利！"

四周的民众也开始大声叫嚣，高喊"杀死他！杀死他"！科利奥拉纳斯终于知道，原来奥菲狄乌斯也背叛他了，他恶狠狠地瞪着奥菲狄乌斯，说道：“啊！要是我手里有一把剑，即使有六个奥菲狄乌斯，或是他所有的手下都在我面前，我也一定要杀了他！”

就在这时，一群奥菲狄乌斯的手下冲了出来，拔出剑朝着科利奥拉纳斯一阵乱刺，一旁的官员大喊“住手”！但科利奥拉纳斯已经倒在血泊之中，没有了气息。

看着科利奥拉纳斯的悲惨结局，奥菲狄乌斯终于感到深深的悔恨，内心的愤怒也顿时烟消云散，他决定为这名伟大的将军举行光荣的葬礼。他亲自抬起了科利奥拉纳斯的尸体，将他埋葬。在这座他曾经屠杀了许多敌人的城里，科利奥拉纳斯这位英雄悲剧的一生，就在敌人为他奏起的丧事进行曲中悄然地落幕了。

雅典的泰门

雅典有一位贵族，名叫泰门。他有和王子一样多的财产，而且为人慷慨，花钱毫无节制。纵使他富可敌国，但赚钱的速度总是赶不上开销，因为他将钱财都挥霍在形形色色、不同地位的人身上了。

不仅穷人得到他的好处，就连达官贵人们也乐意屈尊当他的会客和随从。他的餐桌时常坐满了奢侈的食客，他的住处对所有往来雅典的人敞开。由于他喜爱挥霍自己的万贯家财，性情又豪爽，赢得了所有人的爱戴。从那些脸上的表情能像镜子一样随时迎合他心情变化的谄媚者，到那些粗暴强横的愤世嫉俗者，各种性情和志趣的人都到泰门的面前献殷勤。尽管愤世嫉俗者假装看不起人类，对一切世俗的东西毫不关心，但也经不住泰门老爷优雅的风度和慷慨的性情吸引，竟然同样违背着他们的本性，来分享泰门的盛宴。假如泰门对这些人点点头或打个招呼，他们回去时便会以一位有头有脸的大人物自居。

假如一位诗人完成了一部作品，需要一篇将它推荐给世人的序言，他只要把作品呈给泰门，这么做不仅诗作有销路，他还能从泰门那儿得到一笔赠款，并且每天出入他的住处，做他的食客。假如一个画家有一幅画想卖，他只要把画拿给泰门，假装请他鉴赏一下画的价值，这位慷慨的老爷便会二话不说把它买下来。假如一个珠宝商有一颗贵重的宝石，或是绸布商有什么上等的布料，因为价钱太高而无法卖掉，那么，泰门的家永远是他们现成的市场，他们的货物或珠宝无论价格多高都可以卖掉。和善的泰门还会向他们道谢，就像他们把如此贵重的商品拿来让他挑，是为了对他示好、献殷勤。

就这样，泰门的家里堆满了多余的货品。它们派不上什么用场，只不过增加了令人别扭的、虚有其表的奢华罢了。而泰门更是整天被这群无聊的客人死死纠缠着：有满口谎言的诗人、画家，狡诈的商人、贵族、妇人，寒碜的朝臣，还有拜托他办事的人。这些人不断地挤满了他的门廊，在他耳边说着令人生厌的恭维话，把他赞颂得如同神一般，连他上马时踩的马镫也被当成了圣物；好像他们之所以能呼吸到自由的空气，都是由于他的恩赐。

这些依赖泰门的人中，有些是出身高贵的年轻人，他们挥霍无度以至于无法偿还债务，被债主送进了监狱。泰门好心把他们赎了出来，从此这些年轻的浪子就缠上了泰门，也许是因为志趣相投，这些胡乱花钱的人和生活放荡的人都与泰门十分亲近。

他们的财产实力比不上泰门，但他们发现，用泰门的方式挥霍泰门的财物如此简单。这些寄生虫当中有个名叫文提狄斯的人，因为不务正业欠下了一大笔债，不久以前泰门才花了五个太伦替他还债呢！

不过，在这大批络绎不绝的食客中，最惹人注目的是那些送礼和带物品来的人。假如泰门喜欢上他们的一条狗、一匹马，或是他们任何一件不值钱的家具，那他们就走运了！只要泰门一开口夸奖，隔天早晨那件被夸奖的东西就会送到府上来，送礼的人会在上面写着希望泰门收下礼品之类的客气话，并且还为礼物的微薄向他表示抱歉。

不论这些人送的是狗还是马，所有的礼物都必然会得到泰门的赏赐，他从来不会在还礼上面吝啬。他也许会回赠他们二十条狗，或是二十匹马，无论如何，泰门还的礼总是比人家送给他的还要值钱。

那些假装送礼的人心里也十分清楚，他们假意送出那些礼物，就像是把一笔钱借出去，不用多久便会得到一笔可观的利息。最近，路西斯就曾用这个办法，把他那四匹载着银质马具的乳白色骏马送给了泰门，因为这位狡猾的贵族注意到泰门曾夸奖过这些马；另外一个贵族路库勒斯则听说泰门欣赏一对猎犬，说它们长得漂亮、动作敏捷，于是也假惺惺地把它们当作微薄的礼物送给了他。

好心的泰门接受这些礼物时，丝毫没有怀疑送礼的人可能别有用心。他都理所当然地用钻石或别的珠宝来回赠他们，这些东西比他们原来送的那些虚情假意、有所贪图的礼物要贵重二十倍！

有时候，这些家伙的做法更直接，手段也更加明显、露骨，然而容易受骗的泰门还是看不出来。他们看到泰门的任意一件东西，不论是旧的还是新的，他们都会假装很羡慕，对这件东西满口夸奖。最后，他们只付出了很小的代价——不值钱的、显而易见的恭维话，就使轻信别人、心肠太软的泰门把他们所称赞的那件东西送给他们。

有一天，泰门就这样把自己正在骑乘的一匹栗毛马送给了一名卑鄙的贵族，只因为那名贵族说马的模样相当好看，跑得又快。泰门知道，要不是一个人想要得到那件东西，他绝不会把那件东西夸得那么贴切。

事实上，泰门是在用自己的心去衡量他那些朋友的心。他非常喜欢赠予人东西，要是他拥有许多王国，他也会把毫不保留地分给他的这些“朋友”们，永远不会感到厌烦。不过，泰门的家产也并非全部送给了这些卑劣的谄媚者，他也能用钱去做一些高尚的、值得称赞的事情。

有一次，他的一名仆人爱上了一位雅典富豪的女儿，可是，这名年轻女孩儿的父亲要求男方的财产必须与他给的嫁妆相称；那名仆人的财产和地位都远远不如他爱上的那位女孩儿，因此根本没有希望与她结婚。于是，泰门老爷慷慨地送给那个仆人三枚雅典太伦，让他顺利地与富豪的女儿结婚。

然而，泰门的财产大部分都用在那些恶棍和寄生虫身上了。他们假装成他的朋友，而泰门却浑然不知，他相信这些人既然簇拥着他，就一定爱他；他们既然对他笑，恭维他，那么他的行为就一定会得到一切明智和善良的人的赞许。

当泰门坐在这些谄媚者和虚伪的朋友中间吃着酒席的时候；当他们吃尽了他的财产，一面大口喝着最贵重的酒，为他的健康和幸福干杯，一面把他的财产喝干的时候，泰门一点儿也看不出朋友和谄媚者之间的区别。而且，在他那双被蒙蔽的眼睛里，他竟觉得有这么多兄弟般的朋友不分彼此地分享着钱财是一件可贵的盛事。他快乐、骄傲地看着这一切，在他眼里这是个真正欢乐、友好的聚会，完全没想过他们花的全都是他一个人的家产。

他就这样努力地做着善事，源源不绝地施舍着，仿佛财神布鲁托斯只不过是他的管家一样；他就这样漫无节制地花费着钱财，根本不在乎开销多少，从不去想能否一直这样维持下去，也不收敛自己的恣意挥霍。但他的财产终究是有限的，这样没有节制地浪费下去，一定有耗尽的一天。只是，谁会去提醒他这件事呢？他的那些谄媚者吗？他们还宁愿他一直闭上眼睛呢！

泰门诚实的管家弗莱维斯曾经想办法把家里的情况告诉他，把账本摊在他的面前，劝导他、央求他，流着眼泪哀求他评估一下自己的财产。要是换个角度来看，弗莱维斯这样的坚持早就超出了仆人的身份。

然而，这一切都无济于事，泰门仍然对他的忠言置之不理，总是刻意把话题转到别的事情上，因为家道中落的有钱人最不愿意听人劝说了！他们不愿意相信自身的处境，不愿意相信财产的真实情况，不愿意相信自己竟会开始走下坡路。

这个老实的好管家经常看到主人的房间里挤满了放荡的食客，那些酒鬼把酒洒得满地都是，所有的房间都亮着明亮的灯光，传来音乐和宴饮的声音。这时候，弗莱维斯往往一个人躲到隐秘的角落里流着眼泪，比大厅酒桶里糟蹋着的美酒流得还快。

他看着自己的主人这样疯狂地施舍，心里想，当各式各样的人真心赞颂的、也就是泰门的那些家产消失以后，这些赞颂的声音也会很快消失。一旦宴席停止了，宴席换来的恭维也就停止了。只要下一场冬雨，就会让这些苍蝇自动消失。

事到如今，泰门再也不能堵上耳朵，不听他这位忠实管家的话了，他必须筹出钱来。当泰门吩咐弗莱维斯把一部分的田产卖掉换钱的时候，弗莱维斯把自己曾好几次想告诉泰门、但他却不肯听的话对他说了：他大部分的田产都已经卖掉或者拿去抵偿债务，而他现有的全部财产连一半的债务也偿还不了。

泰门听了大吃一惊，赶紧回答说："可是，从雅典到拉西台蒙，都有我的田产呀！"

"唉，我的好老爷！"弗莱维斯说着哭了起来，"世界不过就这么一丁点儿大，它也是有边界的啊！假如整个世界都是您的，只要您一句话把它送走，它也会很快就没有了！"

泰门只得安慰自己，至少没有把这些钱拿去帮助坏人；就算任意挥霍财产很不明智，至少没有拿钱去为非作歹，只是用来取悦朋友们。

他叫这名好心的管家尽管放心，因为只要他的主人还有这么多高贵的朋友，他就绝对不会缺钱用的。昏头昏脑的泰门还告诉自己，就算他遇到困难，只要派人去向那些曾得到他好处的人借钱，他就可以任意地享用这些人的钱财，就像享用自己的一样。

接着，他就像对自己的想法信心十足似的，满心欢喜地派人分别去找路西斯、路库勒斯和辛普洛涅斯这些人。他过去曾经毫无节制地送给这些人许多礼物。

他还派人去见文提狄斯。由于泰门替他还了债，让他得以从监狱里出来。如今，他从过世的父亲那里继承了一大笔财产，完全有能力报答泰门对他的好心帮助。泰门请求文提狄斯把当初替他支付的五个太伦还给他，还想向其他几位贵族每人借了五十个太伦。他确信这些人为了表达感激，就算是五百倍于这个数字的要求，只要是他需要，他们都会如数送给他。

泰门第一个找到的是路库勒斯。这个卑鄙的贵族昨夜才梦见一只银盘和一只银杯呢！他一听说泰门的仆人来了，那贪婪的心里马上想到这肯定是老天要替他圆梦，让泰门派人来送他银盘和银杯了！

可是，当路库勒斯得知实情——泰门缺钱用了，他立刻表现得很冷淡。他一遍又一遍地对这名仆人发誓说，他早就看出泰门的家产即将挥霍殆尽了，他好几次陪着泰门吃午饭就是想要提醒他这件事，还好几次想借着吃晚饭的机会劝他节省一点儿；可是他尝试了很多次，泰门始终不肯听从他的规劝和忠告。

这个无耻的家伙的确常常参加泰门的酒宴，而且还在更大的事情上得过泰门的好处，但他说自己到泰门的家里是为了规劝或者责备他，这却是个天大的谎言！当路库勒斯说完了这番谎话，他给了那个仆人一些贿赂，叫仆人告诉泰门他不在家。

至于前去找路西斯的仆人也没得到什么好结果。这个满嘴谎言的贵族肚里装满了泰门的酒肉，泰门送给他的值钱礼物使他的仓库富裕得都快要胀破了。但他一听说泰门破产——那个大量施舍的泉源断绝了的消息时，一开始他还不相信这件事，但等事实得到了确凿的证明，他立刻装出很遗憾的样子说，自己昨天很不凑巧地买了一大批东西，所以手上没有什么金钱，没有余力为泰门尽一点儿心力，当然，这其实是个无耻的谎言。

他骂自己是个畜生，因为竟然没有能力替这么一位要好的朋友效劳，还说，无法让这么一位高贵的绅士满意，简直是他一生中最大的苦恼！

谁说跟自己同桌吃饭的人就是朋友呢？恰巧每一个谄媚者都是这样的食客。大家都记得泰门对待路西斯就像父亲对待儿子一样，掏钱替他还债、替他支付仆人的工钱；由于路西斯爱慕虚荣，泰门还为他雇用工人，流着汗替他建造豪华的宅子。可是，唉！一旦人们忘恩负义起来，就会变成魔鬼！相较于泰门给过路西斯的好处，如今他拒绝借给泰门的金钱还不如善人施舍给乞丐的来得多呢！

辛普洛涅斯和泰门派人挨家挨户拜托的那些贪婪贵族都一样，要么回答得相当含糊，要么就干脆一口回绝了。就连文提狄斯——那个泰门曾替他还了债，将他从监狱里救出来的人，即使如今已经发了大财，居然也不肯借五个太伦来帮助泰门。当初他身处困境的时候，泰门可并没有把借他的五个太伦当成借款，而是慷慨地送给他的。

正如泰门富有的时候人人抢着奉承他、向他求助一样；如今他破产了，人人又都开始躲避着他。从前曾不停地歌颂他的人，称赞他宽厚、慷慨、手头大方的人，如今又毫不惭愧地责备他，说他的慷慨不过是愚蠢，他的大方只是挥霍。事实上，泰门真正愚蠢的地方，是他竟然选择这么一帮卑鄙下流的人作为慷慨施舍的对象！

现在，没有人来光顾泰门那王侯一般的府第了。他的家成了大家躲避和厌恶的地方。大家只是从他的家门前路过，而不是像从前那样，在路过这里时总会停下来品尝他的酒宴。他家里挤满了的不再是那些豪饮和欢笑的客人，而是许多不耐烦的、大吵大闹的债主、高利贷和敲竹杠的人。他们要起债来凶神恶煞，毫不留情，追着他索要债券、利息和抵押品。这些铁石心肠的人要起什么来都让人无法拒绝，也不容许拖延片刻。

于是，泰门的房子现在成了他的监狱了，他们逼得他进退两难。这边向他催讨五十太伦的欠款，那边又拿出一张五千克朗的债券，就算泰门能用自己的血一滴一滴去还债，他全身的血液也还是不够还。

看起来，泰门的家产已经败落到无可挽救的地步了，忽然间，大家却又惊奇地发现，这轮落日又绽放出了令人难以相信的新光芒——泰门老爷宣布要再举行一次筵席。他把过去经常邀请的客人、贵族和贵妇，以及雅典所有的名流都请来了，也包括路西斯、路库勒斯两位贵族，以及文提狄斯、辛普洛涅斯等人。

没有人比这些只会奉承的家伙更难堪了，他们懊悔万分地发现，原来泰门只是装成很穷的样子，想试探这些人是否真的对他心怀爱戴。他们后悔没有看穿泰门的这个把戏，否则的话，当初岂不是只花一些钱就可以买到他的欢心吗？

另一方面，他们又感到高兴，因为本以为已经枯竭的那座高贵的施舍之泉，原来还在源源不绝地冒着泉水。这些贵族们一个个应邀前来了，装腔作势地向他反复解释，说泰门派人去向他们借钱的时候，他们手边恰巧没有钱，不能答应这位尊贵朋友的请求，为此感到非常抱歉和惭愧。可是泰门要他们不必介意这些小事，因为他早就把这些事忘得一干二净了。

当泰门遇到困难的时候，这些卑鄙、谄媚的贵族连一分钱都不肯借他；可是一旦泰门重新富裕起来、再度放射出光芒的时候，他们又都忍不住来到他的府上。就算是燕子追随夏天，也比不上这些家伙追随富人的钱财那么急切，只是，燕子在躲避冬天时，却不会像这些家伙一般，看到他人一显露出衰败的迹象就急着闪躲。人类就像这种趋炎避寒的鸟儿一样。

音乐声响起了，冒着热气的酒宴陆续摆上桌。所有客人都不免大吃一惊，诧异着破产的泰门竟能弄到大钱准备这么讲究的酒席。人们都不敢相信自己的眼睛，不知道这一切到底是真是假。

这时候，有人打了一个信号，原本盖住的盘子瞬间露了出来，泰门的本意终于显露在众人面前。

盘子里盛的不是宾客们所期望的山珍海味，就像过去泰门在家中的筵席上所供应的，反倒与泰门贫穷的家境更相称，因为盘中只有蒸气和温热的水。同时，这桌宴席也与这一群表面上的朋友十分相称——这些人说的话就像蒸气一般，他们的心就像泰门请他们喝的水一样，不冷不热，滑溜异常。

泰门对他们喊道："狗儿们，揭开吧！舔吧！"

客人们惊魂未定，泰门就开始往他们脸上泼水，要他们喝个够，又把杯盘向他们身上摔。那些夫人与老爷们都慌忙地拿起帽子，一团混乱地往外头逃跑。泰门在后面追赶着，嘴里还一边骂着他们罪有应得。

"你们这些滑溜溜、笑眯眯的寄生虫！戴着殷勤的面具专搞破坏的东西！假装和蔼的狼、假装柔顺的熊，金钱的奴隶、酒肉朋友、趋炎附势的苍蝇！"

为了躲避泰门，宾客争相往屋外挤，比进来时还要着急。有的人把长袍和帽子挤丢了，有的人在手忙脚乱中遗留了首饰，一个个都巴不得能从这位疯狂的贵族面前和这顿假筵席的嘲笑里逃出去。

这是泰门最后一次举行宴会，在宴会散后，他就与雅典和人群告别了。他来到树林里，远离了他所痛恨的城市和所有的人类，盼望着那个可憎的城市和城墙倒塌，断壁残垣压在屋主人的身上；他盼望各种侵袭人体的瘟疫、战争、暴行、贫穷、疾病缠绕着居民；祈祷公正的神明不分老幼贵贱，把所有的雅典人都消灭掉。

他就这样一边想着，一边走进了树林。对他来说，这里最残暴的野兽也比他的同类仁慈多了。为了不再保留人的装束，他脱得一丝不挂，为自己挖了一个洞穴作为住处，就像野兽一样孤单地生活。他啃食野树根，喝生水；他躲开同类，跟那些比人类友善而且不会伤害他的野兽生活在一起。

从人人争相拜见的富有贵族泰门，到赤身裸体、嫉恨人类的野人泰门，这是多么大的一个转变呀！那些恭维他的人到哪去了呢？那些侍从和仆人到哪去了呢？难道那吵吵嚷嚷的仆人，萧瑟的寒风，能够服侍他、替他穿衣服、让他暖和吗？难道那些寿命比鹰隼还长，屹然不动的树木会变成年轻活泼的小童，任凭他使唤吗？要是他前一天晚上因为吃坏肚子而生病，难道冬天里那结了冰的小溪会替他准备热腾腾的汤和鸡蛋粥吗？难道住在那荒凉树林中的动物会来舔他的手，恭维他吗？

有一天，他正在树林中挖树根以填饱肚子时，他的铁锹忽然敲到一堆沉甸甸的东西。他仔细一看，原来这堆东西竟然是黄金，这一大堆黄金或许是哪个守财奴在混乱的岁月里埋藏起来，打算将来把它掘出，却没能等到这一天到来，也没来得及把埋藏地点告诉别人就死了。黄金原本来自大地之母的肚子里，如今，它就像从没离开过大地一样躺在那里，不行善，也不作恶，直到偶然碰到泰门的铁锹才又重见天日。

要是泰门的心态和过去一样的话，这一大笔财富又可以为他收买朋友和恭维者了。但泰门已经厌烦了这个虚伪的世界，一看到黄金就觉得嫌恶。他本想将那些黄金重新埋回地下，可是一想到黄金可以为人类带来无穷的灾难——为了贪图黄金，人与人之间会发生抢劫、偷盗、压迫、冤屈、贿赂、暴力和凶杀；泰门对人类充满了很深的仇恨，因此他愉快地想象着，这堆黄金可以创造不少折磨人类的祸患。

就在这时，恰巧有些士兵从树林里穿过，经过他的洞穴附近。他们是雅典的将军艾西巴第斯率领的一部分军队。雅典是出了名的忘恩负义的民族，他们时常被自己的将军与朋友遗弃，艾西巴第斯正是因为厌恶雅典的元老们，转而带兵反对他们。过去，艾西巴第斯曾经带领胜利的大军保卫他们，如今他却率领同一支军队来攻打他们。

泰门很赞成这些士兵的所作所为，就把黄金送给了艾西巴第斯，叫他发给部下。泰门只求艾西巴第斯带着这支军队把雅典城夷为平地，让士兵们把雅典的居民都烧死，把他们赶尽杀绝。不要因为老人长着白胡子就饶了他们，因为他们不过是放高利贷的恶人；也不要因为孩子们的笑容天真灿烂就饶了他们，因为他们长大之后就会变成叛徒。泰门要艾西巴第斯堵起耳朵，闭上眼睛，不要因为任何景象或是声音而感到同情，也不要让处女、婴儿或是母亲的哭声妨碍他在全城进行一次大屠杀，泰门要他在一场战争中把他们全部消灭掉。

泰门向天神祈祷，等这个将军把雅典人征服后，再由他把这个征服者也一并毁灭。泰门就是这样彻头彻尾地痛恨雅典，痛恨雅典人和一切人类。

当泰门孤单地过着野人般生活的时候，有一天，他忽然看见一个人仰慕地站在他洞穴的门口。他感到相当吃惊，原来那人竟是他诚实的管家弗莱维斯。为了爱护、关怀他的主人，他找到这个可怜的住处要来侍候他。

弗莱维斯一眼望见自己当年高贵的主人竟沦落到这种地步，浑身上下就像刚出生的时候一般赤裸，与动物们一起过着野兽般的生活；他看上去就像是悲哀的废墟，又像是一座衰老的纪念碑。这个善良的仆人哀伤地站在原地，一句话也说不出来。他完全被恐怖的感觉包围住了，不知所措。等他终于能说话的时候，他的话音也早已被泪水哽咽住了，说得含糊不清。

泰门费了好大工夫才认出这个人是谁，也才明白什么人在他潦倒的时候还愿意来侍奉他，就跟他熟悉的那些人类完全相反。起初，当泰门看到弗莱维斯的身影时，曾怀疑他是个奸细，怀疑他流的眼泪也是假的。然而，这个好仆人拿出许多证据来证明自己对泰门的确是忠实的，说明他完全是出于对亲爱的主人的爱护和关怀才来的。泰门才不得不承认，原来世界上还有一个诚实的人。

可是，既然弗莱维斯也是人类的模样，泰门看到他的脸时就一样感受到憎恶，听到他发出的声音时就一样感到厌烦。最后，这个唯一的诚实好人也不得不离他而去，因为他是人，尽管他的心肠比普通人善良、更有同情心，但他终归有着人类那可憎的形状和相貌。

现在，比这个可怜的管家地位高得多的一群不速之客要来打搅泰门野蛮的隐居生活了。因为雅典城里那些忘恩负义的贵族已经为当初亏待了高贵的泰门感到后悔莫及。当时，艾西巴第斯正像一只愤怒的野猪般在城墙周围肆虐，猛烈地发起进攻，眼看就要把美丽的雅典城糟蹋成废墟了。直到这时，那些健忘的贵族们才想起泰门过去在战场上英勇的表现，因为他曾是雅典的将军，是一位既勇敢又富有智谋的军人。每个人都认为，在所有的雅典人之中，只有泰门能够应付这样的围攻，抵挡艾西巴第斯的疯狂进攻。

在这种紧急的情况下，元老们推选了几个代表来拜访泰门。他们在遭遇困境的时候来找泰门了，但泰门有困难的时候他们却不理不睬；当泰门请求他们的时候，他们是那么冷漠，现在反而觉得泰门应该对他们心存感激；他们对泰门是那么不留情面，毫无同情心，现在却认为泰门应该对他们恭恭敬敬。

如今他们前来恳求他，痛哭流涕地请他回到不久前才被无情地驱逐出来的雅典，以拯救这座城市的命运。只要泰门肯跟这些使者回去，拯救他们，他们乐意给泰门钱财、权力、地位，以补偿过去给他带来的一切损害，要大家再度尊重他，爱戴他；他们愿意把自己的生命和财产全都交给他来支配。

可是赤身裸体、憎恨人类的泰门，现在已经不再是富豪泰门，不再是乐善好施的贵族和超凡的勇士了。他不再是那个在战争中替同胞打仗，和平时任他们谄媚奉承的泰门了。如果艾西巴第斯要杀死泰门的同胞，那都不关他的事；如果美丽的雅典遭到艾西巴第斯的劫掠，老老少少全部被杀害，他会更加高兴！泰门就这样告诉他们，还说道，那些暴徒手中的每一把屠刀在他看来，都比雅典元老们的咽喉来得更贵重！

这就是泰门给那些失望得痛哭的元老们的唯一答复。不过在离别之

TIMON
OF
ATHENS.
DALZIEL Sc.

际，他吩咐元老们替他问候自己的同胞，告诉他们，如果想减轻悲痛和忧愁、避免凶猛的艾西巴第斯发泄狂怒，他还能指点他们一条出路，这是因为他对亲爱的同胞们仍然还有感情，愿意在死前为他们做点儿好事。元老们听了这番话，又忽然有了一些希望，因为他们以为泰门对雅典的热爱又恢复了。

没想到，泰门却对他们说，他的洞穴旁边有一棵树，不久后他就要将它砍掉了。他愿意让雅典城内所有不想遭受痛苦的朋友，不分贵贱高低，都在他把树砍掉之前先来尝一尝它的滋味——也就是说，如果他们想逃避痛苦，可以在这棵树上吊死。

过去，泰门曾给过人类许多恩惠，这是他最后一次表示友好，也是他的同胞最后一次见到他了。没过多久，一名可怜的士兵走过距离泰门出没的树林不远的海滩时，在海边发现了一座坟墓，上面刻着字，说这正是厌恶人类的泰门之墓，墓志铭中说道：

他活着的时候，憎恨一切人类；死的时候，希望一场瘟疫把所有留在世间的卑鄙之人统统毁灭！

没有人知道泰门究竟是用暴力结束了自己生命，还是仅仅死于对世间的厌恶和对人类的憎恨，然而，大家都说他的墓志铭写得十分贴切；他的结局也跟他的一生十分相称：他死的时候正如同他在世的时候一样，憎恨着人类。有的人觉得，他选择海滩作为葬身之地的想法很特别，因为这样一来，浩瀚的大海就可以永远地在他墓旁哭泣，来蔑视那些伪善的人类所流下的短暂、轻浮的眼泪。

历史剧

约 翰 王

狮心王理查的弟弟约翰是金雀花王朝第三个国王，他与法国国王腓力普都有着扩张领土的野心。有一天，法国国王派遣使者前来英格兰，要求约翰王将王国让给他的侄子亚瑟，因为亚瑟才是最有资格继承王位的人。

面对这样奇怪的要求，约翰王当然不肯答应，他向使者严厉地说出了自己的回答：“英格兰将以战争回答战争，以流血回答流血，以武力回答武力。”

不久之后，执法官将一对兄弟带到约翰王面前，请求国王对他们的争论做出裁决。国王一问之下，得知这对兄弟是已故的老罗伯特·福康布里奇爵士的儿子，哥哥叫作腓力普，弟弟叫作罗伯特；罗伯特说，腓力普其实根本不是老罗伯特爵士的亲生儿子，而是爵士夫人与外头男人生的私生子，老罗伯特爵士发现了这件事后，曾立下遗嘱，要将土地全部让给罗伯特。因此，罗伯特请求约翰王，命令腓力普交出所有从父亲那里继承的土地。

约翰王看着这个叫腓力普的男人，忽然觉得他长得很像自己已故的哥哥——狮心王理查。一问之下，才发现理查王曾经疯狂爱上了老罗伯特爵士的夫人，为了见到爱人，他故意派老罗伯特出使德国，然后趁机到他家中与爵士夫人相会，最后生下了一名私生子，也就是腓力普。

知道这个年轻人竟是前任国王的儿子，约翰王与母亲艾莉诺都喜出

KING JOHN.

望外。艾莉诺问腓力普，是否愿意放弃自己的财产，把土地让给罗伯特而加入军队。由于英国即将与法国作战，这将是一个获取荣誉的好机会，腓力普当场点头答应了。约翰王十分高兴，他给了腓力普一个高贵的身份以及新的名字——理查爵士，因为他长得与他父亲理查王非常像。接着，国王就带着理查爵士前往了法国。

法国国王腓力普带着约翰王的侄子亚瑟以及法国大军，来到法兰西西北部的安吉尔城，他对亚瑟说一定会为他主持公道，夺回被他叔叔约翰抢走的王位。曾经击败过狮心王理查的奥地利公爵也在场，他也说，为了向理查的后裔表示补偿，他愿意为亚瑟出一份力。

就在这时，法国国王派去见约翰王的使者回来了，他向国王报告约翰王拒绝了自己要求的消息，还说约翰已经率领大批英国军队来势汹汹地杀了过来。同行的还有约翰王的母亲，以及她的外孙女布兰琪公主。由于使者在路上耽搁了，当使者向法国国王报告完之后，英国军队也几乎同时抵达了法国。

约翰带着他的军队来到安吉尔城外，他见到腓力普的军队，怒吼道："我是代表上帝的震怒来惩罚顽固的法兰西的，如果法兰西容许我按照我继承的正当权利统治自己的土地，她就可获得和平，否则便让她流血，让和平升上天！"

腓力普也不甘示弱地喊道："要是你们停止战争，从法兰西退回英格兰安分地过日子，英格兰就可获得和平！亚瑟的父亲乔弗雷是你嫡亲的哥哥，英格兰的王位本该属于他，而你们竟敢排挤英格兰合法的君王，僭越称王！"

接着，法国方面提出了他们的要求：约翰王必须把王位以及所有的领土，包括英格兰、爱尔兰、安茹、土伦、曼恩等地还给真正的继承人亚瑟！

约翰王说道："我宁愿牺牲生命。接受挑战吧！法兰西！"

约翰王继续呼喊亚瑟，并说要是亚瑟肯重新回到英格兰的怀抱，自己将会出于亲情的考虑，给予亚瑟更多的利益。年轻的亚瑟感到十分为难，但他的母亲却叫他千万别答应。就这样，两军一来一往的谈判陷入了僵局。

腓力普大叫："安静！别吵，大家温和一点儿吧！在大庭广众之下，这样气势汹汹地吵来吵去多不像话。喇叭手，吹起喇叭，召唤安吉尔城的人到城头上来，让我们听听他们承认谁是他们的君主，是亚瑟，还是约翰。"

喇叭声响起，安吉尔的众多市民听到声音，纷纷走上了城头。约翰王首先向城里的人民喊道，自己才是这座城的真正统治者，由于法国人在安吉尔城下做好了一切进攻准备，打算进行血腥的围困和无情的屠杀，他才急忙率领军队前来保卫，因此，他希望人民能够打开城门，让他的军队进去休息。

轮到腓力普说了，他向民众解释道，年轻的亚瑟，才是英格兰的合法君主，他为了捍卫这位王子应得的权利，因此才率领军队来到此地；他命令安吉尔的市民打开城门，迎接他们真正的国王。

安吉尔的代表赫伯特听完两方的说法后，说道："我们是英格兰王的臣民，我们为了国王和他的权利而保卫这座城市。因此，谁能向我们证明自己的国王身份，安吉尔的城门就会为谁敞开。"

约翰王指着自己的王冠以及身后的三万名英格兰士兵，向赫伯特证明自己是名副其实的国王，但是赫伯特却不同意，他的意思是：英国国王必须与法国国王打一仗，来决定谁到底最有资格统治这座城。

约翰王听了，冷冷地说道："那么，在天黑之前，将有许多人的灵魂消逝在争夺王位的可怕考验之中，愿上帝宽恕他们的罪孽！"

腓力普王也叫道："阿门！骑士们！拿起武器！"

英国与法国的军队立刻展开了激战，战争才进行到一半，两方都迫不及待地派遣传令官到安吉尔城下，向城里的人宣示自己是获胜一方。赫伯特仍然摇了摇头，说道："我们从塔楼上观察了双方的攻守进退，在我们眼中，你们无疑只打了个平手。虽然我们对双方的实力同样欣赏，但总得有一方更为强大，才有办法解决问题，既然分不出高下，我们只好继续为你们守住这座城市了。”

双方又激战了一阵子后才各自撤退，接着，约翰王与腓力普王再次来到安吉尔城下，大喊：“说话吧！市民们，你们的国王是谁？”

然而，不管他们如何吹嘘各自的战功，赫伯特总是语带保留地说，希望两人能分出一次真正的胜负，安吉尔市民才会承认胜利者是他们的国王。理查爵士听了，气愤地告诉两位国王：“这些安吉尔的刁民正在捉弄你们哪！他们逍遥自在地站在城楼上，像看戏一样观赏着两军痛苦的厮杀与搏斗！但愿两位能暂时化敌为友，联合起来进攻这座城市，等把它夷为平地之后，再来拼个你死我活，你们认为如何？”

约翰王与腓力普王一致赞成这个提议，他们约定好，约翰从西面攻打安吉尔，奥地利公爵攻打北面，腓力普进攻南面。于是，两支大军一同包围了城堡准备进攻。赫伯特发现自己成了众矢之的，吓得要他们住手，并且说自己有一个两全其美的解决方法，能让两名国王同时得到这座城池，而且不用牺牲一兵一卒。

约翰王说：“说下去吧，我们很想听听。”

赫伯特说，约翰王的近亲布兰琪公主年轻貌美、冰清玉洁，与腓力普王那高贵、英俊的路易王子年龄相近，而且郎才女貌、十分般配，要是两人能够结婚，成为英国与法国友谊桥梁的话，安吉尔的市民将会打开大门欢迎他们的军队。

约翰王表示欣然同意，还愿意将安茹、土伦、曼恩、普瓦提埃和伏克森五省的土地，以及三万枚金币当作公主的嫁妆。而腓力普王也没有异议，因为他发现儿子路易已经对布兰琪公主一见钟情了呢！

这一对新人就在两国的大军见证下完成了订婚，腓力普这时才想起来，自己原本是为了替亚瑟母子伸张正义而来，如今却被利益蒙蔽了双眼，擅自与敌方和谈。法国国王感到有些不好意思，他问约翰王，应该如何补偿亚瑟与他的母亲。

约翰王说：“我要封年轻的亚瑟做布列塔尼公爵兼里奇蒙德公爵，以及这座富饶美丽的城市的主人，这样子，那位寡妇心中的创伤便可以痊愈了，快去通知他们来参加婚礼吧！”

然而，亚瑟的母亲听说两名国王竟背着她们讲和后，感到怒不可遏，她坚持不参加这一场婚礼，还跑到腓力普王面前，指责他是个虚伪的国王，背弃了自己立下的盟誓，不仅没有为她们母子主持公道，反而带着法国军队依附了约翰王。

“啊！上帝，为我这个寡妇做主，拿起武器惩罚这些背弃盟誓的国王吧！我求您在日落之前，让两个背誓的国王开始火拼！啊，聆听我的祷告吧！”

这名母亲歇斯底里了起来，两位国王都劝她冷静。就在这时，红衣主教潘杜尔夫来到了法兰西的营帐之中，他是由教皇亲自派遣的钦差，要来向约翰王传达教皇最严厉的质问。原来，不久前教廷曾指派一名教士担任英国的坎特伯雷大主教，但这名教士却被约翰王赶走了，教皇十分生气。

约翰王听了，语带轻蔑地告诉红衣主教说，没有比教皇更渺小、更无聊、更可笑的名义了，也没有任何意大利的教士有权在英格兰的领土上征收税赋，因为英格兰的一切都是他的，他才是上帝派来统治国家的最高元首。就算别的国王都愿意听从教皇摆布，或向他缴纳贡品，但他却无论如何也要与教廷抗争到底！

腓力普王惊呼道：“英格兰王兄，你这话亵渎了神明。”

红衣主教也说：“那么，我便以我的合法权利宣布你受到诅咒，并被逐出教会，宣布凡是撤销对你这个异教徒的效忠誓约的人，都将受到祝福。任何人只要能取走你可憎的性命，都将被封为圣徒，受到崇拜！”

接着，红衣主教要求法国国王与约翰王绝交，并且率领法兰西的军队征讨他，否则将会受到诅咒。路易也劝他的父王，比起英格兰轻微的友谊，还是罗马教廷的诅咒要来得严重多了！而奥地利公爵一样希望法国国王与英国断交。

腓力普王的心里非常为难，对他来说，两国不久前才建立起友好的关系，两名国王还信誓旦旦地保证要永远保持忠诚与和平；难道对于誓言可以出尔反尔，轻易舍弃吗？他希望红衣主教能够收回成命，让他们维系刚产生的友谊。

然而，潘杜尔夫却表示：为了保卫神圣的教会，只有与英国绝交一途！他说："法兰西，你可以握住毒蛇的舌头、笼里狮子杀人的利爪和饿虎的獠牙，可是千万别跟你现在握住的手保持和平！"

奥地利公爵在一旁鼓动："背誓吧！干脆背誓算了！"

路易王子也说："父王，拿起武器吧！"

在众人的连声劝说下，腓力普也终于下定决心，他对约翰王说："我决定跟你绝交了，英格兰！"约翰王也回答道："法兰西，不到一小时你就会后悔莫及。"

于是，两个国王刚建立起的友好关系迅速破裂，腓力普与约翰各自将军队带开，准备与对方再次来一场决战，布兰琪公主则跟着路易王子回到了法国。

之后，英国与法国就在安吉尔附近的平原开战，英国军队连战皆捷，约翰王英勇的侄子理查爵士杀死了奥地利公爵，砍下他的头，而约翰王也亲手俘虏了亚瑟，法国军队被打得落荒而逃。

约翰王安慰年轻的亚瑟，向他承诺一定会善待他，就像老约翰一样，然后就将这个孩子交给了艾莉诺。但是，亚瑟才一离开，约翰王就找来了赫伯特，要他为自己办一件事。

赫伯特说道："我向上帝发誓，您要我做什么我都愿意，就算是死也愿意。"

于是，约翰王指着亚瑟的背影，对他说："你看看那边那个孩子，我告诉你，他是我前进路上的一条毒蛇，我的脚步所到之处总有他挡着路。我要派你看管他，你明白我的意思了吗？"

赫伯特忠心地回答："我会将他看管得严严实实，绝不让他冒犯陛下。"

约翰王摇摇头，说："死。"

赫伯特听了大吃一惊，这下他终于明白了国王的意思，恭敬地行了一礼。

另一方面，法兰西的军营内一片愁云惨雾，腓力普国王与路易王子正为了战败气馁不已，他们失去了安吉尔城、英勇的奥地利公爵，以及许多法国士兵，连亚瑟都被英国人俘虏了，亚瑟的母亲哀伤得几乎发疯了！

不过，红衣主教却告诉路易：“虽然约翰王认为他赢得了这场战争，其实他损失惨重。亚瑟成了他的俘虏，但只要那个孩子的血管里还有血液奔流，篡位的约翰内心就不会有一刻安宁。他要是想稳固自己的统治，就一定会除去亚瑟。”

路易不解地问：“年轻的亚瑟死了，对我们有什么好处？”

红衣主教回答他，只要亚瑟一死，他就可以凭着他的妻子布兰琪公主的权利，提出亚瑟曾要求的一切爵位与领土。同时，他还告诉路易，约翰王的侄子理查爵士目前正在英格兰掠夺各地的教会，闹得天怒人怨，只要有人发出起义的号召，人民就会起来支持他。

果然，约翰王回到英国没多久，就发布了一道密令，要赫伯特用烧红的铁烙瞎亚瑟的眼睛。赫伯特接到了这份命令后，虽然于心不忍，却不得不遵守国王的旨意，于是，他把亚瑟带到了牢房，将写着这道命令的文件拿给亚瑟看。

“你愿意做这么恶毒的事吗？”亚瑟天真地问道。

“我发过誓了。”赫伯特回答道。

接着，他要刽子手将烙铁拿过来，并且把亚瑟绑在椅子上，亚瑟急得大声叫喊：“救救我！赫伯特，我的眼睛见到这些人的样子就已经要瞎了！”

赫伯特露出不耐烦的样子说道：“你们出去！让我自己来就好。”

他把刽子手都赶出了牢房，接着，他看着亚瑟叹了一口气。

“好了，留着你的眼睛，活下去吧！即使你的叔叔把他全部的财产给我，我也不会再做这种事了。”赫伯特终究还是不忍心伤害这个可爱的孩子，他决定编造一些假消息来搪塞国王，让他以为亚瑟真的死了。

约翰王正在王宫里举行第二次加冕典礼，因为他想再次向世人宣示自己王位的合理性，而大臣们对于他的举动虽然不太认同，但还是一一送

约翰王对赫伯特下令挖掉亚瑟的眼睛，亚瑟苦苦哀求，希望赫伯特不要伤害他。

上了贺词。约翰王很高兴，他要在场的大臣提出自己尚需改进的地方，他会很乐意倾听并接受他们的指正。

大臣索尔兹伯里与彭布洛克立刻进言，希望约翰王能够释放年轻的亚瑟，因为囚禁这位侄子是一件有失民心的行为，将为他招致许多谣言与批评。再说，既然约翰王享有的是他应得的权利，那为什么还要害怕这名稚嫩的侄子呢？

约翰王听了，觉得很有道理，正当他要下令释放亚瑟时，赫伯特上气不接下气地来了，他告诉国王与大臣们亚瑟已经去世的消息。大臣们顿时鼓噪起来，所有人都相信一定是约翰王命令部下杀死他的，索尔兹伯里愤怒地说："这显然是一桩肮脏的勾当，高高在上的人物竟会肆无忌惮地做出这种事来，实在可耻！"

说完，他就离开了王宫，彭布洛克与其他大臣也纷纷背弃了国王。约翰王很后悔，就在这时，又有一名使者着急地跑进来，告诉国王，法兰西的路易王子再次征召了一支大军登陆英国，朝着他的王宫逼近！同时还告诉国王，英明的艾莉诺已在几天前过世，导致他在法国的领土变得一团糟。

理查爵士也带着一名预言者来到王宫，这名预言者声称：约翰王即将在下一个升天节正午之前，交出他的王冠！约翰听了大怒，要部下把这名预言者关进牢里，在他预言自己将失去王冠的那天正午把他绞死。

国王还命令理查爵士立刻把他的大臣追回来，以协助他对付法国。接着，他开始怪罪赫伯特，不应该曲解他的旨意，擅自把亚瑟杀掉，他说："做国王的真是太倒霉了，因为他的身边随时有一群下人，国王发一点儿脾气，他们就当成命令，去草菅人命；国王使一个眼色，他们就用它来诠释法律；国王因为一时的情绪而皱皱眉头，并未经过思考，下人们就根据它来揣摩君王的意图！"

赫伯特拿出文件，委屈地说："这可是您的亲笔命令，还盖了御印的。"

国王又抱怨起他身边的小人，每当事情闹到不可收拾的地步时，就会拿出那些亲笔命令和上面盖的章作为证据，让他陷入万劫不复的境地。看到国王逐渐歇斯底里起来，赫伯特这才说出小亚瑟还活在世上的消息。约翰王欣喜若狂，连忙叫他去告诉大臣这个好消息。

然而，就在赫伯特找到约翰王的大臣之前，这些大臣却先发现了可怜的小亚瑟的尸体；原来，亚瑟为了逃出监狱，冒险从高耸的城墙跳下来，想不到竟然摔死了！大臣们伤心欲绝，他们要追上来的理查爵士扪心自问，能否容忍这样的罪行。理查爵士也不禁哀痛地说道："这是一桩该下地狱的血腥勾当，如果它出于人类的手，那只手就是一只邪恶的、亵渎了神明的手。"

之后，赫伯特好不容易追了上来，却被理查爵士和这群大臣们痛骂了一顿，他们异口同声说他是杀人凶手。最后，大臣们要赫伯特转告约翰王：他们即将去投靠法国军队，请国王去路易王子那里找他们吧！

约翰王这下走投无路了，他决定向教廷屈服，将王冠交给红衣主教潘杜尔夫，再由潘杜尔夫为他重新加冕，以表示他对教廷的效忠。此时，约翰王才想起，这一天恰好是升天节，他就像那位预言者所说的，心甘情愿地交出了王冠。

仪式结束后，红衣主教向约翰王承诺，愿意为了他到法国军队的营帐中谈判，说服路易王子退兵，这项协助对约翰王来说犹如雪中送炭，他立刻将重责大任交给了红衣主教。

当红衣主教先来到路易面前，告诉他约翰王已经与教廷妥协，法国可以收起威风凛凛的旌旗，胜利回国了，路易却严正地回绝了红衣主教的要求。他说自己娶了英国的公主，有权利成为英格兰的国王，而且他的大军已经征服了半个王国，岂能够因为约翰王与教廷的和解就半途而废？再说，教廷从来没有资助过法国军队一毛钱，也没有派出一兵一卒，法国绝不能白白承受战争中的损失；最后，王子还指出，他的军队所到之处，英国人民都夹道欢迎他，并高喊“国王万岁”，这说明他们心里也不认同约翰是他们的王。

听完了路易的理由，红衣主教只好灰头土脸地离开了。另一方面，理查爵士也对约翰王说："我们站在自己的土地上，却要向入侵者提出卑躬屈膝的条件，跟他们妥协？我们绝不能让一个养尊处优的王子瞧不起我们的士兵，在这片土地上横行无阻。陛下，请拿起武器吧！"

约翰王听完这些话后再度下定决心，他要理查立刻去向路易王子宣战，并任命他指挥英国军队，对付来犯的法国大军。在理查爵士的英勇作战之下，英国与法国的军队打得不相上下。不幸的是，约翰王却在这时发了高烧，一病不起。

最后，约翰王要部下将他送到史文斯特德修道院，在那里静养，还命令理查爵士立刻赶到那里见他。与此同时，那些投降法国的大臣之间也流传起一则消息：路易王子打算在征服英格兰之后，就砍掉他们的头！这些大臣吓得又回到了约翰王身边。

没想到，当所有大臣见到约翰王的时候，他却快要死了。原来，修道院里的一个教士偷偷在他的食物里下毒，想谋杀他。这名教士为了取信于国王，甚至亲自为他试毒，最后也死了，国王则因为痛苦而变得语无伦次。

理查爵士报告约翰王，他的部队在经过海滩时，被突然袭来的潮水给吞噬了，而法国军队正一步一步朝着这里接近。他希望国王能告诉他该怎么做，可是，约翰王还来不及回答，就咽下了最后一口气。

就在大臣们为了国王的死不知所措的时候，红衣主教潘杜尔夫来了，他是受了路易王子的委托，前来与英国求和的。因为路易得知原本投降他的大臣叛逃，而且法国的援军在穿越英吉利海峡时触礁沉没，他就再也无心作战了。最后，由理查爵士出面与法国达成了圆满的协议，而约翰王的儿子亨利继承了王位，在大臣的协助下收拾了他父亲留下的残局。

理查二世

金雀花王朝的第八位国王理查二世是个昏庸的君主。有一天，海福德公爵亨利·波林布鲁克，与诺福克公爵托马斯·毛勃雷来到国王理查二世面前，向国王指控对方的罪行。

亨利说，托马斯以支付国王士兵薪饷的名义，领取了八千金币，却将这些钱占为己有，任意地挥霍掉了；另外，他还阴谋害死了国王的叔父葛罗斯特公爵。托马斯则辩解说，军饷的四分之三早已付给了士兵，剩的四分之一则是用来偿还国王积欠的债款；他也绝对没有杀害葛罗斯特公爵，他的死只不过是一场意外罢了。

原来，葛罗斯特公爵曾经联合一些大臣，胁迫国王赶走了身边的一些小人。然而，事后国王不但不感激，还把公爵抓了起来，交给托马斯看管，没过多久，葛罗斯特公爵就莫名其妙死在狱中，因此也有人谣传，是国王教唆部下杀掉他的。

双方各执一词，互不相让。亨利将他的骑士手套掷在地上，向诺福克公爵提出了决斗的要求，公爵则捡起亨利的手套，毫不示弱地接受了他的挑战。理查没想到他们竟如此憎恨对方，连忙阻止这两人，还叫亨利的父亲——兰开斯特公爵冈特的约翰也帮忙劝阻。

然而，亨利与托马斯结怨很深，执意要将这件事付诸武力，于是，国王生气地说："既然你们不愿意按我的要求重新和好，那你们就得用性命担保，在圣兰伯特节的时候到考文垂去决斗！"

圣兰伯特节当天，两人都穿戴整齐，准备开始决斗的时候，国王却忽然举起他的权杖，阻止了两人的对决。国王说，为了避免英国的土地被她所哺育的人的鲜血所污染，也为了不让刺耳的刀枪声打破了美好的和平，他决定要将亨利与托马斯从国土上放逐出去。

于是，他宣布了对两人的判决：诺福克公爵托马斯终身不得回到英国，否则处死；而亨利原本应该被放逐十年，但看在他的老父亲兰开斯特公爵的分上，缩短为六年。亨利与托马斯对于这个结果都十分错愕，想不到自己对国王的一片忠诚，竟然会换来流落异乡的下场！

国王还命令两人对着他的权杖发誓：在流放期间，他们两人永远不许和好，不许见面，也不许书信往来、互通款曲；他们在国内结下的仇恨永远不许消除，也不许他们联手图谋不轨，进行一切不利于国家与国王的活动。

年迈的老约翰没想到居然要与亲爱的儿子分开，不禁哀痛欲绝，开始后悔不该支持理查这个昏君，但他还是安慰亨利道："这只是暂时的离别罢了，六个年头很快就会过去的。走吧！亲爱的儿子，就当成是我打发你去寻求荣誉，而不是国王放逐了你。"

亨利就这样离开了英国，但理查王还是不满意，他发现这个堂弟经常用各种手段讨好百姓，还装出一副彬彬有礼、平易近人的样子，赢得了民众爱戴，俨然成了英格兰真正的君主，威胁到他的地位。

不久后，爱尔兰发生了叛乱。国王召集了大臣开作战会议，就在这时，有一名使者前来告诉国王，兰开斯特公爵病危，希望他能立刻过去探望这位叔父。

理查幸灾乐祸地说道："哈！但愿他的医生尽快把他送进坟墓，这样我们就能用他金库的钱来缝制战袍，把我们出征爱尔兰的部队打扮起来了！"

冈特的约翰这时正躺在床上奄奄一息，他的弟弟约克公爵陪在一旁，两人都在猜想国王会不会来，因为约翰还想在死前对国王提出最后的忠告。

约克公爵难过地说道："不要浪费唇舌了，一切劝告他都会当作耳边风的，他的耳朵早已被各种谄媚与享乐的声音塞满了。"

约翰说："但是人们都说，垂死者的话有如美妙的音乐，能够引起注意。"

没过多久，国王果真来到了他的病榻前，看着约翰病重的情形，忍不住感叹道："叔父，你快死了！"

约翰回答他："不，要死的是你，尽管我病得比你重。"

国王疑惑地说："但是我身体健康，还能呼吸，我看见是你在生病。"

"我自己虽然老眼昏花，但却不如你病入膏肓。你的国土就像你的床，你躺在床上，声名已经奄奄一息，还把象征自己身体的权位交给了一群马屁精，让他们祸害你的国家；要是你的祖父知道他的孙子将会毁掉王国，一定会在你取得王位之前先把你废黜！"

理查听了勃然大怒，他认为老约翰是想在死前诅咒他，好将对他的不满一股脑儿发泄出来。国王气得破口大骂，但约克公爵连忙为他的哥哥说情，要国王原谅他。最后，理查只好气冲冲地离开了，没过多久，约翰的朋友诺森伯兰公爵走出来，报告国王：伟大的兰开斯特公爵已经过世了。

国王得知这个消息，丝毫没有难过的感觉，反而立刻下令没收兰开斯特公爵留下的全部金银器皿、土地、收入和其他财产。约克公爵听了气愤地说："您打算把被放逐的亨利应得的特权和利益都据为己有吗？老约翰难道不该有继承人吗？他的继承人难道没有资格继承吗？您若是剥夺了亨利的权利，就等于取消了历来的制度，而您不就是靠着制度才继承王位的吗？如果您这么做的话，将会给自己惹来一千种危险，失去一千个效忠您的心！"

即使如此，理查王还是回答："不管你怎么想，我都要没收他的财产。"

国王的做法很快在大臣间引起了一股不满，诺森伯兰、洛斯、威罗比三位伯爵私下时常聚在一起讨论这件事。诺森伯兰伯爵说，像兰开斯特

KING
RICHARD
SECOND.

这样高贵的皇室宗亲，竟然蒙受这样的冤屈，这真是国家的耻辱！洛斯伯爵也抱怨说，百姓在理查的横征暴敛下，早已心怀不满，贵族们也因动辄就被罚款而心生叛意。威罗比则说，国王把祖先用战争赢来的东西又赔给敌人了，花在求和上的钱比战争上还要多！

“我们看到了即将来临的灾难，当初我们对国王的作为不加理睬，现在危险已经无法避免了。”洛斯伯爵感叹起来。

“并非如此，我已经从黑暗中看见了一丝曙光。”诺森伯兰伯爵语带玄机地说。

“这是什么意思？诺森伯兰。不妨把你的想法说出来吧！”威罗比和洛斯都急着追问。

“我从布列塔尼的伯朗港得到了情报，说亨利与好几名显赫的人物，已经从布列塔尼公爵那儿得到了一批优良的装备，乘了八艘巨大的战舰，带了三千名士兵，全速往英格兰赶过来，打算在北方海岸登陆。不过，还是必须先等国王去爱尔兰。等亨利到达时，我们就追随他，把国家从昏君手里拯救出来吧！”

威罗比和洛斯当场同意了这个计划。几天后，国王就前往了爱尔兰，他将英格兰的政务都交给了一向公正、忠诚的叔叔约克公爵。这个消息给了叛乱人士一个大好机会。

这一天，王后忽然有种不好的预感，仿佛有种莫名的忧伤在她的心中挥之不去，她不自觉地颤抖起来。没过多久，国王的亲信就气喘吁吁地跑了进来，告诉王后一个不妙的消息：被放逐的亨利·波林布鲁克已经登陆英格兰，率领他的大军来到雷文斯泊，诺森伯兰、威罗比、洛斯公爵都投靠了他，连宫廷大臣华斯特伯爵一听到叛军来到的消息，也带着宫里的全部仆役全部投降了。

王后听到这个噩耗，正不知所措时，代理国王约克公爵也赶到了。他安抚了慌张的王后，告诉她自己将会处理一切。然而，大部分的英国军队都跟着国王去爱尔兰了，约克公爵只能勉强地凑到三百名士兵，就匆匆赶赴前线。

他在葛罗斯特的荒野见到了亨利。亨利向约克公爵行礼，说道："仁慈的叔父，你好。"

约克公爵却痛斥道："呸！别说什么仁慈，也别说什么叔父，我不是你这种乱臣贼子的叔父。你已经遭到放逐，却在期满之前擅自回国，还使用武力反对你尊贵的国王！"

亨利说："高贵的叔父，请求您公平对待我的冤屈。你能眼睁睁地看着我的王室特权和一般权利被人强行夺去，交给幸运的小人挥霍吗？既然我的堂兄是英格兰的国王，我就理所当然应该成为兰开斯特公爵。国王不允许我行使自己的权利，于是，我只好亲自来要求归还我应有的继承权了。"

亨利的部下与追随者也纷纷起哄，为兰开斯特公爵的下场抱不平。约克心中也同意侄子说的话，但还是叹了一口气，说："我也同情你的遭遇，也希望能尽力为你伸张正义，但像这样起兵作乱却是叛逆的行为。这一场冲突的后果我已经能够预见，只是我的兵力不足，难以主持大局，因此我宣布保持中立。"

之后，约克公爵将军队解除武装，对亨利的大军毫不抵抗，亨利趁机攻下了布里斯托尔城堡，杀死了国王宠信的奸臣布什和格林。亨利在英格兰的势力与日俱增。

几天后，理查终于从爱尔兰回到韦尔斯，早在他抵达之前，韦尔斯这里就流传起国王驾崩的谣言，士兵听了纷纷逃跑。因此，当理查上岸的时候，他已经孤立无援，手中根本没有多少军队。他又听到英国的百姓都拿起武器反抗他的统治，他所宠信的大臣也被亨利处死，顿时变得垂头丧气。他绝望地大喊："我的国土，我的生命和一切全都归亨利所有了！"

约克公爵的儿子奥墨尔这时也在军队中，他对国王说自己的父亲还有一支军队，可以先去投靠他，再设法挽回局势，但使者又不给面子地报告一个更遗憾的消息：约克公爵已经同亨利联手，国王在北方的城堡全部放弃了抵抗，南方的武装贵族也全部归附了亨利。

理查绝望了，最后，他带领部下进入福林特城堡，打算在这里等待亨利的大军来到。既然情势已经无法挽救，他决定以一国之君的气度面对自己的敌人。

没过多久，亨利与他的军队来到了福林特城堡外，理查带着几位大臣以不可一世的威严出现在城头，对下面的敌人喊道："我已经久候多时，等着看你惶恐地向我下跪，因为在我看来，我是你合法的君王。你们在我的国土上前进的每一步都是危险的叛逆行为，直到波林布鲁克安然戴上他所追求的王冠之前，将会有千万个男人的血溅洒在英格兰的原野上！"

这时，叛军中带头的诺森伯兰伯爵向国王解释他们起兵的理由，还发誓亨利只是为了争取他世袭的王家权利而来，只要国王能允许他的请求，他愿意立刻放下武器，重新献出他的忠心为国王效命。理查对这些条件表示同意，于是诺森伯兰也回去向亨利复命，不久之后，他又回来了，请国王过去与亨利会面。

理查不安地喃喃自语："他会要我投降吗？会废黜我吗？非让我失去国王的称号不可吗？唉！这也是无可奈何。"

两人见面之后，亨利再次向国王声明，他发起叛乱只是为了得到本该属于他的权利，理查对他的任何要求一概同意，还语带讽刺地回答："你受之无愧。懂得用最强硬可靠的手段获取所需的人，都受之无愧。"

最后，亨利带着国王返回了伦敦。事到如今，亨利手中握有英格兰大部分的土地与军队，还有人民的支持；而国王除了剩下几名亲信外，已经一无所有了。所有人都看得出，向叛徒低头的理查丢掉王位只是迟早的事。

亨利带着理查与众多大臣来到伦敦的西敏寺，他在这里召见了国王过去的宠臣巴各特，质问他葛罗斯特公爵是怎么死的，亨利打算从中抓到理查的把柄。没想到，巴各特要求约克公爵的儿子奥墨尔出来与自己对质，他指控奥墨尔才是真正的凶手。

奥墨尔听了恼怒成怒，他当着众人的面丢出了自己的手套，向巴各尔提出挑战，要巴各尔付出代价。这时，一名叫费兹沃特的大臣也站了出来，向奥墨尔说道："我以美丽的太阳发誓，我曾听你说过，高贵的葛罗斯特是因你而死，说的时候还自鸣得意。”

奥墨尔大骂：“费兹沃特，凭这句话你就得下地狱！”

想不到，诺森伯兰的儿子潘西也向前站出来，说道：“奥墨尔，你撒谎！你的话完全是一派胡言，我的手套就扔在这里，我发誓要证明你的虚伪，直到我吐出最后一口气！”

大臣们纷纷站了出来，有的人反对奥墨尔，有的人支持他，两派人马针锋相对。亨利眼见事情一发不可收拾，只好先命令所有人停止争论。

这时，他又想起了曾被理查放逐的托马斯，他向大臣们说，虽然托马斯是他的仇敌，但还是决定把他召回，并把土地和财产都归还他。英国的大主教卡莱尔却回答，托马斯在离开英国后，加入了十字军四处打击异教徒，最后在意大利战死了。亨利听了，忍不住叹一口气。

接着，约克公爵也来了，这回他带来亨利日思夜想的好消息：失去了权势的理查王愿意让亨利成为继承人，把自己崇高的权杖与王座都让给亨利。亨利听了十分得意，当场回答：“那么，我以上帝的名义登上王座。”

卡莱尔主教立刻表示反对，他说：“哪有人臣对君王定罪的道理？理查是在位多年的一国之君，而且此时也不在场，身为臣民和下属的我们岂能私下审判他？若是给这个卑鄙的叛贼加冕，我能预言：不幸将会降临在这个国度！”

但是，在场没有人同意他的话，一旁的诺森伯兰公爵指控卡莱尔的话触犯了叛国罪，扬言要将他逮捕；而亨利则命令约克把理查带来。

理查很快就来到亨利面前，他已经从约克那里得知亨利接受他的禅位，于是交出了他的王冠，说道：“这东西有如一口深邃的水井，它有两个水桶，交替提水，空的一只总是悬在空中晃荡，另一只虽沉在下面看不见，却盛满了水。”

亨利回答：“我还以为你是心甘情愿让位的。”

理查无奈地说：“不管愿不愿意，我都已经无能为力。”

接着，诺森伯兰拿出一份文件，上面写着理查与他的部下所犯下的祸国殃民的罪行。他要理查当着众人的面读出文件的内容，好让全英国都相信：理查遭到废黜全是咎由自取。但是理查坚决不肯念，他的眼泪已遮住了视线，他看不清纸上的字迹，亨利只好取消了这一个要求。

然后，理查要亨利给他一面镜子，好让他看看自己一败涂地的容颜。镜子很快取来了，理查看着镜中的自己，叹道："唉！阿谀奉承的镜子，你和在得意时跟着我的人一样，是在欺骗我！这还是当初每天有万人在它的荫庇下生活的那张脸吗？这就是当初纵容过各种荒唐行径，却最终黯然失色的那张脸吗？这张脸还闪着些许脆弱的光辉，但它也脆弱得有如它的光辉！"

说着，他将镜子摔成了碎片。在场的人都是理查昔日的臣子，看到这一幕不禁十分伤感。最后，理查请求亨利答应他一件事。

"说吧！好哥哥。"

"您一定会恩准吗？"

"一定会的。"

"那就放我走，只要看不到您，到哪里去都行。"

亨利大笑出来，对手下喊道："来人啊！把他投进伦敦塔监狱。"

于是，侍卫上前将理查带走，这名被罢免的国王忍不住对着篡位者破口大骂，但没有一个人敢再出面声援他。在前往伦敦塔的路上，理查遇到了他的王后，也就是法兰西的公主。他要妻子尽快回到法国避难，找一家修道院终老一生，但王后早已哭得不成人形，说什么也不肯与他分别。

没想到，亨利王这时又下了另一道命令，要理查到庞弗莱特的监狱去，他的王后则必须回到法国。理查得知这辈子再也见不到亲爱的妻子时，难过地唱道：

两人一同哭泣，悲哀合在一处。
你去法国哭我，我在这儿哭你，
与其近而睽违，不如索性远离。
去吧，算算行程，你用呻吟，我用哀叹。

就这样，理查告别了妻子，前往了庞弗莱特，一路上，他时常遭到粗鲁的民众从窗户投掷泥土与垃圾。大臣们听说这位国王的遭遇都不胜唏嘘，没想到尊贵的一国之君竟会沦为人人喊打的阶下囚。

另一方面，亨利却飞黄腾达，成了英国最有权力的人。他骑着马漫步在大街上接受民众欢呼，全城的人们都高呼着“上帝保佑你！波林布鲁克”！无数个迫切的面孔从窗户里向他投出了热烈的目光，而亨利则脱下帽子，左顾右盼，一一答谢民众对他的赞美；他骑的骏马原本是理查的，但似乎马也明白它的背上载着一个雄心勃勃的新主人，竟变得趾高气扬起来了！

有一天，约克公爵与夫人正在谈论伦敦近来的事，当他们聊到国王即将在牛津举行比武和祝捷大会时，他们的儿子奥墨尔走了进来，脸色十分阴沉。

“你胸前的那是什么？”约克公爵忽然问道，“怎么了，你的脸为什么忽然变得这么白？”

“没有什么，父亲。”奥墨尔慌张地回答道，边说边把一封像书信的东西塞进怀里。

“既然如此，就拿给我看吧。”

“请父亲原谅，是个无关紧要的东西，只是由于某些原因，我不想给别人看。”

约克公爵愤怒地从儿子怀里扯出文件，将它打开来。没想到，这一看令他气得火冒三丈，原来竟是奥墨尔与几名同党预谋在牛津暗杀国王的计划！

“叛逆！大逆不道！你这个叛徒！奴隶！”

约克公爵大声嚷着要揭发自己的儿子，公爵夫人听了骂道：“约克！你要干什么？你亲生的儿子犯了错误，你都不能饶过他吗？你打算从我这个老太婆身边把我可爱的孩子抢走，夺去我作为一名母亲的幸福吗？”

但公爵不听，他冲出了屋子，打算立刻向国王报告此事。公爵夫人也叫奥墨尔立刻去追父亲，要赶在他之前向国王承认自己的罪行，祈求赦免。

此时的亨利王也正为自己的儿子伤透了脑筋，三个月前，王子忽然从王宫中消失了，每天都跟一群放荡的狐群狗党在酒店、妓院之类的场所流连。直到最近，国王才从部下那里听到他的消息。

奥墨尔慌慌张张地来国王面前，请求国王斥退左右，单独听他忏悔。国王答应了，他命令部下全部离开。接着，奥墨尔说道："在我起立或是开口之前，我希望陛下能赦免我的罪。"

"你是图谋犯罪还是已经犯罪？如果是前者，只要你以后仍然忠于我，不管这件事有多严重，我都会赦免你。"

"那么，请同意我锁上门，在谈话结束前不要让人进来。"

于是，奥墨尔将门锁上。但他还来不及向国王自首，约克公爵已上气不接下气地跑了过来，在房间外用力敲着大门，大喊："陛下小心，你身边有一个叛徒！"

国王将门打开，约克公爵向他献上了从儿子手中抢得的文件。国王读完勃然变色，痛斥奥墨尔是个大逆不道的儿子，为他高贵的家族带来耻辱，但看在他忠心耿耿的父亲分上，仍然愿意赦免他的罪。约克公爵却坚持处死自己的儿子，他说："请别怜悯他！否则你的怜悯会变成毒蛇，咬伤您的心的！您若是免了他一死，就跟杀了我没有两样，只有他的耻辱死去，我的荣誉才能生存！"

这时，公爵夫人也气喘吁吁地赶到了，她先是责骂丈夫竟然想害死自己的儿子，接着又向亨利下跪，请求他放过奥墨尔一命，否则她就不起来。亨利想起了自己那不成器的儿子，心里也感触起来，于是回答："我宽恕他，愿上帝也宽恕我。"

虽然国王饶过了约克公爵的儿子，但他还是处决了企图暗杀他的其他同伙；同时，还在世的前任国王理查也时常令他如坐针毡。亨利在与大臣们谈话时，无意间说道："有没有朋友愿意除去我的这一块心病？"

这句话被一个叫艾克斯顿的大臣听见了，他认为国王提到的"心病"一定是理查。于是带着几名部下，要到庞弗莱特的地牢去谋杀他。

艾克斯顿先是在理查的饭菜里下药，还不准狱卒为他试毒，这让理查察觉出不对劲，诡计因而失败，他只好与部下闯进牢房，要亲手杀死他。理查虽然英勇反抗了一阵子，还杀死几名歹徒，但还是惨遭艾克斯顿的毒手，他在临终前用最后的力气喊道："用国王的鲜血，染红国王的土地！"

艾克斯顿将理查的棺材送到亨利面前，原以为能因此加官封爵，但亨利却发出叹息，他说，虽然他希望理查死去，但不想背负杀人凶手的罪名，而艾克斯顿却用肮脏的手做出一件为他招致诽谤的勾当，而这诽谤将会永远落在他与他的国家头上。为了哀悼这名悲剧的国王，亨利决定披上黑色的丧服，坐船到圣地朝拜，以从罪恶的手上洗掉血迹。

亨利四世（上）

亨利四世在贵族们的帮助下推翻理查，成了英格兰的国王。他登基后想做的第一件事就是征集一支英国的军队到遥远的基督教圣地耶路撒冷，将异教徒赶出那里。

然而，就在这时却有人向国王报告，与苏格兰人作战的马契伯爵摩提默率领的军队遭到苏格兰人歼灭，摩提默自己也沦为敌人的阶下囚，这个不幸的消息使亨利王不得不取消远征圣地的计划。

同时，国王还得知一个消息：曾帮助他夺取王位的“烈火骑士”，也就是诺森伯兰伯爵的儿子亨利·潘西，也率领军队在另一处与苏格兰人作战，但是他战胜了，还俘虏了敌方的好几位贵族。只是，潘西一家仗着建立了辉煌战功，作风十分跋扈，拒绝将这些俘虏献给国王，这让亨利王十分恼火。他下令召见诺森伯兰一家的成员，要他们给自己一个交代。

“烈火骑士”潘西与他的父亲诺森伯兰伯爵、叔父华斯特伯爵来到国王面前，国王斥责他们：“因为我太过温和、宽大，在这样的侮辱怠慢面前也激动不起来，所以你们才敢践踏我的耐性。但是你们要相信，从今以后我要露出我的本色，变得威严可畏！”

华斯特伯爵骄傲地回答：“我们的家族没有理由受到这样的申斥，难道陛下忘了您有今天崇高的地位，正是因为受到我们的拥戴吗？”

国王听了勃然大怒，但诺森伯兰伯爵却及时站出来，向国王解释说，他的儿子潘西并没有拒绝献出俘虏，这只不过是一场误会罢了。潘西也说，因为国王派去向他索要俘虏的使者态度太过无礼，才让他一时气愤，出言不逊；同时，他还请求国王向苏格兰人支付赎金，以换回被俘虏的摩提默——也就是潘西妻子的兄弟。

没想到，这个请求却让亨利王更加愤怒，他叫嚷道："我可以用灵魂发誓，摩提默的军队是被他自己出卖了的，他甚至娶了苏格兰人首领葛兰道厄的女儿！我们能用国库里所有的钱去赎回一个叛徒吗？他自己打了败仗，却要我们出面跟卑鄙的苏格兰人妥协吗？不行！从今以后，谁都不准在我面前开口，休想要我拿出一个便士去赎回叛变的摩提默！"

潘西向国王辩解道，摩提默在战场上英勇杀敌，身受多伤，最后是因为走投无路才会向苏格兰人投降，但国王连听都不肯听就离开了。脾气暴躁的潘西咽不下这口气，向他的父亲与叔父抱怨国王忘恩负义，将士为了他舍命作战，但他却想将战胜的荣誉占为己有，还吝啬于一点儿金钱，不肯赎回被俘虏的部下。

野心勃勃的华斯特伯爵又向潘西提起一件事，他说去世的理查王曾经指定摩提默为他的王位继承人，因此亨利在当上国王后，担心摩提默威胁自己的地位，才千方百计地想要害死他。潘西听了更加暴跳如雷，他发誓要让亨利王和他的儿子小亨利永无安宁之日！

华斯特伯爵又趁机挑拨离间，他建议潘西把抓来的苏格兰俘虏全部释放，只留下最英勇的骑士道格拉斯，让他到苏格兰为自己建立一支军队以对抗亨利。他还要哥哥诺森伯兰伯爵去拜访约克大主教，说服这名对国王早已不满的主教也加入他们的军队。

"再会！但愿时间迅速飞逝，让战场、砍杀和呻吟赞美我们的计划！"说完，三个人就各自分头行动了。

国王的儿子亨利是个贪玩的少年，他时常与几名酒肉朋友流连在各种不良场所，或是进行一些胡闹的勾当，完全没有一点儿王子应有的样子。他的朋友中有一个滑稽的大胖子，名叫福斯塔夫爵士，亨利与其他朋友都喜欢捉弄这个愚蠢的老人。

这一天，一名叫波因斯的朋友来到酒馆，告诉亨利与福斯塔夫，有一群朝圣者带着丰厚的捐献品，要到坎特伯雷去朝圣，他们将在隔天的凌晨路过城外的山路。这位朋友邀请亨利与福斯塔夫到山里埋伏，打劫这一群朝圣者。福斯塔夫一口答应，但亨利拒绝了，因为他虽然很贪玩，但还不想做出这种打家劫舍的勾当。

福斯塔夫离开后，波因斯却说出了自己真正的打算。他要亨利先假装加入他们，不过下手前却故意找借口退出，留下福斯塔夫去抢劫那些人；等到福斯塔夫成功得手，正为自己的成果沾沾自喜时，亨利却与他乔装成真正的强盗，冲上去把福斯塔夫打得落荒而逃，再抢走他的战利品。

"等到我们见面吃晚饭的时候，这个老胖子一定会在我们面前吹牛，说他至少跟三十个强盗交过手，到了那时，我们再把真相讲出来，好好地糗他一下。"

亨利听了拍手叫好，立刻答应加入波因斯有趣的计划。实施计划的当天，一行人埋伏在山路旁，果然看到远远来了好几个旅行者，王子叫福斯塔夫和其他人到路上拦截这些人，而他与波因斯则到山下等待，要是有逃掉的旅行者，他们就能在那里逮到他们。两人离开了福斯塔夫后，立刻

亨利与波因斯假扮为强盗冲出树林，福斯塔夫大惊失色。

在树林里换上了强盗的衣服。

当恶狠狠的福斯塔夫打劫了倒霉的朝圣者，并将他们全部捆绑起来后，亨利与波因斯忽然冲了出来，欺善怕恶的福斯塔夫以为遇到真正的土匪，与他的同伴吓得拔腿就跑，连财宝都顾不得拿了，亨利与波因斯看到这个胖子狼狈的模样，忍不住哈哈大笑。

他们两人回到了酒馆，没多久，福斯塔夫也灰头土脸地回来了，原来，他为了掩饰自己被吓得落荒而逃的丑事，刻意把自己的剑用匕首磨钝，还用杂草把鼻子戳得流血，再把鼻血抹在衣服上，装出自己曾经苦战一番、伤痕累累的假象。亨利和波因斯看了都暗自发笑，他们问福斯塔夫：

“钱呢？老兄，钱在哪儿？”

福斯塔夫回答：“在哪儿？被人抢走了！我们这可怜的四个人，被一百个强盗给抢了！”

亨利讶异地说道：“什么？一百人吗？”

福斯塔夫露出得意的样子说：“没错，我跟十几个人打了起来，打了

福斯塔夫在酒馆中得意地向大家吹嘘他的“战绩”。

King
Henry the Fourth.
Part I.

巡丁来到酒店门口搜索抢劫案的嫌疑犯，慌张的福斯塔夫请求亨利掩护他，并马上躲了起来。

两个小时，凭着奇迹才杀出了重围，我的上衣被戳了八个洞，裤子被刺穿了四次，我的肩膀也一次又一次被人捅穿，连我的剑都砍钝了！”他举起了自己的剑，“这就是证据！不过，这也是我生平最精彩的一次战斗，虽然最后还是无济于事，让他们抢走了东西。我发誓，要是我说的有半句假话，那我就是个无赖！”

福斯塔夫越说越夸张，他口中的敌人也越来越多：先是十来个强盗对他们发起了进攻，但是被他们捆了起来，接着又有六七个人朝他们杀来，其中有四个人朝着他冲过来，却被他一挥盾给挡住了，然后他又朝强盗杀过去，一转眼之间就干掉了七人……到最后，福斯塔夫甚至说自己至少解决了五十名强盗！

亨利与波因斯听到这里再也憋不住笑，他们对福斯塔夫说，他们二人正是福斯塔夫口中的那些偷袭的强盗，还取笑福斯塔夫当时慌张地挺着大肚子，一溜烟地逃了——他们从未见过跑得那么快的人。

福斯塔夫顿时羞红了脸，连忙改口说道：“你们听我说，我早就认出你们俩了！可是难道我能杀死王位的继承人吗？我能对尊贵的王子刀剑相向吗？虽然我勇敢得就像大力士赫尔克里士一样，但还是不愿意伤害真正的王子，因此只好假装成一个懦夫了。”

亨利正想继续取笑这个老胖子，酒馆的老板娘慌张地跑了进来，并告诉亨利，他的父王派了一名使者来找他，命令他明天早上立刻进宫。原来，“烈火骑士”潘西与他的父亲诺森伯兰伯爵、叔父华斯特伯爵，联合了苏格兰人以及投降了苏格兰的摩提默，组织了一支大军要对抗国王。亨利王听到这个消息，急得头发都白了！

接着，几名巡丁也来到了酒店门口，他们是来搜索犯下抢劫案的强盗的，福斯塔夫急忙躲了起来，要亨利替他掩护。巡丁见到亨利后说要找一个叫福斯塔夫的大胖子，亨利随口打发了他。但当他回来找福斯塔夫爵士时，这个老人已经喝了酒，醉得不省人事了。

虽然亨利表面上很贪玩，但心里却也有着自己的打算，他要用这些荒腔走板的举动让世人对他产生错误的印象，然后在适当的时机改过自新，偿还他亏欠别人的一切人情，这样，他的悔改就会如同深色背景衬托下反射出寒光的刀剑，在他的缺点衬托下变得格外美丽耀眼。

福斯塔夫爵士被国王任命为步兵队长，他集结好英格兰大军，欲向叛军驻扎地进军。

国王见到这个总是令他头疼的儿子，责备道："亲爱的儿子，请你告诉我，你这些放纵的行为，这些无聊的娱乐，这些粗鄙的交游，与你伟大的血统相称吗？跟你这个王室子孙的心灵般配吗？"

亨利王子回答说，他的许多罪名都是由国王身边的谄媚之徒和卑鄙的谣言家捏造出来的，至于其他的过失，他衷心地承认那是由于他年幼无知而误入歧途，并祈求父王宽恕他。

国王摇摇头，继续说道："你交友不慎，已经失去了王子的地位，你在大臣与王室贵族的心中已宛如路人，你辜负了别人对身为王子的你所怀的希望，大家都在心里期待着你的覆灭！"

亨利王子又信誓旦旦地说："从此以后，我一定要恢复我的本色。"

国王听到他这么说，才稍微露出欣慰的脸色。但他仍忧心地告诉王子，潘西与许多贵族已经联合了苏格兰的军队还有约克的大主教，拿起武器反对他。潘西是英国最勇敢的骑士，他过去曾率领骑兵在英国的土地上所向披靡。现在的潘西就像是当年的自己，而亨利王子却像是当年的理查王！

亨利向他的父王保证，一定会亲自上阵，用鲜血洗去自己过去留下的耻辱，并砍下潘西的头献给父王，亨利王点了点头，说："你的这一番话，足以抵得上十万大军。"就这样，国王带着王子和多名贵族，以及他的英格兰大军，浩浩荡荡地朝叛军驻扎的地方行进。亨利还找来了福斯塔夫爵士，让他做自己手下的步兵队长。

这时，潘西与他的叔父华斯特伯爵和摩提默，以及苏格兰的军队在城堡中会师了。然而，当潘西一见到苏格兰人的首领葛兰道厄是个迷信巫术的巫师时，顿时起了厌恶之心；同时，这些叛党订下的协议书中，将英国的领土分成了三份，潘西对葛兰道厄分到的土地比自己的还要肥沃这件事感到相当不满，这场会议最终不欢而散。

摩提默劝潘西不要顶撞苏格兰人，破坏团结的气氛，华斯特伯爵也告诉潘西："虽然你的做法有时表现出了高贵的品德、勇敢和胆识，使你超群出众，却也表现出了暴躁、不礼貌、不懂分寸、骄矜傲慢、只相信自己，瞧不起别人的毛病。一个身份高贵的人只需沾染了一点点这种毛病，便会失去人心，他的种种美德也会失去原本应得的称赞！”

但年轻气盛的潘西却听不进去，他天真地相信凭着自己的勇气就足以战胜国王了。只是，没过多久，潘西就得知一个不幸的消息：他的父亲诺森伯兰伯爵病倒了，无法带领他的大军前来帮忙。

潘西急得大叫：“该死！在这么紧急的关头，他怎么有心情生病？”

华斯特伯爵担心这个消息会使军心动摇，但潘西还是安慰大家，说他的父亲不在更好，这样反而能让士兵更加佩服他勇于反抗国王的气魄，为他们即将进行的伟大行动增添光彩。接着，使者又带来一个坏消息：苏格兰的首领葛兰道厄无法在十四天之内征召一支军队。潘西心中终于感到了一丝不安。

不久之后，国王的军队也抵达了，随军出征的亨利王子头戴面甲，脚上绑着护腿，打扮得英姿飒爽，潘西的军队全部眼前一亮。不过，潘西打从心底不相信这名放荡的王子能有什么好表现，他还夸下海口，要用手中的枪刺入这位王子的心窝。

战争开始之前，国王派了一位使者到潘西的营帐中传达自己的旨意，他质问潘西，为何心怀不轨，在人民和平的胸怀里煽动起敌意。如果国王遗忘了他们的不满，他将会允许他们申诉自己的委屈，并尽可能满足他们的要求，还会无条件赦免他们，以及被他们煽动而误入歧途的人。

潘西回答，他与他的父亲曾经在亨利王落难的时候伸出援手，并且帮助亨利王推翻了理查王、登上了王位。但亨利不但不感激，还开始以一个伟大的人物自居，对昔日功臣表露出傲慢的态度，增加人民的税赋；其次，国王还陷害他们一家，将他的叔叔赶出枢密院、把他的父亲赶出宫廷，并放任他的妻弟摩提默落入苏格兰人手里，而不肯赎回他……国王破坏了一个又一个的誓言，做出了一件又一件的坏事，才逼得他们为自保而起事。

不过，潘西还是派了华斯特伯爵去见国王。一见到国王，华斯特伯爵虚伪地说：“尊贵的陛下，对我来说，只要能安享晚年的平静时光，我就已心满意足。我保证自己从来不希望看见今天这样的冲突！”

国王很高兴，他再次要华斯特伯爵转告潘西：“只要你们肯接受我的善意，你们所有的人必将成为我的朋友，我也将成为他的朋友。把我的这句话告诉你侄子，然后回复我他打算怎么办。他要是坚持反抗，我就会用严厉的手段加以谴责。我给予的条件公正合理，你们还是明智一点儿，接受了吧！”

一旁的亨利王子也说：“在活着的人当中，没有任何人能比‘烈火骑士’更加勇敢、活跃，年轻有为。但我愿在父王的面前宣布，我要跟潘西单独比武，试一试我的运气，减少双方部队的流血牺牲！”

华斯特伯爵带着国王的旨意回到了潘西的营帐，他心想，这个旨意千万不能让他的侄子知道！因为他认为国王绝不可能遵守他的诺言，重新接纳他们这些叛党，而只会永远怀疑他们，并找出其他理由来报复他们的背叛。再说，大家都知道“烈火骑士”潘西的脾气火暴，或许国王能原谅他血气方刚，做事不经头脑，但侄子犯下的罪过将会落到父亲与叔父的身上，所以，最后遭殃的还是自己。

他骗潘西说，尽管自己心平气和地向国王陈述了自己的委屈，提起了他背弃誓言的事，但国王却连宽厚的样子也没装一下，还愤怒地说自己根本不曾背弃过誓言，骂他们是叛徒、奸贼，恐吓要用自己带来的军队给叛军一个惨痛的教训！然后，他还告诉潘西，亨利王子在国王面前挺身而出，要求和他单独比武。

潘西说：“好吧！但愿这场争端可以由我们两人解决，除了我与亨利之外，再也用不着谁的力量。告诉我，叔父，他向我挑战时的态度如何？是否带着轻蔑的神气？”

华斯特伯爵回答：“我平生从未见过这样谦和的挑战，他承认你具有一切男人的长处，一一列举了你过去的功绩；他也羞愧地谈起了自己，大方地斥责了自己的少年放荡。然后他要我向世人宣布，若是他能够闯过今天的厄运，英格兰将会具有一种最为温馨的希望，那希望曾因为他的荒唐遭遇过极大的误会。”

潘西听了，笑着说道：“我看你是爱上他的胡闹了，我还从未听说过像他这么放纵荒唐的王子呢！既然他向我挑战，我就让他付出性命作为代价吧！”

说完，潘西就率先领着他的士兵朝着国王的军队冲锋，国王也不甘示弱地迎上前去，于是，一场惨烈的战斗开始了。激战之中，潘西手下的道格拉斯杀死了一位穿着国王衣服的战士，但当道格拉斯下马查看尸体时才发现那个人根本不是国王！原来，亨利王要许多部下穿上了自己的袍子，以防敌人掌握到他真正的行踪。

亨利王子在战斗中受了伤，国王命令他退出战场休养，但王子不肯，他说：“上帝不容许英格兰的王子因为这点浅浅的创伤而退出战场，因为战场上满身血污的贵族还躺着遭受践踏，而叛军却在大砍大杀中取得胜利！”

就在这时，英勇的道格拉斯杀到了眼前，他看到亨利王穿着国王的战袍，心想他可能又是冒牌货，但还是大喊：“虽然不知道你是真国王还是假国王，但是，只要是穿上你这身装束的人，都必须死！”

国王立刻拔剑应战，但很快就屈居下风，亨利王子看到父王情况危急，把自己受伤的事忘得一干二净，也马上拿剑冲了过来，道格拉斯被击退了，国王看见儿子奋不顾身地跑来营救自己，感到非常欣慰，对王子说：“你已经赎回了你失去的名誉，这次你救我脱险，看得出你对我的生命还是有几分重视的。”

亨利王子护送他的父王离开了战场后，遇到了叛军的领袖潘西，潘西一直在战场上寻找亨利，要与他决斗，他一看到亨利，立刻就认出了他。亨利意气风发地对潘西说，英格兰容不下潘西和亨利王子两名英雄；潘西也回答说绝不会有那样的事，因为他们两个之中有一人的末日就在今天。于是，两个人交战，最后，亨利王子杀死了潘西。

王子说：“再会了，潘西，带着你的美誉到天上去吧！你的耻辱陪着你长眠在坟墓里，却不会铭刻在你的墓碑之上！”

忽然，他发现福斯塔夫爵士竟倒卧在一旁，没了气息。亨利悲伤地叹了一口气，对着这具肥胖的尸体说道：“唉！老朋友！在这一大堆肉体之中，却不能保留一丝小小的生命吗？可怜的福斯塔夫，再会了！死了一个比你更好的人，也不会像死了你一样使我这样不忍心，你就先陪着高贵的潘西躺在血泊里吧！”

战争结束了，国王的士兵俘虏了华斯特伯爵，还有因为仓皇逃命而跌落山谷的道格拉斯。国王下令处死华斯特伯爵，因为他辜负了国王的信任，将伪造的旨令传达给潘西，从而引起了这场战争。至于勇敢的道格拉斯则被释放了，因为他在战争中表现出的勇气是值得任何人钦佩的。

这时，亨利很惊讶地看见，福斯塔夫竟然死而复生出现在他的面前，原来，福斯塔夫在战场上被一个苏格兰的士兵盯上，为了保住一命，他立刻躺在地上装死。等到英格兰的军队战胜后，他才从地上爬了起来，还到处向人说，“烈火骑士”是被他杀死的！王子听了也只能苦笑，他对福斯塔夫说：“我很乐意为了你的荣誉，帮你掩饰这些谎话。”

之后，国王与王子重整旗鼓，准备讨伐剩余的敌人，亨利王子的兄弟约翰王子则朝着约克郡前进，因为诺森伯兰伯爵和约克大主教正在那儿严阵以待，而国王和亨利则到韦尔斯去，打击另一支苏格兰军队以及摩提默。他们相信，这股叛乱只要再遇到像今天这样一次重大的打击，就会失掉声势，英格兰的军队即将乘着战胜的威风，一鼓作气，继续取得全部的胜利。

亨利四世（下）

亨利四世的军队在索鲁斯伯雷战胜了叛军，王子亲手杀死了“烈火骑士”潘西。他们的军队气势如虹地朝着剩余的叛党前进，准备打倒诺森伯兰伯爵、约克大主教等人，让和平重新降临在英国的土地。

这一天，诺森伯兰伯爵在他的城堡里见到了巴道夫勋爵，伯爵连忙向他打听儿子潘西的作战行动是否顺利。巴道夫得意地告诉他，他从一个战场来的人打听到，潘西在战争中大获全胜，不仅使国王几乎重伤死去，还亲手杀死了年轻的亨利王子，俘虏了他那又肥又蠢的部下福斯塔夫；英勇的道格拉斯也杀死了国王的侍卫，把亨利的兄弟约翰王子打得逃之夭夭。自从百战百胜的恺撒以来，还没有人取得过如此光荣的胜利呢！

诺森伯兰伯爵听了相当讶异，简直不敢相信自己的耳朵，他再三追问巴道夫，这是不是真的。就在这时，伯爵的部下也回来了，并带来战场上的消息，这名部下脸色苍白地说道：“叛军时运不济，年轻的亨利·潘西的尸体已经冰凉了！”

诺森伯兰伯爵似乎早已预料到，只是摇了摇头，但巴道夫却不肯接受这个事实，还坚持自己带来的情报才是正确的，伯爵的另一名部下只好又说：“我这双眼睛的确见到他血淋淋躺在地上的样子，气喘吁吁地向亨利做出微弱的反击，但亨利却再次把勇敢的潘西击倒在地，让他永远无法再站起来。”

这名部下还说，潘西的死讯一传出，部队里久经考验的战士们顿时力量全失，纷纷逃离了战场，随后高贵的华斯特伯爵也成了俘虏；而愤怒的苏格兰人道格拉斯，虽然曾用手中的剑三次杀死国王的替身，却也开始失去勇气，向后逃跑，最后失足坠崖遭到俘虏。更糟糕的是，国王在战胜后，已经派出了一支军队朝着诺森伯兰的城堡而来！

伯爵听到这里再也忍不住悲伤，他精神错乱地呐喊道：“让天塌下来，跟大地接吻吧！愿造物主听凭洪水泛滥吧！让秩序毁灭吧！让每颗心都热衷于流血吧！让黑暗把死去的人全部埋葬！”

他的部下和巴道夫勋爵都劝他不要过度激动，巴道夫还要伯爵振作起来举兵为他的儿子报仇！他的部下也说，高贵的约克大主教已经组织了一支装备精良的部队，还从庞弗莱特监狱的石头上刮下了理查王的血，用来鼓动人民。约克大主教把叛乱化为了宗教，说服人们相信他的思想是真诚且纯洁的，因而都乐意追随他。诺森伯兰听了强打精神，要巴道夫勋爵去见大主教，一起商量接下来的计划。

当巴道夫来到约克，大主教也正与海司丁斯勋爵以及诺福克公爵的儿子毛勃雷讨论作战计划。毛勃雷认为诺森伯兰伯爵的态度相当忧心，他认定诺森伯兰不会派出援军，但海司丁斯却相当乐观，认为就算少了伯爵的帮助，也足够对付国王，因为国王除了对付他们之外，还需要防备法国人和苏格兰人的袭击，这样一来，他的军队将会大大分散。

约克大主教同意海司丁斯的看法，当即宣布起事。但他还是叹了一口气，指责这些人的心态——过去和未来都是好的，只有现在是丑陋的。约克大主教说：“愚蠢的人们，在亨利王还没有获得王位时，你们是怎样向他表示祝福与赞颂的？为了他，你们不惜把尊贵的理查王赶下台来。如今，却又爱上了他的坟墓，对着它大喊：‘啊！把那个国王还给我们，把这个拿走吧！愿上帝诅咒你们！’”

福斯塔夫爵士在战场上立下了战功，又被国王派到约翰王子的手下当官，他风风光光地回到了常去的酒馆，向人们吹嘘自己的功绩。想不到就在这时，一名大法官走了进来，他看到福斯塔夫正是之前涉嫌抢劫的那名强盗，立刻要仆人传唤他。

福斯塔夫紧张地告诉侍童："孩子！告诉他我是聋子！"

大法官听了侍童的回答，冷笑道："我就知道他会聋，好话他是听不见的。"

说完，他走过来拉住福斯塔夫的手，问他为什么不肯出庭作证，福斯塔夫打趣地回答道，这是为了保住一命。法官又指责他带坏了亨利王子，但福斯塔夫却反过来说，是亨利王子带坏了他。

最后，大法官懒得再与这个无赖的老头子纠缠，又看在他曾为国家立下战功的分上，对他说："你能逃过罪行，全得感谢这不太和平的时局。既然平安无事，就别再惹事了！"

当福斯塔夫为自己逃过一劫窃喜时，酒馆的女主人急急忙忙地跑了过来，要向大法官告状，因为福斯塔夫赖在她的酒馆里不走，快要把她的家当全吃光了！法官要求福斯塔夫好好负起责任，他只好又哭丧着脸问："我一共欠你多少钱？"

女主人回答，总共是一百马克，然后还骂他："你不只欠我钱，还欠我人！还记得那一天，你说王子的父亲是温莎的一个卖唱者，被王子打得头破血流时，我曾经为你洗伤口，你对着我发誓，要娶我当你的太太，你难道想赖账吗？你还亲了我的嘴，跟我要了三十先令，你敢赖账吗？"

福斯塔夫急得向法官大骂她是个疯子，但大法官摇着头说："你那套歪曲事实的伎俩我看多了，但是骗不了我。你欠她的债必须偿还，骗了她感情也要做出补救。前者要用金钱偿还，后者用真诚的忏悔补救。"

说着，法官叫仆人把福斯塔夫抓起来，福斯塔夫吓得哇哇叫，连说自己有王命在身，必须马上赶到约克去跟叛军作战，还再三向女主人保证一定会娶她。此时，有使者来向大法官报告，说国王与王子已经回到了伦敦，又派了两千名士兵协助约翰王子对付叛军。大法官听完连忙把女主人的事搁在一边，心事重重地离开了，福斯塔夫也写了一封信问候王子。

王子回到伦敦后，忧心忡忡地告诉好朋友波因斯他的父王病了的消息，虽然他心里十分哀伤，却无法把这种情绪表现出来，因为他平常总跟一群品行不佳的坏朋友混在一起，那样做只会让别人觉得他是个伪君子，

酒馆女主人要求福斯塔夫付清欠下的酒钱，福斯塔夫拒绝付钱。法官命人将他抓起来。

哀伤也是伪装出来的。

这时，福斯塔夫的侍童拿着信来了，亨利王子打开了信，读道：

骑士约翰·福斯塔夫敬问皇太子威尔士亲王亨利安好。我要效法罗马人的简洁，我问候您，我赞美您，我向您告别。不要太和波因斯亲热，因为他自恃恩宠，到处向人发誓说您要跟他的妹妹耐儿结婚。有空请自己忏悔忏悔，再会了。您的朋友或者不是您的朋友，那要看您怎样对待他而定，杰克·福斯塔夫——这是我的知交们对我的称呼；约翰——我的兄弟姊妹是这样叫我的；约翰爵士——全欧洲都知道这是我的名号。

看到福斯塔夫还是老样子地胡言乱语，王子与波因斯不禁相视一笑，他们决定再次乔装一番，到酒馆见一见这位老朋友。不过，当王子与波因斯乔装来到酒馆时，福斯塔夫却正在跟一个女人讲他的坏话呢！这个女人问他王子是个什么样的人，福斯塔夫回答：“是个浅薄的好小子，处理伙食问题还可以，剥剥面包皮也还不错。”

这个女人又问起王子的朋友波因斯，福斯塔夫不屑地说，他只不过是一只猴子罢了！王子之所以那么喜欢他，是因为他们两个的腿一样粗，而且头脑简单，四肢发达。王子在一旁听了，气得脸都白了，忍不住走上前揪住他的耳朵。

福斯塔夫看到王子，立刻嬉皮笑脸地说：“原来是国王的兔崽子和他的哥们儿波因斯。”

“你刚才在这位良家妇女面前说了我什么坏话？”

“你听见我的话了？”

“当然，而你明明也知道我就在背后，却还故意这么说，我要让你知道蓄意诽谤王子会有什么下场！”

按照规定，诽谤王室成员是要割掉耳朵的。福斯塔夫吓得说自己不是故意的，还解释道，他之所以会在那个女人面前这样讲，是为了避免她爱上王子，这么做才是一个忠心的臣子的本分，王子反而要感谢他才是。

亨利听到福斯塔夫又在胡话八道，笑着说：“为了避免我们生气，你竟然冤枉起这位贞洁贤淑的良家妇女来了，这是出于纯粹的恐惧，还是完全的怯懦？”

这时候，宫廷的使者来了，使者告诉王子，去北方打探消息的人回来了，向国王报告了战场的消息。他的父王已经召集大臣们到王宫商量讨伐叛徒的计划。门口也有十几个军官，正在等着迎接王子回去。王子这才惊觉到，自己在酒馆浪费宝贵时间时，叛乱的风暴正以可怕的速度向他们席卷而来呢！他连忙跟着使者走了。

这时，诺森伯兰伯爵正在自己的城堡里坐立不安，因为他不知道自己到底打不打得赢国王的军队，而且他的夫人劝他不要参加战争，她说，当潘西需要他的父亲帮助的时候，诺森伯兰伯爵没有伸出援手，才害得他死在战场，要是现在轻易对别人许下诺言，将会使潘西的英灵含冤的！

诺森伯兰夫人劝丈夫逃到苏格兰去，让那些贵族和起义的平民靠自己的力量对抗国王，要是他们赢了，再去跟他们会师，增强他们的实力；

若是他们输了，自己也不会有任何损失。诺森伯兰觉得有道理，于是带领一家逃到苏格兰去了。

亨利王在王宫里召见了他的大臣并告诉他们，国家现在的形势极为严峻，猖獗的祸乱正在蔓延，接着，他还感慨地想起了过去的事：十年前，理查王与诺森伯兰曾是一同宴饮作乐的莫逆之交，但这样的情谊只维持了两年，之后他们就成了敌人；而潘西曾是他灵魂的知己，像弟弟一样为他鞠躬尽瘁，如今却因为反抗他而死在战场。

国王又说："当时，理查王遭到诺森伯兰斥责，泪流满面地说道：'诺森伯兰，你是我堂弟亨利通向王座的阶梯，总有一天，时机成熟时，那肮脏的罪恶会形成脓包，迸裂出脓血来！'这正预示了现在的情形和我们友谊的破裂啊！"

大臣们要国王放宽心，好好休养，因为不久前已经传来一个好消息：苏格兰的首领葛兰道厄死了，英格兰的军队很快就能取得最后的胜利。国王很欣慰地接受了他们的建议，并且宣布内乱平息后就要去远征圣地。

另一方面，大主教、毛勃雷以及海司丁斯勋爵的军队抵达了约克。那时，约翰王子已经率领了三万名军士在那里严阵以待。战争开始前，约翰派了使者到叛军的阵营中，指责叛军是一群用暴戾的行为粉饰自己的乌合之众，并对大主教说："尊贵的大主教，为什么你要把你温文尔雅的和平词句化作骚乱刺耳的战争语言？为什么要把你的书籍变成坟墓，把你的墨水化成鲜血，把你的笔头变作长矛，把你那神圣的舌头当成凄厉的喇叭和战争的喧嚣呢？"

大主教回答说，他们早已向国王陈述过自己的委屈，但无论他们如何请求，国王都置之不理，也不愿接见他们。因此，他们不得不诉诸武力，他们的目的不是破坏和平，而是要建立起真正的和平。

使者又对毛勃雷说："无论是国王还是当前的时势，他们使你们一家委屈，却从未给过你们任何理由！过去，你的父亲诺福克公爵被理查放逐时，国王不是赦免了他的罪，放他回国，还将全部财产都归还给他了吗？"

毛勃雷回答，理查王对他父亲一向很倚重，都是因为受到亨利的挑拨，才放逐了他的父亲；而且，要是当时理查王没有丢下权杖，宣布决斗中止的话，他的父亲早就把他的枪刺进亨利的胸膛里了！

最后，使者传达了约翰王子的旨意：凡是叛军的正当要求，都可以批准，而他们曾经对朝廷武力相向的事，也可以不必再追究。听到使者这么说，大主教也拿出了一份文件，上面详细地写出了他们这几位首领受过的冤屈，希望王子满足他们所有的条件。那样的话，叛军愿意立刻放下武器，向王子投降。

使者带着文件走了之后，几名首领开始议论起来，毛勃雷说，国王绝不可能赦免他们，因为他对背叛过他的人都有成见，今后仍会竭尽所能地找他们麻烦；大主教却认为，国王已经又累又病，对尔虞我诈的政治感到厌倦了，而且他会发现，用死亡去结束猜疑，只会产生更大的猜疑；海司丁斯也附和说，国王的力量已经在历次的反叛中消耗殆尽，没有能力再去讨伐他厌恶的人了。

不久之后，约翰王子亲自来到敌营，向叛军说出自己的回答："我以我王室血统的荣誉在此发誓，你们的冤屈将立即得到纠正。如果我的承诺能令你们高兴，那就解散你们的部队，让士兵们各回故里吧！我们也会解散我们的军队。让我们在两军阵前友好地畅饮，彼此拥抱吧！让双方士兵的眼睛把善意和友谊的证明带回家去！"

就这样，王室的军队和叛军终于握手言和，两军的统帅各自下令解散自己的军队，发给士兵们军饷，要他们各自回到家乡。接着，约翰王子与大主教等人举杯畅饮，互相祝贺对方身体健康，对所有人来说，这次的和解既象征着和平，又象征着征服，因为双方都已高贵的让步，却又没有一方战败。

这时，王子忽然提议道，希望两军的部队在解散之前，再次列队从他们身边经过，让彼此见识一下原本要与自己作战的部队究竟是什么样子。大主教欣然答应了，于是，他们各自让部下前去带队。

没过多久，约翰王子的部下回来了，他向王子报告：将士们坚持严守岗位，在听见他亲自吩咐之前都不肯擅离职守；接着海司丁斯也回来了，他向大主教报告说，他们的军队早已作鸟兽散，跑得不见踪影了。

这时，约翰王子忽然说道："既然如此，我就以大逆不道的罪名逮捕你们！"

叛军将领当场被抓了起来，他们不服气地说道："这种做法公平吗？你打算破坏自己的誓言？"

王子回答："我以我的荣誉保证，将会对你们提出的冤屈平反。但是你们必须为你们的反叛行为付出代价，接受应得的惩罚，带下去！"

最后，王子将大主教、毛勃雷、海司丁斯送上断头台，又率领他的军队扫荡还未离开的叛军。福斯塔夫也参加了这场战斗，还俘虏了一名叫科尔维尔的骑士呢！就这样，约翰王子平息了这场叛乱，这时，他听说亨利王的病情加剧，赶紧班师回到伦敦。福斯塔夫也趁机向王子请了一回假，他要绕道回葛罗斯特郡拜访朋友。

此时，国王已经集结了他的军队，准备从王宫出发。他见自己的儿子都到场了，唯独缺了最重要的亨利王子，就问大臣他去了哪里。大臣回答，亨利又跟那群酒肉朋友出去了。

国王叹息道："他就像一块最肥沃的土地，最容易受到杂草的盘踞，如今他的周围也确实长满了杂草，恐怕这忧虑在我死后也难以消失。我真担心，在他那无法无天的行为有了发泄的地方时，会用什么样的翅膀扑向危险和腐败！"

然后，他再三叮咛亨利的弟弟克莱伦斯公爵，要他在自己死后，作为下任国王亨利与其他兄弟之间的桥梁，在他犯错的时候责备他，心情快活的时候尊敬他，并在必要的时刻掩护自己的亲友，因为克莱伦斯是亨利最亲近的弟弟。

华列克伯爵十分了解王子的为人，他向国王解释说，王子只不过是把那群坏朋友当作异邦的语言在研究罢了！当他学会了这种语言之后，就会把它淘汰不再使用，因此，他肯定会在最恰当的时刻抛弃这群伙伴，就像抛弃粗鄙的词语一样，而过去对于这些坏朋友的记忆，则将在未来成为一种衡量臣子的标准。

这时，约翰王子的使者为国王带来了战胜的消息。接着，另一支远征军也送来了捷报，告诉国王诺森伯兰伯爵、巴道夫勋爵以及苏格兰的联军也已经被消灭了。但就在这时国王忽然脑袋一阵晕眩，昏了过去，大臣们连忙将他抬到床上。看到他的状态，所有人心里都明白：亨利王时日无多了。

亨利王子听到父王病重的消息，急忙回到王宫。亨利见到国王昏迷不醒，以为他已经死去了，于是请求大臣全都退下，想静静地陪伴父亲。当大臣们离去后，亨利忧伤地说："我的父亲！您这一睡可真舒畅，这是一种使多少英格兰国王跟他那黄金的王冠分手的酣眠！我应当给您的是出自天性、挚爱和孝顺的无穷眼泪和椎心泣血的哀伤！"

说着，亨利看见摆在国王身边的那顶王冠，将它拿起来戴在自己的头上："啊！亲爱的父亲，您要给我的却是这顶至尊的冠冕，它直接从您的地位和血统传到了我的头上，即使把全世界的力量集中到一只巨大的手臂上，也无法从我头上取走这世袭的荣耀，它还将由我传给我的子孙，正如同您传给了我！"

之后，亨利就走出了国王的房间。不知过了多久，国王醒了，他大声呼喊自己的部下。当大臣们又聚集到他的身边时，国王责怪大臣们不应该在他病重时，离开他身边。

"我们让王子留下来陪着您呢！陛下，这是他自己要求的。"

"王子？他在哪？我没看到他，他不在这里。"国王叫道，接着他又看到王冠不见了，"王冠呢？谁从我的枕头上拿走了王冠！"

大臣们面面相觑，国王立刻猜想，一定是被亨利王子拿走的，他生气地说道："他就那么迫不及待想要当国王吗？"他要所有人立刻把王子找回来，打算好好责备他一顿。

没过多久，华列克伯爵回来了，他告诉国王，王子就在隔壁的房间而已，他正一脸哀悼，流着发自内心的眼泪，那副悲伤的模样，就算是以鲜血为食的暴君也会跟着难受呢！

亨利王子看见父王还活着，开心地说：“我以为再也听不到您说话了。”

国王斥责他：“你那想法来自于你的愿望啊！你就那么急着填补我的空位，竟然不等时机成熟就把我的王冠戴到你的头上了吗？啊！愚昧的青年，你所追求的权力会压垮你的！”

王子跪下来，向他的父王解释说，他以为父王已经死了，忍不住在心中斥责这顶王冠：“随你而来的忧患已经吞噬了我的父亲！”然后，他将王冠戴上头上，把他当成杀死父亲的仇人，与它进行着较量。王子还说，要是他曾经以叛逆与虚荣的心对这顶王冠表示过丝毫的欢迎，愿上帝永远别让它落到他的头上！

见王子说得如此诚恳，国王的心也软了。他原谅亨利拿走他的王冠，并给了他忠告：“我是靠着朋友们的武力才登上王位的，因此我总是提心吊胆，担心再次被他们取而代之。虽然你的王位是从我这里继承而来的，但你的地位还不够稳固。为了避免受到威胁，你必须向外扩张，让心怀叵测的人忙于境外的争执，以此消磨掉他们往日的仇恨。”

这个时候，约翰王子也赶回了王宫。国王见自己的儿子都到齐了，心中十分满意，他认为自己在世上没有遗憾了。忽然，他又想起一件事，问道：“我昏倒的那个房间，有没有名字？”

大臣们回答：“有，它叫作耶路撒冷厅，高贵的陛下。”

国王安详地说：“多年前曾有人对我预言，说我将会死于耶路撒冷，如今，我终于明白了，我的生命将会在那里结束。”

他命令部下将他抬到耶路撒冷厅，他要在那里死去。

亨利王子即将登基成为亨利五世，大臣们知道他过去的放荡行为，对于这位王子就要成为未来的君主不免感到疑虑。那位尽职的大法官，曾因王子揍了他一顿，而将王子送进监狱，这时他很担心自己受到新国王的报复。

亨利召见了这位法官，对他说：“你看我的眼神很奇怪，看来你已经认定我不会喜欢你。”

KING HENRY IV
PART II.

大法官惊恐地说："我确实这样相信，但要是依据公正的评价，陛下却没有正当的理由恨我。"

国王说："没有吗？你竟敢把英国的王子关进监狱，这种耻辱难道是可以轻易忘记的吗？"

大法官解释说，当时他是运用亨利四世赋予他的权力，代表国王本人。而亨利在他秉公执法的时候，竟然公然蔑视法律的尊严，殴打代表国王的法官，因此他才大胆行使自己的权力，把王子监禁起来。他还说："假如国王您也有一个这样的儿子，胆敢无视您指派的法官，违法乱纪，破坏治安，难道您能够容忍这个儿子的行为吗？"

国王点点头，说："你说得对，大法官。你能够衡量国法私情的轻重，所以请你继续保持你公正无私的精神，就像过去对待我一样。直到有一天我的儿子因为冒犯了你而被你定罪，那时我也可以说：'我何其有幸有这么一个勇敢的臣子，敢把我的儿子定罪！又何其有幸能有这样的儿子，甘愿服从法律的制裁！'"

他又说，他过去的狂妄如今已随着他的父亲一同下葬，他要一反世人的期待，将人们加于他的诽谤一扫而空，还要召集最高议会，选拔出几位德高望重的大臣，使这个伟大的国家能够与邻近的强国媲美，无论是战争还是和平，都能够应付自如。

福斯塔夫爵士来到葛罗斯特探望老朋友，正与他们把酒言欢时，昔日的部下却来告诉他亨利王子登基了，国王也从亨利四世变成亨利五世了！福斯塔夫惊讶地叫了出来："快！把我的马备好！我们要飞黄腾达了！"

他带着几个朋友马不停蹄地回到了伦敦，想起自己过去与亨利王子的交情，福斯塔夫心想这回一定能够捞个一官半职，还能把羞辱过他的那个大法官整治一顿呢！然而，国王见到他后，只是冷冷地告诉身旁的大法官："过去问那个狂妄的家伙，他想说些什么。"

福斯塔夫喊道："是我啊！我的陛下，我的天神，我在对你说话！我的心肝！"

亨利五世回答道：“我不认识你，老头儿！跪下来向上天祈祷吧！我一直以来总是梦见这样一个人：脑满肠肥、年老而邪恶。当我一觉醒来，我憎恶我的梦。不要以为我还跟从前一样，因为世人即将明白，我已经抛弃了过去的我，我也同样要抛弃过去跟我在一起的那些伙伴。要是有一天，我变回了过去的那副模样，到时你再来见我吧！但是在那一天到来以前，你必须接受我放逐的宣判——距离我十里之内的地方，不准你停留驻足，要是你敢妄越一步，一经发觉，立刻处死！滚吧！”

福斯塔夫仍然天真地以为国王只是在外人面前装出改过自新的样子，等他一走，国王一定会暗地里跑来找他的。没想到，福斯塔夫还没走出王宫，国王又下令把他抓起来，丢到监狱去。

国王要福斯塔夫待在牢里好好反省过去的恶行，同时还召开了国会，大臣们都对这位新君主十分满意。约翰王子也打赌说：“一年之内，内战的刀兵与民族的战火将会转移到法国的领土上。”

亨利五世

放荡不羁的亨利王子登基成为亨利五世，他的野性也仿佛一下子死去了，他将昔日的种种罪过扫荡一空，成了一位温文好学的国王。

如今，人们跟他谈起神学时，都会佩服得五体投地，内心巴不得他能成为一名修士；听他讨论国家大事，都会不由得怀疑他是一位高明的政治家；听他提起打仗，一场可怕的战斗就会透过他那滔滔雄辩的嘴巴，生动地描述出来。大臣们都对这位年轻的国王敬爱不已。

励精图治的亨利五世将英格兰治理得井井有条，接着又将脑筋动到了法国的王位上——因为他的祖先爱德华三世的母亲是法国公主，他请来了坎特伯雷大主教，向他请教自己是否拥有法国王位的继承权。坎特伯雷大主教对国王解释道：根据法兰西的法典，妇女是不允许继承王位的，但在法国过去的历史之中，不论丕平王、休·卡佩还是路易十世，这些国王都是凭着他们母亲的血统，要求合法继承王位。因此，拥有法国血统的亨利王，当然也有资格成为法国国王。

亨利王问：“我可以合理合法、问心无愧地向这个王位提出要求吗？”

大主教又说，圣经里有一句话：“人若死了，没有儿子，就要把他的产业归给他的女儿。”亨利王的继承权绝对是毋庸置疑的！他又提到亨利王的许多祖先都曾经率领大军，英勇地在法国的土地上征战，将法国军队打得全军覆没，因此，只要国王肯拿出他的一半兵力，就足以对付整个法国。

国王的大臣也鼓励他："世人都在期待着您发奋图强，他们都知道陛下有借口、有财富，也有兵力。英格兰的国王从来没有现在这样富足的贵族、这样忠实的臣民，他们虽然身在英格兰，但心已到了法兰西的战场！"

但国王还是担心，因为北方的苏格兰人一直是个反复无常的邻居，在英国的历史中，每当英格兰的军队入侵法国，苏格兰人总会乘虚而入，在后方骚扰英国国内的安定。所以，英格兰有一句老话："如果你想战胜法兰西，收服苏格兰是首要的任务。"对此，坎特伯雷大主教建议国王，可以把军队分成四份，只将一份带到法兰西，另外三份则留下来保卫国土。

一切都准备就绪后，亨利王就向法国国王查理提出了继承王位的要求。没过多久，法国的王太子路易也派了使臣来到英格兰，轻蔑地回复亨利王："我们的王子殿下要我转答，说您太年轻气盛了，劝您还是小心谨慎为好。在法兰西，没有什么东西仅仅凭着跳一场舞就能拿到手，也休想靠着吃喝玩乐就从法国人手里拿走几个公国，因此，关于这件事还是别提了吧！"

说完，使者又献给国王一箱网球。亨利明白，这是法国王子在嘲笑他过去的贪玩呢！但是他并不生气，反而自信地告诉使者：他一定会保有国王的尊严，而且，总有一天他要振奋起来，登上法兰西的宝座，到了那个时候，法国王子的嘲笑将会让他的那箱网球成为炮弹，无情地落在法兰西的土地上！

使臣带着亨利王的宣战书离去了，亨利王迅速召集大臣，要他们尽快征召一支精良的军队与法国作战。国王的命令让全英国的青年都热血沸腾了起来，为了参加这场战争，他们把华丽的丝绸服装收进衣橱，换上威风凛凛的盔甲；把牧场卖掉，买来打仗用的骏马，大家都争先恐后地追随这位基督教国王中的完美典范。

法国人听到英国人积极备战的消息，吓得提心吊胆，于是想出了一个卑鄙的诡计来破坏英国人的计划：他们用金币贿赂了剑桥伯爵、斯克鲁普勋爵、葛雷爵士三名贵族，说服他们背叛英国，就这样，这三人决定在亨利王坐船前往法兰西之前，在南安普敦暗杀他。

然而，国王很快就从这三名贵族的来往信件中得知了他们的企图，但是他仍然若无其事地来到南安普敦。国王即将登船时，三名贵族按照计划前来送行，亨利王问他们，是否相信他能够带着这支大军打赢法兰西军队，为国家争取到荣耀。三名贵族都异口同声地表示相信，并对国王赞扬了一番。

国王十分高兴，于是下令把昨天因为羞辱他而被关进牢里的一个犯人放出来，因为这个人肯定是因为喝了太多酒，才会说出那些话来，现在他已经反省过了，国王愿意宽恕他的罪。

但斯克鲁普勋爵却表示反对："您未免太纵容了，还不如让这个人受到惩罚，否则一旦破了例，搞不好还会再发生更多类似的事情。"

剑桥伯爵也附和："陛下可以表示慈悲，但惩罚也不可少。"

葛雷爵士又说："先让他好好尝一尝惩罚的滋味，反正您只要饶他不死，就算是大发慈悲了！"

国王叹了口气，他已经知道这三个大臣的阴谋，想给他们一个机会，但是这三个大臣死到临头却还不知悔改。他语重心长地说道："如果对于酗酒之类引起的小小过失尚且不能宽恕，那么，当那些经过深思熟虑后安排好的滔天大罪出现在我们眼前时，我们又应该如何严惩呢？"

接着，国王问起最近任命的法国事务大臣是谁，这三名贵族回答正是他们，于是，国王要部下取来了他们的任命状。这三名贵族看见任命状上的内容，脸色顿时变得惨白，因为那根本不是任命状，而是写着他们阴谋的罪状！

三个人立刻跪下认罪，并请求国王开恩赦免他们。亨利王却厉声斥道："我的仁慈刚才还活在我的心中，但已经被你们自己的劝告杀掉了！如果你们还有羞耻心，一定不敢再提什么仁慈，因为你们的论点现在就要反过来扑向你们自己的心脏了！"

他下令逮捕这三名贵族，当着他们的面一一列举曾给予他们的恩惠。

他说，凡是符合他们身份的荣华富贵，他无不欣然地赏赐给他们；只要他们愿意，甚至能从国王那里获得他们希望的任何利益，而如今竟然为了法国人的几块金币，就狠心地背叛他！

最后，他下令将这三位大臣处以死刑，然后就登上了战舰，准备出发前往大海另一端的法国。这一次成功揭发阴谋让亨利王信心大增，他相信上帝也站在自己这一边，因此在心中暗暗发誓：倘若不能称霸法兰西，他也绝对不当英国国王！

英国大军即将到来的消息，让整个法国王宫笼罩着恐慌的气氛，国王召见了布列塔尼、勃拉邦与奥尔良等公爵，要他们整军备战，谨慎对付英国人这一次的入侵，因为他们过去曾多次为法国带来了惨痛的经验。王子不以为然地说，英国人根本没什么好怕的，因为他们竟选出一个无用、轻浮，又任性的少年来当他们的国王。

法国大元帅说："您看错这位国王了，根据最近派去的使臣们所说，亨利王听取他们报告的时候，神情是那么庄严，他左右不乏足智多谋的大臣。他提出异议的时候态度是那么克制，那坚定的决心又是那么凛然！他过去所做的那些蠢事，只不过是用痴呆的外衣掩盖着内心的智慧罢了。"

法国国王也说，姑且相信亨利五世是强大的吧！因为他想起过去的克雷西战役，当时英国的黑太子爱德华就曾经血腥地屠杀法国军队，还俘虏了许多王宫贵族，而亨利王正是这个恐怖的胜利者留下来的后裔。

就在这时，英国的使臣也到了，他向国王献上了一卷王室族谱，并义正词严地说明：亨利五世才是法兰西的合法君主。他要法国国王立刻归还从亨利那里"侵占"而去的王冠和王国，否则亨利王将不惜流血，发动战争夺回他应得的东西。

法国王子不服气地说，他愿意跟英格兰的国王一较高低，要亨利王尽管放马过来。国王却不想与英国打仗，他告诉使臣，愿意将女儿凯瑟琳公主嫁给亨利王，并送上一个公国作为她的嫁妆。

然而，把目标放在法国王位上的亨利当然不能满足这种提议，他率领英格兰的舰队包围了哈福娄，并将愤怒的炮火对准了这座临海城市的城墙，命令士兵发起进攻。哈福娄的总督急忙向法国王子请求援军，但王子却说，他还没有准备好足够的军队来迎战强大的英格兰人，最后，弹尽粮绝的哈福娄只好向英国投降。亨利王命令他的叔叔驻守这座城，自己则带领军队前往加莱过冬。

法国领土接连沦陷的消息传回了卢昂的法国王宫，大元帅气得向国王说："要是不去跟他打一仗，我们就不必在法兰西生存了！那我们不如放弃一切，把我们的葡萄园都交给这个野蛮民族吧！"

法国王子也说，英国人都是法国诺曼人的子孙，身为老祖宗的法国人怎么能放任英国人欺负到自己头上来呢？布列塔尼公爵则说，要是再听任英国人长驱直入而不去迎战的话，他宁愿卖掉自己的公国，到英国去买一块农场种田！

听了这些慷慨激昂的言辞，法国国王终于下定决心，他派出一名信使去见亨利王，向他传达自己力战到底的立场，接着对大臣说："起来吧！诸位王公，把你们光荣的勇气磨砺得比你们身上的宝剑还要锋利！赶快奔向战场！为了你们的高贵地位，现在要洗雪你们蒙受的奇耻大辱，阻挡住英国国王亨利！把他装进囚车，押回到卢昂来！"

大臣们看见法国国王的勇气，精神都为之一振，大元帅此时又说，英格兰的军队人数太少，而且长途行军，士兵早已又病又饿，只要看见声势浩大的法国军队出现在他们眼前，就会吓得拔腿逃命，顾不得胜负了。

亨利王在开战前曾经发布一道命令：英格兰的军队在法国乡村行军时，不准从当地村庄强夺任何东西，拿东西要照价付钱，对法国百姓也不准恶言申斥或辱骂。因为亨利很明白，当宽厚和残暴同时争夺一个王国的时候，宽厚总是会赢得最后的胜利。之后，他听说有一个士兵趁英国军队胜利时，抢劫了村里的教堂，他立即下令处死了这名士兵。

他听说法国国王要他忏悔自己的愚蠢、明白自己的弱点，并且准备好被俘虏时必须支付的赎金时，丝毫没有动怒，只是告诉使者他知道了。同时，尽管对敌人太过坦白是一件不明智的事，亨利还是告诉使者：他手下的士兵由于生病，力量与人数都大为削弱；然而，就算剩下的英国人再少，只要身强体壮，有两条腿，一个人就可以抵得过三个法国人！

不久之后，法国人的大军终于集结完毕，亨利王也带着英国军队来到附近，准备与法国人展开一场大战。然而，英国士兵经过长途行军，加上疾病的摧残，力量已大不如前，又看到法国军队的人数是自己的五倍，士气更加低落了。但是身为统帅的亨利王并没有因此气馁，他知道，越是处于危险的境地，就必须拿出更大的勇气。

战争前夕，亨利王微服来到军营巡视。他遇到一群士兵正在闲聊，便过去加入了他们的对话，士兵都不知道他是国王，有的人问他：“你受哪位长官指挥？”

“我是欧平汉爵士的部下。”亨利王回答。

“那是一位很好的老将军，他有跟国王说过他对这场战争的看法吗？”

“没有，而且我认为他也不应该告诉国王。因为国王也不过是个凡人，他也会感觉到跟我们一样的恐惧，但是，谁也不应该试图使他露出恐惧的样子，因为一旦他流露出来，军心就会动摇。”

士兵叹了一口气说，即使国王能装出勇敢的样子，但在这种不安的夜晚，他也巴不得自己还留在英国吧！亨利王却向士兵保证，除了他们现在待的这个地方，国王绝对不会想跑到别的地方去。

另一名士兵讽刺地说：“那样的话，希望他一个人留在这里就好，反正最后他一定会拿钱来赎他自己的命，而且许多穷人的命也可以保住了！”

这些士兵还发起牢骚，说要是这场战争的理由不正当，那么国王的罪孽可就深重了——包括那些在战争中被砍下来的腿、手臂和头颅，而这些士兵之所以会死伤，都是因为国王逼他们上战场，将他们领到了死路上。

国王只好跟士兵举了一个例子：如果有一个仆人受他主人的差遣运送一批钱财，却在路上被强盗袭击，带着许多未得到上帝赦免的罪过就死去了，这样难道能说是因为主人的差遣，才害得这个仆人下地狱的吗？同样地，国王要士兵为自己效劳的时候，也从来没有打算叫他们去死。而且，有许多士兵曾在国内犯了法，他们是为了逃避惩罚才投军的，这些人都无法逃出上帝的制裁。因此，要是有士兵在毫无准备中死去了，他们因自身的罪恶而下了地狱，国王一概不负责。士兵们听了都点头表示赞同。

亨利王又说，他曾经听国王亲自讲过，要是他被法国人俘虏，绝对不会拿钱来赎回自己。有一名叫威廉斯的士兵立刻不屑地说："哼！他这么说，只是为了让我们高高兴兴为他打仗，但是等我们都掉了脑袋之后，他也许就会拿钱去赎自己的命，而我们却糊里糊涂地死了！"

国王对威廉斯的无礼感到不高兴，他说："你这样讲话也太粗鲁了，小心改天我对你不客气！"

威廉斯也狂妄地说："要是你能活下来，这就算是我们两人结下的仇恨吧！"

于是，他们想出了一个主意：亨利与威廉斯交换了一只手套，各自将它戴在头盔上，要是战争过后他们两人还活着，就可以凭着帽子上的手套找到对方，然后给对方一个耳光，或是向对方要求决斗。

亨利王离开了这群士兵后，独自对着上帝祈祷，他恳求上帝赦免他父亲亨利四世在篡夺理查王的王位时犯下的罪过，因为他已经把理查王的遗体重新安葬，还在上面落下了比流出的鲜血还多的眼泪，并且每一年请五百名穷人为死去的理查王祈福；只希望上帝能保佑他的士兵，帮助他战胜法国人。

隔天，两军都已在战场上整装待发，法国大元帅当着士兵的面嘲笑英国军队："看这一支贫穷而饥饿的队伍，你们这副辉煌的军容就能把他们吓得灵魂出窍，他们只剩下人的空壳和皮囊！我们只要拿嘴向他们吹一下，我们英勇的气息就会把他们冲得人仰马翻！"

另一方面，亨利王在战争开始前，再次视察了自己的军队。他听到部下在一旁叹息说："要是英国的军队能再增加一万名士兵就好了。"亨利王却愉快地告诉他："如果我们注定战死，那么我们国家遭受的损失已经够多了；如果我们不死，人越少，分享的荣誉也会越大。我请求你，别再希望英格兰军队增加一个士兵了！”

这名部下听了，也勇敢地说道：“但愿只剩下你我两人，不需要任何增援，就能打这一场壮丽的战斗！”

接着，国王又向士兵们宣布，凡是不想参加这场战斗的人都可以离开，并从军队那里领取通行证跟一些金币，以便归国途中使用；因为凡是害怕与英国军队一起战死的人，英国军队也不愿意跟他死在一起。令国王欣慰的是，没有一名士兵畏惧死亡，都心甘情愿地留下来为他打仗。

这时，法国的使臣再次来到了亨利王面前，威胁他拿出赎金来妥协，那样的话，搞不好法国军队还能饶过他们呢！但是亨利王仍然坚持要法国人放马过来！他还劝法国的大元帅，不要像一个愚蠢的猎人，在狮子还没死的时候就急着卖掉狮子的皮，结果反而被狮子咬死了。

在亨利王振奋人心的鼓舞以及英勇无畏的带领下，英国奇迹似的打赢了法国，法军死伤无数，许多王亲贵族都被俘虏，但英军也失去了高贵的约克公爵。后来，亨利王听说法国骑兵卷土重来，于是果决地下令处死所有俘虏。

法国的使臣又来了，但这回他的态度十分谦卑，他恳求亨利王让剩余的法国军队回到战场，把他们死去的战友记录下来并埋葬，不要再让死去的王亲贵族继续浸泡在雇佣兵的血泊之中，也别让已经死去的人被发狂的战马用马蹄再次蹂躏。亨利王摇摇头，他说现在还不知道胜利属于哪一方，所以不能答应。

使臣只好无奈地说：“胜利是属于你的。”

亨利王与将士齐声欢呼，战场附近有一座城堡，叫作阿金库尔，于是亨利王也将这场战争命名为“阿金库尔之战”，并让这场光荣的胜利永远载入英国的史册之中，与他祖先们的英勇事迹交相辉映。

这个时候，亨利王忽然看到那名曾经向自己挑衅的士兵威廉斯，他的头上正插着国王的那只手套呢！国王把这名士兵叫过来，问他头上的手套是怎么一回事，韦尔斯回答：“是昨天晚上向我大吹大擂的一个流氓抵押在我这里的，我发过誓，只要他能活下来并且敢来认领这只手套，我一

KING HENRY V.

定要用力打他一个耳光！那个人也发了誓，只要让我看见他在帽子上插着手套，我就要狠狠地把它打下来！”

国王打算捉弄一下这名士兵。他下令把威廉斯带走，然后把自己从威廉斯那里换来的手套交给一名军官，要他把它戴在头上，并且告诉这名军官：这只手套是从一名叛党的身上扯下来的东西，要是有人胆敢出面指认这只手套，他一定就是叛党的同伙，必须立刻抓起来！

后来，威廉斯在军营里遇到了这名军官，还看到这个人头上戴着自己的手套，以为他就是那个大言不惭的家伙，立刻冲上去狠狠地甩了他一个耳光。这名军官是个脾气暴躁的人，他当场揪住了威廉斯的衣服，一边骂他是叛国贼，一边把他拽到了国王跟前。

亨利王这时告诉威廉斯，自己才是跟他交换手套的人，这样子捉弄他全是为了惩罚他对自己的冒犯；不过，为了嘉奖威廉斯在战场上的英勇表现，亨利在自己的手套里装满了银币，送给这名士兵。

战争结束了，英国军队统计了战场上的伤亡人数，惊讶地发现，参与战争的六万名法国士兵竟然死了一万人，其中大部分死者都是法国亲王与贵族；他们还俘虏了法国国王的侄子奥尔良公爵、波旁公爵和蒲西加勋爵，以及大大小小一千多个爵士，而英国军队却只阵亡了二十几个人。

之后，亨利王与他的军队回到了国内，英格兰的海滩上挤满了男女老幼，夹道欢迎这群远征法国归来的英雄们，他们的欢呼和鼓掌声把洪亮的海涛声都给盖住了。大臣们希望国王能允许他们把他残破的头盔与宝剑举在他面前走过市区，亨利没有答应，因为他没有虚荣心，也没有骄傲的气息。

过了不久，德国皇帝出面为英法两国调解，并由法兰西王族成员之一的勃艮第公爵邀请亨利王到法国王宫，向法国国王提出英国方面的条件，并由几名高贵的公爵代表国王与法国朝廷讨论和解的条约。

亨利发现美丽的凯瑟琳公主也在场，于是请求法国王后让他们两人单独聊聊，他幽默地说：“她才是我的条款中最重要的请求。”

所有人都离开后，亨利对公主说道：“美丽的凯瑟琳！最美丽的人儿，

亨利发现凯瑟琳在场，于是幽默地对法国国王说：“她才是我的条款中最重要的请求。”

你可愿意教一位军人怎样说话，才能进入一位小姐的耳朵，并且向她的芳心表明求爱之情？”

凯瑟琳公主羞红了脸说：“啊！天哪！男人的嘴里充满了欺骗。”

亨利王又说：“不，公主，如果你了解我，就会发现我只是一个朴实的国主，你甚至会以为我是卖掉了田地才买到这顶王冠。我求爱时不会装腔作势，只会直截了当地说‘我爱你’，然后再问‘你爱我吗’。请接受像我这样一个朴实但是坚定的人吧！因为我一定会真心对待你，就像太阳永远遵循自己的轨道一样。把你的答复告诉我吧！然后我们一点头，事情就这么决定了，好吗？”

公主犹豫地说，她不能去爱一个法兰西的敌人。亨利则回答她，总有一天他会拥有整个法兰西，而当他占有了法兰西，她又占有了他的时候，法兰西就同时属于他们两个人了，他们还可以生下一个既是英国人，又是法国人的男孩儿，同时统治这两个王国。

到了这一步，凯瑟琳公主终于肯对亨利的示爱点头了，亨利王高兴得想要吻她，但公主却害羞地说：“法国的小姐可没有在结婚前就让人家亲吻的习惯。”

亨利王却大方地告诉他：“伴随着我们地位而来的自由，足以堵住所有挑剔者的嘴，就像我要堵住你的嘴一样。”说完，他轻轻地吻了公主。

法国国王与英国的大臣们出来了，法国已经接受亨利提出的任何条件，包括今后在国王的诏书中称亨利王为“我最高贵的女婿亨利，英格兰的国王，法兰西的继承人”，同时，凯瑟琳公主也答应了亨利的求婚，所有人都希望这次庄严的婚姻能够在两国之间建立起深厚的感情，让流血的战争永远不会降临在美丽的英格兰与法兰西之间。

亨利六世（上）

伟大的亨利五世统治英国短短九年就英年早逝，王位的重担从此落在年幼的亨利王子头上。这个时候，英国与法国的战争又重新开始了，法国人得知亨利五世去世的消息，就迅速展开了行动，相继收复被英国夺去的兰斯、巴黎、奥尔良等大城市。

勇敢的塔尔博特勋爵以少量的英国军队对抗法国大军，在一次战斗中创造了奇迹似的胜利；他匆忙地准备了一些木桩，胡乱地插在地上以阻挡骑兵，然后用长矛和利剑接连杀死了几百个敌人，法国士兵吓得魂飞魄散，节节败退的英军终于稳住了脚步。但是，塔尔博特勋爵的一名部将却不争气地临阵脱逃，害得英国军队战败了，塔尔博特勋爵也被仆人出卖，交给了法国人。

法国人极尽所能地羞辱塔尔博特勋爵，他们讽刺、讥笑、捉弄他，还把他带上街头，向法国民众说他是“英国人用来吓唬法国的稻草人”。最后，英国派出培福公爵再次击败法国军队，讨回了颜面，还用一个俘虏换回塔尔博特勋爵。之后，培福公爵、塔尔博特勋爵来到奥尔良，协助索尔兹伯里伯爵围攻这座城市，他们要重新夺回奥尔良，让法国人屈服。

索尔兹伯里伯爵打起仗来就像不要命一样，他的士兵也如同饥饿的狮子般，疯狂追逐他们的猎物。很快，法国人又被英国人打得溃不成军，法国王子查理率军前来支援，也被打得落荒而逃。正当王子与大臣们商量着是否应该放弃这座城市时，奥尔良公爵为法国人带来了一个好消息。

他说，有一位少女名叫贞德，她是一位圣女，上帝曾经向她显灵，派她来解救岌岌可危的法国人，她有很高深的预言能力，能够洞察过去，预示未来。王子听了相当高兴，但他还是半信半疑，于是要安茹公爵赖格尼尔装成他的样子接见这名少女，自己则躲在后面观察她。

奥尔良公爵领着圣女贞德上前，赖格尼尔以王子的语气问她："好姑娘，是你将要来进行这不凡的行动吗？"

贞德却傲然地说道："赖格尼尔，你想骗我吗？请王子殿下快从后面出来吧！不要惊讶，因为什么事也瞒不过我，现在，我想和王子单独谈话。"

王子对贞德的智慧与勇气深感佩服，但他还是再想试试这名少女。他希望贞德能与自己比武，如果她能胜过自己，他就愿意相信她的确是上帝派来的救星。圣女贞德用她的剑轻易地赢过了王子。

查理赞美她是个女英雄，还说她的勇气已经赢得了他的心。他向贞德求爱，希望她能成为自己的王后，但是贞德却说，她负有上天授予的神圣使命，绝对不能受爱情支配，必须等到把他们的敌人——英国人驱逐之后，才会考虑接受赏赐。

这时，有大臣向王子请示是否应该放弃奥尔良。贞德听了愤怒地说道："绝不放弃！多疑的胆小鬼们，战斗到最后一口气吧！由我来做你们的保护人！"

王子也点头同意："我同意她的话，我们要战斗到底。"

当晚，奥尔良的军队得到王子的密报，得知英国人会在城外的塔楼窥视他们，于是在对面安置一尊大炮，果然成功炸死了前来瞭望的索尔兹伯里伯爵，同时，圣女贞德也指挥法国大军前来支援，打败了塔尔博特勋爵，成功将英国军队赶走。

查理王子进入了奥尔良，对着欢欣鼓舞的民众说道："奥尔良被收复了，法国从来没有这样走运过！是贞德为我们打了这场胜仗！为此，我将要与她共享王权，让所有的教士列队游行，永远歌颂她的伟大！今后贞德将成为法兰西的守护神！"

然而，没过多久，英国人得到了勃艮第公爵的帮助，再次攻下了法国的大片领土，还重新回到奥尔良，打算向法国军队还以颜色。听说法国人得到了圣女贞德的帮助，培福公爵不屑地说，法国军队一定是对自己的武力失望了，才会和一个巫婆联合起来，寻求地狱的帮助，他们这样做只会玷污自己的名声罢了！

而法国军队自从解救了奥尔良之后，就一直沉浸在胜利的喜悦之中，城池四周的警卫也逐渐松懈。某天晚上，英国军队忽然发动攻城，将疏于防范的法国守军打得措手不及，查理王子与大臣们从睡梦中惊醒，慌张地逃离了城堡。就这样，奥尔良再次落入英国人手里。

塔尔博特勋爵巡视战果时，一名使者跑来告诉他，邻近的奥凡涅伯爵夫人十分仰慕他的名声，希望能邀请他莅临她的城堡，让她一睹这位英雄的风采。塔尔博特勋爵很有风度地答应了，他只身前去拜访伯爵夫人。

然而，这场邀约其实是场阴谋，当塔尔博特勋爵走进伯爵夫人的府邸后，大门立刻被锁了起来，伯爵夫人说道："你是我的俘虏了！嗜血的大人，就是为了这个目的我才引诱你到这里来的。多年来你以暴虐蹂躏我们的国土，残杀我们的国民，将我们的儿子和丈夫变成俘虏。现在，我要锁住你的手脚，让你成为我的奴仆！"

没想到，塔尔博特勋爵忽然笑了起来，他说，站在这里的只是他的影子，真正的他并不在这里，而伯爵夫人看到的是他这个人最小的一部分；他还说，要是他整个人都在这里，这间小房子可能塞不下他的高大身材呢！说完，他拿出自己的喇叭，大声吹了起来。

一瞬间，四周鼓声大作，一大群英国士兵冲进了夫人的宅邸。塔尔博特勋爵自豪地说道："这些士兵才是塔尔博特勋爵的身体、筋骨、手臂和力量，我正是靠着它们，才能够套住法国人叛逆的脖子，使你们的城市在片刻之间变成荒地！"

伯爵夫人为塔尔博特勋爵的气概折服不已，她请求他的原谅，并为了没有礼貌地接待这位贵客致上歉意，塔尔博特勋爵也十分绅士地接受了夫人的道歉，但是有一个条件——他希望能尝尝夫人城堡内的美酒与

KING HENRY VI
PART I.

佳肴。

相较之下，英国国内就没有这么欢乐了，年幼的国王无法控制朝廷，他的大臣们纷纷开始明争暗斗，尤其是葛罗斯特公爵与温切斯特主教之间的争端最为严重。葛罗斯特公爵常说，伟大的亨利五世之所以早逝，都是教会的祈祷害的，因为他们希望上帝给英国一个软弱的君主，任由他们予取予求；温切斯特主教也反击说，葛罗斯特凭着自己是护国公，就与他的夫人在英国独断专权，迟早会害国家陷入灾难。

有一次，葛罗斯特公爵前来视察伦敦塔，却被守卫挡在门外。他气得大骂是谁那么大胆，竟然敢违抗护国公的命令？守卫回答："温切斯特主教下令不准开门，他还特别吩咐我，绝不能让您或您的人进来。"

葛罗斯特公爵暴跳如雷，他命令手下立刻把门砸开。就在这时，温切斯特主教也带着随从来到了门口，轻蔑地向葛罗斯特公爵说道："怎么啦？野心勃勃的葛罗斯特，你打算做什么？"

公爵正在气头上，一看到这位羞辱他的仇人，就二话不说地举起拳头，朝温切斯特主教的鼻子揍了过去，两人的随从们也立即跳上去加入战局。就这样，场面顿时陷入混乱，没过多久，伦敦市长也被惊动了，急忙带着官员赶来。

市长摇着头说："唉！大人们，你们都是最高长官，为何不顾一切地破坏治安呢？"

葛罗斯特叫道："市长！这个家伙既不尊重上帝，也不尊重国王，竟然将伦敦塔据为己有！"

温切斯特主教也说："葛罗斯特公爵是人民的敌人，他不停地发动战争破坏和平，还随意罚款勒索人民，甚至企图推翻教会，从塔里运出武器，好推翻现在的国王！"

说着，双方人马又打了起来。市长劝架不成，只好搬出伦敦的法律，命令他们立刻放下武器停手，否则就要把他们全部关进牢里！葛罗斯特公爵与温切斯特主教这才气冲冲地带着手下离开，然而，在场的围观者都不禁为两位贵族的好斗啧啧称奇。

之后，这两个人丝毫没有收敛，他们的冲突反而越闹越大，双方人马甚至在口袋里装满石块，在街道上互相投掷攻击，路边的窗户都被打碎了，老百姓吓得躲在屋子里不敢出来，伦敦市长十分无奈，只好请求国王出面解决这件事。

国王语重心长地告诉两人，尽管他还年幼，但也知道内讧是吞噬国家内脏的恶毒蛀虫。他要求公爵与主教当着大臣们的面互相拥抱，这两位贵族只好照做了，并说出祝福对方的话语，但是，他们的心底都十分不情愿。

除了葛罗斯特公爵与温切斯特大主教之外，其他的大臣也在私底下暗自较劲，还拉拢志同道合的人组成党派，打击与自己意见不合的政敌。这一天，几名贵族在王宫的花园中聚会，以调解理查爵士与索默塞特伯爵之间的纠纷。两人各自说出理由，希望能获取旁观者们的支持，但是没有一个人表示意见。

这时，理查爵士从花丛中摘了一朵白玫瑰说，既然大家都缄口不言，不愿讲出自己的意见，那就用无声的标志来表达想法吧！凡是出身高贵、维护其家族光荣的人，如果认为他说的是真理，就学他从花丛中摘取一朵白玫瑰。索默塞特爵也说，谁要是不怕危险，不阿谀奉承，敢于维护真理，就随他摘一朵红玫瑰。

于是，在场众人纷纷表明自己的立场，华列克伯爵说："我不喜欢颜色，我摘一朵白玫瑰，不带任何卑劣的谄媚色彩。"

萨福克伯爵选择了红玫瑰，他说："我和年轻的索默塞特伯爵一样摘一朵红玫瑰，而且我还要说，他是对的。"

还有一名贵族说："为了真理和显而易见的事实，我摘下这朵淡白娇嫩的玫瑰花，以显示我的立场。"

另一名律师也说："如果我的研究与书上的知识没错的话，索默塞特伯爵的论点是错误的，因此我也摘一朵白玫瑰。"

最后，选择白玫瑰的人多过了选择红玫瑰的人，但索默塞特伯爵仍然不愿意承认理查爵士的论点，还羞辱他是叛徒的后代。原来，理查爵士的父亲剑桥伯爵曾经因为企图谋杀亨利五世而被处死，理查也因此被取消爵位，并逐出他那伟大而古老的家族。

听到索默塞特伯爵的羞辱，理查爵士恨恨地说："我以我的灵魂发誓，我和我的一派将永远佩戴这朵无色的愤怒玫瑰，作为我血海深仇的标志，直到它和我一起枯萎进入坟墓，或者随我成熟茂盛！"

然而，理查爵士对于索默塞特伯爵的辱骂仍然耿耿于怀，于是他来到了伦敦塔，找到他被关在这里的舅舅摩提默公爵。摩提默公爵曾经起兵反抗亨利四世，因此被关在这里，理查希望能从他的口中问出自己的父亲为什么会被处死。

摩提默开始向他叙述起一段历史：几十年前，亨利四世将他的堂兄理查王废黜，自己登上了王位。亨利四世在位时期，烈火骑士潘西指控他非法篡位，起兵反抗他，并计划拥立摩提默家族的人当国王，因为过去被废掉的理查王没有子嗣，而摩提默家族与理查王的血缘又是最近的。后来，烈火骑士战败了，但是仍然有许多人同情摩提默公爵的遭遇，剑桥伯爵就是其中之一，他与几名同伙打算刺杀亨利五世，为摩提默公爵讨回公道。但最后也失败了，并落得身首异处的下场。

理查爵士终于明白自己的身世，于是，他与几名"白玫瑰"的好友联合，向国王请求恢复自己的地位与权利。亨利王也决定对上一代的恩怨既往不咎，欣然同意了，他封理查为约克公爵，并将约克家世代相传的产业和土地都归还给他。

虽然国王尽心尽力地消弭贵族们的内斗与不满，但是聪明的大臣都听过一句话："生于蒙穆斯的亨利将赢得一切，生于温莎的亨利将失去一切。"生于蒙穆斯的是亨利五世，而生于温莎的正是他的儿子亨利六世。他们也看得出，这些争端表面上被虚情假意掩盖了，而真正的混乱却如同灰烬底下的火星，早晚会形成烈火，慢慢地吞噬英国的和平与强盛。

不久之后，圣女贞德乔装成农民，成功偷袭了里昂，而英国人也很快做出反击，包围了这座城堡。当时，培福公爵病得很重，躺在椅子上奄奄一息，塔尔博特勋爵与勃艮第公爵都劝他回国静养，但他坚持不走，要留下来指挥作战。最后，他果然带领英国军队夺回了里昂，就在胜利之后，培福公爵也安详地去世了。

法国人再次战败了，查理王子安慰士兵说："各位，不要因为已经发生的事灰心丧气，为了无法挽救的事烦恼也不是办法，只会腐蚀你的心灵罢了。"

贞德也向王子提出了另一个妙计，她决定亲自去说服勃艮第公爵，要他脱离英国，重新回到法国的怀抱。当英国军队离开里昂，打算进军巴黎的时候，她来到殿后的勃艮第军队前，向公爵说道：

"请看你的国家，请看法兰西美丽的土地和城市是如何被残酷的敌人蹂躏的。看看这些伤痕！其中有些正是你的骨肉相残所造成的，把你的利刃掉转，去对付伤害我们的敌人吧！不要伤害自己人了，你让同胞流的一滴血，比敌人的大量鲜血都更使你悲痛，快回来吧，用泪水洗刷掉你祖国身上的污痕吧！"

她又告诉公爵，全法兰西的人都谴责他，指责他不是法国人，而且，傲慢的英国人既利用他，又不肯相信他，当亨利王成了法国的统治者之后，他只会被当成一个叛徒而被排斥。贞德还说，勃艮第公爵现在的做法，正是和打算杀他的人联手，为了反对自己的同胞而战。勃艮第公爵觉得很有道理，二话不说带着他的士兵加入了法国军队。

这个时候，亨利王与他的众多大臣，浩浩荡荡地渡海而来，在巴黎的王宫里举行了加冕典礼，借此向法国人宣示自己的权力。加冕才刚结束，国王就收到了勃艮第公爵表示与英国人绝交的信，上面写着：

致国王：

由于我国受到的蹂躏和你们的残酷压迫引起人民的哀怨，我决定和你们的恶势力断绝关系，归附法国的合法君主查理。

就在亨利王为了这个坏消息感到心慌意乱时，约克公爵理查又与索默塞特伯爵来到国王的面前，互相控诉对方的仆人侮辱自己，希望国王同意让他们的决斗。一旁的葛罗斯特公爵斥责他们:“让你们的决斗见鬼去吧!你们这样大吵大闹，让陛下和大臣们都不得安宁，难道不羞愧吗?我劝你们还是和睦相处吧!”

国王也说，他们如今正在敌人的土地上，万一让法国人看出英国人内讧的迹象，将会激起法国人的反抗心；而且，万一让各国知道亨利王的重臣和亲戚为了一些微不足道的事毁灭了自己，而丧命在法国的领土，那将是多么大的耻辱!

接着，国王随手拣了一朵红玫瑰佩戴在衣服上，说道:“我没有理由认为如果我戴上这朵玫瑰，就有人会认为我偏向索默塞特伯爵，而不是约克公爵。他们都是我亲爱的臣子，我同样爱他们。同样地，人们也不能因为苏格兰王戴着王冠，就责备我也学他戴着王冠。”

最后，国王要两个人握手言和，还要索默塞特伯爵率领骑兵、约克公爵率领步兵，两人联手，把怒气发泄在法国人身上。大臣们都认为国王说得很好，但是约克公爵仍然不太满意，他还在私底下埋怨国王，不应该佩上索默塞特伯爵的红玫瑰呢!

英国大军首先来到了波尔多城，由塔尔博斯伯爵打头阵。然而，塔尔博特勋爵却中了法国人的计谋，迅速陷入了重重包围。虽然他与他的士兵英勇抵抗，仍无法突破重围，不得不赶紧向索默塞特伯爵与约克公爵的军队发出求援。

请求援军的使者首先找到了约克公爵，但是约克却不愿意派出援军，理由是他曾经向索默塞特要求一些骑兵，但是索默塞特说话不算话，迟迟不肯把承诺给他的骑兵交出来，害得他没有足够的力量去支援前线。使者急得直跳脚，恳求约克公爵尽快去解救塔尔博特勋爵，否则他的性命将要随着法国的领土以及英国的荣誉一同葬送了!但约克公爵还是事不关己地说:“他死亡，我们战败；我们哀悼，法国人笑；我们损失，他们获得。再会了，我无能为力，这全都是叛徒索默塞特按兵不动的错。”

使者又来到了索默塞特伯爵的营帐，请求他出兵支持。索默塞特伯爵也说，一切都是约克公爵的错!是他怂恿塔尔博特伯爵攻打波尔多城，才害得伯爵被包围；而且，他对约克公爵没有任何责任，更没有义务把自己的骑兵交给他，再说，就算少了骑兵，约克公爵一样有足够的兵力可以支援。

使者气急败坏地说："使高贵的塔尔博特勋爵陷入绝境的不是法国军队，而是英国人的尔虞我诈。他再也回不了英国了！他很倒霉，死于你们的钩心斗角。"

索默塞特伯爵这才心不甘情不愿地派出骑兵，但一切都太迟了，塔尔博特勋爵的士兵已经所剩无几。伯爵要儿子约翰赶快逃走，约翰不肯，还说父亲才应该逃走，因为就算法国人杀死默默无名的自己，也没什么好夸耀的，但要是父亲死了，他们的国家将会蒙受无可替代的损失；另一方面，如果他逃了，世人都会指责他临阵退缩、胆小怕死，但如果是父亲逃了，大家却会说他这是为了等待报仇的机会。

塔尔博特勋爵只好答应儿子留下来陪他赴死，这时，法国人的进攻越来越猛烈，伯爵身旁的士兵一个接着一个地倒下，伯爵不久也受了重伤。约翰为了保护父亲，举起宝剑砍向了冲上来的法国士兵，最后也耗尽力量，英勇地牺牲了。

"噢！我的儿子，在断气之前对你父亲说一句话吧！用言语来表示对死神的蔑视吧！可怜的孩子，他笑啦！好像是在说，如果死神是个法国人，那他今天已经把他杀死了！唉，我的精神再也不想忍受这些摧残了。士兵们，永别了！"就这样，塔尔博特勋爵抱着约翰的尸体死在了战场上。

法国军队战胜了，查理王子前来巡视战场。他感叹地说："如果约克公爵和索默塞特伯爵派来援兵，今天就会是一场血战了。"

接着，王子察看了死去的塔尔博特勋爵父子，有大臣建议王子将他们的尸体剁成碎块，以报复他们对法国人民的血腥屠杀。但查理却摇着头说："他们活着时，我们逃避他们；他们死后，我们不要侮辱他们。"之后，王子将尸体还给了英国人，让他们能够为这两位英雄举行盛大的葬礼，并永远纪念他们。

亨利王也回到了伦敦，教皇以及神圣罗马帝国皇帝都写信给他，希望英国能与法国言归于好；已经登基为法国国王的查理的亲戚阿敏奈克伯爵也告诉亨利，他愿意居中调解，并且将自己的独生女儿嫁给亨利，还会附上丰富的嫁妆。国王早已厌倦了多年来的战争，爽快地答应了伯爵的提议。

没过多久，法国军队又收复了巴黎。遗憾的是，贞德竟然在一次战争中被约克公爵俘虏了，英国人针对她进行了审判，并迅速做出了火刑的判决。行刑当天，一名牧羊人来到刑场，说是贞德的父亲，但贞德却不肯承认，她对围观的人群说："让我告诉你们，你们即将烧死的是什么样的人。我不是牧羊人生的孩子，我是王族的一员，贤德而神圣。上天选择我，给我启示和灵感，到人间创造奇迹。我从来不和恶魔打交道，而你们这些人利欲熏心，沾满了无辜的鲜血，腐化堕落，十恶不赦！你们缺乏别人具有的美德，认为只有依靠恶魔才能创造奇迹，但你们错了，贞德从生下来到现在都是一位守身如玉的纯洁处女。而你们残酷地叫我流的鲜血，将在天堂的门前请求为我昭雪。"

约克公爵怒斥道："快把她带走！立即行刑！"

华列克伯爵对于要烧死一名少女心有不忍，他命令刽子手在火刑柱旁多加几根柴火，再浇上几桶油，以缩短贞德受苦的时间。就这样，英国人用他们无情的烈火，吞噬了这名解救法国的圣女。

不久之后，萨福克伯爵在战场掳获了一位漂亮的女孩儿，名叫玛格丽特，她是安茹公爵赖格尼尔的女儿。萨福克伯爵迷恋她的美色，不想将她还给法国人，于是就将玛格丽特献给了国王，希望国王能娶她为王后。萨福克伯爵心想，这样的话，以后就能时常见到玛格丽特了。

赖格尼尔同意让女儿成为英国王后，条件是英国今后不再侵扰他的领土安茹及缅因；至于亨利王，尽管已与阿敏奈克伯爵的女儿订下婚约，而且赖格尼尔家族比较穷，拿不出丰厚的嫁妆，但他也深深为玛格丽特高尚的品德与出色的美貌所吸引，于是不顾葛罗斯特等大臣的反对，断然决定封她为王后。

英国与法国再次走上了谈判桌，英国人要法国国王查理发誓向英国国王效忠，名义上成为代表英国国王的总督，但仍然能享有统治法国的权力。查理国王同意了这项条件，并要求英国人从此不能再对法国的任一座城市诉诸武力。于是，条约成立了，然而，双方都知道这不会是永远的和平，总有一天，两个国家会再次为了利益和过去的仇恨交战起来，同时，更大的危机也一步步地逼近了英国，准备将她拉向崩溃的边缘。

亨利六世（中）

亨利六世决定娶法国安茹公爵赖格尼尔的女儿玛格丽特为王后，他派遣大臣萨福克伯爵到法国迎回这位公主。在这场婚姻中，法国并没有支付任何婚礼的开销与嫁妆，还要求英国军队撤出安茹及缅因，把这些土地还给赖格尼尔。

亨利王非常喜欢玛格丽特，于是便爽快地答应这些条件，为了履行条约，他解除约克公爵的法国总督职务，还把代替他出使法国的萨福克升为公爵。但是，这些举动却让大臣们十分不满，护国公葛罗斯特公爵说，无数英国的将士们曾经付出鲜血，征服了大片法国土地，大臣们也曾不分昼夜地坐在议会大厅里，只为了讨论如何镇压法国人的反抗，并且让亨利王顺利在巴黎的王宫登基；然而，这些伟大的功绩如今却要因为一个女人的甜言蜜语而化为乌有！

约克公爵也愤愤不平地说："这一切都是萨福克公爵的错！他玷污了这个国家的荣誉，要是我的话，就绝对不会承认这桩婚姻！我只知道过去的英国国王都从他们的王后那里得到了许多黄金和丰富的嫁妆，可是我们的亨利王却赔上许多东西，换来一位什么都没有的新娘！"

一向与葛罗斯特公爵不和的温切斯特主教此时已经晋升为红衣主教，他语带讽刺地对葛罗斯特公爵说，只要国王喜欢这么做，又有什么关系呢？葛罗斯特公爵明白来者不善，他不想跟红衣主教发生争执，只好愤怒地离开了。

红衣主教又向在场的大臣挑拨道:“这位护国公是国王的近亲，王位的合法继承人，各位得小心一点儿，不要被他的话迷惑住了，我看他表面上严肃高傲，实际上是个危险的护国公，时时觊觎着王位！”

他这么一讲，大臣们顿时议论纷纷，他们心想：亨利王已经成年，可以亲自治理国家了，英国的确不再需要葛罗斯特来当护国公了！于是，索默塞特伯爵与白金汉公爵私下联合，打算帮助萨福克公爵扳倒葛罗斯特公爵。然而，约克公爵、索尔兹伯里伯爵与他的儿子华列克伯爵多次耳闻红衣主教的恶行，知道他时常纵容属下侵占百姓的土地与财物，反而是葛罗斯特公爵为人较正派，因此他们决定为了公众的利益，站在葛罗斯特公爵这一方。

就这样，一场王宫贵族间的内斗又悄悄揭开了序幕。而在所有人之中，约克公爵是最有野心的一位，尽管他表面支持葛罗斯特公爵，但私底下却对王位虎视眈眈，他在等待时机，推翻亨利六世文弱的统治，从兰开斯特家族的手中夺取王位。

一次，国王接到了民众的陈情：一位叫作彼得的铁匠指控他的师傅霍纳私底下曾说“约克公爵才是王位的合法继承人”。这句大逆不道的话犯了叛国重罪。一旁的萨福克公爵听到了，立刻幸灾乐祸地对国王说，必须严厉追究这件事！

国王找来了霍纳以及彼得，要他们当面对质。约克公爵骂霍纳不该这样胡说八道，还劝国王立刻处死这个叛徒。而霍纳则坚持自己从未讲过这番话。国王十分伤脑筋，索性要彼得与霍纳进行一场决斗，由输赢来决定谁说的话是真的。决斗之前，约克公爵故意把霍纳灌醉，让他死在彼得的剑下。

虽然躲过了国王的猜疑，但约克公爵仍然警惕起来，他决定趁早累积自己的实力。于是，他找来索尔兹伯里伯爵与华列克伯爵，请求他们支持他夺取王位。索尔兹伯里父子请约克公爵说出自己的理由，要是他的确有合法的继承权，他们的家族才会愿意为他效力。

约克公爵开始向他们解释英国国王的家世：在爱德华三世的几个儿

子之中，大儿子黑太子爱德华、三子克莱伦斯公爵、四子兰开斯特公爵、五子约克公爵都留下了子嗣。后来，爱德华的儿子理查继承了王位，但兰开斯特公爵的儿子亨利却把他推翻，当上了国王，也就是亨利四世。按照顺位，克莱伦斯公爵的儿子摩提默最有资格继承王位，但他却被亨利四世害死在牢里。然而，摩提默的妹妹与剑桥伯爵还留有一个儿子，他比兰开斯特家族的后代更有资格继承王位，这个儿子也就是他——现任的约克公爵理查。

索尔兹伯里父子听完立刻高呼："理查国王万岁！"约克公爵要他们谨慎行事，严守秘密，不论是无礼的萨福克公爵、傲慢的红衣主教，还是有野心的索默塞特伯爵、白金汉公爵，都不要去理睬。直到他们把最大的敌人——高尚、正义的葛罗斯特公爵击倒之后，再开始行动。

约克公爵很快就等到葛罗斯特公爵的垮台。原来，葛罗斯特的夫人是个疯狂的女人，她无时无刻都希望丈夫能成为国王，自己当上王后；她时常对人说，要不是萨福克公爵用两个公国换回了亨利的王后，她穿的最破烂的衣裳也比玛格丽特父亲的领土要值钱呢！有一次，玛格丽特借故打了公爵夫人一巴掌，更让夫人怀恨在心，她发誓总有一天要取代玛格丽特成为王后。因此，她不停地暗示葛罗斯特公爵，要他背叛亨利王，坐上国王的宝座。

某天晚上，葛罗斯特公爵做了一个噩梦：他梦见代表他护国公身份的权杖被红衣主教折断了，折断的手杖上挂着索默塞特伯爵与萨福克公爵的头颅。葛罗斯特公爵把这个梦告诉夫人时，夫人却说她也做了一个梦呢！在她的梦里，她不可一世地坐在西敏寺教堂内的宝座上，也就是国王和王后加冕的地方，接受亨利王和玛格丽特王后的行礼，并由他们为她戴上王冠。

葛罗斯特公爵听了勃然大怒："我必须马上叱责你！大胆妄为的女人。你不是朝廷的第二夫人吗？你不是护国公亲爱的妻子吗？你不是享尽了荣华富贵，要什么就有什么吗？为什么还要时时刻刻策划着阴谋，把我跟你从最高的地位上拖下来，名誉扫地呢？快走开！我不想再听了！"

公爵夫人怂恿丈夫不成，又想出了求神问卜的方法。她找来了一个巫婆，请她召唤出幽灵来替她解答心中的疑问。这名巫婆果然当着公爵夫人的面召唤出一个幽灵，夫人迫不及待地问它："告诉我，国王将来会怎样？"

幽灵回答："活着的公爵将废黜英国国王，他活得比他长，后来死于非命。"

夫人立刻将幽灵的话写在纸上，接着又问："等待着萨福克的是什么结局？"

幽灵回答："他死在水里，了此一生。"

夫人再问道："索默塞特的命运如何？"

幽灵回答："叫他不要靠近堡垒，待在沙地平原上比在堡垒里安全。"

回答完最后一个问题，幽灵就消失不见了。这个时候，约克公爵与白金汉公爵忽然带着手下冲进来，把公爵夫人与巫婆逮捕了，原来，有人向他们密告，说公爵夫人图谋不轨，找来了巫婆企图诅咒国王。白金汉公爵把公爵夫人押走后，约克公爵看到了她在纸上写的字，若有所思地说道："这些预言就像希腊神话里阿波罗所说的那些模棱两可的神谕。它们还没有应验，也很难懂。"

葛罗斯特公爵正与国王和大臣在郊外打猎，当他们经过一个村庄时，有民众对国王说这里刚发生了一个奇迹：一个天生的瞎子在朝拜圣人的坟墓之后，竟然看得见东西了。国王很高兴，认为这是一个吉祥的预兆，他召见了这个瞎子，问他是不是真有其事？这个人不停点头，说上帝知道他很虔诚，所以派了一位圣人到他的梦中召唤他，要他到自己的墓前祭拜，以向他显示神迹。

这时，大臣又注意到这个人除了是瞎子外，还是个瘸子。他说，这是因为他的太太喜欢吃梅子，他为摘梅子而爬到树上，却不小心掉下来把腿摔断了。葛罗斯特公爵怀疑地说："你的眼睛看不见，竟然还敢冒这个险。"

接着，他指着红衣主教的袍子，问瞎子这是什么颜色，瞎子回答

国王与葛罗斯特在郊外打猎时偶遇了一位平民，并耐心听他讲述了一个当地的奇迹。

“是红的，像血一样的红。”公爵又指着自己的衣服，问他颜色，瞎子回答“是黑的，像黑玉一样黑。”

国王讶异地问：“怎么回事？你知道黑玉的颜色？”

葛罗斯特公爵也冷笑：“你这个最会说谎的无赖！视力虽然能够辨别颜色，但复明之后要马上说出颜色的名称，却是不可能的！”

说着，他叫部下拿来了一条鞭子与一张凳子，说他也要创造一个奇迹，那就是让一个瘸子重新恢复行走的能力。他告诉那个瞎子，要是他不想挨鞭子的话，就当着所有人的面跳过这张凳子，然后滚蛋！瞎子还想装蒜，但被抽了一鞭之后，立刻尖叫着跳过凳子，一溜烟地逃走了。

正当所有人都为葛罗斯特公爵的机智钦佩不已时，白金汉公爵却押着他的夫人来到国王面前，并向国王报告公爵夫人犯下的罪行，葛罗斯特公爵痛心地说：“我对陛下和国家绝无二心，如果我尊贵的妻子忘记了荣誉和品德，和玷污她身份的匪徒打交道，我愿意将她赶出家门，并将她交由法律制裁！”

公爵夫人被送上了法庭。最后，国王判决她必须被剥夺名誉，游街示众三天，然后放逐到荒岛上度过余生，为她作法的巫婆则被判处火刑。葛罗斯特公爵也被国王下令交出他那支象征护国公的权杖，并等候进一步的审判。

反对葛罗斯特公爵的人这时纷纷站了出来，极尽所能地朝他落井下石。玛格丽特王后告诉国王，葛罗斯特公爵是他的近亲，只要国王死了，他就能顺理成章地坐上宝座了！因此，他时常用甜言蜜语拉拢人心，打算伺机作乱；萨福克公爵也说，公爵夫人所干下的邪恶勾当，根本就是葛罗斯特一手指使的；也有大臣指责公爵滥用护国公的权力贪赃枉法，对犯人施以酷刑，还对全国课征重税，使得民众怨声载道，各地都发生了严重的叛乱！

国王不以为然地说："葛罗斯特品德高尚，忠心耿耿，绝不会伤害我或企图把我推翻的。"

这时，又有消息传来，说法国人已经毁约，英国国王在法国的统治权被剥夺了。约克公爵趁机搬弄是非，说这全是因为葛罗斯特公爵收受法国的贿赂，扣留了英国军队的薪饷，才使得他们丧失了在法国的领土。

面对众多大臣的诬陷，葛罗斯特公爵只能无奈地告诉国王："唉！陛下，现在正是最危险的时刻！丑陋的野心扼杀了正直的人，正人君子都被仇人赶走了，恶意陷害到处盛行，公道被逐出您的国土。我死不足惜，但是我的死亡只不过是他们阴谋的前奏，还有千千万万的阴谋没有暴露出其危险性啊！"

然而，善良的亨利王不相信这位正直的老公爵会背叛他，他命令部下暂时将葛罗斯特公爵关起来，由红衣主教严加看守。国王离开后，这些大臣又开始讨论下一步的做法，他们看出国王有意袒护公爵，因此决定使用最愚蠢的手段谋杀葛罗斯特公爵。最后，萨福克公爵自告奋勇接下了这个任务。

约克公爵已经看出，这些大臣正一步步走上自取灭亡之途，他果断地离开了他们。正巧，爱尔兰这时发生了叛乱，大臣们都推举他代表朝廷去打仗，约克公爵很爽快地答应了。就这样，他率领军队离开英国，计划在爱尔兰扩张自己的势力。

几天之后，亨利王打算审问葛罗斯特公爵。他派人前去找他，却得知公爵早已死在床上，国王哀痛之余竟然昏了过去。当他醒来之后，连忙追问起葛罗斯特的死因，他猜想，这位老公爵一定是被坏人害死的！

华列克伯爵站了出来，告诉国王，葛罗斯特公爵正是被萨福克公爵和红衣主教谋杀的，民众们知道这件事情之后，就像一窝愤怒的蜜蜂要找它们的蜂王一样，要求国王为这位高贵的公爵讨回公道。国王听了，立刻下令检查葛罗斯特公爵的尸体。

公爵的尸体被抬到国王面前时，华列克伯爵解释说，正常死亡的人总是脸色苍白、毫无血色，因为血都聚集到心脏里，以便跟死亡做最后的搏斗；但公爵的面孔却充血发黑，双眼睁大、突出，像一个被绞死的犯人，而且头发竖起、鼻孔张开、双臂前伸、胡须凌乱，这些都是死前曾经做过一番挣扎的最佳证明。

萨福克公爵要他拿出谋杀的证据，华列克伯爵说："你与红衣主教都是公爵的死敌，而红衣主教又负责看守他，这还不够明显吗？如果有人看见猪死了，流着鲜血，它的旁边站着一名手持斧头的屠夫，难道还会怀疑杀死猪的是不是屠夫吗？"

索尔兹伯里也慌慌张张地跑进来向国王报告说，愤怒的老百姓们都聚集在王宫之外，他们嚷着要国王把萨福克公爵处死或是永远逐出英格兰，否则就要马上冲进来，让他受尽折磨而死。最后，国王宣布：萨福克公爵确实玩弄手段危害国家，限他三天之内离开英国，否则立刻处以极刑。

红衣主教也遭到了报应，他突然一病不起，意识模糊之中，仿佛见到了葛罗斯特公爵的鬼魂，他吓得张大眼睛，朝着空气乱挥乱抓，还不停胡言乱语，说着诅咒上帝与全人类的话。当国王前来探望他时，红衣主教仍语无伦次地大叫："他不是死在床上了吗？他应该死在哪里？我能够让他复活吗？不要折磨我了！他复活了吗？指给我看他在哪里，我愿意付一千英镑见他一面！看哪，他的头发都竖起来了，正朝我冲过来，想要捕捉我的灵魂！快给我最厉害的毒药，让我喝下去吧！”

没过多久，红衣主教就断气了，人们都说他的惨死是一生做尽坏事所致。

萨福克公爵离开了英格兰，在王后的建议下前往法国，但却不幸在途中遭遇海盗，他英勇地抵抗了一阵子，还是与所有乘客一起被海盗俘虏。海盗打算杀死他泄愤，萨福克公爵连忙说：“慢着！你的俘虏是一位王室成员，我是高贵的萨福克公爵。”

海盗队长听了反而更生气，说道：“我要把你贪婪的嘴堵住！萨福克公爵。你能有今天的地位全靠着阴谋诡计，你让尊贵的英国国王娶了一位一贫如洗的公主，还把安茹和缅因出卖给法国；也正是因为你，反复无常的法国人不肯向我们称臣，还杀了我们的总督，袭击我们的堡垒，把我们的士兵杀伤赶回英国，这一切全是你的过错！”

海盗们要萨福克公爵低头承认罪行，那样的话就饶过他一命。但萨福克公爵丝毫不肯向身份卑贱的海盗们屈服，最后，他被一名叫华特的海盗杀死，也应验了巫婆曾经对他做出的预言。

约克公爵的敌人一一灭亡了，他又煽动一名叫作凯德的平民起兵造反。凯德只是一个水泥匠的儿子，但他却自称是摩提默公爵的私生子，拥有王位的继承权，还率领一群暴民与强盗攻进了伦敦。

叛军逐渐逼近王宫，虽然他们的士兵都是些穿着破烂的农夫，但仍然打败了伦敦的军队。凯德更公开指称亨利是篡位者，扬言要在西敏寺加冕登基，还说所有学者、律师、大臣们都是英国的败类，应该全部处死。

国王听了，只能无奈地叹息道：“有哪个国家的君主像我这么不开心的呢？有哪个臣民想当国王的欲望，比我想当老百姓的欲望来得强烈呢？”

在白金汉公爵的建议下，国王与王后逃离了伦敦。伦敦很快陷入了一片混乱，暴民在城里大肆破坏，凯德要士兵们把王宫、学会及贵族的府邸都拆了，还下令处死好几名忠心的大臣。

没过多久，白金汉公爵与克列福爵士率领朝廷的军队回到伦敦，克列福爵士对凯德的士兵们说，他们总是叫嚷着要追随凯德，难道凯德是亨利五世的儿子吗？他能够带领士兵攻下法国领土，将部下们封为伯爵和公爵吗？当他们四处作乱时，法国人却随时准备从海上进攻英国，难道这不可耻吗？

凯德的士兵们都哑口无言，克列福爵士又说："到法国去！到法国去！去收回你们失掉的领土！饶了英国吧，她是你们的故乡。宁可牺牲一万个下贱的凯德，也绝对不要受到法国人的摆布！"

听完克列福爵士一番慷慨激昂的演说后，这群暴民们纷纷高喊"要克列福爵士！我们追随国王和克列福爵士！"叛军一瞬间作鸟兽散，凯德也狼狈地逃之夭夭了。他在逃亡很多天后，由于过度饥饿，闯入一间民宅找寻食物，被愤怒的屋主当成小偷杀掉了。

亨利王这时正在圣奥尔本，他很高兴地嘉奖了平定叛乱的将士，然而，没过多久又有使者告诉他一个坏消息：约克公爵从爱尔兰回来了，他率领一支由爱尔兰士兵组成的强大部队，耀武扬威地来找国王，宣称这么做是为了从国王身边除掉索默塞特伯爵这个大奸臣。

国王无助地对大臣说："这就是我的处境啊！就像一艘船刚逃过了风暴，又遭到了海盗的袭击。刚消灭凯德的叛军，约克公爵又来顶替了他！"

他下令将索默塞特伯爵暂时关进伦敦塔，希望能平息约克公爵的不满，让他自行退兵，并派出白金汉公爵去跟他谈判。白金汉公爵将国王的回应告诉约克公爵，要求他依照约定解散自己的军队，约克公爵也同意了，还说只要能将索默塞特伯爵判死刑，他愿意跟白金汉伯爵一起回去见国王。

没想到，约克公爵前来拜见国王时，却发现索默塞特伯爵已经被释放出来，好端端地站在他的面前。他再也忍不住怒火，指着国王骂道："骗人的国王，你为什么失信于我？你知道我最恨言而无信的人。我刚才称你为陛下吗？不！你不是国王，你没有资格统治百姓，因为你连一名叛贼都不敢处置！"

KING HENRY VI. PART SECOND.

说完，约克公爵叫来他的儿子爱德华与理查，国王和王后也找来了克列福爵士与他的儿子，双方的人站在原地怒目相视。没过多久，索尔兹伯里伯爵与华列克伯爵也来了，他们向亨利王说，经过讨论，约克公爵才是最有资格继承王位的人。

国王惊讶地问："难道你们没向我发誓效忠过吗？"

索尔兹伯里伯爵冷笑说："遵守邪恶的誓言，比违背誓言的罪来得更重！"

国王见情势已经不可收拾，只好要他的大臣们立刻武装起来，约克与索尔兹伯里父子也回到了自己的军队中，准备采取最后的行动。就这样，战争开始了，约克公爵带领当初在花园中跟他摘下"白玫瑰"的贵族们，与代表亨利王的兰开斯特家族的"红玫瑰"阵营展开了殊死的决战，就如同一场"玫瑰战争"。

交战过程中，约克公爵遇见了克列福爵士，他十分仰慕克列福爵士的英勇，对他说道："我很欣赏你的气度轩昂，可惜你是我的敌人。"

克列福爵士也回答："你的勇武也值得称赞和敬佩，可是它却表现在卑鄙的叛逆行为上。"

最后，约克公爵在决斗中杀死了克列福爵士。同时，约克公爵的儿子理查也找到了索默塞特伯爵，一路追着他到了一间酒馆，在那里杀掉了他。由于那间酒馆名为"堡垒"，这再度应验了巫婆的预言。

国王的军队节节败退，约克公爵的军队最终赢得了这场战争。之后，国王与王后匆匆忙忙地逃回伦敦，打算召开议会，号召全国各地的军队前来援助。约克公爵也来势汹汹地朝他们追去，发誓要赶在他们之前抵达伦敦，不让亨利王拥有任何卷土重来的机会！

亨利六世（下）

亨利六世在圣奥尔本战役中败给了约克公爵理查率领的叛军，他抛下自己的部下白金汉公爵、史塔福德勋爵及诺森伯兰伯爵的军队，与几名随从逃回伦敦。没想到，约克公爵与他的儿子爱德华、理查都已经早一步到了国会，准备在那里推翻他。

约克公爵听说理查杀死了索默塞特伯爵，十分高兴。他向所有人说理查立下的战功是他们之中最大的，还对索默塞特的人头说道：“怎么了，索默塞特大人，你死了吗？”华列克伯爵也趁机对公爵说，趁着亨利王还没有回来，应该把国会的宝座据为己有，因为那本来就是属于约克公爵的。

于是，约克公爵在众人的拥戴下坐上了王座。没过多久，国王也回到国会，他看见约克坐在他的位子上，气得说道：“诸位，看那个专横的叛徒坐在哪里！他竟坐上我的宝座啦！有虚伪的华列克作为后盾，他就觊觎起王冠，想要做国王了！”

接着他对身旁的克列福爵士公爵、诺森伯兰伯爵说，约克公爵杀了他们的父亲，这个仇一定要报。诺森伯兰与克列福爵士听了，想立刻冲上去与对方拼命，但国王却阻止了两人，他先用严词厉句指责那些叛徒，让他们知难而退。

华列克伯爵说：“如果你能提出证据，证明你的继承权无懈可击，就由你当国王！”

亨利回答："我的祖父亨利四世是因战功而获得王位的。"

约克公爵吼道："他是靠着造反从他的君主那里篡夺王位的！"

亨利王又说，亨利四世的王位是理查王在所有大臣面前公开让给他的，而亨利五世继承了亨利四世的王位，他又继承了亨利五世的王位，一切都合情合理。约克公爵却反驳说，理查王是被迫交出王位的，就算他是自愿，他的近亲后代——也就是约克公爵自己，也仍然拥有合法的继承权。

在场一些支持国王的大臣，听到这里也不禁改变心意了，转而支持约克公爵，但诺森伯兰伯爵与克列福爵士勋爵却坚持不向杀父仇人低头，表态支持国王到底，于是，双方都召来了自己的军队。亨利王看见他们又要打起来，只好再三恳求约克公爵放过自己。

约克公爵说："只要你死后将王位交给我和我的后代，我就让你安安静静地当一辈子国王。"

亨利王听说能够保住王位，立刻喜出望外地答应了，他向约克公爵承诺：在他死后，将会把王位让给约克公爵及其子孙，前提是他们必须停止内战，并且发誓在他还活着时不再企图以武力推翻他。约克公爵听完，满意地跟着儿子与部下离开了，只留下华列克伯爵在伦敦监视国王。

然而，支持亨利的大臣看到自己的君主如此没用，都对他嗤之以鼻，斥骂他是卑鄙、胆小的人，还找了玛格丽特王后以及王子来劝他收回自己的誓言。玛格丽特谴责国王自作主张，剥夺了自己辛苦养大的儿子的继承权，还说要是她在场，宁愿被士兵杀死也绝不会同意这种要求！王后甚至自行征集了一支军队，要与约克家族的人决一死战。

约克公爵回到城堡后也变卦了，他认为要等到亨利王过世太久了，他现在就想当国王！约克的儿子们都劝他放弃自己的诺言，因为只要是为了王位，什么誓言都可以不算数。爱德华说，只要能让他当一年的国王，他宁愿背弃一千个誓言；理查也说，亨利是个篡位者，在他面前起的誓毫无任何效力。

约克公爵听完这些话，恨恨地说："我下定决心当国王，不然我就去死！”他要儿子们各自回去整顿军队，并把支持他的贵族们全都召集起来。然而，还没等到他们重新准备好，王后的大军就来到了约克公爵的城堡，将他打了个措手不及。

约克的舅舅摩提默公爵在战斗中阵亡，他的次子拉特兰伯爵也被克列福爵士勋爵俘虏。克列福爵士一心想为父亲报仇，不顾这个少年的苦苦哀求，仍然把他处死了。约克公爵也与其他的儿子们一一失散，最后不幸落入王后的手里。

王后不想马上杀死他，她打算先羞辱一下这位尊贵的公爵。她要克列福爵士拿出一块沾满血的手帕让约克公爵擦脸，然后才告诉公爵：那些血是克列福爵士用刀刺进拉特兰伯爵的胸膛时流出来的。她还要士兵拿了一顶纸做的王冠，把它戴在约克的头上，嘲笑道：

“现在他的样子像一位国王啦！是他霸占了亨利的王位，是他成为亨利的继承人，可是为什么伟大的理查这么快就违背誓言，戴上了王冠呢？这是不可饶恕的罪过啊！把他的王冠连同他的脑袋一起摘下来吧！”

约克公爵大声咒骂王后是法兰西的母狼，比吃人的野兽更没有人性、更无情，一旁的大臣看到过去呼风唤雨的约克公爵下场如此落魄，都觉得相当悲哀；但王后仍然残酷地叫克列福爵士把他处死，以为他的父亲报仇。壮志未酬的约克公爵就这样死去了，王后还将他的头颅挂在他自己的城门上，以示警惕。

就在约克公爵被杀害的那一刻，天上突然出现了三个太阳，这三个太阳灿烂夺目，逐渐接近，最后联合了起来，但又忽然分开为一盏灯、一片光芒，以及一个太阳。爱德华和理查这时刚从乱军之中突围，他们看到这个奇怪的现象，都不知道是吉是凶。

不久后，他们得知父亲与弟弟都被杀害、父亲的头颅还被挂在城门上示众的消息，爱德华悲痛地哭了出来，他伤心欲绝，但理查却十分冷静地说，哭泣是为了减轻悲痛，只有婴儿才会流眼泪，而他心里想的却是厮杀与复仇，理查发誓一定要为父亲报仇。

在伦敦的华列克伯爵得知约克公爵的死讯后，立刻挟持国王，并召集一支军队前去对付王后，想要阻止她回到伦敦。双方的军队再次在圣奥尔本遭遇，华列克伯爵的士兵听说王后与克列福爵士对约克公爵的战俘进行了血腥屠杀，心生畏惧，纷纷临阵脱逃。最后，华列克伯爵回去投靠了爱德华与理查，而约克公爵的另一个儿子乔治也从法国赶回来，要助他的兄弟们一臂之力。爱德华在弟弟以及华列克伯爵的推举下，继承了约克公爵的名号，他们重整旗鼓，准备再次进军伦敦夺取王位。

王后救了亨利王，将他带回约克城。当国王看见挂在城门上的约克公爵的头颅时，发抖着一边说道："亲爱的上帝呀，不要惩罚我，我是无辜的，我也没有故意违背誓言。"

克列福爵士鄙视地说："野心勃勃的约克一心要夺您的王冠，可是当他皱起眉头时，您却总是在一旁赔笑。他只是个公爵，都想让自己的儿子当国王了；而您是一国之主，却打算剥夺儿子继位的权利，这证明您是个毫无慈爱之心的父亲啊！您的儿子因为您的过错而失去了与生俱来的权利，多年后他只好对子孙说：'我的曾祖父和祖父辛苦得来的王位，被我那漫不经心的父亲糊涂地送掉啦！'这难道不可耻吗？"

亨利王听了十分惭愧，王后也劝他振作起来，因为爱德华与支持者的军队就快要到了。克列福爵士又对国王说，希望国王远离战场，把军队交给王后与贵族们指挥，因为少了懦弱无能的他，反而更有机会取胜呢！亨利王只好无奈地离开军队，登上离战场不远处的山丘。

没过多久，爱德华、理查和支持者们抵达了约克城外，与王后的军队陷入混战。亨利王独自站在山上，目睹了整场战斗的经过，他看见一个士兵在混乱中杀死了敌人，却发现死的竟然是自己的父亲；又看见另一个士兵为了抢走敌人口袋里的钱财，也杀死了敌人，死的却是自己的儿子。国王为臣民的不幸感到悲恸，他叹道："世人一定会为这些悲惨的事情来责怪我这个国王。"

一场激战后，爱德华再度被王后与克列福爵士打败。爱德华陷入了绝望，他认为上帝一定是放弃他们了，才会让他们的军队一次又一次地战败。他想要逃离战场，但理查却告诉他们，他们的兄弟一一死在克列福爵士的手下，无论如何都必须奋战到底，为他们报仇。

华列克激动地说：“我要杀死我的马，因为我绝不逃跑。我在这里跪下向上帝发誓，除非命运让我有机会报仇，否则我就战死沙场，永远闭上眼睛！”

爱德华也跪下发誓：“我们现在分手，重逢时不是在天堂便是在地上。”

在理查的激励下，爱德华的军队逐渐反败为胜，玛格丽特王后与王子带着亨利王落荒而逃，而克列福爵士勋爵也在战场上遇到理查，交手一番后勋爵受重伤，没多久就死去了。爱德华感慨地说，战争已经结束了，就算克列福爵士是敌人，也应该好好埋葬他；理查却反对这个决定，因为克列福爵士曾经毫不留情地砍下他们的兄弟拉特兰的头，还杀死了他们的父亲。

最后，理查砍下了克列福爵士的头，把它挂在悬挂约克公爵首级的地方，他轻蔑地对着克列福爵士的头说：“克列福爵士，你快请求我们宽恕吧，我们好拒绝你呀！”

爱德华封乔治为克莱伦斯公爵，理查为葛罗斯特公爵，并且派遣华列克出使法国，向法国国王路易十一的妹妹波娜公主求婚，以获得法国的支持。之后，爱德华与兄弟们浩浩荡荡地进军，将亨利的军队赶出了伦敦，他在那里举行了加冕仪式，正式成为英国国王爱德华四世。亨利王则逃到英国北部，得到苏格兰人的支持，但是苏格兰人却没有足够的实力打赢爱德华，于是，亨利派玛格丽特去法国请求救兵支援。

没过多久，亨利在树林里散步时，被两名猎人抓住了，他们知道亨利就是以前的国王后，非常高兴，立刻把他交给新的国王爱德华，以换取赏金。之后，亨利被爱德华下令关进了伦敦塔。

爱德华当上国王没多久，一位叫伊丽莎白的寡妇来见他。她说自己是理查·格雷爵士的夫人，格雷爵士在圣奥尔本战役中战死了，他的土地也被敌人夺走；这位夫人请求国王为她主持公道，归还土地，因为她的丈夫正是为了让约克家族的人当上国王才牺牲的。

爱德华王看上伊丽莎白的美貌，于是答应她的一切要求，但条件是她必须成为自己的王后。格雷夫人非常惊讶，她说她已经有三个儿女，没有资格成为一国的王后，但也不愿意委屈当国王的一个情妇，然而，爱德华最后还是强迫格雷夫人嫁给了自己。

所有大臣都对国王娶了一个寡妇错愕不已，但理查却大力赞成。因为他希望自己的兄长从此沉溺在女色之中，最好没有子嗣，那样他就有机会在爱德华去世后成为下一任国王了。

另一方面，玛格丽特与华列克一前一后抵达了法国。玛格丽特先见到了路易王，告诉他亨利王被野心勃勃的臣子夺去王位、贬为平民了，她不得不带着儿子千里迢迢来到法国，要法国人为他们主持公道。路易王耐心安抚了玛格丽特，向她承诺一定会尽力帮助亨利。

就在这时，华列克伯爵也到了，他向法国国王转达爱德华王的友好之意，并代表英国国王向法国国王的妹妹波娜公主求婚。听到华列克的条件，路易王顿时犹豫起来，他先是问起了爱德华的继承权是否合法，又再三确认爱德华是否真心爱着他的妹妹，华列克都一一向法国国王做出保证。

法国国王听完之后相当满意，他不顾一旁玛格丽特的反对，当众宣布："我决定了，我要将妹妹许配给爱德华，并且给予她相应的嫁妆，我们立刻订下婚约吧！"

然后，他还要玛格丽特为两国的结合作见证，但也不忘对她承诺：就算亨利不再是英国国王，法国也会根据他的身份，尽可能地善待他。玛格丽特愤怒地大骂："狡猾的华列克啊！你利用诡计，让这桩婚姻破坏了我的要求，在你到来之前路易还是亨利的朋友呢！"

就在这时，一名英国的使者来到他们面前，向路易王、华列克伯爵、玛格丽特王后都送上一封信。王后看了信之后笑逐颜开，华列克却皱起眉头来，法国国王更是气得跺起了脚。原来，信上写的正是爱德华王娶了格雷夫人的消息。

路易王恨恨地说："这就是他和法国同盟的诚意吗？他竟敢这样嘲弄

我吗？”

玛格丽特也在一旁煽风点火：“我早就说过了，这证明了爱德华的爱情和华列克的诚实究竟有多少分量！”

然而，华列克伯爵却比法国国王与玛格丽特还要生气！他无法原谅爱德华王如此羞辱自己，愤怒之余，他发誓要抛弃爱德华王，重新扶持亨利成为国王。接着，华列克与玛格丽特尽释前嫌，为了表示诚意，华列克让自己的女儿安妮嫁给玛格丽特的儿子，路易王也答应派出一支精锐部队，帮助他们回到英国推翻爱德华。

华列克与法国人联手的消息传回英国，在大臣之间引发轩然大波，有的人说国王不该那么草率地娶伊丽莎白为王后，不仅失去了拉拢法国的机会，还带来了更强大的敌人；爱德华却得意忘形地说，反正他是国王，爱怎么样就怎么样。

同时，国王又将原本打算嫁给克莱伦斯公爵的一位小姐赐给王后的兄弟，这让王后的弟弟非常不满，于是也带着军队弃他而去，投靠了华列克。华列克对克莱伦斯公爵表示十分欢迎，还高兴地将自己的另一个女儿嫁给她。

爱德华王听说亲信与兄弟一一背叛他，也立刻摆出阵势，并且庄严地发誓：在他与华列克分出胜负之前，绝不阖上眼睛睡觉！为了表现自己的勇气，他甚至天真地独自住在寒冷的旷野中，而将兵士留在城堡里。果然，他的敌人很快成全了他的勇气，就在这一晚，华列克、克莱伦斯与法国人的军队偷袭爱德华的营帐，爱德华被俘虏了。

华列克责备爱德华说：“你不知道怎样利用你的使臣，不满足于一个妻子，不知道像兄长那样善待自己的弟弟，不关心人民的幸福，不懂得保护自己不受敌人的侵犯，那么，你怎么能治理国家呢？”

他将爱德华头上的王冠摘下，又把他囚禁起来，由约克大主教看管，之后就前往伦敦塔迎接被关在牢里的亨利。爱德华的王后伊丽莎白这时已经怀了身孕，她得知丈夫战败的消息后立刻躲进教堂，以确保国王唯一的孩子不受伤害。

亨利王终于重见天日，为了感谢华列克与克莱伦斯将他从牢里拯救出来，他当场宣布封这两人为护国公，由他们来治理英国，自己则想去过隐居的生活。此时，他看到一旁的大臣带着一位面目清秀的孩子，立刻向大臣问起孩子的名字。

“陛下，他是小亨利，里奇蒙德伯爵。”

亨利王抚摸着里奇蒙德伯爵的头，向众人说：“如果我的猜想应验的话，这个漂亮的孩子将是国家之福，他的神色庄重和善，他的头天生是要戴王冠的，他的手适合握权杖，他可能在未来的某一天登上宝座，大人们，你们要特别重视他。”

爱德华在约克主教的看守下，行动相当自由，他时常到附近的森林里打猎取乐，这给了部下营救他的机会。没过多久，爱德华就在葛罗斯特公爵的帮助下逃到法国，并得到勃艮第人的军队支援，重新返回英国夺回了他的约克城。

有过失败的教训之后，爱德华变得小心翼翼。他对葛罗斯特说，他如今已经不再觊觎王位，只要能保住约克公爵的职位就够了。但他的部下们不同意，都要求他放手一搏，以武力夺取一切。于是，爱德华在约克城堡里宣布再次登基，并且在士兵们“爱德华四世万岁”的高呼声中，率领着大军前往伦敦。

得知爱德华卷土重来的消息，王宫里陷入一片恐慌，华列克决定回到自己的领地号召朋友起兵，克莱伦斯公爵也离开伦敦，到英国南方征集大军。然而，还等不到他们带回救兵，爱德华与葛罗斯特的大军就攻进王宫，亨利王再度遭到俘虏，被关进伦敦塔。

之后，爱德华又率领军队来到华列克的城堡外，他对着城头上的华列克说，只要华列克肯恭恭敬敬地跪下，叫他一声国王，再乞求他的赦免，他就愿意原谅华列克犯下的罪行。华列克也不甘示弱，说只要爱德华愿意把军队带走，承认自己是他的恩人，就让他保留住约克公爵的爵位。两人针锋相对，谁也不肯向对方屈服。

这时，华列克的盟友牛津公爵率领着援军前来，高喊“牛津！牛津！拥护兰开斯特”！华列克连忙打开城门，让他进入了城堡。没过多久，蒙太古公爵与索默塞特伯爵也各带来一支军队，高喊着“蒙太古！蒙太古！拥护兰开斯特”“索默塞特！索默塞特！拥护兰开斯特”，并一一进入城内。看到帮手陆续赶到，华列克的精神为之大振。

最后，华列克的女婿——克莱伦斯公爵乔治也赶到了，他带来的人马是最多的，华列克忍不住兴奋地说：“看哪！克莱伦斯的正义感压倒了兄弟的情分，他带来的人马足以和他的哥哥打一仗！来吧！克莱伦斯，我就知道你会来！”

没想到，克莱伦斯却从帽上摘下了红玫瑰，将它掷向华列克，说道：“我绝不会毁掉我父亲的家族，而去支持兰开斯特！你以为我会如此无情、迟钝、不义，竟对自己的哥哥与君王兵戎相见吗？我为曾经的过错感到难过，为了求得我哥哥的原谅，我在此宣布你是我的仇敌，不论我在哪里遇见你，我都要惩罚你将我引入歧途，傲慢的华列克！”

爱德华与葛罗斯特都对这位兄弟重回怀抱表示欢迎，而华列克则朝着他破口大骂“叛徒！随意发誓、毫无正义感的家伙”，并且带着所有的军队冲出城来。但是爱德华得到了克莱伦斯的帮助后实力大增，完全不把华列克看在眼里，没过多久，华列克与蒙太古公爵就因重伤而死，牛津公爵与索默塞特伯爵仓皇逃跑，投靠了玛格丽特王后从法国带回来的军队。

爱德华的军队毫无畏惧地乘胜追击，沿路上高喊着“奋勇向前”，并在每一个路过的城市征集士兵，就这样顺利地打败了玛格丽特的军队。爱德华下令处死索默塞特伯爵，将牛津公爵关进大牢，接着又要士兵把亨利王子押到他面前。

他问这位年轻的王子为什么要反抗他，王子勇敢地说：“骄傲的野心家爱德华！现在我代表我父亲讲话，你马上放弃王位，跪在我站着的地方，我要问你同样的问题，由你这个叛徒回答！”

玛格丽特听了，忍不住叹息：“唉，要是你的父亲能像你一样坚定就好了。”

King Henry the Sixth. Part Third

王子又接着骂，说他们三兄弟分别是“荒淫的爱德华、满口谎言的乔治以及丑陋不堪的理查”，而且还都是叛徒，篡夺了他与他父亲亨利的王位。爱德华与他的兄弟听到这里再也忍受不住，三个人都拔出剑刺向王子，王子就这样被杀死了。

王后哀伤地哭喊：“噢！你们把我也杀了吧！”然后就昏了过去，但马上又清醒过来，她对着爱德华王诅咒道：“愿你和你后代的下场同这位王子一样！”

这时，葛罗斯特公爵忽然想起什么，向他的兄弟告别后就匆匆忙忙地回到了伦敦，原来，他想到亨利王还被关在伦敦塔里呢！他要杀掉这个可能阻碍他成为国王的绊脚石。

亨利见到葛罗斯特，明白自己的死期到了，于是傲然地说道：“如果我早一些杀掉你，你就不会杀我的儿子了。你诞生时猫头鹰叫了，这是不祥之兆；你母亲生你时受的痛苦异乎寻常，可是长大后的你却离她的希望甚远；你是一块畸形的怪东西，生来就有牙齿，表示你是来咬人的，唉！如果我的预言没错的话，你还要大开杀戒呢！”

不等亨利说完，葛罗斯特就将这位国王残忍地杀害了，并且疯了似的喃喃自语：“克莱伦斯，当心吧！你遮住了我的光，我要让你过黑暗的日子。我要在外面散布谣言，叫爱德华担心你害他；为了解除他的恐惧，我要置你于死地。亨利与他的儿子都死了，接着该轮到你了，克莱伦斯！”

之后，玛格丽特的父亲安茹公爵花了大笔赎金，将女儿赎回了法国，而爱德华王则回到伦敦的王宫。反对他当国王的人都消失了，他终于可以安心地坐在宝座上，开心地与伊丽莎白王后逗着刚出生的王子小爱德华。令人烦恼的战争已经过去，所有人都享受着胜利的喜悦与王宫里的庆典，爱德华王祈求英国能从此维持和平，而他与父亲、兄弟历尽艰辛险阻所得来的王位，也能顺利地由他的后代继承下去，直到永远。

理查三世

爱德华四世的弟弟葛罗斯特公爵理查是个手臂萎缩、跛脚且驼背的丑八怪，但他却时时刻刻想从哥哥那里夺取王位，自己当上国王。一次，爱德华王听信百姓之间流传的一则预言："有一个名字首字母是G的人将会杀害爱德华王的继承人，篡夺他后代的王位。"于是，他想起弟弟克莱伦斯公爵乔治的名字正是G，便毫不犹豫地把他关进伦敦塔。

大臣们都对国王的无情和轻率感到心寒，葛罗斯特听说这件事之后，心中立刻产生一连串的阴谋。他在朝廷到处散布谣言，说克莱伦斯之所以会被打入大牢，全都是王后伊丽莎白和她的亲人在国王面前挑拨离间的关系；很快，王后的家族就遭到朝廷重臣们的孤立与嫌弃，大家都逐渐向葛罗斯特公爵亲近。

葛罗斯特觊觎已故的华列克伯爵留下的庞大遗产，刚好华列克伯爵的小女儿安妮刚失去未婚夫不久，她的未婚夫正是被葛罗斯特杀死的亨利六世的王子。但为了得到丰厚的大笔财产，葛罗斯特还是厚颜无耻地向安妮示爱，恳求她嫁给自己。

安妮正在为死于非命的亨利六世哀悼，她见到凶手葛罗斯特前来，忍不住骂道："滚开吧！丑陋的地狱使者！纵使当初你的力量能在国王的身体之前炫耀，现在对他的灵魂却已无能为力了，你快滚开吧！"

葛罗斯特温柔地对她说："唇舌难以描绘的美人，请给我充分的时间为自己辩护。"

他解释道，杀死王子的不是他，而是他的哥哥爱德华王，但事实却被满怀怨恨的玛格丽特王后扭曲了；而亨利王的确是他杀的，不过那却是为了让他早日回到上帝的怀抱，因为天堂比人世更适合这位仁慈的君王。最后，葛罗斯特甚至夸张地说，亨利父子之所以会被杀，都是因为他太爱安妮，他希望能为安妮找到一个更好的丈夫——也就是他自己。

安妮厌恶地朝他的脸上吐了一口唾沫，诅咒他早日遭到报应。葛罗斯特听了，立刻把自己那柄锋利的剑交给她，并露出了自己的胸膛，对安妮说："若是你复仇的心不能宽恕我，就把这柄剑插进我这真挚的胸膛里，让我那崇拜你的灵魂飞走吧！不要犹豫，因为亨利王与他年轻的王子的确是我杀死的，不过，逼我杀死他的却是你的美貌，好了，动手吧！"

安妮不敢杀死她，手中的剑因为颤抖而掉在地上。葛罗斯特又说，如果她希望他自杀，他也很乐意照办，只是这样子她就罪加一等了，因为她不仅害死自己的丈夫，还害死一个比她丈夫更爱她的追求者呢！安妮终于被这些甜言蜜语打动，她戴上了葛罗斯特送给她的戒指，还答应住进他在伦敦的宅邸。

爱德华王这时已经病得很重了，伊丽莎白王后与她的儿子、兄弟都非常担心，因为国王打算死后封葛罗斯特公爵为护国公，让他协助王子小爱德华治理国家，王后觉得葛罗斯特不喜欢她们，非常担心葛罗斯特会报复她的家族。于是，王后的兄弟常常说国王葛罗斯特面目可憎，一定不怀好意，劝国王多多提防他；但葛罗斯特也不想坐以待毙，他与白金汉公爵、海司丁斯勋爵联合起来反对王后。

另一方面，葛罗斯特想起了被关在伦敦塔里的克莱伦斯，他知道，爱德华王过世后，会阻挠他从侄子手里夺取王位的人就只剩下这个哥哥了；一想到这里，葛罗斯特就彻夜难眠。最后，他派出两名杀手伪装成国王的手下，到伦敦塔里谋杀克莱伦斯。

就在前一晚，克莱伦斯也做了一个噩梦：在梦里，他逃出了伦敦塔，与葛罗斯特一同坐船前往勃艮第；葛罗斯特邀请他离开船舱到甲板上散步，他们在甲板上遥望着英格兰的土地，聊起许多在玫瑰战争时经历的艰苦日子。突然，葛罗斯特的脚绊到东西，他为了避免摔倒，于是推了克莱伦斯一把，竟把他推下海里淹死了！他死去之后，在冥界看见了许许多多的沉船、尸体和骷髅，还遇到了华列克与战死士兵们的鬼魂，吓得立刻醒了过来。

他向看守的典狱长感叹，他一生干下的坏事全都是为了他的王兄爱德华，这些罪现在成了他灵魂的包袱，让他以后必须下地狱接受审判与酷刑，但是爱德华王不仅没有回报他，还因为一点儿小事将他关进牢里！说完，克莱伦斯公爵又昏昏沉沉地睡去了。

这时，伪装成国王使者的杀手来了，他们把牢房的狱卒支开，正准备下毒手时，克莱伦斯又醒来了，他说："典狱长，你在哪儿呀？给我一杯酒好吗？"

杀手回答："你马上会喝个够的，尊贵的大人。"

公爵发现这两个人不是狱卒，大吃一惊，问道："你们是谁？是来杀我的吗？"

杀手说他是国王派来处死克莱伦斯的，因为克莱伦斯曾经在战争时庄严地宣誓效忠兰开斯特家族，后来却又违背誓言，对他的君主刀兵相向，还亲手刺死了年轻的王子，这么做是为了代替上帝给他报应！

克莱伦斯辩驳说，他犯下这些罪行全都是因为爱德华，而且爱德华也参与了这些坏事，不应该以这样的罪名来惩罚他。接着，他又恳求两名杀手去见他的弟弟葛罗斯特，因为葛罗斯特很爱他，一定会为了他向国王求情的！

两名杀手听到克莱伦斯天真地以为葛罗斯特与他是同盟，都忍不住笑了起来。最后，他们不顾克莱伦斯的苦苦哀求，用刀把他刺死，还把他的尸体浸泡在装满了马姆齐甜酒的酒桶里。

不久之后，爱德华王的病越来越重，他很担心王后与大臣们之间的纠纷越来越大，会危及下一任国王的统治。于是，他召集了所有王后的家人与朝廷的重臣，要他们当面握手言和，王后也热切地向国王请求，希望他能赦免他的兄弟克莱伦斯公爵。

RICHARD III.

“怎么！王后，”葛罗斯特装出惊讶的样子，“谁不知道高贵的公爵已经死了！你拿他的骸骨开玩笑简直是对他的侮辱啊！”

所有人听了这个消息都吓了一跳，国王更是难以置信地说：“克莱伦斯死了？但是我已经收回命令了呀！”

葛罗斯特叹了一口气，说赦免的命令晚了一步到达，可怜的克莱伦斯已经被杀害了。这时，又有一位大臣对国王说，他的一位仆人因为杀死某位公爵的随从而被判死刑，希望国王能赦免这位仆人的死罪。

爱德华王说：“我的弟弟并未杀人，他的罪过纯属猜测，但他却被杀害了，你们有谁为他求过情？而你们的车夫或仆人酗酒杀人时，你们却跑来向我下跪乞求宽恕，而我呢？还不得不徇私枉法，网开一面！唉！可怜的弟弟，他在世时你们都受过他的好处，但却没有一个人愿意为他请命，上帝一定会因此惩罚你我的啊！”

爱德华王大受打击，病情也加重了，没多久就过世了。国王一死，大臣们都开始议论纷纷，因为新任国王爱德华五世还是个孩子，他的父王与母后的家族势力都非常庞大，两边都摩拳擦掌想要消灭对方，而国王的叔父葛罗斯特公爵始终对王位虎视眈眈。

果然，葛罗斯特如火如荼地展开了他的夺权计划，他抢先派白金汉公爵率领军队去迎接爱德华王子，又把王后的弟弟与儿子关进庞弗莱特的监狱。王后得知这些消息后，害怕地说：“专横的暴政已在侵犯无辜而缺乏威严的王座了！我依稀看到了我们家族的毁灭。”她立刻带着爱德华的弟弟约克王子躲进教堂寻求庇护。

葛罗斯特听说王后与约克王子逃到教堂，下令红衣主教去逮捕他们，但红衣主教拒不从命，因为就算是国王，也没有权力命令任何人侵犯神圣的庇护所。一旁的白金汉公爵诡辩道：“把小王子抢出来算不上违反教堂的规定！教堂一向只庇护做了需要庇护的事，而且能够思考、要求庇护的人。王子既未要求庇护，也没有做过需要庇护的事，因此，教堂就没有权力庇护他。”

于是，红衣主教进入教堂，强行把约克王子带了出来。葛罗斯特对两位王子说，在为爱德华举行加冕仪式之前，他们必须暂时待在伦敦塔里。约克说他不敢住，因为伦敦塔里有克莱伦斯叔叔的幽灵，爱德华却勇敢地牵起弟弟的手，两个人一起走进去了，完全不知道塔里有什么危险正在等着他们。

之后，葛罗斯特召开了两个会议，效忠爱德华的大臣都聚集在伦敦塔的城堡，在那里讨论加冕仪式的事宜；而葛罗斯特与同党则在自己的官邸秘密集会，商量该如何成功说服民众支持他做国王。

会议开始之前，葛罗斯特要凯斯比爵士为他试探一下海司丁斯勋爵的意向，因为这位勋爵过去对爱德华王一向忠心耿耿。当凯斯比离开后，白金汉公爵问葛罗斯特，假如海司丁斯不肯跟他们合谋该怎么办。葛罗斯特面不改色地说："砍掉他的脑袋！"

海司丁斯勋爵听说王后的家人被关进庞弗莱特监狱，感到相当得意，又听说他们即将被下令处死，笑得更开怀了！这时，凯斯比来了，他告诉海司丁斯，现在的时局动荡不安，要是葛罗斯特不戴上王冠，国家的局势是难以稳定的。

海司丁斯笑着说："若是让王冠错误地戴到那颗脑袋上，我宁可先把自己的脑袋先从肩膀上砍掉！虽然我很感激葛罗斯特为我除掉了仇敌，但要我站在他那一方，阻止先王的合法继承人当上国王，我是至死也不会去做的！"

知道海司丁斯不会赞成他当国王后，葛罗斯特立刻做出杀掉他的决定。会议当天，海司丁斯勋爵与几名大臣和主教来到伦敦塔，讨论为爱德华王子加冕的日期，他们发现地位最高的葛罗斯特公爵竟然不在场，而由海司丁斯代表公爵支持会议，所有人都认为事不宜迟，隔天就立刻为王子加冕。

突然，葛罗斯特带着白金汉公爵怒气冲冲地闯了进来，他指控有些人雇用巫婆，打算使用恶毒的妖术来对付他，那些妖术已经伤害了他的身体。他问海司丁斯，应该如何惩罚这些可恶的罪犯。

"无论他们是谁，"海司丁斯说，"我的意见是，将他们处以极刑。"

葛罗斯特立刻露出邪恶的笑容，他举起天生萎缩的手臂说道："那么，就请各位用眼睛为他们的罪行做见证，看看妖术对我的伤害！这就是爱德华的妻子，那个恶毒的巫婆，勾结他的情妇利用巫术造成的，而这两个女人就是受到你指使的，叛贼！"

说完，公爵下令逮捕海司丁斯，并且立刻处死。海司丁斯这时忽然想起出门前，他的一个朋友曾梦见他们的头盔被野猪叼走，而他在来伦敦塔的途中，马匹也莫名其妙地害怕起来，这一切都是上天给他的预示，只是一切都太迟了。他喊道："啊！血腥的理查！痛苦的英格兰！我预见你们将见到最凄惨的时代所能出现最可怕的时刻！"

海司丁斯被处决之后，葛罗斯特向伦敦市民公布了一连串捏造的罪名来指控他，说他打算在议会大厅暗杀他和白金汉公爵，他们为了维护自身的安危与英格兰的秩序，不得不省去了审判的程序，私自将他处死。

除掉了一个又一个异议分子后，葛罗斯特开始为登基铺路。他要白金汉公爵到城里到处散布流言，说爱德华王残酷多疑，曾经因为一个市民要让自己的儿子继承"王冠"，就把他判了死刑，但最后却发现，那只不过是他的房子叫作"王冠居"罢了；还说爱德华荒唐好色，到处强占市民的女仆、女儿、妻子供自己享乐；最夸张的是，爱德华根本不是约克公爵的亲生儿子，因为他的母亲怀上他的时候，约克公爵正在法国打仗呢！

白金汉公爵到伦敦街头向市民讲述了爱德华王的各种丑闻，又说葛罗斯特公爵不论是人格、长相都与约克公爵一样高贵、威严，还列举了他过去一件件辉煌的战功，但是人民都哑口无言，对他的演讲也十分冷淡。

最后，他要民众与他共同高呼"上帝保佑英格兰至尊的国王理查"！所有人仍然如木雕一样一语不发。白金汉公爵生气地斥责市长，问他为什么市民都不说话。市长只好解释说，这是因为老百姓不习惯听演讲。不过，市长也看出葛罗斯特公爵想当国王的企图，于是赶紧带着一群市民来到公爵家门外，请求他登基为王。

葛罗斯特的部下告诉市长，公爵现在正与两位渊博的神父一起在房里参悟《圣经》中的哲理呢！不论是什么世俗的请求，都无法让他远离他虔诚的修行。

白金汉公爵说:“看吧！这位公爵可不是爱德华那样的人物，他不是在淫乱的床笫间嬉戏，而是在默默地祈祷沉思，若是这位德高望重的公爵能接过国柄亲自执政，英格兰便有福了！”

市长又向公爵的部下再三请求，一定要请公爵做国王。于是，葛罗斯特才一脸不情愿地陪着两位主教走出来，对众人说他才疏学浅，无法担当这样的重任，而且他自知有很多缺点，宁愿当个普通的公爵，也不想做国王误了国家。

“何况，”葛罗斯特说，“国王还留有子嗣继承王位，虽然爱德华王子年纪还很小，但以后无疑会长大；因此，把你们打算放在我肩上的重担交给他吧！那是他与生俱来的权力与幸运。”

白金汉公爵又扯出一连串谎言，他说，爱德华王曾与一位叫露西的小姐订有婚约，后来又派人与法国国王的妹妹波娜公主订了婚，可是最后他却被一个有了许多孩子的寡妇诱惑，抛弃了国王的尊严，犯下重婚罪；因此，爱德华王与伊丽莎白王后的婚姻是不合法的，而他与王后生下的王子也并非合法的王位继承人。

葛罗斯特还是面有难色地说:“唉！你们为什么偏要把这么多忧患放到我肩上呢？我不适合承担国家与王室的重任，我请求你们不要误会，我绝对不会向你们让步的。”

市长与白金汉公爵再一次拼命恳求他，还发誓除了他之外，他们不愿意效忠其他的国王。葛罗斯特这才说，既然市民们硬要把命运加在他的身上，尽管这么做有违他的良心和灵魂，但他还是只能勉为其难地接受了。他还强调，要是他登基为王的举动招致了他人的诽谤和非难，他们必须为他洗清这些污名，因为在场的人都能为他证明，他对这件事有多么不乐意。

葛罗斯特终于答应接受拥戴了，白金汉公爵领着市民高喊:“英格兰荣耀的国王理查万岁！”他们决定按照原定的计划隔天举行加冕典礼，只是，接受加冕的人已经从爱德华王子换成了葛罗斯特公爵。

葛罗斯特公爵变成了理查三世，许多害怕他、跟他有仇的大臣纷纷逃到法国，投靠住在布列塔尼的里奇蒙德伯爵。理查王还想谋害在伦敦塔的爱德华五世与约克王子，他暗示白金汉公爵为他杀掉这两个孩子，但白金汉公爵却认为这么做太残忍了，不肯答应，理查王因而渐渐疏远了白金汉公爵。他找来一个叫提瑞尔的杀手，用黄金收买他，让他把两个王子活活闷死了。

杀掉爱德华的儿子后，理查仍然不放心，他又把克莱伦斯公爵的儿子监禁起来，把他的女儿随便嫁给一个穷人；他还打算向爱德华的女儿伊丽莎白求婚，为了达成这个目的，他偷偷把自己的妻子安妮毒死了。

理查的母亲约克夫人和爱德华的王后听到这些噩耗后哀痛欲绝，约克夫人挡在国王的马前，对着他大骂："我早该把你扼杀在我那不幸的子宫里！要是当初把你杀掉，也就能阻止这种种的屠杀了！你就是为了把人间变成地狱才出世的，你的哥哥克莱伦斯呢？他的儿子呢？他们都去哪儿了？"

国王不想理会这个疯言疯语的老太婆，他命令队伍赶快离开，不要理会她。同时，他又向伊丽莎白王后请求，希望她能把女儿嫁给他；伊丽莎白却回答，她宁愿到处向人说自己是个不贞的人，她的女儿不是爱德华王的女儿，也不要让女儿背负王室成员的头衔，承受这种不幸的命运！

她又说："你要我用什么名义向她求婚？说她父亲的弟弟想做她的丈夫吗？或者说那是她的叔叔？还是杀掉了她的弟弟、叔叔和舅舅们的凶手？她不会答应的！"

理查王说自己早已改过自新，现在的他有着更远大的抱负，他还会用剩余的生命全心全意地爱护她、给她幸福。理查对伊丽莎白说，他这么做全是为了英格兰的和平！最后伊丽莎白只好只好屈服，她答应代替理查王说服自己的女儿，然而私底下却计划将女儿嫁给年轻有为的里奇蒙德伯爵。

白金汉公爵也逐渐对国王产生不满，原来，理查在当上国王之前，曾许诺会将海福德伯爵的土地和爱德华王子的财产全部送给他，作为帮助自己登上王位的报酬。理查后来却反悔了，这让白金汉公爵相当愤怒，他没有回到自己的领地，却与韦尔斯人联手反对理查王。

没过多久，远在布列塔尼的里奇蒙德伯爵同样起兵了，他率领一支强大的舰队从法国海岸出发，浩浩荡荡地向英格兰进军，英国的岸边也出现一群暴徒，打算在里奇蒙德登陆后立刻前去投靠。理查王想起亨利六世曾经说过“里奇蒙德的头天生是要戴王冠的，他的手适合握权杖，他可能在未来的某一天登上宝座”，不由得大为担心。

德比勋爵向国王自告奋勇，说愿意离开伦敦为国王招兵买马，但理查却怀疑他想趁机跑去投降敌人，还把他的儿子关起来当成人质，德比勋爵感到相当寒心，于是也私下背弃了理查。不久之后，德文郡、肯特郡又有贵族挺身而出反抗国王，越来越多的人成群结队投奔叛军，他们的势力越来越大。

然而，叛军很快就遭遇了挫折。白金汉公爵的军队在途中突然遭到暴雨和山洪袭击，他的士兵被冲得七零八落，白金汉也沦为阶下囚，被理查王下令处决。里奇蒙德伯爵的舰队则遇到暴风雨，折损不少船只与士兵，在岸上接应他的暴徒们知道这个消息后，纷纷作鸟兽散了。

得到这些好消息后，理查王精神一振，他亲自率领军队来到柏斯华斯原野，在这里与里奇蒙德伯爵的军队对阵。他发现叛军的人数只有自己的三分之一，心情变得更愉快了。国王先视察了军队，并做出一番部署后，就带着轻松的心情入睡了。

当晚，亨利王的鬼魂出现在理查的营帐里，他对睡着的理查说：“我活着时，我的身体被你戳满了致命的伤口，想一想伦敦塔和我！亨利六世要你绝望而死。”接着，鬼魂又跑到里奇蒙德的营帐，对睡梦中的他说，“你道德高尚，情操圣洁，愿你战斗胜利！曾预言过你会当国王的亨利愿你繁荣兴旺！”

之后，亨利王的王子鬼魂也出现了，他对理查说：“我明天要重重地压在你的灵魂上！想想你是如何捅死了正在盛年的我！我要你绝望而死。”然后又去对里奇蒙德说，“欢乐吧！里奇蒙德，被理查残杀的王公贵族的冤魂都在为你战斗！”

然后是克莱伦斯公爵的鬼魂，他告诉理查：“我，可怜的克莱伦斯，是被泡在酒里呛死的，是上了你的当含冤而死的，明天我会让你在战斗时想起我，绝望而死吧！”又告诉里奇蒙德，“你，兰开斯特家的后裔，我，约克家的冤魂在为你祈祷，愿善良的天使在战斗中呵护你。”

爱德华王的两个王子的鬼魂也出现了，他们对理查说：“请你梦见你在伦敦塔掐死的两个亲人吧！我们要像铅块一样压在你的心上，压得你羞愧而死！”又对里奇蒙德说，“活下去吧，生出一代又一代幸福的国王！”

海司丁斯的鬼魂、王后家人的鬼魂、安妮的鬼魂、白金汉的鬼魂，以及许多被理查害死的冤魂也轮流出现在他们两人的营帐里；它们全都诅咒理查的命运，要他绝望而死，并祝福里奇蒙德伯爵打赢这场战争，夺得王位。

理查王从睡梦中惊醒，浑身发抖，衣服被恐惧的汗水浸湿了。他感伤地说，这世上没有一个人爱他，如果他死了，没有一个人会怜惜他，因为连他都无法从自己身上找到值得怜惜的地方；所有人都谴责他是个凶手，希望他失败。

相反，当里奇蒙德伯爵一觉醒来时，心情却相当好。他告诉部下，他从来没有睡过这么甜蜜的一觉，因为被理查杀害的人的冤魂都跑到了他的梦里，向他高呼胜利。他大受鼓舞，觉得这一定是老天在预示他的胜利。

决战之前，里奇蒙德激励士兵，对他们说这一仗是为了推翻血腥的暴君而发起的。这名暴君利用了朋友，却又杀害了朋友，他靠着无数人的鲜血夺取了王位，因此，上帝一定会站在正义的那一方，帮助他们战胜邪恶。士兵们听了都大声欢呼，发誓要为里奇蒙德伯爵奋战到底。

另一方面，理查的军队士气却相当低迷，因为在战斗开始前，有一片云忽然遮住了耀眼的太阳，理查忍不住说：“连上天也对我们的军队皱起了眉头。”这时，又传来德比勋爵背叛他的消息，里奇蒙德的军队也挥舞着旗帜朝他们冲过来了，于是，愤怒的理查王下令军队立刻出击。

理查王身先士卒，在战场上表现得相当英勇。他骑着马来回拼杀，一连刺死了好几个里奇蒙德的替身。没过多久，他遇到里奇蒙德本人，一番交手之后，这名暴君终于被杀死，而他的军队也很快就被打败。

理查三世的死亡，使延续数代的玫瑰战争从此划下了句号。之后，里奇蒙德伯爵坐上了王位，成为亨利七世，开创辉煌的都铎王朝。为了消弭英格兰长久以来的纷乱，让象征白玫瑰与红玫瑰的两个家族联合起来，不再互相残杀，亨利王迎娶了爱德华四世的女儿伊丽莎白，使兰开斯特与约克合二为一，两个家族共同的后代都能永远地统治英格兰。

亨利八世

亨利七世的儿子亨利八世成为英格兰国王之后，与法国国王在法国的安德伦峡谷会面，并且结下了兄弟之盟。在这次会面中，英国与法国都准备了豪华的排场，所有大臣与侍童都打扮得金光闪闪，贵妇们也因为穿着厚重的奇装异服，被压得浑身冒汗，还举办了假面舞会与比武大赛，要向对方展示自己的国力。

这一场盛大的仪式，是由亨利八世的宠臣——约克红衣主教沃尔西一手策划的，在仪式开始前，他背着国王与国会自作主张，列出了一张名单，在名单上的贵族都必须担任国王在这场仪式中的侍从。为了参加这场豪华的典礼，这些贵族变卖了他们的庄园，购买了奢侈昂贵的服装，以满足国王的虚荣心，许多人因此家道中落，再也不能像从前那样富裕地过日子了。

而且，这次的盟约也没有为英国与法国带来长久的友好，没过多久，法国就违犯盟约，在波尔多港扣住英国商人的货物，这和平的假象也仿佛一只玻璃杯，轻轻一捏就碎了，于是，很多英国人纷纷将这一切怪罪在祸国殃民的沃尔西红衣主教头上。

在所有人之中，最憎恨红衣主教的是白金汉公爵，他时常在阿伯根尼勋爵和诺福克公爵面前批评红衣主教，说他那肥胖的身躯就好比一块牛油，挡住了仁慈的太阳，使它的光辉无法照耀大地！

诺福克公爵却忧心忡忡地提出忠告：“宫里已经注意到你和红衣主教

间的私人争执，为了你的荣誉和生命安全，我劝你要把红衣主教对你的敌意跟他的权力放在一起考虑，还要进一步考虑他在极度的仇恨下，将会干出什么事。”

诺福克公爵还说，沃尔西红衣主教是个有仇必报的人，而且爪牙很多，不论是谁得罪了他，都一定会遭到残酷的报复！然而，白金汉公爵仍然理直气壮地说，总有一天，他要将红衣主教贪赃枉法的种种恶行都报告国王。

白金汉公爵气愤地说：“他不仅贪赃，而且叛国！他因为收了西班牙皇帝的贿赂，于是要国王撕毁与法国的和约。他就是这样，为了自己的利益随意拿国王的荣誉做交易！我一定要让国王知道这件事。”

然而，还未等到白金汉公爵向国王告状，他就面临了牢狱之灾，因为红衣主教很快就以叛国的罪名指控白金汉公爵，他和阿伯根尼勋爵都被关进伦敦塔，等候法庭的宣判，他的忏悔让神父与秘书也全部被抓了起来。

原来，白金汉公爵的一个管家曾因为犯了错而被免职，怀恨在心，于是向红衣主教密告：白金汉公爵听信一位怪里怪气修士的预言，认为自己总有一天会当国王，因此私底下笼络老百姓，希望获得他们的爱戴；还有一次，他被国王训斥后，曾说过：“要是国王敢因此逮捕我，我就要仿效我的父亲打算对篡位者理查采取的行动，在向国王下跪行礼时，把刀子捅进他的身体！”

白金汉公爵的父亲曾经阴谋推翻理查三世，但最后计划失败遭到处决，因此，当亨利王听说白金汉公爵企图仿效父亲的行为时，忍不住捏了一把冷汗！他下令立刻将白金汉公爵带上法庭，他要亲自听取审判的过程。

在法庭上，王后凯瑟琳苦苦哀求国王放过白金汉公爵，因为她知道白鑫汉公爵是清白的，也知道真正害惨国家的其实是红衣主教。她指责红衣主教怂恿国王向人民课征重税，借口要用来跟法国打仗，这使得民怨沸腾，民众纷纷将矛头对准国王，就快要造反了！但沃尔西却推诿地说，那

J. Gilbert
HENRY THE EIGHTH

些法令都是国王亲口同意的，他只是听从国王的指示罢了。

经过王后的一番劝说，国王也意识到税赋太重，他下令宽恕所有拒绝缴税的人民，沃尔西更假惺惺地说，他愿意为国王承受百姓们的所有指责。然而，对白金汉公爵，他们仍然不肯轻易饶过，最后，白金汉公爵在这场审判中被判了死刑。

白金汉公爵被拉上刑场时，他感叹地向围观者说："我与我的父亲都是被仆人陷害的，因此，当你们对人慷慨陈词、倾吐你的忠言时，千万不可失去节制；因为被你当成好友推心置腹的那些人，往往在看到你们的命运遭遇到一点儿挫折时，就会像流水一样从你的身边退走，或是对你落井下石，使你万劫不复！"

高贵的白金汉公爵就这样死了，他的死让世人明白了一件事：反抗红衣主教绝对不会有好下场！后来，沃尔西更加肆无忌惮，无论是谁受到国王宠信，他都会找理由把那个人调到远方去；大臣进献给国王的东西，都必须先经过他挑选，剩下的才会呈给国王。百姓都对他恨之入骨，但他仍然过着奢华的生活、在家中举办宴会，还时常准备各种有趣的玩意儿讨好国王。

一次，沃尔西又在宅邸举行盛大的宴会，并邀请了各地的大臣与贵妇。当红衣主教向所有宾客敬酒时，忽然有一群高贵的外国人前来拜访。这些外国人都戴着舞会的面具，并告诉红衣主教，他们听说今晚在红衣主教的府上有一个美女如云的宴会，因此也想来凑个热闹，与女士们共同享受一小时的欢乐。

"你们的到来使我的宅邸蓬荜生辉，为了表示我的万分感谢，请你们尽情欢乐吧！"红衣主教说。

其实，这群外国人正是亨利国王与他的部下们，他们就这样加入了宴会，各自挑选了自己的女伴。国王挑中一位名叫安妮·波林的小姐，并迷上了她出色的美貌，他赞叹道："啊！美神，直到今天我才认识了你！"

事后，他问大臣这位小姐是谁，大臣回答："她是托马斯·波林爵士的女儿，也是王后的一位侍女。"

国上当时已经深深地爱上安妮，他看着她的背影说道：“她真是一位娇滴滴的美人儿！可爱的心上人，要是我邀请你跳舞而不吻你，也未免太不礼貌了。”

不久之后，红衣主教想出了一个阴谋，既可以得到国王更多的宠爱，又能够报复曾经指责他的凯瑟琳王后。他向亨利王灌输了一些谣言，怂恿他与善良的凯瑟琳离婚，娶法国国王的妹妹阿伦森女公爵。

原来，凯瑟琳王后在与亨利王结婚前，曾经嫁给亨利的哥哥亚瑟，但婚后不久，亚瑟就过世了。当时，亨利的父王为了维系与凯瑟琳的娘家——西班牙王室的关系，强迫她嫁给了当时还是王子的亨利，并成为日后的英国王后。

然而，红衣主教却告诉亨利王，正因为凯瑟琳曾经是亚瑟的妻子，因此她与亨利的婚姻是不合法的，并且，就算她生下了国王的孩子，也无法成为合法的王位继承人。另一方面，王后与国王结婚二十几年，她的每个孩子不是死在胎中就是夭折了，除了一个女儿存活以外，她始终没有为国王生下一位健康的王子，这也让国王感到十分困惑，他认为这是上帝在惩罚他娶了兄长的妻子。由于亨利王是一位虔诚的天主教徒，于是沃尔西为国王请来了罗马教廷的红衣主教康佩阿斯，要他当面向亨利王解释，他的婚姻究竟是不是合法的。

然而，还未等审判开始，亨利王就急着册封安妮为彭布洛克侯爵夫人，并赏赐她每年一千镑的生活费用。

审判召开当天，法庭里挤满了国王的大臣与教会的人员，国王与王后陆续被传唤到庭上。王后已知道即将面临的命运，哀怨地说：“高贵的陛下，二十多年来我一直是您忠实而谦卑的妻子，不曾在任何事上损及自己的荣誉，违背自己的婚约；这回，我究竟在什么事情上得罪了您？我的所作所为在哪一点儿上惹您生气，您竟然要把我抛弃，收回对我的宠爱？”

接着，她又转向一旁的沃尔西红衣主教，严厉地斥责他：“我相信你是我的敌人，因为正是你在我的丈夫和我之间煽风点火，但是上天一定会降下甘露，把它扑灭！我对你痛恨至极，把你当作我最恶毒的仇敌！而且我相信，真理绝不会站在你的那一方！”

沃尔西面露微笑地狡辩道：“夫人，您冤枉我了！我对您绝无恶意，也没有对你或任何人不公正。到目前为止，我所进行的事情，以及未来要进行的事情，都是根据罗马的全体红衣主教团的训令。”但是，王后拒绝让沃尔西作为自己的审判官，她嚷着要将自己的案件告到罗马教廷，让教皇亲自来裁决，然后就离席了。

整个过程中，国王都坐在一旁不发一语，这时他才站起身，对着在座的所有教士说道：“由于我的婚姻合法性存在疑虑，上帝为了惩罚我，杀死了我所有的儿子。英国本来该由世界上最优秀的王子来继承，却因为我的罪失去了这种幸福；这件事为我带来了无穷无尽的痛苦，使我不得不走上这一条路。”

国王希望法庭能立刻做出判决，但康佩阿斯却坚持说，由于王后缺席，审判无法进行，只能改天。最后，国王自讨没趣地解散了法庭，而沃尔西与康佩阿斯则私下拜访王后，企图逼她合作。

沃尔西邀请王后到小房间内商量事情，王后回答：“凭着我的良心，我还不曾做过什么亏心事需要到隐蔽的角落里去谈。有什么话就请在这里说吧！”

沃尔西又用拉丁语问了她一些问题，王后说：“我们身在英国却说着外国话，这会使我的案子显得更加奇怪而可疑，请说英语吧！”

红衣主教陷害王后不成，只好说明了自己的来意：希望她能放弃王后头衔，不要向教廷告状，并将命运完全交给国王，恳求他的保护。他们对凯瑟琳说，国王是个仁慈且念旧的人，一定会尽可能地顾及她的名誉，否则一旦受到法律审判，她就只能带着耻辱，不光彩地离开英国。

凯瑟琳王后傲然地说：“不！我绝不敢放弃国王在婚礼中授予我的高贵封号——英国王后。除了死亡，没有什么事情能使我与我的王后尊严分离！”

两位红衣主教碰了一鼻子灰，再也不敢来找王后。同时，沃尔西发现国王竟爱上了王后的侍女安妮，他希望国王能娶身份高贵的阿伦森女公爵，因此急忙写了一封信给教皇，请求教皇拖延审判的时间，好让他有足够的机会，把安妮调离国王身边。

想不到，这一封信竟然阴错阳差地送到了国王那里，亨利王这才明白这名红衣主教是如何欺君犯上、拐弯抹角，只为了追求一己之私。同时，国王又从沃尔西的仆人那里拿到了记录红衣主教所有财产的清单，上面列出了各式各样的金银器皿、贵重衣料与豪华的家具，这些东西远远超过了一名为人臣者应该拥有的。国王怒气冲冲地前去质问沃尔西。

国王讽刺地说："好大人，你浑身上下都充满着神圣的特质，所以才没有时间从你的宗教活动中抽出片刻工夫，来检查你在尘世中搜刮的财产账目吧？我认为，你在这方面缺乏一个好的财务管理人呢！"

说着，国王将清单以及他写给教皇的信拿了出来，这名红衣主教看到这些文件，知道事迹败露，自己的好运终于到头了！而大臣们也看出沃尔西垮台的时刻已到，纷纷跑到国王面前告状。有的人说，沃尔西以教皇的代表自居，在英国的所有教会中作威作福，侵害了其他主教的管辖权；也有人说，沃尔西在写给国外人士的信件里，总是署名"我与我的国王"，仿佛把国王当成了他的臣仆；又有人说，沃尔西在出使外国时，未经允许就把国王的印章带出国境，还擅自与外国诸侯订下条约；更有人说，沃尔西把自己的圣帽铸在国王的钱币上，以满足自己的野心；至于沃尔西家中搜刮来的大量财产，则是要送到罗马贿赂教皇，以谋得下一任教皇的宝座，他这么做却要国王与朝廷承担人民的指责。

还没听完大臣们的告状，国王早已怒不可遏，他立刻下令剥夺沃尔西的红衣主教职位以及印章，并没收他的所有财物，要他搬到温切斯特的官邸，在那里等候发落。听到判决后，沃尔西哀伤地说："唉！依赖君主的恩宠而生存的人是多么可怜啊！在我们渴望得到的君主的和颜悦色与他们施加于我们的毁灭之间，那存在的痛苦与恐惧，远远超过战争所能带来的啊！"

另一方面，国王不等教皇宣判他与凯瑟琳的婚姻是否合法，就偷偷地与安妮结婚了。大臣们知道后都欢欣鼓舞，期盼她能早日为国王生下一位优秀的王子；此外，国王还派大臣到欧洲的天主教国家，收集各个教会的意见，他很高兴地发现，大部分的人都赞成他离婚的决定，于是，他宣布让安妮加冕成为王后。

加冕仪式的规模十分壮观，成为王后的安妮在一群服饰豪华的贵妇簇拥下，端庄稳重地走向教堂圣坛，在那里向观礼者鞠躬，接着，坎特伯雷大主教将圣油、金冠、权杖等象征荣耀的宝物都加在她身上。加冕完毕后，王后又在唱诗班悠扬的歌声中离开了教堂，伴着盛大的排场，回到国王的官邸参加宴会。

然而，失宠的凯瑟琳就没有这么风光了，由于她多次开庭未到，最后，英国教会单方面宣布她与亨利王的婚姻无效，并允许国王离婚。凯瑟琳的称号由"王后"一夕间成了"寡妃"，并且被送到金莫顿城堡，在那里度过孤单的余生。

令人欣慰的是，作恶多端的大主教沃尔西也死了。他被当成一位极其可耻的罪犯押解上路。他在前往审判的途中生了一场大病，连骡子都没办法骑，只好在路上的一间修道院休息。沃尔西躺在床上，他不停地沉思冥想、泪流满面，悔恨不已，三天之后，这名大主教就在那间修道院里平静地咽下了最后一口气。

凯瑟琳听到仇人的死讯后不胜唏嘘，她说，这是一个怀有无限野心的人，总是想使自己与君主们平起平坐，他使用诡诈的手段控制了国家，在国王面前肆无忌惮地撒谎；他对别人从来没有怜悯之心，总是想着陷害别人。而如今他的下场却是空空如也，这足以警诫世人。

凯瑟琳说完这些话后，就昏昏沉沉地睡去了。在梦中，她梦到六个身穿白袍的天使，他们一个接着一个走到她面前，向她鞠躬，然后跳起舞来。他们跳完一段舞蹈之后，又拿出一顶花冠，高举在她的头上。凯瑟琳仿佛受到了某种启发，也开心地举起了双手，就在这时，这些天使却拿着花冠消失了，于是凯瑟琳也从梦中醒来。

她对侍从说："刚才有一群天使邀我赴宴，他们那明亮的脸就像太阳一样，发出千万条光芒照耀着我。他们答应让我得到永恒的幸福，并为我带来了花冠，虽然我还没有资格戴上它，但总有一天会轮到我来戴的。”

侍从很高兴女主人做了这样一个好梦，但却也忧心地发现，凯瑟琳的脸忽然拉得好长，脸色也变得苍白，而且异常冰冷；他们知道，她就要死去了。

这时，亨利王派来了使者，要向他的前任王后表达慰问与歉意。凯瑟琳请侍女将一封信交给了使者，上面写着，希望国王看在她的分上，善待她幼小的女儿，以及所有的侍女与仆人。最后，她平静地说：“请代我向国王致上谦卑的敬意。长期以来困扰着他的人现在就要从世上消失了，告诉他，我临死前都在为他祝福，而且死后仍要为他祝福。虽然我的王后身份被废黜了，但仍要像对待一位王后、一位国王的女儿那样来埋葬我，让世人对我表示一定的哀悼。”

凯瑟琳去世了，而亨利的新王后安妮则怀孕了。分娩当天，安妮的哀号声响彻王宫，每阵痛一次，她所受的苦楚简直就像是死过了一回！因此，所有人都担心王后会在生产过程中死去，同时，他们也隐隐觉得这一定是个不平凡的婴儿。没过多久，一名仆人匆匆忙忙跑到国王面前。国王雀跃地问：“王后生了吗？快说‘是’，而且是个男孩儿！”

仆人回答：“是！是！生的是个女孩儿。不过生了女孩儿，以后就还有希望生男孩儿！请您立刻到王后那里去，认识这个新的小生命吧！她长得完全像您，就跟一颗樱桃似的。”

安妮没能生下一位王子，国王有些失望。但他很快又发现，让他失望的事情还不只一桩呢！

沃尔西死后，坎特伯雷大主教克兰默取代了他的位置，成了亨利王跟前的第一宠臣，但也同时惹来了大臣们的嫉妒与陷害。由于克兰默与王后都是新教徒，而英国的众多大臣与主教则是天主教徒，他们纷纷拿这件事来攻击克兰默，在国王面前指责他是异端分子，在全国散播蛊惑人心的思想。

亨利王拗不过这些大臣的请求，只好答应让他们召开法庭，公开审判克兰默。不过，国王又私下找来了克兰默，告诉他那些大臣的阴谋，并且保证，他一定会站在克兰默这一边。最后，他交给克兰默一枚戒指，告诉他："如果他们指控你一些罪行，要把你关进监狱时，你尽管据理力争反驳他们，如果你的恳求于事无补，就把这枚戒指交给他们，并且向他们要求由我来做出决断。"

审判当天，克兰默来到了法院，却被看门人给挡了下来，原来，那些反对他的人想利用这种方式让他难堪。克兰默只得留在门外，与贵族们的仆役、侍童及马夫一同等待。就在这时，国王的一位御医也经过法院，他看到高贵的克兰默竟然被拒于门外，站在一群身份卑贱的人中间，非常不合理，于是他走进法院，向国王报告了这件事。

国王打开了窗户，果然看到克兰默就站在门外等待，他不高兴地说道："这就是我的大臣彼此表示尊重的方式吗？幸亏还有一个人权力在他们之上。我原以为他们会为对方保留一些颜面，至少也保持礼貌，没想到他们竟然让克兰默这样尊贵又受我宠爱的人如此受辱！"

克兰默一直在门口等待了半个小时，才被允许进入法院。一进入法院，克兰默又遭受到大臣们迎面而来的谴责，有人说，克兰默通过自己和手下教士们的讲道，在全国各地散布危险的邪说，要是不立即阻止，就可能酿成灾祸；也有人举了德国宗教革命的例子，说明克兰默的思想有多么危险。

克兰默理直气壮地辩解道，他为国家与教会付出了不少的努力，他所做的一切都是为了国家的长治久安；还说世界上没有任何人比他更憎恶那些破坏社会治安的人了！最后他说道："恳求诸位大人，让那些控告我的人尽管站出来，公开对我提出控诉吧！"

但是法官却说，克兰默是英国至高无上的大主教，没有人敢得罪他，必须先将他关进伦敦塔里，让他成为一个没有公职的平民，才能让那些控告他的人敢于出面，指出他的罪行。

克兰默无奈地说："难道我一定得到伦敦塔去，就像个叛贼一样吗？"

遗憾的是，在座的大臣都赞成把他关进牢里。于是克兰默拿出了国王交给他的那枚戒指，对着众人说：“凭着这枚戒指，我把我的案子从冷酷无情的人们的掌握中解脱出来，我把它交给一位最高贵的法官——我的主人国王去处理。”

一瞬间，法院里的人都不约而同发出了惊呼，他们这才明白，原来国王一直都站在坎特伯雷大主教那一边，因为他绝不会坐视他的宠臣受到伤害而不管，那些妄想陷害克兰默的人，则会反过来被自己搬起的石头砸到！

国王走上了法庭，严厉地说道：“我原先以为，在我的法院里总会有几个明辨是非、通情达理的人，但是现在我连一个也没有发现。你们让这个善良、诚实的人像个下贱的小听差在门外等候，这么做难道是对的吗？我看出来了，你们当中有些人是出于恶意，而非出于正义，只要一有机会就想把他彻底整垮。但是，只要我还活着一天，你们就休想得到这种机会！”

大臣们对国王心悦诚服，从此再也不敢陷害克兰默了，最后，国王还要这位高贵的大主教为他刚诞生的女儿——伊丽莎白公主施洗。受洗仪式热闹非凡，王宫的墙边挤满了围观的民众，大家都想一睹这位英国未来的女王呢！就在坎特伯雷大主教高声地赞美与祝福声中，英国也即将迎来最光辉灿烂的年代。